LA BELLE ENDORMIE

JEFFERY
DEAVER

LA BELLE ENDORMIE

Une enquête de Kathryn Dance

roman

TRADUIT DE L'ANGLAIS (ÉTATS-UNIS)
PAR PIERRE GIRARD

ÉDITIONS DES 2 TERRES

Titre original :
THE SLEEPING DOLL
Éditeur original : Simon & Schuster, New York, 2007

ISBN original : 978-0-7432-6094-7

Pour la traduction française :

ISBN : 978-2-84893-068-8

www.les-deux-terres.com

À l'homme du FBI.

« On a beau changer, on reste plus ou moins le même. »

Paul Simon, « The Boxer ».

13 septembre 1999

Le « Fils de Manson » déclaré coupable du massacre des Croyton

Salinas, Californie. Daniel Raymond Pell, 35 ans, a été déclaré aujourd'hui coupable d'homicide avec coups et blessures ayant entraîné la mort sur quatre chefs d'accusation par un jury du comté de Monterey après quatre heures de délibération seulement.

« Justice est faite », a déclaré le procureur James J. Reynolds aux journalistes après l'annonce du verdict. « Nous avons affaire à un homme extrêmement dangereux, qui a commis des crimes épouvantables. »

Pell a été surnommé le « Fils de Manson » en raison des similitudes entre sa vie et celle de l'assassin condamné en 1969 pour le meurtre rituel de l'actrice Sharon Tate, épouse de Roman Polanski, et de plusieurs autres personnes en Californie du Sud. La police a trouvé un grand nombre de livres et d'articles de journaux consacrés à Charles Manson au domicile de Pell lors de son arrestation.

Le jury avait à se prononcer sur la mort de William Croyton, de son épouse et de deux de leurs trois enfants le 7 mai dernier à Carmel, Californie. La procédure criminelle avait été engagée à la suite de la mort de James Newberg, 24 ans, qui habitait avec Pell et l'avait accompagné chez les Croyton la nuit de leur assassinat. Le procureur a soutenu que Newberg devait, au départ, lui prêter main-forte, mais qu'il avait été tué par Pell pour avoir changé d'avis.

William Croyton, 56 ans, était un riche ingénieur et homme d'affaire. La compagnie qu'il possédait à Cupertino, en Californie au cœur de Silicon Valley, est à la pointe de l'innovation dans le domaine de l'électronique et produit des logiciels présents dans la plupart des micro-ordinateurs à travers le monde.

L'intérêt que Pell manifestait pour Manson a d'abord orienté l'enquête vers l'hypothèse d'un meurtre à connotation idéologique, mais l'intrusion dans la maison des Croyton n'avait finalement pour motif que le vol, a déclaré Reynolds. Pell a déjà été condamné des dizaines de fois pour des vols à l'étalage, des cambriolages et autres vols avec voies de fait dont les premiers remontent à sa prime adolescence.

Une enfant a survécu au massacre : Theresa Croyton, 9 ans. Pell l'a vue endormie parmi ses jouets et ne l'a pas touchée. Elle est ainsi devenue, pour les médias, « La poupée qui dormait ».

À l'instar de Charles Manson, son modèle, Pell exerçait un charisme négatif sur quelques fanatiques qu'il appelait sa « famille » et qui lui étaient dévoués corps et âme. Au moment du massacre des Croyton, ce groupe comprenait Newberg et trois femmes qui logeaient ensemble dans une maison délabrée de Seaside, au nord de Monterey : Rebecca Sheffield, 26 ans, Linda Whitfield, 20 ans et Samantha McCoy, 19 ans. Linda Whitfield est la fille de Lyman Whitfield, président-directeur général de la Santa Clara Bank & Trust, quatrième banque de l'État de Californie, dont le siège se trouve à Cupertino.

Les femmes n'ont pas eu à répondre des meurtres des Croyton et de Newberg, mais ont été condamnées pour de multiples délits de vol simple, intrusion avec effraction, escroquerie et recel. Linda Whitfield a également été condamnée pour entrave à l'enquête et destruction de preuves. À la suite d'un accord avec le procureur, Rebecca Sheffield et Samantha McCoy ont écopé de trois ans de prison et Linda Whitfield de quatre ans et six mois.

Au cours du procès, Pell a imité le comportement de Manson. Immobile sur le banc de la défense, il regardait fixement les jurés, apparemment pour les intimider. Des rumeurs ont couru au sujet de prétendus pouvoirs psychiques. Il a été expulsé de la salle d'audience après qu'un témoin a craqué sous son regard.

Le jury commencera demain à délibérer pour fixer la sentence. Pell encourt la peine capitale.

Lundi

CHAPITRE 1

L'interrogatoire commença comme n'importe quel interrogatoire. En pénétrant dans la cellule, Kathryn Dance trouva le type de 43 ans assis derrière une table métallique, menottes aux poignets. Il leva les yeux et l'examina attentivement. Les sujets faisaient toujours ça, bien sûr, mais elle n'avait jamais vu des yeux comme ceux-là. Leur bleu n'était ni celui du ciel, ni celui de l'océan, ni celui du diamant quand il est bleu.

– Bonjour, dit-elle, en s'asseyant face à lui.

– Bonjour à vous, répliqua Daniel Pell, qui avait huit ans auparavant assassiné à coups de couteau quatre membres d'une même famille, pour des raisons qu'il n'avait jamais explicitées. Il avait une voix douce, un imperceptible sourire sur son visage barbu.

L'homme, de petite taille mais musclé, se laissa retomber contre le dossier de son siège et se détendit. Il penchait de côté sa tête couverte de longs cheveux poivre et sel. Les interrogatoires en prison se déroulaient le plus souvent sur un fond de tintement métallique produit par les menottes, les prévenus ayant tendance à faire de grands gestes, toujours les mêmes, en clamant leur innocence. Mais Daniel Pell était parfaitement calme.

Pour Kathryn Dance, spécialiste de l'interrogatoire et du langage du corps, l'attitude de Pell et sa position indiquaient la prudence, mais aussi l'assurance et, plus étonnant, l'amusement. Il portait le survêtement orange des détenus avec sur la poitrine l'inscription « Capitola Correctional Facility » et dans le dos le mot « Détenu » apportait une précision bien superflue.

À cet instant toutefois, Kathryn Dance et Pell ne se trouvaient pas à Capitola mais à une trentaine de kilomètres de là dans une cellule d'interrogatoire sécurisée du tribunal de Salinas.

Pell poursuivit son examen. Il regarda d'abord les yeux de Kathryn – d'un vert complémentaire de son bleu derrière la monture noire des lunettes. Puis la tresse de cheveux blonds, la veste noire et le sévère chemisier blanc qu'elle portait dessous. Il remarqua aussi l'étui de revolver vide qu'elle avait à la hanche. Il enregistrait ce qu'il voyait de façon méticuleuse, mais sans hâte. (Ceux qui interrogeaient et ceux qui étaient interrogés partageaient une même curiosité. Lors de ses séminaires, elle disait aux étudiants : « Ils vous examinent avec autant d'attention que vous – et même plus, en général, car ils ont plus à perdre. »)

Elle plongea dans son sac bleu à la recherche de sa carte professionnelle, sans sursauter en découvrant la minuscule chauve-souris, souvenir de la dernière fête d'Halloween, que Wes, 12 ans, ou sa petite sœur Maggie, et peut-être les deux unis dans la même conspiration, y avaient glissée le matin même pour lui faire une farce. Comment mieux illustrer une vie pleine de contrastes ? se dit Kathryn Dance. Il n'y avait pas une heure qu'elle avait pris son petit déjeuner avec les enfants dans la cuisine de leur maison confortable et chaleureuse au style victorien du quartier chic de Pacific Grove, deux chiens exubérants mendiant du bacon à ses pieds, et elle était maintenant dans une tout autre ambiance, face à un homme condamné pour meurtres.

Elle trouva la carte et la lui montra. Il la regarda longuement, penché en avant.

– Dance. C'est intéressant, comme nom. Je me demande d'où ça vient. Et le California Bureau… C'est quoi ?

– California Bureau of Investigation. Le FBI de l'État, disons. Donc, monsieur Pell, vous savez que cet entretien est enregistré, n'est-ce pas ?

Il jeta un coup d'œil au miroir, derrière lequel une caméra bourdonnait faiblement.

– Vous ne pensez tout de même pas qu'on croit que ce truc est là pour nous aider à nous recoiffer ?

En fait, on ne plaçait pas des miroirs dans les cabines d'interrogatoire pour cacher des caméras ou des témoins – la technologie offrait des moyens beaucoup plus sûrs –, mais parce que les gens ont moins tendance à mentir quand ils se voient eux-mêmes.

Kathryn Dance esquissa un sourire.

– Et vous savez également que vous pouvez mettre fin à cet entretien quand vous voulez, et que vous avez le droit de vous faire assister d'un avocat ?

– Je connais mieux les règles de procédure que tous les étudiants de la fac de droit de Hastings réunis.

Il s'exprime bien, songea Kathryn. Et il est aussi plus intelligent que je m'y attendais.

Une semaine auparavant, Daniel Raymond Pell, condamné à une peine de prison à vie pour les meurtres de William Croyton, de son épouse et de deux de leurs enfants, avait approché l'un de ses codétenus en fin de peine pour lui proposer de l'argent en échange d'un service à lui rendre quand il serait libre. Pell lui avait parlé de pièces à conviction qu'il avait jetées dans un puits, à Salinas, quelques années auparavant parce qu'elles risquaient de l'impliquer dans le meurtre d'un riche fermier. Or, il avait appris récemment que Salinas s'apprêtait à restaurer son système d'alimentation en eau et craignait que ces objets soient découverts. Il voulait donc que ce détenu les récupère et les fasse disparaître.

Mais il avait joué le mauvais cheval. L'homme avait tout répété à un surveillant, qui avait informé le directeur de la prison, qui avait prévenu le Bureau du shérif de Monterey. Les policiers se demandaient si Pell parlait du meurtre du fermier Robert Herron, battu à mort une dizaine d'années auparavant, sur lequel ils avaient enquêté sans résultat. L'arme du crime, probablement un pied-de-biche, n'avait pas été retrouvée. Le shérif avait donc chargé une équipe d'inspecter tous les puits de cette partie de la ville. Ses hommes avaient découvert un T-shirt maculé de sang, un pied-de-biche et un portefeuille marqué des initiales R. H. Deux empreintes prélevées sur le manche du pied-de-biche étaient celles de Daniel Pell.

Le procureur du comté de Monterey avait donc décidé de porter l'affaire devant le grand jury de Salinas, et demandé à l'agent du CBI Kathryn Dance d'interroger Pell, dans l'espoir d'un aveu.

– Pendant combien de temps avez-vous habité à Monterey ? demanda Kathryn.

Il parut surpris qu'elle n'attaque pas directement.

– Quelques années.

– Où ?

– À Seaside.

Une commune située à une quarantaine de kilomètres au nord de Monterey sur la route nationale 1, où résidaient principalement des familles de jeunes ouvriers et de retraités.

– Quand on travaille dur, c'est là qu'on en a le plus pour son argent, expliqua-t-il. Plus que dans votre quartier rupin de Carmel.

Il tenait le visage de Kathryn sous son regard.

Il parlait un anglais correct, nota-t-elle, en ignorant la tentative pour en savoir plus sur son lieu de résidence.

Elle poursuivit avec des questions sur sa vie à Seaside, puis en prison, sans cesser de l'observer, en enregistrant ses attitudes pendant qu'elle posait ses questions et quand il y répondait. Il ne s'agissait pas de recueillir des informations car elle avait préparé l'interrogatoire en étudiant de près le dossier, mais d'établir son profil comportemental de base.

Pour détecter les mensonges, les spécialistes de l'interrogatoire considèrent trois facteurs : le comportement non verbal (langage du corps, ou synergologie), la qualité verbale (variations de ton de la voix ou poses avant de répondre) et le contenu verbal (ce que le sujet dit). Les deux premiers facteurs sont, de loin, ceux qui permettent le mieux de repérer la tromperie et la dissimulation, dans la mesure où chacun de nous contrôle beaucoup plus facilement *ce qu'il dit* que *la façon dont il le dit*, et les réactions instinctives de son corps pendant ce temps.

Le profil comportemental de base est un catalogue des attitudes manifestées par le sujet quand il dit la vérité. C'est l'étalon auquel la personne qui l'interroge pourra ensuite comparer son attitude quand elle estimera qu'il a des raisons de mentir. Toute différence entre les deux sera un signe de tromperie.

Jugeant qu'elle disposait d'un bon profil du véritable Daniel Pell, Kathryn Dance décida d'aborder le point crucial de sa mission dans ce tribunal moderne et aseptisé. On était en juin, et un temps brumeux régnait en ce début de matinée.

– Je voudrais vous poser quelques questions au sujet de Robert Herron.

Lâchant les yeux de la jeune femme, le regard de Pell poursuivit son examen, détail après détail : le collier de coquillages confectionné par sa mère. Puis ses ongles courts passés au vernis rose. Il s'attarda sur la perle qui ornait son alliance.

– Où étiez-vous domicilié en janvier 1996 ?

– À Monterey.

– Dans quelle rue ?

Une moue.

– Je ne sais plus… Dans un quartier nord, il me semble.

Intéressant. Les dissimulateurs évitent souvent de fournir des réponses précises, qu'on peut vérifier et leur rappeler, ensuite, quand ils font des déclarations contradictoires au cours du procès. Et il était rare qu'on ne se rappelle pas où l'on avait habité. Ses réactions kinésiques, toutefois, n'indiquaient pas la tromperie.

– Comment avez-vous connu Robert Herron ?

– Vous supposez que je l'ai connu. Mais non. Je ne l'ai jamais vu de ma vie. Je le jure.

La dernière phrase était un signe éclatant de tromperie. Mais son corps n'en disait toujours rien.

– Mais vous avez demandé à ce détenu sur le point d'être libéré, à Capitola, d'aller récupérer le pied-de-biche et le portefeuille dans un puits.

– Non. Ça, c'est ce qu'*il* a dit au surveillant, rétorqua Pell avec, à nouveau, un sourire amusé. Pourquoi ne l'interrogez-vous pas ? Vous avez de bons yeux, officier Dance. Je l'ai bien vu à votre façon de me regarder pour savoir si j'étais franc avec vous. Je suis sûr que vous verriez tout de suite que ce type a menti.

Elle ne laissa rien paraître de sa réaction, mais se dit qu'on rencontrait très rarement un suspect capable de comprendre – et aussi vite – qu'il était l'objet d'une analyse synergologique.

– Mais alors, comment connaissait-il la présence de ces pièces à conviction dans le puits ?

– Oh, ça, je l'ai compris. Quelqu'un m'a fauché ce pied-de-biche, a tué Herron avec et l'a mis là pour me faire accuser. Avec des gants. Vous savez, ces gants en caoutchouc qu'ils ont tous, à la télé, dans *Les Experts*.

Toujours aussi détendu. Le langage du corps ne s'écartait pas de son profil de base. Il n'affichait que des « emblèmes » – les gestes banals qui tendent à remplacer des mots, comme des haussements d'épaules ou un doigt tendu. Il n'y avait pas de ces « adaptateurs » qui trahissent la tension ou la manifestation d'un affect. Autrement dit, il n'éprouvait aucune émotion.

– Mais si c'était son intention, fit observer Kathryn Dance, pourquoi le meurtrier n'a-t-il pas appelé la police, tout simplement, pour dire où se trouvaient le pied-de-biche et le portefeuille ? Et pourquoi avoir attendu dix ans ?

– C'est malin de sa part, je trouve. Il avait intérêt à attendre le bon moment pour tendre son piège.

– Mais pourquoi s'est-il adressé à ce détenu de Capitola, plutôt que directement à la police ?

Une hésitation. Puis un petit rire. Les yeux bleus brillaient d'une excitation qui ne semblait pas feinte.

– Parce qu'*ils* sont dans le coup eux aussi, les flics ! C'est sûr… Ils savent bien que l'affaire Herron n'a pas été élucidée et ils veulent quelqu'un à accuser. Pourquoi pas *moi* ? Ils m'ont sous la main puisque je suis déjà en taule. Je suis certain que ce sont les flics eux-mêmes qui ont mis le pied-de-biche dans le puits.

– Voyons. Il y a deux choses distinctes dans ce que vous dites. D'abord, quelqu'un vole votre pied-de-biche *avant* qu'Herron soit assassiné, s'en sert pour le tuer et, ces jours derniers, après tout ce temps, tente de vous faire passer pour le coupable. Mais d'après votre deuxième version, des policiers auraient eu votre pied-de-biche *après* l'assassinat d'Herron par quelqu'un d'autre et l'auraient mis dans le puits pour vous piéger. Ces deux versions se contredisent. Laquelle est la bonne ?

– Hum…

Pell resta silencieux quelques secondes.

– D'accord, j'opte pour la deuxième. La police. C'est un coup monté. Je suis certain que ça s'est bien passé comme ça.

Elle le regarda dans les yeux – le vert contre le bleu – en hochant la tête d'un air aimable.

– Réfléchissons un peu. Premièrement, où les policiers se seraient-ils procuré le pied-de-biche ?

Il prit à nouveau le temps de réfléchir.

– Quand ils m'ont arrêté pour l'affaire de Carmel.

– Le massacre des Croyton en 1999 ?

– Oui. Ils ont pris toutes les pièces à conviction chez moi, à Seaside.

– J'ai peine à le croire, dit Kathryn Dance, en fronçant les sourcils. Les pièces à conviction sont répertoriées avec beaucoup de soin. Non, je pencherai pour un scénario beaucoup plus crédible : ce pied-de-biche a été volé récemment. Mais où a-t-on pu trouver un outil vous appartenant ? Vous êtes propriétaire quelque part dans cet État ?

– Non.

– Vous avez des parents ou des amis qui auraient pu détenir des outils à vous ?

– Pas vraiment.

Ce qui n'était ni un oui ni un non ; encore plus évasif qu'un « je ne me rappelle pas ». Kathryn Dance nota que Pell avait posé ses mains aux ongles longs et soigneusement nettoyés sur la table, au mot « parents. » C'était un écart par rapport à son profil de base. Ça ne voulait pas dire qu'il mentait, mais c'était un signe de tension. Les questions le mettaient mal à l'aise.

– Daniel, avez-vous de la famille en Californie ?

Il hésita, pensa probablement qu'elle était du genre à vérifier le moindre de ses dires – c'était le cas – et dit :

– La seule personne qui me reste, c'est ma tante. À Bakersfield.

– Comment s'appelle-t-elle ? Pell, comme vous ?

Une pause, à nouveau.

– Oui… Bien vu, officier Dance. Je parie que les flics qui ont monté le coup ont volé le pied-de-biche chez elle. C'est eux qui sont derrière tout ça. Pourquoi vous ne les interrogez pas ?

– Très bien. Parlons maintenant du portefeuille. D'où venait-il, d'après vous ? J'ai une idée. Si ce n'était pas le portefeuille de Robert Herron ? Si ce flic malhonnête dont vous parlez s'était contenté d'en acheter un et de le faire marquer R. H. avant de le jeter dans le puits avec le pied-de-biche ? Il a pu faire ça le mois dernier. Ou même la semaine dernière. Qu'en pensez-vous, Daniel ?

Pell baissa la tête – elle ne vit plus ses yeux – et ne répondit pas.

Tout se passait comme elle l'avait prévu.

Elle l'avait amené à donner la plus vraisemblable des deux explications pour établir son innocence… avant de lui démontrer qu'elle ne tenait pas debout. Aucun jury sain d'esprit ne croirait jamais que la police avait forgé des preuves en dérobant des outils dans une maison située à plusieurs centaines de kilomètres de la scène de crime. Pell comprenait maintenant l'erreur qu'il avait commise. Et voyait le piège près de se refermer.

Échec et mat…

Kathryn Dance sentit son cœur battre plus fort et se dit que les prochains mots qui sortiraient de sa bouche avaient de bonnes chances d'être une proposition de plaider coupable.

Elle se trompait.

Pell ouvrit brusquement les yeux pour braquer sur elle un regard de pure méchanceté. Il se pencha en avant, autant qu'il le put. Les chaînes fixées à son siège, lui-même retenu au sol par des écrous métalliques, l'empêchèrent de planter les dents dans le visage de Kathryn.

Elle recula d'un bond.

– Espèce de garce ! Ah, je comprends maintenant ! Vous faites partie de la bande, vous aussi ! C'est ça, mettez tout sur le dos de Daniel ! C'est toujours de ma faute ! Je suis le coupable idéal ! Et vous vous amenez comme une copine pour me poser des questions. Bon Dieu, vous êtes comme les autres !

Le cœur de Kathryn battait maintenant à se rompre, et elle avait peur. Mais elle nota très vite que les chaînes étaient solides et qu'il ne pouvait pas l'atteindre. Elle se tourna vers le miroir, derrière lequel le policier qui maniait la caméra s'était sans doute levé pour lui porter secours, et elle secoua imperceptiblement la tête à son intention. Il fallait qu'elle sache où tout cela allait aboutir.

Mais la fureur de Pell retomba soudain, remplacée par un calme glacial. Il recula sur son siège, reprit sa respiration et la regarda à nouveau.

– Vous avez un peu plus de 30 ans, officier Dance. Vous êtes plutôt jolie. Vous me paraissez normale, alors je suis sûr qu'il y a un homme dans votre vie. Ou il y en a eu un.

Nouveau coup d'œil au collier de Kathryn.

– Si vous n'êtes pas d'accord avec mon hypothèse, Daniel, essayons d'en formuler une autre. Sur ce qui est réellement arrivé à Robert Herron.

– Et vous avez des enfants, n'est-ce pas ? poursuivit Pell, comme s'il n'avait pas entendu. Bien sûr. Je le vois. Parlez-moi de ces petits. Je suis sûr qu'ils ne sont pas grands, et qu'ils n'ont pas une grande différence d'âge.

Elle se sentit décontenancée et pensa immédiatement à Maggie et Wes. Mais elle s'efforça de ne rien laisser paraître. Il ne *sait pas* que j'ai des enfants, bien sûr. Il ne peut pas le savoir. Mais il fait semblant. A-t-il remarqué quelque chose dans mon comportement ? Quelque chose qui le lui a fait comprendre ?

Ils vous observent aussi intensément que vous les observez...

– Écoutez, Daniel, dit-elle, calmement. Ça ne sert à rien de s'énerver.

– J'ai des amis dehors, vous savez. Ils me doivent des services. Ils adoreraient vous faire une petite visite. Ou emmener votre mari et vos enfants pour une balade. Eh oui, c'est un métier risqué, d'être flic. Ils sont souvent seuls, ces gamins, pas vrai ? Ils seraient peut-être contents si des copains à moi venaient s'amuser un peu avec eux…

Elle soutint son regard, sans ciller.

– Pouvez-vous me dire quelles étaient vos relations avec ce détenu, à Capitola ?

– Je le pourrais. Mais je ne vous le dirai pas.

Ce ton détaché était une façon de se moquer d'elle, de lui dire qu'en tant que professionnelle de l'interrogatoire elle avait mal posé sa question. Et il ajouta, d'une voix douce :

– Il est temps que je retourne à ma cellule, je crois.

CHAPITRE 2

Alonzo « Sandy » Sandoval, le procureur de Monterey, était un bel homme au physique légèrement enrobé, doté d'une épaisse tignasse brune et d'une grosse moustache. Il se trouvait dans son bureau, deux étages au-dessus des cellules, derrière une table encombrée de dossiers.

– Salut, Kathryn. Alors, notre lascar… Est-ce qu'il s'est frappé la poitrine en gémissant *Mea culpa* ?

– Pas vraiment.

Elle s'assit, jeta un coup d'œil au gobelet de café qu'elle avait laissé sur la table trois quarts d'heure plus tôt. La crème basses calories s'était figée à la surface.

– Je dirai que c'était, hum…, l'un des interrogatoires les plus ratés de tous les temps.

– Vous avez l'air secouée, chef, dit un jeune homme en jean, de petite taille, aux cheveux roux et aux joues semées de taches de rousseur.

La tenue de TJ semblait plutôt originale pour un agent enquêteur du CBI – l'institution policière la plus conservatrice de l'État de Californie –, mais tout, chez lui, était hors norme. Âgé d'une trentaine d'années, célibataire, TJ Scanlon habitait sur les hauteurs de Carmelvieille dans une maison dont l'intérieur était un véritable musée vivant de la contre-culture dans la Californie des années 60. Il préférait travailler seul et en civil la plupart du temps, pour des missions de surveillance et de filature, plutôt que de faire équipe avec un collègue du CBI conformément à la procédure habituelle. Mais le collègue avec lequel Kathryn Dance travaillait habituellement se trouvait à Mexico pour une extradition, et TJ avait sauté sur l'occasion de voir le Fils de Manson.

– Pas secouée. Intriguée, seulement.

Elle raconta que l'interrogatoire s'était bien passé jusqu'au moment où Pell s'en était brusquement pris à elle. Et finit par admettre, devant le regard sceptique de TJ :

– D'accord, je suis un peu secouée. J'ai déjà été menacée. Mais les menaces qu'il a proférées étaient les pires qui soient.

– Les pires ? demanda Juan Millar, un grand détective à la peau sombre qui officiait au service des enquêtes du Bureau du shérif, dont le siège se trouvait à deux pas du tribunal.

– Des menaces proférées avec *calme*, précisa Kathryn.

– On sait qu'on peut commencer à s'inquiéter quand ils cessent de crier pour parler à voix basse, remarqua TJ.

Ils sont souvent seuls, ces gamins…

– Que s'est-il passé ? demanda Sandoval, qui semblait plus préoccupé par l'état du dossier que par les menaces à l'encontre de Kathryn.

– Quand il a nié qu'il connaissait Herron, il n'y a pas eu de réaction de stress. C'est seulement quand je l'ai fait parler d'un coup monté par la police qu'il est devenu agressif. Avec des mouvements convulsifs qui ne correspondaient pas à son profil.

On disait souvent de Kathryn Dance qu'elle était un détecteur de mensonge, mais ce n'était pas exact ; elle était en réalité, comme tous les bons synergologues, un détecteur de *stress*. Le stress étant dans bien des cas un signe de tromperie. Une fois qu'elle l'avait détecté, elle s'attachait au sujet qui l'avait provoqué et creusait méthodiquement, jusqu'à ce que son interlocuteur craque.

Les experts synergologues distinguent plusieurs types de stress. Celui qui se manifeste chez quelqu'un qui ne dit pas toute la vérité est pour eux le « stress de tromperie ». Mais il existe aussi un stress « général » chez ceux qui sont simplement mal à l'aise ou inquiets, et celui-ci n'a rien à voir avec le mensonge. C'est le cas, par exemple, d'un individu qui est en retard pour se rendre à son travail, ou bien qui doit s'exprimer en public, ou craint la douleur physique. À chaque type de stress correspondent des comportements différents.

Elle le leur expliqua et ajouta :

– J'ai eu le sentiment qu'il ne maîtrisait plus l'interrogatoire et ne pouvait pas revenir en arrière. Ce qui l'a mis hors de lui.

– Alors que vous disiez *comprendre* ses arguments ? s'étonna le mince Juan Millar, en se grattant machinalement la paume de la main gauche. Il gardait, dans le Y qui se dessinait à la pliure du pouce et de l'index, la cicatrice du tatouage hérité de son ancienne appartenance à une bande.

– Exactement.

C'est alors que s'opéra dans l'esprit de Kathryn l'un de ces rapprochements éclairs dont elle était coutumière. *A* + *B* + *X*. Elle n'aurait pas su expliquer comment. Mais elle y était toujours attentive.

– Où Robert Herron a-t-il été assassiné ?

Elle s'approcha de la carte du comté de Monterey affichée au mur.

– Là, répondit le procureur, en pointant le doigt sur une zone colorée en jaune, de forme trapézoïdale.

– Et le puits dans lequel on a retrouvé le pied-de-biche et le portefeuille ?

– À peu près là.

C'était à quelques centaines de mètres de la scène de crime, dans un quartier résidentiel.

Kathryn fixait la carte.

Elle sentit le regard de TJ sur elle.

– Qu'y a-t-il, chef ?

– Vous avez une photo de ce puits ? demanda-t-elle.

Sandoval se plongea dans le dossier.

– Les experts légistes en ont pris une quantité.

– Les spécialistes des scènes de crime adorent faire joujou avec leurs appareils, dit Millar.

Cette réflexion était étonnante de la part d'un tel boy-scout, et il ajouta avec un sourire timide :

– J'ai déjà entendu dire ça.

Le procureur brandit une liasse de clichés en couleur, puis les feuilleta pour trouver celui qu'il cherchait.

Kathryn les regarda à son tour et demanda à TJ :

– On a enquêté sur une affaire dans ce coin-là, il y a six mois. Vous vous en souvenez ?

– Bien sûr. Une histoire d'incendie volontaire. Dans ce nouveau lotissement.

– C'est toujours en chantier, poursuivit Kathryn, en posant le doigt à l'endroit où le puits était situé. Et là, il y a un puits creusé dans la roche.

Ils savaient tous que, l'eau étant précieuse dans cette partie de la Californie, les puits, qui fournissaient une ressource rare et irrégulière, ne servaient jamais à l'irrigation des cultures mais seulement à des résidences privées.

– Merde, lâcha Sandoval, en fermant brièvement les yeux. À l'époque où Herron a été tué, il y a dix ans aujourd'hui, il n'y avait là que des terres agricoles. Ce puits ne devait pas exister.

– Il n'existait pas il y a *un an*, murmura Kathryn. Voilà pourquoi Pell était si nerveux. J'étais tout près de la vérité. Quelqu'un a bel et bien fauché le pied-de-biche à Bakersfield chez sa tante et a trafiqué le portefeuille pour les y mettre, *récemment*. Mais ce n'était pas pour le piéger.

– Oh, non ! souffla TJ.

– C'est quoi, cette histoire ? demanda Millar en les regardant tour à tour, les sourcils froncés.

– C'est Pell lui-même qui a manigancé tout ça, répondit Kathryn.

– Mais pourquoi ? demanda Sandoval.

– Parce qu'il ne pouvait pas s'évader de Capitola…

Cet établissement pénitentiaire, comme celui de Pelican Bay au nord de l'État, était une prison de haute sécurité réservée aux détenus les plus dangereux.

– ... Mais d'ici, il le peut.

En prononçant ces mots, elle tendait la main vers le téléphone.

CHAPITRE 3

Dans sa cellule spéciale – à l'écart des autres détenus –, Daniel Pell examinait la grille et, au-delà, le corridor menant au tribunal.

Il semblait calme, mais son cœur battait à se rompre. La femme policier qui venait de l'interroger lui avait fait très peur, avec ses yeux verts au regard si calme derrière les verres cerclés de noir, et sa voix qui ne tremblait pas. Il n'aurait jamais cru qu'on pouvait aussi vite le percer à jour. Cette femme lui avait donné l'impression de lire dans ses pensées.

Kathryn Dance…

Il reporta son attention sur Baxter, le gardien posté à l'extérieur de la cage. Un bon bougre, pas comme celui qui l'avait amené de Capitola, qui était une espèce d'armoire à glace, noir et dur comme l'ébène, et qui montait maintenant la garde devant la porte du fond, l'œil aux aguets.

– En fait, ce que je crois, dit Pell, reprenant sa discussion avec Baxter, c'est que Jésus m'a aidé. J'en étais arrivé à trois paquets par jour. Et il a pris le temps, Lui qui a tant de choses à faire, de me venir en aide. J'ai arrêté assez facilement.

– J'aurais besoin d'un petit coup de main, moi aussi, s'Il le voulait bien, confia le gardien.

– Crois-moi, dit Pell, ça a été plus dur de renoncer à la cigarette que d'arrêter de picoler.

– J'ai essayé le patch – tu sais, ce truc qu'on se colle sur le bras. Aucun effet. Je vais peut-être prier pour demander de l'aide, demain. Ma femme et moi, on prie tous les matins.

Pell ne fut pas surpris. Il avait remarqué l'insigne en forme de poisson au revers de sa veste.

– C'est bien.

– La semaine dernière, j'ai perdu les clés de ma voiture et on a prié pendant une heure. Jésus a fini par me dire où elles étaient. Écoute, Daniel, j'ai une idée. Tu vas rester ici jusqu'au procès. Alors si tu veux, on peut prier ensemble.

– C'est sympa de ta part.

Le téléphone de Baxter se mit à sonner.

Deux secondes après, une sirène stridente se déclencha, leur déchirant les tympans.

– Qu'est-ce qu'il y a, bordel ?

Le gardien de Capitola bondit sur ses pieds. Juste au moment où une gigantesque boule de feu emplissait le parking. La fenêtre qui se trouvait au fond de la cellule était défendue par des barreaux mais ouverte, et des langues de flammes passèrent entre les barreaux. Une épaisse fumée noire envahit la cellule. Pell se jeta par terre, recroquevillé sur lui-même.

– Seigneur !

Baxter, figé sur place, regardait fixement les flammes qui grondaient en envahissant le terrain situé derrière le tribunal. Puis il saisit son téléphone, mais le réseau ne répondit pas. Il prit son talkie-walkie pour signaler l'incendie. Daniel Pell, ses mains lui protégeant la tête, s'était mis à prier.

– Eh, Pell !

Le détenu rouvrit les yeux.

Le monumental gardien de Capitola se tenait devant lui, un Taser à la main. Il lui tendit des entraves pour qu'il les passe à ses chevilles.

– Mets ça ! On va suivre ce corridor jusqu'à la porte, et monter dans le fourgon. Tu…

De nouvelles flammes s'engouffrèrent à travers les barreaux. Les trois hommes reculèrent. Un autre réservoir de voiture avait explosé.

– Tu resteras derrière moi. Compris ?

– Oui, bien sûr. Mais sortons vite, s'il vous plaît ! supplia Pell, en refermant les bracelets métalliques sur ses chevilles.

Transpirant, la voix montant vers l'aigu, Baxter demanda :

– Qu'est-ce que tu en penses ? C'est des terroristes ?

Le gardien de Capitola n'eut pas un regard pour son collègue paniqué. Il ne quittait pas Pell des yeux.

– Si tu ne fais pas exactement ce que je dis, tu prendras cinquante mille volts dans le cul, lança-t-il en pointant le Taser sur le détenu. Et s'il y a le moindre problème, je te laisse cramer ici. Compris ?

– Oui, chef. Allons-y. S'il vous plaît ! Je m'en voudrais que vous soyez blessés à cause de moi, M. Baxter et vous. Je ferai tout ce que vous voudrez.

– Ouvre ! dit le géant à Baxter, qui se hâta de presser un bouton.

La porte s'ouvrit avec un bourdonnement. Les trois hommes s'élancèrent droit devant eux, franchirent un portillon de sécurité et continuèrent dans un autre corridor obscur envahi par la fumée. La sirène hurlait toujours.

Mais… songea Pell. C'était une deuxième alarme. La première s'était déclenchée *avant* l'explosion au-dehors. Quelqu'un se doutait-il de ce qu'il allait faire ?

Kathryn Dance…

Comme ils passaient devant une sortie de secours, Pell jeta un coup d'œil derrière lui. Une fumée épaisse et grasse emplissait le corridor autour d'eux. Il cria à Baxter :

– Non, c'est trop tard ! Tout va s'écrouler ! Sortons par là !

– Il a raison ! cria Baxter à son tour, en tendant la main vers la porte.

– Non, dit fermement le gardien de Capitola, très calme. Par la porte du fond et de là, dans le fourgon de la prison.

– Vous êtes fou ! cria Pell. Pour l'amour de Dieu. On va tous mourir ici.

Il tira violemment sur la poignée de la porte, qui s'ouvrit.

Une rafale de fumée, de flammes et d'étincelles les frappa au visage. Dehors, une muraille de feu engloutissait les voitures, les arbustes et des rangées de poubelles. Pell tomba à genoux en se couvrant la face de ses mains et se mit à hurler :

– Mes yeux… J'ai mal !

– Pell, bon Dieu…

Le gardien fit un pas en avant en levant son Taser.

– Arrête avec ça, il ne va pas se sauver ! dit Baxter, furieux. Il est blessé !

– Je n'y vois plus rien ! gémit Pell. Aidez-moi !

Baxter se tourna vers lui, se pencha.

– Fais pas ça ! cria l'autre.

Baxter recula en titubant, les yeux agrandis par la stupéfaction, tandis que Pell lui enfonçait à plusieurs reprises un couteau à découper dans le ventre et dans la poitrine. Le sang giclant de ses blessures, le gardien tomba à genoux à son tour, sa main tremblante tentant vainement d'attraper la bombe d'aérosol au poivre accrochée à sa ceinture. Le saisissant par l'épaule, Pell le fit pivoter à la seconde où l'autre gardien pressait la détente de son Taser. L'arme se déchargea, mais les électrodes manquèrent leur cible.

Pell repoussa Baxter de côté et bondit sur le gardien de Capitola tandis que le Taser inutile tombait sur le sol. Le grand type se figea en regardant le couteau. Les yeux bleus de Pell ne quittaient pas son visage noir et luisant de transpiration.

– Ne fais pas ça, Daniel !

Pell s'avança.

L'homme leva ses poings massifs.

– D'accord, allons-y.

Inutile de discuter. Quand on est le plus fort, on n'a pas à humilier, ni à menacer ou à railler. Pell chargea, en évitant les coups de l'autre, et le frappa violemment une dizaine de fois, la lame jaillissant pour plonger de haut en bas dans sa main droite serrée sur le manche. C'était la meilleure façon d'utiliser un couteau contre un adversaire puissant et décidé à se battre.

Les traits déformés, le grand gardien tomba sur le flanc en lançant des coups de pieds dans le vide. Il porta les mains à sa gorge et à sa poitrine. Quelques secondes plus tard il ne bougeait plus. Pell prit les clés des menottes pour se libérer.

Baxter s'éloignait en rampant et s'efforçait de sortir son Mace de l'étui avec ses doigts ensanglantés. Il ouvrit de grands yeux en voyant Pell qui s'approchait.

– Je t'en prie. Ne me fais pas de mal. J'ai fait mon boulot, c'est tout. J'ai été sympa avec toi, je…

Pell le saisit par les cheveux. Il fut tenté de dire « Et tu as fait perdre son temps à Dieu en priant pour *tes clés de voiture* ? » Mais non. Ne pas humilier, ni menacer ni railler. Pell se pencha pour, d'une main experte, lui trancher la gorge. Baxter mort, Pell retourna vers la porte et franchit le seuil. Il se couvrit les yeux et attrapa le sac en tissu métallique ignifugé dans lequel il avait pris le couteau, juste derrière la porte.

Comme il rentrait dans le corridor, il sentit le canon d'une arme sur sa nuque.

– Pas un geste !

Il s'immobilisa.

– Lâche ce couteau !

Une brève hésitation. Le canon de l'arme s'enfonçait douloureusement dans sa chair ; il sentit que la main qui la tenait était prête à presser la détente. Il poussa un soupir. Le couteau tomba avec fracas sur le carrelage. Pell jeta un coup d'œil à l'homme, un jeune flic en uniforme de type sud-américain qui le regardait. De l'autre main, il tenait une radio.

– Ici Juan Millar. Kathryn, vous m'entendez ?

– Oui, continuez, répondit une voix de femme.

Kathryn…

– Onze-neuf-neuf, renfort urgent SVP, à la sortie de secours, rez-de-chaussée, juste à côté de la cellule. J'ai deux gardiens morts. Ou sérieusement blessés. Neuf-quatre-cinq, demande d'ambulance. Je répète, ici onze-neuf…

À cet instant, le réservoir de gaz de la voiture la plus proche de la porte explosa ; une gigantesque flamme orange s'engouffra par la porte ouverte.

Le policier se baissa vivement.

Pas Pell. Sa barbe avait pris feu, les flammes lui léchaient les joues, mais il resta debout.

Tenir bon…

CHAPITRE 4

Kathryn Dance appelait sur un Motorola.

– Juan, où est Pell ?... Juan, répondez ! Que se passe-t-il ?

Silence.

Le numéro onze-neuf-neuf était un code de la police montée, même si tout le monde, en Californie, savait ce qu'il signifiait : un policier demandait une assistance immédiate.

Mais depuis, plus rien.

Le chef de la sécurité du tribunal, un flic aux cheveux poivre et sel à la coupe militaire qui occupait ce poste depuis qu'il était à la retraite, passa la tête dans l'entrebâillement de la porte.

– Qui dirige les opérations ? Qui est le chef ?

Sandoval se tourna vers Kathryn Dance.

– Vous êtes notre supérieur.

Elle n'avait jamais, jusque-là, été confrontée à une telle situation : une bombe incendiaire et l'évasion d'un tueur comme Daniel Pell. Mais *personne*, à sa connaissance, ne l'avait jamais été dans toute la Péninsule. Il s'agissait de coordonner les diverses interventions en attendant que quelqu'un du Bureau du shérif ou de la police montée prenne le relais. Et il fallait agir vite et sans hésiter. C'était vital.

– Bon, dit-elle. Et elle donna pour instruction au chef de la sécurité d'envoyer immédiatement des gardes en renfort au rez-de-chaussée et à toutes les issues.

Il y avait des cris au-dehors. Des gens couraient dans le corridor. La radio crachait des messages.

– Regardez, dit TJ, avec un signe de tête vers la fenêtre et le ciel envahi par la fumée noire qui masquait le soleil.

Malgré le feu, qui risquait maintenant de se communiquer à l'intérieur du bâtiment, Kathryn Dance décida de rester dans le bureau d'Alonzo Sandoval. Elle ne voulait pas perdre de temps à déménager ou à évacuer les lieux. Si l'incendie gagnait les étages – elle était au premier – elle pourrait toujours sauter par une fenêtre sur le toit de l'un des véhicules stationnés quatre mètres plus bas. Elle fit une nouvelle tentative pour joindre Juan Millar. Ni son téléphone ni sa radio ne répondirent.

– Il faut fouiller le bâtiment de fond en comble, dit-elle au chef de la sécurité.

– À vos ordres, répondit l'homme, et il sortit.

– Et je veux qu'on dresse des barrages sur les voies d'accès pour le cas où il tenterait de s'échapper, dit-elle à TJ.

Elle ôta son blouson, le jeta sur une chaise. Elle sentait la sueur ruisseler sur ses aisselles.

– Là, là, et là... ajouta-t-elle, ses ongles courts frappant sèchement la carte plastifiée du comté de Salinas.

TJ appela la brigade des autoroutes de la police fédérale de Californie et la police du comté de Monterey et, sans quitter la carte des yeux, indiqua les emplacements.

Sandoval, le procureur – sombre et hagard –, contemplait le parking enfumé. Les gyrophares lançaient des lueurs qui se reflétaient dans les vitres par intermittences. Il restait muet. Les messages se succédaient. Aucune trace de Pell dans le bâtiment ou à l'extérieur.

Aucune, non plus, de Juan Millar.

Le chef de la sécurité revint après quelques minutes, le visage maculé de noir. Il toussait à perdre haleine.

– L'incendie… est maîtrisé. Il a… fait des dégâts mais… reste circonscrit à l'extérieur, parvint-il à articuler entre deux quintes. Mais, Sandy… Il faut que je vous dise… Jim Baxter est mort. Et le gardien de Capitola aussi… Pell s'est procuré un couteau, apparemment.

– Non… dit Sandoval à voix basse. Oh, non !

– Et Millar ? demanda Kathryn Dance.

– Il est introuvable. Le type l'a peut-être pris en otage. On a trouvé une radio. Je suppose que c'est la sienne. Mais Pell… on ne comprend pas où il est passé. Quelqu'un a ouvert une porte de secours à l'arrière du bâtiment, mais il y avait du feu partout il y a encore quelques minutes. Il n'a pas pu sortir par là. Sinon, il lui fallait traverser tout le rez-de-chaussée et on l'aurait tout de suite repéré dans son survêtement de détenu.

– À moins qu'il ait pris la tenue de Millar, observa Kathryn.

TJ la regarda d'un air gêné ; ils savaient tous deux ce qu'impliquait cette hypothèse.

– Prévenez tout le monde qu'il se peut qu'il porte un costume foncé avec une chemise blanche. (Millar était nettement plus grand que Pell.) Dans ce cas, il aura retroussé le bas de son pantalon, ajouta-t-elle.

On diffusa le message.

– Monterey envoie des véhicules, annonça JT sans lâcher son téléphone. Puis, montrant la carte : la brigade des autoroutes a dispatché six voitures et une dizaine d'agents motocyclistes. Il y aura des barrages sur les principales voies d'accès d'ici un quart d'heure.

Le fait que Salinas ne soit pas une grande ville – environ 50 000 habitants – et qu'elle se trouve au cœur d'une zone agricole (on l'appelait le Saladier de la région) jouait à leur avantage. Les champs de laitues, de choux de Bruxelles, d'épinards et d'artichauts s'étendaient presque partout autour de la cité, ce qui laissait au fugitif peu de routes ou de voies secondaires. Et à pied, il serait facile à repérer dans les zones où les cultures étaient à ras de terre.

Kathryn Dance dit à TJ de transmettre la photo d'identité judiciaire de Pell au Bureau du shérif et de la diffuser auprès des agents qui établissaient les barrages routiers.

Que pouvait-elle faire d'autre ?

Elle serra la tresse que Maggie avait, d'une main énergique, serrée autour de sa tête ce matin-là. C'était un rite quotidien entre la mère et la fille ; Maggie choisissait chaque matin la couleur du bandeau ou du chouchou que sa mère allait arborer pour la journée. Kathryn revit les yeux bruns et pétillants de malice de Maggie derrière la monture métallique de ses lunettes pendant qu'elle parlait des amuse-gueules qu'il fallait préparer pour fêter le lendemain l'anniversaire du père de Kathryn. (C'était à ce moment sans doute que Wes avait glissé cette chauve-souris naturalisée dans son sac à main.)

Elle se rappela aussi qu'elle avait hâte, alors, d'interroger ce criminel célèbre.

Le Fils de Manson…

La radio du chef de la sécurité se mit à crépiter. Une voix essoufflée annonça :

– On a un homme blessé. Gravement. Le détective du comté de Monterey. Apparemment, Pell l'a poussé dans le feu. L'ambulance a demandé une évacuation d'urgence. Je crois qu'on nous envoie un hélico médicalisé.

Non, non… Kathryn et TJ échangèrent un regard. Le courroux se lisait sur les traits du jeune enquêteur d'ordinaire si souriant. Kathryn se doutait que Millar devait souffrir horriblement, mais il fallait qu'elle sache s'il avait la moindre idée de la façon dont Pell s'était enfui, et de la direction qu'il avait prise. Elle montra la radio d'un signe de tête. Le chef de la sécurité la lui tendit.

– Ici l'agent Dance. Le détective Millar est-il en état de parler ?

– Non, madame. C'est… assez grave.

Un silence.

– A-t-il ses vêtements sur lui ?

– Il… vous pouvez répéter ?

– Pell a-t-il pris les vêtements de Millar ?

– Ah… Négatif. Terminé.

– Et son arme ?

– Il n'y a pas d'arme.

Merde.

– Prévenez tout le monde que Pell est armé.

– Compris.

Elle pensa à autre chose :

– Je veux un agent à l'arrivée de l'hélicoptère. Pell a peut-être l'intention de le pirater.

– Compris.

Elle rendit la radio. Puis elle prit son téléphone et composa le 4.

– Cardiologie, répondit la voix basse et posée d'Edie Dance.

– M'man, c'est moi.

– Qu'y a-t-il, Katie ? Les gamins ?

Kathryn imagina sa mère, silhouette massive dans la blouse blanche, regard inquiet derrière la monture grise de ses lunettes. Elle s'était sans doute penchée en avant – sa réaction automatique au stress.

– Non, ils vont bien. Mais l'un des détectives de Michael a été gravement brûlé. Très gravement. Il y a eu un incendie au tribunal, en liaison avec une évasion. Tu vas en entendre parler aux informations. On a perdu deux gardiens.

– Oh… c'est affreux, murmura Edie.

– Ce détective s'appelle Juan Millar. Tu l'as rencontré une ou deux fois.

– Je ne m'en souviens pas. On l'amène ici ?

– Oui, il ne va pas tarder à arriver. Par hélicoptère.

– C'est si grave que ça ?

– Vous avez ce qu'il faut pour accueillir les grands brûlés ?

– Plus ou moins… Au service des soins intensifs. Si c'est pour un long séjour, on le transférera à Alta Bates, U.C. Davis ou Santa Clara dès que son état le permettra. Ou peut-être à Grossman.

– Peux-tu l'examiner à son arrivée, et me rappeler pour me dire ce qu'il en est ?

– Bien sûr, Katie.

– Et au cas où ce serait possible, je voudrais lui parler. Quoi qu'il ait vu, ça risque de nous être utile.

– Bien sûr.

– Je vais être coincée ici pour la journée, même si on reprend ce type. Tu veux bien demander à Papa d'aller récupérer les enfants ?

Stuart Dance, biologiste et océanologue à la retraite, travaillait de temps à autre au célèbre aquarium de Monterey, mais restait toujours disponible pour véhiculer les enfants.

– Je l'appelle tout de suite.

– Merci, M'man.

Kathryn coupa la communication et se tourna vers le procureur Alonzo Sandoval qui fixait la carte sans la voir et n'avait toujours pas prononcé un mot.

– Qui l'a aidé à s'évader ? dit-il enfin, d'une voix éteinte. Et où est-il passé, bon sang ?

Ces deux questions tournaient aussi, inlassablement, à l'esprit de Kathryn Dance.

Avec une autre : qu'aurais-je pu faire pour deviner ce qu'il mijotait ? Qu'aurais-je pu faire pour empêcher cette tragédie ?

CHAPITRE 5

Dans le parking, l'hélicoptère lâcha quelques arabesques de fumée bleue tandis que le rotor se mettait à tourner dans un vrombissement et qu'il s'élevait au-dessus du sol, emportant Juan Millar à l'hôpital.

Vaya con Dios…

Le portable de Kathryn Dance sonna. Elle jeta un coup d'œil à l'écran. Elle s'étonna qu'il ait mis aussi longtemps à la joindre.

– C'est vous, Charles, dit-elle à son patron, l'agent qui dirigeait le bureau régional du CBI.

– Je suis en route pour le tribunal. Que s'est-il passé, Kathryn ?

Elle lui résuma la situation, sans oublier les deux morts et ce qui était arrivé à Millar.

– Désolé… On a une piste, des indices, quelque chose à leur dire ?

– À qui ?

– Aux journalistes.

– Je n'en sais rien, Charles. On ne sait pas grand-chose. Il peut être n'importe où. J'ai fait établir des barrages et on passe le bâtiment au peigne fin.

– Rien de concret ? Pas même une idée ?

– Rien.

Charles Overby soupira.

– À propos, vous avez le commandement des opérations.

– Pardon ?

– Je compte sur vous pour diriger cette chasse à l'homme.

– Moi ?

Surprise. Le CBI avait sans aucun doute la compétence nécessaire : c'était l'institution policière numéro un de l'État, et Kathryn Dance avait le statut de cadre ; elle était aussi qualifiée que n'importe qui pour superviser les opérations. Mais le CBI était plutôt spécialisé dans l'investigation et ne disposait pas d'un nombreux personnel. La police montée de Californie et le Bureau du shérif y pourvoiraient pour mener cette recherche.

– Pourquoi pas quelqu'un de la police montée ou de la police de l'État ?

– Je pense qu'il nous faut une véritable coordination centrale. C'est indispensable. D'ailleurs, tout le monde est d'accord. J'ai pris les contacts nécessaires avant de vous appeler.

Si vite ? Était-ce pour cette raison qu'il avait tardé à la rappeler ? Parce qu'il faisait des pieds et des mains pour que le CBI garde le contrôle de cette affaire retentissante ?

De toute façon, elle était d'accord. La capture de Pell était maintenant pour elle un enjeu personnel.

Elle n'avait pas oublié le moment où il l'avait regardée en serrant les dents pour prononcer à voix basse ces phrases terrifiantes.

Eh oui, c'est un métier risqué, d'être flic. Ils sont souvent seuls, ces gamins, pas vrai ? Ils seraient peut-être contents si des copains à moi venaient s'amuser un peu avec eux...

– C'est entendu, Charles. Je m'en occupe. Mais je veux Michael avec moi.

Michael O'Neil, avec lequel elle faisait volontiers équipe. Elle travaillait depuis des années auprès de ce détective à la voix douce, qui avait guidé ses premiers pas quand elle avait intégré le CBI.

– Ça me va tout à fait.

Ça tombe bien, songea Kathryn, qui avait déjà appelé Michael.

– Il ne va pas tarder à arriver. Je veux qu'on se voie avant la conférence de presse, ajouta Overby avant de mettre fin à la communication.

Comme Kathryn se dirigeait vers l'arrière du tribunal, l'éclat bleu et blanc d'un gyrophare attira son attention. Elle reconnut l'une des Ford Taurus du CBI.

Rey Carraneo, la toute dernière recrue de l'équipe, arrêta son véhicule et en sortit pour venir vers elle. Mince, les yeux noirs sous d'épais sourcils, il n'était en poste que depuis deux mois, mais il était moins novice qu'il y paraissait, puisqu'il avait passé trois ans dans la police de Reno – ce qui n'était pas une sinécure. Il en était parti pour s'installer sur la Péninsule avec sa femme afin de se rapprocher de sa mère malade. Même s'il lui fallait encore arrondir les angles d'un tempérament vif et tout d'une pièce, Rey était un flic infatigable en qui on pouvait avoir confiance. Ce qui n'était pas rien.

Il n'avait que six ou sept ans de moins que Kathryn, mais ces années-là comptaient dans une vie de policier, et il ne parvenait pas à l'appeler par son prénom, comme elle le lui avait souvent demandé. Il la saluait généralement d'un signe de tête. Ce jour-là, ce fut avec respect.

– Suivez-moi.

Elle lui rappela le meurtre d'Herron, les pièces à conviction, et lui résuma les événements qui venaient de se produire, avec l'explosion d'un réservoir d'essence.

– Il a sans doute un complice, ajouta-t-elle. Et nous savons qu'il est armé. Donc, ouvrez bien les yeux.

Derrière le tribunal, les spécialistes de scène de crime du comté de Monterey examinaient les traces du carnage, épaulés par des experts de la brigade antifeu. On se serait cru sur un champ de bataille. Quatre véhicules avaient brûlé jusqu'au châssis, deux autres étaient à moitié détruits. La façade arrière du bâtiment était noire de suie, et les poubelles avaient fondu. Un brouillard de fumée bleu-gris stagnait au-dessus de cette vision de catastrophe.

L'odeur du caoutchouc brûlé et une autre, beaucoup plus repoussante, vous prenaient à la gorge.

Elle regarda le parking. Puis la porte de secours restée ouverte.

– Il n'a pas pu sortir par là, dit Carraneo, comme s'il avait deviné ce qu'elle pensait. On voyait aux véhicules détruits et, aux traces d'incendie au sol, que le feu avait fait rage tout autour de la porte ; les flammes étaient destinées à faire diversion. Mais où était-il passé ?

– On sait à qui appartiennent ces voitures ? demanda Kathryn.

– Oui. Elles sont – ou elles étaient – toutes à des membres du personnel.

– Eh, Kathryn, on a l'engin incendiaire ! annonça un homme en uniforme en s'approchant d'eux. C'était le chef de la brigade antifeu.

Elle le salua d'un hochement de tête.

– Qu'est-ce que c'était ?

– Une valise à roulettes. Une grosse, bourrée de bouteilles de lait en plastique qu'il avait remplies d'essence. Il l'a placée sous la Saab que vous voyez là. Avec un système de mise à feu retardée.

– Un truc de professionnel ?

– Probablement pas. On a trouvé des résidus. C'est le genre de chose qu'on peut bricoler avec de la corde à linge et des produits chimiques. Il a dû trouver la recette sur Internet, à mon avis. Comme les mômes qui s'amusent à fabriquer des explosifs. Et qui se font souvent sauter avec.

– Vous pourrez trouver la provenance de tout ça ?

– Peut-être. On a tout envoyé au labo de la police scientifique.

– Vous savez à quel moment il a déposé sa bombe ?

L'homme désigna, de la tête, la carcasse de la voiture sous laquelle on avait trouvé les restes.

– Le propriétaire de la bagnole est arrivé ici vers neuf heures quinze. C'est donc après.

– On a des chances de trouver des empreintes ?

– J'en doute.

Kathryn, les mains sur les hanches, parcourut le champ de bataille du regard. Quelque chose clochait.

Le corridor obscur, visible à travers la porte ouverte, avec du sang sur le béton.

La porte ouverte.

En pivotant lentement sur elle-même, elle remarqua quelque chose au-delà du bâtiment, dans un bois de pins et de cyprès tout proche : un bout de ruban orange accroché à une branche. Comme on en mettait généralement pour signaler les arbres destinés à l'abattage. En s'approchant, elle vit que les aiguilles de pin formaient une couche plus épaisse qu'au pied des autres troncs. Elle s'agenouilla pour creuser à deux mains dans un mélange d'aiguilles et de terre meuble, et en sortit rapidement un grand sac de toile métallisée, en partie carbonisé.

– Rey, j'ai besoin de gants, dit-elle, en toussant dans la fumée.

Le jeune agent alla en emprunter à un policier qui travaillait sur la scène de crime et les lui apporta. Il y avait à l'intérieur du sac le survêtement de détenu orange de Pell et une combinaison à capuchon de couleur grise, qui se révéla être une tenue de protection contre l'incendie. On lisait sur l'étiquette qu'elle était composée de Kevlar et de fibres ignifugées d'une résistance à la chaleur de coefficient 3.2A/5. Kathryn Dance n'avait aucune idée de ce que signifiaient précisément ces chiffres, sinon que ladite combinaison avait permis à Pell de traverser sans dommage la fournaise qui faisait rage à l'arrière du tribunal.

Elle laissa retomber ses épaules avec accablement.

Une combinaison antifeu ? À qui, à quoi avons-nous affaire ?

– Je n'y comprends rien, dit Rey Carraneo à côté d'elle.

Elle lui expliqua que le complice de Pell avait sans doute déposé la bombe et laissé le sac contenant la combinaison et un couteau à côté de la porte de secours ; il y avait peut-être aussi, dedans, un bracelet en caoutchouc et une clé passe-partout. Après avoir désarmé Millar, Pell avait enfilé la combinaison antifeu et traversé les flammes pour rejoindre l'arbre signalé par un ruban orange, au pied duquel son complice avait caché des vêtements civils. Il s'était changé à nouveau et avait pris la fuite.

Elle reprit le Motorola pour rendre compte de ce qu'elle avait découvert, puis fit signe d'approcher au policier qui travaillait sur la scène de crime et lui remit les pièces à conviction.

Carraneo, qui examinait le terrain non loin de là, l'appela à son tour.

– Des empreintes de pas !

Il y en avait plusieurs, distantes d'un bon mètre – laissées par quelqu'un qui courait. C'était à l'évidence celles de Pell ; il en avait également laissé à l'extérieur de la porte de secours du tribunal. Les deux policiers du CBI les suivirent.

Elles les conduisirent à une rue proche, San Benito Way, le long de laquelle se trouvaient des terrains vagues, une boutique de spiritueux, une gargote aux murs branlants, une échoppe pour photocopies, un bureau de prêteur sur gage et un bar.

– C'est donc là que le complice l'a récupéré, dit Carraneo, en examinant la rue dans les deux sens.

– Mais il y a aussi une rue de l'autre côté du tribunal. Cinquante ou soixante mètres plus loin. Il a peut-être choisi celle-là ?

– Il y a plus de circulation ?

– C'est possible.

Kathryn examina la zone. Elle toussait toujours autant. Puis elle reprit sa respiration et dit, sans quitter la rue des yeux :

– Allons-y !

L'homme, proche de la trentaine, était vêtu d'un short et d'un uniforme de la compagnie de transport Worldwide Express. Il conduisait son camion à travers les rues du centre de Salinas, attentif au canon de revolver posé sur son épaule, et pleurait.

– Écoutez, m'sieur. Je sais pas de quoi il s'agit, vraiment, mais on ne transporte jamais d'argent. Je dois avoir 50 dollars sur moi, c'est mon argent personnel, et si vous voulez…

– Donne ton portefeuille.

Celui qui le braquait était en short, avec un blouson imperméable et une casquette à l'effigie de l'équipe des Okland Athletics. Il avait le visage maculé de suie et la barbe en partie brûlée. C'était un type d'âge moyen, mince mais costaud. Ses yeux d'un bleu très clair lui donnaient un regard étrange.

– Tout ce que vous voudrez, m'sieur, mais ne me faites pas de mal. J'ai des gosses.

– Le *portefeuille.*

Billy mit un certain temps à extraire l'objet de la poche arrière de son short.

– Tenez !

Le type examina le contenu.

– William Gilmore, 345 avenue Rio Grande, Marina, Californie. Père de deux beaux enfants, si j'en crois la photo.

Billy Gilmore sentit sa peur diminuer.

– Et époux de cette femme ravissante. Ah, ces boucles ! Naturelles, j'en mettrais ma main au feu. Eh, regarde la route ! Et va où je t'ai dit.

Le type resta un instant silencieux, puis dit :

– Passe-moi ton téléphone.

Il est calme. C'est bien. Ça veut dire qu'il ne fera rien d'idiot ou de précipité.

Billy entendit le type composer un numéro.

– Salut. C'est moi. Écris. Il répéta l'adresse de Billy. Il a une femme et deux enfants. Très jolie, la femme. Attends de voir ses cheveux.

– Qui c'est que vous appelez ? murmura Billy. Je vous en prie, m'sieur… Je vous en prie. Prenez le camion, prenez tout ce que vous voudrez. Je vous laisserai tout le temps qu'il faudra pour filer. Une heure. Deux heures. Mais ne…

– Chut. Le type continua à parler au téléphone. Si tu ne me vois pas arriver, c'est que je n'aurai pas passé les barrages de police parce que William n'aura pas été assez convaincant. Alors, va chez lui. Ils sont tous à toi, fais-en ce que tu voudras.

– Non ! cria Billy, en se tournant pour attraper le téléphone.

Le canon du revolver s'enfonça dans sa nuque.

– Conduis, mon gars. C'est pas le moment de s'offrir une sortie de route.

Le type referma sèchement l'appareil avant de le fourrer dans sa poche.

– William… On t'appelle Bill ?

– Bill, oui, m'sieur.

– Donc, Bill, voici la situation. Je viens de m'évader de la prison, là-bas.

– Oui m'sieur. C'est pas mon affaire.

Le type se mit à rire.

– Eh bien, merci. Tu as entendu ce que j'ai dit à l'instant. Tu sais ce que j'attends de toi. Débrouille-toi pour me faire franchir ces barrages. Je te relâcherai et je ne ferai pas de mal aux tiens.

Les traits en sueur, la peur lui tordant le ventre, Billy essuya d'un revers de main ses grosses joues cramoisies.

– Tu n'es pas une menace pour moi. Tout le monde connaît mon nom et sait à quoi je ressemble. Je suis Daniel Pell, et ma tête sera sur tous les écrans de télé à l'heure des informations. Je n'ai donc aucune raison de te faire du mal, du moment que tu m'obéis. Alors, essaie de te calmer. Et reste concentré. Si les flics t'arrêtent, je veux qu'ils voient un joyeux camionneur qui leur demande ce qu'il s'est passé en ville. Toute cette fumée, cette agitation… C'est quoi ?

– Je vous en prie. Je ferai n'importe quoi…

– Billy, je sais que tu m'écoutes. Je n'ai pas besoin que tu fasses n'*importe quoi*. J'ai besoin que tu fasses ce que je t'ai demandé. C'est tout. Quoi de plus simple ?

CHAPITRE 6

Kathryn Dance et Carraneo s'étaient rendus au bureau de l'entreprise de San Benito Way, où ils avaient appris qu'un véhicule de la Worldwide Express était passé comme chaque matin pour s'acquitter de sa livraison quelques instants après l'évasion.

De A à B à X…

Kathryn venait de se dire que Pell avait pu réquisitionner un camion pour franchir les barrages, et elle avait aussitôt appelé le directeur des opérations de la Worldwide Express à Salinas, qui lui avait confirmé que le livreur chargé de ce secteur n'avait fait aucune des livraisons prévues à son programme. Elle avait noté le numéro d'immatriculation du véhicule et l'avait transmis à la police.

Ils retournèrent au bureau de Sandy Sandoval afin de diriger les recherches pour retrouver le camion. Comme il y avait malheureusement vingt-cinq véhicules de la Worldwide Express en train de sillonner la zone, Kathryn demanda au directeur de contacter tous les chauffeurs pour qu'ils s'arrêtent immédiatement dans la station-service la plus proche. Celui qui ne s'arrêterait pas serait celui qui avait Daniel Pell à son bord.

La chose, toutefois, demandait un certain temps. Le directeur était obligé d'appeler chacun des chauffeurs sur son portable, car un appel par radio aurait alerté Pell.

Une silhouette se découpa dans l'encadrement de la porte. En se retournant, Kathryn reconnut Michael O'Neil, qu'elle avait appelé plus tôt. Elle lui adressa un signe de la tête et un sourire, très soulagée de le voir là. Il n'y avait pas, au monde, de meilleur policier avec qui partager cette galère.

O'Neil travaillait depuis des années au Bureau du shérif. Il y était entré tout jeune à la fin de ses études et avait gravi les échelons jusqu'à devenir un enquêteur hors pair avec un nombre record d'arrestations – mieux encore, de *condamnations* – à son palmarès. Il était maintenant premier substitut et détective affecté aux opérations.

Il avait refusé des offres de compagnies privées qui voulaient le charger de leur sécurité, et celles d'institutions policières aussi puissantes que le CBI ou le FBI. Il ne voulait pas d'un poste qui l'obligerait à déménager ou à accomplir de fréquents déplacements. O'Neil était chez lui sur la péninsule de Monterey et ne se voyait vivre nulle part ailleurs. Ses parents s'y trouvaient toujours, dans la maison avec vue sur l'océan où il avait grandi avec ses frères et sœurs. (Son père était diminué par le grand âge ; sa mère envisageait de vendre la maison et de le confier à une institution spécialisée. O'Neil voulait acheter la propriété pour qu'elle reste dans la famille.)

Avec son attachement à la Baie qui l'avait vu naître, son bateau et sa passion pour la pêche, Michael O'Neil faisait penser à l'un de ces héros discrets et inébranlables qu'on croise dans les romans de John Steinbeck, comme le Doc de *Cannery Row* (*Rue de la Sardine*). Un auteur dont il collectionnait d'ailleurs les livres (il les avait tous en édition originale), son préféré étant *Travels with Charley* (*Voyage avec Charley*). Et comme ce livre n'était pas une fiction mais le récit du voyage de l'auteur accompagné par Standard, son caniche, à travers l'Amérique, O'Neil avait l'intention de refaire lui-même, un jour, ce voyage.

Le vendredi précédent, Kathryn Dance et O'Neil avaient fait arrêter ensemble un homme de 30 ans connu sous le nom de Ese, et chef d'un gang particulièrement nuisible opérant aux environs de Salinas. Ils avaient fêté l'événement avec une bouteille de Piper Sonoma pétillant sur le pont d'un bateau-restaurant infesté de touristes.

Cette soirée semblait maintenant remonter à des décennies. À supposer qu'elle ait eu lieu.

L'uniforme du comté de Monterey était d'un kaki des plus traditionnels, mais O'Neil s'habillait volontiers en civil, et il portait ce jour-là un costume bleu marine sur une chemise gris foncé sans cravate qui allait bien avec ses cheveux poivre et sel. Les paupières à demi baissées sur ses yeux bruns, il étudiait la carte de la région. Naturellement grand et bien bâti, il avait en outre des bras épais à force de se colleter avec la faune musclée de la baie de Monterey chaque fois que ses loisirs et la météo lui permettaient de sortir son bateau.

Il salua de la tête TJ et Sandoval.

– On a des nouvelles de Juan ? demanda Kathryn.

– Il lutte.

Les deux hommes travaillaient souvent ensemble et allaient pêcher une ou deux fois par mois. Kathryn savait qu'au cours de son trajet en voiture il était resté en contact permanent avec les médecins et avec la famille de Millar.

Comme le CBI ne disposait pas d'un standard radiophonique lui permettant de contacter les véhicules qui patrouillaient dans le secteur, les vedettes de la police et les équipes d'urgence, O'Neil mit en place un relais avec le Bureau du shérif pour diffuser auprès de ses hommes et des brigades de la police montée l'information sur le camion de la Worldwide Express qui avait disparu. Il les prévint que d'ici quelques minutes ce camion serait le seul à ne pas s'être arrêté dans une station-service.

Puis il reçut un appel sur son téléphone et s'approcha de la carte en hochant la tête. L'appareil coincé entre l'épaule et l'oreille, il prit un bloc d'autocollants en forme de papillons qu'il posa en différents points de la carte.

Les barrages, pensa Kathryn.

O'Neil coupa la communication.

– Ils sont sur la 68, la 183, la 101… toutes les routes secondaires au-delà d'Hollister sont barrées, ainsi que Soledad et Greenfield. Mais s'il entre dans les *Pastures of Heaven*, on aura du mal à repérer le camion, même depuis un hélico – et avec le brouillard qui se lève.

Ces *Pastures of Heaven* (« Les Moissons du ciel ») étaient le nom donné par Steinbeck dans un livre du même titre à une riche vallée plantée d'arbres fruitiers le long de la route 68. Salinas était entouré de terres agricoles remarquables de platitude, mais il ne fallait pas aller très loin pour trouver des arbres. Et la zone accidentée de Castle Rock, dont les falaises, les ravins et les bois offraient d'excellentes cachettes, était relativement proche.

– Si le complice de Pell n'a pas franchi les barrages, où peut-il bien être ? demanda Sandoval.

– Ils avaient peut-être rendez-vous quelque part ? hasarda TJ.

– À moins qu'ils ne soient toujours dans le coin, dit Kathryn.

– Comment ? s'étonna le procureur. Pourquoi feraient-ils ça ?

– Pour voir comment nous nous y prenons, comprendre ce que nous savons. Ce que nous ne savons *pas*.

– Ça semble un peu… calculé, vous ne trouvez pas ?

TJ se mit à rire, et montra du doigt les voitures carbonisées.

– Moi, je trouve que « calculé » est un assez bon mot pour toute cette affaire !

– C'est peut-être, aussi, qu'il veut nous retarder, suggéra O'Neil à son tour.

– Ce n'est pas impossible, dit Kathryn. Pell et son complice ignorent que nous avons recherché ce camion. Pour lui, nous croyons toujours qu'il est dans les parages. Le complice, d'ailleurs, est peut-être chargé de nous le faire croire, en tirant sur quelqu'un dans la rue ou même en provoquant une nouvelle explosion.

– Merde. Une autre bombe incendiaire ? demanda Sandoval, avec une grimace.

Kathryn appela le chef de la sécurité pour le prévenir que le complice du détenu évadé risquait d'être encore là et de présenter un danger.

Finalement, ils n'eurent guère le temps de débattre pour savoir si oui ou non ce deuxième homme était encore dans les lieux ou à proximité. L'opération avec les camions de la Worldwide Express s'avéra payante. O'Neil reçut un appel radio du standard indiquant que deux agents venaient de repérer Pell et le prenaient en chasse.

Le camion de livraison vert foncé fonçait sur la petite route en soulevant un nuage de poussière.

L'agent en uniforme – un ancien marine – qui conduisait le véhicule de patrouille de la police de Salinas serrait son volant comme la barre d'un esquif de trois mètres dans une mer démontée.

Son coéquipier – un Latino-Américain tout en muscles – tenait son téléphone d'une main et se retenait de l'autre au tableau de bord.

– Brigade mobile de Salinas numéro 7. On est toujours derrière lui. Il a pris une piste en terre à la sortie de Natividad à environ un kilomètre au sud d'Old Stage.

– Compris… Central à Sept, attention, l'individu est sans doute armé et dangereux.

– S'il est armé, *évidemment* qu'il est dangereux ! lâcha le conducteur, à la seconde où il perdait ses lunettes tandis que la voiture décollait des quatre roues sur une énorme bosse.

Les deux policiers distinguaient à peine la piste devant eux ; le passage du camion de la Worldwide Express soulevait une véritable tempête de poussière.

– Central à Sept, on dirige vers vous tous les véhicules disponibles.

– Compris.

Des renforts, voilà qui ne serait pas du luxe. Des rumeurs couraient déjà au sujet de Daniel Pell, le gourou psychopathe, le nouveau Charles Manson. Il avait, disait-on, abattu une dizaine de personnes au tribunal, mis le feu à un bus plein d'écoliers, bousculé pour s'enfuir une foule de jurés potentiels, en tuant quatre à coups de couteau. Ou deux. Ou huit. Quelle que soit la vérité, les deux policiers voulaient de l'aide, toute l'aide possible.

– Mais où il va comme ça ? dit l'ancien marine à voix basse. Il n'y a rien, par là !

Cette piste servait surtout au transport des machines agricoles et aux bus qui amenaient dans les champs les travailleurs immigrés employés pour la récolte et les ramenaient le soir. Elle ne conduisait à aucune voie de circulation importante. On ne travaillait pas dans les champs ce jour-là, mais la nature de cette piste, et le fait qu'elle ne conduisait probablement nulle part, pouvait se deviner à son état de délabrement comme aux citernes et aux cabines de W.-C. montées sur des remorques qu'on voyait sur les côtés.

Mais Daniel Pell ne l'avait peut-être pas compris et se croyait sur une route ordinaire plutôt que sur une piste qui s'achevait brusquement, comme celle-ci, au milieu d'un champ d'artichauts. Devant le véhicule de la police, à environ une vingtaine de mètres, Pell donna un violent coup de frein et le camion continua sur sa trajectoire en dérapant. Impossible de l'arrêter. Les roues avant plongèrent dans un fossé d'irrigation peu profond, l'arrière se souleva et retomba avec fracas.

La voiture des policiers s'arrêta juste avant le choc.

– Ici véhicule sept ! hurla le jeune Latino. Pell s'est planté !

– Compris, il…

Les policiers sortirent de la voiture, en dégainant leur arme.

Mais personne ne sortit du camion.

Ils s'approchèrent. Le haillon arrière s'était ouvert sous le choc, et ils ne voyaient à l'intérieur que des dizaines de paquets et d'enveloppes répandus sur le plancher.

– Regarde, il est là !

Pell gisait à plat ventre, sonné.

– Il est peut-être blessé ?

– On s'en fout pas mal !

Se précipitant sur lui, ils lui passèrent les menottes pour le tirer hors du véhicule.

Puis ils le posèrent par terre, sur le dos.

– Merde. C'est pas lui !

– Qu'est-ce que tu racontes ?

– Tu m'excuseras, mais tu trouves que ce type a l'air d'un Blanc de 43 ans ?

L'ancien marine se pencha sur l'adolescent groggy dont la joue portait un tatouage en forme de larme, signe d'appartenance à un gang.

– Qui es-tu ? demanda-t-il en espagnol, la langue que parlaient tous les flics de Salinas et des alentours.

Le gamin répondit dans un murmure, en évitant son regard :

– Je dirai rien, va te faire enculer.

– Ah, putain…

Le flic latino jeta un coup d'œil dans la cabine, où les clés pendaient au tableau de bord. Et il comprit : Pell avait abandonné le camion dans une rue de la ville, devinant qu'il serait volé, afin que la police le prenne en chasse et le laisse ainsi s'enfuir lui-même dans une autre direction.

Puis il pensa à autre chose, qui n'avait rien de réjouissant, et se tourna vers son collègue.

– Dis donc, tu crois que lorsqu'on a appelé les autres pour leur dire qu'on avait repéré Pell, et qu'ils ont appelé tous les véhicules disponibles en renfort… ils leur ont fait quitter les barrages ?

– Non, ils n'auraient pas fait ça. Ce serait trop bête.

Les deux hommes échangèrent un regard.

– Bon Dieu ! dit le Latino, en fonçant vers leur voiture pour prendre son téléphone.

CHAPITRE 7

– Une Honda Civic, dit TJ, après avoir appelé le fichier informatisé des immatriculations de véhicules. Vieille de cinq ans. Rouge. J'ai le numéro.

Ils savaient que Pell se trouvait maintenant dans la voiture personnelle du chauffeur du camion de la Worldwide Express, qui avait disparu du parking de la compagnie à Salinas.

– Prévenons les types des barrages, ajouta-t-il.

– *Quand* ils reviendront, murmura Kathryn.

À la fureur des agents et d'O'Neil, quelqu'un, au central, avait fait lever les barrages mis en place sur les voies d'accès au tribunal sous prétexte de lancer les hommes à la poursuite du camion de la Worldwide Express. O'Neil, les lèvres serrées – une mimique par laquelle ses traits placides exprimaient une violente contrariété –, avait immédiatement rappelé les voitures.

Ils se trouvaient dans la salle de réunion proche du bureau de Sandoval. Puisqu'on avait désormais la certitude que Pell n'était plus à proximité du tribunal, Kathryn Dance voulait retourner au quartier général du CBI, mais Charles Overby leur avait demandé de rester sur place pour l'attendre.

–Je pense qu'il s'en voudrait de rater, en plus, une conférence de presse, observa TJ, provoquant les rires ironiques de Kathryn et d'O'Neil, avant d'ajouter à mi-voix, le voilà qui arrive... Tout le monde sur le pont !

L'homme, déjà, franchissait le seuil d'un pas décidé. Charles Overby, 55 ans et plusieurs décennies de carrière dans la police, salua ses agents et O'Neil.

Puis il se tourna vers Kathryn.

– Il n'était pas dans ce camion ?

– Non. C'était un petit voyou du quartier. Pell n'a pas arrêté le camion. Il a compris qu'il avait été volé, et qu'on s'y laisserait prendre. Il a filé avec la voiture personnelle du livreur de la Worldwide.

– Qu'est devenu celui-ci ?

– Introuvable.

– Aïe...

Charles Overby était brun et bronzé, pratiquait le golf et le tennis et avait un physique athlétique en forme de poire. Il était depuis peu à la tête de l'agence centrale du CBI de la Côte Ouest. Stan Fisherburne, l'agent qu'il remplaçait, avait pris une retraite anticipée pour des raisons médicales et le personnel était doublement désolé, à cause de la sévère attaque cardiaque subie par Fisherman et du choix de son successeur.

Pendant qu'O'Neil répondait au téléphone, Kathryn mit Overby au courant des derniers développements de la situation, dont la fuite de Pell dans un nouveau véhicule et leur crainte que son complice se trouve encore dans les parages.

– Vous croyez qu'il a déposé un nouvel engin explosif ?

– C'est peu probable. Mais il se peut qu'il soit toujours là.

O'Neil raccrocha.

– On a rétabli les barrages.

– Qui les a fait lever ? demanda Overby.

– Nous n'en savons rien.

– Vous êtes certain que ce n'est pas vous ou Michael ? insista Overby, mal à l'aise.

Un silence embarrassé lui répondit. Puis O'Neil intervint calmement :

– Non, Charles.

– Qui, alors ?

– On ne le sait pas très bien.

– Il faut en avoir le cœur net.

Kathryn et O'Neil se taisaient. À quoi bon chercher des coupables, le mal était fait. Puis O'Neil dit qu'il y veillerait. Kathryn savait qu'il éviterait de faire du tort à quiconque et, rassuré par cette promesse, Overby laissa tomber le sujet.

– Personne n'a vu la Honda Civic, reprit le détective. Mais il était sans doute trop tard. Il a pu s'engager sur la route 68 ou sur la 101. Sur la 68, toutefois, ça me paraît improbable.

– Oui, dit Overby. La route 68, plus petite, aurait conduit Pell dans la partie la plus peuplée de Monterey. La 101, aussi large qu'une autoroute inter-États, donnait accès à toutes les voies rapides.

– On est en train d'établir de nouveaux postes de contrôle dans Gilroy. Et à une trentaine de kilomètres au sud.

O'Neil, tout en parlant, posait des papillons autocollants aux endroits qu'il désignait.

– Et vous avez sécurisé les gares routières et les aéroports ? demanda Overby.

– Oui, répondit Kathryn.

– Et contacté les polices de San José et d'Oakland pour les mettre dans le coup ?

– Oui. Comme celles de Santa Cruz, San Benito, Merced, Santa Clara, Stanislaus et San Mateo.

Les comtés des alentours.

– Bien, dit Overby, en griffonnant quelques notes, puis il leva les yeux. À propos. Je viens d'avoir Amy au téléphone.

– Amy Grabe ?

– Elle-même.

Amy Grabe était agent spécial chargée des opérations au FBI de San Francisco. Kathryn Dance connaissait bien cette femme policier à l'esprit vif et déterminé. Comme les juridictions étaient voisines, elle avait eu de nombreuses occasions de collaborer avec elle. Tout comme son défunt mari, qui était lui-même agent du FBI local.

– Si nous n'arrêtons pas très vite Pell, poursuivit Overby, je leur demanderai de nous envoyer un agent spécial qui travaille pour eux.

– Un quoi ?

– Quelqu'un de chez eux qui s'est spécialisé dans ce genre de situations.

Il s'agissait d'une évasion, songea Kathryn. Quelle sorte de spécialiste ?

O'Neil était intrigué, lui aussi.

– Un négociateur ?

– Non, dit Overby. Non, un spécialiste des sectes. Il a souvent affaire à des gens comme Pell.

Kathryn haussa les épaules, un geste dit d'« illustration » qui renforce l'expression verbale – en l'occurrence, ses doutes.

– Ma foi, je me demande à quoi ça pourrait servir.

Elle avait maintes fois travaillé en liaison avec d'autres forces de police. Elle n'avait rien contre les opérations conjointes avec les Fédéraux par exemple, mais savait par expérience qu'elles aboutissaient inévitablement à ralentir l'action. Sans compter qu'elle voyait mal en quoi un gourou en cavale se comporterait différemment d'un assassin ou d'un voleur de coffre-fort.

Mais la décision d'Overby était prise ; elle le comprenait au ton de sa voix et à son langage corporel.

– C'est un profileur de grand talent, expliqua-t-il. Il est vraiment capable de lire leurs pensées. Et la mentalité de ces gens-là n'a rien à voir avec celle des individus auxquels nous sommes confrontés habituellement.

Vraiment ?

Overby tendit à Kathryn un bout de papier sur lequel figuraient un nom et un numéro de téléphone.

– Il est parti à Chicago pour une affaire, mais il peut être ici dès ce soir ou demain matin.

– Vous êtes certain que c'est nécessaire, Charles ?

– Avec Pell, nous avons besoin de toute l'aide possible. Absolument. Pourquoi pas une grosse tête de Washington ? Plus d'expertise, plus de moyens humains, une force de frappe augmentée…

Et plus de chances de diluer les responsabilités en cas d'échec, songea Kathryn, qui devinait soudain ce qui s'était passé. Amy Grabe avait forcément demandé à Overby si le FBI pouvait aider à retrouver Pell, et Overby avait sauté sur la proposition, en se disant que s'il y avait de nouvelles victimes ou si on ne parvenait pas à mettre la main sur le meurtrier en fuite ils seraient deux à la tribune pour la conférence de presse, et pas lui seul. Mais elle parvint à garder le sourire.

– Très bien. J'espère qu'on l'arrêtera avant de déranger quelqu'un d'autre.

– Ah, Kathryn ? Je voulais vous dire, aussi… Amy s'est demandé comment cette évasion avait pu se produire, et je lui ai bien dit que votre interrogatoire n'y était pour rien.

– Mon… quoi ?

– C'est réglé, il n'y aura pas de problème. Je lui ai dit que vous n'aviez rien fait ni dit qui aurait pu aider Pell à s'évader.

Elle sentit la chaleur monter à ses joues et tout son visage qui s'empourprait. Un effet de l'émotion qu'elle avait mille fois observé au fil des années et qui lui avait permis de détecter le mensonge chez ses interlocuteurs, car il était signe de honte et de culpabilité.

Mais aussi de colère.

Comment Amy Grabe pouvait-elle savoir que Kathryn avait interrogé Pell, et à plus forte raison la soupçonner d'avoir facilité son évasion ?

Mais c'était le cas désormais. Pensait-on la même chose à l'agence de San Francisco, voire au quartier général du CBI à Sacramento ?

– Il s'est évadé de sa cellule de rétention, pas de la cabine d'interrogatoire, répondit-elle froidement.

– Je voulais simplement dire que Pell aurait pu utiliser pour s'évader des informations qu'il aurait obtenues de vous.

Elle sentit O'Neil se crisper. Le détective avait une forte tendance à protéger ceux qui n'étaient pas aussi vieux que lui dans le métier. Mais il connaissait Kathryn Dance comme une femme capable de livrer ses propres batailles. Il se tut, donc.

Elle était furieuse qu'Overby ait parlé à Amy Grabe – et que lui avait-il dit ? Mais elle comprenait pourquoi : il voulait absolument que le CBI garde cette affaire ; si on la confiait à une autre agence, ce serait une façon de dire que le bureau de Monterey était plus ou moins responsable de l'évasion.

Et Overby n'en avait pas terminé.

– En ce qui concerne les mesures de sécurité... Je ne doute pas qu'on ait fait le maximum. Mais avec Pell, il faut redoubler de précautions. J'ai promis à Amy que vous y veilleriez.

Comme ce n'était pas une question, elle se contenta de le regarder froidement et sans dire un mot.

Il sentit probablement qu'il était allé trop loin et dit, le regard fuyant :

– Je suis certain, bien sûr, que vous avez fait tout ce qu'il fallait.

Nouveau silence.

– Bon. J'ai maintenant cette conférence de presse... À mon tour d'être sur le gril. (Une grimace.) C'est dans dix minutes. Si vous avez du nouveau d'ici là, prévenez-moi.

Il sortit.

TJ regarda Kathryn avant de lâcher, avec son accent du Sud le plus épais :

– Alors, c'est vous qui avez oublié de refermer la porte de l'étable pendant que vous interrogiez les vaches ? Et voilà pourquoi elles ont filé dans la nature !

Un mince sourire courut sur les traits figés du détective O'Neil.

– Ne me poussez pas ! dit Kathryn.

S'approchant de la fenêtre, elle regarda les gens qui avaient évacué le tribunal et se rassemblaient devant l'entrée en attendant d'y rentrer.

– Ce complice m'inquiète. Où est-il ? Que va-t-il faire ?

– Faut avoir peur de rien, pour faire sortir de taule un type comme Daniel Pell, observa TJ.

Kathryn se rappela la réaction instinctive de Pell lorsqu'elle l'avait interrogé sur sa tante de Bakersfield.

– Je pense que la personne qui l'a aidé, qui qu'elle soit, s'était procuré le pied-de-biche grâce à la tante. Elle s'appelle Pell comme lui. Trouvez-la.

Une autre idée lui vint à l'esprit :

– Et votre copain du bureau de Chico ?

– Oui ?

– Il est discret, n'est-ce pas ?

– Autant que moi, c'est tout dire.

– Il pourrait se renseigner sur ce type ?

Elle lui tendit le papier portant le nom du spécialiste des cultes du FBI.

– Il va adorer ça, j'en suis sûr. Il dit qu'il y a plus de chamailleries au sein du FBI que dans son propre quartier de Latinos, dit TJ en recopiant le nom du sectologue.

Le téléphone sonna à nouveau. O'Neil décrocha pour un bref échange. Puis il expliqua :

– C'était la directrice de Capitola. Je crois qu'il faudrait interroger le gardien en chef du bâtiment dans lequel se trouvait la cellule de Pell, il pourra peut-être nous apprendre quelque chose. On va nous apporter ses effets personnels.

– Bien.

– Il y a aussi l'un de ses codétenus qui prétend avoir des informations sur lui. La directrice va le convoquer et elle nous rappellera.

On entendit un coassement de crapaud. C'était le portable de Kathryn.

O'Neil la regarda en haussant les sourcils.

– Ça, c'est signé Wes ou Maggie.

Une plaisanterie classique chez les Dance. Les enfants reprogrammaient en douce la sonnerie du portable de leur mère ; ils devaient toutefois respecter deux règles : jamais de silence, et jamais de *boys bands*.

Elle prit l'appel.

– Allô ?

– C'est moi, agent Dance.

Il y avait un fort bruit de fond et ce « moi » était ambigu, mais elle sut, à la façon dont il prononçait son nom, qu'il s'agissait de Rey Carraneo.

– Qu'y a-t-il ?

– Aucune trace du complice, ni d'un autre engin explosif. Le service de sécurité du tribunal demande si on peut laisser rentrer les gens. Le chef des pompiers est d'accord.

Kathryn fit part de la demande à O'Neil et ils en débattirent brièvement. Ils décidèrent d'attendre encore un peu.

– TJ, allez les aider à fouiller les lieux. Je n'aime pas cette histoire de complice volatilisé.

Elle se rappelait ce que lui avait dit un jour son père, qui avait failli se cogner à un grand requin blanc près des côtes de l'Australie du Nord : « Le requin qu'on ne voit pas est toujours plus dangereux que celui qu'on voit. »

CHAPITRE 8

Le type, trapu, barbu et la cinquantaine fatiguée, était debout près du mur du tribunal. Il observait le chaos, son regard perçant s'arrêtant tour à tour sur tous ceux qui s'agitaient devant lui, policiers, gardiens et civils.

– S'il vous plaît, monsieur l'agent, vous avez une minute ? Vous voulez bien dire quelques mots ? Ah, je comprends. On se verra plus tard. Bien sûr. Bon courage.

Morton Nagle venait de voir l'hélicoptère descendre et se poser en douceur pour évacuer le policier brûlé.

Il avait regardé les hommes et les femmes qui inspectaient les lieux, leur façon de faire – et leurs visages – révélant qu'ils n'avaient jamais été confrontés à une évasion.

Il avait observé les gens abasourdis qui avaient d'abord pensé à un incendie accidentel, puis à un attentat terroriste avant d'apprendre la vérité, et qui semblaient maintenant plus effrayés que si al-Qaïda elle-même avait été derrière l'explosion.

Ce qui aurait aussi bien pu être le cas, songea Nagle.

– Excusez-moi, vous avez une minute pour… ? Ah, bien sûr. Ce n'est pas grave. Pardon de vous avoir dérangé, monsieur l'agent.

Nagle s'avança en souriant à travers la foule. Rejetant en arrière les mèches qui lui barraient le front, puis remontant son pantalon beige extra-large, il examina soigneusement les véhicules des pompiers, les voitures de police, les gyrophares qui lançaient des éclairs à travers la fumée. Il prit son appareil pour faire encore quelques photos.

Une femme d'un certain âge l'observait. Son regard s'attarda sur sa veste élimée – comme elle avait une douzaine de poches, il la mettait aussi pour aller à la pêche – et sur l'étui déformé par l'usure de son appareil photo, et elle dit sèchement :

– Vous autres *journalistes*, vous êtes comme des vautours. Si vous laissiez les gens faire leur travail ?

– Je n'ai pas l'impression de les gêner, répliqua-t-il, avec un petit rire.

– Vous êtes tous les mêmes.

Tournant le dos, elle se remit à regarder la façade noircie du tribunal.

Un gardien s'approcha de Nagle pour lui demander s'il n'avait rien remarqué de suspect.

Drôle de question… pensa le journaliste. On se croirait dans une vieille série télé. *Les faits, madame, rien que les faits…*

– Non, je n'ai rien remarqué.

Rien de surprenant pour moi, se dit-il en lui-même. Mais ce n'est peut-être pas à moi qu'il faut le demander.

Il sentit une bouffée d'une odeur épouvantable – chair et cheveux carbonisés – et, bizarrement, laissa fuser à nouveau un petit rire amusé.

À y réfléchir maintenant, il se rendait compte qu'il réagissait souvent par ces sortes de gloussements que la plupart des gens trouvaient incongrus, voire de mauvais goût, dans des circonstances comme celle-ci : face à un carnage. Morton Nagle avait vu au fil des années tant d'images de morts violentes…

Désormais, elles le faisaient rire.

C'était sans doute un mécanisme de défense. Un truc pour empêcher la violence et l'horreur de l'atteindre au plus profond de son âme – mais il se demandait parfois si ce petit rire n'en était pas, justement, le signe.

Un policier fit une annonce : on allait bientôt permettre aux gens de rentrer dans le tribunal.

Nagle remonta son pantalon, reprit son appareil et parcourut la foule du regard. Il remarqua un grand individu en complet, de type latino-américain, qui avait tout l'air d'un détective. Il discutait avec une femme plus âgée arborant un badge de juré. Ils étaient sur le côté du bâtiment, assez isolés.

Excellent.

Nagle étudia le policier. Jeune, l'air gentil et sans méfiance. Exactement ce qu'il lui fallait.

Il fit quelques pas dans leur direction.

L'homme s'éloigna, sans le remarquer, cherchant d'autres personnes à interroger.

Quand Nagle fut à dix pas de lui, il fit coulisser la bandoulière de l'appareil autour de son cou, ouvrit l'étui, y plongea la main.

Cinq pas…

Il s'approcha encore un peu…

… et sentit une main puissante se refermer sur son avant-bras. Il retint sa respiration, le cœur battant follement dans sa poitrine.

– Laissez ces mains dehors, qu'on les voie. D'accord ?

C'était un policier du CBI, petit et nerveux. Nagle vit la carte professionnelle pendue à son cou.

– Mais…

– Chut, fit le policier aux cheveux roux et bouclés. Vos mains ! Vous ne m'avez pas entendu ? Eh, Rey…

Le Latino s'approcha. Il avait lui aussi une carte du CBI. Il examina Nagle de la tête aux pieds. Et ils le conduisirent ensemble à côté du tribunal sous les yeux de la foule.

– Écoutez, je ne sais pas…

– Chut, l'interrompit à nouveau le rouquin.

Le Latino le fouilla avec beaucoup de soin et hocha la tête. Puis, prenant la carte de presse que Nagle avait au cou, il la montra à son collègue.

– Hum, fit celui-ci. Ce truc-là est un peu périmé, non ?

– Oui, officiellement, mais…

– Ça date de cinq ans, dit le Latino.

– Officiellement ou pas, ça fait beaucoup, dit son collègue.

– J'ai dû me tromper de carte. Je suis journaliste depuis…

– Donc, si on appelle ce journal, on nous dira que vous êtes accrédité ?

S'ils appelaient le journal, ils auraient un disque disant qu'il n'y avait pas d'abonné à ce numéro.

– Écoutez, je vais vous expliquer…

Le plus petit des deux policiers le regarda en fronçant les sourcils.

– Sûr, je voudrais bien une explication. Le gardien avec qui je discutais à l'instant m'a dit qu'il avait vu ici vers huit heures et demie ce matin un type correspondant à votre signalement. Il n'y avait pas d'autres journalistes à cette heure. Pour la bonne raison que l'évasion n'avait pas encore eu lieu… Alors quand on arrive avant que les choses se passent… Comment on appelle ça, Rey ?

– Un scoop ?

– Ah, oui. Pour un scoop, c'est un scoop. Vous allez nous expliquer ça, mais en attendant retournez-vous et mettez vos mains dans le dos.

Dans la salle de réunion du premier étage du tribunal, TJ tendit à Kathryn ce qu'il avait trouvé sur Morton Nagle.

Ni arme, ni produit incendiaire, ni plan du tribunal ou des voies d'accès. Seulement de l'argent de poche, un portefeuille, un appareil photo, un magnétophone et un gros calepin. Ainsi que trois livres de la collection « Vrais Crimes » portant son nom en couverture et sa photo au dos (l'air beaucoup plus jeune, et chevelu).

Morton Nagle était décrit comme « un ancien correspondant de guerre devenu spécialiste des affaires criminelles. Domicilié à Scottsdale, auteur de treize ouvrages sur des faits divers célèbres.

Parmi les nombreux métiers qu'il a exercés, il cite ceux de "promeneur" et de "raconteur d'histoires" ».

– Ce n'est pas suffisant pour expliquer votre présence, dit sèchement Kathryn. Que faisiez-vous autour du tribunal avant que l'incendie éclate ?

– Rien à voir avec l'évasion. Je suis venu de bonne heure pour faire des interviews.

– De Pell ? intervint O'Neil. Il les a toujours refusées.

– Non, non, pas de Pell. Je voulais rencontrer des gens de la famille de Robert Herron. J'avais appris qu'ils devaient témoigner devant le grand jury.

– Et cette fausse carte de journaliste ?

– D'accord, ça fait quatre ans que je n'ai pas été accrédité par un journal. Je me suis consacré à l'écriture de livres. Mais sans une carte de presse, on ne peut plus entrer nulle part. Et personne ne vérifie jamais la date de validité.

– *Presque* jamais, rectifia TJ, avec un sourire.

Kathryn feuilleta l'un des livres. Il avait pour sujet l'affaire Peterson, du nom d'un assassinat commis quelques années auparavant en Californie. Il semblait assez bien écrit.

TJ, qui consultait l'écran de son ordinateur, leva les yeux.

– Il n'a pas d'antécédents judiciaires, chef. Pas de condamnation, en tout cas. J'interroge aussi le fichier des immatriculations.

– Je prépare un livre. Ce n'est pas illégal. Vous pouvez le vérifier.

Il leur donna le nom de son éditeur et son adresse à Manhattan. Kathryn appela et on lui passa une femme qui lui répondit sur le ton « Morton ? Ah ! Qu'est-ce qu'il a fait, encore ? » mais lui confirma qu'il avait signé un contrat pour un ouvrage sur Pell.

– Retirez-lui ses menottes, dit Kathryn à TJ.

O'Neil se tourna vers lui et demanda :

– Quel est exactement le sujet de ce livre ?

– J'ai opté pour une démarche originale par rapport aux autres titres de la collection. Il ne s'agit pas des meurtres. La chose a déjà été faite. Il s'agit des *victimes* de Daniel Pell. De leur vie avant les meurtres et, pour ceux qui y ont échappé, de leur vie depuis. Voyez-vous, les histoires de crime telles qu'on les traite dans les journaux ou à la télévision sont toujours centrées sur la personne de l'assassin et sur le crime proprement dit – sur les aspects terrifiants ou sordides. J'ai *horreur* de ça. Je veux parler de Theresa Croyton – la jeune fille qui a survécu –, des parents et des amis de cette famille. Le livre aura pour titre *La Poupée qui dormait*. C'est le surnom qu'on a donné à Theresa. J'y parlerai aussi des femmes qui ont fait partie de la « famille » de Pell, et auxquelles il a fait subir un lavage de cerveau. Et de toutes ses autres victimes. Elles se comptent par centaines, quand on y pense. Pour moi, commettre un meurtre, c'est comme jeter une pierre dans une mare. Les conséquences se propagent par ondes, presque à l'infini. (Il y avait de la passion dans sa voix ; son discours faisait penser à un prêche.) Il y a tant de violence en ce monde. Nous finissons par être immunisés, insensibles. Cette guerre en Iraq, Seigneur… Et Gaza ! Et l'Afghanistan ! Combien faut-il voir d'images de voitures pulvérisées par les bombes, combien de femmes en pleurs sur nos écrans pour s'en désintéresser ? Quand je couvrais comme correspondant de guerre l'Afrique, le Moyen-Orient et la Bosnie, j'étais devenu insensible. Et on n'a pas besoin de s'y trouver physiquement pour ça. Il suffit de rester dans son living-room pour regarder des reportages ou des films d'épouvante – sans que ça tire à conséquence, n'est-ce pas ? Mais si nous voulons la paix, si nous voulons que cesse la violence et que cessent les combats, c'est ça qu'il faut, que les gens comprennent, qu'ils le ressentent ! On n'y arrive pas en restant planté devant des corps sanguinolents parce que c'est le mal, alors, qui domine votre vision de l'existence. Au départ, je voulais écrire un livre sur la seule affaire Croyton. Puis j'ai découvert que Pell avait tué quelqu'un d'autre – ce Robert Herron. Je veux donc parler aussi de tous ceux qui ont été affectés par ce meurtre : ses amis, les membres de sa famille. Et j'apprends aujourd'hui que deux gardiens sont morts.

Son sourire était toujours là, mais c'était un sourire triste, et Kathryn se rendait compte qu'il parlait d'une cause à laquelle, en tant que mère et en tant que policière ayant travaillé sur toutes sortes d'affaires de viols, d'agressions et d'homicides, elle pouvait pleinement adhérer.

– Il faut donc ajouter un nouveau chapitre, poursuivit Nagle. Il est beaucoup plus difficile de retrouver les victimes et les membres de la famille quand le crime est déjà ancien. Herron a été assassiné il y a dix ans. Je me suis dit… (Il baissa la voix, les sourcils froncés, puis une lueur apparut inexplicablement dans son regard.) Attendez, attendez… Oh, mon Dieu, Pell n'a été pour rien dans la mort d'Herron, n'est-ce pas ? Il a avoué pour avoir une chance de sortir de Capitola, en sachant qu'une fois ici il pourrait s'évader !

– Nous n'en savons rien, dit Kathryn. Nous enquêtons.

Nagle ne la crut pas.

– Il a forgé des preuves, n'est-ce pas ? À moins qu'il ait trouvé quelqu'un pour raconter des mensonges ? Je pense que c'est ça.

– Nous voudrions éviter que des rumeurs viennent interférer avec l'enquête, intervint Michael O'Neil de sa voix grave et posée.

Quand le premier substitut s'exprimait sur ce ton, personne ne discutait.

– Très bien. Je ne dirai rien.

– Je vous en remercie, dit Kathryn. Monsieur Nagle, avez-vous la moindre information susceptible de nous aider ? Savez-vous où Pell pourrait aller maintenant ? Qui l'a aidé ou l'aidera ?

Avec son petit ventre, sa tignasse en bataille et son rire avenant, Nagle avait quelque chose d'un lutin sur le retour. Il remonta son pantalon.

– Aucune idée. Désolé. Ça fait à peine un mois que je travaille à ce projet. Je n'en suis qu'aux recherches préliminaires.

– Vous avez parlé de votre intention d'enquêter auprès des femmes de la « famille » de Pell. Vous les avez déjà contactées ?

– Deux d'entre elles, oui. Je leur ai demandé si elles accepteraient de s'entretenir avec moi.

– Elles sont sorties de prison ? demanda O'Neil.

– Oh, oui. Elles n'étaient pas impliquées dans les meurtres des Croyton. Elles ont été condamnées à des peines légères, essentiellement pour des vols simples.

– Croyez-vous que l'une d'elles ou les deux pourraient être ses complices ?

Nagle prit le temps de réfléchir avant de répondre.

– Non, ça m'étonnerait beaucoup. Elles voient Pell comme la pire chose qui leur soit jamais arrivée.

– Qui sont-elles ?

– Rebecca Sheffield. Elle vit à San Diego. Et Linda Whitfield, à Portland.

– Elles se sont rangées ?

– Je le crois. Je n'ai trouvé aucune trace de délits récents. Linda habite avec son frère et sa belle-sœur. Elle travaille pour une église. Rebecca dirige une agence de conseil pour les petites entreprises. J'ai l'impression qu'elles ont tiré une croix sur leur passé.

– Vous avez leurs numéros de téléphone ?

L'écrivain feuilleta son épais calepin. Il avait une grande écriture négligée, et ses notes emplissaient les pages.

– Il y avait une troisième personne dans le groupe, dit Kathryn, en se rappelant les recherches qu'elle avait elle-même effectuées avant l'interrogatoire.

– Samantha McCoy. Elle a disparu depuis des années. Rebecca m'a dit qu'elle avait changé de nom et qu'elle était partie vivre ailleurs. Elle ne voulait plus être connue comme l'une des « compagnes » de Pell. J'ai cherché à la retrouver, mais sans résultat jusqu'à présent.

– Vous avez des pistes ?

– La Côte Ouest. C'est tout ce que Rebecca a pu me dire.

– Voyez si vous pouvez la trouver, dit Kathryn à TJ. Samantha McCoy.

Le jeune flic aux cheveux bouclés se leva d'un bond. Lui aussi avait l'air d'un lutin, pensa-t-elle.

Nagle trouva les numéros de téléphone des deux autres femmes, et Kathryn les nota. Elle appela Rebecca Sheffield à San Diego.

– Initiatives au féminin, annonça la standardiste avec un léger accent mexicain. Que puis-je faire pour vous ?

Un instant plus tard Kathryn eut au bout du fil la directrice de l'agence, une femme au ton direct, à la voix grave et un peu rauque. Kathryn lui annonça l'évasion de Pell. Rebecca Sheffield parut choquée. Et en colère.

– Je croyais qu'il était dans une espèce de super-prison ?

– Ce n'est pas de là qu'il s'est évadé. C'est d'une cellule de rétention du tribunal du comté.

Kathryn lui demanda si elle avait la moindre idée d'un endroit où Pell pourrait se réfugier, et de l'identité de son complice et des amis avec lesquels il pourrait entrer en contact.

Non, Rebecca n'avait aucune idée. Elle avait rencontré Pell quelques mois seulement avant le meurtre des Croyton, et commençait à peine à faire connaissance avec lui et avec les autres au moment où on les avait arrêtés. Mais elle ajouta qu'elle avait été contactée un mois plus tôt par quelqu'un qui s'était présenté comme un écrivain.

– Je pense que c'était vrai. Mais il se pourrait qu'il ait quelque chose à voir avec l'évasion. Il s'appelle Murray ou Morton… Je dois avoir son numéro quelque part.

– Ne cherchez pas. Il est ici avec nous. Nous avons fait les vérifications nécessaires.

Rebecca ne put rien leur apprendre de plus sur ce qu'était devenue Samantha McCoy, ni sur sa nouvelle identité.

Puis elle dit, un peu gênée :

– Au moment de cette histoire, il y a dix ans, j'ai refusé de le dénoncer, mais j'ai tout de même collaboré avec la police. Vous croyez que je suis menacée ?

– Je n'en sais rien. Mais en attendant qu'on l'ait repris, vous pouvez toujours appeler la police de San Diego en cas de besoin.

Kathryn Dance lui donna son numéro au CBI et le numéro de son portable. Rebecca promit de réfléchir aux personnes susceptibles d'aider Pell ou de savoir où il se trouvait.

Kathryn appela ensuite le deuxième numéro, qui s'avéra être celui de l'Église des Holy Brethrens à Portland. On lui passa Linda Whitfield, qui n'était pas non plus au courant des derniers événements. Elle eut une réaction complètement différente : le silence, rompu par un murmure à peine audible. Kathryn crut y entendre le nom de « Jésus ».

C'était apparemment une prière. Puis la voix se tut ou on l'interrompit.

– Allô ?

– Oui, je suis toujours là.

Kathryn lui posa les mêmes questions qu'à Rebecca Sheffield.

Linda était sans nouvelles de Pell depuis des années – bien qu'ils soient restés en contact pendant dix-huit mois environ après le meurtre des Croyton. Puis elle avait cessé de lui écrire et n'avait plus entendu parler de lui. Elle ignorait elle aussi ce qu'était devenue Samantha McCoy mais avait, comme Rebecca, reçu un appel de Morton Nagle un mois auparavant. Kathryn la rassura en lui disant qu'ils le connaissaient et avaient la certitude qu'il ne collaborait pas avec Pell.

Linda ne savait pas où Pell avait pu aller après son évasion. Et n'avait pas la moindre idée quant à l'identité de son complice.

– Nous ignorons ce que sont ses intentions, lui dit Kathryn. Et rien ne nous permet de penser que vous êtes en danger, mais...

– Oh, Daniel ne me ferait pas de mal ! dit vivement Linda Whitfield.

– Tout de même, vous feriez peut-être bien de prévenir la police locale.

– Je vais y réfléchir. Y a-t-il un numéro d'urgence que je pourrais appeler pour savoir ce qui se passe ?

– Nous n'avons pas cela. Mais la presse suit l'affaire de près. Vous serez informée aussi vite que nous par les journaux télévisés.

– Oui, mais mon frère n'a pas la télé.

Pas de télé ?

– S'il se passe quelque chose d'important, je vous préviendrai moi-même. Et si vous avez la moindre idée, appelez-nous.

Kathryn lui donna les numéros de téléphone et raccrocha.

Un instant plus tard, Charles Overby, le chef du CBI, entra dans la pièce.

– La conférence de presse s'est bien passée, il me semble. Les journalistes m'ont posé quelques questions embarrassantes. Comme toujours. Mais je m'en suis bien tiré, en gardant toujours une longueur d'avance – vous avez vu ?

– On vous a raté, Charles. On était au téléphone.

– Qui est-ce ? demanda Overby, en regardant Nagle comme s'il était censé le connaître.

Kathryn les présenta, et l'écrivain disparut instantanément du radar du directeur.

– Vous avancez ? demanda-t-il, en jetant un coup d'œil aux cartes.

– On n'a rien de plus, répondit Kathryn.

Ils lui expliquèrent qu'ils avaient pris contact avec des femmes qui avaient fait partie de la « Famille » de Pell.

– L'une est à San Diego, l'autre à Portland, et on cherche à joindre la troisième. On sait, en tout cas, que les deux premières ne sont pas des complices.

– Parce que vous croyez ce qu'elles disent ? D'après le son de leur voix ?

Aucun des policiers présents dans la pièce ne répondit. Ce fut donc à Kathryn de faire comprendre au patron ce qui allait de soi et qui lui avait échappé.

– Je ne crois pas qu'elles auraient pu poser des bombes à essence au tribunal et se trouver à leur domicile à cette heure.

Un bref silence suivit. Puis Overby dit :

– Ah, vous les avez appelées chez elles… Vous ne l'aviez pas mentionné.

Kathryn Dance, ancienne journaliste et consultante ès jurys, avait une certaine expérience du monde tel qu'il est. Évitant de regarder TJ, elle répondit :

– C'est vrai, Charles. Excusez-moi.

Le patron du CBI se tourna vers O'Neil.

– Nous voilà sur une sale affaire, Michael. Et compliquée. Je me félicite que vous soyez disponible pour nous donner un coup de main.

– Je serai content si je peux être utile.

C'était du Charles Overby dans ses meilleurs jours. Les mots « nous donner un coup de main » étaient là pour rappeler clairement qui menait la danse, et pour souligner que le Bureau du shérif était partie prenante dans l'opération.

Diluer les responsabilités…

Overby annonça qu'il retournait au siège du CBI et sortit.

Kathryn se tourna vers Morton Nagle.

– Avez-vous des documents concernant Pell que je pourrais consulter ?

– Oui, je crois. Mais pourquoi ?

– On ne sait jamais, dit O'Neil. On peut trouver un indice pour savoir où il est passé.

– Je n'ai que des copies. Pas les originaux.

– C'est très bien, lui dit Kathryn. L'un d'entre nous passera les prendre. Où se trouve votre bureau ?

Nagle travaillait dans une maison qu'il louait à Monterey. Il donna l'adresse et le numéro de téléphone à Kathryn, et fit mine de remettre son appareil photo dans son sac.

– Attendez, dit Kathryn.

Il vit son regard sur le contenu du sac, et sourit.

– Ça me fera plaisir.

– Pardon ?

Prenant un exemplaire de l'un de ses romans intitulé *Confiance aveugle*, il couvrit la page de garde de sa grande écriture pour le lui dédicacer.

– Merci.

Posant le livre, elle montra du doigt ce qui avait réellement attiré son attention.

– Votre appareil. Vous avez pris des photos ce matin ? Avant l'incendie ?

– Ah… fit Nagle, avec un petit sourire d'excuse pour le malentendu. Oui, j'en ai pris.

– Vous avez un appareil numérique ?

– Oui.

– On peut les voir ?

Il prit le Canon et pressa les boutons tandis que Kathryn et O'Neil se penchaient sur le petit écran de visionnage placé à l'arrière. Ils étaient épaule contre épaule et ce contact la rassura.

L'écrivain fit défiler les clichés. La plupart montraient des gens entrant dans le tribunal, et il y avait quelques images plus artistiques de l'entrée du bâtiment dans le brouillard.

– Attendez ! dirent ensemble le détective et l'agent du CBI. La photo qu'ils regardaient montrait l'allée menant à l'endroit où le feu s'était déclaré. On apercevait quelqu'un derrière une voiture. Seules la tête et les épaules dépassaient. L'homme portait un blouson bleu, il était coiffé d'une casquette de base-ball et ses yeux étaient cachés par des lunettes de soleil.

– Regardez le bras.

Kathryn répondit d'un hochement de tête. Le bras de l'homme était rejeté en arrière, comme pour tirer quelque chose – une valise à roulettes ?

– Il y a l'heure sur les clichés ?

Nagle pressa une commande. « Neuf heures vingt-deux. »

– Ça correspond, dit Kathryn, qui se rappelait ce que lui avait dit le chef des pompiers : l'engin explosif avait été déposé après neuf heures. Vous pouvez agrandir l'image ?

– Pas dans l'appareil.

TJ proposa de le faire avec son ordinateur. Nagle lui remit la carte-mémoire et Kathryn le renvoya au quartier général du CBI.

– N'oubliez pas non plus Samantha McCoy, lui dit-elle. Essayez de la retrouver. Et la tante de Pell, aussi. À Bakersfield.

– Comptez sur moi, chef.

Rey Carraneo était resté dehors, pour faire la chasse aux témoins. Mais Kathryn était persuadée que le complice, à cette heure, avait filé : maintenant que Pell avait sans doute esquivé les barrages de police, il n'avait aucune raison de rester dans les parages. Elle renvoya également Carraneo au quartier général.

– Je vais m'occuper de faire ces copies, annonça Nagle. N'oubliez pas le bouquin ! ajouta-t-il en lui tendant son ouvrage dédicacé. Je suis sûr que ça vous plaira.

Quand il fut sorti, Kathryn dit :

– C'est ça, quand j'aurai le temps, en tendant *Confiance aveugle* à O'Neil pour qu'il l'ajoute à sa collection.

CHAPITRE 9

À l'heure du déjeuner, une jeune femme – 25 ans peut-être – était assise dans la cour intérieure d'un traiteur du centre commercial Del Monte à Monterey.

Le disque du soleil émergeait lentement de l'épais brouillard qui commençait à se dissiper.

L'appel lointain d'une sirène, le roucoulement d'une tourterelle, un coup de klaxon, les pleurs d'un enfant puis le rire d'un enfant…

La musique des anges, songea Jennie Marston.

L'air frais de la matinée lui apportait l'odeur des pins. Pas de vent. Une lumière grise, tamisée par la brume. Un vrai temps de Californie au bord de l'océan, mais tout était plus intense.

Comme cela se produit quand on est amoureuse et qu'on s'attend à *le* voir d'un instant à l'autre.

Anticipation…

Le titre d'une vieille chanson pop, pensa Jennie. Sa mère la chantait de temps en temps, de sa voix enrouée de fumeuse, parfois traînante, et souvent fausse.

Jennie la blonde, l'authentique blonde californienne, but une gorgée de café. Cher, mais excellent. Cet endroit n'était pas de ceux qu'elle fréquentait habituellement (elle, c'étaient plutôt les supermarchés Safeway ou Albertsons où elle travaillait à temps partiel), mais ce n'était pas mal pour un rendez-vous.

Elle portait un jean moulant, un chemisier rose, et dessous un soutien-gorge et un slip rouges Victoria's Secret. Comme ce café, les beaux sous-vêtements étaient un luxe qu'elle ne pouvait pas se permettre, en principe. Mais il fallait bien faire une folie de temps en temps et pour certaines choses. (D'ailleurs se dit Jennie, tout ça, au fond, était un cadeau : pour son amoureux.)

Elle pensa à d'autres choses qu'elle se permettait. Se frotter le nez, par exemple. Sur la bosse.

Arrête, se dit-elle.

Mais elle continua.

La musique des anges...

Pourquoi ne l'avait-elle pas connu un an plus tard ? Elle se serait offert cette opération d'ici là, et elle serait belle. Si seulement elle pouvait faire le nez et les seins... Il y avait ses épaules pointues, aussi, et ses hanches étroites de garçon... mais ça, malgré tout son talent, le Dr Ginsberg n'y pouvait rien.

Maigre, maigre, maigre... Avec ce que tu manges ! Deux fois plus que moi, et regarde-moi. C'est pour m'éprouver que Dieu m'a donné une fille comme toi !

En regardant les mères de famille à la mine sévère qui poussaient vers leurs voitures des chariots chargés de victuailles, Jennie se demanda, est-ce qu'*elles* aiment leurs maris ? Elles ne pouvaient pas être aussi amoureuses qu'elle. Et ça lui faisait de la peine.

Elle acheva son café et retourna dans la boutique pour regarder les énormes pamplemousses, les boîtes de céréales, les salades aux formes bizarres, les steaks et les côtelettes impeccablement alignés sur l'étal de boucherie. Et surtout, les pâtisseries. Elle ne voulait rien acheter – c'était beaucoup trop cher. Mais elle était trop excitée, elle ne tenait pas en place.

Voilà comment j'aurais dû t'appeler. Jennie-Bouge-Pas. Bordel, ma fille, assieds-toi !

Les marchandises, la viande.

Les femmes aux maris ennuyeux.

Elle se demanda si l'intensité de ce qu'elle éprouvait pour cet homme n'était qu'un effet de la nouveauté. Allait-elle retomber au bout d'un moment ? Mais quelque chose jouait en leur faveur : l'âge. Ce n'était pas une stupide passion d'adolescents. Ils n'étaient plus des gamins, mais des adultes réfléchis. Et il y avait, surtout, cette union des âmes, qui se produit si rarement. Chacun savait exactement ce que ressentait l'autre.

« Ta couleur préférée, c'est le vert », lui avait-il dit la première fois qu'ils s'étaient parlé. « Je parie que tu dors sous un édredon vert. Ça vous calme pour dormir. »

Mon Dieu, il avait vu juste ! Ce n'était pas un édredon, mais une couette. Mais verte comme l'herbe des prés. Vous connaissez beaucoup de types capables d'une telle intuition ?

Elle s'immobilisa, soudain, pour écouter ce qui se disait à côté d'elle. C'étaient deux mères de famille qui n'avaient pas du tout l'air de s'ennuyer.

– Il y a un mort. À Salinas. Ça vient tout juste d'arriver.

À Salinas ?

– Ah oui, une évasion à la prison, c'est ça ? Ils viennent d'en parler à la radio.

– David Pell. Non, Daniel.

– C'est celui qui ressemble à Charles Manson, non ?

– Je ne sais pas. Mais il paraît qu'il y a un mort.

– Ce n'est pas le fils de Manson. Il se fait appeler comme ça, c'est tout.

– C'est qui, Charles Manson ?

– Tu te moques de moi ? Sharon Tate, ça ne te rappelle rien ?

– Qui ?

– Ma parole, mais tu es née quand ?

Jennie s'approcha des deux femmes.

– Excusez-moi, mais de quoi parlez-vous ? Une évasion ?

– Oui, à la prison de Salinas. Vous n'en avez pas entendu parler ? demanda l'une des deux femmes, celle qui avait les cheveux courts, en regardant le nez de Jennie.

Elle n'en eut cure.
– Il y a un mort, vous dites ?
– Oui, un gardien. Et quelqu'un a été enlevé, aussi, je crois.
Elles ne semblaient pas en savoir plus.
Jennie avait les mains moites, le cœur battant. Elle tourna les talons et s'éloigna. Elle consulta l'écran de son téléphone. Il l'avait appelée un moment auparavant. Mais il n'avait pas laissé de message. Elle composa son numéro. Il ne répondit pas.
Jennie retourna à sa Thunderbird turquoise. Elle mit la radio pour avoir les informations, puis orienta le rétroviseur vers elle, sortit le pinceau et le fond de teint de son sac.
Il y a un mort...
Ne t'en fais pas pour ça, se dit-elle. Elle entreprit de refaire son maquillage, en se concentrant comme sa mère le lui avait appris. C'était l'une des choses que cette femme avait faites pour elle. « Tu éclaircis ici, là tu fonces – il faut faire quelque chose pour ce nez. L'adoucir... le masquer. Voilà, c'est bien... »
Mais sa mère changeait d'humeur à la vitesse d'une vitre qui se brise.
Ah ! C'tait parfait et tu as tout gâché ! Franchement, qu'est-ce qui va pas chez toi ! Recommence, tu as l'air d'une pute !

Daniel Pell sortit à grandes enjambées du petit parking couvert d'un immeuble de bureaux à Monterey.
Il avait dû abandonner la Honda Civic plus vite que prévu après avoir entendu aux informations que la police avait retrouvé le camion de la Worldwide Express – ils devaient donc savoir qu'il était dans la Honda. Il était, apparemment, passé juste à temps pour éviter les barrages.
Alors, *Kathryn,* qu'est-ce qu'on dit de ça ?
Il longeait maintenant le trottoir, en baissant la tête. Il ne s'inquiétait pas d'être dans une rue fréquentée. Pas encore. Personne ne s'attendait à le voir là. En outre, il avait changé d'apparence. Il portait des vêtements civils et était rasé de près. Après avoir laissé la voiture de Billy, il s'était glissé dans le parking d'un motel et avait trouvé dans une poubelle un rasoir jetable et un

échantillon de crème en tube. Accroupi derrière la poubelle, il s'était rasé la barbe.

Il sentait maintenant le vent sur son visage et humait l'odeur des algues et de l'océan. Pour la première fois depuis des années. Il adorait cette odeur. On ne respirait à Capitola que l'air qu'on voulait bien vous envoyer à travers la climatisation, et il ne sentait rien du tout.

Un véhicule de police passa.

Tiens bon…

Il s'appliquait à garder l'allure, sans regarder autour de lui, sans s'écarter de sa trajectoire. Le moindre changement d'attitude peut attirer l'attention sur vous. Et vous mettre en état d'infériorité en donnant aux gens des informations sur vous. Ils peuvent deviner le *pourquoi* de ce changement, et s'en servir contre vous.

C'était ce qui s'était passé au tribunal.

Kathryn…

Pell avait bien préparé son interrogatoire : s'il s'y prenait bien, il obtiendrait des renseignements de la personne qui l'interrogeait, saurait peut-être combien de gardiens il y avait au tribunal…

Mais voici qu'à sa grande stupéfaction elle avait compris exactement ce qu'il faisait.

Où a-t-on pu trouver un outil vous appartenant ?… Réfléchissons maintenant à ce portefeuille. D'où venait-il ?

Elle l'avait forcé à changer de version. Et vite. Il avait fait de son mieux, mais une sirène hurlait silencieusement dans sa tête pour lui dire qu'elle l'avait deviné. Si elle avait fait ça cinq minutes plus tôt, il se serait retrouvé dans le fourgon de la prison de Capitola. Il n'y aurait pas eu d'évasion, mais une tentative avortée.

Kathryn Dance…

Un autre véhicule de police passa à toute allure.

Ils n'eurent pas un regard pour lui, et Pell poursuivit son chemin. Mais il comprit qu'il était temps de quitter Monterey. Il entra dans le centre commercial et se mêla à la foule. Regarda les magasins autour de lui. Macy's, Mervyns, et des boutiques où l'on vendait de tout : sucreries, livres (Pell adorait les livres et les dévorait – le savoir, c'était la puissance, on ne savait jamais trop de choses), jeux vidéo, articles de sport, vêtements bon marché et bijoux de pacotille… Et partout du monde. On était au mois de juin, et de nombreux établissements scolaires avaient déjà fermé leurs portes.

Une fille, une adolescente, sortit d'une boutique avec un sac en bandoulière. Elle avait sous son blouson un petit haut rouge et moulant. Un regard suffit à Pell pour sentir en lui la réaction puissante et instantanée. Quelque chose se dilatait, l'envahissait, débordait. (Une année était passée depuis qu'il avait, en soudoyant un gardien de Capitola, échangé une visite conjugale avec la femme d'un codétenu. Tout une année…)

Il se mit à la suivre en caressant du regard ses cheveux et son jean serré, en s'efforçant de sentir son parfum, puis de la frôler en la dépassant – ce qui constitue bien sûr une agression aussi manifeste que d'être traînée dans une ruelle obscure et déshabillée à la pointe d'un couteau.

Le viol est dans l'œil de celui qui regarde…

Puis elle s'engouffra dans une boutique et sortit de son existence.

Dommage, ma chère, pensa-t-il.

Pas pour toi, bien sûr.

Dans le parking, il aperçut une Ford Thunderbird turquoise. Et à l'intérieur, une fille qui brossait ses longs cheveux blonds.

Ah…

Il s'approcha. Le nez bosselé, maigrichonne et vraiment pas gâtée question poitrine. Mais ça n'empêcha pas cette espèce d'énorme ballon en lui de se dilater encore, une fois, dix fois, cent fois. Il était tout près d'exploser.

Daniel Pell regarda autour de lui. Personne à proximité.

Il se rapprocha, entre deux rangées de voitures.

Jennie Marston acheva de se coiffer.

C'était quelque chose d'elle qu'elle aimait. Sa chevelure. Brillante, épaisse, volant comme dans une publicité pour shampoing quand elle tournait brusquement la tête. Elle remit le rétroviseur dans la bonne position. Éteignit la radio. Se toucha le nez – sur la bosse.

Arrête !

Elle tendit la main vers la poignée de la portière, et se figea, la bouche bée, la respiration bloquée.

Elle fixait avec de grands yeux le type maigre qui se penchait.

Ni l'un ni l'autre ne firent un geste pendant un bref instant. Puis il ouvrit la portière.

– Tu es plus que ravissante, Jennie Marston, dit-il. Encore plus jolie que je l'imaginais.

– Oh, Daniel !

Submergée par un torrent d'émotions – crainte, soulagement, culpabilité –, un grand soleil torride, plutôt, Jennie Marston ne trouva rien à dire. Se glissant hors de la voiture, elle se jeta dans les bras de l'homme qu'elle aimait, secouée de frissons et l'étreignant avec une telle violence qu'elle expulsa de sa maigre poitrine un long sifflement doux et continu.

CHAPITRE 10

Ils montèrent dans la Thunderbird et elle pressa son visage contre la nuque de l'homme, tandis que celui-ci parcourait d'un regard attentif le parking et la route voisine.

Jennie pensait aux mois précédents, si pénibles, passés à établir une relation via Internet et de rares appels téléphoniques, et à imaginer, sans jamais voir son amoureux en personne.

Elle comprenait cependant qu'il valait tellement mieux construire un amour de cette façon – à distance. À la façon des femmes restées pendant la guerre sur le front intérieur – comme disait sa mère quand elle parlait de son père au Vietnam. Ce n'était que mensonge, bien sûr, comme elle l'apprendrait par la suite, mais la vérité demeurait : il fallait d'abord de l'amour entre deux âmes, et ensuite venait le sexe. Ce qu'elle éprouvait pour Daniel Pell, elle ne l'avait jamais éprouvé avant.

Grisant.

Effrayant, aussi.

Elle sentit couler ses larmes. Non, non, arrête ! Ne pleure pas. Ça ne lui plaira pas de te voir pleurer. Les hommes ont horreur de ça.

Mais il lui demanda gentiment :

– Qu'y a-t-il, ma jolie ?

– Je suis si heureuse !

– Allons, dis-moi…

Eh bien, il n'avait pas l'air contrarié. Elle hésita un instant à parler, puis se lança.

– Je me demandais… J'ai entendu deux femmes qui discutaient. Dans le magasin d'alimentation. Puis j'ai écouté les nouvelles à la radio. J'ai entendu… Qu'il y avait eu un brûlé. Un policier. Et deux morts, poignardés.

Daniel avait dit qu'il n'avait besoin du couteau que pour menacer les gardiens. Qu'il ne ferait de mal à personne.

– Quoi ? aboya Pell. Le regard de ses yeux bleus s'était durci.

Non, non, que fais-tu ? se demanda Jennie. Tu l'as mis en colère ! Pourquoi lui avoir demandé ça ? Voilà, tu as tout gâché maintenant !

Ses mains voletèrent devant elle, et elle eut à nouveau envie de pleurer.

– Ah, les salauds, encore ! C'est toujours ce qu'ils font ! Quand je suis parti, il n'y avait personne de mort ni de blessé. J'ai fait très attention à ça ! Je suis sorti par la porte de secours comme on l'avait prévu et je l'ai claquée derrière moi… (Secouant la tête) Je vois ce qui s'est passé… Il y avait d'autres types dans une cellule à côté de la mienne. Ils voulaient que je les fasse sortir eux aussi, mais j'ai refusé. Je suis sûr qu'ils ont déclenché une bagarre quand les gardiens ont voulu les en empêcher, et c'est comme ça qu'il y en a eu deux de tués. Ils avaient des surins – tu sais ce que c'est, un surin ?

– Un genre de couteau ?

– Oui. Un couteau fait maison. C'est sûrement ce qui s'est passé. Et quelqu'un a été brûlé, c'est par imprudence. J'ai bien regardé, il n'y avait personne d'autre dehors quand je suis passé à travers le feu. Je ne vois pas comment j'aurais tué trois personnes à moi tout seul ! Ridicule, vraiment. Mais les flics et les journalistes me mettent tout sur le dos, une fois de plus.

– Comme pour cette famille, il y a huit ans, dit-elle timidement, pour le calmer. Approuver ce que dit un homme, la meilleure façon d'écarter le danger.

Daniel lui avait expliqué comment il s'était introduit avec un ami dans la maison des Croyton pour faucher une idée commerciale à ce génie de l'informatique. Mais une fois sur place, son ami avait apparemment changé d'idée, il avait voulu cambrioler le couple. Il avait assommé Daniel et s'était mis à tuer tout le monde. Daniel, reprenant ses esprits, avait tenté de l'arrêter. Et il avait dû, finalement, tuer son ami en état d'autodéfense.

– On m'en a voulu pour ça, parce que, vois-tu, on *déteste* que le coupable soit mort. On veut l'avoir vivant. On veut quelqu'un sur qui tomber. C'est dans la nature humaine !

Il avait raison, pensa Jennie. Elle était soulagée, et en même temps terrifiée à l'idée de l'avoir contrarié.

– Pardonne-moi, chéri, je n'aurais pas dû en parler.

Elle s'attendait à ce qu'il lui dise de se taire, ou même ressorte de la voiture et s'en aille. Mais il sourit en lui caressant les cheveux.

– Tu peux tout me demander.

Elle le serra à nouveau dans ses bras. Des larmes roulaient sur ses joues et elle les essuya de la main. Le maquillage avait fondu. Elle se rassit, le dos contre le dossier du siège, en regardant ses doigts. Oh, non ! Mais voyez ce désastre ! Elle qui voulait tant être jolie pour lui !

Les larmes, de plus en plus abondantes.

Dis donc, Jennie, tu vas sortir avec cette coiffure ? Tu crois vraiment que… Pourquoi pas une frange ? Ça cacherait ce front…

Et si elle l'avait déçu ?

Daniel Pell lui prit le visage entre ses mains puissantes.

– Ma jolie, tu es la plus belle fille du monde. Tu n'as même pas besoin de maquillage.

Comme s'il lisait dans ses pensées.

– J'avais peur que tu ne m'aimes pas, sanglota-t-elle.

– Ne pas *t'aimer* ? Mais ma chérie, je t'aime. Tu te rappelles ce que je t'ai dit par email ?

Jennie se rappelait chaque mot. Elle le regarda dans les yeux.

– Oh, tu es quelqu'un de tellement formidable…

Elle pressa ses lèvres contre les siennes. Bien qu'ils aient fait l'amour en imagination au moins une fois par jour, c'était leur premier baiser. Elle sentit ses dents contre ses lèvres, sa langue. Ils restèrent soudés en une étreinte farouche qui semblait devoir durer toujours, même si ce ne fut qu'une seconde. Jennie n'avait plus la notion du temps. Elle le voulait en elle, très fort, sa poitrine palpitante écrasée contre la sienne.

Il faut d'abord de l'amour entre les âmes, mais finalement, on passe assez vite aux corps.

La main de Jennie glissa le long de la jambe nue et musclée de l'homme.

Il se mit à rire.

– Écoute, il vaudrait peut-être mieux filer d'ici.

– Bien sûr. Comme tu voudras.

– Tu as les téléphones que je t'ai demandés ? dit Daniel.

Il l'avait chargée d'acheter, et de payer en liquide, trois appareils à carte. Elle lui tendit celui qu'elle avait pris pour répondre à son appel. Il l'ouvrit pour en extraire la batterie et la carte SIM. Puis il alla les jeter dans une poubelle et revint à la voiture.

– Les autres ?

Elle les lui montra. Il lui en tendit un et fourra l'autre dans sa poche.

– On devrait… commença-t-il.

Mais il s'arrêta net en entendant des sirènes non loin de là. Ils se figèrent.

La musique des anges, songea Jennie, et elle récita très vite, une dizaine de fois, son mantra porte-bonheur.

Les sirènes s'éloignaient et leur bruit décroissait.

Elle regarda derrière eux.

– Ils risquent de revenir, dit-elle.

Daniel sourit.

– Je ne suis pas inquiet. J'ai envie d'être seul avec toi, c'est tout.

Jennie sentit un frisson de bonheur le long de son épine dorsale. Elle en eut presque mal.

Le quartier général du CBI, où travaillaient des dizaines d'agents, occupait près de la route 68 un bâtiment moderne que rien ne distinguait des autres immeubles. Des cubes de verre on ne peut plus fonctionnels abritaient des bureaux de médecins, d'avocats, des agences d'architecture tout comme des entreprises d'informatique – un décor de parking à moitié vide, soigneusement paysagé et qui suintait l'ennui. De petites collines formaient tout autour des montagnes russes, qu'une pluie récente avait colorées en vert tendre. Mais il arrivait que la terre soit aussi brune que dans le Colorado pendant les périodes de sécheresse.

Un jet des lignes intérieures descendit, vira assez brusquement sur l'aile et disparut derrière un rideau d'arbres pour se poser non loin de là sur une piste de l'aéroport de Monterey Peninsula.

Kathryn Dance et Michael O'Neil étaient au rez-de-chaussée, dans la salle de réunion du CBI, juste sous le bureau de la jeune femme. Ils se tenaient côte à côte pour étudier une grande carte sur laquelle les barrages de police étaient indiqués, cette fois par des épingles à tête colorée et non plus par des Post-it. On n'avait toujours pas revu la Honda du chauffeur de la Worldwide Express, et on avait encore agrandi le périmètre des recherches à plus d'une centaine de kilomètres autour de Salinas.

Kathryn regarda le visage carré d'O'Neil et y vit un mélange d'inquiétude et de détermination. Elle le connaissait bien. Ils s'étaient rencontrés plusieurs années auparavant, lorsqu'elle était conseillère en jurys, chargée d'analyser l'attitude et les réactions de jurés potentiels lors des auditions préliminaires afin de dire aux avocats lesquels choisir et lesquels refuser. Des procureurs fédéraux l'avaient engagée pour qu'elle les aide à sélectionner les jurés d'un procès dans lequel O'Neil était cité comme témoin principal. (Elle avait, curieusement, rencontré son mari dans des circonstances analogues, mais à l'époque où elle était journaliste et couvrait un procès dans lequel il intervenait comme témoin de l'accusation.)

Kathryn Dance et Michael O'Neil s'étaient liés d'amitié à cette occasion et ne s'étaient plus perdus de vue. Depuis qu'elle avait changé de métier pour entrer au CBI, ils avaient eu maintes fois l'occasion de travailler ensemble. Stan Fishburne, le patron de l'époque, avait été l'un de ses mentors, et O'Neil l'autre. Auprès de lui, elle en avait plus appris en six mois sur le travail d'investigation que pendant toute la durée de sa formation officielle. Ils se complétaient bien, tous les deux. Calme et décidé, O'Neil préférait les méthodes policières traditionnelles, comme la médecine légale, le travail en civil, la surveillance et le renseignement, tandis que Kathryn Dance se spécialisait dans l'enquête de terrain, l'interrogatoire des suspects et des victimes.

Elle savait qu'elle ne serait pas devenue l'agent qu'elle était désormais sans l'aide d'O'Neil, sans son humour, sans la patience dont il était capable.

Mais s'ils n'avaient pas la même façon d'aborder leur travail, ils partageaient le même instinct et les mêmes réflexes, et se retrouvaient sur la même longueur d'onde. Elle se rendit compte, amusée, que pendant qu'il regardait fixement la carte, il attendait en fait un signe de sa part.

– Qu'y a-t-il ? demanda-t-il.

– À quel sujet ?

– Quelque chose te tracasse. Et ce n'est pas seulement le fait de te retrouver sur le siège du conducteur.

– Hum.

Elle prit un instant pour réfléchir. O'Neil avait l'art de l'obliger à mettre de l'ordre dans ses idées avant de parler.

– J'ai un mauvais pressentiment au sujet de Pell. Il me semble que la mort de ces deux gardiens n'a été qu'un détail pour lui. Et Juan, aussi. Et ce chauffeur de la Worldwide ? Il est mort, vous savez.

– Je le sais… Vous croyez que Pell *voulait* tuer des gens ?

– Non, il ne le voulait pas. Ni le contraire. Il veut tout ce qui sert son intérêt, même futile. Tuer ne lui fait ni chaud ni froid. En un sens, c'est encore plus effrayant, et ça nous complique encore la tâche pour anticiper sur ce qu'il va faire. Mais… espérons que je me trompe.

– Vous ne vous trompez jamais, chef.

C'était TJ, qui venait d'entrer avec un ordinateur portable. Il le posa sur la table sous un petit écriteau qui disait RECHERCHÉS DANS TOUT L'ÉTAT. Au-dessous, les clichés des dix lauréats de ce concours composaient la palette démographique de l'État : Latinos, Anglo-Saxons, Asiatiques et Afro-Américains y figuraient dans cet ordre.

– Vous avez trouvé Samantha McCoy ou la tante de Pell ?

– Pas encore. Mes troupes s'en occupent. Mais regardez ça, dit TJ, en pianotant sur le clavier.

Ils se rapprochèrent de l'écran, occupé tout entier par l'agrandissement d'un cliché en provenance de l'appareil de Morton Nagle. On apercevait quelqu'un en veste de peau dans l'allée menant à l'arrière du tribunal, où le feu avait pris. Un jeu d'ombre et de lumière laissait deviner une grande valise noire.

– Une femme ? s'interrogea O'Neil.

On pouvait juger de la taille de la personne par rapport à une voiture à proximité. Elle n'était pas plus grande que Kathryn Dance. Et plus mince, nota celle-ci. La casquette et les lunettes de soleil empêchaient de voir son visage et son crâne, mais le bassin, visible à travers les vitres de la voiture, était légèrement plus large que celui d'un homme de cette taille.

– Et il y a un reflet. Vous le voyez ? dit TJ, le doigt pointé sur l'écran. Une boucle d'oreille ?

Kathryn jeta un regard au lobe de son oreille, où brillait parfois un diamant ou un « clou » en acier.

– Question de statistiques, dit TJ, comme pour se défendre.

– D'accord.

– Une blonde, un mètre soixante environ, résuma O'Neil.

– Poids, dans les cinquante-cinq kilos, ajouta Kathryn.

Elle pensa à quelque chose, appela Rey Carraneo dans son bureau à l'étage au-dessus pour lui demander de les rejoindre.

Il fut très vite là.

– Agent Dance ?

– Retournez à Salinas. Demandez le responsable de la boutique You Mail It, qui réceptionne les colis, et voyez si quelqu'un se souvient d'avoir vu une femme correspondant à cette description. Si c'est le cas, procurez-vous un cliché sur SEIF.

Le Système électronique d'identification faciale est la version moderne de l'ancien Identity-Kit utilisé par les enquêteurs pour dresser le portrait d'un suspect d'après les dires des témoins.

– Entendu, agent Dance.

TJ frappa sur quelques touches pour activer l'imprimante. Carraneo aurait ainsi le document.

Le téléphone de TJ sonna. Il prit des notes en répondant, et acheva la conversation par « Je t'aime, chérie » avant de raccrocher.

– Elle bosse au service des statistiques à Sacramento. B.R.I.T.N.E.E. J'adore ce nom. Elle est vraiment adorable avec moi. Autant dire que ça ne pourra pas coller entre nous.

Kathryn Dance leva les sourcils, une mimique à traduire en termes de synergologie par « Venons-en au fait ».

– Je l'ai entrée dans la catégorie des disparus avec liens Familiaux, avec un F en capitale. Il y a cinq ans, Samantha McCoy a changé son nom pour celui de Sarah Monroe. Elle a pu garder, ainsi, les petites culottes brodées à ses initiales. Puis, il y a trois ans, une personne de son âge a épousé un certain Ronald Starkey. Adieu les initiales et les petites culottes. Ils habitent à San José.

– Vous êtes certain qu'il s'agit bien de la même McCoy ?

– La vraie, la seule, la nôtre. Ça a été assez dur pour le savoir. Ouille ! Cette bonne vieille Sécurité sociale… Avec un avis sur requête de la commission compétente.

Kathryn appela le secrétariat et on lui trouva les adresse et numéro de téléphone de Ronald et Sarah Starkey.

– San José, remarqua O'Neil. Ce n'est pas très loin.

Contrairement aux deux autres « anciennes » de la Famille auxquelles Kathryn avait déjà parlé au téléphone, Samantha pouvait être celle qui avait déposé la bombe ce matin-là : elle était rentrée chez elle à treize heures trente.

– Elle travaille ? demanda Kathryn.

– Je ne me suis pas encore renseigné là-dessus. Je peux le faire, si vous voulez.

– Nous le voulons, dit O'Neil.

TJ ne dépendait pas de son autorité et, dans la hiérarchie bien établie des services de police, le CBI l'emportait sur le Bureau du shérif. Mais une demande du premier substitut Michael O'Neil valait une demande de Kathryn Dance, voire plus.

TJ revint quelques minutes plus tard en disant ce qu'il venait d'apprendre des services fiscaux : Sarah Starkey travaillait chez un petit éditeur de manuels scolaires de San José.

Kathryn nota le numéro.

– Tâchons de savoir si elle est restée chez elle ce matin.

– Comment allez-vous vous y prendre ? demanda O'Neil. Il ne faut pas qu'elle se doute de quelque chose.

– Oh, je vais mentir, répondit Kathryn d'un ton léger.

Elle appela l'éditeur sur une ligne au numéro non répertorié. Une femme décrocha.

– Bonjour, dit Kathryn. Ici El Camino Boutique. Nous avons une commande pour Sarah Starkey. Mais notre livreur nous dit qu'elle n'était pas chez elle ce matin. Savez-vous à quelle heure elle doit rentrer ?

– Sarah ? Je crois que votre livreur a fait une erreur sur l'heure. Elle est partie à huit heures et demie.

– Vraiment ? Eh bien, je vais voir cela avec le livreur. On ferait peut-être mieux de lui apporter sa commande à son domicile. Je vous serais reconnaissante de ne pas parler de cet appel à Mme Starkey. C'est une surprise qu'on lui fait. (Kathryn raccrocha.) Elle n'était pas chez elle ce matin.

TJ se mit à applaudir.

– Et l'Oscar du meilleur numéro de la femme flic dans un rôle de composition au téléphone est attribué à...

O'Neil fronça les sourcils.

– Tu n'es pas d'accord avec mes méthodes spéciales ? demanda Kathryn.

– Ce n'est pas ça le problème, répondit le substitut, toujours impassible. C'est que maintenant, tu vas devoir lui envoyer *quelque chose*. Et le planton risque de te démasquer. Il faudra lui dire qu'elle a un amoureux caché.

– Je vois, chef ! Envoyez-lui un gros bouquet avec « Félicitations de ne pas être suspecte » !

Maryellen Kresbach, l'assistante administrative de Kathryn, une petite femme cuirassée de bon sens, entra avec du café pour tout le monde (Kathryn ne demandait jamais ; Maryellen ne manquait cependant pas d'en apporter). Cette mère de trois enfants, toujours perchée sur des chaussures à talons hauts pétaradants, adorait les coiffures compliquées et les ongles hyper-longs.

Chacun la remercia. Kathryn Dance but avec plaisir quelques gorgées de l'excellent café. Elle espéra que Maryellen avait laissé quelques biscuits sur son bureau. Elle enviait la capacité de cette femme à être simultanément une maîtresse de maison accomplie et la meilleure assistante qu'elle ait jamais eue. Elle nota que Maryellen ne ressortait pas après avoir offert à chacun sa dose de caféine.

– Je ne savais pas si je pouvais vous déranger. Mais Brian vous a appelée.

– Ah, bon ?

– Il pensait que vous n'aviez peut-être pas eu son message vendredi.

– Vous me l'avez transmis.

– Je le sais. Je ne lui ai pas dit que je l'avais fait. Et je ne lui ai pas dit non plus que je ne l'avais pas fait. Alors ?

Sentant le regard de O'Neil sur elle, Kathryn dit :

– D'accord, merci.

– Vous voulez son numéro ?

– Je l'ai.

– Bien, dit la secrétaire. Mais elle restait plantée devant sa patronne, en hochant lentement la tête.

Ma foi, songea Kathryn, le moment est délicat. Elle ne voulait pas parler de Brian Gunderson.

La sonnerie stridente du téléphone de la salle de réunion la sauva.

Elle écouta un instant et dit :

– Qu'on l'amène tout de suite à mon bureau.

CHAPITRE 11

Le gros type en uniforme de gardien de prison de Californie lui faisait face de l'autre côté de son bureau – une épaisse planche d'aggloméré issue de l'entrepôt de meubles de l'administration, sur laquelle se trouvaient dans le désordre un certain nombre de stylos, une lampe et des photographies : Kathryn Dance avec un bel homme aux cheveux blancs, ses parents, et deux chiens, chacun avec un enfant. Il y avait aussi une douzaine de dossiers. Comme ils étaient retournés, on ne pouvait pas les identifier.

– C'est affreux, dit Tony Waters, gardien chef au Centre pénitentiaire de Capitola. Je ne peux pas vous dire...

Kathryn perçut, sous le ton accablé, une trace d'accent d'Europe de l'Est. La péninsule de Monterey attirait des gens du monde entier. Elle était seule avec Waters. Michael O'Neil les avait laissés pour se renseigner sur les conclusions des experts de la police scientifique qui avaient examiné la scène de l'évasion.

– Vous êtes responsable de la surveillance dans l'aile où se trouvait la cellule de Pell ? demanda Kathryn.

– C'est ça.

La silhouette massive, les épaules voûtées, Waters se penchait en avant sur son siège. Il avait environ 55 ans, estima-t-elle.

– Vous a-t-il dit quoi que ce soit sur l'endroit où il comptait se rendre une fois dehors ?

– Oh, non, madame. Je n'ai pas cessé de me torturer les méninges depuis que c'est arrivé. J'ai pensé tout de suite à ça et je me suis mis dans un coin pour essayer de me rappeler tout ce qu'il m'avait dit depuis une semaine et même avant. Mais non, rien. D'abord, Daniel ne parle pas beaucoup. En tout cas, pas à nous, les matons.

– Il passait beaucoup de temps à la bibliothèque ?

– Beaucoup. Il lisait tout le temps.

– On peut savoir quoi ?

– Il n'y a pas de registre, et les détenus ne peuvent rien emporter.

– Il recevait des visites ?

– Aucune depuis un an.

– Des appels téléphoniques ? Est-ce qu'ils sont consignés ?

– Oui, madame. Mais on ne les enregistre pas. (L'homme parut réfléchir un instant.) Il n'en recevait pas beaucoup, à part ceux des journalistes qui voulaient le rencontrer pour une interview. Mais il ne les rappelait jamais. Je crois qu'il a parlé une ou deux fois avec sa tante. Je ne me souviens pas que quelqu'un d'autre l'ait appelé.

– Et Internet, les emails ?

– Pas pour les détenus. On s'en sert pour nous-mêmes, bien sûr. Les ordinateurs sont dans un local spécial – une zone sous contrôle. On est très stricts là-dessus. J'y ai pensé, vous savez, je me suis demandé s'il avait pu communiquer avec quelqu'un de l'extérieur…

– Il a trouvé un moyen de le faire, forcément, dit Kathryn.

– Oui. Alors, c'est par l'intermédiaire d'un codétenu en fin de peine. Il faudra peut-être vous renseigner sur ce point.

– J'y ai pensé aussi. J'en ai parlé à votre directrice. Elle m'a dit qu'il n'y avait eu que deux sorties le mois dernier, et qu'il s'agissait de libérations sur parole. Le magistrat chargé de l'application des peines a vu ces deux hommes ce matin. Mais ils ont pu faire passer des messages à une tierce personne. On enquête à ce sujet.

Waters, comme elle l'avait remarqué, était arrivé les mains libres.

– Avez-vous transmis notre demande concernant le contenu de sa cellule ?

Le gardien chef s'assombrit. Il secoua la tête en fixant la pointe de ses chaussures.

– Oui, m'dame. Mais elle est vide. Il n'y a rien du tout là-dedans. Elle a été vidée il y a deux jours.

Il leva les yeux, en serrant les lèvres comme s'il hésitait. Puis, baissant à nouveau les yeux, il dit à mi-voix :

– Je n'ai pas compris pourquoi.

– Que voulez-vous dire ?

– Vous savez, j'ai travaillé dans les centrales de Q, de Soledad et de Lompoc. Et dans cinq ou six autres prisons. On sait toujours ce qu'il faut regarder. Quand un détenu se prépare pour un gros coup, sa cellule change. Il y a des trucs qui disparaissent – parfois, des preuves qu'il va tenter une évasion, ou des preuves de choses qu'il a faites pendant qu'il était là et qu'on ne doit pas savoir. Parce que le type sait qu'après on passera la cellule au microscope.

– Mais avec Pell, vous n'avez pas pensé qu'il risquait de se débarrasser de…

– On n'avait jamais eu d'évasion à Capitola. C'est impossible, vu la façon dont on les surveille. C'est presque impossible, pour un détenu, d'en approcher un autre – pour le tuer, je veux dire. (Waters avait le visage cramoisi.) J'aurais dû réfléchir. Si on avait été à Lompoc, j'aurais su tout de suite qu'il se passait quelque chose. (Il se frotta les yeux.) Je me suis planté.

– Il y a un sacré pas à franchir, dit Kathryn, afin de le consoler, pour passer de la simple surveillance à la prévention des évasions.

Il haussa les épaules, en examinant ses ongles. Il n'avait aucun bijou, mais Kathryn remarqua la marque d'une alliance. Puis elle se dit qu'il ne fallait sans doute pas y voir un signe d'infidélité, mais le fait que, lorsqu'on côtoyait des détenus dangereux, tout ce qu'ils risquaient de voler était proscrit.

– Si je comprends bien, ça fait un sacré bout de temps que vous êtes dans ce métier.

– Eh oui. J'ai commencé tout de suite après avoir quitté l'armée, dit-il en passant la main sur ses cheveux coupés presque ras, avec un sourire. Par moments, ça paraît une éternité. À d'autres, c'est comme si c'était hier. Encore deux ans à tirer jusqu'à la retraite. C'est idiot, mais ça me manquera.

Il avait compris qu'on n'allait pas le punir pour ne pas avoir vu venir cette évasion, et il était moins crispé.

Elle lui demanda où il habitait, s'il avait une famille. Il était marié et il leva la main gauche en riant ; la déduction de Kathryn était juste. Ils avaient trois enfants – et les deux aînés allaient entrer à la fac, précisa-t-il fièrement.

Mais tandis qu'ils bavardaient, une alarme silencieuse s'était déclenchée dans l'esprit de Kathryn pour lui signaler un problème.

Tony Waters mentait.

Il arrive souvent que des mensonges passent inaperçus, simplement parce que la personne à laquelle ils sont destinés ne s'attend pas à ce qu'on lui mente. Comme Kathryn n'avait convoqué Waters que pour avoir des informations sur Pell, elle n'était pas en « mode interrogatoire ». Si le gardien chef avait été un suspect ou un témoin hostile, elle aurait épié des signes de tension lorsqu'il lui faisait certaines réponses, et aurait insisté sur ces points particuliers jusqu'à ce qu'il avoue le mensonge, et peut-être lui dise la vérité.

Mais ce processus ne peut aboutir que si on a établi le profil psychologique et comportemental de base du sujet *avant* d'aborder les points sensibles, ce que Kathryn n'avait évidemment pas à faire puisqu'elle le croyait *a priori* sincère.

Mais, même en l'absence d'un profil de base, un synergologue averti – et intuitif – peut être alerté par certaines réactions qui lui signalent la tromperie. Par exemple, la voix qui devient plus aiguë chaque fois que l'émotion provoque une tension des cordes vocales. Ou le fait que le sujet marque une pause avant de répondre à certaines questions ou d'affirmer certaines choses : mentir est plus difficile pour l'esprit ; celui qui ment doit penser sans cesse à ce qu'il a déjà dit ou à ce que d'autres ont dit, et formuler une réponse qui s'accorde avec ces déclarations et avec ce qu'il pense que croit la personne qui l'interroge.

En discutant avec le gardien, Kathryn Dance avait remarqué que sa voix se tendait par moments vers l'aigu et qu'il marquait des pauses sans raison apparente. Ainsi alertée, elle se remémora d'autres attitudes et y vit des signes de tromperie : le fait de fournir plus d'informations que nécessaire, les digressions, les gestes de dénégation – sa façon, notamment, de porter la main à ses yeux et de se toucher le nez – et, par moments, la façon dont il évitait son regard.

Dès qu'il y a des signes de tromperie, un entretien tourne à l'interrogatoire et l'approche du policier n'est plus la même. C'est à ce point de leur discussion qu'elle avait mis fin à ses questions sur Pell pour aborder des sujets sur lesquels il n'avait aucune raison de mentir – sa vie personnelle, la Péninsule, etc. Il s'agissait d'établir son profil comportemental de base.

En procédant ainsi, Kathryn Dance se livrait à une analyse classique, en quatre parties, du sujet lui-même, pour se faire une idée de la tactique d'interrogatoire qu'elle allait adopter.

Pour commencer, elle lui demanda quel avait été son rôle au cours de l'événement. Elle en conclut que Tony Waters avait été au mieux un témoin passif ; au pire, un complice de Pell.

Deuxièmement, avait-il une raison de mentir ? Bien sûr. Il craignait de perdre sa place parce qu'il avait, intentionnellement ou par négligence, aidé Daniel Pell à s'évader. Il avait peut-être aussi intérêt du point de vue personnel, ou financier, à aider le tueur.

Troisièmement, à quel type de personnalité appartenait-il ? Les spécialistes de l'interrogatoire ont besoin de cette information pour adapter leur propre comportement à celui de leur sujet – doivent-ils se montrer plutôt agressifs ou plutôt conciliants ? Certains se contentent de déterminer s'ils ont affaire à un introverti ou à un extraverti. Kathryn, quant à elle, pratiquait une approche plus globale en faisant appel au code établi par Myers-Briggs, qui inclut trois attributs supplémentaires à la distinction intro- ou extraverti : réfléchi ou instinctif, calculateur ou intuitif, juge ou observateur.

Elle conclut que Waters était un extraverti réfléchi-instinctif-calculateur, ce qui signifiait qu'elle pouvait être plus directe avec lui qu'avec un sujet plus émotionnel et plus intériorisé, et pouvait user de diverses techniques de récompense-punition pour lui faire avouer ses mensonges.

Enfin, elle se demanda : à quel type de menteur Waters appartient-il ? Est-il un manipulateur, un « grand machiavélique », ou encore l'un de ces menteurs désinvoltes pour qui le mensonge n'est qu'un outil pour obtenir ce qu'on désire en amour, en affaires, en politique… ou en matière criminelle ? Il y a encore les « menteurs sociaux », qui mentent pour amuser ou distraire leur auditoire, et les craintifs, qui manquent de confiance en eux-mêmes et mentent pour faire bonne impression…

Elle se dit que, compte tenu de sa longue carrière en milieu pénitentiaire et de l'aisance avec laquelle il avait tenté de diriger la conversation et de l'emmener, elle, loin de la vérité, Waters appartenait à une autre catégorie. Celle des « acteurs » pour qui il importe avant tout de garder le contrôle de la situation. Ils ne mentent pas systématiquement mais seulement quand c'est nécessaire et n'ont pas l'habileté des grands manipulateurs, mais sont tout de même des artistes en matière de tromperie.

Elle retira ses lunettes – les plus chic, à monture rouge foncé – et, sous prétexte d'essuyer les verres, les mit de côté pour les remplacer par son autre paire, aux verres plus étroits et cerclés de noir : les lunettes d'« oiseau de proie » qu'elle avait déjà chaussées pour interroger Pell. Puis elle se leva, contourna le bureau et tira une chaise pour s'asseoir à côté de lui.

Les spécialistes de l'interrogatoire appellent l'espace qui se trouve autour d'un être humain la « zone proxémique » qui va de l'« intime », entre quinze et quarante centimètres, au « public », à trois mètres et plus. Pour conduire ses interrogatoires, Kathryn optait volontiers pour la zone intermédiaire dite « personnelle », à environ soixante-dix centimètres.

Waters la regarda changer de place avec curiosité mais ne fit aucun commentaire. Elle non plus.

– Bien. Maintenant, Tony, je voudrais revenir sur deux ou trois points.

– Bien sûr, à votre disposition, dit-il, en croisant les jambes, une cheville posée sur son genou – un mouvement qui semblait détendu mais disait en réalité, de façon éclatante, qu'il était sur la défensive.

Elle revint au sujet qui, elle le savait maintenant, avait provoqué chez lui une série de signaux révélateurs de tension.

– Parlez-moi des ordinateurs à Capitola.

– Les ordinateurs ?

Répondre à une question par une question était aussi un indicateur de tromperie : le sujet tente de gagner du temps parce qu'il cherche à deviner où celui qui l'interroge veut en venir, et comment formuler une réponse.

– Oui, les ordinateurs. Quel type d'appareils avez-vous ?

– Ma foi... Je ne suis pas très fort pour la technique. Je ne sais pas... (Tapant du pied.) Des Dell, je crois.

– Portables ?

– On a les deux, des fixes et des portables. Enfin, pas des centaines, vous savez. (Il lui lança un sourire complice.) Vu les budgets !

Et de se lancer dans des explications sur les restrictions budgétaires subies récemment par l'administration pénitentiaire, explications que Kathryn trouva très intéressantes en ce qu'elles constituaient une tentative assez grossière pour détourner la conversation.

Elle le ramena au sujet.

– Et l'accès aux ordinateurs, à Capitola ? Expliquez-moi comment ça se passe.

– Je vous l'ai déjà dit, les détenus ne sont pas autorisés à s'en servir.

C'était, techniquement, la vérité. Mais il n'avait pas dit les détenus *ne s'en servent pas*. La tromperie et la dissimulation jouent autant sur des réponses évasives que sur des mensonges manifestes.

– Est-ce qu'ils *pourraient*, éventuellement, y avoir accès ?

– Non, pas vraiment.

Presque enceinte ou à moitié mort... il fallait choisir.

– Qu'entendez-vous par là, Tony ?

– J'aurais dû dire, non, ils ne le peuvent pas.

– Mais vous avez dit que les gardiens et les gens qui travaillent dans les bureaux pouvaient s'en servir.

– C'est exact.

– Alors, pourquoi un détenu ne le pourrait-il pas ?

Waters avait évoqué une « zone sous contrôle ». Elle avait noté des signes de tension à cet instant.

Il resta silencieux quelques secondes. Elle pensa qu'il cherchait à se rappeler ce qu'il avait dit.

– Il y a une zone d'accès limité. On n'y autorise que les détenus non violents. Il y en a qui donnent un coup de main dans les bureaux. Sous surveillance, bien sûr. Mais ils ne touchent pas aux ordis.

– Pell a-t-il pu pénétrer dans cette zone ?

– Il était classé 1-A.

Kathryn nota cette réponse qui n'en était pas une. Et le geste de défense instinctif – Waters se massait la paupière – qui l'accompagnait.

– Ce qui signifie qu'il n'était pas admis dans… comment appelez-vous ces zones ?

– Les zones AL. Accès limité. (Il se rappelait maintenant les mots qu'il avait employés.) Zones de contrôle.

– Contrôlées ou sous contrôle ?

Une pause.

– Zones de contrôle.

– Contrôlées serait plus juste. Vous êtes certain que c'est bien ça le nom ?

Il s'agita.

– Ma foi, je n'en sais rien. Qu'est-ce que ça change ? On dit l'un ou l'autre.

– Et vous employez ce terme pour d'autres parties de l'établissement ? Le bureau de la directrice et le vestiaire des gardiens, par exemple – ce sont des zones de contrôle ?

– Évidemment… Enfin, certains les appellent comme ça, d'autres non. Moi, j'ai gardé cette habitude après avoir travaillé dans une autre prison.

– Laquelle ?

Une pause.

– Oh, je ne me rappelle plus. Vous savez, je m'en sers mais ce n'est pas le nom officiel. Il en faut bien un. À la prison, tout le monde utilise des abréviations et des noms plus ou moins officiels. Dans les prisons comme partout ailleurs. Pour les gardiens on dit les « matons », pour les détenus les « taulards ». Je suppose que vous faites la même chose, au CBI ?

Il y avait là un double jeu. Les sujets qui cherchent à tromper tentent souvent de créer un rapport de complicité ou de camaraderie (« Vous faites la même chose ») et utilisent des abstractions et des généralisations (« tout le monde », « partout ailleurs »).

– Que cela ait été autorisé ou non, dans une zone ou dans une autre, Daniel Pell et un ordinateur se sont-ils trouvés dans la même pièce et au même moment à l'intérieur de la prison de Capitola ? demanda Kathryn, en baissant le ton mais en détachant bien ses mots.

– Je ne l'ai jamais vu devant un ordinateur, je vous le jure. Franchement.

La tension qui accompagne le mensonge se traduit par l'un ou l'autre des quatre états émotionnels : les sujets sont furieux, déprimés, s'entêtent dans le déni ou sont prêts à négocier pour se tirer d'affaire. Les mots que Waters venait de prononcer – « Je le jure » et « franchement » – disaient à Kathryn, tout comme son langage du corps, que le gardien était au stade du déni. Il ne pouvait pas accepter la vérité de ce qu'il avait fait à la prison et tentait d'en fuir la responsabilité.

Déterminer le stade de stress auquel se trouve le sujet est une nécessité fondamentale pour décider d'une tactique d'interrogatoire. Quand le sujet est dans la phase de colère, par exemple, on l'encourage à y laisser libre cours jusqu'à épuisement.

Quand il est dans le déni, on l'attaque sur les faits.

Ce qu'elle fit.

– Vous avez, vous-même, accès au local où l'on garde les ordis, n'est-ce pas ?

– Oui, et alors ? Tous les matons… Attendez, c'est quoi, ça ? Je suis de votre côté, moi !

Une tentative de fuite caractéristique de l'état de déni, qu'elle ignora.

– Et vous dites que certains détenus ont pu se rendre dans ce local. Pell s'y est-il trouvé ?

– Il n'y a que les types non violents qui sont autorisés à…

– Pell y est-il déjà allé ?

– Je jure devant Dieu que je ne l'y ai jamais vu.

Kathryn remarqua les gestes dits « adaptateurs » destinés à évacuer la tension : doigt replié, pied martelant le sol, épaule qui se tendait vers elle (dans la position défensive d'un joueur de football) et coups d'œil de plus en plus nombreux en direction de la porte (les menteurs cherchent du regard des échappatoires au stress de l'interrogatoire).

– C'est la quatrième fois que vous ne répondez pas à ma question, Tony. Alors je répète : Pell s'est-il, oui ou non, trouvé avec un ordinateur à un endroit quelconque de Capitola ?

– Excusez-moi, répondit le gardien chef avec une grimace. Ce n'est pas de la mauvaise volonté de ma part. C'est juste que je me suis un peu – comment dire ? – embrouillé. J'ai eu l'impression que vous *m'accusiez* de quelque chose. D'accord, je ne l'ai jamais vu devant un ordi, vraiment. Je ne mentais pas. Mais toute cette histoire m'a chamboulé, vous savez. Mettez-vous à ma place.

Ses épaules retombèrent, sa tête s'inclina encore de quelques centimètres.

– Bien sûr, Tony. Je me mets à votre place.

– Il est possible que Daniel se soit trouvé avec un ordi.

Soumis à l'attaque de Kathryn, il s'était rendu compte qu'il serait plus douloureux d'endurer plus longtemps ce feu nourri de questions que de continuer à mentir. Aussi simplement qu'on tourne le bouton d'un interrupteur, Waters venait de passer à la phase de marchandage. Ce qui signifiait qu'il n'était pas loin de renoncer à la tromper mais retenait encore la vérité complète, dans un effort pour échapper à la sanction. Kathryn comprit qu'elle devait maintenant cesser de l'attaquer de front et lui offrir un moyen de sauver la face.

Dans un interrogatoire, l'ennemi n'est pas le menteur, mais le mensonge.

– Donc, reprit-elle, sur un ton amical, en reculant un peu sa chaise pour sortir de la zone personnelle du gardien chef, il se pourrait qu'à un moment ou à un autre Pell ait eu accès à un ordinateur ?

– Sans doute. C'est une chose qui a pu se produire. Mais je ne peux pas l'affirmer. (Sa tête penchait de plus en plus. Il parlait à voix basse.) C'est que… c'est un dur métier qu'on fait. Les gens ne comprennent pas toujours ce que c'est d'être un maton.

– Bien sûr.

– Il faut être à la fois professeur, et flic, et… (Il baissa la voix d'un ton, comme pour une confidence.) On a sans cesse l'administration sur le dos pour nous dire de faire ci, de faire ça, de maintenir l'ordre, de prévenir si quelque chose se prépare…

– C'est un peu comme d'être parent. On est tout le temps à surveiller ses enfants.

– Oui, exactement ! C'est comme d'avoir des enfants.

Les yeux qui s'agrandissent pour dire l'émotion.

Kathryn hocha vigoureusement la tête.

– On voit bien, Tony, que vous vous donnez du mal pour les détenus. Et que vous voulez bien faire.

Parvenus au stade du marchandage, les gens ont besoin qu'on les rassure et qu'on les pardonne.

– Ce n'était vraiment pas grand-chose…

– Quoi ? Continuez.

– J'ai pris une décision.

– Vous faites un métier difficile. Vous devez vous trouver tous les jours face à des décisions difficiles à prendre.

– Oui. À chaque *heure*.

– Alors, qu'avez-vous décidé ?

– C'est vrai que… Daniel, c'était pas un type comme les autres.

Elle avait déjà noté l'usage du prénom. Pell avait persuadé Waters qu'ils étaient une paire de copains et avait exploité cette fausse amitié.

– En quoi était-il différent des autres ?

– Il a ce… Je ne sais pas comment appeler ça… ce pouvoir sur les gens. Les Blancs, les Noirs, les Latinos… Il peut aller partout sans qu'on le touche. Jamais vu quelqu'un comme lui dans une prison. Les types font ce qu'il veut. Ils lui parlent.

– Et donc, il vous donne des renseignements ?

– De bons renseignements. Des tuyaux que personne n'aurait jamais sans ça. Par exemple, il y avait un garde qui vendait du crac. Un détenu a claqué d'overdose. J'aurais jamais pu savoir qui lui avait refilé cette came si Pell me l'avait pas dit.

– Ce qui vous a permis de sauver des vies, je suppose.

– Eh oui ! Une autre fois, un détenu avait décidé d'en tuer un autre. Au surin. Pell m'a prévenu.

– Et en échange, vous lui avez laissé la bride sur le cou, enchaîna Kathryn, avec un haussement d'épaules. Il a pu entrer dans le bureau.

– Oui. La télé qui est dans le bureau reçoit les programmes du câble, et de temps en temps il voulait voir des jeux qui n'intéressaient personne. Ça s'est passé comme ça. Il n'y avait pas de risque. Le bureau est en zone de sécurité maximale. Il ne pouvait pas en sortir. Moi, j'y jetais un coup d'œil pendant mon tour de garde, et lui, il regardait ses jeux.

– Souvent ?

– Trois ou quatre fois en tout.

– Donc, il a pu aller sur Internet ?

– Peut-être.

– Quand pour la dernière fois ?

– Hier.

– Bien, Tony. Maintenant, les téléphones.

Elle avait noté des signes de tension au moment où Waters lui disait que Pell n'avait appelé personne hormis sa tante ; il avait porté la main à ses lèvres, comme pour cacher quelque chose qui ne devait pas lui échapper.

Une fois qu'un sujet a avoué un délit, il est souvent plus facile de lui en faire avouer un autre.

– Il y a autre chose, reprit Waters. Tout le monde vous le dira, Pell est un obsédé sexuel. Il voulait appeler pour parler de sexe et je l'ai laissé faire.

Comme le comprit Dance aussitôt, cet aveu d'une entorse au règlement apparemment mineure était sans doute une tentative de diversion pour masquer une faute plus grave.

– Ah, bon ? Il faisait ça ? demanda-t-elle, tout à trac, en se rapprochant. Et comment payait-il ? Par carte de crédit ?

Un silence. Waters avait parlé sans réfléchir ; il avait oublié que ces appels très spéciaux étaient payants.

– Je ne parlais pas de ces numéros qu'on trouve à la dernière page des journaux. Vous m'avez mal compris. Je crois qu'il appelait une fille qu'il connaissait. Elle avait dû lui écrire. Il recevait beaucoup de courrier… (un faible sourire) de ses fans. Vous le croyez, ça ? Un type comme lui !

Kathryn se rapprocha encore.

– Mais vous, en écoutant, vous n'avez pas entendu parler de sexe ?

– Non, je… (Il se rendit compte qu'il n'avait pas dit qu'il écoutait. Mais trop tard.) Non. Ils discutaient, c'est tout.

– Vous les avez entendus tous les deux ?

– Oui. Je m'étais mis sur une troisième ligne.

– C'était quand ?

– La première fois, il y a environ un mois. Puis il y a eu encore une ou deux fois. Et hier, pendant qu'il était dans le bureau.

– Il existe un répertoire des appels à partir de cette ligne ?

– Non, pas pour les appels locaux.

– Mais s'il s'agissait d'appels longue distance, on les retrouvera, n'est-ce pas ?

Waters regardait le sol à ses pieds. Il faisait peine à voir.

– Je lui avais donné une carte. Pour les numéros qui commencent par 800 on tape un code et on peut appeler n'importe où.

Kathryn connaissait ce système. Il permettait des communications qui ne laissaient pas la moindre trace.

– Vraiment, il faut me croire. Je n'aurais jamais fait ça s'il ne m'avait pas donné des tuyaux. De bons tuyaux, qui m'ont permis de sauver…

– De quoi parlaient-ils ? demanda-t-elle, d'un ton amical.

On ne rudoie jamais un sujet qui avoue : c'est votre nouveau meilleur ami.

– De choses et d'autres. D'argent, je me rappelle.

– Comment ?

– Pell lui a demandé combien elle avait mis de côté, et elle a répondu 9 200. Et il a dit : « C'est tout ? »

Plutôt cher, tout de même, pour parler de sexe, songea Kathryn.

– Puis elle lui a demandé à quelle heure étaient les visites et il a répondu que ça serait pas une bonne idée.

Ainsi, il ne voulait pas qu'elle vienne le voir. Qu'on les voie ensemble.

– Où se trouvait-elle ? Vous n'avez pas une idée ?

– Il a parlé de Bakersfield. Il a dit exactement « à Bakersfield ».

Pour lui demander d'aller chez sa tante chercher le pied-de-biche et de le mettre dans le puits.

– Et, ça me revient maintenant, elle lui a parlé de cardinaux.

– Des catholiques ?

Waters laissa échapper un petit rire, mais sans gaieté.

– Non, des oiseaux. Des cardinaux et des oiseaux-mouches dans le jardin. Et elle a parlé aussi de cuisine mexicaine. « Il n'y a pas mieux pour se refaire une santé », voilà exactement ce qu'elle a dit.

– Avait-elle un accent ?

– Non, pas que je sache.

– Parlait-elle fort ou doucement ? Comment était sa voix ?

– Grave, il me semble. Sexy.

– Intelligente ou stupide ?

– Mon Dieu… Je ne pourrais pas dire.

Il semblait épuisé.

– Y a-t-il autre chose qui pourrait nous aider, Tony ? Allons, faites un effort, il faut vraiment qu'on retrouve ce type.

– Non, je ne vois rien d'autre. Désolé.

Elle le regarda. Non, décida-t-elle, il ne savait rien de plus.

– D'accord. On va en rester là pour le moment.

Il se leva pour partir. Au moment de franchir le seuil, il se retourna.

– Désolé. J'étais pas dans mon assiette. La journée a été dure.

– C'est le moins qu'on puisse dire, répondit-elle, conciliante.

Il restait immobile dans l'encadrement de la porte, tel un chiot qu'on renvoie. Comme on lui refusait les mots de consolation qu'il espérait, il s'éloigna d'un pas lourd.

Kathryn Dance appela Carraneo, qui était en route vers la boutique You Mail It, pour lui donner les informations qu'elle avait obtenues du gardien chef : le complice semblait être une complice, qui semblait avoir une voix grave et sans accent. Ces détails aideraient peut-être le gérant de la boutique à se souvenir d'elle.

Elle appela ensuite la directrice de Capitola pour lui faire part de ce qu'elle venait d'apprendre. La directrice resta silencieuse un instant et se contenta d'un discret « Ah… ».

Kathryn lui demanda s'il y avait un informaticien à la prison. Il y en avait un, et la directrice allait lui demander d'inspecter les ordinateurs de l'administration pour retrouver les connexions effectuées la veille et les courriels envoyés. Cette recherche serait facile puisque le personnel ne travaillait pas le dimanche et que Pell avait sans doute été le seul à utiliser Internet.

– Je suis désolée, dit Kathryn.

– Oui, je vous remercie.

Kathryn ne faisait pas allusion à l'évasion de Pell, mais plutôt à ce qu'elle risquait d'entraîner pour la directrice. Elle ne la connaissait pas personnellement, mais pour diriger une prison aussi importante il fallait être hautement qualifiée, et cette femme tenait sans doute à son poste. On pouvait craindre que sa carrière, comme celle de Tony Waters, soit gravement compromise.

CHAPITRE 12

Elle avait bien travaillé, sa petite chérie.

En suivant les instructions à la lettre ; elle avait récupéré le pied-de-biche dans le garage de sa tante à Bakersfield (comment Kathryn Dance savait-elle ça ?) ; puis elle avait fait marquer le portefeuille aux initiales de Robert Herron et avait jeté les deux objets dans le puits à Salinas. Elle avait confectionné le détonateur de la bombe incendiaire (aussi facile que de suivre une recette de gâteau ! avait-elle dit). Puis elle avait posé à l'endroit indiqué le sac contenant la combinaison antifeu et le couteau, et avait planqué les vêtements sous le pin.

Mais Pell avait un doute sur sa capacité à mentir en regardant les gens dans les yeux. Il avait donc renoncé à faire d'elle son chauffeur pour s'éloigner du tribunal. Il avait, à vrai dire, fait en sorte qu'elle ne se trouve pas aux abords au moment de son évasion. Il ne voulait pas qu'elle soit arrêtée à un barrage et se trahisse en bafouillant et en rougissant.

Pieds nus pour conduire (elle trouvait ça plus « chouette »), un sourire radieux illuminant ses traits, Jennie Marston pépiait comme un oiseau. Pell s'était demandé si elle croirait à ses explications concernant les morts au tribunal, pour lesquels il s'était prétendu innocent. Daniel Pell, habitué depuis des années à faire faire aux gens tout ce qu'il voulait, s'étonnait encore de la façon dont ils se précipitaient sur la moindre occasion d'être des victimes, en faisant fi de toute logique et de toute prudence pour croire ce qu'ils voulaient croire. Autrement dit ce qu'*il* voulait qu'ils croient.

Ce qui ne signifiait pas forcément que Jennie allait gober tout ce qu'il lui dirait, et compte tenu de ce qu'il prévoyait pour les prochains jours, il lui faudrait la surveiller de près pour savoir jusqu'où elle était capable d'aller et à quel moment elle risquait de reculer.

Ils suivaient un itinéraire compliqué sur de petites routes pour éviter les grandes voies de circulation et les éventuels barrages.

– Je suis contente que tu sois là, dit-elle timidement, en posant la main sur les genoux de Pell. Il la sentait partagée entre le désir de laisser éclater son amour pour lui et celui de l'associer à la peur qui la faisait trembler. Mais de ces deux désirs, le premier l'emporterait. Comme toujours chez les filles. Car Daniel Pell connaissait par cœur toutes les Jennie Marston du monde, toutes ces filles qui craquaient pour les mauvais garçons. Il avait appris à les connaître au fil des années en tant que détenu, et ex, et futur détenu. Allez dans un bar et laissez tomber, négligemment, que vous sortez de prison. La plupart des filles vous regardent en battant des paupières et filent aux toilettes pour ne pas en revenir. Mais il y en a d'autres qui se sentent mollir quand vous vous penchez pour leur dire à l'oreille quel crime vous avez commis et combien de temps vous avez passé derrière les barreaux. Elles sourient d'une certaine façon, se penchent à leur tour, plus près, et veulent en entendre plus.

Ça peut aller jusqu'au meurtre – selon comment on le présente.

Et Daniel Pell savait toujours comment présenter les choses.

Oui, Jennie était tout à fait ce genre de fille. On ne s'en serait pas douté à la voir, avec ce petit corps malingre, ces cheveux blonds et raides, ce joli visage gâché par un nez bosselé et ces nippes ringardes.

On n'aurait jamais vu en elle, en tout cas, la fille capable d'écrire aux condamnés à perpète de Capitola :

Cher Daniel Pell,
Vous ne me connaissez pas mais j'ai vu un sujet sur vous à la télé, c'était sur la chaîne A & E, et je ne crois pas qu'ils ont dit toute la vérité. J'ai aussi acheté tous les livres sur vous que j'ai pu trouver et vous êtes un homme fascinant. Et même si vous avez fait ce qu'on dit je suis sûre que vous aviez des circonstances en votre faveur. Je l'ai vu à vos yeux. Vous regardiez la caméra mais c'était comme si vous m'aviez regardée moi. J'ai eu un passé qui ressemble au vôtre, je veux dire dans mon enfance (ou absence d'enfance !) et je peux très bien comprendre d'où vous venez. Je veux dire, complètement. Vous pouvez m'écrire si vous voulez.
Très sincèrement vôtre,

Jennie Marston

Elle n'était pas la seule, bien sûr. Daniel Pell recevait un abondant courrier. Il y avait ceux qui le félicitaient d'avoir tué un capitaliste, ceux qui le condamnaient pour avoir assassiné tout une famille, ceux qui lui donnaient des conseils, ceux qui en demandaient. Et beaucoup de propositions amoureuses. La plupart émanaient de femmes, et d'hommes, dont la ferveur retombait après quelques semaines quand la raison reprenait le dessus. Mais Jennie avait persisté, et ses lettres s'étaient faites de plus en plus passionnées.

Mon cher Daniel,
Aujourd'hui je suis allée dans le désert. Près de l'Observatoire de Palomar, où il y a ce grand télescope. Le ciel était immense, c'était le crépuscule et les étoiles commençaient à briller. Je n'ai pas cessé de penser à vous. Je sais que personne ne vous comprend et qu'on vous accuse de crimes que vous n'avez pas commis, et je me disais que ça devait être terriblement dur à supporter. Ils ne vous voient pas, ils ne voient pas la vérité. Pas comme moi. Vous ne le direz jamais parce que vous êtes modeste, mais ils ne voient pas l'être parfait que vous êtes.
J'ai arrêté ma voiture, c'était plus fort que moi. Je me touchais de partout, vous voyez ce que je faisais (je suis sûre que vous le faites aussi, vilain garçon que vous êtes !). On a fait l'amour, là, vous et moi, sous les étoiles. Je dis « on » parce que vous étiez avec moi en pensée. Je ferais n'importe quoi pour vous, Daniel…

C'étaient ces lettres, reflet de son absence totale de contrôle et de son extraordinaire candeur, qui avaient décidé Daniel Pell à faire appel à elle pour son évasion.

– Tu as pensé à tout, n'est-ce pas ? lui demanda-t-il. Tu es certaine que personne n'a repéré la Thunderbird ?

– Oui. Je l'ai piquée dans le parking d'un restaurant. Il y a un garçon avec qui je suis sortie il y a deux ans… On n'a pas couché ensemble ni rien, ajouta-t-elle trop vite. (Et il pensa qu'ils avaient dû passer pas mal de temps à se sauter comme des lapins. Mais peu lui importait.) Il travaillait là, et en venant le chercher j'avais remarqué qu'il n'y avait personne à l'entrée pour surveiller le tableau auquel le voiturier accrochait les clés des clients. Alors, vendredi j'y suis allée en bus et j'ai attendu sur le trottoir d'en face. J'ai profité d'un moment où les serveurs étaient tous occupés ailleurs. J'ai pris la Thunderbird parce que le couple qui l'avait laissée venait juste d'arriver. En moins de dix minutes j'étais sur l'autoroute.

– Et ensuite ?

– J'ai passé la nuit dans un motel de Saint Louis Obispo – mais j'ai payé en liquide, comme tu me l'avais dit.

– Et tu as bien détruit les emails ? Avant de partir ?

– Mais oui !

– Bien. Tu as les plans ?

– Oui, Dan.

Elle tapota son sac à main.

Il la regarda. Le petit renflement de la poitrine, les jambes fines. Les fesses. Les femmes vous font tout de suite comprendre jusqu'où vous pouvez aller, et Pell savait qu'il pouvait la toucher quand et où il voulait. Il posa la main sur sa nuque ; si fine, si fragile. Elle émit un son qui avait tout du ronronnement.

Cette espèce de ballon en lui continuait à se dilater.

Le ronronnement aussi.

Il attendit aussi longtemps qu'il le put.

– Arrête-toi là, ma chérie, dit-il, en montrant du doigt un petit bois de chênes. Une allée envahie par la végétation menait à une ferme abandonnée.

Elle freina et s'engagea dans l'allée. Pell regarda autour d'eux. Personne en vue, personne pour les voir.

– Ici ?

– C'est parfait.

Abandonnant la nuque de Jennie, sa main descendit sur le chemisier rose. Il semblait neuf. Elle l'avait acheté pour lui.

Il lui renversa la tête en arrière et pressa doucement ses lèvres sur les siennes, sans les desserrer. Il l'embrassa doucement, puis se rejeta en arrière pour l'attirer sur lui. Elle se mit à trembler sous ses caresses.

– Je te veux dans moi, murmura-t-elle, en tendant la main vers son sac posé sur le siège arrière. Il entendit le déclic du fermoir. Elle ramena sa main avec un préservatif.

– On n'a pas beaucoup de temps, ma chérie. On nous recherche.

Elle comprit.

Sous leurs airs innocents, les filles qui aiment les mauvais garçons savent toujours ce qu'elles font (et Jennie Marston n'avait pas l'air tellement innocente). Elle déboutonna son chemisier et se pencha sur le siège du passager, en frottant le soutien-gorge rembourré contre son entrejambe.

– Laisse-toi faire, mon amour. Ferme les yeux.

– Non.

Elle hésita.

– Je veux te regarder, dit-il à voix basse.

Ne jamais leur donner plus de pouvoir que nécessaire.

Elle ouvrit la fermeture Éclair du short et se pencha encore.

Quelques minutes plus tard, c'était fini. Elle était aussi douée qu'il s'y attendait – Jennie n'avait que des ressources limitées, mais les exploitait à fond – et c'était toujours bon à prendre, même s'il se promettait de placer la barre beaucoup plus haut quand ils seraient dans l'intimité d'une chambre de motel.

Il tourna la tête vers elle pour la regarder dans les yeux.

– Tu es merveilleuse, ma jolie. C'était extraordinaire.

Elle était tellement submergée par l'émotion que le plus éculé des dialogues de film porno sonnait à ses oreilles comme une déclaration d'amour dans un roman à l'eau de rose du siècle passé.

– Oh, Daniel…

Il se redressa sur son siège pour remettre de l'ordre dans ses vêtements.

Jennie reboutonna son chemisier. Pell regardait le tissu rose, les broderies, les pointes de col métalliques.

– Ça te plaît ?

– C'est très joli.

Il jeta un coup d'œil au-dehors, parcourut du regard les champs alentour. Il ne s'inquiétait guère de la police, c'était elle qui l'intéressait pour le moment.

Elle vit le regard qui s'attardait sur son chemisier et dit, un peu craintive :

– Ce rose… C'est peut-être un peu trop. Je l'ai acheté sur un coup de tête.

– Mais non, c'est très bien. Intéressant.

Tout en s'escrimant sur les boutons, elle regarda les perles incrustées dans l'étoffe, la broderie, les manchettes. Il lui faudrait sans doute une semaine de travail pour payer cette folie.

– Je me changerai tout à l'heure si tu préfères.

– Non, si ça te plaît, c'est bien, dit-il, exactement du ton qu'il fallait, comme le chanteur qui s'applique à ne pas dérailler sur une note. Après un dernier coup d'œil au chemisier, il se pencha pour l'embrasser – sur le front, pas sur la bouche, bien sûr. Et examina à nouveau le paysage.

– Il faut retourner sur la route.

– Bien sûr !

Elle aurait voulu qu'il en dise plus sur ce chemisier. Qu'est-ce qui ne lui plaisait pas ? Peut-être qu'il n'aimait pas le rose ? Ou que sa petite amie avait le même ? Ou qu'il lui faisait de trop petits seins ?

Mais, bien entendu, il n'ajouta rien.

Jennie sourit en sentant la main de Daniel sur sa jambe au moment où elle démarrait. Elle reprit la route après un dernier coup d'œil à ce chemisier que, Pell le savait, elle ne remettrait jamais. Il avait fait ce qu'il fallait pour qu'elle le jette, et il était à peu près certain d'avoir réussi.

Or, et c'était toute l'ironie de la chose, ce chemisier lui allait fort bien et il plaisait à Pell.

Mais cette désapprobation subtile lui permettait d'observer ses réactions et de savoir où elle en était. Jusqu'à quel point elle était manipulable – et loyale. Comme un bon professeur qui connaît son métier se renseigne sur les progrès de ses élèves en leur faisant faire des exercices.

Michael O'Neil se balançait d'avant en arrière dans un fauteuil du bureau de Kathryn Dance, les pieds sur une table basse. C'était sa position favorite (Kathryn y voyait la manifestation d'un trop-plein d'énergie et deux ou trois choses que, parce qu'elle était proche de lui, elle se refusait à analyser).

O'Neil, Kathryn et TJ Scanlon regardaient le téléphone de Kathryn, dont elle avait branché le haut-parleur pour leur permettre d'écouter avec elle les explications d'un informaticien de Capitola :

– Pell est allé sur Internet hier, mais il ne semble pas avoir envoyé de messages – en tout cas pas à ce moment-là. Je ne peux pas dire s'il l'a fait avant. Hier, il s'est contenté de naviguer sur le réseau. Il a effacé la trace des sites qu'il a visités, mais il a oublié d'effacer ses demandes. J'ai donc trouvé ce qu'il cherchait.

– Continuez.

– Il a lancé une recherche sur Google pour « Alison » et « Nimue ».

Kathryn lui demanda d'épeler les deux noms.

– Puis il a lancé une recherche pour « Helter Skelter ».

O'Neil et Kathryn échangèrent un regard intrigué. Ces deux derniers mots étaient le titre d'une chanson des Beatles, dont Charles Manson avait fait son obsession. Il l'utilisait pour se référer à une future guerre interraciale appelée à déchirer l'Amérique. C'était aussi le titre d'un livre à succès sur ce sinistre gourou et ses meurtres, écrit par son procureur.

– Il est ensuite allé sur le site Visual-Earth.com. C'est comme Google-Earth. On y voit des images de toute la planète, ou presque, prises par satellite.

Formidable, se dit Kathryn. Mais ça ne l'était pas tant que ça. Il n'y avait aucun moyen de savoir ce qu'il cherchait.

– Les autoroutes de Californie ou Paris, ou Key West, ou Moscou…

– Et Nimue ? Qu'est-ce que c'est ?

– Aucune idée.

– Ça n'aurait pas un rapport avec Capitola ?

– Pas que je sache.

– Il n'y a pas une Alison dans le personnel ?

– Non, répondit la voix désincarnée du technicien. Aucune. Mais je pourrai peut-être trouver quels sites il a visités. Il faut d'abord savoir s'il les a effacés ou s'il les a détruits. S'il les a détruits, c'est fichu. Mais s'il s'est contenté de les effacer, je vais peut-être les retrouver quelque part dans le disque dur.

– Faites ce que vous pouvez, c'est important, dit Kathryn.

– Je m'y mets tout de suite.

Elle le remercia et raccrocha.

– TJ, cherchez « Nimue ».

Les doigts du jeune flic se mirent à voleter sur le clavier. Le résultat de la recherche emplit bientôt l'écran de son ordinateur.

– Il y a des centaines de milliers de réponses, dit-il au bout d'un instant. Et apparemment, une foule de gens utilisent ce pseudonyme.

– C'est le nom de l'un de ses contacts sur Internet, dit O'Neil. Son vrai nom ou un surnom.

– Il y a aussi des marques qui s'appellent comme ça, continua TJ, rivé à son écran. Cosmétiques, matériels électroniques… hum, sex-toys… Oh, dites donc, j'avais jamais vu un truc pareil…

– TJ ! lança Kathryn d'un ton sévère.

– Excusez-moi. Il continua à faire défiler des réponses. Intéressant. Il y a une quantité de références au roi Arthur.

– Comme dans *Camelot* ?

– On dirait. Nimue était la Dame du Lac. Merlin, l'enchanteur, est tombé amoureux d'elle. Il avait dans les 100 ans, et elle, 16 ans. De quoi faire le bonheur du bon Dr Phil, notre psy télévisuel… mais pardon, je m'égare. (Poursuivant sa lecture.) Merlin lui apprit à devenir une sorcière. Et c'est elle qui donna au roi Arthur son épée magique.

– Excalibur, dit O'Neil.

– Quoi ?

– L'épée. Excalibur. Tu n'en as jamais entendu parler ? demanda le détective.

– Non. Ce genre de folklore m'a toujours assommé.

– Je le vois bien en train de chercher quelqu'un. Essaie « Nimue » avec « Pell », « Alison », « Californie », « Carmel », « Croyton »… Vous avez une autre idée ?

– Les femmes, proposa O'Neil. « Sheffield », « McCoy », « Whitfield ».

– Bien.

Après quelques minutes de pianotage fiévreux, TJ leva les yeux vers Kathryn.

– Désolé, chef. Rien.

– Cherchez les mêmes mots sur VICAP, et sur les principales bases de données criminelles.

– Allons-y.

Kathryn regarda les mots qu'elle avait notés. Que signifiaient-ils ? Pourquoi Pell avait-il pris le risque de les lancer sur Internet ? Pour chercher quoi ?

Helter Skelter, Nimue, Alison…

Et cette balade sur Visual-Earth ? Que cherchait-il ? Un endroit où se cacher ? Une maison à dévaliser ?

Elle se tourna vers O'Neil.

– Que dit le laboratoire ?

Le détective consulta ses notes.

– Pas de véritables traces. Tout a été brûlé ou fondu. L'essence se trouvait dans une bouteille de lait en plastique à l'intérieur d'une valise à roulettes d'un modèle courant qu'on trouve dans une dizaine de magasins – Val-Mart, Target, ce genre de boutiques. Le sac et la combinaison antifeu ont été fabriqués par Protection Equipment, Inc., dans le New Jersey. On peut se les procurer dans le monde entier, mais ils sont surtout vendus en Californie du Sud.

– À des pompiers ?

– Pour le cinéma et la télévision, principalement. À des cascadeurs. Mais on ne peut pas espérer grand-chose de ce côté. Les articles ne portent pas de numéro de série. On n'a pas pu relever la moindre empreinte sur le sac ni sur la combinaison. Les additifs dans l'essence montrent que c'était de la BP, mais on ne peut pas remonter à une station particulière. Le détonateur était bricolé – un bout de corde imbibé de produit chimique à combustion lente. Impossible, là aussi, de déterminer la provenance.

– TJ, vous avez quelque chose sur la tante ?

– Rien, jusqu'ici. Mais j'attends du nouveau d'un instant à l'autre.

Le téléphone de Kathryn sonna. Un nouvel appel de Capitola. La directrice était avec un détenu qui prétendait avoir des informations concernant Daniel Pell. Mme Dance voulait-elle lui parler ?

– Bien sûr. (Elle brancha le haut-parleur.) Agent Dance à l'appareil. Je suis avec le détective O'Neil.

– Bonjour. Moi, c'est Eddie Chang.

– Eddie, intervint la directrice, purge une peine de cinq ans pour vol à main armée.

– Vous connaissez bien Daniel Pell ? demanda Kathryn.

– Je ne dirais pas ça. Personne ne le connaît bien. Mais je ne... – comment dire ? – je n'étais pas quelqu'un de menaçant pour lui. Alors il s'est un peu confié.

– Et vous avez des informations sur lui ?

– Oui, madame.

– Pourquoi voulez-vous nous aider ? demanda O'Neil.

– Dans six mois, je peux faire une demande de libération conditionnelle. Si je vous rends service, ça m'aidera. À condition que vous l'attrapiez, bien sûr. Sinon, il vaudra mieux que je reste à l'ombre en attendant, après lui avoir fait ce coup-là.

– Pell vous a-t-il parlé de ses petites amies, ou de quelqu'un du dehors ? D'une fille en particulier ? poursuivit O'Neil.

– Il se vantait de toutes les filles qu'il avait eues. Et il nous racontait tout. C'était encore mieux que de regarder un film porno, on prenait un sacré pied à l'écouter !

– Vous vous rappelez les noms ? Il n'y avait pas une certaine Alison ?

– Jamais entendu parler.

Kathryn se rappela ce que Tony Waters lui avait dit, et pensa que Pell inventait peut-être ces histoires pour se gagner la sympathie des autres détenus et leur demander ensuite des services.

– Alors, qu'avez-vous à nous dire ? demanda-t-elle.

– Je sais peut-être où il est. (Kathryn et O'Neil échangèrent un regard.) C'est une ville près d'Acapulco. Santa Rosario, dans la montagne.

– Pourquoi là ?

– Il y a une semaine, à peu près, on était toute une bande à discuter et à dire des conneries et il y avait un nouveau, Felipe Rivera, qui avait replongé pour un vol de bagnole qui avait mal tourné. En discutant, Pell a appris qu'il était du Mexique. Alors il s'est mis à lui poser des questions sur Santa Rosario. Rivera en avait jamais entendu parler, mais Pell voulait absolument en savoir plus, et il lui a décrit ce village pour essayer de lui rappeler des souvenirs. Il y a une source d'eau chaude, et c'est loin des grandes routes, et il y a une haute montagne pas loin… Mais ça lui disait rien du tout, à Rivera. Alors Pell a pas insisté et il a changé de sujet. Du coup, je me suis dit qu'il y pensait peut-être en vue de son évasion.

– Avait-il déjà parlé du Mexique ? demanda Kathryn.

– Peut-être. Je m'en souviens pas.

– Réfléchissez, Eddie. Depuis six mois, un an. Lui est-il arrivé de citer d'autres endroits où il aimerait aller ?

Eddie Chang prit un instant pour réfléchir.

– Non. Désolé. Je cherche, mais je vois pas.

– Un endroit qui l'intéressait, qu'il était curieux de connaître ?

– Attendez... Oui, j'y pense... il a parlé une ou deux fois de ce machin mormon.

– Salt Lake City ?

– Non. L'État. L'Utah. Il trouvait ça super parce qu'on pouvait avoir plusieurs femmes.

La Famille...

– Il disait qu'en Utah les flics vous emmerdaient jamais parce que c'étaient les mormons les vrais patrons, et qu'ils voulaient pas que le FBI ou les Fédéraux mettent le nez dans leurs affaires. On fait ce qu'on veut en Utah.

– Quand vous a-t-il dit ça ?

– Je sais plus. Il y a un moment, déjà. L'année dernière. Mais il en a reparlé, le mois dernier peut-être.

Kathryn regarda O'Neil, qui hocha la tête.

– Je vais vous rappeler. Vous voulez bien rester là deux minutes ?

Un rire lui répondit.

– Où vous voulez que j'aille ? demanda Chang.

Elle raccrocha, puis appela Linda Whitfield, et ensuite Rebecca Sheffield. Aucune des deux femmes ne se rappelait avoir entendu Pell exprimer un intérêt particulier pour le Mexique ni pour l'Utah. Quant à son attirance pour la polygamie des mormons, Linda déclara qu'il ne lui en avait jamais fait part, et Rebecca répondit en riant : « Pell aimait coucher avec un tas de filles. Mais être *marié* avec elles, c'est tout autre chose ! »

Kathryn Dance et O'Neil montèrent au bureau de Charles Overby pour l'informer des possibles destinations de Pell, ainsi que des recherches lancées par celui-ci sur Internet, et des résultats de l'examen de la scène de crime.

– Acapulco ?

– Non. C'était un leurre, j'en suis certaine. Il a posé des questions devant d'autres détenus. C'est trop évident. L'Utah, c'est plus crédible. Mais j'ai besoin d'en savoir plus.

– Eh bien, occupez-vous de ça en priorité, Kathryn, dit Overby. Le *New York Times* vient de m'appeler.

Son téléphone sonna.

– Sacramento sur la deux, Charles, annonça sa secrétaire.

Il soupira et prit le récepteur.

Ils sortirent. Ils étaient à peine dans le couloir que le téléphone d'O'Neil se mit à sonner. Il le regarda à plusieurs reprises en marchant. Chez Michael O'Neil, les manifestations d'affect ou les signes d'émotion étaient pratiquement indétectables, mais ils n'échappaient pas à Kathryn. Elle comprit que l'appel concernait Juan Millar. Et elle vit clairement à quel point son collègue était bouleversé. Comme elle ne l'avait jamais vu auparavant.

O'Neil mit fin à la communication et lui résuma les nouvelles qu'il venait de recevoir : la condition de Millar ne s'était pas améliorée, mais il avait repris conscience une ou deux fois.

– Allez le voir, dit Kathryn.

– Vous croyez... ?

– Je peux rester ici en attendant.

Elle retourna à son bureau, avec un arrêt pour se verser un autre café à la cafetière de Maryellen Kresbach, qui se contenta de lui transmettre laconiquement un message malgré une terrible envie (Kathryn le sentit) d'en dire plus.

Brian a appelé...

Elle prit le biscuit au chocolat auquel elle pensait depuis un moment. Une fois dans son bureau, elle rappela Chang et la directrice de la prison.

– Eddie, je veux avancer. Je veux que vous m'en disiez plus au sujet de Pell. Tout ce dont vous pouvez vous souvenir. Ce qu'il a dit, ce qu'il a fait. Ce qui l'amusait, ce qui le mettait en colère.

Un silence.

– Je ne sais pas quoi vous dire, vraiment.

Il semblait décontenancé.

– Écoutez, j'ai une idée. Faisons comme si quelqu'un essayait de me convaincre pour que je sorte avec Pell. Que me dirait-il avant ?

– Sortir avec Pell ? C'est malade, ça, comme idée !

– Allons, faites un effort, Cupidon !

CHAPITRE 13

De retour dans son bureau, Kathryn entendit à nouveau la grenouille coasser et prit son portable.

C'était Rey Carraneo, pour lui dire que le patron du You Mail It de San Benito Way à Salinas se rappelait une femme qu'il avait vue dans sa boutique une semaine auparavant.

– Mais elle n'a rien posté, agent Dance. Elle a seulement demandé l'heure des différents services de livraison de la Worldwide Express. Comme cette boîte est la plus régulière de toutes, il la lui a indiquée. Sur le moment, il n'y a plus pensé. Mais il l'a revue quelques jours plus tard, assise sur un banc du trottoir d'en face. Je pense qu'elle était venue vérifier que le livreur passait bien à l'heure indiquée.

Carraneo était malheureusement incapable de sortir un portrait-robot car la fille portait une casquette de base-ball et de grandes lunettes de soleil. Et le patron de la boutique n'avait pas vu sa voiture.

Kathryn se demanda une fois encore quand on retrouverait le corps du livreur de la Worldwide Express.

Encore de la violence, encore un mort, une autre famille précipitée dans le malheur…

Les conséquences sont comme des ondes qui s'élargissent à l'infini.

Au moment où les paroles de Morton Nagle lui revenaient à l'esprit, Michael O'Neil l'appela. Le hasard voulut que son message porte justement sur le sort de ce livreur.

Kathryn Dance était assise à l'avant de la Taurus.

Les Fairfield Four, dont le disque de gospel passait sur le lecteur de CD, faisaient de leur mieux pour la distraire du carnage de la matinée : « *I'm standing in the safety zone…* »

La musique était le refuge de Kathryn Dance. Son salut. Dans la police, elle ne travaillait pas sur des écrans et des tubes à essai. Elle travaillait sur des gens. Elle devait se confondre avec eux par l'esprit, le cœur et les émotions, et rester près d'eux, le plus près possible, pour discerner des vérités qu'ils connaissaient, mais qu'ils hésitaient à partager. Les interrogatoires étaient généralement fatigants et parfois épuisants, et le souvenir de ce qu'on lui avait révélé – souvent des crimes épouvantables – ne la quittait jamais tout à fait.

Quand les mélodies à la harpe celtique d'Alan Stivell, les irrésistibles rythmes cubains de Natty Bo et Beny Billy ou les cordes brutales et stridentes de Lightnin' Hopkins lui emplissaient les oreilles et envahissaient ses pensées, elle n'entendait plus, ou moins, la terrible litanie de ses interrogatoires de violeurs, d'assassins et de terroristes.

À cet instant, elle s'abandonnait aux airs un peu éraillés d'une musique vieille d'un demi-siècle.

« Roll, Jordan, roll… »

Elle s'arrêta cinq minutes plus tard dans le parking d'un immeuble de bureaux des quartiers nord de Monterey, tout près de Munras Avenue, sortit de sa voiture et rejoignit le garage en sous-sol dans lequel se trouvait la Honda Civic rouge du livreur de la Worldwide Express. Le coffre arrière était ouvert, le plancher maculé de sang. O'Neil et un agent de la police municipale se tenaient à côté de la voiture.

Et il y avait un troisième homme avec eux.

Billy Gilmore, le livreur dont Kathryn était persuadée qu'il était la prochaine victime de Daniel Pell. À sa grande stupéfaction, on l'avait retrouvé bien vivant.

L'homme, un grand costaud, avait des ecchymoses au visage et un gros pansement lui ceignait le front, recouvrant la plaie qui était apparemment à l'origine des taches de sang. Mais, comme elle l'apprit, ses blessures n'étaient pas l'œuvre de Pell. Il se les était faites en se retournant dans le coffre pour lutter contre l'ankylose.

– Je n'essayais pas de sortir. J'avais trop peur. Mais quelqu'un a dû m'entendre et appeler la police. J'étais censé rester trois heures là-dedans, d'après Pell. Il m'a dit que, si j'en sortais avant, il tuerait ma femme et mes gamins.

– Ils sont tous sains et saufs, expliqua O'Neil à Kathryn. On les a placés sous protection.

Il lui répéta ce que Billy venait de lui raconter : Pell arrêtant le camion, puis s'emparant de la Honda. Le livreur lui avait confirmé qu'il était armé.

– Comment était-il habillé ?

– Avec un short, un blouson foncé et une casquette de base-ball, je crois. Je ne sais plus très bien. J'avais vraiment la frousse.

O'Neil fit transmettre cette nouvelle description du personnage aux barrages de police et aux équipes mobiles qui menaient les recherches.

Pell n'avait pas dit à Billy où il avait l'intention d'aller, mais il lui avait clairement indiqué comment se rendre à ce garage.

– Il savait exactement où il était, et qu'il n'y avait personne dedans.

Sa complice s'en était assurée également, bien sûr. Elle l'y avait retrouvé et ils étaient partis ensemble. Pour l'Utah, peut-être.

– Vous ne vous rappelez pas autre chose ? demanda Kathryn.

– Juste après qu'il eut refermé le coffre, dit Billy, il avait clairement entendu, à nouveau, la voix de l'homme.

– Il y avait quelqu'un avec lui ?

– Non, c'était lui seul. Je pense qu'il téléphonait. Il avait pris mon téléphone.

– Votre téléphone ? demanda Kathryn, surprise. Elle se tourna vers O'Neil, qui appela immédiatement l'équipe technique du Bureau du shérif pour qu'ils prennent contact avec le fournisseur de services du portable du livreur et retrouvent la trace de ses appels.

Puis elle demanda à Billy s'il avait entendu ce que disait Pell.

– Non. J'entendais sa voix, mais je ne comprenais pas ce qu'il disait.

Le portable d'O'Neil sonna. Il écouta quelques minutes et dit à Kathryn :

– Rien. Ou bien ils ont détruit l'appareil, ou bien la batterie est à plat. On n'obtient pas de signal.

Elle parcourut le garage du regard.

– Il l'a jeté quelque part. Espérons que c'est près d'ici. Il faut envoyer quelqu'un fouiller les poubelles – et les bouches d'égout dans la rue.

– La végétation, aussi.

O'Neil chargea deux de ses agents de cette tâche.

TJ les rejoignit.

– Il est venu ici ? Je suis peut-être cinglé, chef, mais je ne passerais pas par là si j'allais dans l'Utah !

Que Pell soit ou non en route pour l'Utah, ce détour par le centre de Monterey était bizarre. La ville était petite et il risquait de se faire repérer. Et en cas de nécessité, il y avait peu de routes permettant de s'échapper vers l'est, le nord ou le sud. Un endroit dangereux pour y retrouver sa complice. Mais une excellente idée aussi, car c'était le dernier où on s'attendrait à le poursuivre.

Une autre question vint à l'esprit de Kathryn.

– Billy, je voudrais savoir quelque chose. Pourquoi êtes-vous encore en vie ?

– Je... Je l'ai supplié de ne pas me faire de mal. Je me suis presque mis à quatre pattes. J'avais honte.

C'était aussi un mensonge. Kathryn n'avait pas besoin d'un profil de base pour voir le stress qui s'était emparé du corps de l'homme. Il avait rougi et fuyait son regard en parlant.

– J'ai besoin de connaître la vérité. C'est peut-être important pour la suite, dit-elle.

– Je vous assure... Je pleurais comme un gamin. Je crois qu'il a eu pitié de moi.

– Daniel Pell n'a jamais eu pitié d'un être humain de toute sa vie, intervint O'Neil.

– Allons, Billy, dit doucement Kathryn.

– Bon... D'accord. (Billy avala sa salive avec effort et se mit à rougir de plus belle.) On s'est mis d'accord. Il allait me tuer. Ça, j'en suis sûr. Je lui ai dit que s'il me laissait en vie...

Ses yeux s'emplirent de larmes. C'était un spectacle pénible, mais Kathryn avait absolument besoin de comprendre Pell, et les raisons pour lesquelles il avait épargné cet homme alors que deux autres avaient été tués dans des circonstances analogues.

– Continuez, dit-elle, du même ton.

– Je lui ai dit que s'il me laissait la vie sauve, je ferais n'importe quoi pour lui. Je pensais que je pourrais lui donner de l'argent, je sais pas, moi... Mais il a dit qu'il voulait que... C'est que j'avais une photo de ma femme, vous savez, et elle lui plaisait. Alors il m'a dit de lui raconter ce qu'on faisait ensemble. Les choses... intimes, si vous voyez ce que je veux dire. (Il fixait le sol du garage à ses pieds.) Il voulait des détails, que je lui dise tout.

– Quoi d'autre ? demanda Kathryn.

– Rien, seulement ça. J'avais honte...

– Billy, s'il vous plaît. Dites-moi tout.

Il baissa la tête, les yeux pleins de larmes. Sa mâchoire tremblait.

– Quoi ?

Une profonde inspiration.

– Il avait mon numéro de téléphone à la maison. Il m'a dit qu'il appellerait un de ces soirs. Dans un mois, peut-être dans six mois. Je pourrais jamais savoir quand. Et à ce moment-là il faudrait qu'on aille dans notre chambre ma femme et moi. Et, vous comprenez... (La gorge serrée, il articulait avec peine.) J'étais censé laisser le téléphone sur le lit pour qu'il nous écoute. Et Pam devait dire certaines choses...

Kathryn regarda O'Neil, qui laissa échapper un léger soupir.

– On le retrouvera avant.

Le jeune livreur s'épongea le visage.

– J'ai failli lui dire, vas-y, salaud, tue-moi ! Mais j'ai pas pu.

– Si vous emmeniez votre femme et vos enfants quelque part ? Ne restez pas chez vous en attendant.

– J'ai failli lui dire ça. Vraiment.

Un médecin de l'équipe de secours l'emmena vers l'ambulance.

– Bon sang, sur quoi sommes-nous tombés cette fois ? murmura O'Neil.

C'était précisément ce qu'était en train de se demander Kathryn.

– Détective, j'ai trouvé un téléphone ! cria un agent. Il était dans la poubelle, là-bas, au bout de la rue. Et j'ai trouvé la batterie dans une autre poubelle sur le trottoir d'en face.

– Excellent, dit O'Neil.

Prenant les gants en latex que lui tendait TJ, Kathryn les enfila, prit l'appareil et remit la batterie en place. Elle l'alluma et fit défiler les dernières communications sur l'écran. Le téléphone n'avait reçu aucune communication, mais il avait envoyé six appels depuis l'heure de l'évasion. Elle dicta les numéros à O'Neil pour que ses techniciens remontent à leurs destinataires.

Le premier numéro composé par Pell ne correspondait à rien. Ils en conclurent que le tueur avait fait semblant d'appeler au domicile de Billy pour faire peur à celui-ci et l'amener à coopérer.

Le deuxième et le troisième numéro étaient ceux d'un téléphone public, momentanément hors service et probablement détruit ; il n'y avait même pas de signal de triangulation.

Les deux derniers numéros s'avérèrent plus intéressants. Le premier était celui du service de renseignements. Avec le préfixe de l'Utah. Le deuxième – celui que Pell avait sans doute obtenu de ce service – était celui d'un terrain pour camping-cars des abords de Salt Lake City.

– Bingo ! dit TJ.

Kathryn appela, et se fit connaître. Elle demanda à la personne qui avait décroché si elle avait reçu un appel trois quarts d'heure plus tôt. L'employée lui répondit qu'un homme avait appelé du

Missouri. En route vers l'ouest, il voulait savoir combien lui coûterait une semaine de location d'un emplacement pour un petit camping-car Winnebago.

– Vous n'avez pas eu d'autre appel pendant ce laps de temps ?

– Si, ma mère, et deux de nos locataires qui avaient des réclamations à faire. C'est tout.

– L'homme vous a-t-il dit à quelle heure il comptait arriver ?

– Non.

Kathryn remercia la femme et lui demanda de la rappeler immédiatement si cet homme se manifestait à nouveau. Puis elle fit part de sa conversation à O'Neil et à TJ, et appela la police fédérale de l'Utah – elle avait de bons rapports avec le capitaine de Salt Lake City, à qui elle résuma la situation. Les fédéraux de l'Utah allaient mettre le terrain de camping sous surveillance.

Elle regarda l'infortuné livreur qui restait comme abasourdi, muet et tête baissée. Cet homme serait jusqu'à son dernier jour marqué par ce qu'il avait vécu ce jour-là – moins, peut-être, par la terreur de son enlèvement que par l'humiliation et la honte du marché imposé par Pell.

Puis elle pensa à ce qu'avait dit Morton Nagle ; Billy n'était pas mort, mais n'en était pas moins une victime de Daniel Pell.

– Je préviens Overby au sujet de l'Utah ? demanda TJ. Il va vouloir que ça se sache.

Kathryn allait répondre, mais la sonnerie de son téléphone l'en empêcha.

– Une seconde, dit-elle au jeune policier.

Elle répondit. C'était l'un des techniciens en informatique de Capitola. Le jeune homme, tout excité, lui annonça qu'il avait finalement trouvé l'un des sites visités par Pell, et découvert pourquoi les mots Helter Skelter figuraient dans les recherches du fugitif.

– C'est assez malin de sa part, expliqua l'informaticien. Je ne pense pas que ce nom l'intéressait en lui-même. Mais il l'a utilisé pour trouver un forum de discussion auquel les gens confient des messages concernant des délits et des meurtres. Ça s'appelle « Manslaughter » (assassinat). Il y a différentes catégories. L'une, intitulée « L'effet Bundy », est consacrée aux tueurs en série. Vous vous souvenez de ce tueur, Ted Bundy ? « Helter Skelter » est consacrée aux meurtres rituels en liaison avec des sectes. J'y ai trouvé un message daté de samedi, qui lui était sans doute destiné.

– Et il n'a pas tapé directement « Assassinat » pour le cas où on ferait une recherche sur l'ordinateur qui nous permettrait de trouver le site.

– Exact. Il est passé par le moteur de recherche.

– Malin, en effet. Vous pouvez nous dire qui a envoyé ce message ?

– C'était un message anonyme. Impossible de remonter à l'expéditeur.

– Et que disait-il ?

Il lut un bref message – quelques lignes. Il était, à l'évidence, adressé à Pell ; on y indiquait les derniers détails de l'évasion. Il y avait une sorte de post-scriptum. Dance l'écouta et secoua la tête. C'était incompréhensible.

– Pardon, mais vous pouvez répéter ces derniers mots ?

Il répéta.

– Bien, dit Kathryn. Merci pour votre aide. Envoyez-moi une copie.

Elle lui donna son adresse Internet.

– Si je peux encore faire quoi que ce soit, n'hésitez pas à me le demander.

Elle mit fin à la communication et resta pensive un moment tandis qu'elle s'efforçait de déchiffrer la dernière partie du message. O'Neil remarqua son air soucieux, mais s'abstint de la déranger avec des questions.

Elle réfléchit encore avant de prendre sa décision. Puis elle appela Overby pour lui parler du terrain de camping dans l'Utah. Son patron se montra enchanté de ces nouvelles.

Ensuite, se rappelant la conversation avec Eddie Chang au sujet de son prétendu rendez-vous avec Pell, elle rappela Rey Carraneo pour l'envoyer sur une autre mission.

En entendant sa demande, le jeune agent dit d'une voix hésitante :

– Oui, bien sûr, agent Dance. Sans doute…

Elle ne lui en voulut pas d'hésiter ; la chose était, pour le moins, inhabituelle.

– Oubliez le frein, dit-elle néanmoins.

– Pardon ?

Il ne semblait pas comprendre.

– Foncez !

CHAPITRE 14

– On va prendre des *sand dabs.*

– D'accord, dit Jennie. Qu'est-ce que c'est ?

– Des petits poissons. Comme des anchois, mais sans sel. On en fait des sandwichs. J'en veux deux. Toi aussi ?

– Un seul, chéri.

– Avec du vinaigre, s'il vous plaît. On va s'asseoir à une table.

Ils étaient à Moss Landing, au nord de Monterey. La gigantesque usine Duke Power, sur la côte, lançait vers le ciel de grands panaches de vapeur. Il y avait de l'autre côté de la route une petite île à laquelle on n'accédait que par un pont. Et sur ce banc de sable, outre les grands bâtiments des compagnies de transport maritime, se trouvait le Jack's Seafood, dans lequel Pell et Jennie venaient d'arriver. L'établissement était vieux de trois quarts de siècle. John Steinbeck, Joseph Campbell et Henry Miller – tout comme Flora Wood, la célèbre sous-maîtresse de Monterey – se sont maintes fois retrouvés autour de ces tables au plateau taché et gravé d'innombrables inscriptions, pour discuter, rire et boire jusqu'à l'heure de la fermeture, et parfois bien au-delà.

Jack's était désormais une poissonnerie et un restaurant caverneux. Il y régnait une ambiance beaucoup moins bohème et endiablée que dans les années quarante et cinquante, mais l'endroit figurait désormais au répertoire des bonnes tables de la région établi par la chaîne de télévision spécialisée Food Channel.

Pell se souvenait d'y être venu avec ses parents à l'époque où ils résidaient non loin de là, à Seaside. Ils y venaient rarement manger en famille, mais envoyaient Jimmy ou Linda acheter des sandwichs de *sand dabs*, des frites et de la salade de chou cru. Il adorait cette cuisine et se réjouissait que le restaurant n'ait pas fermé depuis.

Il avait encore quelque chose à faire sur la Péninsule, mais le temps lui avait manqué. D'ailleurs, il était mort de faim et s'était dit qu'il ne prendrait pas grand risque à se montrer dans cet endroit. La police ne s'intéresserait pas à ce paisible couple de touristes, surtout ici puisqu'on les croyait maintenant en route pour l'Utah, d'après ce qu'il avait entendu à la radio – un imbécile heureux du nom de Charles Overby l'avait annoncé.

Il y avait chez Jack une terrasse donnant sur la baie et les bateaux de pêche, mais Pell préféra rester à l'intérieur pour garder un œil sur la porte. Résistant au désir de remettre en place le pistolet automatique passé dans sa ceinture qui le gênait au niveau des reins, il s'assit, Jennie à côté de lui. Il sentit aussitôt un genou se presser contre le sien.

Il but son thé glacé à petites gorgées, et la vit qui regardait un plateau tournant de pâtisseries.

– Tu prendras un dessert après les sandwichs ?

– Non, chéri. Ils n'ont pas l'air très bons.

– Tu trouves ?

Ils ne lui disaient rien non plus. Pell n'était guère porté sur le sucre. Mais c'étaient tout de même de sacrés gâteaux. À Capitola, on aurait pu en troquer un seul contre une cartouche entière de cigarettes.

– C'est du sucre, de la farine et des arômes artificiels, du sirop de maïs et du mauvais chocolat. C'est bon et sucré, mais sans aucun goût.

– Dans ton boulot, tu n'en fais jamais comme ceux-là ?

– Oh, non ! Jamais de la vie ! dit-elle vivement, sans quitter le plateau des yeux. Les gens mangent des trucs comme ça en quantité parce que ça ne les satisfait pas et qu'il leur en faut toujours plus. Moi, je fais un gâteau au chocolat sans un gramme de farine. Avec du chocolat, du sucre, des noix, de la vanille et des jaunes d'œufs. Puis je mets un peu de glaçage à la framboise sur le dessus. On en mange quelques bouchées et ça suffit.

– Ça a l'air bon. (Il pensait dégoûtant. Mais c'était d'elle-même qu'elle lui parlait, et il ne faut jamais décourager les gens dans ce cas-là. Faites-les boire, laissez-les divaguer. La connaissance est une meilleure arme qu'un couteau.) C'est ce que tu fais surtout ? Tu travailles dans des pâtisseries ?

– Enfin, la pâtisserie, c'est là où je suis la meilleure, parce que je contrôle mieux la préparation... Je fais tout moi-même. Pour les autres plats, il y a toujours des gens qui font une partie du travail.

Le contrôle, pensa-t-il, comme on enregistre un fait et on le classe.

– Des fois, aussi, je sers. On a des pourboires, quand on sert.

– Je suis sûr que tu t'en fais un maximum.

– Je peux, oui. Ça dépend.

– Et ça te plaît ? Pourquoi tu ris ?

– C'est juste que... Je ne sais pas depuis combien de temps quelqu'un – je veux dire, un copain – ne m'a pas posé de questions sur mon boulot... En tout cas, oui, ça me plaît bien de servir. Des fois, je fais comme si je n'étais pas la serveuse. Je m'imagine que c'est *moi qui reçois* des amis ou de la famille.

Derrière la baie vitrée, une mouette affamée s'immobilisa quelques secondes en plein vol avant de se poser maladroitement sur le ponton de la terrasse, à la recherche de miettes. Pell ne se rappelait plus combien ces oiseaux étaient grands.

– J'adore faire cuire les gâteaux, continuait Jennie, surtout les gâteaux de noces. Des fois, je me dis que c'est une façon d'être heureux, même un peu... On fait le meilleur gâteau qu'on peut, et les gens se régalent. Oh, c'est pas pour toujours. Mais qu'est-ce qui peut vous rendre heureux pour toujours ?

Bien vu.

– Je ne mangerai jamais d'autres gâteaux que les tiens.

Elle se mit à rire.

– Bien sûr, mon amour ! Mais ça me fait plaisir que tu dises ça.

En prononçant ces mots, elle paraissait soudain plus adulte. Autrement dit, plus sûre d'elle. Pell se sentit sur la défensive. Il n'aimait pas ça. Il changea de sujet.

– Eh bien, j'espère que ces sandwichs aux *sand dabs* vont te plaire. Moi, je les adore. Tu veux un autre thé glacé ?

– Non, ça me suffit. Reste tout près de moi. C'est tout ce que je veux.

– Voyons la carte.

Elle ouvrit son sac et y prit les cartes. Elle en déplia une. Pell l'étudia. Il nota que le plan de la Péninsule avait changé depuis huit ans. Puis il releva la tête. Il se sentait bizarre. Mais bien.

Puis il comprit : il était libre.

Huit années d'enfermement, huit années à être en permanence sous surveillance et sous le contrôle de quelqu'un d'autre étaient derrière lui, et une nouvelle vie commençait. Quand il en aurait terminé avec ce qu'il avait encore à faire ici, il partirait pour de bon et fonderait une nouvelle Famille. Il regarda, autour de lui, les clients du restaurant, en remarqua plusieurs et en particulier une adolescente. Elle était à deux tables de la leur avec ses parents qui se penchaient tous deux sur leur assiette comme pour fuir le supplice d'une conversation. La gamine, un peu grassouillette, était de celles qu'on séduit sans peine pour peu qu'on les rencontre dans une rue commerçante ou entre les rayons d'une grande surface. Il lui faudrait deux jours, au plus, pour la persuader qu'elle pouvait monter dans sa camionnette en toute sécurité.

Au comptoir, il y avait un garçon d'une vingtaine d'années (il venait de se voir refuser une bière faute d'avoir sur lui ses papiers d'identité). Il était couvert de tatouages imbéciles qu'il regrettait sans doute, et ses vêtements bon marché, comme la soupe qui lui tenait lieu de repas, trahissaient des problèmes d'argent. Son regard courait à travers la salle pour s'arrêter sur toutes les filles de seize ans et plus. Pell savait exactement ce qu'il faudrait faire pour l'enrôler en quelques heures.

Il remarqua la jeune mère, célibataire si son annuaire sans bijou disait la vérité. Elle se tenait recroquevillée sur elle-même – un problème avec un homme, bien sûr. C'était à peine si elle semblait voir le bébé assis à côté d'elle dans sa poussette. Elle n'avait pas un regard pour lui, et on sentait bien que s'il se mettait à pleurer elle perdrait vite patience. Il y avait une histoire derrière cet air battu et ce regard maussade, lourd de ressentiment. Mais cette histoire, Pell s'en fichait. Tout ce qui l'intéressait, c'était la fragilité manifeste de sa relation à l'enfant. Il savait qu'il pourrait convaincre cette jeune femme de se joindre à eux, et qu'il n'aurait pas de mal à séparer la mère et le bébé pour devenir lui-même un père de substitution.

Il se rappela l'histoire que lui avait racontée sa tante Barbara quand il habitait avec elle à Bakersfield : celle du Joueur de flûte d'Hamelin, qui avait emmené au Moyen Âge tous les enfants d'une ville allemande après que les habitants eurent refusé de le payer pour les avoir débarrassés des rats. Cette histoire des enfants suivant en dansant, jusqu'à la noyade, la musique de la flûte avait fait une forte impression sur Pell et il ne l'avait jamais oubliée. Une fois adulte, il avait fait de nombreuses lectures à ce sujet. Les faits, tels qu'ils s'étaient déroulés, étaient différents des versions populaires et du conte des frères Grimm. Il n'y avait probablement pas eu de rats, ni de refus de payer ; mais des enfants avaient disparu d'Hamelin et on ne les avait jamais retrouvés. Ces disparitions et le peu de réaction des parents, d'après ce qu'on disait, restaient un mystère.

On avançait comme autres explications le fait que les enfants avaient été contaminés par la peste ou quelque autre maladie provoquant des mouvements désordonnés assimilés à une danse, et que les adultes, craignant la contagion, les avaient fait sortir de la ville. On disait aussi que le Joueur de flûte avait organisé un pèlerinage pour les enfants, qui étaient morts en route, victimes d'une catastrophe naturelle ou pris dans un conflit militaire.

Et il y avait une autre hypothèse, qui était la préférée de Pell : les enfants avaient abandonné leurs parents de leur plein gré pour suivre le Joueur de flûte dans un pays d'Europe de l'Est qu'ils avaient colonisé et où ils avaient vécu sous la férule de ce chef incontesté. Pell se plaisait à l'idée qu'un homme ait été capable d'enlever des dizaines - certains parlaient de centaines - de jeunes à leurs familles pour devenir leur père de substitution. De quels talents cet homme était-il doué - ou lesquels avait-il su cultiver ?

Il fut tiré de sa rêverie par la serveuse qui apportait leur commande. Son regard s'attarda sur sa poitrine avant de descendre sur la nourriture.

– Ça m'a l'air délicieux, mon amour, dit Jennie en contemplant son assiette.

Pell lui tendit un flacon.

– Voilà le vinaigre de malt. Mets-en un peu dessus.

– D'accord.

Il parcourut à nouveau le restaurant du regard ; l'adolescente renfrognée, le jeune homme nerveux, la mère indifférente... Il n'en poursuivrait aucun, bien sûr. Il était simplement ravi de constater que les occasions étaient si nombreuses. Une fois installé, d'ici un mois ou deux, il se remettrait en chasse - les rues commerçantes et les grands magasins, les McDonald's, les jardins publics, les sorties d'écoles et les campus...

Le Joueur de flûte de Californie...

Daniel Pell reporta son attention sur son assiette et se mit à manger.

Les voitures fonçaient sur la route 1.

Michael O'Neil était au volant de sa Ford MCSO banalisée, Kathryn Dance à côté de lui. TJ suivait dans une Taurus du CBI, et deux véhicules de la police de Monterey fermaient la marche. Deux voitures de la police montée et une troisième envoyée par Watsonville, la bourgade la plus proche, étaient en route pour les rejoindre.

O'Neil roulait à près de cent trente à l'heure. Ils auraient pu aller plus vite, mais la circulation était intense. La route se réduisait par moments à deux voies et ils ne faisaient pas usage de leurs sirènes.

Ils se dirigeaient vers l'endroit où ils supposaient que Daniel Pell et sa complice blonde étaient, contre toute attente, en train de déjeuner tranquillement.

Kathryn avait rapidement eu des doutes sur une éventuelle fuite en Utah. Son intuition lui disait que, comme le Mexique, l'Utah était probablement une fausse piste, surtout après que Rebecca et Linda lui eurent affirmé qu'elles n'avaient jamais entendu Pell mentionner cet État, et après la découverte du téléphone portable jeté (ou déposé ?) en deux parties non loin de la voiture du livreur de la Woldwide Express. Pell n'avait-il pas laissé la vie sauve à Billy pour que celui-ci répète aux policiers ce qu'il l'avait entendu dire ? Et le jeu sexuel qu'il avait prétendu lui imposer n'était-il pas, justement, un prétexte pour expliquer qu'il ne l'ait pas tué ? Kathryn s'était dit qu'un meurtrier en cavale, aussi obsédé soit-il, n'avait pas de temps à perdre à ces sortes de choses.

Puis l'informaticien de Capitola lui avait lu les messages transmis par sa complice via le forum du site « Manslaughter » : *Le colis sera déposé à neuf heures vingt. Camion de livraison de la WWE à San Benito à neuf heures cinquante. Ruban orange sur branche de pin. RV face magasin d'alimentation.*

C'était la première partie du message, la confirmation du plan d'évasion. Mais Kathryn avait été intriguée par la dernière phrase : *Chambre prête. Je fais réservations proximité Monterey comme demandé. Je t'aime.*

Ce qui semblait indiquer, à la surprise générale, que Pell était encore dans les environs.

Ni Kathryn ni O'Neil ne pouvaient comprendre pourquoi. C'était de la folie. Mais dans ce cas, s'était dit Kathryn, il fallait qu'il ait assez confiance en lui pour ne pas craindre de se montrer. Et elle avait fait ce qu'elle n'aurait jamais fait autrement : elle s'était servie de Charles Overby. Elle savait que, si elle lui parlait de l'Utah, il préviendrait aussitôt la presse que les recherches s'orientaient vers l'est. Et que ceci donnerait à Pell un sentiment de sécurité qui le pousserait à se risquer en public.

Mais où ?

La réponse à cette question se trouvait peut-être dans la discussion qu'elle avait eue avec Eddie Chang, le codétenu de Pell. Le tueur lui avait parlé de ses désirs – le sexe essentiellement, avait dit Chang, ce qui laissait peut-être prévoir sa visite à des salons de massage, des bordels ou des agences d'*escort girls* – mais il y en avait beaucoup sur la Péninsule. D'ailleurs, il avait avec lui une femme qui devait en principe le satisfaire dans ce domaine.

– Et à part ça ? avait-elle demandé à Chang.

– Et... Oui, je me souviens d'une chose : la nourriture.

Daniel Pell était, apparemment, grand amateur de poissons et de crustacés, et il aimait en particulier un petit poisson très prisé en Californie sous le nom de *sand dab*. Il avait dit plusieurs fois qu'on ne savait le préparer que dans quatre ou cinq restaurants de la côte. Et comme il en avait cité plusieurs fois les noms, Chang les avait retenus, et Kathryn en avait pris note. Trois avaient fermé depuis que Pell était en prison, mais il en restait un sur le port de pêche de Monterey et un autre à Moss Landing.

Kathryn avait donc chargé Carraneo de cette mission inhabituelle : appeler ces deux restaurants – et d'autres situés le long de la côte et proposant ce genre de menu – pour leur signaler un prisonnier en cavale probablement accompagné d'une femme blonde.

Les chances de succès étaient minces, et Kathryn n'avait pas grand espoir. Mais Carraneo venait d'avoir au téléphone le patron du Jack's, le célèbre restaurant de Moss Landing. Il y avait chez lui un couple dont le comportement avait éveillé ses soupçons. L'homme et la femme s'étaient assis à l'intérieur alors qu'ils auraient pu être en terrasse où se trouvaient tous les autres clients, et l'homme surveillait visiblement la porte. Il était rasé de près, et comme il portait des lunettes de soleil et une casquette on ne pouvait le décrire avec précision. La femme semblait blonde, mais portait elle aussi une casquette et des lunettes. Et leur âge correspondait à celui des deux personnes recherchées.

Kathryn avait aussitôt appelé directement le patron du restaurant pour lui demander s'il pouvait repérer la voiture avec laquelle ses deux clients étaient arrivés. Mais l'homme n'en savait rien. Comme il y avait assez peu de véhicules dans le parking, l'un des serveurs était sorti et avait indiqué à Kathryn les numéros de toutes les plaques.

Un appel au fichier des immatriculations avait révélé que l'une de ces voitures, une Thunderbird de couleur turquoise, avait été volée le vendredi précédent – curieusement, pas dans cette région mais près de Los Angeles.

Il s'agissait peut-être d'une fausse piste. Kathryn avait décidé de se rendre sur place ; faute de mieux, ils pourraient toujours arrêter le voleur de la voiture. Elle avait appelé O'Neil, puis prévenu le patron :

– Nous arrivons le plus vite possible. Ne tentez rien. Ignorez-le, et faites comme si de rien n'était.

– Comme si de rien n'était, avait répété l'homme d'une voix qui tremblait un peu. D'accord.

Kathryn Dance pensait déjà au prochain interrogatoire de Pell, quand il serait de retour en prison. La première question qu'elle avait envie de lui poser était : pourquoi était-il resté dans les parages ?

Comme ils traversaient Sand City et sa zone commerciale qui s'étirait de chaque côté de la route, la circulation se fit plus clairsemée et O'Neil enfonça la pédale de l'accélérateur. D'ici dix minutes, ils seraient au restaurant.

CHAPITRE 15

– Tu as déjà mangé quelque chose de meilleur ?

– Oh non, chéri. C'est vraiment bon, les *sandy dabs*.

– *Sand dabs*, rectifia Pell. Il se demandait s'il n'allait pas commander un troisième sandwich.

– Donc, il était comme ça, mon ex, poursuivit-elle. Je ne l'ai pas revu et je n'ai plus jamais eu de ses nouvelles. Dieu merci.

Elle venait de lui raconter par le menu sa vie avec le mari – un expert-comptable et homme d'affaires, mais aussi une sale petite frappe, tu peux me croire – qui l'avait envoyée deux fois à l'hôpital avec un bras cassé et des lésions internes. Il l'accablait d'insultes parce qu'elle ne repassait pas les draps, parce qu'elle n'était pas enceinte au bout d'un mois, parce que l'équipe des Lakers avait raté la coupe. Il lui disait qu'elle avait des nichons de petit garçon et que ça l'empêchait de bander. Il lui disait qu'elle serait « passable » à condition de se faire refaire le nez.

Un homme mesquin et coléreux, incapable de se contrôler.

Puis il avait eu droit à la suite du feuilleton : les petits copains après le divorce. Ils semblaient tous avoir un point commun avec lui : c'étaient de mauvais garçons. En version allégée par rapport à lui, pensa-t-il. Il y avait eu un escroc au petit pied qui vivait de minables arnaques à Laguna, entre L.A. et San Diego ; un dealer de drogue ; un motard…

En matière de psychothérapie, Pell avait eu son compte. C'était la plupart du temps sans effet comme sans intérêt, mais il arrivait qu'un psy se montre un peu plus clairvoyant et lui donne des idées intéressantes dont il faisait son profit (non pour sa propre santé mentale, bien sûr, mais parce qu'elles lui fournissaient des armes dont il pouvait utilement se servir avec d'autres).

Pourquoi, par exemple, Jennie était-elle attirée par les mauvais garçons ? Pour Pell, c'était évident. Ils étaient pour elle comme sa mère ; elle se jetait dans leurs bras avec l'espoir, inconscient bien sûr, qu'ils allaient changer d'attitude et l'aimer au lieu de l'ignorer ou de se servir d'elle.

C'était bon à savoir pour Pell, mais il aurait pu lui dire : ne te fatigue pas, ma jolie. On ne change pas. On ne change jamais. Retiens ça, et garde-le tout près de ton petit cœur.

Mais il gardait, évidemment, ces sages paroles pour lui-même.

Elle s'arrêta soudain de manger.

– Chéri ?

– Oui ?

– Je peux te poser une question ?

– Bien sûr, ma jolie.

– Tu ne m'as jamais rien dit au sujet de… des filles avec qui tu vivais. Quand on t'a arrêté. La Famille.

– C'est vrai.

– Tu es resté en contact avec elles ? Comment elles s'appelaient ?

Il récita :

– Samantha, Rebecca et Linda. Il y avait Jimmy aussi, celui qui a essayé de me tuer.

– Ça ne te plaît pas que j'en parle ? demanda-t-elle, sans lâcher son regard.

– Non, ça va. Tu peux me demander ce que tu veux.

Ne jamais interdire un sujet à quelqu'un. Garder le sourire et en tirer le plus d'informations possible.

– Elles t'ont dénoncé, ces filles ?

– Pas vraiment. Elles ne savaient même pas qu'on devait aller chez les Croyton. Mais elles ne m'ont pas soutenu après mon arrestation. Linda a brûlé quelques pièces à conviction et elle a menti aux flics. Mais pour finir elle a craqué elle aussi, et elle les a aidés. (Un rire amer.) Après tout ce que j'avais fait pour ces filles... Je leur avais donné un foyer. Leurs propres parents se fichaient complètement d'elles. Je leur avais donné une famille.

– Tu as de la peine ? Je ne veux pas que tu aies de la peine à cause de moi !

– Non, dit Pell. (Il lui sourit.) Ça va, ma jolie.

– Tu penses souvent à elles ?

Ah, c'était ça. Pell s'était efforcé toute sa vie de détecter ce qui se cachait sous les discours des uns et des autres. Il comprenait maintenant que Jennie était jalouse. C'était une émotion mesquine, de celles qu'on écarte sans peine, mais c'était aussi l'un des moteurs de l'univers.

– Non. Je n'ai plus entendu parler d'elles depuis des années. Je leur ai écrit pendant quelque temps. Linda a été la seule à me répondre. Puis elle m'a dit que son avocat le lui déconseillait parce que ça risquait de la desservir si elle voulait être libérée sur parole, et elle a cessé. Je dois reconnaître que sur le moment, ça m'a fait un coup.

– Chéri...

– Pour moi, elles sont mortes, ou peut-être mariées et heureuses. Je leur en ai voulu au début, puis j'ai compris que je m'étais trompé sur leur compte. J'avais fait le mauvais choix. Pas comme pour toi. Toi, tu me fais du bien.

Prenant sa main, elle la porta à ses lèvres pour lui baiser les doigts, l'un après l'autre.

Pell se pencha à nouveau sur la carte. Il aimait bien les cartes. Quand on se perd, on est vulnérable, on ne maîtrise plus la situation. Il n'avait pas oublié le rôle qu'avaient joué les cartes – ou plutôt le manque de cartes – dans l'histoire de cette partie de la

Californie. Au temps où la Famille était réunie, ils s'asseyaient tous en cercle, le soir après dîner, et Linda était chargée de leur faire la lecture à haute voix. Pell choisissait des auteurs de la région et il se souvenait d'un livre sur l'histoire de Monterey et de sa baie. Celle-ci avait été découverte par les Espagnols au début des années 1600. La Bahia de Monte Rey, ainsi baptisée en l'honneur d'un riche commanditaire de l'expédition, leur était apparue comme un véritable cadeau du ciel : une terre fertile, un port remarquablement protégé, une position stratégique, et le gouverneur avait décidé d'y implanter une importante colonie. Mais après être repartis, les explorateurs avaient malheureusement perdu la baie.

De nombreuses expéditions avaient tenté en vain de la retrouver. Et avec les années, Monterey Bay était devenue une sorte de mythe. L'un des plus importants contingents était parti de San Diego pour remonter vers le nord par la voie terrestre, décidé à trouver la fameuse Bahia. Sous la menace permanente des intempéries, harcelés par les redoutables grizzlis, les conquistadors qui avaient parcouru l'État jusqu'à San Francisco s'étaient débrouillés pour manquer l'immense baie.

Pour la simple raison qu'ils n'avaient pas une bonne carte.

À Capitola, quand il pouvait naviguer sur Internet, il ne se lassait pas d'aller sur le site Visual-Earth où l'on pouvait, d'un clic, choisir un endroit sur une carte et le visiter grâce à des photos prises par satellite. Il en était sidéré. Mais il tenait à voir un certain nombre de choses importantes sur lui, si bien qu'il n'avait guère le temps de « voyager » pour le plaisir. Il rêvait du moment où sa vie prendrait un nouveau tour et où il pourrait passer des heures sur ce site.

Pour le moment, Jennie lui montrait différents points de la carte dépliée sur leurs genoux et il enregistrait les informations. Mais, comme toujours, il écoutait en même temps ce qui se passait autour de lui.

– C'est un mignon petit chien. Mais il a encore besoin d'être dressé.

– C'est assez loin par la route, mais on peut y aller sans se presser et ce sera un vrai régal.

– Voilà dix minutes que j'ai passé commande. Tu peux leur demander pourquoi ça met si longtemps à arriver ?

En entendant cette dernière phrase, Pell jeta un coup d'œil vers le comptoir.

– Je suis désolé, dit un caissier entre deux âges à un client. Nous manquons un peu de personnel aujourd'hui.

L'homme, qui devait être le patron ou le gérant, semblait mal à l'aise et regardait partout sauf dans la direction de Pell et de Jennie.

Les gens intelligents sont capables de deviner pourquoi *vous changez, et de s'en servir contre vous.*

Au moment où Pell avait commandé leur repas, il y avait trois ou quatre serveuses qui allaient et venaient entre la cuisine et les tables des clients. À présent, cet homme était seul à travailler.

Il avait envoyé tous ses employés se cacher.

Pell se leva d'un bond, en bousculant la table. Jennie laissa tomber sa fourchette et l'imita.

Le patron leur jeta un regard affolé.

– Espèce de salaud, dit Pell entre ses dents, en tirant le pistolet coincé sous sa ceinture.

Jennie poussa un cri.

– Non, non... Je...

Après une seconde d'hésitation, le patron se précipita dans la cuisine, abandonnant ses clients qui hurlaient et se jetaient à terre pour se protéger.

– Qu'est-ce qu'il y a, chéri ? demanda Jennie, paniquée.

– Filons. La voiture !

Il ramassa la carte et ils coururent vers la sortie.

Une fois dehors il aperçut au loin, vers le sud, de petites lueurs clignotantes.

Jennie s'était figée et murmurait « La musique des anges, la musique des anges »...

– Vite !

Il bondit dans la voiture, recula, repassa en première et démarra en trombe dans la direction de la route 1 qui passait au-delà du pont. Jennie faillit tomber de son siège quand ils arrivèrent de l'autre côté sur le bitume crevassé. Une fois sur l'autoroute, Pell prit la direction du nord et parcourut quelques centaines de mètres avant de s'arrêter sur un brutal coup de frein. Un autre véhicule de police arrivait en face d'eux.

Pell regarda sur sa droite et écrasa l'accélérateur pour foncer droit sur le portail de l'usine électrique qui se dressait, gigantesque et laide dans ce paysage pour carte postale. Elle appartenait aux raffineries de Gary, Indiana.

Kathryn Dance et O'Neil étaient à cinq minutes de Moss Landing.

Les doigts de la jeune femme étaient posés sur la crosse du Glock fixé à sa hanche. Elle n'en avait jamais fait usage en service commandé et n'était pas très bonne au tir. Les armes, à vrai dire, n'étaient pas sa tasse de thé. Et avec des enfants dans la maison, elle n'aimait pas en avoir sur elle. (Elle les mettait dans un coffre-fort encastré derrière son lit, dont elle était seule à connaître la combinaison.)

Michael O'Neil, par contre, était un excellent tireur, tout comme TJ. Elle se félicitait de les avoir avec elle.

Mais allaient-ils devoir se battre ? se demanda-t-elle. Impossible à prévoir, bien sûr. Elle savait en tout cas qu'elle ferait tout ce qu'il faudrait pour arrêter le tueur.

La Ford vira dans un crissement de pneus et s'élança à l'assaut d'une colline.

Comme ils arrivaient au sommet de la pente, O'Neil grommela :

– Ah, bon sang…

Il appuya brutalement sur la pédale de frein.

– Tenez-vous bien !

Kathryn s'agrippa au tableau de bord en retenant sa respiration tandis que la voiture partait en crabe sur ses quatre roues. Elle acheva son dérapage à un mètre du semi-remorque arrêté au milieu de la chaussée. La route était complètement bloquée jusqu'à Moss Landing. Dans l'autre sens les voitures roulaient, mais lentement. Kathryn aperçut des feux de gyrophares à un kilomètre devant eux et comprit que des agents détournaient la circulation.

Un barrage ?

O'Neil appela le commissariat central de Monterey sur son Motorola.

– Ici O'Neil.

– Je vous écoute. Continuez.

– Nous sommes sur la 1, en direction du nord, juste avant Moss Landing. La circulation est arrêtée. Qu'y a-t-il ?

– Soyez prudents. On... on évacue l'usine de Duke Power. Ça semble être un incendie. C'est assez grave. Il y a de nombreux blessés. Deux morts.

Oh, non, soupira Kathryn. Assez de morts !

– À cause du feu ? demanda O'Neil.

– Il a recommencé comme au tribunal.

Kathryn regardait en plissant les paupières. Elle voyait une colonne de fumée noire. Les services d'urgence prenaient très au sérieux les risques d'explosion dans cette zone : quelques années plus tôt, un gigantesque incendie s'était déclaré dans l'usine à partir d'un réservoir d'hydrocarbure désaffecté. On avait arrêté la circulation dans les deux sens et on évacuait tous ceux qui se trouvaient à proximité.

– Dites à la police ou aux pompiers de Monterey de dégager une voie pour nous, dit O'Neil. Il faut qu'on passe. On est à la poursuite de cet évadé. Terminé.

– Reçu, Détective... Restez en ligne... (Une minute de silence. Puis...) On vient d'avoir les pompiers de Watsonville. Je ne sais pas... D'accord, il n'y a pas le feu à l'usine. C'est seulement une voiture devant l'entrée principale. Je ne sais pas qui a appelé. Il n'y a pas de blessés ni de morts. C'était une fausse information... Et on a reçu un appel du restaurant Jack's. Le suspect a sorti une arme et il a filé.

– Bordel, il nous a eus, dit O'Neil à voix basse.

Kathryn prit le micro.

– Y a-t-il des policiers sur place ?

– Une seconde… Affirmatif. Un policier de Watsonville. Plus des pompiers et des secouristes.

– *Un* policier, répéta Kathryn, les sourcils froncés, en secouant la tête. Dites-lui que Daniel Pell est quelque part dans les parages. Et qu'il est armé. Et qu'il n'hésitera pas à tirer sur des civils ou sur des policiers.

– Reçu. Je transmets.

Kathryn se demanda ce que pourrait faire cet unique policier. À Moss Landing, les délits les plus graves étaient des vols de voiture ou de bateaux.

– Vous avez entendu, TJ ?

– Merde.

TJ ne s'embarrassait guère du code des communications par radio.

O'Neil, furieux, remit brutalement le micro sur son support.

Leur demande pour qu'on dégage une voie de passage restait sans effet.

– Essayons d'y aller de toute façon, lui dit Kathryn. Tant pis pour la carrosserie.

O'Neil répondit d'un hochement de tête. Il brancha la sirène et ils passèrent sur le bas-côté, qui était sablé par endroits, rocailleux à d'autres, et à d'autres encore tout juste carrossable.

Mais le cortège de véhicules avança, à petite vitesse.

CHAPITRE 16

Vingt minutes pour parcourir une distance qui aurait dû en prendre trois.

Et quand ils arrivèrent à Moss Landing, Pell et sa compagne avaient disparu.

Kathryn Dance et O'Neil se garèrent. TJ s'arrêta derrière eux, à côté de la Thunderbird carbonisée qui fumait encore.

– C'est la voiture de Pell, dit Kathryn. Celle qui a été volée à L.A. vendredi.

Elle demanda à TJ de trouver le patron du Jack's Seafood.

Le policier de Watsonville, O'Neil et les autres agents se lancèrent à la recherche de témoins. Nombre d'entre eux étaient partis, sans doute effrayés par les flammes de la Thunderbird et par le concert de sirènes hurlantes de l'usine, pensant peut-être qu'un réacteur nucléaire était entré en fusion.

Kathryn interrogea plusieurs personnes aux abords de l'usine électrique. On lui dit qu'un homme très maigre et une blonde à bord d'une Thunderbird – de couleur turquoise, avant de brûler – avaient quitté le restaurant et foncé sur le pont qui reliait l'île à la terre pour s'arrêter brusquement devant l'usine. Ils étaient sortis de la voiture, et celle-ci avait pris feu un instant plus tard.

Le couple avait traversé la route en courant vers le bord de mer, rapporta l'un des témoins, mais personne ne les avait vus ensuite. Apparemment, Pell avait appelé lui-même le 911 pour dire que l'usine était en feu, et qu'il y avait des blessés et deux personnes tuées.

Kathryn regarda autour d'elle. Ils n'avaient pas pu s'enfuir à pied. Son regard se fixa sur la baie. Étant donné l'encombrement de la circulation sur la route 1, la meilleure solution consistait à s'emparer d'un bateau. Rassemblant quelques policiers, elle traversa la chaussée et ils passèrent un quart d'heure à interroger fébrilement les gens qui se trouvaient au bord de l'eau. Personne n'avait vu le couple, et il ne manquait aucun bateau.

Une perte de temps.

De retour sur la route, elle remarqua un magasin face à l'usine électrique – une baraque, plutôt, qui offrait des souvenirs et des sucreries. Un écriteau « FERMÉ » était accroché sur la porte, mais il lui sembla apercevoir à l'intérieur le visage d'une femme qui regardait dehors.

Pell était-il là-dedans avec elle ?

Elle appela un agent et lui fit part de son inquiétude. Ils s'approchèrent ensemble de la porte. Elle frappa. Pas de réponse.

Elle frappa à nouveau, et la porte s'ouvrit lentement. Une grosse femme aux cheveux courts et frisés regarda leurs pistolets d'un air effrayée et dit dans un souffle :

– Oui ?

– Veuillez sortir, s'il vous plaît, dit Kathryn en scrutant du regard la pénombre derrière elle.

– Oui, bien sûr.

– Il y a quelqu'un d'autre là-dedans ?

– Non. Qu'est-ce que… ?

L'agent l'écarta pour braquer sa torche à l'intérieur. Kathryn le suivit. Ils virent très vite que l'endroit, minuscule, était vide.

Kathryn rejoignit la femme.

– Excusez-nous pour le dérangement.

– Oui. Ça va. Mais j'ai eu peur. Vous les avez attrapés ?

– On les cherche. Vous avez vu ce qui s'est passé ?

– Non, j'étais à l'intérieur. Quand j'ai regardé dehors, la voiture brûlait. Je pense toujours à l'incendie du réservoir, il y a quelques années. Affreux. Vous étiez là ?

– Oui. Je l'ai vu depuis Carmel.

– On savait qu'il était vide, ce réservoir. Enfin, plus ou moins. Mais on a tous eu une sacrée trouille. Avec tous ces câbles... L'électricité, ça fait peur.

– Vous êtes fermée ?

– Oui. Je voulais partir de bonne heure. Je ne sais pas jusqu'à quand la route va être interdite. Et je ne crois pas qu'il y aura beaucoup de touristes pour acheter des caramels à l'eau salée devant une usine en feu.

– En effet. Pourquoi vouliez-vous savoir où ils étaient passés ?

– Ah, ce type en cavale ? Il est dangereux ! J'espère qu'on va l'arrêter.

– Mais vous disiez « eux ». Comment saviez-vous qu'il n'était pas seul ?

Un silence.

– Je...

Kathryn souriait, mais elle la regardait fixement dans les yeux.

– Vous m'avez dit que vous n'aviez rien vu. Que vous n'aviez regardé dehors qu'après avoir entendu les sirènes.

– Je crois que j'en ai parlé avec quelqu'un. Dehors.

Je crois...

La formule classique de dénégation. Cette femme pensait inconsciemment exprimer une opinion et non une affirmation négative.

– Qui vous l'a dit ?

– Quelqu'un que je ne connaissais pas.

– Un homme ou une femme ?

Nouvelle hésitation.

– Une fille, une femme. D'un autre État.

Elle détournait la tête, se grattait le nez...

– Où est votre voiture ? demanda Kathryn.

– Ma… ?

Les yeux jouent un rôle ambigu dans l'analyse. Certains policiers pensent que si un sujet regarde vers la gauche quand on l'observe, c'est signe de mensonge. Kathryn savait que ce n'était qu'une vieille croyance chez les flics ; le regard fuyant – contrairement au geste du corps qui se détourne – n'est pas un signe de tromperie ; la direction du regard est trop facile à contrôler. Mais les yeux n'en sont pas moins susceptibles de vous trahir.

Tout en parlant avec cette femme, elle avait noté qu'elle regardait vers un certain endroit du parking. Et chaque fois, elle faisait des gestes indicateurs de stress : balancement du corps qui passait d'un pied sur l'autre, mains qui se rejoignaient et doigts entrelacés… Kathryn comprit : cette femme avait *encore* peur. Pell lui avait volé sa voiture en lui disant qu'ils reviendraient, lui ou sa complice, pour tuer tous les siens si elle parlait à la police. Exactement comme il l'avait fait avec le livreur de la Worldwide Express.

Kathryn soupira, contrariée. Si la femme était venue les avertir dès leur arrivée, ils auraient peut-être rattrapé Pell à cette heure.

Ou si je n'avais pas cru bêtement cet écriteau « FERMÉ » sur la porte, ajouta-t-elle pour elle-même.

– Je…

La femme se mit à pleurer.

– Je comprends. Nous allons assurer votre sécurité. Vous avez quoi, comme voiture ?

– Une Ford Focus bleu foncé. Elle a trois ans. Avec un autocollant contre le réchauffement climatique sur le pare-chocs. Et un coup dans la carrosserie à…

– Dans quelle direction sont-ils partis ?

– Vers le nord.

Kathryn nota le numéro d'immatriculation et appela O'Neil, qui se chargea de le transmettre au central pour un signalement de la voiture à toutes les unités.

Pendant que la marchande appelait une amie pour se faire héberger jusqu'à ce que Pell soit repris, Kathryn regarda le nuage de fumée qui stagnait encore autour de la Thunderbird. Furieuse.

Elle avait fait une habile déduction à partir des propos d'Eddie Chang et ils avaient monté une solide opération pour capturer le tueur, mais c'était peine perdue.

TJ la rejoignit avec le patron du Jack's Seafood. Celui-ci fit le récit des événements tels qu'il les avait vécus, en omettant visiblement certains points, par exemple le fait qu'il avait involontairement alerté Pell avant l'arrivée de la police. Kathryn ne pouvait pas lui en vouloir. Elle savait à qui ils avaient affaire depuis son interrogatoire, et d'après son comportement depuis.

Le patron leur décrivit la femme, maigre et jolie, « dans le genre petite souris », et qui avait couvé son compagnon d'un regard énamouré pendant tout le repas. Il les avait pris pour de jeunes mariés en voyage de noces. Elle ne cessait de le toucher. Elle avait dans les 25 ans. Le patron ajouta qu'ils avaient étudié une carte pendant une bonne partie du repas.

– Une carte d'où ?

– D'ici. Du comté de Monterey.

Michael O'Neil s'approcha, en refermant son téléphone.

– Aucune trace de la Focus, dit-il. Mais elle a pu se fondre dans la masse des véhicules au moment de l'évacuation. Et si ça se trouve, il a fait demi-tour vers le sud et nous est passé sous le nez.

Kathryn appela Carraneo. Le jeune homme avait l'air fatigué. Il avait eu une journée chargée, mais elle n'était pas terminée.

– Trouvez tout ce que vous pourrez au sujet de la Thunderbird. Et commencez à appeler les motels et les chambres d'hôtes de Watsonville à Big Sur. Demandez-leur s'ils n'ont pas vu une blonde qui aurait indiqué le numéro de la Thunderbird sur la fiche de renseignements en réservant une chambre. Et essayez de savoir si quelqu'un d'autre a vu cette voiture. Comme elle a été volée vendredi, la fille a pu réserver vendredi, samedi ou dimanche.

– Entendu, agent Dance.

O'Neil et Kathryn regardèrent vers l'est, où la mer était calme. Le soleil descendait au-dessus du Pacifique et perdait de sa violence ; la brume ne s'était pas encore levée, mais le ciel se troublait néanmoins en cette fin d'après-midi. La baie de Monterey était un désert bleu et plat.

– Pell prend de gros risques en restant par ici, dit O'Neil. Il faut qu'il y ait quelque chose d'important pour le retenir.

C'est à cet instant que Kathryn reçut un appel d'une personne qui, pensa-t-elle aussitôt, avait peut-être une idée là-dessus.

CHAPITRE 17

Il y a peut-être dix mille Mission Streets en Californie, et James Reynolds, le procureur à la retraite qui avait fait condamner Daniel Pell huit ans auparavant, habitait dans l'une des plus jolies.

Il avait un code postal de Carmel, bien que cette rue ne se trouve pas dans la partie la plus prisée de la ville – le quartier à l'architecture tarabiscotée qu'un flot de touristes aimés et détestés des habitants envahissait chaque week-end. Il y possédait quatre cents précieux mètres carrés de terrain clos de murs non loin de Barnyard, le centre commercial paysagé sur plusieurs niveaux dans lequel on pouvait se fournir en bijoux, œuvres d'art, gadgets pour cuisine sophistiquée, cadeaux et autres souvenirs.

Kathryn Dance s'arrêta dans la longue allée, en se disant que les gens qui possédaient des maisons comme celle-ci étaient soit l'élite des nouveaux riches – neurochirurgiens ou grands allumés rescapés du naufrage de Silicon Valley –, soit des résidents de longue date. Reynolds, qui avait toujours gagné sa vie comme procureur, appartenait forcément à cette seconde catégorie.

La soixantaine bronzée sous son crâne dégarni, il l'accueillit à la porte et la fit entrer.

– Ma femme est à son travail. Enfin, à son bénévolat. Je prépare le dîner. Allons dans la cuisine.

En le suivant le long du corridor de la maison brillamment éclairée, elle vit défiler toute la vie du propriétaire dans les photographies encadrées qui décoraient les murs. Les écoles de la Côte Est, la fac de droit de Stanford, son mariage, ses deux fils et sa fille, leurs remises de diplôme…

Les clichés les plus récents n'étaient pas encore encadrés. Elle regarda en hochant la tête la pile de photographies au sommet de laquelle on voyait une jeune femme blonde et très belle dans une somptueuse robe blanche, entourée de ses demoiselles d'honneur.

– C'est votre fille ? Félicitations.

– Elle a été la dernière à quitter le nid. (Il lui sourit.) Et chez vous ?

– Les mariages sont encore loin. Nous nous préparons pour le lycée.

Elle remarqua aussi un certain nombre de pages de journaux encadrées comme les photos : ses victoires, autrement dit ses condamnations les plus importantes. Mais aussi, ce qui l'amusa, les procès qu'il avait perdus. Voyant son regard, il rit doucement.

– Les victoires, c'est pour la fierté. Les défaites, pour la modestie. Si je veux jouer les grands seigneurs, je dirais que les verdicts de non-culpabilité m'ont aussi appris quelque chose. Mais il arrive souvent, aussi, que les jurés somnolent après le déjeuner.

Elle savait parfaitement ce qu'il voulait dire, pour avoir été elle-même consultante en matière de jurys.

– C'est comme pour votre Pell. Le jury aurait dû recommander la peine de mort. Mais il ne l'a pas fait.

– Pourquoi, selon vous ? Il a trouvé des circonstances atténuantes ?

– Oui, si c'est comme ça que vous appelez la frousse. Ils étaient terrifiés. Ils ont pensé que les membres de la Famille viendraient se venger sur eux.

– Pourtant, ils n'ont pas eu de difficulté pour le déclarer coupable.

– Oh, non ! Le dossier était solide. Et je ne lui ai pas fait de cadeau. J'ai axé ma plaidoirie sur le thème du Fils de Manson. J'ai d'ailleurs été le premier à l'appeler comme ça. Et j'ai souligné les similitudes : Manson prétendait avoir le pouvoir de contrôler les gens. Un passé de délits mineurs. Autour de lui, des femmes asservies qui lui vouaient un culte. Le massacre d'une famille de gens riches. Chez Pell, les enquêteurs spécialisés dans les scènes de crime ont trouvé des dizaines de livres sur Manson, avec des passages soulignés et des annotations. Pell a contribué à sa propre condamnation, ajouta Reynolds avec un sourire. Il a joué son rôle. Il regardait fixement les jurés pour tenter de les intimider, de leur faire peur. Il a essayé ça avec moi aussi. Je me suis moqué de lui et j'ai dit que je ne croyais pas aux effets des pouvoirs psychiques sur les procureurs. Ce qui a fait rire les jurés. J'ai brisé le charme – si tant est qu'il y en avait un. (Secouant la tête.) Ça n'a pas suffi pour l'envoyer à la mort, mais j'ai obtenu d'autres peines capitales par la suite.

– Vous avez également conduit l'accusation aux procès des femmes de la Famille ?

– Je ne les ai pas accablées, au contraire. Elles n'avaient rien fait de grave. Elles étaient totalement étrangères au massacre des Croyton. J'en ai la certitude. Avant de tomber sur Pell, elles n'avaient été condamnées que pour des délits mineurs, ivresse publique ou un peu de fumette, je crois. Pell leur avait fait subir un lavage de cerveau… Pour Jimmy Newberg, c'est différent. Il avait des antécédents de violence, agressions à main armée et trafic de drogue.

Dans la vaste cuisine peinte en jaune et beige, Reynolds passa un tablier. Il l'avait apparemment retiré pour aller ouvrir.

– Je me suis mis à la cuisine quand j'ai pris ma retraite. Le contraste est intéressant. Personne n'aime un procureur. Mais… (Montrant une grande marmite orange dans laquelle cuisait un méli-mélo de poisson et de fruits de mer) mon *cioppino*… tout le monde l'adore !

– Alors, dit Kathryn en regardant autour d'elle, les sourcils exagérément froncés. C'est donc ça, une vraie cuisine ?

– Ah, je vois. Championne du plat à emporter ? Comme moi quand j'étais célibataire.

– Mes pauvres gosses. Le bon côté de la chose, c'est qu'ils ont décidé de s'y mettre eux-mêmes. Pour la dernière fête des Mères, ils m'ont fait des crêpes à la fraise.

– Et c'est vous, ensuite, qui avez nettoyé la cuisine. Tenez, je vous en mets un peu dans cette assiette.

Elle ne résista pas.

– Juste pour goûter !

– Et un peu de vin rouge pour accompagner.

– Merci, ça ira. Ah, c'est très bon !

Resté en contact avec Sandoval et le shérif du comté de Monterey, Reynolds était au courant des dernières péripéties de la chasse à l'homme, y compris du fait que Pell était toujours dans les parages. (Kathryn avait noté que c'était *elle,* et non Charles Overby, qu'il avait appelée au CBI.)

– Je ferai tout ce que je pourrai pour vous aider à coincer ce salopard, dit l'ancien procureur en s'appliquant à trancher une tomate. Vous n'avez qu'à demander. J'ai déjà appelé le service des archives du comté. Ils vont sortir toutes mes notes sur l'affaire. Il y en a probablement quatre-vingt-dix pour cent qui ne vous serviront à rien, mais on trouvera peut-être une ou deux pépites dans les dix pour cent restants. Et je vais les passer au peigne fin de la première à la dernière page.

Il y avait dans son regard une froide détermination, très différente de ce qu'elle avait vu, par exemple, chez Morton Nagle. Elle n'avait jamais travaillé sur une affaire avec Reynolds, mais connaissait sa réputation de procureur acharné et sans compromission.

– C'est une aide qui nous sera forcément précieuse, James, et je vous en suis reconnaissante, dit-elle en achevant son assiette. Je ne savais même pas que vous étiez ici. J'avais entendu dire que vous aviez pris votre retraite à Santa Barbara.

– Nous avons une petite propriété là-bas. Mais je passe la plus grande partie de l'année ici.

– J'ai fait part de votre appel à Michael O'Neil. Il souhaite poster un agent devant chez vous.

Reynolds déclina l'offre.

– J'ai une bonne alarme. Et je suis pratiquement introuvable. Quand j'ai pris mes fonctions de procureur, j'ai vite reçu des menaces – je poursuivais à l'époque les gangs de Salinas. J'ai mis mon téléphone sur liste rouge et j'ai transféré les titres de propriété de la maison à une association. Et j'ai un permis de port d'arme.

Kathryn ne l'entendait pas de cette oreille.

– Il a déjà tué plusieurs personnes aujourd'hui.

Reynolds haussa les épaules.

– Oui, et alors ? Je vais engager une baby-sitter. Ça ne peut pas faire de mal – mon plus jeune fils est ici ces jours-ci. Pourquoi prendre des risques ?

Elle s'assit sur un tabouret en posant sur un barreau ses Aldo marron à semelle compensée. Les lanières étaient brodées de fleurs aux couleurs vives. Même Maggie, sa fille de 10 ans, avait des goûts plus classiques en la matière. Mais les chaussures étaient une passion chez Kathryn.

– En attendant, si vous pouviez me parler des meurtres qu'il a commis il y a dix ans... Ça m'aiderait peut-être à comprendre ce qu'il a l'intention de faire.

Reynolds s'assit à son tour, son verre de vin à la main. Il récapitula les faits : Pell et Jimmy Newberg s'étaient introduits chez William Croyton dans le quartier résidentiel de Carmel. Ils avaient tué l'homme d'affaires, sa femme et deux de leurs trois enfants. Tous avaient été poignardés à mort.

– Et Newberg aussi. Ma théorie, c'est qu'il a craqué au moment d'exécuter aussi les enfants, que Pell et lui se sont battus et que Pell l'a tué.

– Il n'y avait pas eu de conflit, avant, entre Pell et Croyton ?

– Non, nous n'avons rien pu établir de tel. Mais Silicon Valley était alors en plein boom, et Croyton, par sa réussite, était l'un de ses représentants les plus en vue. On parlait tout le temps de lui dans les journaux. Non content de créer lui-même les logiciels, c'était aussi un champion dans le domaine des ventes. Un personnage d'exception. Dur à la tâche et dur en affaires. Un grand costaud bronzé et fort en gueule. Comme victime, on fait plus sympathique. J'ajoute que ses employés se plaignaient de ses méthodes et qu'il y avait des rumeurs d'affairisme autour de lui. Mais si on n'assassinait que des saints, les procureurs n'auraient plus grand-chose à faire… Son entreprise avait été dévalisée à deux reprises avant le massacre. Les voleurs avaient emporté des ordinateurs et pillé des logiciels, mais le comté de Santa Clara n'a jamais trouvé de suspect. Rien ne prouve que Pell y était pour quelque chose. Je me suis toujours posé des questions à ce sujet.

– Qu'est devenue l'entreprise, depuis ?

– Elle a été rachetée par un concurrent, Microsoft, Apple ou une autre grosse compagnie – j'ignore laquelle.

– Et sa propriété ?

– Sa fille a hérité la plus grande partie des biens, et le reste est allé à la sœur de sa femme, la tante qui a recueilli la gamine. Croyton avait débuté très jeune dans l'informatique. Il était à la tête d'une fortune de 10 ou 20 millions de dollars en logiciels et en ordinateurs, qu'il a légués à l'État de Californie. Le musée de l'Informatique de Monterey Bay et ses archives attirent des chercheurs du monde entier.

– Aujourd'hui encore ?

– Je crois bien que oui. Croyton était très en avance sur son époque.

– Et très riche.

– Très, très riche.

– Quel a été le mobile de ces quatre meurtres ?

– Ma foi, on ne l'a jamais très bien su. Concrètement, c'était un simple cambriolage. Je pense que Pell connaissait Croyton à travers ce qu'il avait appris dans la presse et voulait, au départ, s'en mettre plein les poches.

– Mais il n'a pas eu grand-chose, d'après ce que j'ai lu.

– Un petit millier de dollars et quelques bijoux. Autrement dit, pas de quoi en faire une affaire s'il n'y avait eu cinq cadavres. Presque six – heureusement que la petite fille dormait à l'étage.

– Comment les choses se sont-elles passées pour elle ?

– Pauvre petite. Vous savez comment on l'a appelée ?

– La poupée qui dormait.

– Oui. Elle n'a pas témoigné au procès. Même si elle avait vu quelque chose, je ne l'aurais pas forcée à se présenter face à ce monstre. J'avais suffisamment de preuves de toute façon.

– Elle ne se souvenait de rien ?

– Elle s'était couchée de bonne heure ce soir-là et elle n'a rien pu nous dire d'utile.

– Où est-elle aujourd'hui ?

– Je n'en sais rien. Son oncle et sa tante l'ont adoptée et sont partis vivre ailleurs.

– Comment Pell s'est-il défendu ?

– Il a expliqué que Newberg et lui étaient venus chez Croyton pour discuter affaires. Puis que Newberg était devenu fou et s'était mis à tuer tout le monde. Qu'il avait tenté de l'arrêter, qu'ils s'étaient battus et qu'il avait été « obligé » de le tuer. Mais il n'y avait aucune preuve d'un rendez-vous de Croyton – la famille était attablée pour dîner au moment où les deux hommes avaient fait irruption. Et les conclusions des légistes ont été claires : heure des décès, empreintes digitales, traces, éclaboussures de sang, tout concourait à prouver la culpabilité de Pell.

– En prison, il a eu accès à un ordinateur. Sans surveillance.

– Ce n'est pas bien.

Elle hocha la tête.

– Nous avons retrouvé ce qu'il cherchait, du moins en partie. Certains de ces mots vous diront peut-être quelque chose. « Alison », par exemple ?

– Ce n'était pas l'une des filles de la Famille ? Je ne me rappelle personne de ce nom dans son entourage.

– Il a aussi lancé une recherche sur le mot « Nimue ». C'est un personnage de la mythologie. Il y a une Nimue dans la légende du roi Arthur. Mais je crois que c'est un nom écran utilisé par Pell pour quelqu'un avec qui il voulait entrer en contact.

– Désolé, ça ne me dit rien non plus.

– Vous n'avez pas une idée sur ce qu'il pourrait avoir, maintenant, comme intentions ?

– Désolé, répéta Reynolds, en secouant la tête. C'était une grosse affaire – pour moi, et pour le comté. Mais en fait, c'était plutôt facile. On l'avait arrêté avec du sang sur les mains, les conclusions des médecins légistes étaient sans appel et c'était un récidiviste dont les premiers actes de violence remontaient à l'adolescence. Ce type et sa

Famille étaient connus et surveillés de Big Sur à Marin. Il aurait fallu que je sois vraiment mauvais pour perdre un tel procès.

– Bien, James. Je dois m'en aller maintenant. Merci pour votre aide. Si vous trouvez quelque chose dans ces dossiers, prévenez-moi.

Il opina d'un hochement de tête plein de gravité. Ce n'était plus l'aimable retraité qui lui avait ouvert sa porte quelques instants plus tôt. On lisait dans son regard la détermination farouche dont il avait, à l'évidence, fait preuve au tribunal face aux accusés.

– Je ferai tout ce qui sera en mon pouvoir pour que cette ordure connaisse le sort qu'elle mérite.

Ils se séparèrent pour se diriger, chacun de son côté à une distance de plusieurs centaines de mètres, vers un motel de Pacific Grove, réputé pour ses paysages pittoresques au cœur de la Péninsule.

Pell marchait sans se presser, l'œil aux aguets, comme un touriste sidéré de se retrouver dans un décor d'*Alerte à Malibu.*

Ils avaient passé les vêtements achetés dans une friperie du quartier le plus misérable de Seaside (où il avait regardé avec plaisir Jennie hésiter puis se résoudre à jeter son chemisier rose). Pell portait maintenant un blouson léger gris clair, un pantalon de velours, des tennis premier prix et une casquette de base-ball dont il avait tourné la visière vers l'arrière. Il avait aussi un appareil photo jetable. Il s'arrêtait de temps à autre pour photographier le coucher de soleil, persuadé que les tueurs en cavale s'arrêtent rarement pour fixer des paysages marins, aussi beaux soient-ils, sur la pellicule.

Ils étaient venus de Moss Landing dans la Ford Focus volée en évitant les grandes voies de circulation. Ils avaient même coupé à travers un champ de jeunes choux de Bruxelles dont le parfum en rappelait un autre, d'origine humaine en encore plus déplaisant. De là, ils étaient repartis vers Pacific Grove. Mais Pell, constatant que la région était de plus en plus peuplée, avait compris qu'il était temps de s'éloigner. La police ne tarderait pas à entendre parler de la Focus. Il l'avait planquée dans des hautes herbes au milieu d'un grand champ en bordure de la route 68.

Puis il avait décidé qu'ils feraient mieux d'arriver séparément au motel. Jennie n'aimait guère cette idée, mais ils pouvaient rester en contact avec leurs portables. Elle l'appela donc une fois par minute jusqu'à ce qu'il lui dise que ce n'était peut-être pas la chose à faire car la police risquait de les écouter.

Ce qui était faux évidemment. Mais elle l'exaspérait, avec son pia-pia-pia à l'eau de rose.

Daniel Pell était inquiet.

Comment la police les avait-elle pistés jusqu'au Jack's ? Il envisageait toutes les possibilités. La casquette, les lunettes de soleil et le visage rasé de près n'avaient-ils pas suffi pour tromper le patron du restaurant ? Mais qui pouvait croire qu'un assassin en cavale viendrait s'attabler devant un plat de *sand dabs,* à quelques kilomètres du tribunal qu'il venait de mettre à feu et à sang, comme n'importe quel touriste de San Francisco ?

On avait peut-être découvert que la Thunderbird était une voiture volée. Mais qui avait repéré le numéro d'immatriculation, et comment, dans ce parking de restaurant distant de trois cents kilomètres ? Et comment connaissait-on le numéro d'immatriculation d'une voiture volée à trois cents kilomètres de là ? Et comment expliquer un tel déploiement policier pour un simple vol de voiture – sinon parce qu'il avait un rapport avec l'évasion de Pell, et qu'on le savait ?

Alors que les policiers étaient censés le croire en route pour un terrain de camping des environs de Salt Lake City dans l'Utah ?

Kathryn ?

Quelque chose lui disait maintenant qu'elle ne s'était pas laissé avoir à cette histoire d'Utah, malgré les efforts qu'il avait déployés en faisant semblant de téléphoner au camping pendant que Billy était dans le coffre de sa voiture, et en lui laissant la vie sauve pour qu'il rapporte ce qu'il avait entendu. Et Pell de se demander si cette femme flic avait délibérément communiqué l'information à la presse pour le piéger à son tour.

Un coup de bluff qui avait bel et bien réussi, songea-t-il, furieux.

Ainsi, où qu'il aille et quoi qu'il fasse, c'était bien elle qui dirigeait la chasse à l'homme contre lui.

Au fait, où habitait-elle ? Il repensa à l'interrogatoire, à ce qu'il lui avait dit au sujet de son mari, de ses enfants, et à ses réactions.

Des enfants, oui, elle en avait. Un mari, probablement pas. Mais il ne la croyait pas divorcée.

Il s'arrêta un instant pour faire une photo du soleil tout près de s'enfoncer dans l'océan Pacifique. Sacré spectacle, tout de même.

Kathryn veuve. Intéressante hypothèse. De nouveau, cette sensation de quelque chose qui se dilatait en lui.

Il parvint à la refouler.

Pour le moment.

Il fit quelques achats dans une petite boutique au bord de la route, certain que son portrait n'allait pas apparaître toutes les cinq minutes dans les flashs d'information. Il ne se trompait pas : les images d'un feuilleton en espagnol occupaient l'écran du minuscule poste de télévision.

Il retrouva Jennie dans le magnifique jardin public d'Asilomar, séparé de l'océan par une plage très appréciée des surfers. En allant vers Monterey, le sable disparaissait, remplacé par des amas de rochers sur lesquels les vagues s'écrasaient en soulevant des gerbes d'écume.

– Tout va bien ? demanda-t-elle, prudemment.

– Ça va, ma jolie. On s'est bien débrouillés.

Elle le précéda à travers les rues calmes de Pacific Grove, ancien lieu de retraite méthodiste connu pour ses nombreuses villas de style victorien ou Tudor.

Au bout de cinq minutes, elle dit :

– Nous y voilà, en montrant le Motel Sea Vew.

C'était une bâtisse de pierre brune avec de petites fenêtres ornées de vitraux, un toit de bardeaux et des plaques en forme de papillons au-dessus des portes. Le village était célèbre pour ses papillons monarques, ou *Danaus plexippus*, qui s'y rassemblaient par dizaines de milliers de l'automne au printemps.

– C'est mignon, tu ne trouves pas ?

Pell opina d'un signe de tête. « Mignon » ne signifiait rien pour lui. Ce qui comptait, c'était que la chambre ne soit pas visible de la route et qu'il y ait au fond du parking des chemins par lesquels on pouvait facilement s'enfuir en cas de besoin. Elle avait trouvé exactement ce qu'il fallait.

– C'est parfait, ma jolie. Comme toi.

La remarque fit naître un sourire craintif sur les traits de Jennie. Elle était encore sous le coup de ce qui s'était passé au restaurant. Pell n'y attacha pas d'importance. Le bouillonnement avait repris en lui. Il ne savait pas si la cause en était Jennie ou Kathryn.

– Où est notre chambre ?

Elle la lui montra du doigt.

– Viens, chéri. J'ai une surprise pour toi.

Hum. Pell n'aimait guère les surprises.

Elle ouvrit la porte, mais il n'avança pas.

– Après toi, ma jolie.

Il avait porté la main à sa taille pour saisir la crosse du pistolet. Il était tendu, prêt à la pousser au sacrifice en la prenant comme bouclier pendant qu'il déchargeait son arme.

Mais ce n'était pas une souricière. La chambre était vide. Il la parcourut du regard. C'était encore plus joli que ce qu'on pouvait imaginer de l'extérieur. Luxueux. Meubles de prix, tentures, beau linge, et même des peignoirs de bain. Aux murs, des marines et des vues de la nature sauvage. Et partout ces foutus papillons.

Et des bougies. Des tas de bougies. À tous les endroits où l'on pouvait en mettre une, il y avait une bougie. C'était donc ça, la surprise ! Dieu merci, elles n'étaient pas allumées. Il ne manquait plus que ça : s'évader de prison et trouver sa planque en flammes.

– Tu as les clés ?

Elle les lui tendit.

Les clés. Pell adorait les clés. Que ce soit dans une voiture, dans une chambre d'hôtel, un coffre-fort ou une maison, celui qui a les clés a le pouvoir.

– Qu'est-ce qu'il y a là-dedans ? demanda-t-elle, en montrant le sac.

Elle l'avait déjà regardé avec curiosité, et il l'avait remarqué, un instant plus tôt sur la plage.

– Deux ou trois trucs dont on a besoin. Et de quoi manger.

Elle cligna des paupières, étonnée.

– Tu as apporté à manger ?

C'était la première fois que son mec faisait des provisions pour elle.

– J'aurais pu m'en charger, dit-elle vivement.

Puis, désignant la kitchenette, elle ajouta d'un air détaché :

– Bon. Je vais faire la cuisine.

La phrase était intéressante. Elle avait été dressée à ça. Par son ex, ou par l'un de ses amants à la main leste. Tim le motard, peut-être ? Ferme-la et occupe-toi de tes casseroles…

– Mais non, ma jolie. Je m'en occupe.

– Toi ?

– Bien sûr.

Pell connaissait des types qui tenaient à ce que « la femme » les nourrisse. Ils se considéraient comme les maîtres du foyer et il fallait les servir. Ils en retiraient un sentiment de puissance. Mais ils n'avaient pas compris que lorsqu'on dépend de quelqu'un pour quoi que ce soit, on s'affaiblit. (Et comment peut-on être aussi bête ? Quoi de plus facile que de mettre de la mort-aux-rats dans une assiette de soupe !) Pell n'avait rien d'un cordon-bleu, mais à l'époque où Linda était la cuisinière de la famille, déjà, il aimait traîner dans la cuisine, donner un coup de main, garder un œil sur la préparation des repas.

– Ah, tu as acheté des trucs mexicains ! s'écria-t-elle en riant à la vue de la viande hachée, des tortillas, des tomates, des poivrons en boîte et des sauces.

– Tu m'as dit que tu aimais ça, pas vrai, ma jolie ? (Il posa un baiser sur ses cheveux.) J'ai trouvé que tu ne mangeais pas beaucoup, tout à l'heure, au restaurant.

Se détournant des provisions étalées sur le comptoir, elle baissa les yeux.

– J'avais peur, tu sais. Et je ne voulais pas pleurer.

– Non, tu as tenu bon. Tu sais ce que ça veut dire ?

– Plus ou moins…

– C'est ce que disaient les marins dans le temps. Ils se le tatouaient sur les doigts, pour qu'on le voie quand ils serraient le poing. « Tiens bon. » Ça veut dire : « Ne fuis pas. »

Elle se mit à rire.

– Je ne suis pas près de te fuir !

Il lui effleura le crâne de ses lèvres, huma l'odeur de la transpiration et du parfum bon marché.

Elle se frottait le nez.

– Toi et moi, on fait équipe, ma jolie.

Il n'en fallait pas plus pour qu'elle cesse de se toucher le nez. Pell le remarqua.

Il passa dans la salle de bains, pissa longuement et se lava. En ressortant, il eut une deuxième surprise.

Jennie s'était déshabillée, ne gardant que son slip et son soutien-gorge. Armée d'un briquet, elle allait d'une bougie à l'autre.

Elle leva les yeux.

– Tu as dit que tu aimais le rouge.

Il sourit, s'approcha d'elle. Sa main glissa le long des vertèbres qui saillaient sous la peau.

– Tu préfères peut-être manger tout de suite ?

Il l'embrassa.

– On mangera plus tard.

– Oh, j'ai envie de toi mon chéri, souffla-t-elle.

C'était, à l'évidence, une phrase qu'elle avait déjà maintes fois prononcée. Ce qui n'entamait nullement sa sincérité.

Il lui prit le briquet des mains.

– On s'occupera de l'ambiance plus tard.

Il l'embrassa, en pressant ses cuisses contre les siennes.

Elle sourit – ostensiblement cette fois – et se pressa plus fort contre son bas-ventre.

– Je crois que toi aussi, tu as envie de moi.

Ronronnement.

– Je te veux, ma jolie.

– J'aime que tu m'appelles comme ça.

– Tu n'as pas de bas ? demanda-t-il.

Elle hocha la tête.

– Oui. Noirs. Je vais les mettre.

– Non, murmura-t-il. Ce n'est pas pour ça que je les veux.

CHAPITRE 18

Une dernière chose à faire avant que cette longue journée s'achève.

Kathryn Dance arrêta sa voiture devant une modeste maison de l'agglomération sans charme qui s'étendait entre Carmel et Monterey.

À l'époque où l'importante base militaire de Fort Ord fournissait l'essentiel de l'activité, de nombreux sous-officiers y avaient leur résidence et, souvent, y prenaient leur retraite. Avant cela, au temps de la pêche et des conserveries, c'étaient les cadres et les patrons d'entreprise. Kathryn franchit la palissade et s'avança sur le sentier dallé menant à la porte. La femme qui vint lui ouvrir avait un visage avenant sous ses taches de rousseur et lui parut proche de la quarantaine. Kathryn se présenta.

– Je viens voir Morton.

– Entrez donc, dit Joan Nagle en souriant et sans montrer de surprise, ce qui était une façon de faire comprendre à Kathryn que son mari lui avait parlé de son rôle dans les événements de la journée, même s'il ne lui avait pas forcément tout dit.

Kathryn pénétra dans le petit living-room. Les cartons à moitié pleins de vêtements et de livres – surtout de livres – indiquaient qu'ils venaient d'emménager. Il y avait aux murs, dans des cadres, quelques mauvaises reproductions comme les propriétaires en accrochent dans les maisons qu'ils louent à la saison. Une odeur de cuisine lui sauta aux narines pour la deuxième fois de la journée – mais ça sentait l'oignon frit et les hamburgers, et non les aromates italiens.

Une jolie petite fille au visage encadré par deux couettes était penchée sur un carnet à dessin. Elle leva les yeux derrière ses lunettes cerclées de fer et sourit. Kathryn la salua d'un geste de la main. Elle avait à peu près le même âge que Wes. Sur le canapé, un jeune ado était plongé dans l'univers chaotique d'un jeu vidéo et se démenait sur sa console comme si le sort de l'univers avait dépendu de lui.

Morton Nagle apparut dans l'encadrement de la porte du couloir en fourrant sa chemise sous la ceinture de son pantalon.

– Bonjour, bonjour agent Dance !

– Kathryn, s'il vous plaît.

– Kathryn. Je vous présente Joan, ma femme. (Un sourire.) Et… Eric, arrête… Eric ! dit-il, en élevant la voix. Éteins ça !

Le gamin fit une rapide sauvegarde pour interrompre le jeu sans perdre la partie – Kathryn savait combien *c'était* vital – avant de se lever d'un bond.

– Voilà Eric. Dis bonjour à l'agent Dance.

– L'agent ? Comme au FBI ?

– Exactement.

– Super !

Elle serra la main d'Eric qui regardait l'arme pendue à sa hanche.

Sa sœur se leva et s'approcha plus timidement, sans lâcher son carnet à dessin.

– Eh bien présente-toi ! lui dit sa mère.

– Bonjour.

– Comment t'appelles-tu ? demanda Kathryn.

– Sonia.

Sonia avait un problème de poids, nota Kathryn. Ses parents feraient bien de s'en préoccuper, mais compte tenu de leur propre physique, elle doutait qu'ils en soient conscients. Sa pratique de la synergologie lui donnait souvent des aperçus saisissants sur la psychologie des gens et leurs difficultés émotionnelles, mais elle se rappelait sans cesse à l'ordre : elle était flic, et pas psychiatre ni conseillère familiale.

– J'ai suivi les informations, dit Nagle. Vous l'avez repris ?

– Non, il s'en est fallu de quelques minutes, répondit-elle avec une grimace.

– Je peux vous offrir quelque chose ? demanda sa femme.

– Non, merci. Je ne peux pas rester.

– Allons dans mon bureau, proposa Nagle.

Elle le suivit dans une petite chambre qui sentait l'urine de chat. Il y avait deux chaises et une table pour tout mobilier. Sur la table, un ordinateur dont les touches *A*, *H* et *N* étaient plus usées que les autres, et une lampe de bureau rafistolée avec du ruban adhésif. On voyait partout des piles de papier et des livres, deux ou trois cents livres dans des cartons, en désordre sur des étagères, par terre et sur le radiateur.

– J'aime bien avoir mes livres autour de moi, dit Nagle. (Il fit un signe de tête en direction du living-room.) Eux aussi. Même notre champion de jeux vidéo. On en choisit un et je leur fais tous les soirs la lecture.

– C'est bien.

Kathryn et ses enfants faisaient de même, mais le plus souvent avec de la musique. Wes et Mag étaient des lecteurs acharnés, mais chacun de son côté.

– Bien entendu, on prend aussi le temps de se cultiver… On regarde *Le Survivant* et *24 Heures Chrono* à la télé…

Nagle avait un regard pétillant de malice. Il partit d'un petit rire quand elle découvrit la masse de documents qu'il avait préparés pour sa venue.

– Ne vous inquiétez pas. Pour vous, c'est la plus petite des deux piles, dit-il en montrant un carton contenant des cassettes vidéo et des photocopies.

– Vraiment, vous ne voulez rien ? demanda Joan, sur le seuil de la pièce.

– Rien, merci.

– Vous pourriez rester à dîner ?

– Désolée, mais c'est impossible.

Joan sourit et tourna les talons.

– Elle est physicienne, dit Nagle.

Et il n'ajouta rien.

Kathryn lui fit un résumé des dernières péripéties de l'affaire. Elle était pratiquement certaine, dit-elle pour conclure, que Pell n'avait pas quitté la Péninsule.

– C'est de la folie ! Alors que tout le monde le cherche ?

– Effectivement.

Elle lui parla des recherches de Pell sur Internet, mais les noms « Alison » et « Nimue » ne lui disaient rien. Il ne voyait pas non plus pour quelle raison le tueur avait visité un site de photographies par satellite.

Elle jeta un coup d'œil au carton qu'il avait préparé à son intention.

– Il y a une bio là-dedans ? Quelque chose de bref ?

– Bref ? Non, pas vraiment. Mais si vous voulez un résumé, je peux vous le faire. Trois, quatre pages ?

– Ce serait formidable. Sinon, il me faudra beaucoup de temps pour étudier tout ça.

– *Tout* ça ? (Petit rire.) Ce n'est rien du tout ! J'en ai cinquante fois plus à éplucher avant de me mettre à ce livre ! Mais je vais vous préparer quelque chose, pas de problème.

– Madame… dit une jeune voix sur le seuil.

Kathryn se retourna et sourit à Sonia.

Un regard teinté d'envie à la silhouette de l'agent du CBI, puis à sa lourde tresse blonde.

– J'ai vu que vous regardiez mes dessins. Après… ?

– Ma chérie, l'agent Dance est occupée.

– Mais non, elle ne me dérange pas.

– Vous voulez les voir ?

Kathryn s'agenouilla pour feuilleter le carnet. Il y avait des papillons, étonnamment bien dessinés.

– Sonia, c'est magnifique ! Tu pourrais exposer dans une galerie d'Ocean Carmel.

– Vous croyez ?

– Absolument.

Elle tourna quelques pages.

– Voilà celui que je préfère. C'est un Papilo ulysses.

Un grand papillon bleu sombre. Sonia avait bien rendu les irisations de la couleur.

– Il aime se poser sur les fleurs de tournesol. Il boit leur nectar. Quand je suis chez moi, on va dans le désert et je dessine des lézards et des cactus.

Kathryn se rappela qu'en dehors des périodes de vacances l'écrivain et sa famille habitaient à Scottsdale.

– Ici, je vais me promener dans la forêt avec maman, et on prend des photos. Ensuite, je les dessine.

– Sonia est le James Audubon[1] des papillons.

Joan apparut à son tour dans l'encadrement de la porte et fit sortir la fillette.

– Vous pensez que ça vous sera utile ? demanda Nagle, en montrant le carton.

– Je n'en sais rien. Mais je l'espère. Nous en avons bien besoin.

Elle prit congé après avoir décliné une dernière invitation à dîner et rejoignit sa voiture.

Elle posa le carton à côté d'elle sur le siège du passager. Les photocopies, sur le dessus, semblaient lui faire signe, et elle résista à l'envie d'allumer le plafonnier et de s'y plonger séance tenante. Mais les documents attendraient. Kathryn Dance était une enquêtrice hors pair, tout comme elle avait été une excellente journaliste et une excellente consultante ès jurys. Mais elle était également mère et veuve. Et tous ces rôles avaient un point commun : elle devait savoir à quel moment passer de l'un à l'autre. Il était temps de rentrer chez elle.

---

1. Jean-Jacques Audubon (1785-1851), peintre de grand talent, auteur de *Birds of America*, ouvrage de référence sur les oiseaux d'Amérique du Nord.

CHAPITRE 19

On appelait ça le Pont.

Une terrasse en bois de huit mètres sur dix prolongeant la cuisine des Dance dans le jardin et encombrée de fauteuils dépareillés, de chaises longues et de tables. De petites guirlandes électriques de Noël, deux ou trois globes lumineux, un évier et un grand réfrigérateur constituaient l'essentiel de la décoration avec quelques plantes rachitiques qui luttaient pour survivre dans des jardinières en terre cuite. Un étroit escalier descendait au jardin, à peine entretenu mais envahi par la flore naturelle : chêne-châtaigner des marais, érables, narcisses au jaune éclatant, asters, lupins, jasmin sauvage, giroflées...

Une barrière en bois séparait leur jardin de celui des voisins. Deux baignoires à oiseaux et une mangeoire spéciale pour les oiseaux-mouches étaient suspendues à une branche à côté de l'escalier. Deux carillons gisaient sur le sol et ne tintaient plus au moindre souffle depuis que Kathryn, en pyjama, les avait fait taire un mois auparavant par une certaine nuit d'orage.

La maison de style victorien – murs vert foncé et gris, rampes, garde-fous, moulures et volets délavés par les intempéries – était située dans la partie nord-ouest de Pacific Grove ; si on ne craignait pas de se pencher, on pouvait apercevoir l'océan à moins d'un kilomètre.

Kathryn était souvent sur le pont. On ne pouvait pas toujours y prendre son petit déjeuner à cause de la brume et de la fraîcheur. Mais par un week-end tranquille, après que le soleil eut chassé l'humidité et réchauffé l'atmosphère, elle allait marcher sur la plage avec les enfants en emmenant les chiens, et au retour ils s'attablaient sur le Pont pour un festin de brioche, fromage, café et chocolat chaud. Au fil des années, le Pont avait accueilli sur ses planches disjointes des centaines de dîners avec des amis parfois nombreux, parfois moins.

C'était sur le Pont que Bill avait déclaré fermement à ses parents que, oui, il allait épouser Kathryn Dance et qu'ils devaient donc renoncer à avoir pour bru la jeune fille de bonne famille dont sa mère lui chantait les louanges depuis des années – un acte de courage, beaucoup plus difficile à accomplir pour lui que tout ce qu'il avait jamais fait pour le FBI.

C'était sur le Pont qu'ils avaient célébré un service religieux le jour de ses obsèques.

C'était là aussi que se retrouvaient régulièrement ses amis, ceux de la police et ceux qui n'en étaient pas. Kathryn Dance était heureuse d'en compter autant, mais elle avait choisi depuis la mort de Bill de consacrer ses loisirs aux enfants. Et comme il n'était pas question de les emmener dans des bars ou des restaurants, elle faisait venir tous ses amis dans leur univers.

Il y avait toujours de la bière et des sodas dans le réfrigérateur extérieur, et une ou deux bouteilles de chardonnay, de pinot gris ou de cabernet californiens. L'antique barbecue dévoré par la rouille rendait toujours service et il n'était pas rare que Kathryn, en rentrant chez elle, trouve sa mère ou son père et des amis et des collègues installés sur le Pont devant une bière ou un café.

Les visiteurs étaient toujours les bienvenus, même s'il lui arrivait parfois de ne pas se joindre à eux. Une règle non dite mais bien comprise par tous faisait du Pont une zone franche où chacun, annoncé ou pas, était toujours accueilli, et de l'intérieur de la maison un sanctuaire dans lequel on ne pénétrait que si on y était invité pour un dîner ou d'autres occasions particulières. L'intimité de la famille, le travail scolaire et le sommeil étaient sacrés.

Arrivée par le jardin, Kathryn grimpa les marches et traversa le Pont en tenant sous son bras le carton de photocopies et de bandes vidéo sur lequel elle avait posé le poulet tout préparé qu'elle venait d'acheter. Les deux chiens – un retriever noir à poil ras et un berger allemand à la robe fauve striée de noir – lui firent fête. Elle leur frotta les oreilles, ramassa deux ou trois peluches déjà gravement mâchonnées pour les leur jeter et rejoignit les deux hommes qui la regardaient arriver, assis sur des fauteuils en plastique.

– Salut, ma grande !

Stuart Dance ne faisait pas ses soixante-dix printemps. Grand et large d'épaules, la tête ornée d'une abondante tignasse blanche toujours en bataille, il avait le teint et le visage buriné d'un homme qui passe une grande partie de son temps en mer et le long du rivage, avec ici et là quelques traces laissées par le scalpel du dermatologue. Il était officiellement retraité, mais travaillait encore à l'aquarium plusieurs jours par semaine.

Le père et la fille échangèrent un baiser rapide.

L'autre visiteur salua Kathryn d'un grognement amical. Albert Stemple appartenait lui aussi à la brigade criminelle du CBI. La silhouette massive et le crâne rasé, il portait sa tenue habituelle : jean, T-shirt noir et chaussures montantes. Il avait lui aussi des cicatrices sur le visage, et d'autres auxquelles il faisait parfois allusion à des endroits du corps qui voyaient rarement le soleil et pour lesquelles le dermatologue n'était pour rien. Pour le moment, il sirotait une bière, les jambes étalées devant lui. Le CBI n'était pas connu pour ses cow-boys, mais Albert Stemple en était l'un des rares spécimens. Il avait à son actif un plus grand nombre d'arrestations que n'importe lequel de ses collègues, et tout autant de rappels à l'ordre de sa hiérarchie (dont il était encore plus fier).

– Merci, Al, d'avoir assuré la garde. Je ne pensais pas rentrer aussi tard.

Comme elle avait toujours à l'esprit les menaces proférées par Pell lors de son interrogatoire – et sachant qu'il était toujours dans les parages – elle avait demandé à Stemple de jouer les baby-sitters en attendant son retour. (O'Neil avait par ailleurs fait appel à la police locale pour que des agents surveillent la maison tant que le fugitif ne serait pas repris.)

– Pas de problème, bougonna Stemple. Overby me paye à dîner.

– Il a dit ça, Charles ?

– Non. Mais il va me payer à dîner. Tout est calme, ici. J'ai fait une ou deux fois le tour de la maison. Rien à signaler.

– Vous voulez un soda pour la route ?

– Volontiers.

Abandonnant son fauteuil pour se servir dans le réfrigérateur, le géant revint avec deux canettes de bière.

– Vous en faites pas. Je les aurai finies avant de monter dans ma bagnole. À plus, Stu !

Il traversa le Pont, dont le plancher grinça sous son poids.

Elle entendit la Crown Victoria démarrer et s'éloigner en quelques secondes. Les bières étaient sans doute coincées entre ses gigantesques cuisses.

Kathryn jeta un coup d'œil entre les lattes des volets du living-room ; un livre, sur la table basse, attira son attention. Quelque chose lui revint en mémoire.

– Brian a appelé ?

– Qui, ton ami ? Celui qui est venu ici pour dîner ?

– Oui.

– C'est comment, son nom, déjà ?

– Gunderson. Brian Gunderson.

– Il est dans la finance, c'est ça ?

– Dans une banque, au service des investissements. Est-ce qu'il a appelé ?

– Non. Pas que je sache. Veux-tu que je demande aux enfants ?

– Non, ce n'est pas la peine. Merci encore, P'pa.

– Y'a pas de souci.

Une expression qu'il avait rapportée de Nouvelle-Zélande. Il se retourna pour frapper au volet.

– Au revoir !

Maggie surgit sur le seuil, sa tresse châtain lui battant la nuque.

– Grand-Pa, attends ! (Elle avait un livre à la main.) 'Jour, M'man ! lança-t-elle gaiement. Tu es là depuis longtemps ?

– J'arrive.

– Et tu ne nous dis rien ! s'écria la fillette, en repoussant la monture de ses lunettes sur son petit nez.

– Où est ton frère ?

– Chaipas. Dans sa chambre. On dîne à quelle heure ?

– Dans cinq minutes.

– Qu'est-ce qu'on mange ?

– Tu le verras bien.

Maggie tendit le livre à son grand-père en pointant le doigt sur un petit coquillage rose et mauve, du type escargot de mer.

– Regarde. Tu avais raison !

Elle ne se risqua pas à prononcer le nom.

– *Amphissa columbiana*, dit Stuart Dance. Très rare par ici. Mais Maggie en a trouvé un.

– Je n'ai même pas cherché ! dit la fillette.

– Bon. Il faut que je rentre chez moi, maintenant. Mon sergent-chef attend. C'est elle qui prépare le repas et ma présence est requise. 'Soir tout le monde !

– Au revoir, Grand-Pa !

Tandis que son père dégringolait les marches pour rejoindre sa voiture, Kathryn remercia une fois de plus le ciel, Dieu, la Providence, elle ne savait trop qui ou quoi, qui envoyait une présence masculine, rassurante et de toute confiance dans cette maison de veuve pourvue de jeunes enfants.

Comme elle se dirigeait vers la cuisine, son téléphone sonna. Rey Carraneo lui apprit que la Thunderbird brûlée à Moss Landing avait été volée le vendredi précédent dans le parking d'un restaurant chic de Sunset Boulevard à Los Angeles. Il n'y avait pas de suspects. On attendait le rapport de la police de L.A., mais, comme c'est le cas dans la plupart des vols de voitures, on n'avait pas fait appel à la police scientifique pour avoir des relevés d'empreintes. Par ailleurs, il avait vainement cherché dans quel hôtel, motel ou pension avait pu descendre la femme qui aidait Pell.

– Il y en a des quantités, avoua-t-il.

Bienvenue sur la péninsule de Monterey.

– Il faut qu'on arrive à retrouver ces deux-là. Rey. Ne laissez pas tomber. Et mes amitiés à votre femme.

Elle entreprit de déballer ses provisions pour le repas.

Un mince garçonnet aux cheveux blonds presque blancs apparut sur la véranda attenante à la cuisine. Il téléphonait. Bien qu'âgé de 12 ans à peine, Wes était presque aussi grand que sa mère. Elle lui fit signe de son index tendu et il s'approcha. Elle l'embrassa sur le front et il ne se crispa pas. Une façon de dire : « Maman chérie je t'aime. »

– Arrête, dit-elle. On va dîner.

Il mit fin à sa conversation.

– Qu'est-ce qu'on mange ?

– Du poulet, répondit Maggie, à tout hasard.

– Vous aimez bien celui que j'achète chez Albertsons.

– Et la grippe aviaire, tu y penses ? demanda Maggie.

– Ça ne s'attrape que sur des poulets *vivants*, ricana Wes.

– Il était vivant, celui-là, *avant*, rétorqua sa sœur.

– Peut-être, mais il ne vient pas d'Asie, dit Wes, qui se sentait perdre du terrain.

– Tu parles ! Ils migrent ! Et si on l'attrape, on meurt en vomissant.

– Mag, ce n'est pas le moment, on va manger ! intervint Kathryn.

– Où t'as entendu dire que les poulets migraient ? reprit Wes, qui ne s'avouait pas battu. Ici, en tout cas, ils n'ont pas la grippe asiatique. Sinon, ça se saurait.

Des chamailleries entre frère et sœur. Mais il y avait autre chose là-dessous, pensa Kathryn. Wes ne s'était pas remis du traumatisme violent provoqué par le décès de son père, et il était plus sensible à l'idée de la mort que la plupart des garçons de son âge.

Kathryn faisait son possible pour l'en distraire – une gageure pour une femme qui gagnait sa vie en traquant des assassins.

– Du moment que le poulet est cuit, il n'y a aucun risque, dit-elle.

Mais elle n'en était pas absolument certaine, et elle se demanda si Maggie n'allait pas la contredire. Mais sa fille s'était replongée dans son livre sur les coquillages.

– Oh, il y a de la purée, en plus ! T'es super, M'man !

Maggie et Wes mirent le couvert et apportèrent les plats pendant que Kathryn prenait une douche rapide.

Quand elle revint de la salle de bains, Wes dit :

– Tu ne vas pas te changer, M'man ?

– Je meurs de faim, je ne peux pas attendre, répondit-elle, pour ne pas avoir à expliquer qu'elle restait en tenue afin de garder son arme à portée de main. Quand elle rentrait chez elle, d'habitude, ses premiers gestes consistaient à passer un jean et un T-shirt et à mettre le pistolet dans son coffre à la tête de son lit.

Eh oui, c'est un métier risqué, d'être flic. Ils sont souvent seuls, ces gamins, pas vrai ? Ils seraient peut-être contents si des copains à moi venaient s'amuser un peu avec eux...

Wes regarda à nouveau sa tenue, comme s'il savait exactement ce qu'elle pensait.

Puis ils se mirent à manger en parlant de leur journée – les enfants, du moins. Kathryn, bien sûr, ne dit rien de la sienne. Wes faisait un stage de tennis à Monterey. Maggie, un stage de musique à Carmel. Chacun semblait content de l'expérience. Et Dieu merci, il n'y eut pas de questions au sujet de Daniel Pell.

Le repas achevé, ils débarrassèrent le couvert et firent la vaisselle tous les trois ensemble. Les enfants prenaient toujours part aux travaux ménagers. Ils passèrent ensuite dans le living-room pour lire et jouer sur la console vidéo.

Kathryn s'assit devant son ordinateur pour consulter son courrier. Il n'y avait rien sur l'affaire, mais plusieurs messages concernant ses autres « boulots ». Elle s'occupait avec sa meilleure amie, Martine Christensen, d'un site Internet appelé « American

Tunes » comme la célèbre chanson de Paul Simon dans les années 70.

Kathryn Dance n'était pas une mauvaise musicienne, mais une brève tentative de carrière en tant que chanteuse et guitariste l'avait laissée insatisfaite (tout comme, le craignait-elle, les différents publics pour lesquels elle se produisait). Elle avait donc décidé que son vrai talent était ailleurs, dans l'écoute de la musique – un art dans lequel elle réussissait beaucoup mieux et qu'elle tentait de promouvoir auprès d'autres personnes.

Elle profitait de ses trop rares vacances et de certains week-ends prolongés pour explorer les trésors de la musique locale, en emmenant souvent avec elle les enfants et les chiens dans ses expéditions. Elle était ainsi devenue ce qu'on appelait une « folkloriste ». Le plus célèbre folkloriste était peut-être Alan Lomax, qui avait collecté des musiques populaires de la Louisiane aux Appalaches pour la Bibliothèque du Congrès pendant près de la moitié du XXe siècle. Tandis qu'il s'intéressait avant tout au blues noir et à la musique des montagnards, les recherches de Kathryn l'entraînaient beaucoup plus loin, dans des régions sujettes aux changements sociologiques de l'Amérique du Nord : la musique qui puisait ses racines en Amérique latine, dans les Caraïbes, la Nouvelle-Écosse, l'Amérique des ghettos noirs et celle des Indiens avant l'arrivée de la « civilisation » blanche.

Avec Martine Christensen, elle aidait les musiciens à déposer les droits de leurs créations originales, diffusait leurs enregistrements auprès des médias et leur reversait les sommes récoltées auprès des amateurs qui payaient pour les charger sur leur ordinateur.

Elle savait que le jour où elle ne voudrait plus ou ne pourrait plus poursuivre des criminels, la musique serait là pour occuper sa retraite.

Son téléphone sonna. Elle regarda l'écran pour savoir qui l'appelait.

– Allô.

– Comment ça s'est passé avec Reynolds ? demanda Michael O'Neil.

– Je n'en ai rien tiré de particulièrement utile. Mais il est en train d'éplucher ses anciennes fiches sur l'affaire Croyton. Elle ajouta qu'elle avait aussi emporté des documents préparés par Morton Nagle, mais n'avait pas encore eu le temps de s'y plonger.

O'Neil lui dit qu'on n'avait toujours pas retrouvé la Ford Focus volée à Moss Landing, et que les recherches au restaurant Jack's n'avaient rien donné de nouveau. Les techniciens de la police scientifique avaient relevé des empreintes dans la Thunderbird et sur les couverts du restaurant : celles de Pell et d'autres, qui se retrouvaient dans la voiture et au Jack's. Elles provenaient sans doute de sa complice. L'interrogation des fichiers informatiques local et national avait montré que celle-ci n'avait pas d'antécédents criminels.

– On a tout de même trouvé quelque chose qui semble un peu bizarre. Peter Bennington…

– Le type qui dirige votre laboratoire ?

– Oui. Il y avait de l'acide sur le plancher de la Thunderbird, sous le siège du conducteur dans la partie qui n'a pas brûlé. Peter dit qu'il s'agit d'un acide corrosif, assez dilué. Mais comme les pompiers de Watsonville ont littéralement noyé la voiture pour l'éteindre, il était sans doute assez concentré quand Pell l'a abandonnée.

– Tu sais que je ne suis pas très bonne pour ce genre de choses, Michael.

– Bon. Je précise. Cet acide était mélangé à un produit qu'on trouve dans les pommes, dans le raisin et dans les bonbons.

– Tu crois que Pell… Qu'il a mis du poison quelque part ?

L'industrie alimentaire sous diverses formes était la raison d'être de la Californie. Il y avait dans un rayon de cinquante kilomètres des milliers d'hectares de vergers et de cultures de légumes, une dizaine de vastes exploitations vinicoles et de nombreuses autres entreprises fondées sur l'alimentation.

– Ce n'est pas à exclure. À moins qu'il ne se planque dans un vignoble ou dans un verger. Comme on lui a fait peur à Moss Landing, il a certainement renoncé à aller dans un motel ou une pension quelconques. Pensez à tous ces champs… Il faut organiser des battues.

– Vous avez du monde pour ça ? demanda Kathryn.

– Je peux rameuter un certain nombre de personnes occupées ailleurs. Et aussi faire appel à la police montée. Ce qui ne me plaît guère, car ça veut dire arrêter les recherches en ville et sur la route 1. Mais je crois qu'on n'a pas le choix.

Kathryn était d'accord. Elle appela Carraneo pour lui donner les informations concernant la Thunderbird.

– On ne peut pas dire qu'on avance à la vitesse de la lumière, hein ?

– En effet.

– Qu'est-ce que tu fais, toi ?

– Des devoirs.

– Je croyais que les enfants étaient en vacances.

– *Mes* devoirs. Avec une chasse à l'homme pour sujet.

– Je ne suis pas loin de chez toi. Tu n'as pas besoin d'un coup de main pour tailler les crayons et effacer le tableau noir ?

– Prends une pomme pour le prof, et ça suffira.

CHAPITRE 20

– Salut, Michael ! dit Wes, en lui donnant plusieurs claques dans le dos.

– Salut, toi.

Ils se mirent à parler du stage de tennis du garçon – O'Neil y jouait aussi – et de l'art de retendre les cordes des raquettes. Mince et musclé, Wes réussissait dans la plupart des sports auxquels il s'essayait. Pour le moment, c'était le tennis. Il voulait aussi s'initier au karaté ou à l'aïkido, mais sa mère faisait son possible pour l'en dissuader. Il avait parfois des accès de fureur – depuis la mort de son père – et elle ne tenait pas à ce qu'il se lance dans des sports de combat.

O'Neil, de son côté, s'était fixé pour mission d'orienter le garçon vers des sports et des occupations moins risqués. Il lui avait donc proposé deux activités radicalement différentes : la collection de livres et les sorties en bateau dans la baie de Monterey, qui était l'endroit du monde qu'il préférait entre tous. (Dance se disait parfois que le détective n'était pas né à la bonne époque et qu'elle l'aurait bien vu en capitaine d'un trois-mâts du temps jadis ou en patron pêcheur des années 30.) Quand elle décidait de faire une sortie entre filles avec

Maggie, Wes partait pêcher ou observer les baleines sur le bateau de Michael. Alors qu'elle devait se bourrer de Dramamine pour lutter contre le mal de mer, son fils était né avec le pied marin.

Ils parlèrent de la sortie en mer qu'ils projetaient pour la semaine suivante, puis Wes se retira dans sa chambre après leur avoir dit bonsoir.

Kathryn leur servit à boire. Elle aimait le vin rouge, avec une préférence pour le cabernet. Elle avait une bouteille de pinot gris. Ils allèrent dans le living-room et s'assirent sur le canapé. O'Neil était juste au-dessous de la photo de mariage de Kathryn. Le détective et Bill Swenson étaient de bons amis et avaient souvent travaillé ensemble. Pendant une brève période avant sa mort, Kathryn, son mari et O'Neil s'étaient trouvés en même temps sur la même circonscription et avaient eu à s'occuper ensemble d'une affaire, Bill pour la police fédérale, Kathryn pour la police de l'État et O'Neil pour celle du comté.

La boîte de sushis que le détective tenait à la main s'ouvrit avec un bruit mat. À ce signal d'inspiration pavlovienne, Dylan, le berger allemand, ainsi baptisé en hommage au célèbre auteur-chanteur-compositeur, et Patsy, le retriever à poil ras qui répondait au prénom de Ms. Cline, la chanteuse de country and western préférée de Kathryn, se mirent à faire des bonds devant lui.

– Je peux leur en donner ?

– À moins que tu veuilles leur brosser les dents.

– Désolé, les amis, dit O'Neil. (Il lui tendit le plateau.) J'ai oublié la pomme, prof. Le thon fera l'affaire ?

Elle refusa l'offre en riant. Il se mit à manger, sans prendre la peine d'ajouter la sauce ni le condiment au wasabi. Il avait l'air très fatigué. C'était peut-être trop lui demander que d'ouvrir les deux emballages.

– Je voulais te demander une chose, dit Kathryn. Crois-tu que le shérif est d'accord pour que le CBI se charge de la chasse à l'homme ?

O'Neil posa les baguettes pour passer la main dans ses cheveux poivre et sel.

– Ma foi, je vais te dire… Quand mon père était au Vietnam, sa section était parfois chargée de déloger des Vietcongs planqués dans des souterrains. Il leur arrivait de tomber dans des pièges. D'autres fois, sur des ennemis. C'étaient les missions les plus dangereuses. Mon père en a gardé une espèce de peur dont il n'a jamais pu se défaire.

– De la claustrophobie ?

– Non. De la volontarophobie. Il a dégagé un tunnel, et il ne s'est jamais plus porté volontaire. Personne ne comprend pourquoi tu t'es précipitée là-dessus.

Elle se mit à rire.

– C'est ce que tu crois !

Et elle lui raconta comment Overby avait manœuvré pour s'emparer de l'affaire avant le CHP et le Bureau du shérif pour lequel O'Neil travaillait.

– Je me posais la question, c'est tout. Je dois dire que Fish nous manque autant qu'il vous manque.

Stanley Fishburne, le précédent directeur du CBI.

– Non, pas autant qu'à nous, dit Kathryn d'un ton définitif.

– D'accord, c'est probable. Mais pour répondre à ta question, tout le monde est ravi que tu sois là. Et que Dieu te garde.

Repoussant une pile de livres et de magazines, Kathryn étala devant eux les documents remis par Morton Nagle. Ils ne représentaient peut-être qu'une petite partie des livres, des coupures de presse et des notes accumulés dans le bureau de ce dernier, mais c'était tout de même impressionnant.

Elle trouva une liste des pièces à conviction et de divers objets trouvés chez Pell à Seaside après le meurtre des Croyton. Y figuraient une dizaine d'ouvrages consacrés à Charles Manson, plusieurs gros dossiers et une note du policier qui avait examiné la scène de crime : *Item* n° 23. Trouvé dans le carton contenant les livres sur Manson : *Trilby,* roman de George Du Maurier ; le livre a été lu de nombreuses fois. Notes abondantes dans les marges. Sans rapport avec l'affaire.

– Tu as déjà entendu parler de ce roman ? demanda-t-elle.

O'Neil était un grand lecteur, et les livres qui tapissaient les murs de son bureau appartenaient à tous les genres possibles. Mais il ne connaissait pas celui-ci.

Elle ouvrit son ordinateur et lança une recherche sur Internet.

– Voilà qui est intéressant. Ce George Du Maurier était le grand-père de Daphné Du Maurier.

Elle parcourut quelques résumés de livres.

– *Trilby,* apparemment, a été un véritable best-seller, le *Da Vinci Code* de son époque. Et qui était Svengali ?

– Je connais ce nom... Un hypnotiseur, je crois. C'est tout ce que je sais.

– Intéressant, décidément. C'est l'histoire d'un musicien raté, Svengali, qui fait la connaissance d'une chanteuse jeune et belle. Trilby est son prénom. Il tombe amoureux d'elle, mais comme elle ne veut pas de lui, il l'hypnotise. Elle a beaucoup de succès dans sa carrière, mais elle devient son esclave. À la fin, Svengali meurt et – comme Du Maurier pensait qu'un robot ne peut pas survivre à son maître – elle meurt aussi.

– Je suppose qu'il n'y a pas eu de suite à ce livre, dit O'Neil en feuilletant une liasse de notes. Est-ce que Nagle a une idée sur ce que Pell a l'intention de faire maintenant ?

– Pas vraiment. Il travaille à sa biographie.

Ils passèrent l'heure suivante à compulser des photocopies en cherchant des références à des lieux ou à des personnes susceptibles de leur faire comprendre pourquoi Pell avait choisi de rester dans la Péninsule. Les noms d'Alison et de Nimue ne figuraient nulle part.

Rien.

La plupart des bandes vidéo contenaient des extraits d'émissions télévisées sur Pell, sur le massacre des Croyton et sur Croyton lui-même, le flamboyant entrepreneur de Silicon Valley.

– Du sensationnel à tout prix, dit O'Neil.

– Sensationnel et superficiel, renchérit Kathryn.

Mais il y avait deux autres bandes, des interviews de policiers qu'elle trouva plus instructives. L'une des deux concernait un cambriolage raté vieux de treize ans.

— Qui sont tes parents les plus proches, Daniel ?

— Je n'ai pas de parents. Pas de famille.

— Ton père et ta mère ?

— Morts. Depuis longtemps. Je suis orphelin, disons.

— De quand datent leurs décès ?
— J'avais 16 ans. Mais mon père était déjà parti.
— Tu t'entendais bien avec ton père ?
— Mon père... c'est une sale histoire.

Pell décrivait ensuite ce père abusif, qui avait forcé son fils à payer son loyer depuis l'âge de 13 ans. Il le frappait quand il ne rapportait pas d'argent – et frappait aussi sa mère si elle tentait de défendre son fils. C'était pourquoi, expliquait-il, il s'était mis à voler. Le père les avait finalement abandonnés. Puis ses parents séparés étaient morts tous deux la même année, sa mère d'un cancer et son père dans un accident de voiture pour avoir conduit en état d'ivresse. À 17 ans, Pell s'était retrouvé seul et obligé de se débrouiller par lui-même.

— Et tu n'avais ni frère ni sœur ?
— Non, monsieur... J'ai toujours pensé que si j'avais eu quelqu'un avec qui partager ce fardeau, j'aurais pris une autre voie... Et je n'ai pas d'enfants, non plus. Je dois dire que je le regrette... Mais je suis jeune. J'ai encore le temps, n'est-ce pas ?
— Si tu rentres dans le droit chemin, Daniel, rien ne pourra t'empêcher de fonder un jour ta propre famille.
— Merci de me dire ça, officier. Sincèrement. Merci. Et vous, officier ? Vous avez une femme, des enfants ? Je vois que vous portez une alliance.

L'autre enregistrement d'interrogatoire venait d'une petite ville de Central Valley où, douze ans auparavant, Pell avait été arrêté pour un petit larcin.

— Écoute-moi bien, Daniel. Je vais te poser quelques questions. Tu vas pas nous mentir, maintenant, d'accord ? Ça ne te rendrait pas service.
— Non, monsieur, shérif. Je suis ici pour dire la vérité. Dieu m'entend.
— Si tu fais ça, on restera copains toi et moi. Alors, explique un peu comment tu t'es retrouvé avec la télé de Jake Peabody dans le coffre de ta voiture ?
— Je l'ai achetée, shérif. Je vous jure. Dans la rue, à ce Mexicain. On a discuté et il m'a dit qu'il avait besoin d'argent. Et que sa femme et lui avaient un gosse malade.

– Tu vois ce qu'il fait ? dit Kathryn.

O'Neil se borna à secouer la tête.

– Le policier du premier interrogatoire est un type intelligent. Il s'exprime bien, sans faire de fautes de syntaxe. Pell répond exactement sur le même registre. Et le deuxième policier ? Il n'a pas le même niveau d'instruction, il fait des fautes. Pell se met au diapason. C'est assez machiavélique.

Elle se tut un instant, en hochant la tête sans quitter le magnétophone des yeux.

– Pell maîtrise parfaitement les deux interrogatoires.

– Je ne sais pas... Je lui donnerai un petit 7 sur 10 pour sa façon de jouer la corde sensible. Je l'ai écouté sans éprouver la moindre sympathie.

– Voyons un peu...

Elle trouva les deux procès-verbaux de jugements que Nagle avait joints aux copies des bandes vidéo.

– Désolée, professeur. On lui a donné 10 sur 10. La première accusation de vol a été requalifiée en simple recel et s'est soldée par une remise en liberté. Et pour la seconde ? Même chose.

– Au temps pour moi !

Ils passèrent encore une demi-heure à étudier les documents. Sans résultat.

O'Neil jeta un coup d'œil à sa montre.

– Il faut que j'y aille.

Il se leva avec effort et elle le raccompagna à la porte. Il frictionna le crâne des deux chiens en sortant.

– Je compte sur toi à la fête pour Papa, demain.

– Espérons qu'on en aura fini d'ici là.

Il grimpa dans sa Volvo et elle le regarda s'éloigner dans la rue envahie par le brouillard.

Son téléphone sonna.

– Allô ?

– Bonjour chef !

Elle entendait à peine tellement la musique était forte.

– Vous ne pourriez pas baisser ça ?

– Il faudrait demander à l'orchestre. Vous avez des nouvelles de Juan ?

– Rien de plus.

– J'irai le voir demain… Écoutez…

– Je fais ce que je peux.

– Hum. La tante. Elle s'appelle Barbara Pell. Mais elle est complètement azimutée. Le toubib de Bakersfield a parlé de maladie d'Alzheimer. Elle ne sait pas l'heure qu'il est, mais il y a un genre d'atelier ou de garage derrière la maison avec des outils et d'autres affaires de Pell dedans. N'importe qui a pu y entrer et repartir avec le pied-de-biche. Les voisins n'ont rien vu. Surprise, surprise, surprise !

– C'était Andy Griffith ?

– Non, mais le même show. Gomer Pyle.

– La police de Bakersfield a mis la maison sous surveillance ?

– Affirmatif… Écoutez bien maintenant, j'ai gardé le meilleur pour la fin. À propos de Winston.

– De qui ?

– Winston Kellogg. Le type du FBI. Celui qu'Overby vous envoie comme baby-sitter.

Baby-sitter…

– Vous ne pourriez pas employer un autre mot ?

– Pour vous épauler. Vous avoir à l'œil.

– TJ !

– D'accord. Écoutez la suite. Il a 44 ans. Il habite à Washington, mais il vient de L.A. Il était dans l'armée avant.

Comme son mari, pensa-t-elle. Même âge, même passé militaire.

– Détective à Seattle avant d'intégrer le FBI. Il bosse avec une division chargée de la surveillance des sectes et des délits en rapport avec leurs activités. Ils poursuivent les gourous, gèrent les prises d'otages et arrêtent. Il a été formé à la suite de Waco.

L'affrontement entre les forces de police et les membres de la secte des Davidiens conduits par David Koresh s'était achevé tragiquement. Le bâtiment avait brûlé et la plupart de ses occupants, parmi lesquels de nombreux enfants, étaient morts.

– C'est une bonne recrue pour le Bureau. Il est un peu raide, mais il n'a pas peur de mettre les mains dans le cambouis. C'est ce que mon copain m'a dit, mais je ne sais pas précisément à quoi il pensait. Autre chose, chef. Ce nom, Nimue. Rien au fichier des immatriculations ni dans les bases de données de la police. J'ai fait une centaine de recherches sur des pseudos en ligne, et ça n'a rien donné. La plupart ne sont plus actifs ; ceux qui le restent appartiennent à des gamines débiles, 16 ans de moyenne d'âge. Elles sont européennes la plupart du temps, mais j'ai tout de même trouvé une variante qui me semble intéressante.

– Vraiment ? C'est quoi ?

– Un jeu de rôles en ligne. Vous connaissez ça ?

– Pour jouer avec un ordinateur ? L'une de ces grosses boîtes avec un tas de fils autour ?

– Un point pour vous, chef. Ça se situe au Moyen Âge et on extermine des trolls et des dragons et toutes sortes de créatures méchantes pour sauver des damoiselles. Un peu comme ce qu'on fait nous autres pour gagner notre croûte, quand on y réfléchit. Bref, je ne l'ai pas trouvé tout de suite parce que ça s'écrit N-i-X-m-u-e. Mais le jeu a le mot Nimue comme logo, avec un grand X au milieu. C'est l'un des jeux qui marchent le mieux en ce moment sur la Toile. Et il s'en vend des millions… Comme il est loin Ms. Pac-Man, qui me plaisait tant jadis !

– Je ne pense pas que Pell soit du genre à se passionner pour des jeux en ligne.

– C'est seulement le genre de type à assassiner un inventeur de logiciels.

– Bien vu. Voyez si vous trouvez quelque chose de ce côté-là. Mais je continue à penser qu'il s'agit d'un nom ou d'un pseudonyme.

– Vous en faites pas, chef. Je peux continuer à chercher, avec tout le temps libre dont je dispose grâce à vous.

– Quand vous n'écoutez pas de la musique ?

– Deux points.

Abandonnant pour un instant Dylan et Patsy à leurs occupations, Kathryn ressortit pour une inspection rapide des abords de la maison. Il n'y avait pas de voiture inconnue garée à proximité. Elle fit rentrer les animaux. Ils dormaient habituellement dans la cuisine, mais ce soir, ils resteraient dehors ; ils réagissaient bruyamment dès que quelqu'un approchait. Elle brancha aussi l'alarme qui équipait la porte et les fenêtres.

Elle alla dans la chambre de Maggie et l'écouta jouer une petite pièce de Mozart sur son clavier. Puis elle l'embrassa avant d'éteindre la lumière.

Elle s'assit quelques minutes pendant que Wes lui décrivait le nouveau qui venait d'arriver pour participer à son stage. Ils avaient disputé quelques parties ensemble dans la journée. Les parents du garçon, dit-il, étaient installés en ville depuis quelques mois.

– Ça te ferait plaisir de les inviter tous les trois demain, puisqu'on fête l'anniversaire de ton grand-père ?

– Non, je ne crois pas.

Depuis la mort de son père, Wes était devenu plus timide et plus solitaire.

– Tu en es sûr ?

– Plus tard, peut-être. Je ne sais pas... M'man ?

– Oui mon fils adoré.

Un soupir exaspéré.

– Alors ?

– Qu'est-ce que tu fais à cette heure avec ton arme ?

Les enfants... Ils ne laissent jamais rien passer.

– Je n'y ai plus pensé. Je vais tout de suite ranger ça.

– Tu me fais un peu de lecture ?

– Bien sûr. Dix minutes. Quel livre ?

– *Le Seigneur des anneaux.*

Il ouvrit le livre, hésita, le referma.

– M'man ?

– Oui ?

Mais rien ne vint. Kathryn crut deviner ce qu'il avait à l'esprit. Elle était prête à en parler s'il le voulait. Mais elle espérait que non ; la journée avait été longue.

– Rien, dit-il enfin, sur l'air de « il y a quelque chose, mais je ne veux pas en parler pour le moment ».

Il repartit pour Middle Earth.

– Où sont les hobbits ? demanda Kathryn, en montrant le livre.

– Dans le Shire. Les cavaliers les cherchent.

– Un quart d'heure.

– Bonne nuit, M'man.

Elle rangea son Glock dans le coffre-fort en changeant le code d'ouverture pour un numéro à trois chiffres qu'elle pouvait composer dans l'obscurité. Elle l'essaya, les yeux fermés. Il ne lui fallait pas plus de deux secondes.

Elle prit une douche, enfila un survêtement et se glissa sous l'épaisse couette, les soucis de la journée flottant dans la chambre comme le parfum de lavande du pot-pourri qui s'évaporait d'une coupelle posée à côté d'elle.

Où es-tu ? Elle pensait à Daniel Pell. Qui est ta complice ?

Que fais-tu à cet instant ? Es-tu en train de dormir ? Dans ta voiture, quelque part non loin d'ici, à la recherche de quelqu'un ou de quelque chose ? Te prépares-tu à tuer encore ?

Comment savoir ce que tu penses, ce que tu projettes de faire, pour quelle raison tu restes dans ces parages ?

Tout près de s'endormir, elle entendait encore des bribes des dialogues enregistrés qu'elle avait écoutés avec Michael O'Neil.

> — Et je n'ai pas d'enfants, non plus. Je dois dire que je le regrette. Mais je suis jeune. J'ai encore le temps, n'est-ce pas ?
>
> — Si tu rentres dans le droit chemin, Daniel, rien ne pourra t'empêcher de fonder un jour ta propre famille.

Kathryn rouvrit les yeux. Elle resta quelques minutes étendue et immobile, à contempler les motifs que dessinaient les ombres au plafond de la chambre. Puis elle se leva d'un bond et se dirigea vers le living-room.

– Retournez vous coucher ! dit-elle aux deux chiens.

Mais ils ne l'entendaient pas de cette oreille et continuèrent à l'observer pendant une bonne heure, attentifs à chacun de ses gestes, tandis qu'elle se plongeait à nouveau dans le carton de documents que Morton Nagle avait préparé pour elle.

Mardi

CHAPITRE 21

Kathryn Dance était avec TJ dans le bureau d'angle de Charles Overby. Une averse matinale battait contre les vitres. Les touristes croyaient qu'il régnait en permanence à Monterey un temps couvert entrecoupé de précipitations. Mais la région, en réalité, souffrait d'un terrible manque de pluie ; la grisaille n'était due qu'au brouillard caractéristique de la Côte Ouest. Ce jour-là, toutefois, il pleuvait pour de bon.

– J'ai quelque chose à vous demander, Charles.

– Quoi ?

– Votre accord pour les frais.

– Pour quoi ?

– On n'avance pas. Il n'y a aucune piste à partir de Capitola, le labo de la police n'a rien trouvé d'utile, on ne l'a plus vu depuis son passage à Moss Landing… et le pire, c'est qu'il est toujours dans le coin et que je ne sais pas où.

– C'est pour quoi, ces frais ?

– Je veux les trois femmes qui faisaient partie de la Famille.

– Vous allez les arrêter ? Je croyais qu'elles n'avaient rien à se reprocher ?

– C'est vrai. Mais je veux les interroger. Elles ont vécu avec lui. Elles doivent bien le connaître.

Si tu rentres dans le droit chemin, Daniel, rien ne pourra t'empêcher de fonder une famille…

L'idée lui était venue au souvenir de ces mots.

A + B + X…

– On veut une réunion de famille ! dit gaiement TJ.

Elle savait qu'il avait fait la fête jusqu'à une heure tardive, mais son visage rond, sous les boucles de cheveux roux, avait la fraîcheur d'une rose qui vient d'éclore.

Overby l'ignora.

– Mais pourquoi voudraient-elles nous aider ? Elles sont plutôt de son côté – vous ne croyez pas ?

– Non. J'ai déjà parlé à deux d'entre elles, et elles n'ont aucune sympathie pour Pell. Quant à la troisième, elle a changé de nom pour mettre cette période de sa vie derrière elle.

– Mais pourquoi les amener ici ? Vous ne pouvez pas les interroger chez elles ?

– Je veux les avoir ensemble. C'est un interrogatoire particulier. Il faut que leurs souvenirs réagissent les uns sur les autres. Je me suis couchée à deux heures du matin pour lire tout ce que j'avais sur elles. Rebecca n'est pas restée très longtemps dans la Famille – à peine quelques mois –, mais Linda a vécu avec Pell pendant un an, et Samantha deux ans.

– Vous leur en avez parlé, déjà ?

La question était un peu timide, comme s'il avait craint un piège.

– Non. Je voulais vous voir d'abord.

Il parut satisfait qu'on n'ait pas tenté de le manipuler. Il répondit néanmoins, en secouant la tête :

– Les billets d'avion, la protection, le transport… c'est beaucoup de paperasserie. Je ne sais pas si je pourrai faire accepter ça. C'est trop exceptionnel. (Avisant un fil qui dépassait de sa manchette, il tira dessus.) Je crains de ne pas pouvoir vous suivre. Je suis certain qu'il est en route pour l'Utah à l'heure qu'il est. Après la peur qu'il a eue à Moss Landing… Il faudrait qu'il soit fou pour rester par ici. On a une surveillance en place, là-bas ?

– Oui, répondit TJ.

– Ça va bien se passer dans l'Utah.

Ce qui signifiait, comme Kathryn le comprit, *ils* l'arrêteront et tout le mérite sera pour le CBI, sans pertes supplémentaires de vies humaines en Californie.

– Charles, je suis certaine que l'Utah est une fausse piste. Il ne nous attendra pas là-bas, et…

– À moins, dit son patron d'un air triomphant, qu'il s'agisse d'un piège à double détente. Réfléchissez !

– J'ai réfléchi, et ça ne correspond pas à la personnalité de Pell. Je persiste à croire que mon idée…

Une voix s'éleva derrière elle.

– Je peux savoir quelle est cette idée ?

Kathryn se retourna. L'homme portait un complet sombre sur une chemise bleu pâle assortie d'une cravate à rayures bleues et noires. Il n'était pas d'une beauté classique – il avait un soupçon de brioche, les oreilles décollées, et s'il regardait à ses pieds, on risquait de voir apparaître un double menton. Mais une lueur amusée brillait dans ses yeux bruns qui ne cillaient pas, et une masse de cheveux du même brun lui tombait sur le front. Son attitude comme son apparence suggéraient un caractère facile. Un léger sourire se devinait sur ses lèvres minces.

– Vous désirez quelque chose ? demanda Overby.

L'homme avança d'un pas pour lui présenter sa carte du FBI. Agent spécial Winston Kellogg.

– Le baby-sitter est arrivé, souffla TJ, la main devant sa bouche.

Kathryn fit celle qui n'entendait pas.

– Charles Overby. Heureux de vous voir, agent Kellogg.

– Je vous en prie, appelez-moi Win. Je travaille avec l'Unité cultes et sectes. Sans rire.

Kathryn se mit pourtant à rire.

– Kathryn Dance.

– Et moi, c'est TJ.

– Comme Thomas Jefferson ?

– Pas Jefferson, Scanlon, rectifia TJ avec un sourire énigmatique.

Kathryn elle-même ne connaissait pas son nom complet.

– Je tiens à vous dire tout de suite quelque chose, reprit Kellogg, en s'adressant aux agents du CBI. D'accord, j'appartiens à la police fédérale. Mais il n'est pas question pour moi de marcher sur les plates-bandes de qui que ce soit. Je suis ici comme conseiller – pour vous aider autant que je le pourrai à comprendre ce que pense Daniel Pell et ce qu'il fait. Disons que vous conduisez et que je voyage à l'arrière.

Sans lui faire pour autant confiance à cent pour cent, Kathryn lui sut gré de parler ainsi. Ce n'était pas si fréquent dans ce milieu où le choc des ego prenait une telle importance.

– Je comprends, et je vous remercie, dit Overby.

Kellogg se tourna vers le patron du CBI.

– Je dois dire que vous avez eu une excellente idée, hier, en le cherchant dans les restaurants. Je n'y aurais pas pensé moi-même.

Overby hésita une seconde avant de répondre :

– En fait, comme je crois l'avoir dit à Amy Grabe, *c'est Kathryn* qui a eu cette idée.

TJ se racla discrètement la gorge et Kathryn n'osa pas le regarder.

– En tout cas, c'était bien vu, dit l'homme du FBI en la regardant. Et que proposiez-vous à l'instant ?

Elle le lui expliqua.

Il hocha la tête, approbateur.

– Réunir la Famille. Bien. Très bien. Elles ont été déconditionnées, depuis. Même si elles ne sont pas passées par des psys, le temps aura effacé toutes traces du syndrome de Stockholm. Je ne pense pas qu'elles lui seront encore fidèles. Il faut faire ça, donc.

Il y eut un moment de silence. Kathryn n'était pas disposée à aider Overby à se sortir d'affaire.

– *C'est* une bonne idée, dit-il finalement. Sans aucun doute. Le seul problème, c'est le budget. Voyez-vous, nous avons récemment...

– Nous paierons, l'interrompit Kellogg.

Il n'en dit pas plus, se contentant de regarder Overby.

Kathryn avait envie de rire.

– Vous ?

– Je demanderai un jet pour les amener ici, au besoin. Ça vous va comme ça ?

Le patron du CBI, pris de court et privé du seul argument qu'il pouvait avancer, s'inclina avec un sourire forcé.

– Pourquoi refuserions-nous un tel cadeau à l'Oncle Sam ? Merci, *amigo*.

Michael O'Neil entra dans le bureau de Kathryn Dance, où celle-ci se trouvait déjà en compagnie de TJ et Kellogg. Il serra la main de l'agent du FBI et ils se présentèrent mutuellement.

– Il n'y a plus rien à attendre des relevés qui ont été faits à Moss Landing, annonça O'Neil. Mais on a un espoir du côté des champs et des vignobles. Par ailleurs, on fait tester des échantillons de produits par les services de santé au cas où il aurait mis de l'acide sur certains.

Il expliqua à Kellogg qu'on avait découvert des traces d'acide dans l'épave de la Thunderbird.

– Pourquoi aurait-il fait ça... Vous avez une idée ?

– Pour créer une diversion. Ou par simple désir de faire du mal.

– Je ne suis pas un spécialiste des pièces à conviction, mais il pourrait y avoir une piste de ce côté-là.

Kathryn nota que l'agent du FBI avait écouté O'Neil avec beaucoup d'attention, comme quelqu'un qui se concentre pour mémoriser toutes les informations.

Puis il dit :

– Je peux peut-être vous aider à mieux comprendre la mentalité de ces sortes de gourous. Nous avons, avec les gens de mon unité, établi un profil type et je suis certain qu'il correspond à Pell sur certains points. J'espère qu'à partir de là vous serez mieux à même de définir une stratégie.

– Sans doute, dit O'Neil. Je crois qu'on n'a jamais eu affaire à quelqu'un comme lui.

Kellogg s'appuya au bureau de Kathryn.

– D'abord, nous considérons les adeptes de sectes comme des victimes, ce qu'ils sont certainement. Mais nous devons toujours avoir à l'esprit qu'ils peuvent être aussi dangereux que leur chef. Charles Manson n'était même pas présent lors du massacre de Sharon Tate et de ses amis. Ce sont ses adeptes qui ont tué. S'agissant du gourou, ou chef de secte, je suis tenté d'employer le masculin, mais les femmes peuvent se révéler tout aussi efficaces et impitoyables que des hommes. Et souvent plus retorses. Voici donc le profil type. Le chef ne reconnaît aucune autorité hormis la sienne. Il commande sans partage. Il décide minute par minute de ce que font les adeptes. Il leur assigne des tâches et les tient occupés en permanence, même si ça ne sert à rien. Ils n'ont pas un instant à eux, jamais le temps de penser par eux-mêmes. Le chef crée sa propre morale, fondée sur tout ce qui est bon pour lui et tout ce qui vise à perpétuer le culte. Les règles et les lois de la société environnante sont caduques. Il amène ses adeptes à penser qu'il est moralement juste de faire tout ce qu'il leur ordonne ou suggère. Les « bons » gourous sont maîtres dans l'art de transmettre leurs messages de façon très subtile, de sorte que même quand ils sont pris et que leurs discours sont enregistrés, ceux-ci ne les incriminent pas directement. Mais les adeptes comprennent ce qui est dit entre les lignes. Les gourous inculquent à leurs adeptes une morale en noir et blanc : il y a eux et nous. La secte a raison et tout ce qui n'est pas la secte a tort et veut les détruire. Ils ne tolèrent aucun écart par rapport au culte. Ils prennent des positions extrêmes, choquantes, et attendent que les adeptes les interrogent, pour tester leur loyauté. Les sujets doivent donner au gourou tout ce qu'ils possèdent – temps et argent compris.

Kathryn pensa à l'échange via Internet entre Pell et sa complice.

– Apparemment, la femme qui l'accompagne a entièrement financé son évasion, dit-elle.

– Les adeptes doivent aussi mettre leur corps à la disposition du gourou, poursuivit Kellogg en hochant la tête. Et parfois, lui donner leurs enfants. Il exerce sur tous un contrôle absolu. Ils doivent renoncer à leur passé. Il leur donne de nouveaux noms, qu'il choisit lui-même. Les sectes recrutent de préférence des personnes seules et vulnérables et profitent de leurs faiblesses. Elles les amènent à abandonner leur famille et leurs amis quand elles en ont. Ces personnes finissent par voir dans le gourou leur seul appui et leur unique moyen d'existence. Bon... Je pourrais continuer comme ça pendant des heures, mais vous devez déjà vous faire une idée de la façon dont ce type fonctionne.

Kellogg leva les mains. Il faisait penser à un professeur achevant son cours.

– Quels enseignements pouvons-nous tirer de ce portrait ? Il nous permet, d'abord, de repérer certains points faibles. Le métier de gourou n'est pas de tout repos. Il faut surveiller sans cesse ses adeptes, se méfier des dissensions, les éradiquer au premier signe. En cas d'influences extérieures – dans la rue, par exemple –, le gourou est particulièrement méfiant. Une fois chez lui, dans son propre environnement, il peut se détendre. Il est donc moins prudent et plus vulnérable.

– Vous avez vu ce qui s'est passé au restaurant. Il était en public, donc sur ses gardes. S'il avait été chez lui, vous auriez probablement réussi à l'arrêter.

– Ceci a une autre implication : cette femme, sa complice, estime qu'il a raison d'un point de vue moral, ce qui justifie tous ses actes, aussi bien l'évasion que le fait de tuer. Ça signifie qu'on ne peut compter sur aucune aide de sa part, et qu'elle est aussi dangereuse que lui. Oui, c'est une victime, mais ça ne l'empêchera pas de tuer à son tour si elle en a l'occasion... Enfin, ce ne sont que des considérations générales.

Kathryn jeta un coup d'œil à O'Neil. Elle comprit qu'il réagissait comme elle : ils étaient impressionnés par la bonne connaissance qu'avait Kellogg de sa spécialité. Charles Overby avait peut-être, pour une fois, pris une bonne décision, même s'il ne l'avait fait que pour se couvrir. Cependant, à la lumière de ce qu'elle venait d'entendre, elle était atterrée. Elle s'était rapidement fait une idée de l'intelligence du tueur, mais si le portait qu'en faisait Kellogg était juste, cet homme représentait une terrible menace.

Elle remercia Kellogg et la réunion prit fin. O'Neil voulait se rendre à l'hôpital au chevet de Millar, et TJ était chargé de trouver un bureau temporaire pour l'agent du FBI.

Kathryn prit son portable et retrouva le numéro de Linda Whitfield dans la liste des derniers appels.

– Ah, agent Dance… Vous avez du nouveau ?

– Non, hélas.

– J'écoute la radio… Il paraît que vous avez failli l'attraper, hier ?

– C'est exact.

Un murmure. Elle priait encore, pensa Kathryn.

– Madame Whitfield ?

– Je suis là.

– J'ai quelque chose à vous demander, mais je voudrais que vous preniez le temps de réfléchir avant de répondre.

– Allez-y.

– Nous voudrions vous faire venir ici pour nous aider.

– Quoi ?

– Daniel Pell est un mystère pour nous. Nous sommes à peu près certains qu'il se trouve toujours sur la Péninsule. Mais nous ne comprenons pas pourquoi. Personne ne le connaît mieux que vous, Samantha et Rebecca. Nous comptons sur vous pour y voir plus clair.

– Elles viennent, les autres ?

– Vous êtes la première à qui j'en parle.

Un silence.

– Je ne vois pas ce que je pourrais faire.

– Je veux parler de lui avec vous. Peut-être que dans la discussion, vous penserez à quelque chose qui nous permettra de savoir ce qu'il va faire, où il va aller.

– Mais je suis sans nouvelles de lui depuis sept ou huit ans !

– Il a pu dire quelque chose, à l'époque, qui nous donnera un indice. Il prend un énorme risque en restant près d'ici. Je suis certaine qu'il a une raison.

– Eh bien…

Kathryn savait très bien comment fonctionnent les processus mentaux de défense. Elle savait que la femme cherchait fiévreusement des raisons à avancer pour refuser de faire ce qu'on lui demandait. Elle ne fut pas surprise de l'entendre dire :

– Le problème, c'est que j'aide mon frère et ma belle-sœur à s'occuper des enfants qu'ils prennent en garde. Je ne peux pas m'en aller comme ça.

Kathryn se rappelait qu'elle habitait avec le couple. Elle lui demanda s'ils ne pouvaient pas s'occuper des enfants un jour ou deux.

– Ça ne sera pas plus long, ajouta-t-elle.

– Je ne pense pas qu'ils le pourront, non.

Le verbe « penser » a une signification importante pour les spécialistes de l'interrogatoire. C'est un indicateur de dénégation, tout comme « Je ne me rappelle pas », ou « probablement pas ». Il signifie : Je me dérobe mais je ne dis pas carrément non. Le message, pour Kathryn, était que le couple *pouvait* s'occuper des enfants.

– Je sais que c'est beaucoup vous demander. Mais nous avons besoin de votre aide.

Après une nouvelle hésitation, la femme avança un deuxième prétexte :

– Et même si je pouvais venir, je n'ai pas d'argent pour payer le voyage.

– Nous vous enverrons un jet privé.

– Privé ?

– Oui. Un avion du FBI.

– Pas possible !

Kathryn récusa le troisième prétexte avant de l'entendre :

– Et votre sécurité sera assurée. Personne ne saura que vous êtes ici, et vous serez protégée vingt-quatre heures sur vingt-quatre. S'il vous plaît. Allez-vous nous aider ?

Silence, à nouveau.

– Il faut que je demande.

– À votre frère, à votre patron ? Je peux les appeler et…

– Non, non, je ne voulais pas dire à eux. À Jésus.

– Ah… Hum. Très bien.

Comme elle se taisait à nouveau, Kathryn lui dit :

– Vous pensez régler ça avec lui assez rapidement ?

– Je vais vous rappeler, agent Dance.

Kathryn appela Winston Kellogg pour le prévenir qu'il leur fallait attendre l'intervention divine. La chose eut l'air de l'amuser.

– C'est une communication à longue distance, observa-t-il.

Kathryn décida qu'Overby ne saurait pas de qui ils attendaient maintenant la permission.

Cette « réunion familiale » était-elle une bonne idée, finalement ?

Elle appela l'association Initiatives au féminin à San Diego. On lui passa Rebecca Sheffield.

– Bonjour, c'est Kathryn Dance à nouveau. Je vous appelle de Monterey. Je...

Rebecca l'interrompit.

– J'ai regardé la télé depuis hier. Que s'est-il passé ? Vous avez failli l'avoir et il s'est échappé ?

– En effet.

– Alors, vous avez compris ?

– Compris quoi ?

– Le feu au tribunal. Le feu à l'usine électrique. Deux fois le feu. Vous voyez ? Il a trouvé un truc qui marche, alors il le refait.

C'était exactement ce qu'elle s'était dit. Elle ne se défendit pas, et se borna à répondre :

– Des évadés comme lui, on n'en voit pas tous les jours.

– Je ne vous le fais pas dire.

– Madame Sheffield, je voulais...

– Attendez. Je veux d'abord vous dire quelque chose.

– J'écoute, dit Kathryn, vaguement inquiète.

– Ne m'en veuillez pas, mais vous autres policiers, vous ne savez pas où vous allez. Vous devriez peut-être assister à l'un de mes séminaires. Je leur apprends à se faire respecter sur leur lieu de travail. Un tas de filles s'imaginent qu'il suffit de boire un coup avec les copines et de déblatérer sur leurs crétins de patrons ou leurs ex ou leurs petits copains qui les traitent comme des moins que rien, et que ça passera comme ça. Eh bien, justement, c'est pas comme ça que ça marche. On ne peut pas passer son temps à se ramasser, on ne s'en sort pas en improvisant.

– Je...

– Premièrement, on identifie le problème. Exemple : vous n'êtes pas bien avec le type qui vous sort. Deuxièmement, on identifie les *faits* qui sont à l'origine du problème. Il y en a un qui vous a violée avant celui-là. Troisièmement, on travaille la solution. Vous ne vous précipitez pas pour sortir avec le premier venu comme si vous n'aviez peur de rien. Vous ne vous recroquevillez pas dans votre coin en faisant un trait sur les hommes. Vous planifiez les opérations : on commence doucement, on ne les voit qu'au déjeuner et dans des lieux publics, on élimine les costauds, ceux qui envahissent votre espace personnel, ceux qui boivent, etc., etc. Vous voyez ce que je veux dire. Puis, tout doucement, on élargit le cercle des rencontres. Au bout d'un mois, six mois ou un an, le problème est résolu. On a trouvé la solution et on s'y tient. Vous voyez ce que je veux dire ?

– Oui, je vois.

Kathryn pensa deux choses : premièrement, que les séminaires de cette femme faisaient certainement fureur. Deuxièmement, que dans la vie courante elle ferait tout pour éviter quelqu'un comme Rebecca Sheffield. Et elle se demanda si elle avait achevé sa conférence.

Ce n'était pas le cas. Elle reprenait son souffle.

– Bon. Aujourd'hui j'ai un séminaire et je ne peux pas l'annuler. Mais si vous ne l'avez pas arrêté d'ici demain matin, je viens. Je pourrai me rappeler un certain nombre de choses qui datent de huit ans mais qui vous aideront. À moins qu'il y ait un obstacle du point de vue légal ou juridique ?

– Non, non, pas du tout. C'est une bonne idée.

– Parfait. Excusez-moi, je dois vous quitter maintenant. Vous aviez quelque chose à me demander ?

– Rien d'important. Espérons que tout se passera bien, mais sinon, je vous appelle pour organiser votre venue ici.

– C'est une affaire qui marche, dit Rebecca Sheffield, d'un ton pressé, avant de raccrocher.

CHAPITRE 22

Au motel Sea View, Daniel Pell releva la tête au-dessus du clavier de l'ordinateur de Jennie et vit celle-ci s'avancer vers lui avec des mines langoureuses.

Elle émit un bref ronronnement et dit :

– Reviens te coucher, mon chou. Baise-moi.

Pell interrompit sa liaison Internet, changea d'écran pour qu'elle ne voie pas ce qu'il cherchait et passa un bras autour de sa taille mince.

Les hommes et les femmes exercent tous les jours leur pouvoir les uns sur les autres. Pour les hommes, au début, c'est plus difficile. Ils doivent se frayer un chemin à travers les défenses de la femme, établir de subtiles connexions, trouver ce qu'elle aime, ce qui lui déplaît ou ce dont elle a peur, toutes choses qu'elle s'efforce de leur cacher. Il fallait parfois des semaines ou même des mois pour assurer une prise. Mais une fois qu'on la tenait, on était le maître, aussi longtemps qu'il le voulait.

Oh, on est pareils, toi et moi, deux âmes qui se comprennent...

Une femme, de son côté, avait des seins et une chatte et il lui suffisait de les approcher d'un homme pour lui faire faire à peu près n'importe quoi. Les problèmes, pour elle, venaient ensuite. Après le sexe, son pouvoir disparaissait des écrans.

Jennie Marston avait eu plusieurs fois l'occasion d'exercer le pouvoir depuis l'évasion de Pell, indubitablement : sur le siège avant de la Thunderbird, au lit, jupe retroussée et jambes en l'air, et – de façon moins frénétique et plus agréable – par terre avec certains accessoires qui plaisaient beaucoup à Daniel Pell. (Jennie, bien sûr, n'appréciait guère ces pratiques sexuelles très particulières, mais sa répugnance à y consentir était infiniment plus excitante que si elle y avait pris du plaisir.)

Son charme, toutefois, avait vite cessé d'agir sur lui. Mais un bon maître ne laisse jamais paraître son indifférence à l'égard d'un élève. Pell sourit et parcourut son corps du regard comme s'il était terriblement tenté.

– Je le voudrais bien si je le pouvais, ma jolie. Mais tu m'as épuisé. D'ailleurs, tu vas faire quelque chose pour moi.

– Moi ?

– Oui. Comme ils savent maintenant que je suis là, il va falloir que tu t'y mettes.

On disait aux informations qu'il était sans doute resté à proximité du lieu de son évasion et devait redoubler de prudence.

– Bon, d'accord. Mais je préférerais baiser avec toi.

Elle accompagna la phrase d'une petite moue. Elle appartenait sans doute à cette catégorie de femmes qui pensent que les hommes aiment les entendre parler cru. Mais ce qui l'attendait était autrement important.

– Va te couper les cheveux, lui dit-il.

– Mes cheveux ?

– Oui. Et teins-les, aussi. On t'a vue au restaurant. J'ai acheté de la teinture pour toi à la boutique mexicaine. Tu seras brune.

Tout en parlant, il avait sorti une boîte du sac.

– Oh. J'ai cru que c'était pour toi.

Elle sourit timidement en attrapant une mèche qu'elle tordit entre ses doigts.

Daniel Pell n'avait d'autre objectif que de la rendre plus difficilement reconnaissable. Il comprit, cependant, que ce n'était pas aussi simple pour elle. Après le précieux chemisier rose, les cheveux… Il se souvint de Jennie, assise à l'avant de la Thunderbid telle qu'il l'avait vue pour la première fois, en train de se brosser fièrement les cheveux.

Ah, tout ce qu'on laisse échapper comme information…

Elle ne voulait pas couper ses cheveux. En fait, elle ne le voulait *vraiment* pas. Il supposa qu'elle les avait laissés pousser à une certaine longueur pour se protéger de la mauvaise image qu'elle avait d'elle-même. Comme une revanche pathétique sur sa poitrine plate et cette bosse qui lui déformait le nez.

Jennie restait sur le lit. Elle laissa passer un moment avant de dire :

– Chéri, c'est d'accord, je vais les couper. Puisque ça te fait plaisir. (Un silence, puis…) Mais je me disais qu'on ferait peut-être mieux de partir tout de suite, tu ne crois pas ? Après ce qui s'est passé au restaurant ? S'il t'arrivait quelque chose, je ne m'en remettrais pas… Alors écoute, on prend une autre voiture et on se tire à Anheim ! On aura la belle vie, là-bas. Je t'assure ! Je te rendrai heureux. J'ai de l'argent. Tu pourras rester à la maison et te faire oublier.

– Ce serait super, ma jolie. Mais on ne peut pas partir. Pas encore.

– Ah.

Elle voulait une explication. Il lui dit seulement :

– Vas-y. Coupe-les. (Et il ajouta dans un murmure.) Et coupe-les court. Très court.

Il lui tendit les ciseaux. Elle les prit d'une main tremblante.

– D'accord, dit-elle, en se dirigeant vers la petite salle de bains.

Elle y entra, alluma la lumière. Parce que les gestes lui venaient naturellement après avoir travaillé dans un magasin de coiffure, ou parce qu'elle voulait gagner du temps, elle passa un moment à redresser des mèches avant d'y porter les ciseaux. Elle se regardait fixement dans le miroir. Puis elle ferma à demi la porte.

Pell s'approcha du lit et s'y assit à un endroit d'où il pouvait la voir. Malgré ce qu'il avait dit un instant plus tôt, il sentit le sang qui lui montait au visage et le désir qui s'emparait de lui.

Vas-y, ma jolie. Coupe !

Les larmes roulant sur ses joues, elle saisit une touffe de cheveux et se mit à couper. Elle s'essuya le visage, et recommença. Elle prenait une profonde inspiration avant chaque coup de ciseaux.

Pell s'était penché en avant et ne la quittait pas des yeux.

Il retira son pantalon, puis son caleçon. Sa main se referma sur son sexe.

Jennie se hâtait maintenant. Elle essayait de faire bien. Mais elle devait souvent s'interrompre pour retenir sa respiration afin de ne pas pleurer et essuyer ses larmes.

Pell ne la lâchait plus des yeux.

Son souffle s'accéléra. Coupe, ma jolie, coupe !

Il fut tout près d'exploser à une ou deux reprises mais parvint *in extremis* à ralentir.

C'était lui, tout de même, qui maîtrisait la situation.

L'hôpital de Monterey Bay se trouve dans un endroit magnifique, à l'écart de la route 68 – une route aux multiples aspects, qui se fait tantôt voie rapide, tantôt artère commerciale et même rue de village pour aller de Pacific Grove à Salinas, en traversant Monterey. On est ici au cœur de la région chère à John Steinbeck.

Kathryn Dance connaissait très bien cet hôpital. Elle y avait déjà conduit son fils et sa fille, y avait tenu la main de son père pendant qu'on l'endormait avant son pontage artériel au service de cardiologie, et avait longuement veillé auprès d'un collègue du CBI qui luttait pour survivre après avoir reçu trois balles dans la poitrine.

Une autre fois elle était venue à la morgue, pour reconnaître le corps de son mari.

L'hôpital était construit sur des collines boisées à proximité de Pacific Grove. Il se composait de bâtiments bas, séparés par des jardins soigneusement entretenus, et comme il y avait de la forêt tout autour, les patients se réveillaient parfois d'une opération pour voir des oiseaux-mouches en suspension derrière les vitres ou les yeux fendus d'une biche en train de les observer.

Le service de soins intensifs dans lequel se trouvait Millar, toutefois, ne bénéficiait pas d'un tel cadre. Pour toute décoration, des listes de numéros de téléphone ou des directives incompréhensibles placardées aux murs et une accumulation de matériel médical purement fonctionnel. Il se trouvait dans une petite cellule vitrée interdite aux visiteurs en raison des risques d'infection.

Kathryn rejoignit Michael O'Neil derrière la vitre. Leurs épaules se touchaient. Elle eut une envie soudaine de lui prendre le bras. Et n'en fit rien.

Elle regarda le détective blessé et revit son sourire timide dans le bureau de Sandy Sandoval.

Les spécialistes de scène de crime adorent faire joujou avec leurs appareils… *J'ai entendu ça quelque part.*

– Il n'a pas parlé depuis que vous êtes là ? demanda-t-elle.

– Non. Il est ailleurs.

Les blessures, les pansements… Kathryn se dit qu'il valait mieux, à vrai dire, être ailleurs. Beaucoup mieux.

Ils retournèrent dans la salle d'attente. Des parents de Millar s'y trouvaient – son père et sa mère, un oncle et deux de ses tantes, à ce qu'elle comprit des présentations. Ils avaient des visages fermés. Elle leur dit sa peine et sa sympathie.

– Katie…

Elle se retourna. La femme qui venait de parler était petite et assez forte, avec des cheveux gris très courts et de grosses lunettes. Elle portait une blouse de couleurs vives, et la plaque qui pendait à son cou la désignait comme E. Dance, du service de cardiologie.

– Bonjour, M'man.

O'Neil et Edie Dance se saluèrent d'un sourire.

– Il y a du nouveau ? demanda Kathryn.

– Pas vraiment.

– Il n'a toujours rien dit ?

– Rien d'intelligible. Vous avez vu le docteur Olson, qui s'occupe des grands brûlés ?

– Non, répondit Kathryn. J'arrive à l'instant. Comment va Millar exactement ?

– Il s'est encore réveillé plusieurs fois. Il a un peu bougé, ce qui nous a surpris. Mais comme il est sous morphine, il n'a pas pu répondre de manière sensée à l'infirmière qui lui posait des questions. (Son regard se posa un instant sur le patient enfermé dans sa cellule de verre.) Je n'ai pas lu de diagnostic officiel, mais il ne peut pas être bon. Il ne reste pas beaucoup de peau sous ses pansements. Je n'avais jamais vu un tel cas de brûlure.

– C'est donc si grave ?

– J'en ai peur. Où en êtes-vous avec Pell ?

– On manque de pistes. Il est toujours dans les parages, mais on ne sait pas pourquoi.

– Tu maintiens la fête pour l'anniversaire de ton père, ce soir ?

– Bien sûr. Les enfants l'attendent. Il faudra peut-être que je m'éclipse un moment. Mais je tiens à ce qu'elle ait lieu.

– Vous serez là, Michael ?

– Oui, j'y compte. Si je peux.

Le bipeur d'Edie sonna. Elle y jeta un coup d'œil.

– Je dois retourner en cardio. Je vais voir le docteur Olson et je lui demanderai de passer vous donner des nouvelles.

Sa mère partie, Kathryn se tourna vers O'Neil, qui hocha la tête. Il montra son insigne à une infirmière du service des soins intensifs qui leur donna des blouses et des masques. Ils entrèrent dans la cellule vitrée. O'Neil resta debout tandis que Kathryn approchait une chaise du lit et se penchait sur le patient.

– Juan, c'est Kathryn. Vous m'entendez ? Michael est là, aussi.

– Salut, collègue !

– Juan ?

L'œil droit, qui n'était pas recouvert, ne s'ouvrit pas. Mais Kathryn crut voir frémir la paupière.

– Vous m'entendez ?

Nouveau frémissement.

– Juan, dit O'Neil, d'un ton calme et décidé. Je sais que tu souffres. On va veiller à ce que tu reçoives les meilleurs soins possibles.

– On veut ce type, dit Kathryn. On le veut absolument. Il est encore dans les parages.

La tête du patient bougea imperceptiblement.

– On a besoin de savoir si vous avez vu ou entendu quelque chose qui pourrait nous aider. On ne connaît pas ses intentions.

La tête de Juan bougea à nouveau. Et Kathryn vit remuer aussi son menton sous le bandage.

– Vous avez vu quelque chose ? Hochez la tête si vous avez vu ou entendu quelque chose.

Plus un mouvement.

– Juan, reprit-elle. Si vous…

– Eh ! lança une voix d'homme dans le couloir. Qu'est-ce que vous faites, bon sang ?

Elle pensa d'abord que c'était le médecin et que sa mère allait avoir des ennuis pour l'avoir laissée dans la cellule sans surveillance. Mais il s'agissait d'un jeune Latino-Américain en costume-cravate.

– Julio, dit O'Neil.

L'infirmière accourut.

– Non, non, s'il vous plaît, fermez la porte ! Vous ne pouvez pas rester là sans masque…

La repoussant d'un geste, il s'adressa à nouveau à Kathryn.

– Vous *l'interrogez*, dans l'état où il est ?

– Kathryn Dance, du CBI. Votre frère sait peut-être quelque chose au sujet de celui qui a fait ça. Il peut nous aider.

– Il ne risque pas de vous aider si vous le tuez !

– J'appelle la sécurité si vous ne fermez pas immédiatement cette porte ! dit l'infirmière d'une voix forte.

Julio ne bougea pas. Kathryn et O'Neil sortirent de la chambre en refermant la porte derrière eux.

Dans le couloir, le frère se planta devant Kathryn, le visage tout près du sien.

– C'est pas croyable ! Vous ne respectez même pas…

– Julio ! dit le père de Millar, en s'avançant vers son fils.

Il était vêtu d'une chemise à manches courtes et d'un pantalon kaki. Sa femme, petite et boulotte, ses cheveux d'un noir de jais en désordre, le rejoignit.

Mais Julio ne voyait que Kathryn.

– C'est tout ce qui vous intéresse, hein ? Qu'il vous dise ce que vous voulez savoir, et il pourra bien crever ensuite ?

Elle gardait son calme, consciente d'avoir devant elle un jeune homme qui ne se maîtrisait plus. Cette colère n'était pas dirigée contre elle personnellement.

– Nous voulons arrêter celui qui lui a fait ça.

– Mon fils, je t'en prie, dit la mère en lui prenant le bras. Tu nous fais honte !

– Honte ? répéta le jeune homme, d'un ton moqueur. (Il se retourna vers Kathryn.) Je me suis renseigné. J'ai parlé avec des gens. Je sais ce qui s'est passé. Vous l'avez envoyé au casse-pipe.

– Pardon ?

– Vous l'avez envoyé au rez-de-chaussée du tribunal au moment où ça brûlait.

Elle sentit O'Neil qui se crispait, mais il se retint. Il connaissait assez Kathryn pour savoir qu'elle tenait à se défendre toute seule. Elle se rapprocha de Julio.

– Vous êtes bouleversé, complètement hors de vous. Si nous…

– C'est *lui* que vous avez choisi, et pas un autre ! Pas ce Blanc, là. Pas l'un de vos gars du CBI ! Vous avez pris le Chicano, et vous l'avez envoyé…

– Julio, intervint le père, d'un ton sévère. Ne dis pas des choses pareilles.

– Justement, je vais vous dire quelque chose à propos de mon frère ! Vous savez qu'il a essayé d'entrer au CBI ? Et qu'on ne l'a pas pris parce qu'on ne voulait pas de gens comme lui ?

C'était absurde. Il y avait un fort pourcentage de Latino-Américains dans les différents corps de police de Californie, y compris au CBI. La meilleure amie de Kathryn, Connie Ramirez, affectée à la Section criminelle, avait plus de décorations que n'importe quel agent de toute l'histoire du Bureau central.

Mais la colère de Julio n'avait rien à voir avec ces sortes de statistiques. Il craignait pour la vie de son frère. Kathryn avait une longue expérience de la colère. Comme le déni et la dépression, ce n'était qu'une réaction au stress. Face à un sujet en proie à une telle crise, le mieux est d'attendre qu'il se lasse. Personne ne peut se maintenir longtemps dans un état de colère extrême.

– Il n'était pas assez bon pour travailler avec vous, mais assez pour qu'on l'envoie au feu !

– Julio, s'il te plaît, supplia sa mère. C'est parce qu'il a de la peine... N'écoutez pas ce qu'il dit.

– Tais-toi, maman ! En disant ça, toi, tu les autorises à faire des saloperies !

– Ça suffit ! cria le père, en prenant à son tour Julio par le bras.

Le jeune homme se dégagea d'une secousse.

– Je vais appeler les journaux. Et la radio, et la télé ! Ils enverront des journalistes et tout le monde saura ce que vous avez fait. Ça sera aux infos sur toutes les chaînes !

– Julio... commença O'Neil.

– Toi, Judas, ferme-la ! Vous étiez ensemble, vous allez payer ensemble !

– Est-ce qu'on peut discuter un moment, entre nous ? demanda Kathryn.

– Et voilà ! Vous avez la frousse, maintenant !

Elle fit un pas de côté.

Prêt à se battre, Julio lui faisait face en brandissant son téléphone comme un poignard, penché dans sa zone *proxémique*.

Il en fallait plus pour impressionner Kathryn Dance. Elle ne bougea pas d'un pouce et le regarda droit dans les yeux.

– J'ai beaucoup de peine pour votre frère, et je sais que c'est terrible pour vous. Mais je n'accepte pas les menaces.

L'homme partit d'un rire amer.

– Vous êtes bien comme...

– Écoutez-moi plutôt, dit-elle, calmement. Nous ne savons pas exactement comment ça s'est passé, mais nous savons de façon certaine qu'un détenu a désarmé votre frère. Alors qu'il le tenait en joue, il a perdu le contrôle de son arme, et de la situation.

– Vous voulez dire que c'est lui qui est fautif ? demanda Julio, en écarquillant les yeux.

– Oui. C'est exactement ce que je dis. Ce n'est pas de ma faute, ni de la faute de Michael. C'est de la faute de votre frère. Ce n'est pas un mauvais flic pour autant. Mais il a commis une erreur. Et si vous voulez alerter la presse et le public, ça se saura.

– C'est vous qui me menacez, maintenant ?

– Je vous dis simplement que je ne laisserai personne saboter cette enquête.

– Ah, vous ne savez pas ce que vous faites, madame ! lança-t-il avant de tourner les talons pour repartir par le corridor à grandes enjambées.

Kathryn le regarda s'éloigner en s'efforçant de reprendre son calme. Puis elle se rapprocha des autres.

– Je suis désolé, dit M. Millar, en entourant de son bras les épaules de sa femme.

– Il était bouleversé, répondit Kathryn.

– Je vous en prie, oubliez ce qu'il a dit. Il parle sans réfléchir, et ensuite il le regrette.

Elle ne croyait pas que le jeune homme regretterait un seul des mots qu'il avait prononcés. Mais elle savait aussi qu'il n'était pas près d'appeler des journalistes.

– Pourtant, Juan ne cesse de dire du bien de vous, dit le père. Il ne vous en veut pas. Je sais qu'il ne vous en veut pas.

– Julio adore son frère, lui répondit O'Neil, conciliant. Il est follement inquiet, c'est tout.

Le docteur Olson arriva. C'était un petit homme au caractère placide, qui fit de son mieux pour expliquer la situation de son patient aux Millar et aux policiers. Il n'y avait pas grand-chose de nouveau. On essayait toujours de le stabiliser. Dès que les effets du choc seraient dissipés et le risque d'infection écarté, il serait transféré dans un service de soins et de rééducation pour grands brûlés. Mais pour le moment, son état était sérieux, reconnut le médecin. Il ne pouvait pas leur assurer que Millar allait survivre à ses brûlures, mais ils faisaient tout ce qui était en leur pouvoir pour le sauver.

– Est-ce qu'il a parlé de l'attaque dont il a été victime ? demanda O'Neil.

– Il dit quelques mots, mais rien de cohérent, répondit le médecin.

Les parents se confondirent encore une fois en excuses pour la conduite de leur fils. Kathryn passa quelques minutes à les rassurer, puis les deux policiers prirent congé et sortirent.

O'Neil secouait nerveusement les clés de sa voiture.

Un expert synergologue sait qu'il est impossible de cacher ses émotions quand elles sont trop fortes. Comme l'a écrit Charles Darwin : « Les émotions refoulées remontent presque toujours à la surface sous une forme quelconque de mouvement corporel. » C'est généralement un geste du doigt ou de la main, un pied qui frappe le sol – on contrôle assez facilement ses paroles, ses regards ou ses expressions faciales, mais beaucoup moins bien ses extrémités.

Michael O'Neil ne se rendait pas du tout compte du bruit qu'il faisait avec ses clés.

– Il a ici les meilleurs médecins de la région, dit Kathryn. Et ma mère va veiller sur lui. Tu la connais. Elle ira chercher le patron du service et l'amènera dans sa chambre de gré ou de force si elle juge que c'est nécessaire.

Un sourire stoïque lui répondit. Bien dans le style de Michael O'Neil.

– Je les crois capables de faire des miracles, poursuivit-elle. C'était une pure incantation, qu'elle aurait été bien en peine de préciser. O'Neil et elle avaient eu maintes occasions de se rassurer mutuellement depuis quelques années, dans le cadre de leur profession ou sur un plan personnel, comme à la mort de son mari ou à propos de la santé mentale en perdition du père d'O'Neil.

Ils n'étaient très à l'aise ni l'un ni l'autre pour exprimer la compassion ou prononcer des paroles de consolation ; il leur semblait toujours que les platitudes juraient avec la qualité de leur relation. La simple présence de l'autre suffisait.

– Espérons.

Comme ils arrivaient à la sortie, elle reçut un appel de l'agent Winston Kellogg, qui se trouvait dans son bureau provisoire du CBI. Elle s'arrêta pour répondre pendant qu'O'Neil continuait jusqu'au parking. Elle donna les nouvelles de Millar à Kellogg. Et il lui apprit que l'enquête du FBI auprès des habitants de Bakersfield n'avait permis de trouver aucun témoin ayant vu quelqu'un entrer dans l'atelier ou le garage de la tante de Pell pour y dérober le pied-de-biche. Quant au portefeuille frappé des initiales R. H. retrouvé dans le puits avec le pied-de-biche, les experts de la police scientifique s'avouaient impuissants à remonter jusqu'à son propriétaire.

– Par ailleurs, Kathryn, le jet est prêt à décoller d'Oakland si Linda Whitfield accepte de venir. Autre chose ? *Quid* de la troisième femme de la Famille ?

– Samantha McCoy ?

– Oui. Vous l'avez appelée ?

À cet instant, Kathryn regardait en direction du parking.

Elle vit Michael O'Neil qui refermait son téléphone tandis qu'une grande et belle blonde s'approchait de lui. La femme sourit à O'Neil, lui passa un bras autour de la taille et l'embrassa. Il lui rendit son baiser.

– Kathryn ? Vous êtes toujours là ?

– Quoi ?

– Samantha McCoy ? Vous avez de ses nouvelles ?

– Excusez-moi, dit-elle, en regardant ailleurs. Non. Je vais à San José. Comme elle s'est donné la peine de changer d'identité, je pense qu'il faudra plus qu'un coup de fil pour la convaincre de nous aider, et je préfère la voir en personne.

Elle mit fin à la communication et rejoignit O'Neil et la blonde, qui étaient toujours dans les bras l'un de l'autre.

– Kathryn.

– Anne, quel plaisir de vous voir, dit-elle à l'épouse de Michael O'Neil. Elles se sourirent et prirent des nouvelles de leurs enfants respectifs.

Anne O'Neil montra l'hôpital d'un signe de tête.

– Je suis venue voir Juan. Mike me dit qu'il ne va pas bien du tout.

– Non, c'est grave. Il est inconscient pour le moment. Mais ses parents sont auprès de lui. Ils seront contents d'avoir de la compagnie.

Anne avait un petit Leica en bandoulière. Grâce au photographe paysagiste et au Club 64, la Californie du Nord était devenue l'un des centres mondiaux de la photographie. Anne gérait à Carmel une galerie spécialisée dans les clichés de collection, comme on désigne généralement ceux dont les auteurs ne sont plus de ce monde : Adams, Alfred Stieglitz, Edward Weston, Imogen Cunningham, Henri Cartier-Bresson… Elle était aussi correspondante de plusieurs journaux locaux, dont les grands quotidiens de San José et San Francisco.

– Michael vous a parlé de notre fête ce soir ? demanda Kathryn. Pour l'anniversaire de mon père ?

– Oui. Je pense qu'on pourra être là.

Elle embrassa à nouveau son mari avant de se diriger vers l'hôpital.

– À plus tard, chéri.

Kathryn la salua d'un signe de tête et monta dans sa voiture, en jetant son sac sur le siège du passager. Elle s'arrêta dans une station Shell pour prendre de l'essence, un café et un petit pain, et poursuivit sur la route 1, qui offrait une vue magnifique sur la baie de Monterey. Elle dépassa le campus de l'Université d'État de Californie, qui avait bénéficié de l'essentiel de la donation de William Croyton. Si des chercheurs en informatique travaillaient encore, huit ans après sa mort, sur les inventions de cet homme en matière de technologie comme de logiciels, c'était vraiment un génie, pensa-t-elle. Les logiciels qu'utilisaient Wes et Maggie passaient pour obsolètes au bout d'un ou deux ans. De combien d'innovations brillantes Daniel Pell avait-il privé son époque en tuant Croyton ?

Elle feuilleta son calepin, y trouva le numéro de téléphone de l'employeur de Samantha McCoy et demanda qu'on lui passe celle-ci, prête à raccrocher si elle entendait sa voix. Mais on lui répondit qu'elle travaillait chez elle ce jour-là. Kathryn raccrocha et demanda à TJ de lui envoyer par texto l'itinéraire à suivre jusqu'au domicile de Mme McCoy.

Son téléphone sonna quelques minutes plus tard, à l'instant où elle appuyait sur le bouton *PLAY* pour écouter un CD. Elle jeta un coup d'œil à l'écran.

Le groupe des Fairfield Four entamait son gospel quand Kathryn entendit la voix de Linda Whitfield, qui l'appelait de l'église pendant la messe.

Divine grâce, qu'il est doux le chant…

– Agent Dance…

– Je vous en prie, appelez-moi Kathryn.

… qui a sauvé le misérable que je suis…

– Je voulais juste vous dire… Que je serai là dans la matinée, si vous avez toujours besoin de mon aide.

– Oui, j'aimerais beaucoup que vous veniez. On va vous appeler de mon bureau pour organiser votre déplacement. Merci mille fois.

… j'étais perdu mais Il m'a trouvé…

Une hésitation. Puis, d'un ton presque mondain :

– À votre service.

Deux sur trois. Kathryn se demanda si cette réunion, finalement, allait servir à quelque chose.

CHAPITRE 23

Assis face à la fenêtre ouverte du Sea View Motel, Daniel Pell tapait sur le clavier d'une main maladroite.

Il s'était débrouillé pour accéder à quelques ordinateurs pendant ses séjours au Q, puis à Capitola, mais n'avait pas eu assez de temps à y consacrer pour comprendre comment ils marchaient. Il venait de passer la matinée sur le portable de Jennie. Pub, info, sites pornos… C'était stupéfiant.

Mais quelque chose lui plaisait encore plus que la pornographie : la possibilité de trouver des informations et de se renseigner sur les gens. Il avait donc laissé de côté les obscénités et s'était mis au travail. Il avait commencé par lire tout ce qu'il pouvait trouver sur elle – recettes, emails, lectures, pour vérifier si elle était vraiment ce qu'elle prétendait être (elle l'était). Puis il avait lancé des recherches sur quelques personnes de son propre passé – c'était important pour les retrouver. Mais il fallait une carte de crédit chaque fois, ou presque, qu'il voulait savoir quelque chose. Et les cartes de crédit, comme les téléphones portables, laissent des traces trop visibles.

Il fit le point et se lança dans les archives des journaux et des stations de télévision locaux. Cette recherche s'avéra fort utile. Il nota tout ce qu'il avait appris et qui représentait une somme d'informations.

Le nom de Kathryn Dance figurait sur une liste. Il l'encadra. Sa recherche ne lui avait pas fourni tous les renseignements dont il avait besoin, mais c'était un début.

Comme sa vigilance ne se relâchait pas, il remarqua la Toyota Camry de couleur noire qui pénétrait dans le parking et ralentissait en passant devant la fenêtre. Il empoigna son arme. Puis il sourit en voyant la voiture se garer une quinzaine de mètres plus loin.

Elle en sortit.

C'est ma copine.

Elle est rapide, tout de même...

Elle entra.

– Tu as réussi, ma jolie, dit Pell, en regardant la Toyota. Elle a l'air bien.

Elle se précipita pour l'embrasser. Ses mains tremblaient. Elle ne pouvait pas contrôler son excitation.

– Ça s'est super bien passé ! Vraiment, mon cœur ! D'abord, ça l'a surpris et j'ai cru qu'il allait refuser. Le coup des plaques d'immatriculation, ça ne lui plaisait pas, mais j'ai fait exactement comme tu m'avais dit et il a accepté.

– Bravo, ma jolie.

Jennie avait donné une partie de son argent liquide – elle avait retiré 9 200 dollars pour l'évasion et pour leurs dépenses depuis – pour acheter sa voiture à un habitant de Marina. Comme il y aurait eu trop de risques à immatriculer ce véhicule à son nom, elle avait convaincu le vendeur de lui laisser ses plaques. Sa propre voiture, avait-elle expliqué, avait rendu l'âme à Modesto, et elle aurait les plaques d'ici un jour ou deux. Elle ferait l'échange à ce moment-là et lui renverrait les siennes par la poste. C'était illégal et complètement stupide.

Aucun vendeur, même payé en liquide, n'aurait accepté cela d'un autre homme. Mais Pell avait envoyé Jennie avec son jean moulant et son chemisier largement déboutonné sur le soutien-gorge rouge. (Si le vendeur avait été une vendeuse, il l'aurait habillée avec une jupe longue, sans maquillage, et l'aurait faite veuve de guerre avec quatre enfants en bas âge et un cancer du sein pour couronner le tout. Dans ces cas-là, il le savait d'expérience, on n'en fait *jamais trop*.)

– Formidable. Je peux avoir les clés de la voiture ?

Elle les lui tendit.

– Et j'ai les autres trucs que tu voulais, dit-elle, en posant deux grands sachets sur le lit.

Pell en examina le contenu avec des hochements de tête approbateurs.

Elle prit un soda dans le minibar.

– Je peux te demander quelque chose, chéri ?

Sa réticence naturelle à répondre aux questions – en tout cas sincèrement – resurgit en entendant celle-ci. Il sourit néanmoins.

– Tout ce que tu voudras, ma jolie.

– Cette nuit, tu as dit quelque chose en dormant. Tu as parlé de Dieu.

– Dieu. Qu'est-ce que j'ai dit ?

– Je ne sais pas. Mais c'était bien au sujet de Dieu.

Pell se tourna lentement vers elle. Il sentit s'accélérer les battements de son propre cœur, et s'aperçut qu'il tapait du pied. Il s'arrêta.

– Tu as vraiment piqué une crise dans ton sommeil. J'avais envie de te réveiller, mais il ne faut pas faire ça. Je l'ai lu dans le *Reader's Digest*. Ou dans *Santé*, je ne sais plus. Il ne faut jamais réveiller quelqu'un qui fait un cauchemar. Et tu as dit quelque chose comme : « Non, bordel ! »

– Moi ? J'ai dit ça ?

Elle hocha la tête.

– C'était bizarre, vu que tu ne jures jamais.

Exact. Les gens qui proféraient des obscénités avaient beaucoup moins de pouvoir que ceux qui n'en disaient pas.

– C'était quoi, ton rêve ? demanda Jennie.

– Aucun souvenir.

– Je me demande pourquoi Dieu…

Il eut envie, soudain, de lui parler de son père. Puis il se dit : « Qu'est-ce qui te prend, mon vieux ? Tu ne vas pas bien ! »

– Aucune idée.

– Moi, tu sais, ça me branche, la religion, dit-elle, un peu hésitante. Enfin, les trucs de spiritualité, plutôt que Jésus.

– Eh bien, pour ce qui est de Jésus, je ne crois pas qu'il était le fils de Dieu, mais je vais te dire une chose : je Le respecte. Il pouvait faire faire tout ce qu'Il voulait à n'importe qui. Aujourd'hui encore, tu vois, il suffit de prononcer son nom et ça marche à tous les coups. C'est ça, le pouvoir. Mais il faut trop donner pour faire partie de toutes ces religions – les officielles je veux dire. On n'a pas le droit de penser ce qu'on veut. On est sous contrôle.

Il regarda son chemisier, le soutien-gorge. Il sentit monter une bouffée de désir au creux de son ventre.

Il s'efforça de l'ignorer en regardant les notes qu'il avait prises en naviguant sur Internet et en étudiant la carte de la région. Jennie aurait bien voulu lui demander à quoi il pensait, mais elle ne put s'y résoudre. Elle espérait qu'il cherchait les moyens de s'éloigner, les routes qui les emmèneraient jusqu'à Orange County.

– Je dois maintenant m'occuper d'une ou deux choses, ma jolie. Et il va falloir me conduire quelque part.

– Bien sûr. Quand tu voudras.

Il étudiait la carte avec beaucoup d'attention. En levant les yeux, il vit qu'elle n'était plus là.

Elle revint un instant plus tard avec quelques objets qu'elle avait sortis du sac rangé dans le placard. Elle les posa devant lui, puis s'agenouilla. Tel le chien qui apporte une balle à son maître et se tient prêt à jouer.

Pell hésita. Puis il se rappela qu'il était bon de lâcher la bride de temps en temps, en fonction des circonstances.

Il tendit la main, mais elle roulait déjà sur elle-même pour se mettre à plat ventre, sans qu'on le lui demande.

Il y a deux façons de rejoindre San José à partir de Monterey. On peut prendre la route 1, qui serpente le long de la côte et traverse Santa Cruz avant de s'élancer sur la vertigineuse route 17 en passant par la ville d'art de Los Gatos où l'on peut acheter des objets artisanaux, des vases en cristal, de l'encens et des robes teintes à la main comme celles que portait Janis Joplin (sans oublier, bien sûr, le cuir et les jeans Roberto Cavalli).

Mais on peut aussi tout simplement couper par la route 156 jusqu'à la 101 et, si on a la chance de rouler dans un véhicule officiel, atteindre la ville en moins d'une heure en consommant un maximum d'essence.

Kathryn Dance opta pour la seconde solution.

Le gospel était terminé et elle écoutait de la musique latino – la chanteuse mexicaine Julieta Venegas. Son *Verdad* inspiré faisait vibrer les baffles.

La Taurus traversa Gilroy, la capitale mondiale de l'ail, à cent quarante à l'heure. Puis Castroville (capitale de l'artichaut) et un peu plus loin Watsonville, perdue au milieu des champs de fraises et des cultures de champignons. Elle aimait bien ces villes et s'énervait vite contre ceux qui raillaient l'idée d'élire chaque année une reine de l'artichaut ou se moquaient de ceux qui se pressaient à Monterey pour assister au défilé de chars du festival du Calamar.

C'étaient des villes honnêtes et chargées d'histoire. Et elles faisaient aussi partie de son territoire, qui comprenait la zone ouest de la juridiction couverte par le CBI.

Elle aperçut un panneau invitant les touristes à visiter un vignoble de Morgan Hill, ce qui lui donna une idée.

Elle appela Michael O'Neil.

– Allô ? répondit la voix du détective.

– J'étais en train de penser aux traces d'acide découvertes dans la Thunderbird à Moss Landing. On n'a rien de nouveau à ce sujet ?

– Les techniciens de Peter y travaillent, mais ils n'ont rien trouvé de précis pour le moment.

– Combien d'hommes a-t-on mis pour les battues dans les vignobles et les champs de légumes ?

– Une quinzaine d'hommes de la police montée, cinq agents à nous et quelques agents en uniforme de Salinas. Ils n'ont rien trouvé non plus.

– J'ai une idée. De quel acide s'agit-il au juste ?

– Attends.

En regardant tour à tour la route et le calepin posé sur ses genoux, elle nota les noms incompréhensibles qu'il lui épelait.

– Alors, la synergologie ne suffit plus ? Tu te lances dans le médico-légal ?

– Une femme avisée se doit de connaître ses propres limites. Je te rappelle dans un instant.

Elle appela ensuite l'un des numéros préenregistrés dans son portable et écouta la sonnerie qui se déclenchait à trois mille kilomètres de distance.

– Amelia Sachs. Qui est à l'appareil ?

– Kathryn Dance.

– Kathryn ! Comment ça va ?

– Ma foi, ça pourrait aller mieux.

– Je m'en doute. On a suivi l'affaire aux infos. Comment va le policier ? Celui qui a été brûlé ?

Kathryn fut étonnée d'apprendre que Lincoln Rhyme, le célèbre enquêteur et spécialiste de la police scientifique, et Amelia Sachs, détective de la police new-yorkaise avec laquelle il faisait équipe, étaient au courant des péripéties de l'évasion de Pell.

– Il ne va pas très bien.

– Je parlais tout à l'heure de ce Pell avec Lincoln. Lincoln se souvient très bien de la première affaire, en 99. Quand il a massacré toute une famille. Votre enquête progresse ?

– Pas beaucoup. Il est malin. Trop malin.

– C'est ce qu'on a compris, en suivant les informations. Et comment vont les enfants ?

– Bien. On attend toujours la visite promise. Mes parents aussi. Ils voudraient bien vous connaître tous les deux.

Amelia Sachs se mit à rire.

– Dès que je pourrai le faire sortir d'ici… Ce qui n'est pas facile.

Lincoln Rhyme n'aimait pas les voyages. Non pas à cause de son handicap – il était tétraplégique. Il n'aimait pas voyager, et voilà tout.

Kathryn avait connu Rhyme et Amelia Sachs l'année précédente. Pendant qu'elle se trouvait à New York pour animer un séminaire, on avait sollicité son aide sur une enquête. Amelia et elle, surtout, étaient devenues des amies proches. C'est souvent le cas entre les femmes qui exercent le dur métier de policières.

– On a des nouvelles de notre autre ami ? demanda Amelia.

Il s'agissait de l'homme qu'elles avaient vainement cherché à arrêter l'année précédente. Il était parvenu à s'enfuir, peut-être en Californie, et restait introuvable. Kathryn Dance avait ouvert un dossier au CBI, mais il ne s'était rien passé depuis, et rien ne disait que l'homme n'avait pas quitté le pays dans l'intervalle.

– Malheureusement, non. Notre bureau de L.A. continue en principe à suivre différentes pistes, mais… C'est pour autre chose que j'appelle. Lincoln est là ?

– Une seconde. Il arrive.

Il y eut un déclic, et la voix de Rhyme.

– Kathryn ?

Rhyme n'était pas homme à papoter au téléphone, mais ils discutèrent tout de même quelques minutes – pas des enfants de Kathryn ni de sa vie personnelle, bien sûr. Il s'intéressait aux affaires sur lesquelles elle travaillait. Lincoln Rhyme était un scientifique, vite agacé par ce qu'il appelait « le côté humain » du travail policier. Il n'en avait pas moins, à la faveur de sa récente collaboration avec Kathryn, découvert et apprécié l'intérêt de la synergologie (en ne manquant pas de souligner qu'elle était fondée sur la méthode scientifique et non, comme il le disait avec mépris, sur des « intuitions tripales »).

– J'aimerais bien vous avoir ici en ce moment, dit-il. J'aurais un client pour vous, un témoin à interroger sur toute une série de meurtres. Avec l'autorisation d'utiliser un tuyau en caoutchouc si ça vous fait plaisir.

Elle le voyait très bien, dans son fauteuil roulant rouge, face à un grand écran plat branché sur un microscope ou sur un ordinateur. Il était passionné par la recherche des indices et des preuves matérielles comme elle l'était par les interrogatoires.

– Je le voudrais bien. Mais pour le moment, je suis plus qu'occupée.

– C'est ce que j'ai cru comprendre. Qui se charge de la partie laboratoire pour votre affaire ?

– Peter Bennington.

– Ah oui, je le connais. Il s'est fait les dents à L.A. Je l'avais à l'un de mes cours. Il est fort.

– J'ai une question pour vous. Ça concerne l'affaire Pell.

– Allez-y.

– Nous avons un indice qui pourra peut-être nous révéler ce qu'il a l'intention de faire – empoisonner des aliments, éventuellement, voire l'endroit où il se planque. Mais dans un cas comme dans l'autre, il va falloir d'importants moyens humains pour mener les recherches. J'ai besoin de savoir si ça vaut le coup de mettre tant de monde sur cette piste. Alors qu'on pourrait l'employer ailleurs.

– Quel est cet indice ?

– Je vais essayer de le prononcer correctement. (Kathryn, regardant alternativement la route et son calepin, parvint à déchiffrer ce qu'elle venait de noter.) Acide carboxylique, éthanol et acide malique, acide aminé et glucose.

– Donnez-moi une minute.

Elle entendit un échange avec Amelia Sachs, qui, comprit-elle, appelait l'une des bases de données de Rhyme. Elle les entendait d'ailleurs clairement, le criminologue ne sachant pas, comme d'ailleurs la plupart d'entre nous, mettre la main sur le téléphone quand il s'adressait à une autre personne présente à ses côtés.

– Bon. Ne quittez pas. Je vérifie certaines choses…

– Vous pouvez peut-être me rappeler ? proposa Kathryn. Elle ne s'attendait pas à une réponse immédiate.

– Non… Un instant… Où avez-vous trouvé cette substance ?

– Sur le plancher de la voiture de Pell.

– Hum. La voiture…

Silence à nouveau, puis Rhyme se parlant à lui-même à voix basse.

– Pell ne venait-il pas de manger dans un restaurant de poissons ou dans un pub anglais ? demanda-t-il, enfin.

Kathryn éclata de rire.

– Un restaurant de poissons ! Comment diable le savez-vous ?

– L'acide du vinaigre – vinaigre de malt en l'occurrence, en raison des acides aminés et du glucose qui indiquent une coloration caramel. Ma base de données me dit qu'on le trouve communément dans la cuisine anglaise comme celle qu'on sert dans les pubs, et dans les plats préparés avec des produits de la mer. Thom – vous vous souvenez de lui ? – m'a aidé pour cette partie.

L'aide à domicile de Lincoln Rhyme était aussi un excellent cuisinier. Kathryn se rappelait encore le bœuf bourguignon qu'il lui avait servi.

– Désolé de ne pas vous conduire à la porte de votre homme, dit le criminologue.

– Non, non, ça ne fait rien, Lincoln. Je vais pouvoir retirer nos agents de la zone dans laquelle nous les avons envoyés chercher. Et les mettre ailleurs, où ils seront plus utiles.

– N'hésitez pas à m'appeler. Je ne serais pas mécontent de planter les dents dans ce gibier-là, moi aussi.

Ils prirent congé.

Kathryn appela O'Neil pour l'informer que l'acide provenait sans doute du restaurant Jack's et ne les mènerait pas jusqu'à Pell. Mieux valait sans doute poursuivre le tueur comme ils l'avaient prévu au départ.

Elle continua à rouler vers le nord sur cette route qu'elle connaissait bien et qui allait la mener jusqu'à San Francisco, où elle emprunterait la 101 à huit voies avant de pénétrer dans la ville pour trouver Van Ness Street, à cent vingt kilomètres de Monterey. Elle bifurqua vers l'ouest pour traverser l'agglomération de San José, ville décrite comme l'antithèse de Los Angeles dans la vieille chanson de Burt Bacharach et Hal David *Do you Know the Way to San Jose ?* Désormais, évidemment, et grâce à Silicon Valley, San José avait ses propres raisons d'être fière.

Elle s'engagea dans une mer de lotissements pour atteindre celui qu'elle cherchait et qui semblait fait de maisons presque identiques ; si les arbres avaient été plantés (symétriquement) en même temps que les maisons – comme elle le supposa –, le tout devait dater d'environ vingt-cinq ans. Chacune de ces maisons, aussi petite, modeste et banale soit-elle, devait coûter plus d'un million de dollars.

Elle trouva celle qu'elle visait, passa devant et se gara dans la rue suivante pour revenir à pied. Il y avait une Jeep rouge et une Acura bleue stationnées dans l'allée, et un grand tricycle en plastique sur la pelouse. Kathryn vit de la lumière à l'intérieur. Elle s'approcha jusqu'au porche de l'entrée et sonna. Elle avait une histoire toute prête au cas où le mari de Samantha McCoy ou ses enfants seraient venus lui ouvrir. Il semblait peu vraisemblable que Samantha ait caché son passé à son époux, mais mieux valait partir de cette hypothèse. Kathryn avait besoin de sa coopération et ne voulait surtout pas se l'aliéner.

La porte s'ouvrit sur une femme mince au visage étroit qui ressemblait à l'actrice Cate Blanchett. Elle portait d'élégantes lunettes à monture bleue et avait les cheveux bruns et bouclés. Elle resta un instant immobile dans l'encadrement de la porte, sa main aux doigts osseux agrippée à la poignée.

– Oui ?

– Madame Starkey ?

– C'est moi. Ce visage n'était pas celui des photographies de Samantha McCoy prises huit ans auparavant. Elle avait largement usé de la chirurgie esthétique. Mais son regard disait à Kathryn qu'il n'y avait pas à douter de son identité. Elle y vit un éclair de terreur, puis de l'effroi.

– Kathryn Dance, du California Bureau of Investigation, dit-elle posément.

Le regard de la femme sur sa carte professionnelle fut si bref qu'elle ne put sans doute pas lire un seul mot.

– C'est qui, chérie ? appela une voix à l'intérieur de la maison.

Sans lâcher Kathryn des yeux, elle répondit d'un ton ferme :

– C'est la personne qui vient d'emménager dans la rue et que j'ai rencontrée l'autre jour au supermarché. Je t'en ai parlé.

Voilà qui répondait à la question concernant le secret sur son passé.

Kathryn pensa aussi : allons-y doucement. Les bons menteurs ont toujours de bonnes réponses toutes prêtes, et savent à qui ils mentent. Celle que venait de faire Samantha montrait que son mari était probablement un distrait qui oubliait vite ce qu'on lui disait, et qu'elle avait déjà envisagé toutes les situations dans lesquelles elle pouvait être appelée à mentir.

Elle s'avança, referma la porte derrière elle, et elles firent quelques pas vers la rue. Kathryn voyait maintenant la mine hagarde de Samantha. Elle avait les yeux rouges et cernés, la peau du visage était sèche, les lèvres fendues. C'était le visage d'une femme privée de sommeil. Kathryn comprit pourquoi elle « travaillait chez elle » ce jour-là.

Un coup d'œil derrière elle en direction de la maison. Puis, se tournant vers Kathryn avec un regard suppliant :

– Je n'y suis pour *rien*, je vous le jure. J'ai entendu aux informations que quelqu'un l'avait aidé, une femme. Je l'ai appris comme ça, mais…

– Non, non, ce n'est pas pour cette raison que je suis ici. J'ai fait les vérifications nécessaires. Vous étiez au travail chez cet éditeur de Figueroa. Vous y êtes restée toute la journée.

– Vous avez…

– Personne ne le sait. J'ai téléphoné en inventant un prétexte. Un colis à livrer.

– C'était donc ça… Ronald m'a dit qu'on avait appelé pour livrer quelque chose et qu'on m'avait demandée. C'était vous.

La femme se frotta le visage, croisa les bras. Des gestes de dénégation. Elle était en plein stress.

– Ronald, votre mari ? demanda Kathryn.

Elle répondit d'un hochement de tête.

– Il ne sait rien ?

– Il ne se doute même pas de quelque chose.

Stupéfiant.

– Est-ce que *quelqu'un* sait ?

– Quelques employés du tribunal où j'ai changé de nom. Mon contrôleur judiciaire.

– Des amis, des parents ?

– Ma mère est morte. Mon père se fiche pas mal de moi. Ils ne me prenaient déjà plus au téléphone à l'époque où j'ai connu Pell. Après l'assassinat des Croyton, ils ont refusé de me parler. Et mes anciens amis ? Quelques-uns ont gardé le contact, mais ce n'est pas facile de fréquenter une personne associée à Daniel Pell. Disons simplement qu'ils ont trouvé des prétextes pour disparaître le plus vite possible de mon existence. Aujourd'hui, je ne vois plus que des gens que j'ai connus après être devenue Sarah.

Elle jeta un nouveau coup d'œil vers la maison avant de se retourner vers Kathryn pour dire dans un murmure :

– Alors, que voulez-vous ?

– Je suis certaine que vous suivez les informations. Nous n'avons pas encore retrouvé Pell. Mais il est toujours du côté de Monterey. Et nous ignorons pourquoi. Rebecca et Linda vont venir nous aider.

– Elles ?

Samantha semblait sidérée.

– Et je voudrais que vous veniez aussi.

– Moi ? (Sa mâchoire tremblait.) Non, non ! Je ne pourrais pas… Oh, je vous en prie !

Sa voix s'était brisée sur les derniers mots.

Kathryn sentait venir la crise de nerfs. Elle dit très vite :

– Ne vous inquiétez pas. Je ne vais pas gâcher votre vie. Je ne dirai rien. Je demande de l'aide, c'est tout. Nous ne parvenons pas à le comprendre. Vous savez peut-être des choses qui…

– Je ne sais rien du tout. Vraiment. Daniel Pell n'est pas un mari ni un ami. C'est un monstre. Il s'est servi de nous. C'est tout. J'ai vécu deux ans avec lui et je ne saurais pas vous dire ce qu'il avait dans la tête. Il faut me croire. Je le jure.

Signes classiques de dénégation. Il n'y avait aucune tentative de tromperie, mais le stress provoqué par l'évocation d'un passé auquel elle ne pouvait pas faire face.

– Vous bénéficierez d'une protection absolue, si c'est ce que…

– Non. Désolée. Je voudrais bien pouvoir vous aider. Mais il faut comprendre, j'ai refait ma vie. Ça m'a pris du temps, et tant de peine… et c'est si fragile.

Un seul coup d'œil à son visage, à son regard horrifié, à sa mâchoire tremblante, suffit à Kathryn pour comprendre que c'était sans espoir.

– Je comprends.

Tournant les talons, Samantha repartit vers la maison. Au moment d'entrer, elle se retourna pour lui adresser un grand sourire.

Aurait-elle changé d'idée ? se demanda Kathryn, se prenant soudain à espérer.

Mais la femme agitait la main dans sa direction.

– Bye-bye ! lança-t-elle. Vous avez bien fait de passer !

Et Samantha McCoy rentra chez elle avec son mensonge. La porte claqua.

CHAPITRE 24

– Vous avez entendu ? demanda Susan Pemberton à César Gutierrez qui lui faisait face sur une banquette du bar de l'hôtel, en versant du sucre dans son café au lait.

Elle montrait le visage de Daniel Pell qui occupait tout l'écran de la télévision, et sous lequel s'affichait un numéro de téléphone.

Avis de recherche.

– C'est affreux, dit l'homme d'affaires. Il a tué deux personnes, d'après ce que j'ai entendu.

Beau gosse, de type latino-américain, il fit tomber un peu de cannelle en poudre dans son cappuccino et sur son pantalon du même coup.

– Ah ! Quel empoté je fais, regardez-moi ça ! s'écria-t-il en riant. Je ne suis pas sortable !

Il voulut essuyer la tache, ce qui ne fit qu'aggraver les choses.

– Oh, zut après tout !

C'était un rendez-vous d'affaires. Susan, qui travaillait dans l'événementiel, devait organiser une fête d'anniversaire pour ses parents. Mais elle le considérait avec un intérêt tout personnel, étant donné qu'elle avait 39 ans, vivait seule, et avait noté qu'il n'était que de quelques années son aîné et ne portait pas d'alliance.

Ils avaient arrêté les détails de la fête – le bar, le buffet de poulet et de poisson avec vin à volonté, le quart d'heure de discours et le choix du DJ – et bavardaient maintenant devant une tasse de café avant qu'elle retourne à son bureau pour établir un devis.

– Ils auraient dû le reprendre, à cette heure, dit Gutierrez.

Il regarda au-dehors en fronçant les sourcils.

– Un problème ? demanda Susan.

– C'est idiot, mais en arrivant ici j'ai vu une voiture s'arrêter. Et le type qui en est sorti lui ressemblait un peu.

Il montrait l'écran de la télé.

– Au tueur, vous voulez dire ?

Il hocha la tête.

– Et il y avait une femme au volant.

Le journaliste de la télé venait de répéter que le tueur avait pour complice une jeune femme.

– Où est-il allé ?

– Je n'y ai pas fait attention. Vers le parking couvert à côté de la banque, il me semble.

Elle regarda dans cette direction.

L'homme d'affaires sourit.

– Mais c'est idiot. Il n'est tout de même pas ici ! (Puis, regardant au-delà du parking...) C'est quoi, cette banderole ? Je l'ai déjà vue ailleurs.

– C'est pour le concert de vendredi. En l'honneur de John Steinbeck. Vous l'avez lu ?

– Bien sûr, répondit l'homme d'affaires. *À l'est d'Éden*, *Des souris et des hommes*... Vous êtes déjà allée à King City ? J'adore cet endroit. C'est là que le grand-père de Steinbeck avait un ranch.

– *Les Raisins de la colère*, dit-elle, une main sur le cœur. Le meilleur livre qu'on ait jamais écrit !

– Et il y a un concert vendredi, dites-vous ? Quel genre de musique ?

– Du jazz. À cause du Festival de Monterey, n'est-ce pas. C'est la musique que je préfère.

– J'aime beaucoup le jazz, moi aussi, dit Gutierrez. Je vais au festival chaque fois que je le peux.

– Vraiment ? Susan résista à l'envie de poser la main sur son bras.

– Nous nous y rencontrerons peut-être, la prochaine fois.

– Je crains… commença Susan. Enfin, je voudrais qu'il y ait plus de monde pour écouter cette musique. La vraie musique. J'ai bien peur que les jeunes, de nos jours…

– Ah, ça, opina Gutierrez, en choquant sa tasse contre la sienne. Mon ex-femme… elle laisse notre fils écouter du rap. Vous avez déjà entendu les paroles ? C'est dégoûtant ! Et il n'a que 13 ans.

– Ce n'est pas de la musique, déclara Susan, catégorique.

Tout en pensant : « Donc, il a une ex. Excellent. » Elle ne serait sortie pour rien au monde avec un homme de 40 ans passés qui n'aurait jamais été marié.

Il eut une brève hésitation avant de lui demander :

– Vous y serez vous aussi ? Vendredi, à ce concert ?

– Oui, j'y serai.

– Eh bien, je ne sais pas si vous êtes libre, mais puisque vous y allez, on pourrait peut-être s'y retrouver ?

– Oh, César, ça me paraît une excellente idée !

S'y retrouver…

De nos jours, c'était une invitation en bonne et due forme.

Gutierrez s'étira. Il voulait maintenant reprendre la route, dit-il. Il ajouta qu'il avait eu grand plaisir à faire sa connaissance, et lui donna la sainte trinité des numéros de téléphone : bureau, domicile, portable. Puis il prit sa serviette et ils se dirigèrent ensemble vers la sortie. Elle remarqua toutefois qu'il marquait un arrêt pour examiner le hall de réception à travers ses lunettes à grosse monture. Il fronça à nouveau les sourcils.

– Quelque chose ne va pas ?

– Je crois que c'est ce type, dit-il à voix basse. Celui que j'ai aperçu tout à l'heure. Là… vous le voyez ? Il était ici, dans l'hôtel. Il regarde vers nous.

Le hall était plein de plantes tropicales. Il lui sembla vaguement voir quelqu'un qui se retournait et marchait vers la porte.

– Daniel *Pell* ?

– Impossible. C'est idiot... À force d'y penser, voyez-vous ! C'est le pouvoir de la suggestion.

Ils allèrent jusqu'à la porte, s'arrêtèrent. Gutierrez jeta un coup d'œil dehors.

– Il est parti.

– Vous ne croyez pas qu'on devrait prévenir à la réception ?

– Je vais appeler la police. Je me trompe certainement, mais tant pis – qu'est-ce qu'on risque ?

Prenant son téléphone, il composa le 911. La communication dura quelques minutes.

– Ils disent qu'ils envoient quelqu'un. Mais ils n'avaient pas l'air très enthousiastes. Évidemment, ils reçoivent sans doute des appels par centaines. Je vais vous accompagner à votre voiture.

– Je ne dis pas non.

C'était moins la peur du tueur en cavale que le désir de passer quelques instants de plus avec lui.

Ils longèrent la rue principale d'Alvarado. Elle était désormais bordée de restaurants, de boutiques pour touristes et de petits snacks – bien différente de l'avenue du Grand Ouest qu'elle avait été un siècle plus tôt, quand les soldats et les ouvriers décrits par Steinbeck dans *Rue de la Sardine* venaient s'y soûler, traîner dans les bordels et vomir à l'occasion au beau milieu de la chaussée.

Susan et Gutierrez marchaient en regardant autour d'eux et la conversation retombait peu à peu. Susan trouvait l'endroit anormalement désert. Était-ce à cause de l'évasion ? Elle commençait à se sentir mal à l'aise.

Son bureau se trouvait à proximité d'un chantier de construction. Il y avait des piles de matériaux divers ; si Pell était venu par ici, songea-t-elle, il pouvait s'être caché derrière, pour attendre. Elle ralentit le pas.

– C'est votre voiture, là ? demanda Gutierrez.

Elle hocha la tête.

– Il y a un problème ?

Elle fit une petite grimace, avec un rire embarrassé. Elle avoua qu'elle avait peur : Pell était peut-être caché derrière l'une de ces piles.

Il sourit.

– Même s'il est là, il ne va pas se jeter sur nous. Venez.

– César, attendez, dit-elle, en plongeant la main dans son sac. (Elle lui tendit un petit cylindre rouge.) Tenez.

– Qu'est-ce que c'est ?

– Une bombe au poivre. Au cas où.

– Je crois que ça va aller. Mais comment ça marche ? (Il se mit à rire.) Je ne voudrais pas m'asperger moi-même !

– Vous visez et vous appuyez là, c'est tout.

Ils continuèrent jusqu'à la voiture, et en arrivant, Susan se sentit ridicule. Il n'y avait pas de tueur fou planqué derrière les piles de briques. Elle se demanda si sa poltronnerie ne lui avait pas fait perdre des points en vue du rendez-vous promis. Non, elle ne le croyait pas. Gutierrez semblait décidé à jouer les galants.

Elle déverrouilla les portières.

– Je préfère vous la rendre, dit-il, en lui tendant la bombe.

Elle tendit la main.

Gutierrez, plus rapide, la saisit aux cheveux, lui renversa la tête en arrière et lui enfonça l'objet dans la bouche, ouverte pour un cri qui lui resta dans la gorge.

Il appuya sur le bouton.

La souffrance, pensa Daniel Pell, est peut-être le moyen le plus rapide de prendre le pouvoir sur quelqu'un.

Au volant de la voiture de Susan Pemberton, et toujours déguisé en homme d'affaires latino-américain, il roulait vers une zone déserte proche de l'océan, au sud de Carmel.

La souffrance… Faites-leur très mal, laissez-leur un peu de temps pour se remettre, puis menacez de leur faire mal à nouveau. Les spécialistes disent que la torture ne suffit pas. C'est faux. C'est *inélégant*. Ce n'est pas *joli*. Mais ça marche très bien.

Le jet de poivre à haute concentration dans le nez et la gorge de Susan Pemberton n'avait duré qu'une seconde, mais à son cri étouffé et aux mouvements convulsifs de ses membres il savait que la douleur était pratiquement insupportable. Il la laissa se remettre. Brandit la bombe devant ses yeux paniqués et larmoyants. Et obtint aussitôt d'elle exactement ce qu'il voulait.

Il n'avait pas prévu, bien sûr, d'utiliser cette bombe au poivre ; il avait du ruban adhésif et un couteau dans sa serviette. Mais il avait décidé de changer de méthode quand la femme lui avait, à son grand amusement, tendu cet objet – enfin, pas à lui, à César Gutierrez, son alter ego.

Daniel Pell avait des choses à faire qui l'obligeaient à se montrer. Comme la station de télévision locale diffusait son image deux fois par heure, il n'avait d'autre choix que de devenir un autre. Après avoir acheté la Toyota à un vendeur assez crédule pour oublier toute prudence à la vue de son décolleté, Jennie Marston avait acheté des teintures pour textiles, les avait mélangées et avait plongé cette mixture dans un bain destiné à foncer la peau de son compagnon. Peel s'était teint les cheveux et les sourcils en noir. Pour les yeux, il ne pouvait rien faire. S'il existait des lentilles de contact pour colorer les yeux bleus en noir ou en marron, il ne savait pas où se les procurer. Il s'était donc contenté de lunettes à grosse monture dont les verres atténuaient la couleur de l'iris.

Un peu plus tôt dans la journée, il avait appelé l'entreprise Brock et on lui avait passé Susan Pemberton, qui avait accepté de le rencontrer pour préparer une fête d'anniversaire de mariage. Il avait revêtu le complet à bon marché acheté par Jennie pour aller la retrouver au bar de l'hôtel Doubletree, où il avait une affaire à régler – le genre d'affaire dans lequel il était passé maître.

Oh, il avait passé un bon moment ! Attirer Susan et la ferrer comme un poisson était un plaisir haut de gamme, encore plus intense que regarder Jennie couper ses cheveux ou jeter son chemisier ou grimacer de douleur tandis qu'il forçait son étroitesse avec un cintre.

Il récapitulait maintenant la méthode : trouver une peur à partager (le tueur évadé) et des passions communes (John Steinbeck et le jazz, auquel il ne connaissait pas grand-chose mais il savait bluffer) ; jouer le jeu de la séduction (le regard de la femme sur son annulaire sans alliance et son sourire stoïque en l'entendant mentionner ses enfants lui avaient tout dit sur la vie sentimentale de Susan Pemberton) ; faire une bêtise et en rire (la cannelle renversée sur son pantalon) ; s'attirer de la sympathie (son ex-épouse, cette garce, qui gâtait trop leur fils) ; être un type bien (la fête pour ses parents adorés, sa galanterie et son courage pour la raccompagner à sa voiture) ; écarter d'avance tout soupçon (le faux appel au 911).

Gagner peu à peu la confiance – et ainsi prendre le pouvoir.

Quel plaisir absolu il trouvait à pratiquer à nouveau son art dans le monde réel !

Il parvint à la bifurcation indiquée et s'engagea dans une forêt assez épaisse en direction de l'océan. Jennie avait consacré le samedi précédant l'évasion à effectuer pour lui un certain nombre de repérages, et découvert cet endroit désert. Il suivit un moment la route étroite que le sable poussé par le vent recouvrait parfois, et passa sans s'arrêter devant un écriteau PROPRIÉTÉ PRIVÉE. Il amena la voiture de Susan Pemberton jusqu'à la plage, hors de vue de la grand-route et assez loin pour qu'elle reste ensablée. Quand il en sortit, il entendit le bruit des vagues qui s'écrasaient contre un vieux ponton tout proche. Le soleil était bas et magnifique à voir.

Il n'eut pas à attendre longtemps. Jennie était en avance et il constata une nouvelle fois avec satisfaction que les gens qu'on tenait dans sa dépendance arrivaient toujours en avance. Méfiez-vous de ceux qui vous font poireauter.

Elle se gara, sortit de la Toyota et vint vers lui.

– Chérie, j'espère que tu ne m'as pas attendue trop longtemps ?

Elle referma goulûment sa bouche sur la sienne en lui prenant le visage à deux mains. Éperdue.

Pell se dégagea pour respirer.

Elle éclata de rire.

– C'est dur de s'habituer à toi comme ça. J'avais beau savoir que c'était toi, j'y ai regardé à deux fois, tu sais. C'est comme moi avec mes cheveux courts – je les laisserai repousser et toi, tu redeviendras blanc.

– Viens par là.

Il la prit par la main, s'assit sur une petite dune de sable et tira sur sa main pour la faire asseoir à côté de lui.

– On ne s'en va pas ? demanda-t-elle.

– Pas tout de suite.

Un signe de la tête vers la Lexus.

– C'est à qui, cette voiture ? Je croyais que ton amie allait te déposer ici.

Il ne répondit pas. Ils regardèrent un moment l'océan Pacifique. À l'ouest, le disque du soleil descendait sur l'horizon qui s'embrasait un peu plus de minute en minute.

Elle se demandait sans doute : est-ce qu'il veut parler ? Me baiser ? Qu'y a-t-il ?

L'incertitude... Pell la laissait grandir. Elle avait forcément remarqué qu'il ne souriait pas.

L'angoisse, maintenant, montait et l'envahissait comme la mer à marée haute. Il sentait croître la tension dans sa main et dans son bras.

– Tu m'aimes comment ? demanda-t-il, enfin.

– Je t'aime grand comme ce soleil, répondit-elle, sans une hésitation, mais Pell perçut une note d'inquiétude dans sa voix.

– Il n'a pas l'air bien grand, vu d'ici.

– Je veux dire, grand comme le soleil en vrai. Non, grand comme l'univers ! ajouta-t-elle très vite, comme on corrige une mauvaise réponse en classe.

Pell se taisait.

– Qu'est-ce qu'il y a, Daniel ?

– J'ai un problème. Et je ne sais pas quoi faire.

Elle se tendit encore.

– Un problème, mon cœur ?

Donc c'est « mon amour » quand elle est heureuse, « mon cœur » quand elle est troublée. C'était bon à savoir. Il s'en souviendrait.

– Tu sais, ce rendez-vous que j'avais ?

Il lui avait seulement dit qu'il allait voir quelqu'un « pour une affaire ».

– Oui ?

– Eh bien, ça s'est mal passé. J'avais tout préparé. Cette femme devait me rendre une grosse somme que je lui avais prêtée. Mais elle m'a menti.

– Et alors ?

Il la regardait dans les yeux. Il pensa rapidement que la seule personne qui l'avait jamais surpris à mentir était Kathryn Dance. Mais il chassa cette pensée pour ne pas se laisser distraire.

– En fait, elle avait autre chose en tête. Elle voulait se servir de moi. Et de toi, aussi.

– De moi ? Elle me connaît ?

– Pas par ton nom. Mais elle a appris qu'on était ensemble en écoutant les informations. Elle voulait que je te quitte.

– Pourquoi ?

– Pour qu'on se mette ensemble, elle et moi.

– Tu la connaissais d'avant, cette femme ?

– Oui.

– Ah.

Jennie se tut.

La jalousie…

– J'ai refusé, bien sûr. Il n'en est pas question.

Un bruit étrange sortit de la gorge de Jennie – une tentative de ronronnement avortée.

Mon cœur…

– Du coup, elle s'est énervée. Elle m'a dit qu'elle allait appeler la police et nous dénoncer tous les deux. (Les traits de Pell étaient déformés par le chagrin.) J'ai tenté de la dissuader, mais elle n'a rien voulu entendre.

– Et alors… ?

Il jeta un coup d'œil vers la voiture.

– Je l'ai amenée ici. Je n'avais pas le choix. Elle était déjà en train d'appeler les flics.

Jennie, effrayée, leva les yeux et ne vit personne dans la voiture.

– Dans le coffre.

– Oh, mon Dieu. Elle est…

– Non, répondit Pell, lentement. Elle n'a rien. Elle est ligotée. C'est ça, le problème. Je ne sais pas quoi faire maintenant.

– Elle veut toujours te dénoncer ?

– Incroyable, non ? dit-il, le souffle court. Je l'ai suppliée. Mais c'est une détraquée, cette femme. Comme ton mari, tu te rappelles ? Il savait qu'on allait l'arrêter mais il continuait à te battre. Susan, c'est pareil. Elle ne se contrôle pas. (Il poussa un soupir rageur.) J'ai été honnête avec elle. Et elle m'a escroqué. Elle a dépensé tout l'argent qu'elle devait me rendre. Moi qui comptais là-dessus pour te rembourser... Pour la voiture. Et tout ce que tu as fait pour moi.

– T'en fais pas pour l'argent, mon cœur. Tout ce que j'ai, je veux le dépenser pour nous.

– Non, je te rembourserai.

Ne jamais, au grand jamais, laisser une femme se douter que c'est son argent qui vous intéresse. Et ne jamais être redevable à quiconque.

Il l'embrassa, l'air soucieux.

– Mais qu'est-ce qu'on va faire maintenant ?

Évitant son regard, Jennie se tourna vers le soleil couchant.

– Je... J'en sais rien, chéri. Je ne suis pas...

Sa voix se perdit, comme ses pensées.

Il lui pressa le genou.

– Je ne veux pas qu'il nous arrive quoi que soit. Je t'aime tant.

– Moi aussi, Daniel, répondit Jennie, dans un souffle.

Il sortit le couteau de sa poche. Le regarda fixement.

– Je ne veux pas. Je ne veux vraiment pas. Hier, déjà, il y a eu des morts à cause de nous.

– De *nous* ?

La distinction ne lui avait pas échappé. Il sentit qu'elle se raidissait.

– Mais je ne l'ai pas fait exprès, poursuivit-il. C'est arrivé par accident. Tandis que là... Je ne sais pas...

Il tournait et retournait le couteau dans sa main.

Elle se serra contre lui, sans quitter des yeux la lame qui étincelait au soleil. Elle tremblait violemment.

– Tu vas m'aider, ma jolie ? Je ne peux pas le faire tout seul.

Jennie se mit à pleurer.

– Je ne sais pas, mon cœur. Je ne crois pas que je pourrais...

Elle regardait maintenant l'arrière de la voiture.

Pell posa un baiser sur ses cheveux.

– On ne laissera personne nous faire du mal. Je ne pourrais pas vivre sans toi.

– Moi non plus.

Elle fit un gros effort pour reprendre sa respiration. Un même tremblement agitait ses mains et sa mâchoire.

– Je t'en prie. Aide-moi.

C'était à peine un murmure. Il se leva, l'aida à en faire autant et ils marchèrent vers la Lexus. Il lui tendit le couteau, referma ses doigts autour du manche.

– Seul, je ne suis pas assez fort, avoua-t-il. Mais ensemble... ensemble on peut le faire. (Il la fixait avec des yeux brillants.) Ce sera une sorte de pacte. Un pacte d'amour. Ça voudra dire qu'on est aussi proches que peuvent l'être deux êtres qui s'aiment. Comme des frères de sang. Nous serons des *amants* de sang.

Ouvrant la portière, il se pencha à l'intérieur de la voiture pour appuyer sur le bouton qui commandait l'ouverture du coffre. Jennie, à ce bruit, laissa échapper un faible cri.

– Aide-moi, ma jolie. S'il te plaît.

Il l'entraîna vers l'arrière.

Puis il s'immobilisa.

Elle lui tendit le couteau en sanglotant.

– Je t'en prie... Désolée. Je suis vraiment désolée, mon cœur. Ne m'en veux pas. Je ne peux pas faire ça. Je ne peux pas, c'est tout.

Pell se contenta de hocher la tête sans un mot. Elle le regardait d'un air misérable et le soleil couchant jetait une lueur rouge dans ses yeux noyés de larmes.

C'était un spectacle délectable.

– Ne m'en veux pas, Daniel. Je ne pourrais pas le supporter.

Pell marqua quelques secondes d'hésitation, juste ce qu'il fallait pour la jeter dans le doute.

– Ça va. Je ne t'en veux pas.

– Je suis toujours ta jolie ?

Une autre hésitation.

– Mais bien sûr !

Puis il lui dit d'aller l'attendre dans « leur » voiture.

– Je…

– Attends-moi. Ça va.

Il n'en dit pas plus et Jennie repartit vers la Toyota. Il s'approcha du coffre de la Lexus et regarda à l'intérieur.

Le corps sans vie de Susan Pemberton.

Il l'avait tuée une heure auparavant, dans son parking, en l'étouffant avec du ruban adhésif.

Pell n'avait jamais eu l'intention de se faire aider par Jennie pour exécuter cette femme. Il savait qu'elle se dégonflerait. Toute cette mise en scène ne visait qu'à éduquer son élève.

Elle avait fait un pas de plus qu'il ne le voulait. La mort et la violence étaient désormais au programme. Elle avait envisagé pendant cinq secondes, au moins, de planter ce couteau dans un corps humain, prête à voir le sang jaillir, prête à regarder une vie s'éteindre. Une semaine plus tôt, elle n'aurait même pas été capable d'avoir une telle pensée ; d'ici une semaine, elle y réfléchirait plus longtemps.

Elle serait sans doute d'accord, alors, pour l'aider à tuer quelqu'un. Et ensuite ? Il pourrait peut-être l'amener à commettre un meurtre toute seule. Il avait fait faire aux filles de la Famille des choses qu'elles ne voulaient pas faire – mais seulement des délits de peu d'importance. Rien de violent. Daniel Pell pensait avoir le talent de faire de Jennie Morston la personne qu'il voulait qu'elle soit.

Il rabattit brutalement le capot du coffre. Puis, arrachant une branche de pin, s'en servit pour effacer les empreintes de pas dans le sable. Il repartit vers la Toyota en balayant derrière lui, demanda à Jennie de conduire jusqu'à la route et la suivit à pied, en effaçant ses traces et celles des pneus. Puis il la rejoignit.

– Je vais conduire, dit-il.

– Je suis désolée, Daniel. (Elle s'essuya le visage.) Je te revaudrai ça.

Une demande de pardon.

Mais pour que la leçon soit comprise, il ne devait pas répondre.

CHAPITRE 25

Un curieux bonhomme, pensait Kathryn.

Morton Nagle remonta d'une secousse son pantalon flottant et s'assit devant la table basse de son bureau en ouvrant une vieille serviette en cuir.

Il avait un peu l'air d'un clochard, avec ses cheveux rares mais ébouriffés, le bouc mal taillé, sa chemise grise aux poignets élimés et son corps grassouillet. Mais il semblait à l'aise avec son physique, songea Kathryn la synergologue. Ses tics, brefs et précis, n'exprimaient pas une tension. Son regard, qui brillait d'un éclat discret, semblait opérer un tri permanent entre ce qui était important et ce qui ne l'était pas. En entrant dans le bureau, il ne s'était pas intéressé au décor mais à ce que révélait le visage de Kathryn (une grande fatigue, sans doute), et avait lancé à Carraneo un regard aimable mais plutôt inexpressif pour se concentrer immédiatement sur Winston Kellogg.

Et quand l'écrivain eut appris qui était l'employeur de Kellogg, ses yeux se rétrécirent imperceptiblement tandis qu'il se demandait ce qu'un agent du FBI faisait en ces lieux.

Kellogg n'avait guère l'allure d'un agent fédéral, par rapport à la matinée – veste sport beige à carreaux, pantalon noir et chemise bleue. Il ne portait pas de cravate. Mais son attitude détachée et flegmatique, elle, ne trompait pas. Il se borna à dire à Nagle qu'il n'était là qu'en tant qu'observateur, pour « donner un coup de main ».

L'écrivain y alla du petit gloussement qui lui tenait lieu de rire et qui semblait dire « je saurai te faire parler ».

– Rebecca et Linda sont d'accord pour nous aider, lui annonça Kathryn.

– Vraiment ? dit Nagle, en haussant les sourcils. Et la troisième, Samantha ?

– Non. Pas elle.

Nagle tira trois feuillets de sa serviette et les posa sur la table basse.

– Mon petit travail. Une brève histoire de Daniel Pell.

Kellogg approcha sa chaise de celle de Kathryn. Elle ne sentit pas d'odeur d'after-shave comme avec O'Neil.

L'écrivain-journaliste répéta ce qu'il avait dit la veille à Kathryn : le livre auquel il travaillait n'avait pas pour sujet Daniel Pell lui-même, mais ses victimes.

– J'enquête sur tous ceux qui ont été affectés à des degrés divers par la mort des Croyton. Même ses employés. Sa compagnie a été rachetée par un groupe beaucoup plus important spécialisé dans les logiciels, et des centaines de personnes ont été licenciées. Ça ne serait peut-être pas arrivé s'il n'était pas mort. Et pensez à l'ensemble de sa profession ! Il faut la compter elle aussi parmi les victimes. Croyton était à son époque l'un des concepteurs de technologie et de programmes les plus novateurs de Silicon Valley. Il détenait des droits sur des dizaines de logiciels et de matériels très en avance sur leur temps. Au point que nombre d'entre eux n'avaient pas encore eu d'application à ce moment-là. Ils n'en auront jamais. Certains auraient peut-être, s'il avait vécu, révolutionné la médecine ou les sciences de la communication.

Kayhryn se souvenait d'avoir pensé la même chose en passant devant le campus de l'Université de Californie, à laquelle Croyton avait légué ses biens.

– Ceci est la *véritable* histoire de Daniel Pell telle que j'ai pu la reconstituer, continua Nagle en montrant ce qu'il avait écrit. C'est intéressant. Pell modifie son autobiographie en fonction de ses interlocuteurs. Si, par exemple, il veut établir une relation avec quelqu'un qui a perdu ses parents dans son jeune âge, il dit qu'il a été lui-même orphelin à 10 ans. S'il veut se mettre bien avec (autrement dit, exploiter) quelqu'un dont le père était dans l'armée, le voilà fils d'un militaire mort au combat. À croire qu'il y a une vingtaine de Pell différents. Mais voici la vérité. Daniel Pell est né en octobre 1963. Le 7 octobre, très précisément. Mais il dit à tout le monde que son anniversaire tombe le 22 novembre. C'est le jour où Lee Harvey Oswald a assassiné Kennedy.

– Il a de l'admiration pour l'assassin d'un président ? demanda Kellogg.

– Non, il considère apparemment Oswald comme un *loser*. Il le trouve trop influençable et plutôt simple d'esprit. Mais il admire le fait que ce seul individu ait pu, en une seule action, avoir un tel impact, faire pleurer autant de gens, changer le cours de l'histoire et le destin d'un pays – voire du monde. Autre chose. Daniel Pell n'a pas eu une enfance malheureuse. Joseph Pell, son père, était vendeur, et Elisabeth, sa mère, hôtesse ou standardiste quand elle pouvait garder un travail – elle buvait et on peut supposer qu'elle était quelque peu distante, mais il n'y a aucune trace de maltraitance. Elle est morte de cirrhose du foie quand il avait 15 ans. Après la disparition de son épouse, le père a fait ce qu'il a pu pour élever le gamin, mais Daniel n'acceptait aucune tutelle. Il était en rébellion contre tout ce qui représentait l'autorité : les professeurs, les patrons, et en particulier son père.

Kathryn cita l'enregistrement vidéo qu'elle avait visionné avec Michael O'Neil, dans lequel Pell parlait de la mort de ses parents et accusait son père de lui avoir fait payer son loyer, de l'avoir battu et d'avoir abandonné sa famille.

– Mensonges, dit Nagle. Mais son père n'était certainement pas un tendre et il n'était pas facile pour Pell de vivre en bonne intelligence avec lui. Joseph était croyant, très croyant et très strict sur la morale. C'était d'ailleurs un prêtre, officiellement ordonné, d'une secte presbytérienne conservatrice de Bakersfield, mais il n'a jamais eu sa propre église. Il a été prêtre-assistant, puis on l'a remercié. De nombreux paroissiens s'étaient plaints de son intolérance. Il a tenté de fonder sa propre église, mais le synode presbytérien n'a même pas voulu l'entendre. Il a fini en vendant des ouvrages religieux, des icônes et autres objets du genre. Mais on peut penser qu'il a rendu son fils malheureux. Et que le penchant pour la bouteille de son épouse n'était peut-être pas sans rapport avec son caractère.

La religion n'occupait pas une place centrale dans la vie de Kathryn. Wes, Maggie et elle fêtaient Pâques et Noël, avec pour principales icônes un lapin et un aimable grand-père en tenue rouge, et elle inculquait aux enfants ses propres valeurs à travers des règles solides et irréfutables communes à la plupart des grandes religions. Mais elle était dans la police depuis assez longtemps pour savoir que crime et religion allaient souvent de pair. Pas seulement pour des actions terroristes préméditées, mais aussi pour des prétextes plus triviaux. O'Neil et elle avaient passé une fois presque dix heures dans un garage de la ville voisine de Marina, à négocier avec un prêtre fondamentaliste qui voulait tuer sa femme et sa fille au nom de Jésus parce que l'adolescente était enceinte. (Ils avaient sauvé cette famille, mais Kathryn avait eu le sentiment de comprendre, ce jour-là, jusqu'où pouvait conduire un excès de rigueur appliqué à la spiritualité.)

– Le père de Pell a pris sa retraite, poursuivit Nagle, s'est installé à Phoenix et s'est remarié. Sa seconde femme est morte il y a deux ans, et Joseph l'année dernière, d'une crise cardiaque. Pell, apparemment, avait coupé tout contact depuis très longtemps et il ne lui restait aucun parent, hormis cette tante à Bakersfield.

– Celle qui a la maladie d'Alzheimer ?

– Oui. Mais en réalité, il a aussi un frère.

Il n'était donc pas l'enfant unique qu'il prétendait être.

– Ce frère est plus âgé que lui. Il est parti vivre à Londres il y a plusieurs années. Il est directeur commercial d'un importateur américain, et refuse les interviews. Je ne connais de lui que son nom. Richard Pell.

Kathryn Dance se tourna vers Kellogg.

– Je vais charger quelqu'un de le retrouver.

– Il n'y aurait pas des cousins ? demanda Kellogg.

– La tante ne s'est pas mariée.

Nagle gloussa un peu en tapotant son ouvrage.

– À partir de ses 15 ans, Pell bascule dans la délinquance, et les incarcérations se multiplient. Le plus souvent pour vol simple, vol à l'étalage, vol de voiture. Mais il n'a pas une longue histoire de violence, contrairement à ce qu'on pourrait penser. On ne trouve pas de bagarres de rues ou d'agressions dans ses antécédents et il n'est jamais décrit comme quelqu'un qui ne se contrôle pas. On lit dans le témoignage d'un policier qu'il ne s'en prend aux gens que lorsque c'est tactiquement utile, et qu'il n'aime ni ne déteste la violence. Elle n'est pour lui qu'un moyen. Ce qui n'est pas moins effrayant, ajouta Nagle, en les regardant.

Kathryn pensa à sa première évaluation : capable de tuer froidement chaque fois qu'il le juge utile.

– Pas de drogue, reprit Nagle. Pell, apparemment, n'y a jamais touché. Pas plus qu'à l'alcool.

– Quel est son niveau d'instruction ?

– Question intéressante. Il est très intelligent. Au lycée, il faisait partie des meilleurs dans toutes les matières facultatives, mais ne se montrait jamais quand sa présence était obligatoire. En prison, il a appris le droit tout seul, et il a assuré sa propre défense pour faire appel après le verdict dans l'affaire Croyton.

Kathryn se rappelait sa remarque au sujet de l'école de droit d'Hastings au cours de l'interrogatoire.

– Et il a poussé la procédure jusqu'à la Cour suprême de Californie, qui ne l'a débouté que l'an passé. Ce qui a été pour lui, semble-t-il, un vrai coup dur. Il était certain qu'il allait gagner et qu'il sortirait de prison.

– Eh bien, il est peut-être intelligent, mais pas assez pour rester en liberté, dit Kellogg, en pointant un paragraphe de la biographie qui faisait état d'au moins soixante-dix arrestations. Ça lui fait tout de même un sacré casier judiciaire !

– Et ce n'est que la pointe de l'iceberg. Pell a l'habitude de faire commettre ses crimes par d'autres. Les délits pour lesquels des gens se sont fait prendre après qu'il les y a poussés se comptent probablement par centaines ; vols, cambriolages, vols à l'étalage, vols à la tire… Il gagnait sa vie en se déchargeant sur les autres de la sale besogne.

– Oliver, dit Kellogg.

– Pardon ?

– Charles Dickens. *Oliver Twist*… Vous ne l'avez pas lu ?

– J'ai vu le film, dit Kathryn.

– Vous vous rappelez Fagin, le chef de la bande de pickpockets ? C'est Pell !

– Il quitte Bakersfield pour San Francisco, enchaîna Nagle. Là, il noue de nouvelles connaissances et se fait arrêter pour divers délits, mais rien de grave. On n'entend plus parler de lui pendant un certain temps – jusqu'à son arrestation en Californie dans le cadre d'une enquête pour homicide.

– Homicide ?

– Oui. Le meurtre de Charles Pickering à Redding. Pickering était un employé du comté. Il a été poignardé sur les hauteurs proches de la ville. Il avait été vu une heure auparavant en compagnie de quelqu'un qui ressemblait à Daniel Pell. Un vilain meurtre. La victime baignait dans son sang après avoir reçu douze coups de couteau. Mais Pell avait un alibi – l'une de ses amies a déclaré sous serment qu'il était avec elle à l'heure du meurtre – et il n'y avait pas de preuves matérielles. La police du coin l'a coffré une semaine pour vagabondage, puis il a bien fallu le libérer. L'affaire n'a jamais été élucidée. On le retrouve ensuite à Seaside, avec la Famille qu'il a rassemblée autour de lui. Encore quelques années de vols et autres larcins. Quelques agressions. Un ou deux incendies criminels. On le soupçonne du tabassage d'un motard qui habitait non loin de chez lui, mais l'homme a retiré sa plainte. Deux mois après ce dernier incident, c'est le massacre des Croyton. Depuis – enfin, jusqu'à hier – il était en prison.

– Qu'a dit la fille ?

– La fille ?

– Theresa Croyton, « La poupée qui dormait ».

– Que vouliez-vous qu'elle dise ? Elle dormait ! Elle n'a rien vu, rien entendu. C'est un fait établi.

– Ah, bon ? dit Kellogg. Par qui ?

– Par les enquêteurs de l'époque, je suppose.

Le ton n'était pas catégorique. Nagle, apparemment, ne s'était pas posé la question.

– Elle doit avoir dans les 17 ans aujourd'hui, calcula Kathryn. J'aimerais la voir. Elle pourrait peut-être nous dire des choses. Elle vit avec son oncle et sa tante, n'est-ce pas ?

– Oui. Ils l'ont adoptée.

– Je peux avoir leur numéro de téléphone ?

Nagle hésita. Son regard errait sur le bureau. Il ne brillait plus.

– Un problème ?

– Oui. J'ai promis à la tante que je ne parlerais à personne de cette jeune fille. Elle la protège beaucoup. Je ne l'ai pas encore vue moi-même. Au départ, cette femme ne voulait pas que je lui parle. Elle finira peut-être par accepter, mais si je vous donne son numéro j'ai bien peur qu'elle vous raccroche au nez et qu'elle ne veuille plus entendre parler de moi.

– Dites-moi simplement où elle vit. On trouvera son nom et je n'aurai pas besoin de parler de vous.

Nagle secoua la tête.

– Ils ont changé de nom et ont quitté la région. Ils craignaient des représailles d'anciens membres de la Famille.

– Vous avez donné les noms des trois femmes à Kathryn, lui fit observer Kellogg.

– Oui, mais elles étaient dans l'annuaire et on pouvait facilement les trouver. Theresa et son oncle et sa tante ont fait ce qu'il fallait pour disparaître.

– *Vous* les avez trouvés, dit Kathryn.

– Grâce à des sources confidentielles. Qui, je peux vous l'assurer, tiennent plus que jamais à le rester depuis l'évasion de Pell. Mais je sais bien que c'est important. Je vais donc aller voir la tante en personne. Je lui dirai que vous avez besoin de parler avec

Theresa au sujet de Pell. Je ne ferai rien pour les forcer. S'ils refusent, je n'insisterai pas.

Kellogg hocha la tête.

– C'est tout ce que nous demandons. Merci.

Kathryn feuilletait la biographie.

– Plus j'en apprends sur lui, moins je comprends, dit-elle.

L'écrivain-journaliste se mit à rire. Une lueur espiègle brillait à nouveau dans son regard.

– Vous voulez savoir ce qui fait courir Daniel Pell ?

Plongeant à nouveau dans sa serviette, il en sortit une liasse de documents qu'il feuilleta à son tour pour s'arrêter à un marque-page jaune.

– Voici un extrait de l'un de ses interrogatoires en prison. Je crois que, pour une fois, il parlait franchement.

Il lut :

— Pell : Vous cherchez à m'analyser, n'est-ce pas ? Vous cherchez à savoir ce qui me branche ? Allons, vous connaissez sûrement la réponse, docteur ! C'est la même pour tout le monde : la famille, bien sûr. Papa me fouettait, Papa m'ignorait. Maman ne m'a pas nourri au sein, et l'oncle Joe, on se demande ce qu'il a fait. L'inné, l'acquis, on peut déposer ça aux pieds de sa famille. Mais quand on y réfléchit trop, on se retrouve avec tous ses parents, tous ses ancêtres et on est paralysé. Non, non, si on veut s'en sortir, il faut tous les envoyer paître et se rappeler qu'on est celui qu'on est et que ça ne changera jamais.

— Alors, qui êtes-vous, Daniel ?

— Pell (riant) : Moi ? Je suis celui qui tire les ficelles de votre âme et vous fait faire des choses dont vous ne vous seriez jamais cru capable. Je suis le Joueur de flûte qui vous conduit là où vous aviez peur d'aller. Et croyez-moi, docteur, vous seriez étonné si vous saviez comme ils sont nombreux ceux qui attendent leur Joueur de flûte et leur marionnettiste !

– Il faut que je rentre chez moi, dit Kathryn, après le départ de Nagle.

Sa mère et les enfants l'attendaient avec inquiétude pour fêter l'anniversaire de son père.

Kellogg repoussa la mèche qui lui barrait le front. Elle retomba. Il essaya à nouveau. En le regardant faire ce geste, elle vit quelque chose qu'elle n'avait pas remarqué – un pansement dépassait du col de sa chemise.

– Vous êtes blessé ?

Haussement d'épaules.

– J'ai été touché au cours d'une arrestation à Chicago, l'autre jour.

Son langage du corps disait à Kathryn qu'il ne tenait pas à en parler, et elle n'insista pas. Mais il ajouta :

– On a tout de même eu le type.

Sur un certain ton, avec un certain coup d'œil – comme elle, pour dire aux gens qu'elle était veuve.

– Désolée pour vous. Vous tenez le coup, malgré tout ?

– Très bien. Enfin, non. Mais je tiens. Quand on n'a pas le choix, on fait de son mieux.

Sans plus y réfléchir, elle dit :

– Vous êtes pris ce soir ?

– Un coup de fil au chef pour le tenir au courant, puis un bain à l'hôtel, un burger et au lit. Bon, d'accord, deux scotchs.

– J'ai une question.

Il la regarda en haussant les sourcils.

– Vous aimez les gâteaux d'anniversaire ?

Il n'eut qu'une très brève hésitation avant de répondre :

– Ce sont ceux que je préfère.

CHAPITRE 26

– Maman, regarde ! On a décoré le Pont !

Kathryn se pencha pour embrasser sa fille.

– Oh, Mag, c'est magnifique !

Les enfants y avaient fiévreusement travaillé tout l'après-midi et le Pont avait vraiment un air de fête. Oriflammes, lanternes chinoises, bougies à profusion... (Ils étaient à bonne école avec leur mère : quand Kathryn Dance recevait, la cuisine n'était pas des plus raffinées, mais l'ambiance garantie.)

– À quel moment il va ouvrir ses cadeaux ? demanda Maggie, parlant de son grand-père.

Elle avait, avec son frère, économisé sur son argent de poche pour offrir une tenue de pêche à Stuart Dance – un filet et des cuissardes. Kathryn savait que quoi que lui offrent ses petits-enfants, il en serait ravi, mais qu'il profiterait vraiment de ces objets-là.

– Les cadeaux, après le gâteau, déclara Edie Dance, qui arrivait à ce moment sur le Pont. C'est-à-dire à la fin du repas.

– 'Jour, M'man !

Les embrassades n'étaient pas habituelles entre Kathryn et sa mère, mais Edie, ce jour-là, en profita pour dire à voix basse qu'elle avait des nouvelles de Juan Millar.

Les deux femmes entrèrent dans le living-room.

Kathryn vit tout de suite que sa mère était soucieuse.

– Qu'y a-t-il ?

– Il en est toujours à peu près au même point. Il a repris connaissance deux ou trois fois. (Elle jeta un coup d'œil autour d'elle pour s'assurer que les enfants n'écoutaient pas.) Pas plus de quelques secondes. Il n'est pas vraiment en état de parler. Mais…

– Quoi, M'man ?

Edie baissa encore la voix d'un ton.

– Tout à l'heure, j'étais à côté de son lit. Il n'y avait personne à portée de voix. Je l'ai regardé, et il avait ouvert les yeux. Enfin, celui qui n'a pas de pansement. Ses lèvres remuaient. Je me suis penchée. Et il a dit… (Edie regarda à nouveau autour d'elle.) Il a dit : « Tuez-moi. » Deux fois. Puis il a refermé les yeux.

– Il souffre tant que ça ?

– Non, avec ce qu'on lui donne, il ne peut rien sentir. Mais il y voit. Il se voit. Il n'est pas idiot.

– Ses parents sont là ?

– Presque tout le temps. Et son frère ne le quitte pas une minute. Il ne nous lâche pas, nous non plus. Il pense qu'on ne soigne pas Juan aussi bien qu'on le devrait parce que c'est un Latino. Et il a fait une ou deux remarques à ton sujet.

Kathryn se contenta de hocher la tête avec une grimace.

– Désolée, ajouta Edie. Mais… Autant que tu le saches, n'est-ce pas.

– Merci.

Inquiétant, en effet. Pas Julio Millar, bien sûr. Avec lui, elle saurait toujours comment s'y prendre. Mais le désespoir du jeune détective la bouleversait.

Tuez-moi…

– Betsey a appelé ? demanda-t-elle.

– Ah, oui. Ta sœur ne pourra pas venir, répondit Edie, d'un ton léger qui cachait son irritation à l'idée que leur fille cadette refusait de faire quatre heures de route depuis Santa Barbara pour fêter l'anniversaire de son père.

Avec cette histoire d'évasion, pourtant, Kathryn ne serait certainement pas allée là-bas dans la situation inverse. Mais conformément à la règle selon laquelle, dans les familles, les transgressions hypothétiques ne sont pas des fautes, c'était Betsey qui écopait ce jour-là d'un mauvais point.

Elles retournèrent sur le Pont.

– M'man, dit Maggie, on pourra laisser Dylan et Patsy dehors ?

– On verra.

Les chiens étaient un peu trop turbulents dans ces occasions et se servaient volontiers dans les plats destinés aux humains.

– Où est ton frère ?

– Dans sa chambre.

– Qu'est-ce qu'il fait ?

– Des trucs.

Kathryn mit son arme sous clé pour la soirée. Un agent de sécurité du MCSO montait la garde devant la maison. Elle prit une douche et se changea.

Elle trouva Wes dans le couloir.

– Non, non, pas un T-shirt ! C'est l'anniversaire de ton grand-père.

– Mais, M'man, il est propre !

– Mets un polo. Le bleu et blanc.

Elle savait mieux que lui ce qu'il y avait dans son placard.

– Ah. D'accord.

Elle le regarda plus attentivement. Il gardait les yeux baissés. Son attitude n'avait rien à voir avec un changement de chemise.

– Qu'y a-t-il ?

– Rien.

– Allons. Accouche.

– Accouche ?

– On disait ça de mon temps. Explique-moi ce que tu as sur le cœur.

– Rien.

– Va te changer.

Dix minutes plus tard, elle composait des piles de succulents amuse-gueules en adressant une action de grâce muette à son traiteur.

Wes surgit à côté d'elle dans une vraie chemise aux manchettes boutonnées, dont il avait même fourré les pans sous sa ceinture. Il attrapa une poignée de cacahuètes salées. Il se déplaçait dans un nuage d'after-shave. Il était superbe. Le métier de parent est un défi permanent, avec malgré tout de nombreuses raisons d'être fier.

– M'man ?

Il lança une noix de cajou en l'air pour la gober.

– Ne fais pas ça. Tu pourrais t'étouffer.

– M'man ?

– Quoi ?

– Qui vient, ce soir ?

Il lui faisait face, mais son regard fuyait. Il y avait autre chose derrière cette question. Elle savait ce qui le tracassait – comme la veille au soir. Mais il était temps de parler.

– Quelques personnes seulement.

Dimanche, il y aurait une grande soirée avec de nombreux amis de Stuart au Marine Club à côté de l'aquarium de Monterey. Mais ce soir, c'était l'anniversaire de son père et elle n'avait invité que huit ou neuf personnes à dîner.

– Michael et sa femme, Steve et Martine, les Barber… je crois que c'est tout. Ah oui, il y a aussi quelqu'un qui travaille avec nous en ce moment. Il est de Washington.

Il hocha la tête.

– C'est tout ? Personne d'autre ?

– C'est tout.

Elle lui lança un sachet de bretzels qu'il attrapa au vol d'une seule main.

– Sors-moi ça. Et fais en sorte qu'il en reste pour les invités.

Wes sortit, visiblement soulagé, et entreprit d'emplir des coupelles.

Brian Gunderson n'était pas invité, comme il l'avait craint.

Le Brian à qui on devait rendre le livre posé en évidence non loin de là, le Brian dont Maryellen Kresbach transmettait les messages avec tant de diligence chaque fois qu'il appelait Kathryn à son bureau du CBI.

Brian a appelé…

Elle était sortie avec ce conseiller financier de 44 ans, grâce aux bons soins de Maryellen qui mettait autant de passion et de talent à marier les agents du CBI qu'à leur faire du café et à gérer leur vie professionnelle.

Brian était intelligent, agréable et même drôle à l'occasion ; à leur premier rendez-vous il avait écouté ses explications sur la synergologie puis s'était assis sur ses mains : « Comme ça, vous ne pourrez pas deviner mes intentions ! » Le dîner avait été long et agréable. Divorcé et sans enfants (mais il souhaitait en avoir), Brian était très occupé par son métier, et comme Kathryn avait elle aussi un emploi du temps chargé, leur relation avait mis du temps à évoluer. Ce qui convenait tout à fait à la jeune femme. Longtemps mariée, veuve depuis peu, elle n'était pas pressée.

Après un mois de dîners, de cafés et de sorties au cinéma, ils avaient fait ensemble une grande randonnée et s'étaient retrouvés sur la plage à Asilomar. Un coucher de soleil doré, une famille de loutres de mer s'ébattant près du rivage… comment se refuser à un ou deux baisers ? Elle se souvenait d'y avoir pris du plaisir. Puis de s'être sentie coupable de ce plaisir. Puis d'avoir laissé le plaisir l'emporter sur la culpabilité. Cette *part* de vous-même sans laquelle vous pouvez vivre un certain temps, mais pas éternellement.

Kathryn n'avait pas de projet d'avenir avec Brian et trouvait très bien de ne rien brusquer pour voir comment les choses évolueraient.

Puis Wes s'en était mêlé. Sans brutalité, sans la mettre dans l'embarras, mais il lui avait clairement fait comprendre que, pour lui, il n'y avait rien à sauver chez ce Brian. Kathryn avait présenté un diplôme de troisième cycle sur l'aide au travail de deuil, mais elle voyait encore une psy de temps à autre. Celle-ci lui avait conseillé de faire vibrer la fibre romantique en éveillant l'intérêt des enfants pour la naissance d'une idylle, mais Wes avait éventé la manœuvre. Il se rembrunissait et se montrait agressif chaque fois qu'il était question de Brian ou qu'elle revenait de le voir.

Ce soir, contrairement à la veille, la question ne lui était pas restée sur les lèvres. « Qui vient ce soir ? » signifiait, bien entendu, est-ce que Brian sera là ? et la question corollaire : Vraiment ? C'est *pour de bon* ? Oui, on a vraiment rompu.

Mais Kathryn se demandait ce qu'il en était pour Brian. Il avait tout de même appelé plusieurs fois depuis. La psy trouvait cela normal de sa part, et disait que Kathryn s'en sortirait sans dégâts à condition de rester patiente et déterminée. Le principal étant de ne pas se laisser manipuler. Puis elle s'était dit à un certain moment qu'elle n'était pas assez patiente ni déterminée. Et, deux semaines auparavant, elle avait rompu « pour de bon ». Elle l'avait fait avec tact, en expliquant que la mort de son mari était trop récente, et qu'elle ne se sentait pas prête. Brian avait accusé le coup mais ne l'avait pas trop mal pris. Il n'y avait pas eu de mots désagréables et ils s'étaient quittés bons amis. En laissant les choses ouvertes.

Donnons-nous simplement un peu plus de temps...

Et cette rupture, à vrai dire, était un soulagement. En tant que parent, il faut savoir choisir ses batailles. Elle s'était dit qu'elle pouvait mieux employer son énergie qu'à des escarmouches autour d'une affaire sentimentale. Les appels de Brian lui faisaient plaisir, et il lui fallait bien s'avouer qu'il lui manquait.

En sortant du vin sur le Pont, elle trouva son père avec Maggie. Il tenait un livre et pointait du doigt la photographie d'un poisson des grandes profondeurs qui semblait phosphorescent.

– Dis donc, Mag, ça a l'air bon ! lança Kathryn en passant.

– C'est malin, rétorqua la fillette.

– Bon anniversaire, P'pa !

Elle l'embrassa.

– Merci, ma chérie.

Kathryn arrangea les plats sur la table, mit des bières au frais, puis rentra dans la cuisine et prit son portable pour appeler TJ et Carraneo. On n'avait toujours pas retrouvé Pell, ni la Ford Focus disparue, les recherches autour des mots Nimue et Alison n'avaient toujours rien donné, et on ne savait toujours pas dans quel hôtel, motel ou pension se planquaient le fugitif et sa complice : on ne les avait vus nulle part.

Elle fut tentée d'appeler Winston Kellogg de crainte qu'il n'ose pas venir par simple timidité, mais ne le fit pas. À lui de décider.

Elle donna un dernier coup de main à sa mère qui cuisinait encore, et retourna sur le Pont pour accueillir ses voisins Tom et Sarah Barber, qui venaient d'arriver avec du vin, un cadeau d'anniversaire et Fawlty, leur grand chien maigre de race indéterminée.

– M'man, s'il te plaît ! appela Maggie.

– D'accord, d'accord, laissez-les sortir.

Maggy libéra Patsy et Dylan de la chambre où on les avait enfermés, et les trois chiens se mirent à courir dans le jardin en se bousculant et en cherchant de nouvelles odeurs, la truffe au ras du sol.

Un autre couple apparut sur le Pont quelques minutes plus tard. Steven Cahill, la quarantaine, aurait pu être mannequin pour Birkenstock, avec son pantalon en velours côtelé et sa queue-de-cheval poivre et sel. Martine Christensen, sa femme, ne ressemblait pas à son nom ; elle était brune et voluptueuse. On aurait pu croire que du sang espagnol ou mexicain coulait dans ses veines, mais ses ancêtres avaient combattu les colonisateurs à l'époque de la Conquête de l'Ouest. C'était une Indienne ohlone, du nom d'une tribu dont le territoire de chasse s'étendait alors de Big Sur à la baie de San Francisco. Pendant des siècles, et peut-être des millénaires, les Ohlones avaient été les seuls habitants de cette partie du pays.

Kathryn et Martine s'étaient rencontrées quelques années plus tôt à l'occasion d'un concert sur un campus de Monterey – dont le nom restait attaché au célèbre Monterey Folk Festival qui avait vu en 1965 les débuts de Bob Dylan sur la Côte Ouest, et d'où était né quelques années plus tard le non moins célèbre Monterey Pop Festival, d'où Jimi Hendrix et Janis Joplin avaient pris leur essor vers une célébrité planétaire.

Le concert au cours duquel Kathryn et Martine avaient fait connaissance n'avait pas révolutionné la scène culturelle, mais avait été important pour chacune d'elles sur un plan plus personnel. Les deux femmes s'étaient tout de suite entendues et elles étaient restées longtemps après la fin, pour parler musique. Elles étaient rapidement devenues amies. C'était Martine qui avait quasiment enfoncé la porte de Kathryn, à plusieurs reprises, après la mort de Bill. Elle avait mené une vigoureuse campagne sur le thème « non au chagrin ! » pour empêcher son amie de céder à la tentation d'un veuvage solitaire et reclus dans sa tristesse. Tandis que certains l'évitaient, et que d'autres (y compris sa mère) la fatiguaient à force de manifestations de sympathie et de soutien, Martine la cajolait, la provoquait et la stimulait sans jamais se décourager. Et en dépit de ses réticences, Kathryn avait fini par se rendre compte que personne n'avait agi avec autant d'efficacité pour la ramener à la vie.

Les enfants de Steve et Martine, des jumeaux âgés d'un an de plus que Maggie, arrivèrent sur les talons de leurs parents, l'un portant la guitare maternelle dans son étui, l'autre un cadeau pour Stuart. Après les embrassades, Maggie emmena les deux garçons dans le jardin.

Les adultes se rassemblèrent autour d'une table branlante mais illuminée par des bougies.

Kathryn vit que Wes semblait réellement heureux pour la première fois depuis longtemps. Doué d'un vrai talent d'animateur, il s'affairait maintenant pour organiser un jeu entre les enfants.

La pensée de Brian lui traversa l'esprit – fugitivement.

– Cette évasion. Tu... ?

La voix mélodieuse de Martine se tut car elle vit que Kathryn savait de quoi elle voulait parler.

– Oui, je m'en occupe.

– Tu es donc en première ligne, dit son amie.

– Oui. Si vous me voyez partir avant le gâteau et les bougies, ce sera pour ça.

– C'est bizarre, dit Tom Barber, qui écrivait des livres et travaillait pour un journal local. On parle tout le temps des terroristes. Ce sont les nouveaux méchants. Et soudain, on se retrouve avec un Daniel Pell. On finit par oublier que ce sont des gens comme lui qui font peser une vraie menace sur la plupart d'entre nous.

– Vous savez que, sur toute la Péninsule, les gens ont tellement peur qu'ils ne sortent plus de chez eux ? enchaîna la femme de Barber.

– Et moi, si je suis ici, dit Steven Cahill, c'est uniquement parce que je savais qu'il y aurait des gens armés pour nous défendre !

Kathryn éclata de rire.

Michael et Anne O'Neil arrivaient avec leurs deux enfants, Amanda et Tyler, âgés de 9 et 10 ans. Maggie, fidèle à son rôle d'hôtesse, accompagna les deux gamins dans le jardin après avoir fait une provision de chips et de sodas.

Kathryn, d'un geste, invita tout le monde à se servir de vin et de bière et repartit dans la cuisine pour aider sa mère. Mais celle-ci lui dit :

– Tu as encore un invité, en montrant la porte d'entrée devant laquelle se tenait Winston Kellogg.

– Je suis venu les mains vides, avoua-t-il.

– On a ce qu'il faut, et même plus. Vous repartirez avec un casse-croûte, si vous voulez. À propos, vous n'avez pas d'allergies ?

– Si. Au pollen. Mais pas aux chiens.

Kellogg s'était encore changé. Il avait la même veste sport, mais un jean et un polo, et des mocassins de marine avec des chaussettes jaunes.

Il vit le regard de Kathryn.

– Je sais, je ressemble plus à un papy joueur de foot qu'à un flic fédéral.

Elle le fit entrer dans la cuisine pour le présenter à Edie. De là, ils sortirent sur le Pont, pour une rafale de nouvelles présentations. Elle resta discrète sur sa mission, et il se contenta de déclarer qu'il venait de Washington et « travaillait sur quelques projets avec Kathryn ».

Elle lui fit ensuite descendre les marches vers le jardin pour lui présenter les enfants. Elle surprit les regards très attentifs de Wes et de Tyler, qui cherchaient visiblement à voir s'il portait une arme en échangeant quelques mots rapides à voix basse.

O'Neil les rejoignit.

Wes le salua avec enthousiasme et, sans un autre regard pour Kellogg, reprit son jeu, qu'il venait apparemment d'inventer. Il posait les règles. Celles-ci semblaient inclure la galaxie et des dragons invisibles. Les chiens étaient des extraterrestres. Les jumeaux disposaient d'un royaume, et une pomme de pin était dotée d'un pouvoir magique, quand elle ne servait pas de grenade.

– Vous avez parlé de Nagle à Michael ? demanda Kellogg.

Elle fit au détective un bref résumé des informations sur le passé de Pell qu'elle avait collectées chez le journaliste-écrivain, et ajouta que celui-ci allait contacter Theresa Croyton pour lui demander de les recevoir.

– Vous croyez, donc, que Pell est encore ici à cause de ces anciens meurtres ? demanda Kellogg.

– Je n'en sais rien, répondit-elle. Mais j'ai besoin d'un maximum d'informations.

O'Neil sourit et dit à Kellogg :

– On retourne chaque pierre jusqu'à la dernière. Voilà comment je qualifierais sa façon de travailler.

– Sachant que c'est de lui que je l'ai apprise ! précisa Kathryn en riant.

– J'ai pensé à quelque chose, dit O'Neil. Vous vous souvenez que Pell parlait d'argent dans l'une de ses conversations au téléphone depuis Capitola ?

– 9 200 dollars, dit Kellogg.

Il avait retenu le chiffre. Kathryn en fut impressionnée.

– Voilà ce que j'ai pensé : on sait que la Thunderbird a été volée à Los Angeles. On peut logiquement en déduire que la petite amie de Pell vient de là. Alors, que diriez-vous de contacter toutes les banques du comté de L.A. pour savoir qui, parmi leurs clientes, a retiré une telle somme depuis, mettons, un mois ou deux ?

Pour Kathryn, l'idée était bonne, mais demanderait beaucoup de travail.

– Pour faire ça, dit O'Neil à Kellogg, on aura besoin de vos copains : les gens du Trésor, les services du fisc, et de la Sécurité intérieure.

– C'est une bonne idée. Mais… (Il réfléchissait visiblement en parlant.) Vous risquez d'avoir un problème de main-d'œuvre.

Comme le pensait déjà Kathryn.

– Il y a des millions de clients. Je sais que le bureau de L.A. ne pourrait pas assurer une telle opération, et que la Sécurité intérieure risque de nous rire au nez. Sans compter que si la fille est maligne, elle aura effectué pendant quelque temps de petits retraits d'argent qui n'auront pas attiré l'attention.

– C'est vrai. Mais on aura franchi un grand pas si on arrive à identifier sa complice. Comme vous le savez, un deuxième suspect…

– … multiplie par X les chances de détection et d'arrestation, dit Kellogg, achevant la phrase tirée du vieux manuel d'instruction de la police que Kathryn et O'Neil citaient souvent.

Kellogg soutint le regard d'O'Neil en souriant.

– La police fédérale ne dispose pas d'autant de moyens qu'on le croit. Je suis sûr que si on se lançait dans cette recherche on n'aurait même pas assez de monde pour téléphoner. Ce serait un énorme boulot.

– Je me demande… On pourrait peut-être, plus facilement, interroger toutes les bases de données en passant toujours par les grandes banques à succursales ?

Michael O'Neil savait à l'occasion se montrer tenace.

– Il faudrait un mandat ? demanda Kathryn.

– Sans doute, si on utilise le nom, répondit O'Neil. Mais si une banque accepte de coopérer, elle peut entrer les seuls numéros de comptes et nous dire s'il y a eu des opérations suspectes. On pourra alors obtenir dans la demi-heure un mandat avec le nom et l'adresse.

Kellogg but une gorgée de vin.

– Il y a un autre problème. Si on sollicite la Sécurité intérieure ou d'autres institutions du même genre pour une recherche aussi problématique, on risque de se priver de leur soutien par la suite.

– Vous voulez dire qu'on ne pourra pas crier au loup une deuxième fois, n'est-ce pas ?

O'Neil hocha la tête.

– Je crois qu'à ce niveau, en effet, il faut jouer plus politique qu'on ne le fait habituellement.

– Réfléchissons tout de même à la chose. Je vais voir qui je peux appeler.

O'Neil regarda par dessus l'épaule de Kathryn.

– Eh ! Bon anniversaire, jeune homme !

Stuart Dance, qui arborait un insigne « Héros du Jour » confectionné par Wes et Maggie, versa du vin dans les verres d'O'Neil et de Kathryn, et dit à Kellogg :

– On parle boutique, ici ? C'est interdit. Je vous enlève donc à ces enfants. Venez jouer avec les grands !

Kellogg le suivit avec un rire timide jusqu'à la table illuminée par les bougies. Martine avait sorti sa vieille guitare Gibson de l'étui et invitait tout le monde à chanter avec elle. Kathryn et O'Neil restèrent seuls. Elle surprit le regard de Wes dans leur direction. Il avait apparemment observé les adultes. Il se détourna pour reprendre son jeu improvisé à la manière de *La Guerre des étoiles*.

– Il a l'air bien, dit O'Neil, en désignant Kellogg d'un signe discret de la tête.

– Winston ? Oui.

Il était comme ça, Michael : l'antithèse de la mesquinerie. Il n'en voulait absolument pas à Kellogg qui venait de rejeter son idée.

– Il a été blessé récemment ? demanda-t-il, en portant la main à son cou.

– Comment le sais-tu ?

Le pansement n'était pas visible ce soir.

– Je l'ai vu se toucher le cou comme on touche une blessure.

Elle se mit à rire.

– Bravo pour l'analyse synergologique ! Oui, ça lui est arrivé à Chicago, il n'y a pas longtemps. Le type qu'il poursuivait a tiré le premier, à ce que j'ai compris, mais Win l'a tout de même arrêté. Il ne m'a pas donné de détails.

Ils restèrent un moment silencieux en regardant le jardin, les enfants, les chiens, les lumières qui brillaient de plus en plus, tandis que le jour baissait.

– On va l'avoir, dit O'Neil.

– Tu le crois ?

– Oui. Il va commettre une erreur. Ils finissent toujours par en faire une.

– Je ne sais pas... Il n'est pas comme les autres. Tu ne trouves pas ?

– Non. Il n'est pas différent. Il est simplement... *plus* que les autres.

O'Neil était l'un des plus grands lecteurs et l'un des hommes les plus cultivés qu'elle ait rencontrés, mais sa philosophie de la vie relevait souvent d'une étonnante simplicité. Il ne croyait pas au bien et au mal, et encore moins à Dieu et au Diable. Il n'y voyait que des abstractions susceptibles de vous distraire de votre véritable tâche, qui consistait à attraper les gens coupables d'enfreindre les règles édictées par les hommes pour préserver leur santé et leur sécurité.

Ni bien ni mal. Seulement des forces destructrices qu'il fallait arrêter.

Pour Michael O'Neil, Daniel Pell était un tsunami, une tornade.

– Et ce garçon avec qui tu sortais, dit-il, en regardant jouer les enfants. C'est fini, avec lui ?

Brian a appelé...

– Tu as deviné, n'est-ce pas ?

– Désolé pour toi.

– Oh, tu sais ce que c'est... dit Kathryn, en se reprochant aussitôt de proférer ce genre de banalités qui meublent les conversations.

– Oui.

Elle se retourna vers la cuisine en se demandant si sa mère s'en sortait avec le dîner. Elle vit la femme d'O'Neil qui les regardait tous les deux. Anne sourit.

Kathryn lui sourit à son tour et dit à O'Neil :

– Allons retrouver les chanteurs.

– Il va falloir que je chante, moi aussi ? demanda O'Neil.

– Certainement pas, dit-elle, vivement.

Il avait une voix superbe, avec un vibrato naturel. Mais il n'aurait pas pu, même sous la torture, chanter une note juste.

Après une demi-heure de chansons, de bavardages et de rires, Edie Dance, sa fille et sa petite-fille posèrent sur la table le filet de bœuf mariné, la salade, les asperges et le gratin de pommes de terre. Kathryn s'assit à côté de Winston Kellogg, qui semblait tout à fait à l'aise parmi tous ces gens qu'il voyait pour la première fois. Il risqua même quelques plaisanteries avec un côté pince-sans-rire qui lui rappela son mari, lequel n'avait pas fait seulement la même carrière que Kellogg mais possédait le même caractère placide et bon enfant – du moins lorsqu'il n'était pas en service.

La conversation roula de la musique aux réflexions d'O'Neil sur la vie artistique à San Francisco, à la politique dans le Middle West, à Washington et à Sacramento, et – beaucoup plus important – à l'histoire de la loutre de mer qui venait de naître en captivité dans l'aquarium de la ville.

Une agréable soirée avec ce qu'il fallait d'amitié, de rires, de bonne chère et de musique.

Quelque chose, pourtant, empêchait Kathryn Dance de se sentir tout à fait bien. Comme les accords de guitare de Martine qui accompagnaient en sourdine le brouhaha des discussions, la pensée de Daniel Pell toujours en liberté ne la quittait pas.

Mercredi

CHAPITRE 27

Kathryn Dance était dans un bungalow de l'hôtel Point Lobos – elle venait pour la première fois de sa vie dans un établissement aussi cher. Les bungalows formaient un ensemble de suites privées et indépendantes à l'écart de la route 1, au sud de Carmel et au bord du magnifique parc naturel auquel l'établissement devait son nom. On y était au calme – les bâtiments de style Tudor se trouvaient à l'extrémité d'une longue allée éloignée de la route – et on avait, de la voiture du shérif adjoint du comté de Monterey, une vue dégagée à trois cent soixante degrés, ce qui expliquait sa présence devant l'entrée.

Kathryn s'était présentée à la réception avec O'Neil. Il écoutait à cet instant le rapport d'enquête sur une disparition à Monterey. Elle appela TJ et Carraneo. TJ n'avait rien de nouveau à lui apprendre, et l'agent arrivé depuis peu au FBI lui expliqua qu'il avait vainement cherché une pension ou un hôtel à bon marché dans lequel Pell pourrait se trouver.

– Je les ai tous passés au peigne fin jusqu'à Gilroy, et...

– Les hôtels *à bon marché* ?

Un silence.

– C'est vrai, agent Dance. Je ne me suis pas occupé des plus chers. Je me suis dit qu'un prisonnier en cavale n'avait pas beaucoup d'argent pour se loger.

Elle n'avait pas oublié la conversation secrète de Pell au téléphone depuis Capitola, et les 9 200 dollars dont il avait parlé.

– Pell se dit sans doute que c'est justement ce que *vous* pensez. Ce qui signifie…

Elle laissa Carraneo compléter sa phrase.

– … qu'il serait plus malin de sa part de descendre dans un hôtel de luxe. Hum… D'accord. Je vois ce qu'il me reste à faire. Où êtes-vous maintenant, agent Dance ? Vous croyez qu'il…

– J'ai déjà examiné la liste des clients, ici.

Elle raccrocha, consulta à nouveau sa montre et se demanda : ce plan insensé a-t-il la moindre chance de marcher ?

Cinq minutes plus tard, on frappait à sa porte. Elle ouvrit. La silhouette massive de l'agent Albert Stemple masquait celle d'une femme d'une trentaine d'années. Linda Whitfield était petite et boulotte, avec de jolis traits totalement exempts de maquillage et des cheveux roux coupés court. Elle était assez mal habillée : son pantalon noir élastique luisait aux genoux et des fils pendaient à l'ourlet de son sweater rouge ; le col en V s'ouvrait sur une croix en étain. Kathryn ne détecta aucune trace de parfum, ni de vernis sur les ongles courts de la jeune femme.

Elles échangèrent une poignée de main. Celle de Linda était vigoureuse.

Stemple regarda Kathryn en haussant les sourcils, ce qui voulait dire : « Autre chose ? »

Elle le remercia, et le gros agent posa la valise de Linda avant de sortir. Kathryn referma la porte tandis que la jeune femme s'avançait dans le living-room du bungalow pour deux. Elle parcourut du regard la pièce au décor élégant comme quelqu'un qui n'avait jamais mis les pieds dans un endroit pareil.

– Dites donc !

– J'ai du café qui passe, dit Kathryn, avec un geste vers la petite cuisine.

– Je préfère du thé, s'il y en a.

Kathryn fit une tasse.

– J'espère que nous n'aurons pas besoin de rester trop longtemps. Pas plus d'une soirée, peut-être.

– Des nouvelles de Daniel ?

– Rien de nouveau.

Linda regardait les chambres comme si le fait d'en choisir une devait l'engager à rester plus longtemps qu'elle ne le voulait. Sa sérénité parut vaciller, puis revint. Elle opta pour une chambre et y porta sa valise. Elle revint au bout d'un instant, prit la tasse de thé, y versa un peu de lait et s'assit.

– Je n'avais pas pris l'avion depuis des années, dit-elle. Et ce jet... Incroyable ! Il y avait un agent du FBI à bord. C'était très agréable.

Elles étaient assises sur de confortables canapés, séparées par une grande table basse. Elle examina à nouveau la pièce.

– Dites donc, c'est joli !

Sans aucun doute. Kathryn se demanda ce que dirait le comptable du FBI en voyant la note. Près de 600 dollars la nuit.

– Rebecca est en route. Mais on peut commencer toutes les deux ?

– Et Samantha ?

– Elle ne veut pas venir.

– Vous lui avez parlé ?

– Je suis allée la voir.

– Où ?... Non, attendez. Vous ne devez pas me le dire.

Kathryn sourit.

– Il paraît qu'elle s'est offert une opération de chirurgie esthétique et qu'elle a changé de nom, et tout ?

– C'est exact.

– J'ai acheté un journal à l'aéroport, pour savoir où on en était.

Kathryn s'interrogea sur l'absence de télévision chez son frère ; était-ce le résultat d'un choix éthique ou culturel ? Ou par souci d'économie ? On pouvait recevoir les chaînes câblées pour quelques centaines de dollars. Mais elle avait déjà noté les chaussures carrément éculées de Linda.

– Ils disent – dans le journal – que c'est lui qui a tué les deux gardiens. (Elle posa sa tasse.) Ça m'étonne. Daniel n'était pas un violent. Il n'aurait pas fait de mal à quelqu'un, sauf pour se défendre.

On pouvait se dire que, du point de vue de Pell, c'était pour cette raison qu'il avait tué les gardiens.

– Mais, ajouta Linda, il a laissé ce chauffeur s'échapper.

Parce que c'était dans son intérêt.

Dance lui demanda ce qu'elle pensait du meurtre du fonctionnaire à Redding.

– Charles Pickering ? (Linda laissa son regard errer vers la cuisine pendant qu'elle réfléchissait.) Je n'ai jamais entendu Daniel en parler. Mais si la police l'a relâché, il faut croire que ce n'était pas lui.

Logique. Et intéressant.

– Comment avez-vous fait la connaissance de Pell ?

– Il y a une dizaine d'années. Dans le jardin du Golden Gate, à San Francisco. Je m'étais sauvée de chez moi et c'est là que je dormais. Daniel, Samantha et Jimmy habitaient à Seaside, avec d'autres gens. Ils s'étaient baladés tout le long de la côte, comme des bohémiens. Ils vendaient des objets qu'ils achetaient ou qu'ils fabriquaient eux-mêmes. Samantha et Jimmy étaient assez forts pour ça ; ils faisaient des cadres, des porte-CD, des machins pour suspendre les cravates… Donc, je m'étais sauvée – rien de grave, je faisais ça tout le temps – et Daniel m'a vue du côté du Jardin japonais. Il s'est assis à côté de moi et on a discuté. C'est un don qu'il a. Il vous écoute. Comme si vous étiez le centre du monde. On ne résiste pas.

– Et vous n'êtes plus retournée chez vous ?

– Si. Mais je rêvais depuis longtemps de m'en aller pour de bon. Comme mon frère. Il avait 18 ans quand il est parti et on ne l'a jamais revu. Mes parents – on habitait à San Mateo – étaient très stricts. On se serait cru à l'armée, chez nous. Mon père était le patron de la banque de Santa Clara.

– Attendez. Ce Whitfield-*là* ?

– Eh oui. Le multimillionnaire. Celui qui finançait toute une partie de Silicon Valley et qui a échappé à la crise. Celui qui s'était lancé dans la politique – jusqu'à ce que sa fille fasse la une des journaux. (Un sourire ironique.) Vous n'aviez jamais vu une fille reniée par ses parents ? Eh bien, c'est fait… Ils étaient très autoritaires. Je devais leur obéir pour tout. Ranger ma chambre comme ceci, m'habiller comme cela, suivre tel cours et pas tel autre, et avoir de bonnes notes. J'ai été battue jusqu'à l'âge de 14 ans, et je crois qu'ils ont arrêté parce que ma mère a dit à mon père que c'était pas une bonne idée avec une fille aussi grande… Ils disaient que c'était pour mon bien, parce qu'ils m'aimaient et tout ça. En fait, c'étaient des malades qui n'aimaient que commander. Ils voulaient que je sois une petite poupée pour m'habiller à leur façon et jouer avec moi. Donc je suis revenue chez moi, mais je ne pensais qu'à Daniel, je ne pouvais plus me le sortir de la tête. On avait juste discuté, pendant – disons – quelques heures. Mais ça avait été merveilleux. Il m'avait traitée comme une personne. Il m'avait dit avoir confiance dans mon jugement. Que j'étais intelligente. Et que j'étais jolie. (Une grimace.) Oh, je n'étais vraiment rien de tout ça. Mais quand il le disait, je le croyais. Un matin, ma mère entre dans ma chambre et me dit de me lever et de m'habiller. On devait aller voir une de mes tantes ou je ne sais plus qui. Et j'étais censée être en jupe. Mais je préférais mettre un jean. Ce n'était pas une sortie mondaine, on y allait simplement pour déjeuner. Mais elle en a fait tout une histoire et elle s'est mise à me crier dessus. Tant que je serais sa fille, je ne m'habillerais pas comme ça… ! Bref, vous voyez le genre. Alors j'ai pris mon sac à dos et je me suis tirée. J'avais peur de ne pas le retrouver, mais il m'avait dit qu'il allait à un marché aux puces sur un trottoir de Santa Cruz le week-end suivant, et je m'en souvenais.

Ce trottoir était en fait un espace de loisirs et de rencontres très animé, en bordure de la plage. Les jeunes de la ville s'y retrouvaient à toute heure du jour.

Kathryn se dit, en écoutant Linda, qu'il y avait là un excellent terrain de chasse pour Daniel Pell.

– Donc, j'ai fait de l'auto-stop sur la route 1, et il était là. Il a eu l'air content de me voir. Ça me changeait de mes parents. (Rire.) Je lui ai demandé s'il connaissait un endroit où je pourrais loger. J'étais inquiète pour ça. Il a dit : « Bien sûr que je connais un endroit. Avec nous. »

– À Seaside ?

– Oui. On avait une petite maison, là-bas. C'était bien.

– Vous, Samantha, Jimmy et Pell ?

– C'est ça.

Son corps, ses gestes disaient à Kathryn qu'elle était contente d'évoquer ces souvenirs : les épaules détendues, les petites rides autour des yeux et les gestes de la main, dits d'« illustration », qui soulignent le contenu du discours et indiquent l'intensité avec laquelle celui qui parle vit ou revit ce qu'il est en train de décrire.

Linda reprit sa tasse, but une gorgée.

– Tout ce que les journaux ont raconté – la secte, la drogue, les orgies – était faux. C'était vraiment accueillant et confortable. Il n'y avait pas la moindre drogue, ni d'alcool. Un peu de vin aux repas de temps en temps. Ah, c'était vraiment bien ! J'étais entourée de gens qui me prenaient comme j'étais, sans essayer de me changer, et qui me respectaient. Je m'occupais de la maison. C'était un peu moi la mère, si vous voulez. C'était formidable d'être responsable de quelque chose et d'avoir ma propre opinion sans qu'on me crie dessus.

– Et les actes de délinquance ?

Linda se raidit.

– Oui, il y a eu *ça*. Un peu. Pas autant qu'on l'a dit. Quelques vols dans les magasins, ce genre de trucs. Ça ne m'a jamais plu. Jamais.

Quelques gestes de dénégation avaient accompagné ces mots, mais Kathryn sentait qu'elle ne cherchait pas à tromper, seulement à minimiser les actes, d'où ces manifestations de stress. La Famille avait fait bien pire que du chapardage, et Kathryn le savait. Il y avait eu des cambriolages et des vols simples, mais aussi des vols à la tire et des vols avec agression qui ne constituaient plus seulement des atteintes à la propriété mais des délits beaucoup plus graves à l'encontre des personnes.

– Mais on n'avait pas le choix. Pour être dans la Famille, il fallait participer.

– Ça se passait comment, avec Daniel ?

– Il n'était pas aussi méchant que vous croyez. Il fallait faire ce qu'il voulait, c'est tout.

– Et si on refusait ?

– Il ne nous a jamais fait de mal. Physiquement, je veux dire. Le plus souvent, dans ces cas-là, il... s'éloignait.

Kathryn se rappelait le portrait type du gourou tracé par Kellogg. *Il les menacera de s'éloigner d'eux, et c'est une arme très puissante.*

– Il se détournait de vous, continua Linda Whitfield. Et on avait peur. On se demandait si c'était fini pour nous et si on allait nous chasser. L'autre jour à la messe, quelqu'un m'a parlé de ces *reality shows* : *Big Brother*, *Survivor*. Vous connaissez ?

Kathryn opina de la tête. Elle connaissait.

– Il paraît qu'ils ont beaucoup de succès. Je crois savoir pourquoi. Parce que les gens ont affreusement peur à l'idée d'être chassés de leur famille.

Linda frissonna et mit la main sur sa croix en étain.

– Vous avez été plus lourdement condamnée que les autres. Pour destruction de preuves. Vous pouvez m'expliquer ça ?

Linda marqua une pause, les lèvres serrées, avant de parler.

– J'ai été idiote. Je me suis affolée. J'ai seulement su que Daniel avait appelé pour dire que Jimmy était mort, que ça s'était mal passé dans la maison et qu'il fallait se dépêcher de faire les bagages et de partir parce que la police allait le rechercher. Daniel avait des livres et des articles de journaux sur Manson dans sa chambre. J'en ai brûlé une partie avant l'arrivée des policiers. Je pensais que, si on découvrait qu'il s'intéressait à Manson, ce serait mauvais pour lui.

En effet, songea Kathryn, en se rappelant que le procureur avait insisté sur ce fait dans son réquisitoire.

En réponse aux questions de Kathryn, Linda raconta sa vie depuis le procès. Elle était devenue croyante pendant son séjour en prison et, une fois libérée, était partie vivre à Portland, où elle avait trouvé du travail au service d'une église protestante. Son frère y officiait comme diacre.

Elle avait un ami à Portland, mais l'église était toute sa vie, avec les enfants placés chez son frère et sa belle-sœur, dont elle assurait la garde. Elle aurait voulu en prendre elle aussi puisqu'elle ne pouvait pas être mère pour des raisons médicales, mais son passé de détenue rendait la chose impossible.

– Je ne possède pas beaucoup de biens matériels, dit-elle, en conclusion. Mais j'aime la vie que je mène. C'est une vie *riche*, au bon sens du terme.

Quelqu'un frappa à la porte. Kathryn porta la main à son lourd pistolet.

– C'est TJ, chef ! J'ai oublié le mot de passe.

Elle ouvrit, et le jeune policier entra, accompagné d'une femme. Grande et mince, âgée de 35 ans environ, elle portait un gros sac en bandoulière.

Kathryn Dance se leva pour accueillir le deuxième membre de la Famille.

CHAPITRE 28

Rebecca Sheffield comptait quelques années de plus que son ex-compagne de la Famille. Elle avait un corps athlétique et généreux à la fois, mais Kathryn nota que les cheveux courts prématurément blancs, les gros bijoux et l'absence de maquillage lui donnaient une allure austère. Elle portait un jean et un T-shirt en soie blanche sous une veste en peau marron.

Rebecca lui donna une solide poignée de main mais reporta immédiatement son attention sur Linda, qui s'était levée et la regardait en souriant.

– Regardez qui est là ! s'écria-t-elle en s'avançant pour l'embrasser.

– Après toutes ces années… dit Linda d'une voix étranglée. Mon Dieu, je crois que je vais pleurer.

Ce qu'elle fit.

Elles desserrèrent leur étreinte, mais Rebecca ne lâcha pas les mains de Linda.

– C'est bon de te voir, Linda.

– Oh, Rebecca… J'ai tant prié pour toi !

– Tu es là-dedans, maintenant ? Tu ne faisais pas la différence entre une croix et l'étoile de David ! Enfin, merci pour les prières. Mais je doute qu'elles aient beaucoup servi.

– Non, non, tu fais des choses tellement formidables. Vraiment ! Il y a un ordinateur dans le bureau, à notre église, et je suis allée sur ton site. Toutes ces femmes qui lancent leur propre entreprise, c'est merveilleux. Je suis sûre que tu fais beaucoup de bien.

Rebecca parut surprise que Linda ne l'ait pas perdue de vue.

Kathryn lui désigna la chambre libre. Rebecca y porta son sac et passa dans la salle de bains.

– Appelez si vous avez besoin de moi, chef, dit TJ.

Il sortit et Kathryn referma derrière lui.

Linda prit sa tasse et la fit tourner entre ses doigts, sans boire.

Étonnant, comme les gens s'accrochent aux objets en cas de tension extrême, songea Kathryn. Elle avait maintes fois vu les suspects qu'elle interrogeait tripoter des stylos, des cendriers et même leurs chaussures pour tenter d'échapper à leur stress.

Rebecca revint, et Kathryn lui proposa un café.

– Volontiers.

Elle la servit et sortit du lait et du sucre.

– Il n'y a pas de restaurant, ici, mais ils ont un service aux chambres. Commandez ce que vous voulez.

– Je dois dire que je te trouve superbe, Linda, dit Rebecca en buvant son café.

L'autre rougit.

– Oh, je ne sais pas... Je ne suis pas très en forme. Je le voudrais bien. Et toi, donc ! Mince, avec ça ! Et j'aime bien tes cheveux.

Rebecca se mit à rire.

– La prison ! On y entre brune et deux ans après on en sort blanche. Mais je ne vois pas d'alliance. Tu n'es pas mariée ?

– Non.

– Moi non plus.

– Pas possible ! Et ce beau sculpteur italien que tu devais épouser ? J'étais certaine que tu serais casée, depuis.

– Pas facile de trouver chaussure à son pied, quand le fiancé apprend qu'il y a eu un certain Daniel Pell avant lui. J'ai eu des nouvelles de ton père en lisant *Business Week.* Ses affaires prospèrent, si j'ai bien compris.

– Ah, bon ? Je m'en fiche.

– Vous êtes toujours fâchés ?

Linda hocha la tête.

– Pour mon frère, c'est la même chose. On est tous les deux des grenouilles de bénitier. Mais c'est très bien comme ça, crois-moi. Tu peins toujours ?

– Un peu. En amateur.

– Non ? Vraiment ? (Se tournant vers Kathryn, les yeux brillants.) Rebecca était un excellent peintre ! Si vous aviez vu ce qu'elle faisait ! Un vrai talent.

– Je dessine, maintenant, pour m'occuper.

Elles passèrent encore quelques minutes à échanger des nouvelles. Kathryn était surprise qu'elles ne soient pas restées en contact alors qu'elles vivaient toutes deux sur la Côte Ouest.

Rebecca se tourna vers elle.

– Samantha ne participe pas à notre petite réunion ? C'est comment, son nouveau nom ?

– Non, seulement vous deux.

– Sam a toujours été la timide de la bande.

– On l'appelait la Souris, tu te souviens ? dit Linda.

– C'est vrai. Pell lui avait donné ce surnom. *Sa* souris.

Elles reprirent du thé et du café, et Kathryn se dit qu'il était temps de passer aux choses sérieuses. Elle posa à Rebecca les quelques questions simples qu'elle avait déjà posées à Linda.

– Je suis la dernière que M. Pell a attirée dans son antre, dit la femme aux cheveux blancs.

– C'était... quand, au juste ?

Elle regarda Linda, qui dit :

– En janvier. Quatre mois exactement avant l'affaire Croyton.

L'affaire. Pas *les meurtres.*

– Comment avez-vous connu Pell ? demanda Kathryn.

– À l'époque où je zonais le long de la Côte Ouest en dessinant le portrait des gens pour gagner ma vie. J'avais dressé mon chevalet, et Pell s'est planté devant. Il voulait son portrait.

Linda eut un petit sourire.

– Si je m'en souviens bien, tu n'as pas beaucoup dessiné ce jour-là. Vous avez fini à l'arrière de la camionnette. Et vous y êtes restés un long, long moment.

Rebecca sourit à son tour, mais d'un air gêné.

– Il y a *ça*, aussi, avec Daniel. C'est sûr... Mais on a passé pas mal de temps à discuter, tout de même. Et il m'a proposé de venir vivre avec eux à Seaside. Au début, je n'étais pas certaine d'en avoir envie. On connaissait Pell de réputation, vous savez. Les vols dans les magasins et tout ça. Puis je me suis dit, zut après tout, je suis une marginale, une artiste, une rebelle. Au diable ma bonne éducation de petite Blanche des quartiers chic... Allons-y ! Et j'y suis allée. Ça s'est bien passé. J'étais entourée de gens que j'aimais bien, comme Linda et Samantha. Je n'avais pas à travailler tous les jours de neuf heures à cinq heures, et je pouvais peindre autant que je voulais. Puis, évidemment, j'ai découvert que je m'étais mise avec une bande de voleurs à la Bonnie and Clyde, et que ça, c'était *nettement* moins bien.

Kathryn vit que le visage placide de Linda s'était rembruni à ces derniers mots.

À sa sortie de prison, Rebecca s'était engagée dans le mouvement féministe.

– Je me suis dit qu'en me prosternant devant Pell et en le traitant comme le roi du poulailler, j'avais fait reculer la cause des femmes de plusieurs années, et qu'il était temps de me racheter.

Elle s'était finalement décidée, après avoir beaucoup consulté, à lancer un service d'assistance aux femmes désireuses de créer et de financer de petites entreprises. Et depuis, elle s'y consacrait entièrement. Elle devait aussi y trouver son compte, pensa Kathryn, à en juger par les bijoux qu'elle portait et surtout par ses chaussures italiennes qui devaient coûter deux fois plus cher que sa meilleure paire (Kathryn avait, en matière de chaussures, l'œil affûté d'une spécialiste).

Il y eut de nouveaux coups à la porte. Winston Kellogg était arrivé. Kathryn fut contente de le voir – personnellement et professionnellement. La soirée de la veille avait été agréable et elle le connaissait un peu mieux depuis. Il s'était montré étonnamment sociable pour un policier fédéral astreint aux missions les plus difficiles aux quatre coins du pays. Kathryn avait souvent rencontré des collègues de son mari du vivant de ce dernier, et elle les avait souvent trouvés lointains, concentrés sur leur travail et profondément taciturnes. Mais Kellogg – avec ses parents – avait été le dernier à s'en aller.

Il salua les deux femmes et, conformément à la règle, leur montra sa carte professionnelle. Puis il se versa du café. Kathryn s'était contentée, à ce stade, de questions assez générales, mais puisque Kellogg était là, il était temps d'aller au cœur du problème.

– Bon. Je vous résume la situation. Il est probable que Pell se trouve toujours dans les environs. Nous ne savons pas où ni pourquoi. C'est incompréhensible. La plupart du temps, les gens qui s'évadent vont le plus loin possible du lieu de leur évasion.

Elle leur fit un récit détaillé du déroulement des événements au tribunal, et de ce qui s'était passé depuis. Les deux femmes l'écoutèrent avec attention, en donnant des signes d'indignation ou de dégoût selon les moments.

– Je voudrais d'abord qu'on parle de sa complice.

– La femme dont on a parlé aux infos ? demanda Linda. Qui est-ce ?

– On n'en sait rien. Apparemment jeune et blonde. Âgée de 25 ans environ.

– Il s'est trouvé une copine, dit Rebecca. C'est bien de lui, ça.

– On ne connaît pas la nature exacte de leur relation, intervint Kellogg. Mais il semble que les prisonniers, même ceux de la pire espèce, reçoivent de nombreuses sollicitations de femmes qui sont prêtes à se jeter à leurs pieds.

Rebecca se mit à rire et se tourna vers Linda.

– Tu as reçu des lettres d'amour, toi, pendant que tu étais à l'ombre ? Moi, aucune.

Linda se contenta d'un sourire poli.

– Il se pourrait, dit Kathryn, qu'elle ne vous soit pas tout à fait étrangère. Elle était très jeune à l'époque de la Famille, mais je me demande si vous ne l'auriez pas connue d'une manière ou d'une autre.

Linda fronça les sourcils.

– 25 ans aujourd'hui… Elle aurait été adolescente… Je ne vois personne qui corresponde.

– On n'était que cinq dans la Famille, ajouta Rebecca.

Kathryn prenait des notes.

– Je voudrais qu'on parle de ce qu'était votre vie pendant cette période. Ce que faisait Pell, ce qui l'intéressait, quels étaient ses projets. Il y aura peut-être, parmi vos souvenirs, quelque chose qui nous mettra sur la piste de ses intentions actuelles.

– Première étape, poser le problème. Deuxième étape, rassembler les faits, dit Rebecca, qui ne quittait pas Kathryn des yeux.

Linda et Kellogg ne réagirent pas. Mais Kathryn, bien sûr, comprit à quoi elle faisait allusion. (Et lui fut reconnaissante de ne pas se lancer comme la veille dans une conférence.)

– Parlez de ce que vous voudrez. Même de ce qui vous semble peut-être bizarre. On en tirera toujours quelque chose.

– Chiche ! dit Linda.

Et Rebecca :

– Commencez.

Kathryn demanda d'abord comment s'organisaient les rapports entre les membres de la Famille.

– Ça marchait un peu comme une commune, répondit Rebecca. Pour moi qui avais grandi dans une banlieue bourgeoise, voyez-vous, c'était plutôt étrange.

La description qu'elle en faisait n'aurait sans doute pas été au goût d'un communiste pur et dur. La règle était, en gros, chacun pour tous et tous pour Daniel Pell. Et Daniel Pell décidait de tout.

La Famille, pourtant, fonctionnait bien, en tout cas sur un plan pratique. Linda gérait l'intendance et les autres aidaient. Ils mangeaient bien, la petite maison était bien tenue, et entretenue : Samantha et Jimmy Newberg étaient aussi habiles de leurs mains l'un que l'autre. Pell ne tenait pas, pour des raisons évidentes – le produit des vols entreposé dans l'une des chambres –, à ce que le propriétaire vienne faire des réparations. Ils étaient, ainsi, tout à fait autosuffisants.

– C'était l'une des règles de vie de Daniel, expliqua Linda. Il avait lu l'essai *Self-Reliance*[1] de Waldo Emerson, et l'appliquait à la lettre. Moi-même, je le leur ai lu à haute voix une dizaine de fois. J'adorais faire ça.

Rebecca souriait.

– Tu te rappelles, les soirées lecture ?

– Pell, continua Linda, croyait aux livres. C'était sa passion. Il avait jeté la télé, un jour, en grande cérémonie. Je leur faisais presque chaque soir la lecture à haute voix et ils s'asseyaient par terre, en cercle, pour écouter. On passait de bonnes soirées.

– Avait-il des contacts avec des gens du quartier ou d'autres amis à Seaside ?

– On n'avait pas d'amis, répondit Rebecca. Pell n'était pas comme ça.

– Mais il y avait des gens qui passaient, qui restaient quelque temps et qui repartaient. Il en trouvait toujours de nouveaux.

– Des paumés comme nous.

Linda se raidit imperceptiblement. Puis elle dit :

– Enfin, je dirais plutôt des gens qui n'avaient pas eu de chance. Daniel était généreux. Il leur donnait à manger, et quelquefois de l'argent.

Donne à manger à quelqu'un qui a faim, et il n'aura rien à te refuser, songea Kathryn, en se rappelant le portrait type du gourou et de ses adeptes dressé par Winston Kellogg.

Elles continuèrent à évoquer leurs souvenirs, mais Kathryn n'y trouva pas le moindre indice susceptible de l'aider. Elle décida d'avancer.

– Il a fait récemment des recherches sur Internet. Je me demande si certains mots n'évoqueraient pas quelque chose pour vous. L'un de ces mots était « Nimue ». J'ai pensé que c'était peut-être un nom.

– Non. Je ne l'ai jamais entendu prononcer. Qu'est-ce que ça signifie ?

1. On dirait aujourd'hui « Autosuffisance ».

– C'est un personnage de la légende du roi Arthur.

Rebecca se tourna vers Linda.

– Tu ne nous as jamais lu l'une de ces histoires de l'ancien temps ?

Linda ne s'en souvenait pas. Et elle ne se souvenait pas non plus d'une Alison.

– Racontez-moi une journée dans la Famille.

Rebecca parut soudain à court d'inspiration.

– Eh bien, on se levait, on prenait le petit déjeuner… Je ne sais plus.

– On était *une famille*, et voilà tout, enchaîna Linda, en haussant les épaules. On discutait comme on discute dans toutes les familles. Du temps, des projets, des voyages qu'on voulait faire. Des problèmes d'argent. De qui allait travailler et où. Certains jours, je restais dans la cuisine pour faire la vaisselle, et pleurer – parce que j'étais tellement heureuse. J'avais enfin une famille.

Rebecca, tout en se montrant moins sentimentale, était du même avis : la vie qu'elles menaient n'avait rien d'extraordinaire.

La conversation se poursuivit, sans apporter de révélation. Mais on sait qu'en matière d'entretien ou d'interrogatoire, les notions abstraites tendent à effacer les souvenirs alors que les détails les ravivent.

– Je vais vous demander de faire un effort, dit Kathryn. Tâchez de vous rappeler une journée particulière. Et racontez-la. Une journée dont vous vous souvenez toutes les *deux*.

La chose semblait impossible pour l'une comme pour l'autre.

Jusqu'au moment où Kathryn leur dit :

– Pensez à un jour de vacances. Thanksgiving, Noël…

Linda haussa les épaules.

– Ou Pâques ?

– Mon premier jour de vacances là-bas. Mon unique jour de vacances. Formidable !

Et Linda de raconter la préparation d'un dîner de fête avec les produits que Samantha, Jimmy et Rebecca avaient « trouvés ». Kathryn remarqua aussitôt l'euphémisme : le trio les avait volés.

– J'ai fait une dinde, dit Linda. Je l'ai cuite à petit feu pendant toute une journée. Quel bonheur !

Kathryn poussa un peu plus loin.

– Donc, vous voilà toutes les trois, vous deux et Samantha. Samantha-la-silencieuse, d'après ce que vous disiez.

– La Souris.

– Et le jeune homme qui était avec Pell chez les Croyton, ajouta Kellogg. Jimmy Newberg. Il était comment, lui ?

– Bien, répondit Rebecca. Un drôle de toutou. Il avait fugué, lui aussi. De Seattle, je crois.

– Beau gosse, mais un peu dérangé de ce côté-là, ajouta Linda, en se frappant le front.

Rebecca se mit à rire.

– Un ancien camé.

– Mais un superbricoleur. Pour la menuiserie, l'électronique, tout. Son truc, c'était les ordinateurs. Il fabriquait même ses propres programmes. Il nous expliquait tout et on n'y comprenait rien. Pour lui c'était simple et pour nous c'était de l'hébreu. Il voulait créer un site – tu te rappelles ? C'était avant que tout le monde en ait un. Je crois qu'il était vraiment créatif à sa façon. Mais il me faisait de la peine. Daniel ne l'aimait pas trop. Il perdait vite patience avec lui. Il avait l'intention de le virer. Je crois.

– En plus, Daniel n'aimait que les filles. Il supportait mal la compagnie d'un autre homme.

Kathryn les ramena à leur journée de vacances.

– On a passé une belle journée, dit Linda. Il faisait soleil. Et chaud. On avait de la musique. Jimmy avait fait une superinstallation pour écouter les disques.

– Vous avez prié ?

– Non.

– C'était Pâques, pourtant.

– Je l'ai proposé, dit Rebecca. Mais Pell a dit non.

– C'est vrai, opina Linda. Ça l'a énervé.

À cause de son père, supposa Kathryn.

– On a joué à des jeux dans le jardin. Au frisbee, au badminton… Puis on a servi à dîner dehors.

– J'avais fauché une bonne bouteille de cabernet et on l'a vidée – sauf Pell, qui ne buvait jamais. Oh, je me rappelle, j'étais bien bourrée. Jimmy aussi.

– Et ce qu'on a mangé ! dit Linda, en se tenant le ventre.

Kathryn continua à les faire parler. Elle sentait que Kellogg avait décroché. Tout spécialiste des sectes qu'il soit, il s'en remettait maintenant à sa compétence. Ce qu'elle appréciait.

– Après le repas, reprit Linda, on est restés dehors à discuter. Samantha et moi, on a chanté. Jimmy s'est mis à l'ordinateur. Daniel lisait.

Les souvenirs se faisaient de plus en plus nombreux – une réaction en chaîne.

– On a bu, on a bavardé. Une journée de vacances en famille.

– C'est ça.

– Vous vous souvenez de quoi vous avez parlé ?

– Oh, de choses et d'autres...

Linda se tut, puis elle dit :

– Attendez. Ça me rappelle quelque chose qui vous intéressera peut-être.

Elle inclina légèrement la tête sur le côté. On voyait qu'elle se rappelait, mais son regard fixé sur un vase d'amaryllis artificielles posé tout près de là montrait que le souvenir n'était pas complètement formé. Kathryn s'abstint d'intervenir : quand le souvenir est fragile, une question suffit parfois à le chasser.

– Un autre jour, pendant le repas... reprit Linda. J'étais dans la cuisine avec Daniel. Il me regardait préparer à manger. On a entendu un grand bruit dans la maison d'à côté. C'étaient les voisins qui se battaient. Il a dit qu'il lui tardait de quitter Seaside. Pour retrouver sa montagne.

– Sa montagne ?

– Oui.

– Vous avez bien dit *sa* ? demanda Kellogg.

– Oui.

– Il parlait d'une propriété à lui ?

– Il n'a jamais rien dit de précis à ce sujet. Il parlait peut-être de quelque chose qu'il *voulait* avoir un jour ?

Rebecca n'était pas au courant.

– Je m'en souviens parfaitement, dit Linda. Il voulait partir loin de tout et de tout le monde. Rien que lui et la Famille. Et personne autour. Je crois que c'est la seule fois où il en a parlé.

– Et ce n'était pas dans l'Utah ? Vous nous avez dit qu'il n'avait jamais mentionné cet État.

– Non, dit Rebecca. Mais, attendez... puisqu'on parle de ça... Je ne sais pas si ça peut vous être utile, mais je me souviens de quelque chose, moi aussi. C'est peut-être en rapport avec ce qu'on vient de dire. Un soir, on était couchés tous les deux, et il a dit : « Il faut que je fasse un gros coup. Que je trouve assez d'argent pour partir loin de tout. » Je m'en souviens. Il a dit « un gros coup ».

– À quoi pensait-il ? À un hold-up qui lui permettrait d'acheter quelque chose ?

– C'est possible.

– Linda ?

Elle avoua son ignorance, et parut contrariée que Pell ne l'ait pas mise dans la confidence.

Kathryn posa la question qui s'imposait :

– Pensez-vous que ce « gros coup » aurait pu être sa tentative pour dévaliser les Croyton ?

– Je n'en sais rien, dit Rebecca. Il ne nous a pas dit où ils avaient l'intention d'aller, Jimmy et lui, cette nuit-là.

Kathryn réfléchissait : peut-être avait-il bel et bien volé quelque chose de très précieux chez les Croyton cette nuit-là, et l'avait caché avant l'arrivée de la police chez lui. Elle pensa à la voiture qu'il avait prise pour se rendre sur les lieux. L'avait-on inspectée correctement ? Où se trouvait-elle maintenant ? Elle était peut-être partie à la casse, à moins que quelqu'un d'autre en soit devenu le propriétaire. Elle prit une note sur son calepin pour ne pas oublier de la faire rechercher. Et, aussi, de consulter le registre général des biens immobiliers pour savoir si Pell n'était pas propriétaire quelque part.

Une montagne... Était-ce ce qu'il avait cherché à Capitola en allant sur Google-Earth ?

Il restait bien des points d'interrogation, mais Kathryn trouvait qu'ils avaient avancé. Elle avait, finalement, l'impression de commencer à connaître l'esprit de Daniel Pell. Elle s'apprêtait à poser une autre question quand le téléphone sonna.

– Excusez-moi.

Elle répondit.

– Kathryn. Oui, c'est moi.

Elle rapprocha l'appareil de son oreille.

– Qu'y a-t-il ?

Et elle se raidit. Il ne l'avait pas appelée « chef ». C'était donc qu'il avait de mauvaises nouvelles à lui donner.

CHAPITRE 29

Kathryn Dance et Winston Kellogg s'avancèrent à pied sur la route étroite recouverte d'une fine couche de sable humide, pour rejoindre TJ et Michael O'Neil. Les deux hommes attendaient devant la malle arrière ouverte d'une Lexus dernier modèle.

Il y avait avec eux un troisième personnage, un médecin légiste, délégué par le Bureau du shérif du comté de Monterey.

Kathryn et lui se connaissaient. Elle le présenta à Kellogg, puis regarda à l'intérieur du coffre. La victime, une femme, était couchée sur le flanc. Il y avait du ruban adhésif sur ses jambes repliées, ses mains et sa bouche. Son nez et son visage étaient cramoisis. Des vaisseaux sanguins avaient éclaté.

O'Neil dit :

– Susan Pemberton. 39 ans. Célibataire. Domiciliée à Monterey.

– Décès par suffocation, je suppose ?

– On a une dilatation des capillaires ainsi qu'une inflammation et une distension membraneuse, répondit le légiste. Et je suis certain que ce résidu, que vous voyez là, est du *capiscum oleoresin*...

– En clair, vous voulez dire qu'il l'a aspergée avec une bombe au poivre avant de la bâillonner au ruban adhésif ?

Le médecin légiste hocha la tête.

– Affreux, murmura O'Neil.

Seule, en proie à la douleur, avec un coffre de voiture pour cercueil. Kathryn fut envahie par une bouffée de colère envers Daniel Pell.

Cette Susan Pemberton, expliqua O'Neil, était la femme dont on lui avait signalé la disparition.

– Est-on certain que c'est Pell ?

– C'est lui, dit le médecin légiste. Les empreintes correspondent.

– J'ai demandé qu'on fasse des relevés pour tous les homicides qui auraient lieu dans les environs, dit O'Neil.

– On a une idée du mobile ?

– Peut-être. Elle travaillait pour une agence qui organise des événements. Il semble s'être servi d'elle pour pénétrer dans les locaux et s'emparer de tous les dossiers, après qu'elle lui a dit où ils se trouvaient. Nos spécialistes ont examiné la scène de crime. Ils n'ont rien trouvé de probant, hormis ses empreintes.

– Donc, on ne sait pas pourquoi il l'a tuée ? dit Kellogg.

– Non.

– Comment l'a-t-il trouvée ?

– La patronne de l'agence dit qu'elle a quitté son bureau vers cinq heures de l'après-midi pour rejoindre un futur client et boire un verre avec lui.

– Vous croyez que c'était Pell ?

– Aucune idée, dit O'Neil avec un haussement d'épaules. Sa patronne n'en savait rien. Elle était peut-être avec quelqu'un d'autre, et Pell les a suivis.

– Elle avait de la famille ?

– Ici, personne, d'après ce qu'on sait, dit le médecin légiste. Ses parents sont à Denver. Je les appellerai en rentrant au bureau.

– L'heure du décès ?

– Entre sept et neuf heures, hier soir. On le saura plus précisément après l'autopsie.

Pell avait laissé très peu de traces derrière lui, excepté quelques légères empreintes de pas dans le sable qui semblaient se diriger vers la plage pour se perdre dans l'herbe rare et décolorée qui poussait sur les dunes.

Qu'y avait-il dans ces dossiers volés ? Quelque chose qu'ils ne devaient pas savoir ?

Kellogg marchait dans le sable en décrivant un large cercle, comme pour se familiariser avec la scène de crime, et la « sentir », peut-être, en fonction de sa spécialité, la mentalité des sectes.

Kathryn expliqua à O'Neil que Pell, d'après les dires de Rebecca, cherchait à faire « un gros coup » pour, pensait-on, acheter une propriété quelque part.

Linda avait parlé d'une montagne. Et le gros coup consistait peut-être à dévaliser Croyton. Mais Kathryn pensait aussi que Pell avait pu dissimuler quelque chose appartenant à Croyton dans le véhicule qu'il avait utilisé pour cette expédition meurtrière.

– Ce serait la raison pour laquelle il cherchait un lieu sur Visual-Earth.

– C'est une hypothèse intéressante, dit O'Neil.

Kathryn et lui se livraient volontiers à de véritables séances de remue-méninges quand ils travaillaient ensemble sur une affaire. Il en sortait parfois des théories tout à fait bizarres, et il arrivait que ces hypothèses se vérifient.

Kathryn demanda à TJ de se renseigner pour savoir ce qu'était devenue la voiture utilisée par Pell la nuit du massacre des Croyton, et de se procurer, s'il avait été fait, l'inventaire des objets qu'elle contenait.

– Et voyez également s'il n'est pas propriétaire quelque part dans l'État.

– C'est comme si c'était fait, chef.

Elle regarda autour d'elle.

– Pourquoi avoir abandonné cette voiture ici ? Il pouvait aller dans la forêt, à l'est, et personne ne l'aurait trouvée avant plusieurs jours. Elle est bien plus visible ici.

Michael O'Neil montra du doigt une étroite jetée qui s'avançait dans l'océan.

– La Thunderbird a vécu. Il se sera déjà débarrassé de la Ford Focus volée. Il a peut-être filé avec un bateau ?

– Un bateau ?

– Ses empreintes de pas vont vers l'eau. Et il n'y en a pas qui retournent vers la route.

Kellogg hochait la tête mais lentement, comme pour dire, je ne le pense pas.

– Vous ne croyez pas que c'est un peu trop difficile d'amarrer un bateau ici ?

– Pas pour quelqu'un qui sait ce qu'il fait.

– Vous-même, vous le feriez ?

– Moi. Bien sûr. En fonction du vent.

Winston Kellogg se tut un instant en regardant le lieu une fois de plus. La pluie se mit à tomber vite, insistante. Il ne parut pas le remarquer.

– J'ai le sentiment qu'il est parti dans cette direction pour une raison ou pour une autre, peut-être pour nous tromper. Puis qu'il a rebroussé chemin pour repasser sur les dunes et aller vers la route où il a rejoint sa complice.

Les phrases comme « j'ai le sentiment » ou « il me semble que » étaient ce que Kathryn appelait des anesthésiants verbaux. Elles servaient à adoucir des déclarations exprimant une critique ou un véritable désaccord. Le dernier joueur entré dans la partie répugnait à contredire O'Neil mais pensait visiblement qu'il faisait fausse route avec cette hypothèse navale.

– Qu'est-ce qui vous fait croire ça ? demanda Kathryn.

– Le vieux moulin à vent.

Il y avait une station-service abandonnée dotée d'un moulin à vent purement décoratif mais tout de même haut d'un étage à l'endroit où la route de la plage rejoignait la grande route.

– Il date de quand ?

– Il doit être là depuis quarante ou quarante-cinq ans. J'ai remarqué que les pompes n'affichaient que des montants à quatre chiffres, décimales comprises, comme si personne n'avait jamais pensé que l'essence coûterait un jour plus de 99 cents le gallon.

– Pell connaît la région, continua Kellogg. Sa complice est sans doute d'une autre ville. Il a choisi cet endroit parce qu'il est désert, mais aussi à cause de ce repère qu'on ne peut pas manquer. Tourner à droite au moulin à vent.

O'Neil n'était pas convaincu.

– Bien sûr, si c'était la seule raison, on se demanderait pourquoi il n'a pas choisi un endroit plus proche de la ville. Il y en avait des tas qui pouvaient faire l'affaire, et où il aurait eu encore moins de mal à envoyer sa complice. Sans compter qu'il avait une Lexus volée avec un cadavre dans le coffre. Il devait être pressé de s'en débarrasser.

– Peut-être. Ce n'est pas idiot, concéda Kellogg. (Il regarda autour de lui en fronçant les paupières face à la brume qui gagnait.) Mais je penche pour une autre hypothèse encore. Je ne crois pas qu'il soit venu ici à cause de la jetée, mais plutôt parce qu'il n'y a personne et que c'est une plage. Il ne pratique pas le meurtre rituel, mais la plupart des gourous ont des penchants mystiques, et l'eau a pour eux une importance particulière. Il s'est passé quelque chose ici, quelque chose qui, dirai-je, s'apparente à un cérémonial. Il est possible que la femme qui l'accompagne y ait pris part d'une façon ou d'une autre. Ils ont peut-être fait l'amour après avoir tué. Ou autre chose ?

– Quoi ?

– Je n'en sais rien. Mais je crois qu'elle est venue le retrouver ici. Et qu'il avait une idée en tête.

– Mais, fit observer O'Neil, il n'y a aucune trace d'une autre voiture, et rien pour prouver qu'il aurait rebroussé chemin pour revenir jusqu'à la route. On devrait, dans ce cas, avoir des empreintes de pas ?

– Sauf s'il a effacé ses traces, objecta Kellogg. (Il montra une partie de la piste recouverte de sable.) Les marques qu'on voit là n'ont rien de naturel. Il a pu se servir d'une branche pour ramener du sable. Voire d'un balai. Je suis partisan de fouiller toute la zone et de creuser.

– On peut toujours lancer une chasse au trésor et aux bateaux volés. Mais je commencerais par examiner la jetée comme une scène de crime.

Le tac au tac se poursuivit.

– Avec ce vent et la pluie qui tombe maintenant... je commencerais plutôt par le chemin, dit l'agent du FBI.

– Moi non, Win. Je crois qu'il vaut mieux s'occuper d'abord de la jetée.

Kellogg baissa la tête, comme pour dire, c'est vous le responsable des scènes de crime, je m'incline.

– Comme vous voudrez. Je vais m'en occuper moi-même, si vous permettez.

– Bien sûr. Allez-y.

Sans un regard pour Kathryn – il ne tenait pas à la mettre à l'épreuve en lui demandant de choisir –, O'Neil se dirigea vers *sa* scène de crime.

Kathryn retourna à sa voiture en prenant soin de ne pas fouler la zone sensible. Le travail sur les indices matériels n'était pas sa spécialité.

Pas plus que les combats de coqs.

Le visage de la douleur.

Kathryn Dance le reconnaissait au premier coup d'œil. Depuis l'époque où, journaliste, elle interrogeait des victimes de crimes et d'accidents. Et depuis la période de sa vie où elle avait observé, en tant que conseillère en jurys, d'autres visages de victimes ou de témoins confrontés à des souvenirs d'injustices ou de mauvais traitements.

Et aussi par ce qu'elle avait connu dans sa vie personnelle. Et dans sa vie de flic.

Et en tant que veuve face à son miroir, les yeux dans les yeux avec une Kathryn Dance si différente de celle qu'elle s'attendait à voir, le bâton de rouge à lèvres en suspens devant un masque de souffrance.

Quelle importance, quelle importance ?

C'était ce visage qu'elle voyait à cet instant, assise dans le bureau de Susan Pemberton face à Eve Brock, sa patronne.

– Je n'arrive pas à y croire.

On n'arrive jamais à y croire.

Les pleurs avaient cessé, mais Kathryn sentait que ce n'était que provisoire. La femme, d'un certain âge, faisait tout pour se dominer.

Penchée en avant, les jambes ramenées sous son siège, les épaules bien droites, la mâchoire serrée. Sur le visage aussi, la synergologue lisait tous les signes de la douleur contenue.

– L'ordinateur, les dossiers… Je ne comprends pas. Pourquoi ?

– Il y avait sans doute quelque chose qu'il a voulu garder secret. Il était peut-être présent lors d'une fête, d'une soirée, d'une réception quelconque, il y a quelques années, et il ne voulait pas qu'on le sache.

Comme première question, Kathryn lui avait demandé : l'agence existait-elle avant que Pell soit incarcéré ? Oui, l'agence existait.

Les pleurs reprenaient.

– Je voudrais savoir quelque chose. Est-ce qu'il… ?

Au ton de la femme, elle comprit ce que celle-ci voulait demander.

– Non. Il n'y a pas eu de violences sexuelles.

Elle l'interrogea sur le client avec lequel Susan avait rendez-vous, mais Eve Brock ne savait rien.

– Vous voulez bien m'excuser un instant ? dit-elle, à nouveau au bord des larmes.

– Bien sûr.

Elle prit une clé dans son bureau et se dirigea vers les toilettes.

Kathryn regarda les murs du bureau, que Susan Pemberton avait tapissés de photographies d'événements dont elle avait assuré l'organisation : mariages, cocktails, bar et bat mitzvahs, anniversaires, sorties de groupes pour des entreprises locales, des banques et des associations, banquets de collecte de fonds pour des partis politiques, des écoles et des promotions d'étudiants… L'agence collaborait aussi avec des entreprises de pompes funèbres pour des réceptions et des enterrements.

Elle vit, à son grand étonnement, le nom de celle qui avait assuré les obsèques de son mari.

Eve Brock revint, les joues rouges, les yeux bouffis.

– Désolée.

– Ne vous excusez pas. Elle est donc allée retrouver ce client en sortant du bureau ?

– Oui.

– Vous croyez qu'ils sont allés quelque part boire un café ou prendre un verre ?

– Sans doute.

– Près d'ici ?

– En général, elle allait à l'Alvarado. (Dans la rue principale, au centre de Monterey.) Ou au Del Monte Center, sur le quai des Pêcheurs.

– Excusez-moi un instant, dit Kathryn, en prenant son téléphone pour appeler Rey Carraneo.

– Agent Dance ?

– Oui. Où êtes-vous ?

– Du côté de la Marina. Le détective O'Neil m'a demandé de me renseigner sur les vols de bateaux. Mais je n'ai rien trouvé jusqu'ici. Pas plus que dans les motels.

– Bon. Continuez.

Elle raccrocha et appela TJ.

– Où êtes-vous ?

– À votre ton je comprends que je ne suis pas le premier que vous appelez.

– Et la réponse est… ?

– À Monterey, pas loin du centre.

– Bien.

Elle lui donna l'adresse de l'agence d'Eve Brock pour qu'il la retrouve devant dix minutes plus tard. Elle lui remettrait une photographie de Susan Pemberton afin qu'il ratisse les bars et les restaurants auxquels on pouvait se rendre à pied depuis l'agence, ainsi que le centre commercial et le quai des Pêcheurs.

– Vous me gâtez, chef. Les bars et des restos, c'est tout ce que j'aime !

Elle lui demanda aussi d'appeler la compagnie du téléphone pour avoir un relevé des appels reçus sur l'appareil de Susan Pemberton. Elle ne croyait pas que ce client était Pell. Il était gonflé, mais pas au point de s'aventurer au grand jour en plein centre de Monterey. Mais cet homme saurait peut-être où Susan avait l'intention d'aller en le quittant.

Elle indiqua à TJ le numéro qu'Eve Brock lui donnait.

Après avoir raccroché, elle lui demanda :

– Qu'y avait-il dans ces dossiers volés ?

– Oh, tout ce qui concerne notre activité. Les clients, les hôtels, les fournisseurs, les lieux de culte, les traiteurs, les restaurants, les photographes, les services de relations publiques des entreprises pour lesquelles nous travaillons… tout.

Cette énumération semblait l'épuiser.

Qu'est-ce qui inquiétait Pell au point de l'amener à détruire ces dossiers ?

– Avez-vous déjà travaillé pour William Croyton, des membres de sa famille, ou l'une de ses entreprises ?

– Pour… Ah, celui qui a été assassiné ? Non, jamais.

– Peut-être pour une filiale de son groupe ou l'un de ses fournisseurs ?

– Ce n'est pas impossible. Nous travaillons beaucoup avec les milieux d'affaires.

– Avez-vous une sauvegarde pour tous ces documents ?

– Oui, pour une partie, dans les archives… Les dossiers fiscaux, les chèques annulés. Ce genre de choses. Sans doute les doubles des factures. Mais il y a beaucoup de choses que nous ne prenons pas la peine de sauvegarder. Je n'ai jamais pensé qu'on pourrait nous les voler. Les doubles, quand il y en a, se trouvent à San José, chez mon comptable.

– Pouvez-vous les récupérer le plus vite possible ?

– Ça représente trop de…

Elle se tut, comme si son esprit butait sur un obstacle insurmontable.

– Limitez-vous aux huit dernières années. Depuis le mois de mai 99.

C'est à cet instant qu'un déclic se produisit dans l'esprit de Kathryn : se pouvait-il que Pell s'intéresse à quelque chose que cette femme avait en *projet* ?

– Et ajoutez-y toutes les commandes pour des opérations à venir.

– Je vais faire de mon mieux, promit Eve Brock.

Mais on la sentait paralysée, anéantie par cette tragédie.

Kathryn Dance pensa au livre de Morton Nagle, *La Poupée qui dormait*, et se dit qu'elle avait devant elle une nouvelle victime de Daniel Pell.

Pour moi, un meurtre est comme un caillou qu'on jette dans une mare... Et les conséquences, comme des ondes qui se propagent presque à l'infini...

Elle prit une photographie de Susan pour la remettre à TJ, descendit au rez-de-chaussée et sortit dans la rue. Son téléphone sonna.

Elle vit s'afficher le nom de Michael O'Neil.

– Allô ? dit-elle, contente de l'entendre.

– J'ai quelque chose à t'apprendre.

– Vas-y.

Il parlait à voix basse. Elle encaissa la nouvelle sans laisser paraître le moindre signe d'émotion.

– J'arrive le plus vite possible.

– C'est une bénédiction, vraiment, dit la mère de Juan Millar à Kathryn, à travers ses larmes.

Dans le couloir de l'hôpital, Michael O'Neil, livide, regardait cette femme qui s'efforçait de *les* réconforter en refusant leurs propres paroles de compassion.

Winston Kellogg, arrivé à son tour, s'approcha des parents pour leur offrir ses condoléances, puis échangea une poignée de main avec O'Neil et lui serra le bras à la hauteur du biceps – un geste de sympathie sincère entre hommes d'affaires, politiciens ou policiers frappés par le malheur.

Ils étaient devant le service des grands brûlés. On voyait à travers la vitre le lit et tout son attirail technologique. Un drap vert recouvrait entièrement le corps.

Cette couleur fit brutalement surgir chez Kathryn le souvenir de son mari en pareille circonstance. Elle se souvenait de s'être demandé, affolée, mais où est partie la vie, où est-elle *partie* ?

Depuis, elle ne supportait plus ce vert.

Elle entendait encore Edie, sa mère : *Il a dit : « Tuez-moi. » Il l'a dit deux fois. Puis il a fermé les yeux...*

Le père de Millar, dans la chambre, posait au médecin des questions dont il ne comprendrait pas tout de suite les réponses. Mais il était dans son rôle de père qui vient de perdre un enfant – ce rôle qui allait encore exiger bien des choses de lui dans les jours à venir.

La mère parlait, parlait… Elle leur répéta que cette mort était un bienfait, incontestablement. Des années de traitements, des années d'opérations, de greffes…

– Mais oui, c'est pour le mieux ! dit-elle, reprenant sans s'en douter l'une des expressions familières d'O'Neil.

Edie Dance, qui se trouvait encore là alors qu'elle n'était pas de service, apparut à son tour dans le couloir, l'air catastrophée mais déterminée, avec un visage que sa fille reconnut aussitôt. Tantôt feinte, tantôt sincère, cette expression lui avait maintes fois servi par le passé. Ce jour-là, évidemment, elle venait du cœur.

Edie alla directement vers la mère de Millar. Elle la prit par le bras et, reconnaissant les signes avant-coureurs de la crise de nerfs, se mit tout de suite à lui poser quelques questions sur son propre état d'esprit, mais surtout sur celui de son époux, puis de ses enfants, pour tenter de faire diversion à ce drame insupportable. Edie Dance mettait une sorte de génie dans l'expression de sa compassion, et c'était pour cela qu'elle était une infirmière si populaire.

Rosa Millar se calma un peu, et Kathryn vit le chagrin et la tristesse remplacer la révolte et l'affolement qui la soulevaient un instant plus tôt. Son mari les rejoignit, et Edie lui confia son épouse avec la délicatesse du trapéziste qui fait passer un acrobate de ses bras dans ceux d'un autre au-dessus du vide.

– Madame Millar, commença Kathryn, je voudrais seulement…

Projetée sur le côté, elle laissa échapper un cri, sans porter la main à son arme mais les bras tendus pour empêcher sa tête de heurter l'un des chariots qui se trouvaient là. Avec une seule pensée à l'esprit : comment Daniel Pell avait-il pénétré dans l'hôpital ?

– Non ! cria O'Neil. Ou Kellogg. Sans doute les deux en même temps. Kathryn Dance tomba sur un genou, en bousculant des rouleaux de tuyaux jaunes et des piles de gobelets qui se répandirent autour d'elle.

Le médecin s'était jeté en avant lui aussi, mais ce fut Winston Kellogg qui se saisit le premier de Julio Millar et l'immobilisa en lui tordant un bras dans le dos pour le forcer à s'agenouiller. Il avait agi en une seconde, avec une apparente facilité.

– Non, fils ! cria le père.

La mère cria encore plus fort.

O'Neil aida Kathryn à se relever. Elle n'était pas blessée – quelques bleus sans doute, qui se verraient le lendemain, pensa-t-elle.

Julio tenta de se dégager, mais Kellogg, à l'évidence beaucoup plus fort que lui, resserra légèrement sa prise.

– Calmez-vous. Calmez-vous !

– Garce, espèce de garce ! C'est vous qui l'avez tué ! Vous avez tué mon frère !

– Écoutez, Julio, dit O'Neil. Vos parents sont assez malheureux comme ça. Ne leur rendez pas les choses encore plus pénibles.

– Pénible ? Qu'est-ce qu'il pourrait y avoir de plus pénible ?

Il tentait maintenant de se dégager à coups de pieds. Kellogg s'écarta pour les éviter et accentua légèrement la pression sur son bras. Le jeune type grimaça et laissa échapper un gémissement.

– Du calme. Je ne vous ferai pas mal si vous vous calmez.

L'agent du FBI se tourna vers les parents qui le regardaient, désespérés et impuissants.

– Désolé.

– Julio, dit le père. Tu lui as fait mal. Elle fait partie de la police. On va te mettre en prison.

– C'est elle qu'on devrait mettre en prison ! C'est elle l'assassin !

– Non, arrête ! hurla le vieux Millar. Ta mère, pense à ta mère ! Arrête !

O'Neil avait discrètement sorti ses menottes. Il hésitait. Il regarda Kellogg. Les deux hommes parurent se concerter. Julio commençait à se calmer.

– C'est bon, c'est bon. Lâchez-moi.

– On sera obligé de te passer les menottes si tu n'es pas capable de te contrôler, dit O'Neil. Tu comprends ?

– Oui, oui. Je comprends.

Kellogg le lâcha et l'aida à se redresser.

Tous les regards étaient fixés sur Kathryn. Mais elle ne porterait pas l'affaire devant la justice.

– Ça va, dit-elle. Il n'y a pas de problème.

Julio la regarda dans les yeux.

– Mais si, il y a un problème. Il y a un gros problème !

Tournant les talons, il s'éloigna à grands pas.

– Excusez-nous, gémit Rosa Millar à travers ses larmes.

Kathryn la rassura.

– Il habite chez vous ?

– Non, il a un appartement. Pas loin.

– Demandez-lui de rester avec vous ce soir. Dites-lui que vous avez besoin de lui. Pour les obsèques, pour s'occuper des affaires de Juan, trouvez une excuse. Il est malheureux comme tout le monde. Mais il ne sait pas comment réagir à ça, c'est tout.

La mère s'était approchée du lit roulant sur lequel reposait son fils. Elle dit quelques mots à voix basse. Edie Dance s'approcha pour lui parler à l'oreille et lui passer un bras autour des épaules. Un geste de tendresse entre deux femmes qui ne se connaissaient pas deux jours plus tôt.

Au bout d'un moment, Edie revint vers sa fille.

– Veux-tu qu'on prenne les enfants pour la nuit ?

Kathryn hésita. Une partie d'elle-même avait terriblement besoin de retrouver Wes et Maggie. Mais en regardant l'œuvre de Pell sous le drap vert – cet horrible vert –, elle se sentait comme contaminée. Elle ne voulait pas que ses enfants aient à souffrir, même indirectement, de cette abomination. Ils comprendraient au premier coup d'œil, elle le savait, qu'elle n'avait pas l'esprit en paix. Elle pensa à tous les efforts qu'elle faisait pour éloigner Wes de toute forme de violence.

– Merci. Il vaut mieux, sans doute.

Elle prit congé des Millar et ajouta :

– Est-ce qu'on peut faire quelque chose pour vous ? N'importe quoi ?

– Non, non, répondit le père, d'une voix qui trahissait sa perplexité devant cette question. Que voulez-vous faire d'autre ?

CHAPITRE 30

La ville de Vallejo Springs dans la région de Napa, en Californie, est connue pour plusieurs raisons.

Elle possède un musée qui abrite de nombreuses œuvres d'Eadweard Muybridge, le photographe du XIXe siècle auquel on attribue l'invention du cinématographe et qui, par ailleurs – ce qui, pour l'opinion, semble beaucoup plus intéressant que son œuvre –, assassina l'amant de sa femme, en fit l'aveu devant ses juges et fut acquitté.

La ville s'enorgueillit par ailleurs d'un vignoble de merlot – l'un des trois cépages de vin rouge les plus célèbres. Contrairement à la calomnie répandue par un film il y a quelques années, le raisin merlot ne produit pas de la piquette. Rappelons simplement qu'il entre pour quatre-vingts pour cent dans la fabrication du petrus, ce vin de pomerol dans le Bordelais, qui est depuis longtemps le plus cher au monde.

Morton Nagle arrivait à cet instant aux confins de la ville à la rencontre d'une curiosité de Vallejo Springs moins célèbre que les deux que nous venons de citer.

Theresa Croyton, la Poupée qui dormait, y habitait avec son oncle et sa tante.

Nagle avait tenu parole. Un mois de recherches sur des pistes sinueuses l'avait conduit jusqu'à un journaliste de Sonoma qui lui avait donné le nom d'un avocat ayant travaillé pour la tante de la jeune fille. L'homme n'avait pas voulu lâcher beaucoup d'informations, mais lui avait dit ce qu'il pensait de cette femme : elle était autoritaire et dominatrice, détestable et de mauvaises mœurs. Elle l'avait harcelé pour une dette. Une fois convaincu que Nagle était bien un écrivain, il lui avait dit, sous couvert d'anonymat, dans quelle ville ils habitaient et indiqué leur nouveau nom.

Nagle était venu plusieurs fois à Vallejo Springs et avait rencontré la tante de la Poupée qui dormait pour tenter de décrocher une interview de la jeune fille (l'oncle, comme il l'avait appris, n'avait pas voix au chapitre). La tante s'était montrée très réticente jusque-là, mais il ne désespérait pas de parvenir à ses fins.

Il revenait donc dans la pittoresque cité. Il stationna sa voiture à proximité de la vaste demeure pour attendre une occasion de voir la femme et de lui parler en tête à tête. Il aurait pu l'appeler, bien sûr. Mais Nagle considérait le téléphone – de même qu'Internet – comme un moyen de communication peu efficace. Les gens auxquels on parle au téléphone sont vos égaux. On a beaucoup moins d'influence sur eux, et moins de moyens de persuasion que lorsqu'on les a devant soi en personne.

Ils peuvent toujours raccrocher.

Il lui fallait être prudent. Il avait remarqué que la police venait à intervalles réguliers patrouiller autour de la maison des Bolling – c'était le nom qu'avait pris la famille. La chose ne signifiait rien en elle-même, Vallejo Springs étant une ville riche qui ne lésinait pas sur les moyens alloués à la sécurité, mais il avait noté aussi que les véhicules de police ralentissaient en passant.

Il avait vu également que ces véhicules étaient plus nombreux que la semaine précédente. Ce qui confirmait ce dont il se doutait déjà : Theresa n'était pas une citoyenne ordinaire. Elle jouissait d'un statut particulier dans cette ville et on veillait sur elle. La police était en état d'alerte maximale dans la crainte qu'il lui arrive quelque chose. Que Nagle se fasse remarquer, et on l'escorterait hors les murs pour le jeter dans la poussière comme un vulgaire porte-flingue dans quelque mauvais western.

Immobile dans sa voiture, sans quitter des yeux la porte de la maison, il se récita mentalement *les premières lignes de son livre.*

Carmel-sur-Mer est un village plein de contradictions, haut lieu touristique, joyau de la couronne de la Côte centrale, mais sous la perfection et la joliesse se cache l'univers secret et impitoyable des grosses fortunes de San Francisco, d'Hollywood et de Silicon Valley…

Hum. Il faut retravailler ça.

Nagle laissa échapper un petit rire.

Puis il vit la voiture, une Ford Escalade blanche, qui sortait de chez les Bolling par l'allée. Mary, la tante de la jeune fille, était au volant et il n'y avait personne d'autre dans la voiture. Excellent. Il n'aurait jamais pu s'approcher si Theresa s'était trouvée avec elle.

Nagle démarra à son tour. Sa Buick, sur le marché de l'occasion, ne devait pas atteindre le prix d'un embrayage pour l'Escalade. Il la suivit. La tante de Theresa s'arrêta à la station-service pour un plein de premium. Elle échangea quelques mots avec la conductrice d'une Jaguar Type-S arrêtée à la pompe voisine de la sienne. Mais elle semblait soucieuse. Ses cheveux bancs n'étaient pas coiffés et elle avait l'air fatiguée. Même de l'endroit où il était, au bord du parking, Nagle voyait ses yeux cernés.

En quittant la station Shell, elle prit la grande rue centrale au pittoresque résolument californien, avec plantes vertes, fleurs, sculptures originales, coffee-shop, rangées de restaurants à la devanture discrète, jardinerie, librairie indépendante, club de yoga et petites boutiques vendant du vin, de la cristallerie, des fournitures pour animaux et quelques vêtements de marque.

Le centre commercial fréquenté par la clientèle locale s'étirait le long de la route à quelques centaines de mètres de là, autour d'un magasin d'alimentation Albertsons et d'un drugstore Rite. Mary Bolling se gara au parking et entra dans le magasin Albertsons. Nagle s'arrêta non loin de sa voiture. Il s'étira, avec l'envie de fumer une cigarette alors qu'il avait cessé depuis vingt ans.

Il reprit l'interminable débat avec lui-même.

Jusque-là, il n'avait pas transgressé. Il n'avait outrepassé aucune règle.

Il pouvait encore rentrer chez lui et il n'aurait rien à se reprocher du point de vue moral.

Mais le devait-il ?

Il n'en était pas certain.

Morton Nagle estimait qu'il avait un devoir dans l'existence : dénoncer le mal. C'était une noble mission, et il s'y consacrait avec passion.

Mais elle consistait à *révéler* le mal, et à laisser les gens se faire leur opinion. Il ne s'agissait pas de l'affronter lui-même. Car une fois qu'on a franchi la ligne au-delà de laquelle on lutte pour obtenir la justice et plus seulement pour l'éclairer, on court des risques. À la différence de la police, il n'avait pas la Constitution pour lui dire ce qu'il pouvait faire et ne pas faire, et il risquait de se mettre en faute.

En demandant à Theresa Croyton d'aider à la capture d'un tueur, il l'exposait – avec sa famille – à des dangers bien réels. Tuer des jeunes gens ne posait visiblement pas de problème à Daniel Pell.

Il était plus facile d'écrire sur des êtres humains et leurs conflits que de porter des jugements sur ces conflits, de laisser le lecteur décider de ce qui était bien et de ce qui était mal, et d'agir en conséquence. D'un autre côté, pouvait-il en conscience rester sans rien faire et laisser Pell aller de massacre en massacre, alors qu'il pouvait faire quelque chose ?

Le débat récurrent fut cette fois de courte durée : Mary Bolling ressortait du magasin en poussant un chariot chargé de marchandises.

Oui ou non ?

Morton Nagle n'hésita que quelques secondes avant d'ouvrir sa portière et de sortir de la voiture en remontant son pantalon. Il s'avança à sa rencontre.

– Excusez-moi. Bonjour, madame Bolling. C'est moi.

Elle s'immobilisa, le regarda en clignant des yeux.

– Que faites-vous ici ?

– Je…

– J'ai dit que je ne vous permettais pas de voir Theresa.

– Je sais, je sais… Ce n'est pas…

– Comment osez-vous… Vous nous harcelez !

Elle avait son portable à la main.

– Je vous en prie, dit Nagle, qui désespérait soudain de la fléchir. Ce n'est pas la même chose. Je suis ici pour rendre service à quelqu'un. Nous parlerons du livre plus tard, si vous voulez.

– Un service ?

– Je suis venu de Monterey pour vous demander quelque chose. J'avais besoin de vous voir personnellement.

– De quoi parlez-vous ?

– Vous êtes au courant… pour Daniel Pell.

– *Évidemment* que je suis au courant !

L'intonation sous-entendait quelque chose comme « Vous me prenez pour l'idiote du village ? ».

– Il y a une personne de la police – une femme – qui voudrait rencontrer votre nièce. Elle pense que Theresa pourrait peut-être l'aider à retrouver Pell.

– *Quoi ?*

– N'ayez pas peur. Il n'y a aucun risque. Elle…

– Aucun risque ? Vous êtes fou ? Vous pouviez le conduire jusqu'ici !

– Non. Il est quelque part à Monterey.

– C'est la police qui vous a donné notre adresse ?

– Oh, non ! Cette femme est prête à la rencontrer où vous voudrez. Ici. N'importe où. Elle veut seulement demander à Theresa…

– Personne ne demandera quoi que ce soit à Theresa ! Personne ne la verra ! (Se penchant en avant…) Et vous aurez de sérieux ennuis si vous ne disparaissez pas immédiatement !

– Madame Bolling. Daniel Pell a tué…

– J'écoute les nouvelles comme tout le monde, bon Dieu ! Dites à cette femme flic que Theresa n'a pas la moindre chose à lui dire. Et moi, je vous le dis, vous ne la verrez pas non plus pour votre foutu livre. Vous pouvez faire une croix là-dessus !

– S'il vous plaît. Attendez…

Mary Bolling avait déjà tourné les talons et se précipitait vers sa voiture tandis que le chariot abandonné roulait dans la direction opposée, entraîné par la pente. Nagle, à bout de souffle, le rattrapa à la seconde où il allait percuter une Mini Cooper, tandis que la voiture de la tante démarrait dans un crissement aigu de pneus et giclait hors du parking.

Il n'y avait pas si longtemps qu'un agent du CBI, désormais *ancien* agent, avait appelé cela « l'Aile des petites mains ».

Il parlait de la partie du quartier général de Monterey qui abritait les bureaux de deux détectives de sexe féminin, Kathryn Dance et Connie Ramirez, ainsi que l'incontournable Maryellen Kresbach et la très raisonnable Grace Yuan, administratrice du bureau.

L'inventeur de cette fine appellation était un agent de cinquante et quelques années comme on en voit dans tous les bureaux du monde, occupés à compter les jours qui les séparent de la retraite et dont on se dit qu'ils n'ont sans doute rien fait d'autre depuis leur arrivée dans le poste. Il ne faisait pas le poids, tout simplement.

Il semblait manquer, en outre, du plus élémentaire instinct de conservation.

– Et ici, l'Aile des petites mains ! avait-il lancé, assez fort pour être entendu de tous, en faisant visiter les lieux à la jeune femme qu'il poursuivait de ses assiduités.

Dance et Connie Ramirez avaient échangé un regard.

Ce soir-là, elles étaient parties en mission dans un magasin de lingerie féminine et le malheureux agent avait trouvé le lendemain son bureau entièrement décoré de tulle, de mousseline, de filets de pêche et autres bas à résille et collants en tissu synthétique. Quelques produits et ustensiles destinés à l'hygiène intime complétaient l'ensemble. L'homme avait couru se plaindre auprès de Stan Fishburne, le patron du CBI de l'époque, qui était venu enquêter sur place et avait eu beaucoup de difficulté à garder son sérieux.

– Vous avez dit *seulement* « l'Aile des petites mains », Bart ? Vous avez vraiment dit ça ?

Bart avait parlé de porter l'affaire au plus haut niveau jusqu'à Sacramento, mais n'était pas resté assez longtemps au CBI pour mettre la menace à exécution. Mais après son départ, la population de cette partie du bâtiment avait adopté en toute innocence le nom qu'il lui avait attribué, et tout le monde parlait désormais de l'APM sans penser à mal.

Kathryn Dance longeait à ce moment le couloir aux murs nus.

– Bonjour Maryellen !

– Ah, Kathryn. J'ai appris, pour Juan. Quelle tristesse. On va faire une donation. Vous savez où ses parents voudront qu'on verse les fonds ?

– Michael nous le dira.

– Votre mère a appelé. Elle passera avec les gamins, si ça vous convient.

Kathryn s'arrangeait toujours pour voir ses enfants, même pendant ses heures de travail, quand elle était très prise par une affaire et rentrait tard chez elle.

– C'est très bien. Où en est-on avec Davey ?

– On s'occupe de lui, répondit Maryellen d'un ton ferme.

Il s'agissait de son fils. Du même âge que Wes, il avait eu des problèmes à l'école avec une bande de préadolescents. L'air satisfait et malicieux avec lequel Maryellen lui répondit fit comprendre à Kathryn que des mesures sévères avaient été prises pour neutraliser les agresseurs d'une façon ou d'une autre.

Kathryn pensait que Maryellen aurait pu faire un excellent flic.

Une fois dans son bureau, elle retira son blouson, repoussa le lourd Glock de côté et s'assit. Elle jeta un coup d'œil à ses emails. Un seul concernait l'affaire Pell. Richard Pell, le frère, lui répondait depuis Londres.

> Officier Dance,
>
> L'ambassade des États-Unis me fait suivre votre email.
>
> Oui, je suis au courant de cette évasion. Les journaux d'ici en ont parlé. Je n'ai eu aucun contact avec mon frère depuis douze ans. Il

> était venu nous voir à Bakersfield, au moment où la sœur de ma femme, alors âgée de 23 ans et habitant New York, se trouvait chez nous en visite. La police a appelé, un samedi, pour nous informer qu'elle venait d'être arrêtée pour vol dans une bijouterie de la ville.
> Cette jeune fille venait de faire des études brillantes et fréquentait assidûment l'église. Elle ne s'était jamais rendue coupable du moindre délit jusque-là.
> Il semble qu'elle était « sortie » avec mon frère et que celui-ci l'avait persuadée de voler « quelques petites choses ». J'ai fouillé sa chambre et y ai découvert pour près de 10 000 dollars de marchandises. Ma nièce a été placée en liberté surveillée et ma femme a failli me quitter à la suite de cet incident.
> Je n'ai plus jamais eu affaire à lui. Je n'ai eu qu'une fois de ses nouvelles. Après les meurtres de Carmel en 1999, je suis parti vivre en Europe.
> Si j'apprends quoi que ce soit, je ne manquerai pas de vous prévenir, mais c'est peu probable. Si vous voulez savoir quelles sont mes relations avec lui, je vous dirai simplement ceci : j'ai pris contact avec la police de Londres et ma maison est gardée par un agent.

Si elle avait eu l'espoir d'une piste de ce côté, elle pouvait lui dire adieu.

Son téléphone sonna. C'était Morton Nagle. Sa voix tremblait.

– Il a encore tué quelqu'un ? Je viens de l'entendre à la radio.

– Malheureusement, oui. (Elle lui donna quelques détails.) Et Juan Millar est mort.

– Je suis désolé. Rien de nouveau, à part ça ?

– Rien de sérieux.

Elle lui fit part de son entrevue avec Linda et Rebecca. Elles lui avaient fourni quelques renseignements qui s'avéreraient peut-être utiles, mais rien qui soit susceptible de la conduire directement jusqu'au tueur. Nagle, de son côté, n'avait rien trouvé au sujet du « gros coup » projeté par Pell, ni de la « montagne » qu'il avait évoquée avec Rebecca.

Il lui fit le récit de son expédition infructueuse à Vallejo Springs et de l'accueil que lui avait réservé la tante de Theresa. Elle ne laisserait personne, pas plus la police que lui-même, approcher la jeune fille.

– Elle m'a menacé…

À sa voix, elle comprit qu'il était inquiet et se dit qu'il n'avait certainement pas le regard pétillant qu'elle lui connaissait.

– Où êtes-vous ?

Silence.

– Vous ne voulez pas me le dire ?

– Je ne peux pas.

Elle regarda l'écran de son appareil, mais il l'appelait avec son portable.

– Elle ne changera pas d'avis ?

– Très franchement, j'en doute. Si vous l'aviez vue… Elle a filé en abandonnant son Caddie avec une centaine de dollars de marchandise.

Kathryn était déçue, une fois de plus. Le mystère Daniel Pell était devenu une obsession et elle voulait apprendre le plus de choses possible sur lui. L'année précédente, en travaillant sur une affaire à New York avec Lincoln Rhyme, elle avait remarqué chez le criminologue cette fascination obsessionnelle pour le moindre détail, la plus infime pièce à conviction. C'était exactement ce qu'elle éprouvait maintenant – mais pour les aspects « humains » du crime.

Mais il y a des obsessions qui vous poussent à vérifier deux fois les plus petits détails de ce qu'on vous dit, et d'autres qui vous font éviter les fissures dans le bitume du trottoir quand vous rentrez chez vous. Le tout est de savoir lesquelles sont d'une importance vitale et lesquelles ne le sont pas.

Elle se dit qu'ils devaient laisser tomber la piste de la Poupée qui dormait.

– Merci pour votre aide, Morton.

– J'ai essayé. Vraiment.

Kathryn appela ensuite Rey Carraneo. Toujours rien du côté des motels, et aucun vol de bateau signalé dans les marinas des environs.

À la seconde où elle raccrochait, TJ appela.

– J'ai eu une réponse du fichier des immatriculations. La voiture dont Pell s'est servi le soir du meurtre des Croyton n'est plus immatriculée depuis des années, ce qui signifie qu'elle est sans doute partie à la ferraille. S'il a volé quelque chose chez les Croyton cette nuit-là, ce qu'il a emporté s'est sans doute perdu.

TJ avait aussi consulté l'inventaire des objets contenus dans la voiture après la saisie de celle-ci. La liste était courte, et rien ne semblait provenir du domicile de l'homme d'affaires.

Elle lui fit part du décès de Juan Millar, et le jeune policier resta un instant silencieux. Ce qui voulait dire qu'il était ému pour de bon.

Un instant plus tard, son téléphone sonna à nouveau. C'était Michael O'Neil et son éternel « C'est moi ». Mais il y avait de la fatigue dans sa voix, et la mort de Millar l'avait durement touché.

– Il ne restait absolument rien à l'endroit où l'on a trouvé le corps de Susan Pemberton, à supposer qu'il y ait jamais eu quelque chose. Je viens de discuter avec Rey. Il me dit qu'il n'y a pas eu de vol de bateau. Je me suis peut-être fait des idées. Ton ami n'a rien trouvé de son côté ? Je veux dire, en allant vers la route ?

Elle nota au passage l'emploi du mot « ami ».

– Il n'a pas encore appelé. Je doute qu'il soit tombé sur le carnet d'adresses de Pell ou sur les clés de sa chambre.

– Négatif également pour l'examen du ruban adhésif et celui de la bombe au poivre. Ces objets se vendent dans des milliers de magasins et aussi sur Internet.

Elle dit à O'Neil que la tentative de Nagle pour entrer en contact avec Theresa avait échoué.

– Elle ne veut pas coopérer ?

– C'est sa tante qui ne veut pas. Et on ne peut pas la contourner. Je me demande, d'ailleurs, s'il y avait quelque chose à en tirer.

– Je n'aime pas ça, dit O'Neil. Cette fille est le seul lien qui reste entre Pell et la nuit du massacre.

– Il va falloir se passer d'elle et redoubler d'efforts, dit Kathryn.

Silence.

– Et toi, Michael, comment ça va ?

– Ça va.

Stoïque…

Ils avaient raccroché depuis quelques minutes quand Winston Kellogg arriva.

– Vous avez trouvé quelque chose sur la scène de crime au bord de la mer ? demanda Kathryn.

– Rien du tout. On a passé une heure à chercher. Aucune trace de pneus, pas le moindre indice. Michael avait peut-être raison. Pell est peut-être parti en bateau de cette jetée.

Kathryn éclata de rire, intérieurement. Après s'être affrontés, les deux coqs de combat reconnaissaient chacun de son côté que l'autre avait peut-être raison – mais elle pensait qu'ils ne se l'avoueraient jamais en face.

Elle le mit au courant de la disparition des dossiers à l'agence de Susan Pemberton et de l'échec de Nagle avec Theresa Croyton. TJ, ajouta-t-elle, était à la recherche du client avec lequel Susan Pemberton avait rendez-vous avant que Pell ne la tue – si Pell et ce client n'étaient pas la même personne.

Elle jeta un coup d'œil à sa montre.

– J'ai un rendez-vous important. Vous voulez venir ?

– Ça concerne Pell ?

– Non. Ça concerne quelque chose à se mettre sous la dent.

CHAPITRE 31

En repartant dans les couloirs du CBI, Kathryn demanda à Kellogg où il habitait.

– Le District. Pour vous tous, c'est Wasington D.C. Mais c'est aussi un petit coin que les pontes du samedi matin à la télé situent « à l'intérieur du périphérique ». J'ai grandi à Seattle, mais l'Est ne me tentait pas vraiment. Je n'aime pas la pluie.

Ils parlèrent de leurs vies respectives, et il lui dit qu'il n'avait pas eu d'enfant avec son ex-femme, bien qu'il soit lui-même issu d'une famille nombreuse. Ses parents vivaient encore et résidaient sur la Côte Est.

– J'ai quatre frères. Je suis le plus jeune. Je crois que mes parents étaient à court de prénoms et se sont rabattus sur des marques. Je m'appelle donc Winston, comme les cigarettes. Ce qui n'était pas la meilleure des idées pour un garçon qui portait déjà un nom de corn-flakes. Pourquoi pas Oldsmobile, pendant qu'ils y étaient ? Mais ils n'ont pas été sadiques à ce point.

Kathryn l'écoutait en riant.

– Moi, j'ai toujours pensé qu'on ne m'invitait pas au bal du lycée parce que personne ne voulait faire danser une Dance.

Kellogg avait obtenu un diplôme de psychologie à l'Université de Washington avant d'intégrer l'armée.

– Dans la DEC ?

Elle pensait à son mari, qui avait servi sous les drapeaux dans la Division des enquêtes criminelles.

– Non. J'étais à la planification tactique. Du papier, du papier, du papier. Enfin, de l'ordinateur, de l'ordinateur, de l'ordinateur. Et beaucoup d'énervement. Comme je préférais un travail de terrain, je suis entré dans la police de Seattle. J'ai été promu détective et affecté au profilage et aux négociations. Mais je m'intéressais surtout aux sectes et j'ai décidé d'en faire ma spécialité. C'est un peu idiot à dire comme ça, mais je ne supportais pas ces crapules qui exploitent la crédulité de personnes vulnérables.

Elle n'y voyait rien d'idiot.

Ils longeaient toujours des corridors.

– Comment êtes-*vous* arrivée ici ? demanda-t-il.

Elle lui fit un récit abrégé. Elle avait été journaliste pendant quelques années et avait rencontré son futur mari alors qu'elle couvrait un procès criminel (il avait obtenu un rendez-vous en échange d'une interview exclusive). Lasse de jouer les reporters, elle avait repris des études et décroché ses diplômes en psychologie et en communication, ce qui lui avait permis de développer un don inné pour l'observation qui l'aidait à deviner les pensées et les sentiments de ses interlocuteurs. Elle était devenue conseillère en jurys. Puis, comme ce métier ne lui apportait pas la satisfaction qu'elle en avait espérée et qu'elle sentait que ses talents seraient mieux employés dans la police, elle était entrée au CBI.

– Et votre mari était un flic fédéral, comme moi ?

– Vous avez pris vos renseignements ?

William Swenson avait fait une belle carrière d'agent spécial au sein du FBI, mais comme des milliers d'autres. Un spécialiste comme Kellogg n'avait aucune raison de le connaître, sauf s'il s'était donné la peine d'enquêter sur son compte.

– J'aime bien savoir où je mets les pieds quand on m'envoie quelque part, dit-il, avec un sourire embarrassé. Et qui je vais y trouver. J'espère que vous n'êtes pas contrariée.

– Pas du tout. Chaque fois que je fais un interrogatoire je cherche à savoir à qui j'ai affaire.

Elle s'abstint d'ajouter qu'elle avait chargé TJ d'interroger à son sujet ses amis de l'agence de San Francisco.

Après un moment de silence, il dit :

– Je peux savoir ce qui est arrivé à votre mari ? Il était en service ?

L'élancement douloureux que cette question déclenchait invariablement au niveau de l'estomac avait perdu de sa violence avec les années.

– Non. Un accident de voiture.

– Désolé.

– Merci… Et maintenant, bienvenue au CBI !

Elle l'invita d'un geste à entrer dans la salle à manger.

Son téléphone sonna. C'était TJ.

– Mauvaise nouvelle. Il va falloir que je renonce à fréquenter les bars. Moi qui venais tout juste de commencer. Je sais où était cette Susan Pemberton avant qu'on la tue.

– Où ?

– Au bar du Doubletree avec un individu de type latino-américain. C'était un rendez-vous d'affaires. Il voulait la charger d'organiser un événement quelconque, d'après ce que le serveur a entendu. Ils sont repartis vers six heures et demie.

– Vous avez un reçu de carte de crédit ?

– Oui. Mais c'est elle qui a payé. Frais de représentation. Dites donc, chef, je crois qu'on devrait changer de métier.

– Vous avez autre chose sur lui ?

– Rien. La photo de Susan sera demain dans les journaux. Ça va peut-être le faire venir ?

– Vous avez le relevé les appels sur le téléphone de Susan ?

– Elle en a reçu une quarantaine rien que pour la journée d'hier. Je vais examiner ça dès que je serai de retour au bureau. Ah, et j'ai consulté la liste des contribuables qui paient la taxe sur les biens immobiliers. Rien non plus de ce côté-là. Pell ne possède pas de montagne ni quoi que ce soit d'autre. J'ai vérifié aussi dans l'Utah. Rien non plus.

– Bien. J'avais oublié ça.

– Ni dans l'Oregon, le Nevada ou l'Arizona. Je ne me suis pas pressé. J'essayais simplement de rester le plus longtemps possible dans ce bar…

Kathryn transmit les informations à Kellogg, qui les reçut avec une grimace.

– Un témoin, peut-être ? Quelqu'un qui verrait la photo de Susan Pemberton à la télé et se dirait que c'est le bon moment pour prendre des vacances en Alaska ?

– Et j'aurais du mal à le lui reprocher.

L'agent du FBI sourit en regardant derrière Kathryn. Elle se retourna. Sa mère et ses enfants entraient dans la salle à manger.

– Bonjour ma chérie, dit-elle à Maggie.

Puis elle serra son fils dans ses bras. Un jour, bientôt, les embrassades en public lui seraient interdites, et elle faisait provision en vue de la sécheresse. Ce jour-là, il accepta de bonne grâce.

Edie Dance et sa fille échangèrent un regard chargé de tristesse pour la mort de Millar, mais s'abstinrent d'évoquer ce drame. Edie et Kellogg se saluèrent, et leurs yeux en parlaient aussi.

– M'man, Carly a changé la poubelle de M. Bledsoe de place ! dit Maggie, tout essoufflée. Et chaque fois qu'il jetait quelque chose, ça tombait par terre !

– Vous vous êtes retenus de rire ?

– Un moment. Puis Brandon a craqué, et on ne pouvait plus s'arrêter !

– Dites bonjour à l'agent Kellogg.

Maggie s'exécuta, mais Wes se contenta d'un hochement de tête en regardant ailleurs. Kathryn vit aussitôt l'aversion.

– Vous voulez un chocolat chaud ? demanda-t-elle.

– Oh, oui ! s'écria Maggie. Wes ne refusa pas.

Kathryn tâta les poches de son blouson. Le café était gratuit, mais tous les extras étaient payants et elle avait laissé son sac dans son bureau. Edie n'avait pas non plus de monnaie à leur donner.

– C'est moi qui offre, dit Kellogg, en plongeant la main dans sa poche.

– M'man, je préfère un café, dit Wes, très vite.

Il en avait goûté une ou deux fois dans sa vie et détestait ça.

– Moi aussi, un café ! dit Maggie.

– Non. Ce sera du chocolat chaud ou un soda.

Que se passait-il ? Kathryn revit le regard de son fils sur Kellogg à la soirée d'anniversaire de la veille. Elle avait pensé, sur le moment, qu'il cherchait à voir son arme ; elle comprenait maintenant qu'il jaugeait l'homme que M'man avait amené à la maison. Winston Kellogg était-il un nouveau Brian aux yeux de Wes ?

– D'accord, dit sa fille. Un chocolat.

– Ça va, marmonna Wes. Je n'ai pas soif.

– Allons ! C'est un prêt que je fais à ta mère, dit Kellogg en tendant les pièces.

Les enfants les prirent, Wes à contrecœur et seulement après sa sœur.

– Merci, dit-il.

– Oui, merci beaucoup ! renchérit Maggie.

Edie versa du café. Ils s'assirent autour de la table légèrement branlante. Kellogg remercia à nouveau la mère de Kathryn pour le dîner et prit des nouvelles de Stuart. Puis, se tournant vers les enfants, il leur demanda s'ils aimeraient aller à la pêche.

Maggie bredouilla quelque chose comme « Pourquoi pas ? » alors que ça ne lui disait rien du tout.

Wes, qui adorait pêcher, répondit :

– Pas vraiment. Ça m'ennuie.

Kathryn savait que Kellogg cherchait simplement à briser la glace, et que la question lui était probablement inspirée par la discussion sur la pêche à Monterey Bay qu'il avait eue avec son père à l'anniversaire de ce dernier. Elle nota quelques réactions de stress – il était trop soucieux de faire bonne impression, pensa-t-elle.

Wes s'enferma dans le silence pour boire son chocolat pendant que Maggie soûlait tout le monde avec le récit de sa matinée au stage de musique, sans oublier une deuxième version détaillée du déplacement de la poubelle.

Kathryn était contrariée de constater que le problème avec Wes avait resurgi… et sans raison valable. Il ne se passait rien avec Kellogg. Il ne lui avait même pas proposé une sortie.

Mais elle n'était pas novice dans le métier de parent, et quelques minutes plus tard Wes racontait avec fièvre le match de tennis qu'il venait de disputer. Elle observa chez Kellogg deux ou trois changements de position dont elle déduisit qu'il jouait au tennis lui aussi et avait envie d'intervenir. Mais il avait perçu la réticence de Wes à son égard et se contenta d'écouter en souriant, sans rien ajouter.

Kathryn leur annonça qu'elle devait retourner au travail et les raccompagna à la sortie. Kellogg lui dit qu'il devait appeler le bureau de San Francisco.

– C'était un plaisir de vous voir tous les trois, dit-il, en les quittant.

Edie et Maggie lui dirent au revoir. Wes aussi, après une hésitation – il ne voulait pas être en reste sur sa sœur, pensa Kathryn.

L'agent du FBI s'éloigna dans le couloir pour rejoindre son bureau provisoire.

– Tu vas rentrer pour le dîner ? demanda Maggie.

– Je ferai mon possible, Mags.

Ne jamais promettre ce qu'on n'est pas certain de tenir.

– Mais si elle ne peut pas, intervint Edie, qu'est-ce qui vous ferait plaisir ?

– Une pizza ! se hâta de répondre Maggie. Avec du pain à l'ail ! Et une glace à la menthe et au chocolat pour le dessert !

– Et moi, je veux une paire de Ferragamos, dit Kathryn.

– Qu'est-ce que c'est ?

– Des chaussures. Mais souvent, il y a ce qu'on désire, et ce qu'on a.

Sa mère mit une autre proposition sur le tapis.

– Que diriez-vous d'une grande salade ? Avec des crevettes grillées ?

– Oh, oui !

– Ça serait génial, dit Wes.

Les enfants étaient d'une infinie politesse avec leurs grands-parents.

– Mais je crois qu'on peut aussi avoir du pain à l'ail, ajouta Kathryn, arrachant enfin un sourire à son fils.

Un employé de l'administration sortit de l'immeuble du CBI avec les documents qu'il devait porter à Salinas, au Bureau du shérif du comté de Monterey.

Il vit une voiture de couleur sombre s'arrêter au parking. La conductrice, une jeune femme qui portait des lunettes noires malgré le brouillard, regarda tout autour d'elle. Elle semblait mal à l'aise, songea l'homme. Mais bien sûr, beaucoup de gens venaient ici en tant que suspects, ou témoins plus ou moins volontaires. La jeune femme s'examina dans le rétroviseur, se coiffa d'une casquette et sortit de sa voiture. Elle n'alla pas directement vers l'entrée, mais s'approcha de lui.

– Excusez-moi ?

– Oui, madame ?

– C'est bien le California Bureau of Investigation ?

Il lui aurait suffi de regarder l'immeuble pour voir ce nom en lettres géantes sur la façade. Mais l'homme, formé au service du public, répondit poliment :

– C'est exact. Puis-je vous aider ?

– C'est ici que l'agent Dance a son bureau ?

– Kathryn Dance, oui.

– Vous savez si elle est là ?

– Je ne... (Il regarda vers le parking et se mit à rire.) Eh bien, justement ! C'est elle, là-bas, la plus jeune des deux dames.

Il voyait Kathryn, sa mère et les deux enfants qu'il avait déjà rencontrés une ou deux fois.

– Bien. Merci, monsieur l'agent.

L'employé ne rectifia pas. Il aimait bien qu'on le prenne pour un policier. Il entra dans sa voiture et quitta le parking. En jetant un coup d'œil au rétroviseur, il aperçut la jeune femme à l'endroit où il l'avait laissée. Elle semblait nerveuse.

Il aurait pu lui dire qu'elle n'avait aucune raison de l'être. Kathryn Dance était, à son avis, l'une des personnes les plus gentilles de tout le CBI.

Kathryn referma la portière de la Prius hybride de sa mère, qui sortit silencieusement du parking tandis qu'elle faisait un dernier geste de la main.

Elle suivit du regard la voiture gris métallisé sur la route sinueuse qui rejoignait la route 68. Elle était mal. La voix de Juan Millar la poursuivait.

Tuez-moi...

Pauvre garçon.

Même si l'agression de son frère n'y était pour rien, elle se sentait coupable de l'avoir envoyé voir ce qu'il se passait dans la zone de rétention du tribunal. C'était un choix logique, mais elle se demandait si, en raison de sa jeunesse, il ne s'était pas montré moins prudent que l'aurait été un policier plus expérimenté. Elle ne pouvait pas imaginer un Michael O'Neil, ou le gros Albert Stemple, ou même elle, laissant Pell prendre le dessus.

Immobile, le dos tourné à l'immeuble, elle repensa une nouvelle fois aux premiers instants de l'incendie et de l'évasion. Ils avaient dû agir dans l'urgence. Mais si elle ne s'était pas autant pressée ? Si elle avait mieux réfléchi à sa stratégie ?

Retour sur l'événement. Doutes. Interrogations. Ça faisait partie intégrante du métier de flic.

Elle revint vers l'immeuble en fredonnant un air de Julieta Venegas. Les notes dansaient dans son esprit et se glissaient entre ses pensées pour repousser le souvenir des épouvantables blessures de Juan Millar, les mots terribles qu'il avait prononcés, la mort atroce de Susan Pemberton... et le regard plein de gaieté de son fils se figeant à l'instant où il l'avait vue avec Winston Kellogg.

Que faire contre *ça* ?

Elle traversa le parking désert vers l'entrée du CBI, en se félicitant que la pluie ait cessé.

À l'instant où elle atteignait les marches, elle entendit un léger bruit de pas sur le bitume et se retourna vivement pour voir la femme qui l'avait suivie sans faire de bruit jusque-là. Elle était à environ deux mètres d'elle.

Kathryn Dance s'arrêta net.

La femme aussi.

– Agent Dance… Je…

Ni l'une ni l'autre ne parla pendant quelques secondes.

Puis Samantha McCoy dit :

– J'ai changé d'avis. Je veux vous aider.

CHAPITRE 32

– Je n'ai pas pu dormir après votre visite. Et quand j'ai appris qu'il avait encore tué quelqu'un, cette femme dont on a parlé à la télé, j'ai compris qu'il *fallait* que je vienne.

Samantha et Kellogg étaient avec Kathryn dans son bureau. La jeune femme se tenait très droite sur son fauteuil, agrippée aux accoudoirs, et les regardait l'un et l'autre tour à tour. Mais c'étaient chaque fois de brefs regards d'une fraction de seconde.

– C'est bien, dit Kellogg.

– Pourquoi ?

– Nous n'en savons rien. Nous cherchons à comprendre. Elle s'appelait Susan Pemberton. Elle travaillait pour Eve Brock. Ces noms vous disent-ils quelque chose ?

– Non.

– C'est une agence de relations publiques. Pell a pris tous leurs dossiers et on suppose qu'il les a détruits. Ils contenaient quelque chose qu'il veut cacher. Ou, peut-être, l'annonce d'un événement à venir qui l'intéresse tout particulièrement. Vous ne voyez pas de quoi il pourrait s'agir ?

– Non. Désolée.

– Je veux vous réunir avec Rebecca et Linda le plus vite possible, dit Kathryn.

– Elles sont ici toutes les deux ?

– Oui.

Samantha hocha lentement la tête.

– J'ai deux ou trois choses à faire ici, dit Kellogg. Et je vous rejoindrai ensuite.

Kathryn indiqua à Maryellen Kresbach l'endroit où elle se rendait, et les deux femmes sortirent ensemble de l'immeuble du CBI. Kathryn avait conduit Samantha au garage sécurisé qui se trouvait au sous-sol afin que personne ne la voie. Elles prirent toutes les deux la Ford de Kathryn.

Samantha boucla sa ceinture et se tint immobile, en regardant droit devant elle. Puis elle dit, soudain :

– Mon mari, ses parents… mes amis. Ils ne savent toujours rien.

– Qu'avez-vous dit pour expliquer votre départ ?

– Une réunion chez l'éditeur qui m'emploie… Et Linda et Rebecca ? Je préférerais qu'elles ne connaissent pas mon nouveau nom et ma nouvelle famille…

– Je n'y vois pas d'inconvénient. Je ne leur ai rien dit qu'elles ne savaient déjà. Alors, vous êtes prête ?

Un sourire craintif.

– Non. Je ne suis absolument pas prête. Mais bon, allons-y.

En arrivant à l'hôtel, Kathryn interrogea l'agent de police qui assurait la garde. Il n'avait noté aucune activité suspecte dans le bungalow ni aux alentours.

Elle invita d'un geste Samantha à la suivre. La jeune femme hésita puis sortit de la voiture en plissant les paupières pour regarder tout autour. On comprenait qu'elle se montre vigilante, vu les circonstances. Mais Kathryn eut le sentiment qu'elle cachait autre chose sous cette attitude.

Samantha la regarda avec un pâle sourire.

– Les odeurs, le bruit de l'océan… Je n'étais pas revenue sur la Péninsule depuis le procès. Mon mari me tannait pour qu'on vienne y passer un week-end, et je trouvais des prétextes bidons pour y échapper. Allergies, mal de la route, manuscrits à relire...

Le sourire disparut. Elle regarda le bungalow.

– C'est charmant.

– Il n'y a que deux chambres. Je ne vous attendais pas.

– Je peux dormir sur le canapé, s'il y en a un. Je n'embêterai personne.

Samantha la discrète, songea Kathryn.

La Souris.

– J'espère que vous n'en aurez que pour une nuit, dit-elle, en s'avançant pour frapper à la porte du passé.

La Toyota sentait la cigarette, et Daniel Pell avait horreur de ça. Il n'avait jamais fumé lui-même, bien qu'il ait troqué des cigarettes comme un véritable courtier en bourse dans le bâtiment Q de Capitola. Il aurait bien voulu laisser fumer les gamins de la Famille – on peut toujours tirer parti d'une dépendance –, mais l'odeur lui était vraiment insupportable. Elle lui rappelait son enfance, quand son père fumait cigarette sur cigarette dans son grand fauteuil, en lisant la Bible et en prenant des notes pour des sermons que personne n'écouterait. (Sa mère, à côté, fumait aussi *et* buvait.) Son frère ne fumait pas et ne faisait pas grand-chose quand il ne traquait pas Daniel pour le chasser des endroits où il se cachait : son placard, l'arbre du jardin, les toilettes du sous-sol. « C'est moi qui fais tout le boulot ! » En réalité, il finissait par ne pas faire le moindre boulot ; il lui tendait un seau ou une brosse et allait traîner avec ses copains. Il revenait de temps à autre pour cogner sur son jeune frère si la maison n'était pas reluisante de propreté, et parfois aussi quand elle l'était.

La propreté, mon fils, est sœur de la dévotion. Il y a une vérité là-dedans. Et maintenant, nettoie les cendriers. Je veux qu'ils étincellent !

Ils roulaient, Jennie et lui, toutes vitres baissées, l'odeur des pins et l'air froid et salé de l'océan tourbillonnant dans l'habitacle.

Jennie se frottait le nez, comme pour effacer cette bosse à l'usure, et ne disait rien. Elle était contente, pas au point de ronronner, mais rassérénée. La distance dont il avait fait montre la veille, après qu'elle avait été incapable de l'aider à « tuer » Susan Pemberton, avait produit l'effet voulu. De retour au Sea View, elle avait fait la seule chose qui puisse lui rendre son amour et elle y avait passé deux heures épuisantes. Comme il se montrait d'abord lointain et réticent, elle avait redoublé d'efforts. Jusqu'à prendre, même, un début de plaisir à la souffrance. Ce qui avait rappelé à Pell le jour où, des années auparavant, le Famille avait visité le couvent de la Mission à Carmel. Il avait entendu l'histoire de deux moines qui s'étaient fouettés au sang, en jouissant à la gloire du Seigneur.

Mais comme ça lui rappelait aussi son père, énorme dans son fauteuil, le fixant d'un air absent à travers un nuage de fumée de Camel, il avait chassé ce souvenir.

La veille au soir, après l'amour, il avait été plus gentil avec elle. Puis il était sorti sous prétexte de donner un coup de téléphone.

Pour la laisser dans l'attente.

À son retour, elle lui avait demandé qui il appelait. Pell, sans répondre, s'était replongé dans les documents en provenance du bureau de Susan Pemberton.

Ce matin, il lui avait annoncé qu'il sortait parce qu'il avait quelqu'un à voir. N'en dis pas plus, regarde croître son inquiétude – quelques petites tapes sur le vilain nez, cinq ou six « mon cœur ». Puis il lui avait dit :

– Ça me ferait plaisir que tu m'accompagnes.

– Vraiment ?

Telle une chienne assoiffée lapant l'eau dans l'écuelle.

– Oui. Mais, je me demande… Ça risque d'être trop dur pour toi.

– Non, je viens ! S'il te plaît…

– On va voir.

Elle l'avait attiré sur le lit et ils avaient repris leur jeu de pouvoir. Il s'était laissé, provisoirement, entraîner dans son camp.

Mais maintenant, dans la voiture, il n'avait plus la moindre envie d'elle. Il était de nouveau aux commandes.

– Tu comprends, pour hier sur la plage ? Je n'étais pas bien du tout. Ça m'arrive quand je vois s'abîmer quelque chose qui m'est précieux.

C'était presque des excuses – qui peut y résister ? – mais aussi une façon de dire que ça pouvait se reproduire.

– C'est ce que j'adore chez toi, mon amour.

Ce n'était plus « mon cœur ». Très bien.

Après avoir confortablement installé la Famille dans la ville de Seaside, il avait fait appel à toutes sortes de techniques pour assurer son contrôle sur les filles et sur Jimmy. Il leur avait donné des objectifs communs, leur avait distribué des récompenses, leur avait confié des tâches tout en les privant des raisons de s'en acquitter. Il entretenait ainsi le suspens jusqu'à ce qu'ils soient dévorés vivants par l'incertitude.

Et, parce que c'était le meilleur moyen de s'assurer leur fidélité et d'éviter toute dissension, il avait inventé un ennemi commun.

– On a encore un problème, ma jolie, dit-il à Jennie.

– Ah. C'est là où on va maintenant ?

Petite pression sur la bosse du nez. C'était un merveilleux baromètre.

– Exactement.

– Je te l'ai déjà dit, chéri. L'argent, je m'en fiche. Tu n'auras pas besoin de me rembourser.

– Ça n'a rien à voir. C'est plus important. Bien plus. Je ne te demande pas de faire ce que j'ai fait hier soir. Mais j'ai besoin que tu m'aides. Et je *compte* sur toi.

L'art de mettre l'accent sur certains mots.

Elle pensait au faux coup de téléphone de la veille au soir. À qui parlait-il ? À une personne susceptible de se joindre à eux ?

– Bien sûr. Je ferai tout ce que je pourrai.

Ils dépassèrent une petite brune qui n'avait pas 20 ans et qui marchait sur le trottoir. Pell remarqua immédiatement son attitude et son visage – le pas décidé, la tête baissée et la mine furieuse, les cheveux en bataille. Cette fille venait de s'enfuir après une dispute. Avec ses parents ou avec son petit ami. Délicieusement vulnérable. Il ne lui faudrait pas un jour pour l'emmener sur la route avec lui.

Le Joueur de flûte...

Mais ce n'était pas le moment, bien sûr, et il ne pouvait que la laisser, avec la frustration du chasseur empêché de s'arrêter pour tirer la magnifique pièce de gibier aperçue au bord de la route. Mais sa contrariété fut de courte durée : des jeunesses comme celle-ci, son avenir en était peuplé.

D'ailleurs, il lui suffisait de tâter le pistolet et le couteau qui pendaient à sa ceinture pour se rappeler qu'il aurait très bientôt de quoi assouvir son instinct de chasseur.

CHAPITRE 33

Debout sur le seuil du bungalow de l'hôtel Point Lobos, Rebecca Sheffield dit à Kathryn Dance :

– Contente de vous revoir. On a bien bavardé et on a dépensé votre argent en room service !

Elle montra la bouteille de cabernet Jordan qu'elle était seule à boire.

Rebecca regarda Samantha et, sans la reconnaître, dit :

– Bonjour !

Elle croyait sans doute qu'il s'agissait d'une autre détective impliquée dans l'affaire.

Elles entrèrent. Kathryn poussa la porte et la ferma à double tour.

Samantha les regarda les unes après les autres. Elle semblait avoir perdu sa voix, et Kathryn eut peur, un instant, qu'elle ne tourne les talons et se sauve.

Rebecca la regarda plus attentivement, cligna des yeux.

– Attendez… Oh, mon Dieu !

Linda fronçait les sourcils, sans comprendre.

– Tu ne la reconnais pas ? dit Rebecca.

– Qu'est-ce que... Attendez. C'est toi, Sam ?

– Bonjour.

Elle était affreusement mal à l'aise. Incapable de soutenir un regard plus de quelques secondes.

– Ton visage... dit Linda. Comme tu as changé !

Samantha haussa les épaules et rougit.

– Ma foi, tu es mieux. Et tu t'es un peu remplumée, toi qui n'avais que la peau sur les os.

Rebecca s'avança pour serrer vigoureusement Samantha contre son cœur. Puis elle se pencha en arrière, les mains sur ses épaules.

– Joli travail... Qu'est-ce qu'on t'a fait ?

– Des implants pour les joues et la mâchoire. Et on a refait le nez, bien sûr. Et... (Un regard à sa poitrine avantageuse.) Mais je voulais le faire depuis longtemps.

Linda pleurait.

– Je n'arrive pas à y croire, dit-elle, en l'étreignant à nouveau.

– Tu t'appelles comment, maintenant ?

– Je ne tiens pas à le dire, répondit Samantha McCoy en évitant leurs regards. Et écoutez toutes les deux, s'il vous plaît. Il ne faut pas parler de moi. À personne. Si Daniel est repris et que vous rencontrez des journalistes, ne parlez pas de moi.

– D'accord. Sans problème.

– Ton mari ne sait rien ? demanda Linda, en regardant l'alliance de Samantha et sa bague de fiançailles.

Samantha secoua la tête.

– Mais *comment* as-tu fait ? demanda Rebecca.

– J'ai menti. C'est tout.

Kathryn Dance savait qu'on se mentait entre époux, même si c'était moins souvent qu'entre des amants non mariés. Mais il s'agissait la plupart du temps de mensonges véniels, qui ne portaient pas sur des points aussi fondamentaux.

– Tu as dû te donner du mal, observa Rebecca. Et y laisser beaucoup d'argent.

– Je n'avais pas le choix.

Kathryn nota toute une série de signes montrant qu'elle était sur la défensive, avec un repli général du corps qui semblait rapetisser. Cette femme était un volcan de stress.

– Mais il sait forcément que tu as fait de la prison ? dit Rebecca.

– Oui.

– Mais alors, comment… ?

– Je lui ai dit que c'était pour un délit financier. Que mon patron devait faire opérer sa femme, qu'il n'avait pas l'argent et que je l'avais aidé à détourner des fonds.

– Et il a cru ça ?

Samantha jeta un regard timide à Rebecca.

– C'est un brave type. Mais il s'en irait dans l'heure s'il apprenait la vérité. S'il savait que j'étais dans une secte…

– Ce n'était pas une secte, dit Linda, très vite.

– En tout cas, il y avait Daniel Pell. Ce serait une raison suffisante pour me quitter. Et je ne pourrais pas lui en vouloir.

– Et tes parents ? demanda Rebecca. Ils sont au courant ?

– Ma mère est morte, et mon père s'intéresse autant à ma vie aujourd'hui qu'hier, c'est-à-dire pas du tout. Mais je ne vous l'apprends pas, vous devez vous en souvenir. Ne m'en veuillez pas, mais je préférerais ne pas parler de tout ça.

– Bien sûr, Sam, dit Rebecca.

Kathryn ramena la discussion sur les circonstances de l'affaire. Elle commença par leur donner les détails du meurtre de Susan Pemberton et mentionna le vol des dossiers de l'agence.

– Vous êtes sûre que c'est lui ? demanda Linda.

– Oui. On a relevé ses empreintes.

Linda ferma les yeux et récita une prière à voix basse. Les traits de Rebecca se durcirent sous la colère.

Aucune n'avait entendu le nom de Pemberton, ni celui de l'agence Brock. Elles ne se souvenaient pas que Pell ait assisté à un événement organisé par cette entreprise.

– On n'était pas dans les mondanités, à cette époque, observa Rebecca.

Kathryn parla à Samantha de la complice de Pell mais, comme les autres, elle ne voyait pas du tout de qui il pouvait s'agir. Elle n'avait pas non plus entendu parler d'un certain Charles Pickering à Redding. Kathryn leur parla ensuite du courriel de Richard Pell et leur demanda si elles avaient eu le moindre contact avec lui.

– Qui ? demanda Rebecca.

Kathryn expliqua.

– Un frère *aîné* ? l'interrompit Linda. Non. Scotty était plus jeune. Et il est mort un an avant que je rencontre Daniel.

– Il avait *un frère* ? demanda Rebecca. Il disait qu'il était enfant unique !

Kathryn leur raconta ce que Pell avait fait avec la jeune belle-sœur de son frère.

Linda secoua la tête.

– Non, non. Vous vous trompez. Son frère s'appelait Scott et il était handicapé mental. C'est pour cette raison, entre autres, qu'on s'entendait si bien. J'ai une cousine comme ça.

– Il m'a dit qu'il était enfant unique comme moi, dit Rebecca. (Elle se mit à rire.) Il mentait pour mieux nous embobiner. Et à *toi*, Sam, qu'est-ce qu'il a raconté ?

Elle n'avait pas envie de répondre. Puis elle s'y décida.

– Richard était l'aîné. Daniel et lui ne s'entendaient pas. Richard le maltraitait. Leur mère était toujours ivre et comme elle ne faisait jamais le ménage, le père avait décidé que les garçons devaient s'en charger. Mais Richard forçait Daniel à faire tout le travail. Il le battait.

– À *toi*, donc, il aurait dit la vérité ? demanda Linda, pincée.

– Ma foi… Il a parlé de ça, mais sans insister.

– Un point pour la Souris ! dit Rebecca en riant.

– Il m'a dit, reprit Linda, qu'il ne voulait pas que quiconque, dans la famille, connaisse l'existence de ce frère. Et que j'étais la seule à qui il faisait confiance.

– Moi, je ne devais pas dire qu'il était un enfant unique, dit Rebecca.

Linda semblait contrariée.

– On fait tous de petits mensonges de temps en temps. Je parie que l'incident avec la nièce – dont son frère vous a parlé – n'a jamais eu lieu, ou qu'il n'était pas si grave, et que son frère l'a pris comme prétexte pour couper les ponts.

Rebecca n'en était visiblement pas convaincue.

Kathryn supposa que Pell avait jugé Linda et Rebecca plus dangereuses pour lui que Samantha. Linda était la mère de la Famille et jouissait d'une certaine autorité. Rebecca était à l'évidence plus culottée et bavarde. Mais Samantha... il pouvait beaucoup plus facilement la contrôler et lui dire la vérité – enfin, une *certaine* vérité.

Kathryn se félicitait qu'elle se soit décidée à venir les aider.

Elle vit que Samantha regardait le pot de café.

– Vous en voulez ?

– Je suis un peu fatiguée. Je ne dors pas beaucoup, en ce moment.

– Bienvenue au club, dit Rebecca.

Comme Samantha faisait mine de se lever, Kathryn l'invita d'un geste à rester assise.

– Vous mettez du lait ? Du sucre ?

– Oh, ne vous donnez pas cette peine. Vraiment.

Kathryn surprit le petit sourire échangé entre Linda et Rebecca devant la timidité retrouvée de Samantha.

La Souris...

– Merci. Oui, un peu de lait.

– Linda nous a dit que Pell voulait aller quelque part, « en haut d'une montagne », reprit Kathryn. De quoi peut-il s'agir ? Vous n'auriez pas une idée ?

– Daniel m'a souvent dit qu'il voulait aller à la campagne. Y installer la Famille. Partir loin de tout – c'était quelque chose de très important pour lui. Il n'aimait pas les voisins, il n'aimait pas l'administration. Il voulait de la place pour qu'on soit plus nombreux. Pour que la Famille s'agrandisse.

– Ah, bon ? parut s'étonner Linda.

Kathryn ne fit pas de commentaire.

– Est-ce qu'il parlait de l'Utah ?

– Non.

– À quel endroit pensait-il ?

– Il ne l'a jamais dit. Mais apparemment, il y avait déjà beaucoup réfléchi.

Se rappelant que Pell avait peut-être fui en bateau après le meurtre de Susan Pemberton, Kathryn eut une idée.

– Il n'a jamais parlé d'une île ?

Samantha se mit à rire.

– Une île ? Certainement pas !

– Pourquoi ?

– Il avait une peur affreuse de l'eau. Il ne mettra jamais le pied sur un bateau.

Linda cligna des yeux.

– Ça, je ne le savais pas.

Rebecca non plus.

– Évidemment, dit-elle, avec un sourire malicieux. Quand il avait la frousse de quelque chose, il ne se confiait qu'à sa petite Souris.

– Daniel disait que l'océan n'était pas pour les gens. Qu'on n'avait rien à y faire. Qu'on ne devait pas aller dans des endroits qui échappaient à votre contrôle. Même chose pour le vol. Il ne faisait pas confiance aux pilotes, ni aux avions.

– Nous pensions qu'il avait pu s'échapper en bateau de la dernière scène de crime.

– Impossible.

– Vous en êtes certaine ?

– Absolument.

Kathryn les pria de l'excuser un instant et appela Rey Carraneo pour lui dire d'arrêter ses recherches concernant les vols de bateaux. Elle raccrocha en se disant que l'hypothèse d'O'Neil n'était pas la bonne et que Kellogg avait raison.

– Bon. Je voudrais qu'on réfléchisse aux raisons pour lesquelles il est resté dans les parages. Pour l'argent ?

Elle revint sur les déclarations de Rebecca à propos d'un « gros coup » – un cambriolage, un hold-up ?

– J'ai pensé qu'il avait peut-être caché quelque part de l'argent ou je ne sais quoi de précieux. Ou bien qu'il avait laissé une affaire inachevée avant d'être incarcéré. Quelque chose qui pourrait être en rapport avec le meurtre des Croyton ?

– L'argent ? Samantha secoua la tête. Non, je n'y crois pas vraiment.

– En tout cas, je n'ai fait que répéter ce que j'avais entendu, dit Rebecca d'un ton ferme.

– Oh, je n'en doute pas, ajouta précipitamment la Souris. Mais il n'a peut-être pas employé le terme de « gros » au sens où nous l'entendons. Il a toujours évité les actions spectaculaires. On a fait des cambriolages…

– Enfin, très peu, corrigea Linda.

Rebecca poussa un soupir.

– Tout de même, Linda, on ne s'en est pas privé… Comme vous autres avant que je vous rejoigne.

Samantha s'abstint de prendre parti. Elle semblait craindre qu'elles ne fassent encore appel à elle pour arbitrer leur différend.

– Il disait que si on faisait quoi que ce soit de *trop* illégal, la presse en parlerait et la police mettrait le paquet pour nous arrêter. On a toujours évité de s'en prendre aux banques et aux bureaux de change. Trop d'alarmes, trop risqué. (Elle haussa les épaules.) D'ailleurs, si on volait, ce n'était pas pour de l'argent.

– Vraiment ? dit Kathryn.

– Non. On aurait pu en gagner autant en travaillant. Mais ça n'avait rien d'excitant pour Daniel. Ce qu'il aimait, c'était amener les gens à faire des choses qu'ils ne voulaient pas faire. C'était ça, son truc.

– À t'entendre, dit Linda, on croirait qu'on ne faisait que ça.

– Ce n'est pas ce que je voulais dire.

– On n'était pas une bande de malfrats.

Rebecca ignora la remarque.

– Moi, je pense qu'il tenait absolument à gagner de l'argent.

– Moi, dit Samantha avec un sourire hésitant, je crois que ce qu'il voulait avant tout c'était manipuler les autres. Il n'avait pas besoin de beaucoup d'argent. Il n'y tenait pas.

– Il faudrait bien qu'il paye d'une façon ou d'une autre pour sa fameuse montagne, lui fit observer Rebecca.

– C'est vrai. Je me trompe peut-être.

Comme Kathryn sentait qu'il y avait là un point crucial pour la compréhension de Pell, elle leur demanda de revenir sur leurs activités criminelles, dans l'espoir d'exhumer un souvenir, un fait significatif.

– J'étais forte, dit Samantha. Daniel aussi. J'avais beau savoir que ce qu'on faisait était mal, je ne pouvais pas m'empêcher de l'admirer. Il connaissait les meilleurs endroits pour piquer leur portefeuille aux gens ou cambrioler des maisons. Il savait comment marchaient les systèmes d'alarme des grands magasins, il repérait au premier coup d'œil les objets magnétisés et ceux qui ne l'étaient pas, et les employés qui acceptaient les retours sans exiger de ticket de caisse.

– Tout le monde le considère comme le pire des criminels, dit Linda. Mais pour lui, en fait, c'était seulement un *jeu*. Parfois, par exemple, on se déguisait. On mettait des perruques, des fausses lunettes. On s'amusait sans faire de mal.

Rebecca et Samantha racontèrent en détail leurs expéditions. C'était toujours pour de petits larcins qui leur rapportaient quelques centaines de dollars par semaine. Kathryn commençait à croire la théorie de Samantha, pour qui Pell cherchait plus à assurer son pouvoir sur les membres de la Famille qu'à gagner de l'argent.

– Et la connexion avec Charles Manson ?

– Oh, dit Samantha. Il n'y avait pas de connexion avec Manson.

Kathryn fut surprise.

– Mais toute la presse en a parlé ?

– Eh bien, vous connaissez la presse.

Samantha répugnait une fois encore à s'opposer, mais elle était visiblement certaine de ce qu'elle disait.

– J'ai tout lu et j'ai pris des notes. Pour lui, Manson était l'exemple de ce qu'il ne fallait *pas* faire.

Mais Linda l'avait écoutée en secouant la tête.

– Mais non ! Rappelle-toi tous ces livres et tous ces articles.

Kathryn se souvint qu'elle avait été plus lourdement condamnée pour avoir détruit une partie des preuves qui incriminaient

Manson, après le meurtre des Croyton. Elle était maintenant contrariée à l'idée que son geste héroïque n'avait peut-être servi à rien.

– Tout ce qu'on peut dire, c'est qu'il vivait avec plusieurs femmes et qu'il leur faisait commettre des actes délictueux pour lui. Manson ne se contrôlait pas *lui-même*. Il se prenait pour le Christ, il s'était fait tatouer un svastika sur le front, il croyait en ses pouvoirs psychiques, et il tenait des propos délirants sur les races et sur la politique. C'était l'exemple même de l'individu dominé par ses émotions. Les tatouages, les piercings et les coupes de cheveux bizarres donnent des informations sur ce qu'on est. Et l'information, c'est le pouvoir. Non, pour lui, Manson avait tort sur toute la ligne. Son véritable héros, c'était Hitler.

Kathryn sursauta.

– Hitler ?

– Mais oui ! Sauf qu'il avait eu tort avec « la question juive ». C'était une erreur. Daniel disait que si Hitler avait su se faire ami avec les Juifs, et même les faire participer au gouvernement, il aurait été l'homme le plus puissant de l'histoire du monde. Mais il n'avait pas su se contrôler, et c'était bien fait pour lui s'il avait perdu la guerre. Il admirait Raspoutine, aussi.

– Le moine russe ?

– Oui. Celui qui s'est introduit dans la famille de Nicolas et Alexandra de Russie. Pell était épaté par la façon dont il s'était servi du sexe pour dominer les gens.

Rebecca laissa échapper un petit rire tandis que Linda rougissait.

– Et Svengali, aussi, ajouta Linda.

– Celui de *Trilby*, le roman de George Du Maurier ?

– Ah, dit Samantha, vous connaissez ? J'ai adoré cette histoire. Linda a dû nous la lire une dizaine de fois.

– Et franchement, dit Rebecca, c'était assez mauvais.

Kathryn, qui feuilletait son calepin, interrogea la dernière arrivée au sujet des mots pour lesquels Pell avait, de sa prison, lancé une recherche sur Internet.

– Nimue ? répéta Samantha. Non. Mais il a eu une copine qui s'appelait Alison, dans le temps.

– C'était qui ? demanda Linda.

– Quand il habitait à San Francisco. Avant la Famille. Elle faisait partie d'un groupe du même genre.

– Mais qu'est-ce que tu racontes ? dit Linda.

Samantha la regarda en hochant la tête, gênée.

– Mais ce n'était pas son groupe. Il était dans la dèche à ce moment-là. Il a fait la connaissance d'Alison et il a rencontré par son intermédiaire d'autres adeptes de cette secte – appelle ça comme tu voudras. Daniel n'en faisait pas partie, il ne recevait d'ordre de personne, mais il les fréquentait parce que ça le fascinait. Il a appris beaucoup de choses sur la façon de prendre de l'ascendant sur les autres. Mais ils se méfiaient de lui, étant donné qu'il ne voulait pas réellement s'engager. Alors il est parti avec Alison. Ils ont fait le tour de l'État en auto-stop. Puis il a eu des ennuis avec la police pour une raison ou pour une autre, et elle est repartie à San Francisco. Il a tenté de la retrouver, mais sans succès. Je me demande pourquoi il cherche encore à la joindre.

– Quel était son nom de famille ?

– Je n'en sais rien.

Kathryn se demanda si Pell ne cherchait pas cette Alison ou une autre personne du nom de Nimue pour se venger.

– Après tout, il a fallu qu'il ait une bonne raison pour se risquer sur Internet à la recherche de quelqu'un alors qu'il était à Capitola.

– Oh, dit Samantha, Daniel n'était pas du genre à se venger.

– Je ne sais pas, Sam, dit Rebecca. Et le motard ? Ce voyou. Il l'a presque tué.

Kathryn se rappelait que Nagle lui avait parlé de ce voisin agressé par Pell à Seaside.

– D'abord, dit Linda, ce n'était pas Daniel, c'était quelqu'un d'autre.

– Mais non ! Il lui est tombé dessus à bras raccourcis. Et il a failli le tuer.

– Mais les policiers l'ont relâché.

C'était pour Linda la suprême preuve d'innocence, songea Kathryn.

– Uniquement parce que le type a eu la trouille de porter plainte.

Rebecca regarda Samantha.

– C'était ton copain ?

Samantha haussa les épaules, en évitant leur regard.

– Je crois. Enfin, oui. Daniel lui a cassé la figure.

Linda n'avait pas l'air convaincue.

– Mais ce n'était pas une vengeance... Le motard l'a pris pour une espèce de parrain du quartier. Il a essayé de le faire chanter. Il l'a menacé de le dénoncer à la police pour quelque chose qui n'existait pas. Daniel est allé le trouver et il a commencé à faire ses trucs psychologiques, mais le type lui a dit qu'il lui donnait vingt-quatre heures pour revenir avec l'argent. Puis on a vu une ambulance arriver chez le motard. On lui avait cassé les poignets et les chevilles. Mais ce n'était pas une vengeance. Si vous êtes immunisé, alors Daniel ne peut pas exercer son pouvoir sur vous et ça fait de vous une menace. Daniel le disait souvent : « Il faut éliminer toute menace. »

– Pouvoir, menace... dit Kathryn. Voilà qui résume assez bien Daniel Pell, vous ne trouvez pas ?

C'était aussi un rappel de leur passé que les trois anciennes de la Famille ne pouvaient guère contester.

CHAPITRE 34

Depuis son véhicule de patrouille, l'agent du MCSO surveillait attentivement son secteur : le terrain, les arbres, les jardins, la rue.

Les gardes, c'était sans aucun doute ce qu'il y avait de plus assommant dans le métier. Il y avait aussi la surveillance des particuliers mais on savait, au moins, qu'on avait de temps en temps affaire à un type pas clair. Et ça voulait dire qu'on aurait peut-être une occasion de dégainer pour déquiller quelqu'un.

Autrement dit, de *faire* quelque chose.

Mais la protection des témoins et des honnêtes gens – surtout quand les pas clairs ne savaient même pas où étaient les honnêtes –, ça, c'était carrément l'horreur.

On avait mal au dos, mal aux pieds, et on passait son temps à hésiter entre la pause-café et la pause-toilettes, et…

Ah, zut, murmura l'agent. Il n'aurait jamais dû penser à ça. Il savait maintenant qu'il avait envie de pisser.

Allait-il se risquer dans les fourrés ? Ce n'était pas la bonne idée, dans un endroit aussi joli. Il allait demander la permission d'entrer chez quelqu'un. Et d'abord, faire un petit tour pour s'assurer que tout était calme, puis il trouverait une porte où frapper.

Il sortit de la voiture et commença à longer la rue principale en inspectant du regard les arbres et les fourrés. Rien d'anormal. Ou plutôt, rien que du normal dans ce genre de quartier : une limousine passant à petite vitesse, avec un chauffeur à casquette comme au cinéma. Sur le trottoir d'en face, une maîtresse de maison donnant des ordres à son jardinier pour qu'il dispose des fleurs sous sa boîte aux lettres avant de les planter – le malheureux visiblement exaspéré par ses hésitations.

Levant les yeux, la femme aperçut l'agent et le salua d'un hochement de tête.

Il fit de même, un fantasme lui traversant l'esprit : elle s'approchait pour lui dire qu'elle adorait les hommes en uniforme. L'agent avait entendu raconter des histoires de flics postés à des carrefours où des filles « payaient l'impôt » en nature derrière une rangée d'arbres au bord de la route ou à l'arrière des véhicules de patrouille (il y avait même dans certaines versions des sièges d'Harley Davidson). Mais ces histoires étaient toujours celles d'Untel qui connaissait un type qui connaissait Machin qui… Il n'était jamais rien arrivé de tel à l'un de ses amis. Et il finissait par se dire que si quelqu'un – même sa propre femme de ménage désespérée – lui proposait un jour ce genre de divertissement, il n'était pas certain de pouvoir assurer.

Ce qui le ramena à des procurations plus immédiates : il lui fallait d'urgence se soulager.

Il vit à cet instant la femme au jardinier qui lui faisait signe d'approcher. Il s'immobilisa.

– Le quartier est calme, monsieur l'agent ?

– Oui, madame.

Ton poli, avec ce qu'il fallait de détachement.

– C'est pour cette voiture que vous êtes ici ?

– Une voiture ?

– Là-bas. Je l'ai vue arriver il y a cinq minutes, mais le conducteur s'est arrêté sous les arbres, et j'ai trouvé bizarre cette façon de stationner. Nous avons eu ces derniers temps plusieurs cambriolages dans le coin, vous savez.

Inquiet, l'agent fit quelques pas dans la direction indiquée. Il aperçut un éclat de chrome, ou de verre, entre les fourrés. Il n'y avait qu'une raison possible pour mettre une voiture à cet endroit : on avait voulu la cacher.

Pell, pensa-t-il.

Il se mit en marche, la main sur la crosse de son pistolet.

Shhhhhh...

Il se retourna à ce bruit bizarre à l'instant où le seau, lancé par le jardinier, s'abattait sur son épaule et sur sa nuque avec un sourd tintement métallique.

L'agent poussa une sorte de grognement et tomba à genoux, la vision brouillée par un éclat jaunâtre traversé d'explosions noires qui se répétaient devant lui.

– S'il vous plaît, non ! supplia-t-il.

Il n'eut pour toute réponse qu'un nouveau coup du seau, mieux ajusté cette fois.

Daniel Pell, dans sa tenue de jardinier maculée de terre, traîna l'agent dans les fourrés pour le mettre hors de vue.

Il le dépouilla prestement de son uniforme et s'en revêtit, en retroussant le bas du pantalon trop long pour lui. Il lui colla du ruban adhésif sur la bouche et lui passa ses propres menottes aux poignets. Puis il fourra dans sa poche l'arme de l'agent et les balles que celui-ci avait en réserve, et remit dans son étui le Glock dont il s'était muni ; il avait l'habitude de cette arme, et s'en était servi assez souvent pour bien sentir la détente.

Il vit en se retournant Jennie qui ramassait les fleurs au pied de la boîte aux lettres et les jetait dans un sac. Elle avait été excellente en maîtresse de maison auprès de son jardinier. Elle avait su attirer l'attention du flic et avait à peine cillé en voyant Pell assommer ce salopard à coups de seau.

– Va chercher la voiture, ma jolie.

Il lui tendit ses habits de jardinier.

Un grand sourire.

– Je te l'amène.

Elle s'éloignait déjà en portant les vêtements, le sac et les fleurs. Mais elle se retourna et il lut sur ses lèvres les mots « Je t'aime ».

Il la regarda avec plaisir qui repartait vers les fourrés d'une démarche assurée.

Puis il tourna les talons et se dirigea à pas lents vers la maison de l'homme qui avait commis à son égard une faute impardonnable : l'ancien procureur James Reynolds.

Daniel Pell glissa un œil par une mince trouée entre les rideaux d'une fenêtre de la façade. Il vit Reynolds. L'homme, un téléphone mobile dans une main, une bouteille de vin dans l'autre, passait à cet instant d'une pièce à l'autre. Une femme – son épouse, supposa Pell – entra dans ce qui semblait être la cuisine. Elle riait.

Grâce aux moyens nouveaux offerts par Internet, Google, Pell avait trouvé presque tout le monde assez facilement. Il s'était procuré certaines informations concernant Kathryn Dance qui lui seraient utiles. Mais James Reynolds était invisible. Absent des listes d'abonnés au téléphone, absent du fichier de l'administration fiscale, sans adresse dans les différents États, inconnu des administrations locales et des associations…

Il l'aurait peut-être trouvé dans les dossiers de la justice ou de la police, mais il lui était difficile d'enquêter dans des bâtiments officiels dont il venait de s'échapper. En outre, il n'avait pas beaucoup de temps. Il voulait achever le travail à Monterey, et filer.

Après y avoir beaucoup réfléchi, il était reparti sur Internet pour consulter les archives des journaux locaux. Et il était tombé sur un long article du *Peninsula Times* à propos du mariage de la fille du procureur. En appelant l'établissement dans lequel la fête avait lieu, le Del Monte Spa and Resort, il s'était procuré sans peine le nom du prestataire chargé de l'organisation : l'agence Brock. Il avait suffi d'un café – et d'un peu de poivre – avec Susan Pemberton pour récupérer les dossiers contenant le nom et l'adresse de l'homme qui avait réglé les factures : James Reynolds.

Et maintenant, il le voyait.

Il entendit encore du mouvement à l'intérieur.

Il y avait aussi un homme proche de la trentaine dans la maison. Un fils, peut-être – le frère de la mariée ? Il fallait qu'il les tue tous, bien sûr, et quiconque serait encore avec eux. Peu lui importait la façon dont il allait punir cette famille, mais il ne pouvait laisser personne en vie. Leurs morts n'auraient qu'un intérêt pratique, celui de donner à Pell et Jennie plus de temps pour s'enfuir. Il les forcerait à se rassembler dans un lieu clos sous la menace de son arme – une salle de bains, par exemple – et se servirait ensuite du couteau pour éviter qu'on entende des coups de feu. Avec un peu de chance, on ne découvrirait pas les corps avant qu'il ait mené à bien son autre mission sur la Péninsule, et il serait déjà loin à ce moment-là.

Pell vit le procureur poser son téléphone et commencer à se retourner. Il recula vivement, prit son pistolet et appuya sur le bouton de la sonnette. Il y eut un léger bruit à l'intérieur de la maison. Une ombre derrière l'œilleton du judas placé au centre de la porte. Pell s'était placé de manière à être bien visible dans son uniforme, mais baissait les yeux d'un air détaché.

– Oui ? Qui est là ?

– Monsieur Reynolds ? Je suis l'agent Ramos.

– Qui ?

– Je remplace mon collègue, monsieur. Je voudrais vous parler.

– Un instant. J'ai quelque chose sur le feu.

Pell serra la crosse de son arme avec la sensation qu'un désir torturant allait trouver satisfaction. Il était excité, soudain. Il lui fallait Jennie. Il n'aurait pas la patience d'attendre qu'ils soient de retour au Sea View. Il la prendrait sur la banquette arrière. Il recula d'un pas dans l'ombre d'un grand arbre aux branches enchevêtrées qui poussait devant la porte. Le contact du lourd pistolet dans sa main était déjà un plaisir. Une minute passa. Puis une autre. Il frappa à nouveau.

– Monsieur Reynolds ?

– Pas un geste, Pell ! lança une voix. (Elle venait du dehors, derrière lui.) Lâchez ce pistolet. (C'était la voix de Reynolds.) Je suis armé.

Non ! Que s'était-il passé ? Pell s'était mis à trembler de rage. Il était tout près de vomir tant le choc était violent.

– Écoutez bien, Pell. Au moindre geste, je vous descends. Prenez votre arme de la main gauche, par le canon, et posez-la par terre. Vite !

– Mais… ? De quoi parlez-vous, monsieur ?

Non, non ! Il avait parfaitement préparé son coup. La fureur l'étouffait. Il jeta un bref coup d'œil derrière lui. C'était bien Reynolds qui braquait sur lui un gros revolver. Il savait ce qu'il faisait et n'avait pas l'air inquiet.

– Attendez, attendez, procureur Reynolds. Je m'appelle Hector Ramos. Je remplace…

Il entendit le déclic du cran de sûreté du revolver.

– Bon, d'accord ! Je n'y comprends rien, mais d'accord, bon Dieu !

Pell saisit le canon du Glock de la main gauche et s'accroupit.

C'est alors que la Toyota noire, pénétrant en trombe dans l'allée, s'arrêta sur un brutal coup de frein, son klaxon hurlant.

Pell tomba à plat ventre, ramassa son pistolet et se mit à tirer en direction du procureur. Celui-ci se baissa et tira lui-même à plusieurs reprises, mais, dans sa précipitation, n'atteignit pas sa cible. Pell entendit des sirènes au loin. Pris entre l'instinct de conservation et son désir violent de tuer l'homme qui l'avait envoyé en prison, il hésita une seconde. Mais l'instinct de conservation fut le plus fort. Il partit en courant dans l'allée, vers Jennie qui lui avait ouvert la portière du passager.

Il plongea dans la voiture qui démarra aussitôt. Pell trouva une amère satisfaction à tirer plusieurs coups de feu sur la maison, avec l'espoir qu'il y en ait un de mortel.

CHAPITRE 35

Kathryn Dance, Winston Kellogg et James Reynolds étaient sur la pelouse humide de ce dernier, au milieu d'un paysage soigné illuminé par les feux des gyrophares.

Le procureur, comme il l'expliqua, se félicitait avant tout que ni les balles de Pell ni les siennes n'aient atteint quiconque. Il avait tiré pour se défendre, dans une certaine panique – il en était encore secoué – et il craignait encore, après le départ de la Toyota, d'avoir blessé un voisin. Il s'était précipité dans la rue pour voir la plaque d'immatriculation, mais la voiture était déjà loin et il avait couru jusqu'aux maisons voisines. Personne n'avait reçu de balle perdue. L'agent retrouvé bâillonné dans les fourrés s'en tirerait, avait déclaré le médecin, avec quelques contusions, une commotion cérébrale et quelques muscles froissés.

Au moment où il avait entendu sonner à la porte, Reynolds se trouvait en fait au téléphone avec Kathryn Dance, qui l'appelait pour le prévenir que Pell avait l'intention de le tuer et qu'il était déguisé en Sud-Américain. Le procureur avait donc pris son arme et envoyé sa femme au sous-sol pour qu'elle appelle le 911. Puis il s'était glissé dehors par la porte arrière de la maison afin de surprendre l'agresseur.

À une seconde près, il aurait tiré pour le tuer ; seule l'intervention de sa complice avait sauvé Pell.

Le procureur s'éloigna un instant pour prendre des nouvelles de sa femme, puis revint vers eux.

– Pell a pris tous ces risques, simplement pour se venger ? Je dirai qu'il a eu tort, vraiment.

– Non, James, ce n'était pas pour se venger.

Sans dire son nom – les journalistes commençaient à arriver –, Kathryn expliqua comment Samantha McCoy décrivait la psychologie de Daniel Pell, et lui raconta l'incident survenu à Seaside, au cours duquel il s'en était pris à un motard coupable de s'être moqué de lui.

– Vous avez fait de même au tribunal. Vous avez ri parce qu'il tentait de prendre l'ascendant sur vous, vous vous rappelez ? Ce qui signifiait que vous étiez immunisé. Pire, c'était vous qui le dominiez – vous avez fait de lui un Manson *bis*, autrement dit quelqu'un d'autre. Il était devenu votre marionnette. Pell ne pouvait pas permettre une telle chose. Vous représentiez un trop grand danger pour lui.

– Vous dites que ce n'est pas de la vengeance ?

– Non. Il s'agissait de ses projets actuels, dit Kathryn. Il savait que vous n'alliez pas vous laisser intimider, que vous le connaissiez très bien et que vous possédiez un certain nombre d'informations sur lui – peut-être, même, certains extraits du dossier. Et il vous connaît bien lui aussi : il sait que vous ferez tout pour aider la police tant qu'on ne l'aura pas repris. Bien que vous soyez à la retraite.

Elle n'avait pas oublié la détermination du procureur le jour où elle était venue le voir, et ses paroles.

Tout ce que je pourrai faire…

– Vous étiez donc pour lui une véritable menace. Et, comme il le dit lui-même, il faut éliminer toute menace.

– Qu'entendez-vous par « ses projets » ?

– C'est la grande question. Nous ne les connaissons pas.

– Mais comment se fait-il que vous m'ayez appelé deux minutes avant qu'il arrive ?

– Susan Pemberton, répondit simplement Kathryn, avec un haussement d'épaules.

– La femme qu'il a assassinée hier ?

– Elle travaillait pour Eve Brock.

Elle vit briller son regard.

– L'agence… Celle qui s'est occupée du mariage de Julia ? Il m'a trouvé en passant par eux. Malin…

– Nous avons d'abord pensé que Pell s'était servi de Susan Pemberton pour s'introduire dans l'agence et *détruire* des dossiers. Ou pour se renseigner sur un évènement à venir. Mais je ne cessais de me demander pourquoi il l'avait tuée… Et je revoyais son bureau, les photos aux murs. Certaines représentaient des politiciens de la région, d'autres des mariages. Puis je me suis souvenu que j'avais vu une photo du mariage de votre fille dans votre living-room. Et j'ai compris. J'ai appelé Eve, et elle m'a confirmé qu'elle vous avait eu comme client.

– Comment avez-vous su qu'il s'était déguisé en Latino-Americain ?

Elle expliqua que Susan Pemberton avait été vue peu avant sa mort en compagnie d'un homme mince et grand, à l'allure de Latino-Américain. Linda lui avait parlé du goût de Pell pour le déguisement.

– Le coup du Latino-Américain semblait un peu exagéré… mais visiblement, il ne l'était pas.

Elle montra les trous faits par les balles dans le mur de la maison.

TJ et Rey Carraneo arrivèrent après avoir ratissé le quartier. Personne n'avait vu la nouvelle voiture du tueur.

Michael O'Neil les rejoignit. Il était avec les spécialistes des scènes de crime qui avaient examiné la rue et le jardin.

Le signe de tête poli qu'il adressa à Kellogg disait que leur récent différend était oublié. Ils trouvèrent plusieurs douilles de Glock 9 mm, quelques empreintes de pneu inexploitables (les pneus étaient si usés que les techniciens ne pouvaient pas identifier la marque) et « un million de traces qui ne nous mèneront nulle part ». Cette dernière information étant donnée par O'Neil avec l'emphase qui exprimait toujours sa frustration. Et, ajouta-t-il, l'agent de surveillance n'avait pu donner, dans son état, qu'un signalement approximatif de son agresseur et de la fille qui l'accompagnait, sans leur fournir la moindre information nouvelle.

Reynolds appela sa fille, puisque Pell connaissait désormais son nom et celui de son mari, pour lui enjoindre de quitter la ville en attendant qu'on ait repris le tueur en cavale. L'épouse de Reynolds et son fils les rejoindraient, mais lui-même refusa de partir. Il resterait à proximité – mais dans un hôtel, sous la garde de la police – en attendant de pouvoir étudier les dossiers de l'affaire Croyton qui devaient lui être remis sous peu par le service des archives. Il était plus déterminé que jamais à les aider dans leur chasse à l'homme.

La plupart des policiers repartirent – deux restant pour protéger Reynolds et les siens, et deux autres pour refouler les journalistes. Kellogg, O'Neil et Kathryn se retrouvèrent seuls sur la pelouse qui embaumait.

– Je retourne à Point Lobos, annonça Kathryn aux deux hommes. (Puis à Kellogg...) Voulez-vous que je vous emmène jusqu'au bureau, où vous pourrez reprendre votre voiture ?

– Je vais aller à l'hôtel avec vous, dit Kellogg. Si vous voulez bien de moi.

– Bien sûr.

– On récupérera ma voiture plus tard.

– Et vous Michael ? Vous ne voulez pas venir aussi ?

Elle voyait qu'il n'était toujours pas remis du choc de la mort de Millar.

O'Neil regarda Kellogg et Kathryn, debout côte à côte, comme un couple prenant congé de ses invités sur le seuil de sa maison.

– Je crois que je vais m'abstenir. Je ferai une déclaration à la presse, et je passerai chez les parents de Juan. (Il soupira. La nuit était fraîche.) La journée a été longue.

Il était épuisé.

Et son ventre bien rond avait absorbé une bouteille entière de Vallejo Springs – un merlot doux.

Morton Nagle n'était pas en état de conduire pour rentrer chez lui à travers la circulation particulièrement intense de Contra Costa, puis sur les routes tout aussi encombrées du pourtour de San José. Il avait trouvé un motel proche des vignobles dans lesquels il avait circulé toute la journée et avait pris une chambre. Il se lava les mains et le visage, commanda un sandwich et déboucha la bouteille de vin.

En attendant qu'on le serve, il appela sa femme, bavarda un moment avec elle puis avec les enfants, puis appela Kathryn Dance.

Elle lui apprit que Pell avait tenté de tuer le procureur de l'affaire Croyton.

– Reynolds ? Pas possible !

– Personne n'a rien, dit-elle. Mais Pell a pris la fuite.

– Vous croyez que c'était ça, son objectif ? Ce qui l'a fait rester dans le coin ?

Kathryn lui expliqua qu'elle n'en croyait rien. Elle pensait qu'il avait décidé de tuer Reynolds en prélude à son véritable plan, parce qu'il avait peur de ce procureur. Mais qu'ils se demandaient toujours quel était ce véritable plan.

Elle semblait lasse et découragée.

Lui aussi, apparemment.

– Morton, dit-elle, ça va ?

– J'en étais à me demander si mon mal de tête serait passé demain matin ou s'il serait pire.

Elle répondit par un rire amer.

On frappait à la porte pour lui donner son sandwich. Il prit congé et raccrocha.

Il mangea sans grand appétit tout en zappant d'une station de télé à l'autre sans que quelque chose retienne son attention. Puis il se laissa lourdement tomber en arrière sur son lit, en envoyant valser ses chaussures. Tout en buvant son vin à petites gorgées dans un gobelet en plastique, il pensa à une photo en couleurs de Daniel Pell parue dans *Time Magazine* des années auparavant. Le tueur tournait légèrement la tête, mais ses étranges yeux bleus fixaient l'objectif. Ils donnaient l'impression de vous suivre, où que vous soyez, et on ne pouvait s'empêcher d'y penser après avoir refermé le magazine. Pell vous regardait au fond de l'âme.

Nagle était furieux d'avoir échoué dans sa tentative pour arracher son consentement à la tante de la jeune Theresa, furieux d'avoir fait ce déplacement pour rien.

Puis il se dit qu'au moins il n'avait pas trahi son éthique de journaliste et avait protégé ses sources – ainsi que la jeune fille. Il avait fait tout son possible auprès de la tante, mais n'avait pas franchi la limite en donnant à Kathryn Dance le nom et l'adresse des Bolling.

Non, songea Nagle. Il avait agi correctement dans une situation délicate.

L'ivresse aidant, il se sentait de mieux en mieux. Il rentrerait chez lui demain, auprès de sa femme et de ses enfants. Il travaillerait à son livre, le mieux possible. Il avait reçu des nouvelles de Rebecca Sheffield, et elle était d'accord pour continuer – elle lui avait remis un tas de notes sur la vie de la Famille et se proposait de le rencontrer dès son retour. Elle était certaine de pouvoir convaincre Linda Whitfield d'en faire autant. Et ce n'étaient pas les victimes de Daniel Pell qui manquaient : il n'avait pas fini d'écrire. Il se demandait toutefois s'il pourrait garder *La Poupée qui dormait* comme titre.

Enfin soûl et plus ou moins content, Morton Nagle se laissa glisser dans le sommeil.

CHAPITRE 36

Elles étaient assises en rond autour de la télévision, penchées en avant pour suivre les informations, comme trois sœurs au soir de leurs retrouvailles.

Ce qui était le cas, au fond, pensa Samantha McCoy.

– Vous le croyez, ça ? demanda Rebecca à voix basse, tremblante de fureur contenue.

Linda, qui venait de débarrasser avec Sam les restes du repas, se contenta de hocher la tête, atterrée.

James Reynolds, le procureur, avait fait l'objet d'une tentative de meurtre de la part de Daniel Pell.

Sam était bouleversée par cette agression. Elle se souvenait très bien de Reynolds. Sévère mais plein de bon sens, il avait négocié les conditions de sa remise en liberté avec son avocat, et ce dernier les avait jugées satisfaisantes. Sam, à vrai dire, l'avait trouvé plutôt indulgent. Rien ne prouvait qu'elles aient pris part au massacre des Croyton – Sam, comme les autres, avait été horrifiée en l'apprenant. Mais la Famille n'en avait pas moins accumulé des délits mineurs de toutes sortes et, s'il l'avait voulu, James Reynolds aurait pu aller jusqu'au procès et obtenir d'un jury des sentences beaucoup plus lourdes.

Mais il s'était montré sensible à ce qu'elles avaient vécu. Il avait compris qu'elles étaient tombées sous la domination de Daniel Pell, victimes de sa perversité. Il avait parlé de « syndrome de Stockholm », et Sam s'était renseignée là-dessus. C'était l'attachement qui naît chez certains otages à l'égard de leur kidnappeur. Sam s'était réjouie de l'indulgence de Reynolds, mais elle n'était pas disposée à s'absoudre de toute faute en invoquant une explication psychologique. Elle s'en était voulu, jour après jour, de commettre ces vols et ces cambriolages et de laisser Pell diriger sa vie. Personne ne l'avait kidnappée, c'était de son plein gré qu'elle était avec cette Famille.

Un portrait dessiné de Daniel Pell apparut à l'écran : le teint plus foncé, les cheveux noirs, des lunettes à grosse monture, l'air d'un Latino-Americain.

– Comme c'est bizarre… souffla Rebecca.

Des coups frappés à la porte les firent sursauter. Puis elles entendirent la voix de Kathryn Dance qui s'annonçait. Linda se leva pour lui ouvrir.

Samantha aimait bien cette femme flic au grand sourire, qui portait son iPod comme d'autres leur flingue et d'incroyables chaussures avec des marguerites en relief sur les lanières. Elle en aurait bien voulu une paire comme celles-ci. Sam ne se laissait pas facilement aller à de telles folies vestimentaires. Quand elle faisait les vitrines, il lui arrivait souvent de se dire : voilà qui est très joli, c'est fait pour moi. Puis sa conscience la rappelait à l'ordre : non, je ne le mérite pas.

Winston Kellogg souriait lui aussi, mais ce n'était pas le même sourire. C'était un peu comme son insigne, quelque chose qu'il mettait en avant pour dire je ne suis pas tout à fait ce que vous pensez. Je suis un agent fédéral, mais j'ai aussi un côté humain. Sans être beau au sens classique du terme, il ne manquait pas de charme. Il y avait ce début de double menton, et ses manières, sa voix et son regard qui le rendaient sexy.

Kathryn regarda l'écran de la télé.

– Vous êtes au courant ?

–Je suis tellement contente qu'il en ait réchappé ! s'exclama Linda. Il y avait d'autres personnes de sa famille ?

– Ils sont tous indemnes.

– D'après les informations, il y a eu un agent de blessé ?

– Il va s'en tirer, répondit Kellogg.

Il leur expliqua comment Pell et sa complice avaient préparé leur coup, en commençant par tuer Susan Pemberton, la veille, pour savoir où habitait Reynolds.

Sam se rappelait ce qui l'avait tant frappée dans le passé : le caractère obsessionnel et implacable de Daniel Pell.

–Je tenais à vous remercier, dit Kathryn. Ce que vous nous avez dit sur Daniel Pell nous a aidés à sauver la vie du procureur et des siens.

– Nous ? s'étonna Linda.

– Oui.

Elle leur expliqua comment leurs observations – en particulier sur la façon dont Pell réagissait à la moquerie et son goût des déguisements – lui avaient permis de deviner ce que le tueur avait en tête.

Rebecca secouait la tête, les lèvres serrées.

– Mais il vous a tout de même échappé, si je comprends bien...

Sam fut gênée par la remarque acide de Rebecca. Elle trouvait toujours stupéfiante cette tendance à critiquer, voire à insulter, même quand il n'y avait pas de raison pour ça.

– En effet, dit Kathryn, en regardant bien en face Rebecca, qui était nettement plus grande qu'elle. On n'est pas arrivés à temps.

– Le journaliste de la télé a dit que Reynolds avait tenté de l'arrêter lui-même, observa Rebecca.

– C'est exact, dit Kellogg.

– C'est peut-être pour ça qu'il a réussi à se sauver.

Kathryn soutint facilement son regard. Samantha lui enviait cette capacité. Son propre époux lui disait souvent : « Qu'y a-t-il ? Regarde-moi ! » Elle finissait par se dire que son fils de dix-huit mois était le seul être humain qu'elle pouvait regarder dans les yeux.

Kathryn se tourna vers Rebecca :

– C'est possible. Mais Pell était devant sa porte avec un pistolet, et Reynolds n'avait pas vraiment le choix.

Rebecca haussa les épaules.

– Tout de même... Il était seul, et vous êtes nombreux.

– Mais enfin ! dit Linda. Ils font ce qu'ils peuvent ! Tu le connais, Daniel. Il pense à tout, il ne se laisse pas surprendre.

– Non, vous avez raison, Rebecca, dit Kathryn. Il faut qu'on redouble d'efforts. On est sur la défensive. Mais on finira par l'avoir, je vous le promets.

Samantha surprit le regard de Kellogg à Kathryn et pensa, ma parole, mais il en pince pour elle ! Gamine, elle passait ses étés plongée dans des livres et y avait lu cent fois cette expression. Et la femme flic, de son côté ? Hum, peut-être... Sam n'en aurait pas juré. Mais elle ne s'attarda pas sur la vie sentimentale de ces deux personnes qu'elle connaissait depuis la veille. Elles faisaient partie d'un univers qu'elle voulait quitter le plus vite possible.

Rebecca s'adoucit.

– Eh bien, si vous l'avez manqué d'aussi peu aujourd'hui, on vous permettra peut-être d'arriver à temps la prochaine fois.

Kathryn opina de la tête.

– Merci. Pour ça et pour tout. Croyez bien que nous vous sommes reconnaissants. Maintenant, encore une ou deux choses. Simplement pour vous rassurer. J'ai fait mettre un agent de plus là-dehors. Il n'y a aucune raison de croire que Pell se doute le moins du monde que vous êtes ici, mais je me suis dit que ça ne pouvait pas faire de mal.

– Je ne vous contredirai pas, dit Rebecca.

Kathryn jeta un coup d'œil à la pendule. Il était plus de dix heures du soir.

– On va se quitter pour ce soir, si vous le voulez bien. S'il vous revient quelque chose au sujet de Pell et que vous souhaitez en parler, je peux être ici en moins de vingt minutes. Sinon, on se revoit demain matin. Vous devez être fatiguées.

– C'est toujours comme ça, après les réunions, dit Samantha.

Jennie se gara derrière le Sea View et coupa le moteur de la Toyota. Daniel Pell ne bougeait pas. Il se sentait comme engourdi et tout lui paraissait surréaliste, le halo fantomatique des phares à travers le brouillard, le rythme lent des grosses vagues qui s'écrasaient sur la plage d'Asilomar.

Un autre monde, aperçu dans l'un de ces films fantastiques que regardaient les gardiens à Capitola et dont ils parlaient encore plusieurs mois après.

Tout ça à cause des événements inexplicables survenus à la maison du procureur Reynolds.

– Ça va, mon amour ?

Il ne répondit pas.

– Ça me rend triste de te voir malheureux, dit Jennie, en posant la main sur sa cuisse. Je suis désolée que ça se soit mal passé.

Il revoyait cet instant lors du procès Croyton, huit ans auparavant, où il avait fixé James Reynolds de ses yeux bleu clair – bleus comme la glace – pour l'intimider, lui faire perdre sa concentration. Mais Reynolds avait soutenu son regard avec un petit rire narquois. Puis, se tournant vers les jurés, leur avait adressé un clin d'œil.

Et ils s'étaient mis à rire eux aussi.

Il n'en avait pas fallu plus pour ruiner tous ses efforts. Le charme était rompu. Il s'était cru capable d'obtenir un acquittement grâce à ses pouvoirs psychiques, de faire croire aux jurés que Jimmy Newberg était l'assassin des Croyton et que lui, Pell, était une victime et avait agi en état de légitime défense. Mais Reynolds s'était ri de lui, il l'avait traité comme on traite un gamin qui fait le malin devant les grandes personnes.

Il l'avait traité de Fils de Manson…

Il m'a dominé !

Là était la faute impardonnable. Non pas d'avoir instruit l'affaire et conduit l'accusation contre Pell – tant de gens l'avaient déjà accusé. Mais de l'avoir *dominé*. De l'avoir secoué comme un pantin dont on joue et se moque.

Peu après, le président du jury avait donné lecture du verdict. Il avait vu s'évanouir sa précieuse montagne, sa liberté, son indépendance, la Famille. Sa vie entière anéantie par un éclat de rire.

Ce Reynolds qui représentait pour lui une menace aussi redoutable que Kathryn Dance allait maintenant se terrer, et il serait beaucoup plus difficile de le débusquer.

Il tremblait de rage.

– Ça va, mon chou ? Tu as l'air mal. Tu ne veux rien me dire ?

Alors Daniel Pell, se sentant toujours dans une autre dimension, raconta ce que lui avait fait Reynolds à son procès pour lui montrer à quel point cet homme était dangereux – chose qu'il n'avait jamais dite à quiconque.

Et, curieusement, elle n'eut pas l'air de trouver cela si extraordinaire.

– C'est terrible. Mais c'est aussi ce que faisait ma mère. Elle se moquait de moi devant les autres. Et elle me frappait, en plus. Je crois que le pire, c'était son rire. Pire que les coups.

Il fut touché par sa compassion.

– Dis donc, ma jolie, tu as tenu bon ce soir.

Elle lui sourit et brandit le poing en un geste guerrier.

– Je suis fier de toi. Viens, rentrons.

Mais Jennie ne bougea pas. Son sourire disparut.

– Je viens de penser à quelque chose.

– À quoi ?

– Je me demande comment il savait…

– Qui ?

– Ce type, tout à l'heure – Reynolds.

Elle s'était tournée vers lui, l'air inquiet, les sourcils froncés.

– Il m'a vu. Je suppose qu'il m'a reconnu.

– Non. Je ne crois pas. Il me semble qu'on entendait déjà les sirènes qui approchaient, tu vois, *avant* que tu frappes à la porte.

– Vraiment ?

– Je le crois bien.

Kathryn Dance… Des yeux aussi verts que les miens sont bleus, des ongles courts passés au vernis rose, une perle à son doigt et un coquillage dans son décolleté. Les oreilles percées, mais pas de boucles.

CHAPITRE 37

– J'en ai assez, dit Linda Whitfield, en montrant l'écran de télévision sur lequel passait et repassait l'histoire de Daniel Pell.

Samantha opina.

Linda alla dans la cuisine faire un déca et du thé, apporta du lait et du sucre, puis des biscuits. Rebecca prit du café, mais posa sa tasse et continua à boire son vin.

– C'était gentil ce que tu as dit pendant le dîner, dit Sam.

Linda avait récité les grâces, de façon apparemment improvisée mais pleine de sens. Samantha n'était pas croyante elle-même, mais elle avait été touchée par les paroles de Linda pour ceux que Daniel Pell avait tués et pour les leurs, par ses remerciements au ciel qui leur avaient permis d'être réunies avec ses sœurs et par sa prière pour un dénouement pacifique de la situation. Rebecca elle-même avait semblé émue.

Quand elle était enfant, Samantha aurait aimé que ses parents la mènent à l'église. Elle n'était pas attirée par une religion particulière, mais nombre de ses amies y allaient en famille, et c'était l'une des choses que des parents et leur fille pouvaient faire

Il la voyait très bien, cette femme flic. Il la sentait presque face à lui. Quelque chose commença à se dilater en lui.

– Il y a cette femme flic… C'est un problème.

– Dis-moi comment elle est.

Il l'embrassa, glissa la main le long de sa colonne vertébrale osseuse, sous l'attache du soutien-gorge, descendit vers la ceinture du pantalon, n'insista pas pour forcer le passage.

– Pas ici. Je t'en parlerai à l'intérieur.

ensemble. Mais elle aurait aimé tout autant qu'ils l'emmènent faire des courses au supermarché ou en balade en voiture jusqu'à l'aéroport pour regarder les avions atterrir et décoller tout en mangeant des hot-dogs achetés au marchand qui arrêtait sa camionnette devant l'entrée, comme le faisaient avec leurs enfants Ellie et Tim Schwimmer, leurs voisins.

Samantha, j'aimerais bien t'accompagner, mais tu sais combien cette réunion est importante. Il ne s'agit pas seulement de Walnut Creek. C'est vital pour toute la ville de Contra Costa. Tu dois savoir faire des sacrifices, toi aussi. Le monde ne tourne pas autour de toi, ma chérie...

Assez pensé à ça, se dit Sam.

La conversation, au dîner, avait été superficielle : la politique, le temps qu'il faisait, ce qu'elles pensaient de Kathryn Dance. Rebecca, qui avait bu pas mal de vin, essayait maintenant de faire dire à Linda ce qui avait bien pu lui arriver en prison pour la rendre si dévote. Mais les deux femmes s'étaient peut-être rendu compte, comme Samantha, que cette conversation tournait à l'affrontement, et elles avaient parlé d'autre chose. Rebecca était déjà, à l'époque de la Famille, la plus indépendante des trois et la plus directe dans sa façon de parler.

Linda avait tout de même décrit sa vie au jour le jour. Quand elle ne s'occupait pas du foyer que l'église avait créé dans son quartier, et dont Sam avait compris qu'il s'agissait d'une sorte de soupe populaire, elle aidait son frère et sa belle-sœur à élever les enfants qui leur étaient confiés. On devinait sans peine, à l'entendre – comme à voir ses vêtements usés – que Linda avait du mal à joindre les deux bouts. Elle n'en prétendait pas moins que sa vie était « riche » au sens spirituel du terme, une phrase qui revenait souvent dans sa conversation.

– Tu n'as plus aucun contact avec tes parents ? demanda Sam.

– Non, répondit Linda d'une voix douce. Mon frère les voit de temps à autre. Moi, non.

Sam se demanda s'il y avait du défi ou du regret dans sa voix (elle se souvenait que le père de Linda s'était présenté à une élection et avait été battu après que son adversaire eut diffusé des tracts expliquant que, s'il n'était pas capable de faire respecter la loi et l'ordre dans sa propre famille, on ne pouvait pas lui confier de hautes responsabilités).

Linda ajouta qu'elle « sortait » avec un homme, un fidèle de son église, qu'elle décrivit comme « gentil ». « Il travaille au grand magasin Macy's », précisa-t-elle. Elle s'abstint d'en dire plus et Samantha se demanda ce qu'elle entendait par « sortir ».

Rebecca se montra beaucoup plus prolixe quant à la vie qu'elle menait. « Initiatives au féminin » marchait bien, avec une équipe de quatre employées à plein temps, et elle habitait dans un lotissement avec vue sur la mer. Concernant sa vie amoureuse, elle leur parla de son dernier petit ami, un architecte paysagiste de quinze ans plus âgé qu'elle mais très bel homme et assez fortuné. Rebecca désirait se marier depuis toujours, mais chaque fois qu'elle parlait d'avenir, Sam sentait que le sujet était délicat et elle en déduisit que le bel homme en question n'était pas près de divorcer (à supposer qu'il en ait l'intention). Rebecca mentionna au passage un autre petit ami récent.

Ce qui rendit Sam un peu envieuse. En sortant de prison elle avait changé de nom et s'était installée à San Francisco avec l'espoir de se perdre dans l'anonymat d'une grande ville. Elle avait évité de faire des connaissances, de crainte de laisser échapper un mot ou un détail susceptibles de la trahir, ou d'être reconnue par quelqu'un malgré ses opérations de chirurgie esthétique.

Puis, la solitude devenant insupportable, elle s'était mise à sortir. Ron Starkey, son troisième petit ami, était un ingénieur diplômé de Stanford. Il était gentil, timide et manquait un peu de confiance en lui-même – le ringard type, pensa Rebecca. Il n'avait pas l'air vraiment intéressé par le passé de Samantha ; il était, à vrai dire, indifférent à tout, sauf au matériel de navigation aérienne, au cinéma, aux restaurants et, désormais, à leur fils.

Il n'avait pas le genre de personnalité qui séduit une femme, mais Samantha avait décidé que c'était tout à fait ce qu'il lui fallait.

Six mois plus tard ils se mariaient, et Peter était né un an après. Ron était un bon père et un homme solide. Elle regrettait seulement de ne pas l'avoir connu quelques années plus tard, après avoir goûté un peu plus longuement à la vie après la Famille et la prison. Elle comprenait que la rencontre de Daniel Pell avait été la conséquence d'un grand vide dans son existence – de ceux qu'on ne peut jamais combler tout à fait.

Linda et Rebecca avaient tenté de pousser Sam à parler plus longuement d'elle-même. Elle avait résisté. Elle ne voulait pas que quiconque, et en particulier ces deux-là, sache quoi que ce soit sur sa vie en tant que Sarah Starkey. Si son secret était éventé, Ron la quitterait. Elle le savait. Il avait rompu les ponts pendant plusieurs mois après qu'elle lui eut « avoué » en pleurant sa condamnation pour un prétendu détournement de fonds. Il s'en irait séance tenante et il emmènerait leur fils avec lui si jamais il apprenait qu'elle avait été impliquée avec Daniel Pell et le lui cachait depuis des années.

Linda leur proposa à nouveau des biscuits.

– Non, non, dit Samantha. Je ne peux plus rien avaler. Il y a des mois que je n'avais pas eu un dîner aussi copieux.

Linda, à côté d'elle, grignota la moitié d'un biscuit.

– Oh, Sam, avant que tu arrives, on a parlé de ce fameux repas de Pâques. Le dernier qu'on a pris tous ensemble. Tu t'en souviens ?

Une merveilleuse journée, se rappelait Sam. Ils étaient tous autour d'une table en bois flotté fabriquée par Jimmy Newberg. Il y avait un tas de choses à manger, de la musique grâce à la superchaîne de Jimmy. Ils avaient fait pocher des œufs de Pâques et toute la maison sentait le vinaigre chaud. Sam avait peint ses yeux en bleu, comme ceux de Daniel.

La Famille n'avait pas survécu longtemps à cette journée ; six semaines plus tard, les Croyton et Jimmy mouraient, et tous les autres se retrouvaient en prison.

Mais quel beau dimanche de Pâques !

– Cette dinde, dit Sam, en secouant la tête. Tu l'avais fumée, n'est-ce pas ?

– Pendant presque huit heures, dit Linda. Dans le four spécial que Daniel m'avait fait.

– Le quoi ? demanda Rebecca.

– Un four, dans le jardin. Celui qu'il avait fabriqué.

– Je m'en souviens. Mais ce n'est pas lui qui l'avait fait.

Linda se mit à rire.

– Mais si ! Je lui ai dit que j'en rêvais depuis longtemps. Mes parents en avaient un, et mon père fumait des jambons, des poulets et des canards. Je voulais toujours les aider, mais ils ne me laissaient pas approcher. Alors Daniel m'a fait ce cadeau.

Rebecca était perplexe.

– Mais non... C'est cette voisine – c'était comment, son nom ? – qui le lui avait donné.

– Une voisine ? répéta Linda en fronçant les sourcils. Tu te trompes. Il a emprunté des outils et il l'a bricolé dans un vieux bidon d'essence. Pour me faire une surprise.

– Attends, elle s'appelait... Rachel. C'est ça. Tu te souviens de Rachel ? Pas très belle – elle se teignait les cheveux en roux, mais on voyait toujours les racines grises. Tu te souviens d'elle, forcément ?

Rachel était une droguée qui avait semé la discorde au sein de la Famille parce que Pell passait beaucoup de temps chez elle à faire, bref, ce que Daniel aimait le plus faire. Sam s'en fichait – tout était bon pour s'épargner les fantaisies désagréables de Pell dans la chambre à coucher. Mais Linda était jalouse. Lors de leur dernier Noël ensemble, Rachel était venue leur rendre visite sous un prétexte en l'absence de Daniel et elle l'avait chassée de la maison. Pell, en l'apprenant, avait promis de ne plus la voir.

– C'est elle qui lui avait donné ce four à fumer, dit Rebecca, qui était arrivée dans la famille après Noël et n'était pas au courant de l'incident.

– Pas du tout ! Il l'avait *fabriqué* pour mon anniversaire.

Sam, voyant la discussion s'envenimer, dit précipitamment :

– Quoi qu'il en soit, ta dinde était un régal. Je crois qu'on a mangé des sandwichs pendant quinze jours.

Elles l'ignorèrent. Rebecca but une gorgée de vin et dit :

– Linda, il te l'a *offert* pour ton anniversaire parce qu'il était chez elle ce matin-là et qu'*elle* le lui avait donné. C'est un surfeur qui le lui avait laissé, mais elle ne s'en servait pas parce qu'elle ne faisait jamais de cuisine.

– Il était chez elle ? murmura Linda. Le jour de mon anniversaire ?

Pell lui avait dit qu'il ne voyait plus Rachel depuis l'incident du Noël précédent. L'anniversaire de Linda était en avril.

– Oui. Il y allait bien deux ou trois fois par semaine. Tu veux dire que tu ne le savais pas ?

– Peu importe, dit Sam. Depuis le temps…

Mais Rebecca riait, maintenant.

– Quoi, tu t'étonnes que Daniel t'ait menti ? Il t'a dit qu'il avait un frère handicapé et à moi qu'il n'avait pas de frère du tout. Demandons son avis à l'arbitre : Sam, est-ce que Daniel voyait encore Rachel au printemps, oui ou non ?

– Je n'en sais rien.

– Allons… Évidemment que tu le sais !

– Oh, ça va ! dit Sam. Qu'est-ce que ça change, de toute façon ?

– On va voir qui connaissait le mieux Daniel, insista Rebecca. Est-ce qu'il te l'a dit ? Il n'avait pas de secrets pour sa Souris.

– À quoi bon nous…

– Réponds à la question, Sam !

– Puisque je te dis que je n'en sais rien. Ça suffit, Rebecca. Laisse tomber !

– Il te l'a dit ou pas ?

Il le lui avait dit. Mais elle répondit :

– Je ne m'en souviens pas.

– Tu parles !

– Je ne vois pas pourquoi il m'aurait menti, gémit Linda.

– Parce que tu lui avais raconté que ton papa et ta maman ne te laissaient pas jouer avec le feu. Ça lui donnait un truc sur toi. Il s'en est servi. Et il ne s'est pas contenté de t'acheter un four, il a raconté qu'il l'avait fait de ses mains ! Ce Daniel, c'était vraiment le roi des faux culs !

– C'est toi qui mens.

– Et pourquoi donc ?

– Parce qu'il n'a jamais rien fait pour toi.

– Oh, je t'en prie. On n'est plus à la maternelle. (Rebecca regardait Linda de toute sa hauteur.) Ça y est, je comprends. C'est de *moi* que tu étais jalouse ! *Voilà* pourquoi tu étais si furieuse. Et pourquoi tu l'es encore.

Ce n'était pas faux non plus, pensa Samantha. Après l'arrivée de Rebecca dans la Famille, Daniel avait passé beaucoup moins de temps avec les autres. Pour Sam, ce n'était pas un problème – elle pouvait tout supporter du moment qu'il ne la chassait pas de la Famille. Mais Linda, dans son rôle de mère, craignait que Rebecca ne la supplante.

Ce qu'elle niait maintenant.

– Je n'ai jamais été jalouse. Comment être jalouse dans cette situation ? Un homme et trois filles vivant ensemble ?

– Comment ? Parce qu'on était des êtres humains, c'est tout. Tu étais bien jalouse de Rachel.

– Ce n'était pas la même chose. Une garce pareille… Elle ne faisait pas partie de la Famille.

– Écoutez, dit Sam, on n'est pas ici pour parler de nous. On est ici pour aider la police.

– Quelle blague ! s'écria Rebecca d'un ton sarcastique. On est ici *pour quoi*, d'après toi, sinon pour parler de nous ? Rassemblées pour la première fois depuis huit ans ? Tu croyais qu'on allait te demander de dresser une liste en dix points – mes souvenirs de Daniel Pell – et te renvoyer chez toi ? Évidemment qu'il s'agit de nous autant que de lui !

Furieuse à son tour, Linda fusilla Sam du regard.

– Et ce n'est pas à toi de me défendre ! (Montrant Rebecca d'un air méprisant.) Elle ne compte pas, elle. Elle n'était pas là depuis le début. Elle ne faisait pas partie de la Famille et elle s'est raccrochée en cours de route. (Se tournant carrément vers Rebecca.) Moi, j'ai été avec lui pendant plus d'un an. Toi, quelques mois à peine !

– C'est Daniel qui m'a fait venir. Je n'ai forcé personne.

– On s'entendait très bien jusqu'à ce que tu arrives !

– Vous vous entendiez très bien ? répéta Rebecca, en se penchant pour poser son verre de vin. Tu entends ce que tu dis ?

– Rebecca, je t'en prie, dit Sam. (Son cœur battait à se rompre. Elle se sentait prête à éclater en sanglots devant ces deux femmes qui se faisaient face, rouges de colère, de part et d'autre de la table basse en bois verni.) Arrête !

Mais Rebecca n'eut pas l'air de l'entendre.

– Linda, dit-elle, je t'écoute depuis hier. Tu ne cesses de le défendre, de dire que ce n'était pas si moche, qu'on ne volait pas tant que ça, que ce n'est peut-être pas Daniel qui a tué, et patati et patata… Ce sont des conneries ! Reviens à la réalité, Linda. On était une bande de cinglés, complètement cinglés !

– Ne dis pas ça ! C'est faux !

– Mais non, c'est vrai, bon Dieu de bon Dieu ! Et Daniel Pell est un monstre. Réfléchis deux minutes. Rappelle-toi ce qu'il nous a fait. (Rebecca avait des yeux étincelants, la mâchoire tremblante.) Le jour où il t'a rencontrée, il a vu une fille à qui ses parents n'avaient jamais donné une once de liberté. Alors il t'a dit que tu étais quelqu'un de bien, quelqu'un d'indépendant, et que tu étouffais dans ta famille et dans ton milieu. Et il t'a chargée de t'occuper de la maison. Il a fait de toi notre Maman. Il t'a donné du pouvoir, à toi qui n'en avais jamais eu. Et c'est comme ça qu'il t'a ferrée comme un poisson !

Les larmes roulaient sur les joues de Linda.

– Non ! Ce n'était pas ça !

– Tu as raison. C'était bien *pire*. Il n'y a qu'à voir ce qui s'est passé ensuite. La Famille a éclaté, on s'est retrouvées toutes les trois en taule, et pour toi, le retour à la case départ. Sauf que cette fois, la figure mâle dominante, ce n'est plus Papa, c'est Dieu ! Tu ne croyais pas que tu pourrais jamais dire non à ton vrai père, mais pense à ce que c'est aujourd'hui avec le nouveau !

– Il ne faut pas dire ça, intervint Sam. Elle…

Rebecca se retourna vivement vers elle.

– Et *toi* ? Rien de changé depuis le bon vieux temps de la Famille. La Souris ! Tes parents ignoraient ton existence. « Fais ce que tu veux, Sammy. Papa et Maman sont trop occupés avec Greenpeace et National Organization for Women pour penser à te border le soir dans ton petit lit. » Alors notre Daniel s'amène, et qu'est-ce qu'il fait pour toi ? Il devient du jour au lendemain le papa et la maman que tu n'as jamais eus. Il s'occupe de toi, il te surveille, il te dit ce que tu dois faire quand tu te brosses les dents, quand tu repeins la cuisine, quand tu te retrouves à quatre pattes dans ton lit… Et tu prends ça pour de l'amour ? Tu crois que ça veut dire qu'il t'aime ? Ça veut dire que *toi aussi*, il t'a ferrée comme un poisson ! Et aujourd'hui ? Tu es rentrée dans le rang, comme Linda. Tu n'existais pas pour tes parents, et tu n'existes plus pour personne. Parce que tu n'es plus Samantha McCoy. Tu es devenue quelqu'un d'autre.

– Tais-toi ! hurla Samantha, qui pleurait maintenant à gros sanglots. Les mots durs, nés d'une dure vérité, l'avaient blessée à vif. Elle aurait eu des choses à dire, elle aussi – sur l'égoïsme de Rebecca, son manque de cœur qui confinait à la cruauté –, mais elle se retint. Elle n'était pas capable de méchanceté, même pour se défendre.

La Souris…

Mais Linda n'avait pas ses réticences.

– Qu'est-ce qui te donne le droit de parler ? Tu n'étais qu'une paumée qui se faisait passer pour une artiste, *son* artiste. (La voix de Linda tremblait de fureur sous les larmes qui inondaient ses joues.) Bien sûr qu'on a eu des problèmes, Sam et moi, mais on s'aimait bien toutes les deux. Toi, tu n'étais qu'une putain. Et tu voudrais nous juger maintenant ? Tu ne valais pas plus cher que nous !

Rebecca se laissa retomber contre le dossier du canapé, les traits figés. Sam vit sa colère refluer tandis qu'elle disait d'un ton calme :

– Tu as raison, Linda. Tu as tout à fait raison. Je ne vaux pas plus cher que vous. Je me suis laissée piéger moi aussi. Ce qu'il vous a fait, il me l'a fait aussi.

– Toi ? rétorqua Linda. Il n'y a jamais rien eu entre Daniel et toi. Tu étais là pour baiser, c'est tout.

– Exactement, dit Rebecca, en adressant à Samantha McCoy le sourire le plus triste que celle-ci ait jamais vu.

– Que veux-tu dire, Rebecca ? demanda Sam.

Une gorgée de vin.

– Comment crois-tu qu'il m'a ferrée, moi ? (Encore une gorgée.) Je ne vous ai jamais dit que je n'avais pas couché avec un homme depuis trois ans quand je l'ai rencontré.

– Toi ?

– C'est drôle, non ? L'artiste, la femme fatale de la Côte centrale ? La vérité était tout autre. Vous voulez savoir ce que Daniel Pell a fait pour moi ? Il m'a draguée, il a fait ce qu'il fallait pour que je me sente bien dans mon corps. Il m'a montré que c'était bien de faire l'amour. Que ça n'avait rien de sale. (Elle posa son verre.) Que ce n'était pas seulement quelque chose qui se passait quand mon père rentrait du bureau.

– Oh... fit Sam à mi-voix.

Linda resta silencieuse.

Rebecca reprit son verre, acheva de le vider.

– Deux ou trois fois par semaine. De 8 à 16 ans... Vous voulez savoir ce que j'ai reçu comme cadeau à la fin du lycée ?

– Rebecca... J'ai de la peine pour toi, dit Sam. Tu ne nous avais rien dit.

– Tu as parlé du jour où on s'est rencontrés, dans sa camionnette ? (Elle s'adressait à Linda, qui l'écoutait sans manifester d'émotion.) C'est vrai qu'on y est restés deux ou trois heures ensemble. Tu as cru que c'était pour baiser. Mais on discutait, tout simplement. Ce jour-là, et bien d'autres fois. Cet homme me désirait et moi je le désirais, mais j'étais incapable d'aller plus loin. Je ne pouvais pas le laisser me toucher. Mais Daniel a su me mettre à l'aise. Et aujourd'hui, regardez-moi. J'ai 34 ans, je suis sortie avec quatre types différents depuis un an et je ne sais même plus comment s'appelait le deuxième. Et figurez-vous qu'ils avaient tous les quatre quinze ans de plus que moi, sinon plus... Non, je ne vaux pas mieux que vous. Et tout ce que je vous ai dit, je peux le dire aussi de moi, et plutôt deux fois qu'une. Mais s'il te plaît, Linda, regarde-le pour ce qu'il est et pour ce qu'il a fait de nous. Daniel Pell est ce qui pouvait nous arriver de pire. Oui, de pire... Désolée, je suis soûle et je ne m'attendais pas à remuer tout ce passé.

Linda ne répondit pas. Samantha vit à son visage qu'elle débattait avec elle-même. Après un long silence, elle dit :

– Je compatis à ton malheur, Rebecca. Je prierai pour toi. Maintenant, ne m'en veuillez pas mais je vais me coucher.

Prenant sa bible, elle fila vers la chambre.

– Ça ne s'est pas très bien passé, dit Rebecca. Désolée pour toi, Souris. (Elle retomba en arrière et ferma les yeux en soupirant.) On n'échappe pas si facilement à son passé. Il finit toujours par vous rattraper.

CHAPITRE 38

Kathryn Dance et Winston Kellogg étaient dans le bureau de Kathryn au quartier général du CBI, où ils travaillaient une fois de plus bien au-delà de l'heure réglementaire, pour mettre Overby au courant des derniers développements de l'affaire. TJ et Carraneo les avaient, auparavant, informés que leurs propres recherches n'avaient toujours rien donné. Il était onze heures du soir passées de quelques minutes.

Kathryn mit son ordinateur en veille.

– Bon, ça suffit pour ce soir.

– Je suis d'accord avec vous.

Ils longèrent le couloir mal éclairé.

– J'étais en train de me dire qu'on avait vraiment affaire à une famille, dit Kellogg.

– À l'hôtel ?

– Oui. Ces trois femmes. Elles ne sont pas parentes. On peut même dire qu'elles ne s'aiment pas particulièrement. Mais *c'est* une famille.

D'après son ton, il semblait dire qu'il définissait le mot par défaut. Les interactions entre les trois femmes, qu'il avait observées avec une attention clinique et qu'il trouvait révélatrices, voire amusantes, l'avaient aussi touché. Kathryn ne le connaissait pas assez pour savoir pourquoi, ni pour le lui demander. Elle nota qu'il haussait très légèrement les épaules et faisait claquer l'un contre l'autre deux doigts de sa main gauche, signes de stress manifestes.

– Vous allez récupérer vos enfants ? demanda-t-il.

– Non, ils restent chez leurs grands-parents pour la nuit.

– Je les trouve formidables, tous les deux.

– Vous n'avez jamais pensé à avoir des enfants vous-même ?

– Pas vraiment. (Sa voix se fit plus sourde.) On travaillait l'un et l'autre. J'étais souvent sur la route. Vous savez ce que c'est, quand on est deux à faire carrière.

Dans l'interrogatoire et l'analyse synergologique, le contenu du discours passe généralement après le ton – la « qualité verbale » – sur lequel les mots sont prononcés. Kathryn avait maintes fois entendu des gens déclarer qu'ils n'avaient pas eu d'enfants, et la façon dont leurs paroles sonnaient lui disait s'il s'agissait d'un fait sans importance, d'un choix de vie raisonné ou d'un douloureux regret.

Elle avait perçu quelque chose de significatif dans la phrase de Kellogg, avec d'autres indicateurs de stress, de petits messages inconscients en langage du corps. Il y avait peut-être eu un problème physiologique du côté de sa femme. Ou bien cette question avait été l'enjeu d'un sérieux débat entre eux, voire la cause de leur rupture.

– Wes se pose des questions à mon sujet.

– Oh, c'est simplement qu'il n'est pas à son aise chaque fois qu'il voit sa mère avec un autre homme.

– Il faudra pourtant qu'il s'y fasse tôt ou tard, n'est-ce pas ?

– Bien sûr. Mais il est encore tôt…

– Je vois, dit Kellogg. Mais il m'a paru à l'aise quand vous étiez avec Michael.

– Ce n'est pas la même chose. Michael est un ami. Et il est marié. Il ne représente pas un danger.

Kellogg marqua une brève hésitation avant de répondre :

– Bien sûr. Je peux le comprendre.

Kathryn lui jeta un regard pour deviner les raisons de cette hésitation. Le visage de Kellogg ne lui apprit rien.

– Ne prenez pas la réaction de Wes personnellement.

Nouvelle hésitation.

– Je peux aussi en être flatté.

Son expression resta aussi impénétrable après cette remarque, qui avait pourtant tout d'une perche qu'il lui tendait.

Ils sortirent de l'immeuble. L'air était si vif qu'il aurait, dans une autre région, annoncé l'arrivée imminente de l'automne. Kathryn avait les doigts tremblants de froid, mais elle aimait bien cette sensation. C'était, se dit-elle, comme de la glace sur une blessure.

Le brouillard se transforma en pluie.

– Montez dans ma voiture, je vous amène jusqu'à la vôtre, dit-elle.

Kellogg avait laissé son véhicule de location derrière l'immeuble.

Ils montèrent dans la voiture de Kathryn et restèrent une minute sans bouger. Elle mit le contact, cala le levier des vitesses sur « Park », et s'étira en fermant les yeux, la nuque sur le repose-tête. C'était bon.

En rouvrant les yeux elle vit qu'il se tournait vers elle et, appuyé d'une main sur le tableau de bord, tendait l'autre vers son épaule en la touchant à peine. Il attendait un signe. Elle ne lui en fit aucun, mais le regarda dans les yeux en silence. Le tout constituant, bien entendu, autant de signes en eux-mêmes.

En tout cas, il n'hésita pas plus longtemps et se pencha pour l'embrasser en visant directement ses lèvres. Les siennes avaient un goût de menthe. Il avait sans doute pris un Tic-Tac ou un Altoïd à son insu, pensa-t-elle, en riant intérieurement. Comme elle l'avait fait elle-même le jour où elle était avec Brian sur la plage et où ils s'étaient embrassés face à la mer et à une famille de phoques. Kellogg s'écarta un peu, dans l'attente d'une réaction à cette première escarmouche.

Ce qui laissa à Kathryn le temps de se demander comment elle allait se comporter.

Sa décision fut rapide et, comme il se rapprochait, elle en fit autant pour le rencontrer à mi-chemin ; ses lèvres s'ouvrirent. Elle répondit fougueusement au baiser et glissa les mains sur ses épaules, qui étaient aussi musclées qu'elle s'y attendait. Elle sentit contre sa joue le frottement de sa barbe.

La main de Kellogg se referma doucement sur sa nuque tandis qu'il l'attirait fermement à lui. Quelque chose se détendit en elle, son cœur battit plus fort. Oubliant le pansement, elle pressa son nez et ses lèvres contre l'os qui saillait sous son oreille, à l'endroit où elle nichait son visage quand elle faisait l'amour avec son mari. Elle aimait y sentir la douceur de la peau, le parfum de crème à raser et la pulsation du sang.

Lâchant sa nuque, la main de Kellogg lui prit le menton pour ramener son visage face au sien. Leurs bouches s'activaient maintenant, et leur souffle s'accélérait. Elle sentit ses doigts qui glissaient en hésitant sur son épaule, s'arrêtaient sur le satin de la bretelle et, la prenant pour guide, descendaient, lentement, prêts à s'arrêter au moindre signe de résistance.

Elle réagit en l'embrassant avec plus d'ardeur. Elle avait un bras près de sa cuisse et sentait son érection contre son épaule. Il s'écarta légèrement, peut-être pour ne pas lui paraître trop fougueux, trop pressé, trop adolescent.

Mais Kathryn l'attira vers elle en se laissant aller sur lui – en termes synergologiques, c'était une position agréable d'abandon et de consentement. Des images de son mari lui vinrent à l'esprit, fugitivement, et il lui sembla les voir de loin. Elle était tout entière avec Winston Kellogg.

Puis la main rencontra la petite boucle métallique sur la bretelle avant d'atteindre le tissu blanc du Victoria's Secret.

Et s'arrêta.

Il retira sa main, malgré l'éloquence du message qu'elle sentait contre son épaule. Les baisers se firent moins fréquents, comme un manège qui ralentit après qu'on a coupé le moteur.

Mais pour elle, c'était très bien ainsi. Ils avaient atteint un paroxysme compte tenu des circonstances – qui incluaient la chasse à l'homme pour arrêter un tueur, le fait qu'ils se connaissaient depuis si peu de temps et les morts qui venaient de se produire.

– Je crois… murmura-t-il.

– Non. C'est bien.

– Je…

Elle sourit et l'embrassa pour arrêter les mots sur ses lèvres.

Il se redressa sur son siège, lui pressa la main. Elle se nicha contre lui tandis que les battements de son cœur s'apaisaient et qu'elle sentait s'établir en elle un étrange, un parfait équilibre entre réticence et détente. L'averse battait contre le pare-brise. Elle songea qu'elle avait toujours aimé faire l'amour les jours de pluie.

– Mais… Juste un mot, dit-il.

Elle le regarda.

– Cette enquête finira bien un jour.

Que le ciel l'entende…

– On pourra peut-être sortir ensemble, après. Qu'en pensez-vous ?

– « Après ». Voilà un mot qui sonne bien. Vraiment bien, je trouve.

Une demi-heure plus tard, Kathryn s'arrêtait devant chez elle.

Elle enchaîna les gestes routiniers : vérification du système d'alarme, un verre de pinot gris, deux morceaux de bœuf grillé de la veille, et un mélange de fruits secs qu'elle savoura en écoutant les messages du répondeur téléphonique. Puis il fallut donner à manger aux chiens et ranger son Glock – en l'absence des enfants, elle laissait le petit coffre ouvert mais y posait tout de même l'arme en prévision du réflexe qui guiderait sa main, même si elle devait se réveiller du plus profond des sommeils. Elle brancha les alarmes.

Elle ouvrit les fenêtres jusqu'à la butée (quinze centimètres) pour laisser entrer l'air froid et odorant de la nuit. Une douche, un T-shirt propre et un short, et elle se laissa tomber sur son lit, protégée de la folie du monde par une couette de trois centimètres d'épaisseur.

Elle se dit : Bon sang, ma fille, faire ça dans une voiture, avec un siège avant en banquette juste assez large pour y culbuter avec le premier qui passe ! Elle se souvenait du goût de menthe sur ses lèvres, de ses mains, de ses cheveux ébouriffés, de sa peau qui ne sentait pas l'after-shave.

Il lui semblait aussi entendre la voix de son fils et elle revoyait *son regard* ce matin-là. Épuisé, jaloux. Elle se souvint d'une phrase de Linda.

Il y a quelque chose d'effrayant à l'idée d'être chassé de sa famille...

Ce qui était, finalement, ce que Wes redoutait. Cette inquiétude, bien sûr, n'avait pas lieu d'être, mais peu importait. C'était chez lui une véritable crainte. Elle serait plus prudente, cette fois. Elle maintiendrait Kellogg à distance, elle ne parlerait pas de « sortir » avec lui, ferait accepter par Wes l'idée qu'elle avait elle aussi des amis des deux sexes.

Les enfants sont comme des suspects lors d'un interrogatoire. On commet une erreur si on leur ment, mais il n'est pas nécessaire de tout leur dire.

Il faut se donner beaucoup de peine, et savoir jongler.

Du temps et des efforts...

Peut-être, se dit-elle, ses pensées s'enchaînant à toute vitesse, peut-être qu'il vaudrait mieux renoncer à Winston Kellogg, attendre un an ou deux avant de se risquer à nouveau sur ce terrain ? À 14 ou 15 ans, on n'est plus du tout le même qu'à 12. Wes irait mieux d'ici là.

Ce n'était pourtant pas ce qu'elle voulait. Elle n'était pas prête à chasser de son esprit et de ses sens les souvenirs précis qu'elle gardait de l'odeur de cet homme, du contact de ses mains. Elle se rappelait aussi ses hésitations à propos des enfants, la tension qu'il avait manifestée quand elle l'avait amené sur ce sujet. Elle se demanda s'il était mal à l'aise avec les garçons et les filles de cet âge et s'effrayait d'une femme qui lui arrivait avec deux d'entre eux. Comment saurait-il s'y prendre ? Peut-être que...

Du calme, se dit-elle. Ne nous précipitons pas.

On peut s'envoyer en l'air et y prendre plaisir sans se précipiter chez le traiteur pour commander le repas de noces.

Elle resta longtemps étendue à écouter les bruits du dehors. Dans cette maison, on n'était jamais loin de la nature, des cris rauques des animaux marins, de l'appel soudain d'un oiseau et de la rumeur des vagues. La solitude faisait souvent irruption dans la vie de Kathryn Dance, tel un serpent qui mord à l'improviste, et c'était à des moments comme celui-ci – le soir, tard, quand elle s'était couchée et entendait les bruits de la nuit – qu'elle devenait le plus vulnérable. Comme c'était bon de sentir contre la sienne la cuisse de l'homme qu'on aimait, d'écouter la musique légère de son souffle, de s'éveiller avec le jour au bruit de ses allées et venues et de retrouver le fond sonore quotidien et rassurant d'une vie à deux !

Kathryn Dance se disait que le fait de ressentir le manque de ces petites choses était un signe de faiblesse. Mais qu'y avait-il de mal à ça ? Ne nous en veuillez pas, Seigneur, de n'être que de fragiles créatures ! La dépendance vis-à-vis d'autrui est quelque chose de naturel. Alors, pourquoi nous reprocher de manquer d'une présence agréable, de regretter l'absence de quelqu'un dont on apprécierait la compagnie, contre qui on aimerait se serrer aux petites heures de la nuit, et qui saurait nous faire rire ?... Pourquoi ne pas garder l'espoir ?

Ah, Bill... Elle pensa à son mari disparu. Bill...

Les souvenirs anciens, toujours.

Mais aussi d'autres, plus récents, et tout aussi présents.

... *« Après. » Comment fallait-il l'entendre ?*

Jeudi

CHAPITRE 39

Dans son jardin, comme toujours.

Sa Comté, son Narnia, son Poudlard, son jardin secret.

Theresa Croyton, 17 ans, assise sur la balançoire en teck gris achetée chez Smith & Hawken, tenait d'une main le mince volume dont elle tournait lentement chaque page. Il faisait un temps magnifique. L'air était aussi délicieux qu'au rayon parfumerie de Macy's, et les proches collines de Napa, couvertes de prairies, de champs de trèfle, de vignobles verdoyants, de pins et de cyprès aux troncs noueux, offraient une vue plus paisible que jamais.

Theresa était agitée de pensées lyriques nées de sa lecture : un texte poétique magnifiquement ciselé, sensible, clairvoyant…

Et terriblement ennuyeux.

Elle poussa un profond soupir, en regrettant que sa tante ne soit pas là pour l'entendre. Le livre lui tomba des mains et elle parcourut le jardin du regard, une fois de plus. Elle avait l'impression de passer la moitié de sa vie dans cet endroit. Sa prison verte, comme elle l'appelait parfois. Mais parfois, aussi, elle l'adorait. C'était un très bel endroit, idéal pour lire ou travailler sa guitare. (Theresa voulait devenir pédiatre, ou écrivain-voyageur ou, dans le meilleur des cas, Sharon Isbin, la célèbre guitariste classique.)

Si elle était là à cet instant, et non à l'école, c'était à cause d'un voyage imprévu qu'elle s'apprêtait à faire avec sa tante et son oncle.

Ah, Tare, on va se régaler ! Roger a quelque chose à faire à Manhattan, un discours, une recherche, je ne sais pas très bien. Il me l'a dit mais je n'écoutais pas. Il est tellement bavard. Tu le connais, ton oncle. Mais tu ne trouves pas que c'est formidable de partir en voyage comme ça, sur un coup de tête ? Quelle aventure !

C'était donc pour cette raison que sa tante était venue la chercher à l'école un lundi à dix heures du matin. Mais ils n'étaient toujours pas partis, ce qui semblait un peu bizarre. La tante lui avait parlé de « problèmes de logisticiel. Tu vois ce que je veux dire ? »…

Theresa était huitième de sa promotion de 257 élèves au lycée de Vallejo Springs. Elle avait donc répondu : « Oui. Je vois. Tu veux dire de logistique. »

Mais il y avait tout de même une chose qu'elle ne comprenait pas : puisqu'ils n'étaient toujours pas dans ce fichu avion pour New York, pourquoi ne la laissait-on pas au lycée en attendant que les « problèmes » soient réglés ? « D'ailleurs, ce ne sont pas encore les vacances, avait ajouté la tante. Alors, travaille. »

Ce qui n'avait rien à voir avec les études mais signifiait : pas de télé.

Et aussi, ne va pas traîner pas avec Sunny, ou Travis ou Kaitlin.

Ou encore, pas question d'aller à Tiburon pour la soirée de bienfaisance en faveur de la campagne d'alphabétisation dont son oncle était l'un des sponsors (elle avait même acheté une nouvelle robe pour l'occasion).

Évidemment, c'était bidon. Il n'y avait pas de voyage à New York en vue, il n'y avait pas de difficultés, ni de logistique et tout ça. Il n'y avait qu'un prétexte pour la tenir enfermée dans cette prison verte.

Et pourquoi tous ces mensonges ?

Parce que l'homme qui avait tué ses parents, son frère et sa sœur venait de s'évader de sa prison. Chose que sa tante, apparemment, se croyait capable de cacher à Theresa.

Alors que… Il suffisait d'aller sur Yahoo, et la première page qu'on voyait, c'étaient les nouvelles. Et la Californie *tout entière* ne parlait que de ça sur Myspace et sur Facebook. (Sa tante s'était débrouillée pour couper la connexion sans fil, mais Theresa piratait celle d'un voisin qui n'avait pas de système de sécurité.)

La jeune fille jeta son livre à ses pieds et commença à se balancer en retirant la grosse pince qui retenait sa queue-de-cheval.

Theresa était reconnaissante à sa tante de tout ce qu'elle avait fait pour elle depuis des années, et ne le contestait pas. Après les terribles événements de Carmel huit ans auparavant, elle avait entièrement pris en charge cette nièce que tout le monde appelait la Poupée qui dormait. Theresa avait été adoptée, relogée, rebaptisée (Theresa Bolling ; ça aurait pu être pire) et propulsée sur le divan d'une dizaine de psychanalystes, tous très compétents, pleins de compassion et décidés à « la ramener sur le chemin du bien-être psychologique en explorant le processus de deuil et en attachant une importance particulière à la valeur du transfert sur les figures parentales au cours du traitement » (huitième de sa promotion, tout de même).

Certains traitements avaient été utiles, d'autres non. Mais le facteur de guérison le plus important – le temps – avait fait son travail de son côté, et Theresa avait peu à peu échappé au personnage de la Poupée qui dormait, unique rescapée d'une épouvantable tragédie. C'était désormais une lycéenne, une amie, une petite amie à l'occasion, assistante de vétérinaire, assez bonne coureuse de quatre cents mètres, et une guitariste capable de jouer *The Entertainer* de Scott Joplin et de descendre toute la gamme sans une seule fausse note.

Et brusquement, le pépin. Le tueur était dehors, d'accord. Mais là n'était pas le vrai problème. Le problème, c'était la façon dont sa tante gérait tout ça. C'était comme si on avait remonté l'heure à l'envers pour la renvoyer dans le passé, six, sept ans en arrière.

Mon Dieu, huit ans ! Theresa avait l'impression que, si elle redevenait la Poupée qui dormait, tous ces progrès seraient anéantis.

Réveille-toi, petite. N'aie pas peur. Je suis de la police. Tu vois cet insigne ? Prends tes vêtements et va te changer dans la salle de bains.

Sa tante, maintenant, était paniquée, nerveuse, paranoïaque. Comme dans les séries télévisées qu'elle avait regardées l'an passé pendant son séjour chez Bradley. Ça parlait d'une prison. Quand il y avait un problème, les gardiens bouclaient tout.

Theresa, la Poupée qui dormait, était prisonnière. Coincée ici, à Poudlard, dans le Middle East… à Oz…

La prison verte.

C'est tout de même fort, ça, songea-t-elle, amèrement : Daniel Pell est en liberté et c'est moi qui suis enfermée.

Elle reprit le livre de poésie en pensant à son contrôle d'anglais. Elle lut deux vers de plus.

Assommant !

Elle aperçut, à travers le portail fermé par une chaîne à l'extrémité de la propriété, une voiture qui freinait brusquement tandis que, lui sembla-t-il, le conducteur regardait dans sa direction. Après une courte hésitation, la voiture repartit.

Theresa posa les deux pieds par terre et le balancement cessa net.

Cette voiture pouvait être celle de n'importe qui. D'un voisin, d'un élève du quartier en rupture de cours… Elle n'était pas inquiète. Pas *trop*. Évidemment, avec la censure exercée par sa tante sur les informations, elle ne savait absolument pas si on avait arrêté Daniel Pell, ou si on l'avait vu pour la dernière fois se dirigeant vers Napa. Mais c'était une idée stupide. Grâce à sa tante toujours, elle était aussi protégée qu'un repenti de la Mafia. Comment pourrait-il la trouver ?

Elle allait tout de même jeter un coup d'œil sur l'ordi, pour savoir ce qui se passait.

Theresa sentit une légère crispation au niveau de l'estomac.

Elle se leva et prit le chemin de la maison.

D'accord, tu as un peu les jetons, ma vieille.

Elle se retourna, scruta la brèche ouverte dans la végétation tout au fond de leur propriété. Plus de voiture. Rien.

Et soudain, elle se figea sur place.

L'homme avait escaladé la clôture à sept ou huit mètres de là, entre elle et la maison. Il leva les yeux, essoufflé après son effort, en se recevant à genoux entre deux gros massifs d'azalées. Il s'était blessé une main sur les pointes de la clôture haute de deux mètres, et saignait.

C'était lui. Daniel Pell !

Elle retint sa respiration.

Il était venu. Pour achever le massacre de la famille Croyton.

Il se redressa avec effort, mais en souriant, et s'avança vers elle. Theresa Croyton se mit à pleurer.

– Non, non, n'ayez pas peur, dit l'homme, à voix basse, en s'approchant. Je ne veux pas vous faire de mal. Chut…

Theresa était pétrifiée. Elle aurait voulu partir en courant. Vas-y, sauve-toi. Vite !

Mais ses jambes ne répondaient pas ; la peur la paralysait. Où fuir, d'ailleurs ? Il lui bloquait l'entrée de la maison et elle ne se sentait pas capable de passer par-dessus cette clôture. Elle songea un instant à se sauver dans le jardin à l'arrière du bâtiment, mais s'il la rattrapait par là elle serait coincée, il la ferait tomber et il…

Non, c'était un cauchemar !

Le souffle court, la gorge sèche, Theresa secoua lentement la tête. Elle sentait ses forces revenir. Elle chercha une arme des yeux, ne vit qu'une brique, une mangeoire à oiseau, les *Poèmes choisis d'Emily Dickinson*…

Elle le regarda.

– Vous avez tué mes parents… Ne me faites pas de mal !

Il fronça les sourcils.

– Mais non ! Mon Dieu, dit l'homme en ouvrant de grands yeux. Oh, non ! Je veux seulement vous parler. Je ne suis pas Daniel Pell. Je le jure.

Il jeta quelque chose vers elle. L'objet atterrit à trois mètres.

– Regardez. Au dos. Retournez-le.

Theresa ne regarda pas l'objet, mais la maison. Pour une fois qu'elle avait besoin d'elle, sa tante n'était pas là !

– Là, dit l'homme.

Elle fit un pas, puis deux, tandis qu'il reculait pour maintenir la distance entre eux.

Elle s'approcha encore, regarda par terre. C'était un livre. *Un inconnu dans la nuit*, de Morton Nagle.

– C'est moi.

Theresa ne voulait pas le ramasser. Elle le retourna de la pointe du pied. Il y avait une photo au dos – en plus jeune, l'homme qui se tenait en face d'elle.

Était-ce vrai ?

Elle pensa soudain qu'elle n'avait vu que quelques rares clichés de Daniel Pell, pris huit ans plus tôt. Elle avait réussi, en se cachant, à apercevoir quelques titres de journaux, mais sa tante la menaçait d'une terrible régression psychologique si elle lisait quoi que ce soit à propos des meurtres. La photo de l'auteur, en tout cas, n'avait rien à voir avec l'homme au visage émacié, effrayant, dont elle se souvenait.

Elle s'épongea les yeux. Une bouffée de colère enflait en elle.

– Qu'est-ce que vous faites ici ? Vous m'avez fichu la trouille !

L'homme remonta son pantalon trop large et fit mine de se rapprocher. Puis il se ravisa.

– C'était le seul moyen d'entrer en contact avec vous. J'ai rencontré votre tante hier au centre commercial. J'avais quelque chose à lui demander.

Theresa jeta un coup d'œil à la clôture.

– Je sais que les policiers vont arriver, reprit Nagle. Ils seront ici dans quelques minutes, et ils m'arrêteront. Très bien. Mais il faut que je vous dise quelque chose. L'homme qui a tué vos parents s'est évadé.

– Je le sais.

– Vous le savez ? Votre tante…

– Fichez-moi la paix, c'est tout !

– Il y a à Monterey une femme policier qui essaie de l'arrêter, mais elle a besoin qu'on l'aide. Votre tante n'a pas voulu vous en parler, et si vous aviez 12 ou 13 ans je ne pourrais pas faire ce que je fais. Mais à votre âge, vous avez le droit de décider seule. Cette femme policier veut vous parler.

Theresa le regarda en clignant des yeux.

– Une femme policier ?

– Je vous en prie, appelez-la. Elle est à Monterey. Vous pouvez... Oh, mon Dieu...

Le coup de feu qui venait d'éclater derrière Theresa avait fait un bruit terrible, bien plus fort qu'au cinéma. Il avait fait trembler les fenêtres tandis que des oiseaux jaillissaient des fourrés pour se perdre dans le ciel clair.

Theresa tressaillit et tomba à genoux en voyant Morton Nagle basculer en arrière sur l'herbe humide, ses bras battant l'air.

Les yeux agrandis par l'épouvante, elle regarda derrière la maison.

Étrange... Elle ignorait que sa tante avait un revolver, et encore plus qu'elle savait s'en servir.

Le ratissage intensif du quartier de James Reynolds par TJ n'avait rien donné : ni indice ni témoin.

– Pas de véhicule non plus, ajouta-t-il.

Il appelait d'une maison voisine de celle du procureur.

Kathryn Dance, dans son bureau, s'étira pour jouer de ses pieds nus avec l'une des trois paires de chaussures qui se trouvaient sous la table. Il lui fallait absolument savoir quelle voiture Pell utilisait désormais, même si elle n'avait pas son numéro d'immatriculation ; Reynolds avait seulement dit qu'il s'agissait d'une conduite intérieure de couleur sombre, et l'agent assommé à coups de seau ne se souvenait pas de l'avoir vue. Les spécialistes de scène de crime du MCSO n'avaient pas trouvé la moindre trace.

Elle remercia TJ et raccrocha, puis rejoignit O'Neil et Kellogg dans la salle de réunion où Overby devait arriver d'un moment à l'autre pour qu'on lui donne de quoi alimenter sa prochaine conférence de presse – ainsi que son prochain entretien avec Amy Grabe, du FBI, et le patron du CBI à Sacramento. L'un et l'autre étaient gravement surpris et contrariés que Daniel Pell soit toujours en cavale. Malheureusement pour Overby, ils avaient surtout à discuter, ce matin-là, de la préparation des obsèques de Juan Millar.

Le regard de Kathryn croisa celui de Kellogg et chacun se hâta de tourner la tête. Elle n'avait pas encore eu l'occasion de parler avec lui de ce qui s'était passé la veille dans sa voiture.

Puis elle se demanda : qu'y a-t-il à en dire ?

... *après*...

Le visage rond du jeune Rey Carraneo et ses yeux écarquillés apparurent dans l'embrasure de la porte. Il semblait hors d'haleine.

– Agent Dance ? Excusez-moi de vous interrompre...

– Qu'y a-t-il, Rey ?

– Je crois...

Sa voix s'étrangla un peu. Il avait couru. Son visage noir était luisant de transpiration.

– Quoi ? Un problème ?

– C'est que, agent Dance, je crois que je l'ai trouvé.

– Qui ?

– Pell.

CHAPITRE 40

Le jeune policier leur expliqua qu'il avait appelé le motel Sea View à Pacific Grove – situé à quelques minutes de l'endroit où habitait Kathryn Dance – et avait appris qu'une femme avait loué une chambre le samedi. Environ 25 ans, blonde, petite et mince, et plutôt jolie fille. Le mardi, la réceptionniste avait vu un homme de type latino-américain entrer dans la chambre.

– C'est le coup de la voiture qui m'a mis la puce à l'oreille, expliqua Carraneo. Elle avait indiqué « Mazda » sur sa fiche à la réception. Avec un faux numéro d'immatriculation – je viens de consulter le fichier central. Mais le patron du motel m'a dit qu'il était certain d'avoir vu une Thunderbird turquoise il y a un jour ou deux. Elle n'y est plus.

– Ils sont au motel en ce moment ?

– C'est ce qu'il pense. Les rideaux sont tirés, mais il y a du mouvement et de la lumière à l'intérieur.

– Comment s'appelle-t-elle ?

– Elle a rempli sa fiche au nom de Carrie Madison. Mais il n'y a rien à ce nom au fichier des cartes de crédit. Elle a payé en liquide et montré une carte professionnelle de l'armée, mais dans une pochette en plastique rayée. C'était peut-être une fausse.

Kathryn s'appuya au bord de la table pour scruter la carte.

– Il y a du monde dans ce motel ?

– Ils affichent complet.

Elle fit une grimace. Les risques à courir étaient d'autant plus importants.

– Préparons l'assaut, dit Kellogg. (S'adressant à O'Neil.) Vous avez un groupe d'intervention du MCSO en alerte ?

O'Neil regardait à cet instant la mine soucieuse de Kathryn, et Kellogg dut répéter la question.

– On peut les avoir sur place dans les vingt minutes, répondit le détective. Il semblait réticent.

Tout comme Kathryn.

– Je me demande… commença-t-elle.

– Quoi ? demanda vivement l'agent du FBI.

– On sait qu'il est armé et qu'il va s'en prendre à des civils. Et je connais ce motel. Les chambres donnent sur un parking et sur une cour. On ne peut pas s'avancer à couvert. Il risque de nous voir arriver. Si on tente d'évacuer les chambres voisines, il le verra aussi. Si on ne le fait pas, il y aura des victimes. Les murs n'arrêteront pas une balle de 22.

– Que proposez-vous ? demanda Kellogg.

– De faire le guet. De poster nos hommes autour du bâtiment pour l'attendre et l'arrêter quand il sortira.

O'Neil opina de la tête.

– Je préfère cette option.

– Quelle option ? demanda Overby, qui entrait dans la pièce à cet instant.

Kathryn lui exposa la situation.

– On l'a trouvé ? Très bien ! (Il se tourna vers Kellogg.) On lance vos équipes tactiques ?

– Les hommes ne peuvent pas y être à temps. Il va falloir compter sur les groupes d'intervention du comté.

– Vous les avez appelés, Michael ?

– Pas encore. Kathryn et moi ne sommes pas partisans d'un assaut immédiat.

– Quoi ? fit Overby, en fronçant les sourcils.

Kathryn lui expliqua les risques que comportait une telle opération. Le chef du CBI le comprenait, mais il répondit en secouant la tête :

– On a la tanière, il faut prendre la bête.

Kellogg intervint à son tour.

– J'estime vraiment qu'on ne peut pas se permettre d'attendre. Il nous a déjà filé deux fois entre les doigts.

– S'il se doute qu'on arrive – et il lui suffit de jeter un coup d'œil à la fenêtre –, il se barricadera. S'il y a une porte de communication avec la chambre voisine…

– Il y en a une, dit Carraneo. J'ai posé la question.

Kathryn approuva son initiative d'un hochement de tête. Puis elle dit :

– Il risque de prendre des otages. Je propose qu'on mette une équipe sur le toit d'en face, et peut-être une collègue déguisée en femme de ménage. Ils feront le guet. Dès qu'il sortira, on le suivra jusqu'à un carrefour désert où on pourra le bloquer et le prendre en tenaille. Il se rendra. Ou sera tué dans la fusillade.

– Il est trop malin pour ça, dit Kellogg. Si on le surprend dans ce motel, et si on agit assez vite, il ne résistera pas.

Notre première prise de bec, songea Kathryn.

– Pour retourner sagement à Capitola ? Je ne le crois pas. Il se battra. Bec et ongles. Tout ce que ces trois femmes ont dit de lui me porte à le croire. Il ne supporte pas d'être dominé ou enfermé.

– Je connais ce motel, moi aussi, dit Michael O'Neil. Il peut facilement s'y barricader. Et je n'imagine pas Pell acceptant de négocier.

Kathryn était partagée. Elle sentait fortement, d'instinct, qu'agir dans la précipitation serait une erreur. Mais s'agissant de Daniel Pell, elle était fatiguée de se fier à son instinct.

– J'ai une idée, dit Overby. S'il se barricade, on pourrait peut-être faire appel aux trois anciennes de la Famille ? Vous croyez qu'elles accepteraient de discuter avec lui ?

– Pourquoi Pell les écouterait-il ? rétorqua Kathryn. Elles n'avaient pas la moindre prise sur lui il y a huit ans. Ça n'a certainement pas changé.

– N'empêche. Elles étaient sa Famille, dit Overby en s'approchant du téléphone. Je vais les appeler.

Ce qu'elle craignait plus que tout : qu'Overby les mette en fuite.

– Non, laissez-moi faire, dit-elle.

Samantha décrocha. Kathryn lui décrivit la situation. Samantha la supplia de ne pas la mêler à ça ; son nom risquait de paraître dans la presse. Rebecca et Linda, par contre, se déclarèrent prêtes à faire leur possible au cas où l'affaire tournerait au siège.

Kathryn raccrocha et fit part de ces réponses aux trois hommes.

– Eh bien, vous avez votre plan de sauvegarde, dit Overby. C'est parfait.

Kathryn était loin de penser que Pell se laisserait fléchir jusqu'à se rendre, même – et peut-être surtout – à des membres de son ancienne famille d'adoption.

– Je maintiens qu'il vaudrait mieux faire le guet. Il sera obligé de sortir tôt ou tard.

– Je suis d'accord, dit fermement O'Neil.

Kellogg fixait d'un œil absent une carte épinglée sur le mur. Il hésitait. Puis il se retourna vers Kathryn.

– Si vous êtes vraiment contre cette option, d'accord. C'est votre choix. Mais rappelez-vous ce que je vous ai dit au sujet des gourous. Dehors, ils sont vigilants, prêts à toute éventualité. Il a sans doute envisagé toutes les possibilités. Mais dans un motel, il sera moins bien préparé. Il se relâche dans son château. Comme tous les gourous.

– À Waco, ça n'a pas très bien marché, lui fit remarquer O'Neil.

– Waco a d'abord été un siège. Koresh et ses adeptes savaient que la police était là. Pell ne se doute pas que nous allons venir.

C'était vrai, pensa Kathryn.

– Winston est un spécialiste, Kathryn, dit Overby. C'est pour cette raison qu'il est ici. Je pense vraiment qu'il faut y aller.

Son patron était peut-être sincère en disant cela, mais il pouvait difficilement s'opposer au spécialiste qu'il avait lui-même fait venir.

Toujours ouvrir le parapluie...

Elle regarda un plan de Monterey.

– Kathryn ? demanda Overby, d'une voix irritée.

Elle hésita une seconde :

– Très bien. On y va.

O'Neil se raidit.

– On a un peu de temps devant nous.

Elle hésita à nouveau, vit le regard plein de confiance de Kellogg qui étudiait le plan à son tour.

– Non, je crois qu'il ne faut pas attendre.

– Mais oui, dit Overby. Mieux vaut agir. Sans aucun doute.

Agir, pensa Kathryn, avec amertume. Un bon mot pour une conférence de presse. Espérons qu'il annoncera l'arrestation de Daniel Pell, et non de nouvelles morts de civils.

– Michael ? appela Overby. Vous voulez prévenir vos collègues ?

O'Neil hésita, puis appela son bureau et demanda à parler au commandant des groupes d'intervention du MCSO.

Étendu sur le lit dans la douce lumière matinale, Daniel Pell songeait qu'il leur fallait désormais redoubler de prudence. La police savait qu'il avait l'air d'un Latino-Américain. Il pouvait teindre à nouveau ses cheveux pour changer de couleur, mais ils devaient s'y attendre aussi.

Pourtant, il ne pouvait pas partir. Pas encore. Il lui restait une mission à remplir sur la Péninsule.

Il fit du café. En revenant vers le lit avec deux tasses, il vit que Jennie le regardait.

Comme la veille pendant la soirée, son expression avait changé. Elle semblait plus assurée – plus mature – qu'au début de leur rencontre.

– Qu'y a-t-il, ma jolie ?

– Je peux te demander quelque chose ?

– Bien sûr.

– Tu ne viendras pas avec moi à Anaheim, dans ma maison, n'est-ce pas ?

Il ne s'attendait pas à cette question. Il hésita, ne sachant que répondre.

– Pourquoi me demandes-tu ça ?

– Je le sens, c'est tout.

Il posa le café sur la table basse. Et mentit – c'était si facile, pour lui. Il aurait pu en rester là. Mais il ajouta :

– J'ai d'autres projets pour nous deux, ma jolie. Je ne t'en ai pas encore parlé.

– Je le sais.

– Tu le sais ?

Cette fois, il était carrément surpris.

– Je l'ai toujours su. Enfin, sans le *savoir* vraiment. Mais je m'en doutais.

– Quand on aura réglé deux ou trois choses ici, on ira ailleurs.

– Où ?

– Chez moi. C'est loin de *tout.* Il n'y a personne autour. C'est beau, c'est magnifique. On ne nous embêtera pas, là-bas. C'est au sommet d'une montagne. Ça te plaît, les montagnes ?

– Oui. Sûrement.

Voilà qui tombait bien, puisque Daniel Pell en possédait une.

Sa tante, à Bakersfield, n'était pas la seule personne honnête de la famille. Cette tante Barbara considérait son frère, le père de Daniel, comme un fou : ce fumeur invétéré, ce prêtre raté qui appliquait les préceptes de la Bible à la lettre, terrifié par Dieu, terrifié à l'idée de prendre des décisions sans en appeler à Lui comme s'il avait risqué de l'offenser. Elle avait donc fait de son mieux pour détacher de lui les deux fils Pell. Mais Richard ne voulait pas entendre parler de sa tante. Daniel, par contre, passait beaucoup de temps avec elle. Elle ne le restreignait en rien, ne l'obligeait jamais à lui obéir, ne le contraignait pas à des tâches ménagères, et n'élevait jamais la voix contre lui. Elle le laissait aller et venir à sa guise, dépensait de l'argent pour lui, lui demandait comment il avait occupé sa journée quand il venait la voir. Elle le sortait à l'occasion. Pell se rappelait les balades en voiture et les pique-niques, les visites au zoo, les séances de cinéma – il se revoyait assis à côté d'elle, dans l'odeur du pop-corn et les effluves des parfums entêtants qu'elle affectionnait, hypnotisé par le culot et l'infaillibilité des méchants et des héros de l'écran.

Elle partageait aussi certaines idées avec lui. Par exemple, la certitude qu'une guerre des races éclaterait tôt ou tard (elle la prévoyait au tournant du millénaire). Elle avait donc acquis une centaine d'hectares de forêt en Californie du Nord, un sommet de montagne près de Shasta. Daniel Pell n'avait jamais été raciste mais il n'était pas idiot non plus, et quand sa tante délirait sur la Grande Guerre des Blancs et des Noirs qui se profilait à l'horizon, il approuvait des deux mains.

Elle avait donc légué la terre à son neveu afin qu'il puisse, avec d'autres « Blancs honnêtes et bien-pensants », s'y réfugier quand les hostilités commenceraient.

Pell, sur le moment, n'y avait plus pensé. Il était jeune. Puis il y était allé un jour en auto-stop et avait su tout de suite que cet endroit était fait pour lui. Il avait adoré la vue qu'on avait de là-haut, l'air qu'on y respirait, et surtout l'impression de calme et de solitude qu'on y éprouvait d'emblée ; là-haut, pas de représentants de l'ordre, pas de voisins indésirables (il y avait même des grottes profondes, et il rêvait souvent de ce qui pourrait s'y passer, le corps possédé tout entier par ses imaginations). Il avait fait un peu de débroussaillage et construit de ses mains une cabane. Un jour, il le savait, ce serait son royaume, le village vers lequel le Joueur de flûte conduirait ses enfants.

Pell, toutefois, avait fait en sorte de rendre sa propriété invisible – non pas des minorités turbulentes mais des gardiens de l'ordre, étant donné ses antécédents et ses penchants criminels. Il avait acheté des livres des écologistes extrêmes et des anarchistes de droite opposés à l'État et à la propriété – ce qui s'était avéré étonnamment facile du moment que les impôts étaient payés (il suffisait de faire un legs et d'ouvrir un compte bancaire). Le dispositif « s'autogérait », terme qui plaisait beaucoup à Daniel Pell : aucune dépendance.

La montagne de Pell.

Son plan avait bien fonctionné, à l'exception d'une petite anicroche. Après avoir rejoint son domaine en auto-stop avec Alison, la fille qu'il avait connue à San Francisco, il était tombé sur un certain Charles Pickering, qui travaillait au bureau de l'inspecteur des impôts du comté. Celui-ci avait appris par la rumeur qu'on livrait sur ce terrain des matériaux de construction. Le domaine allait-il changer de statut et donc générer des taxes ? La chose n'aurait pas été un problème en elle-même, puisqu'il suffisait que Pell alimente le fonds. Mais, par un malheureux hasard, Pickering avait de la famille à Marin County et il avait reconnu Pell sur sa photographie dans un journal local après son arrestation pour cambriolage.

– Eh, je vous connais ! lui avait lancé l'employé des impôts.

Ce qui devait être ses derniers mots. Une lame avait jailli, et Pickering était passé en trente secondes de vie à trépas.

Rien ne devait faire obstacle entre lui et son royaume.

Il avait échappé aux poursuites, bien que retenu un certain temps par la police – assez longtemps pour qu'Alison décide qu'elle en avait fini avec lui et reparte dans le Sud. (Il n'avait cessé de la chercher, depuis ; il fallait qu'elle meure, bien sûr, puisqu'elle savait où se trouvait son domaine.)

La pensée de ce sommet l'avait soutenu pendant ses séjours au Q, puis à Capitola. Il y rêvait, s'y voyait avec une nouvelle Famille. C'était ce qui l'avait poussé à étudier le droit pour bâtir un solide dossier d'appel de sa condamnation pour le meurtre des Croyton, appel qu'il pensait gagner en démolissant les charges qui pesaient contre lui pour obtenir, au moins, une réduction de peine pour bonne conduite.

Mais l'année précédente, il avait perdu.

Et il avait commencé à envisager l'évasion.

Désormais, il était libre. Et quand il aurait fait ce qu'il lui restait à faire à Monterey, il rejoindrait sa montagne le plus vite possible. Le dimanche précédent, profitant d'un moment où ce crétin de gardien l'avait laissé seul dans le bureau, il avait jeté un coup d'œil au site Visual-Earth. Il ne connaissait pas précisément les coordonnées de son terrain, mais il s'en était rapproché. Et avait constaté avec ravissement que l'endroit semblait toujours aussi désert, sans la moindre construction à des kilomètres à la ronde – les grottes restant invisibles pour le regard inquisiteur du satellite.

Étendu sur son lit dans la chambre du Sea View, il parla de cet endroit à Jennie – en termes généraux, bien sûr. Il n'était pas dans sa nature de trop partager. Il s'abstint de lui dire, par exemple, qu'ils y seraient complètement seuls. Et il n'était absolument pas question de lui dire ce qu'il envisageait pour ceux qui y vivraient avec eux. Il s'était rendu compte, avec le recul, des erreurs qu'il avait commises à Seaside huit ans plus tôt. Il s'était montré trop indulgent, trop lent à user de violence.

Cette fois, tout danger serait éliminé, toute menace étouffée dans l'œuf. Vite et sans pitié.

Domination totale…

Mais Jennie était contente – excitée, même – du peu qu'il partageait avec elle.

– Je te le dis parce que c'est la vérité. J'irai où tu iras, mon amour…

Elle lui prit sa tasse à café des mains pour la poser sur la table. Puis s'allongea.

– Fais-moi l'amour, Daniel. S'il te plaît.

De « Baise-moi », elle était passée à « Fais-moi l'amour », remarqua-t-il.

C'était le signe que l'élève avait franchi un degré supplémentaire. Cette idée, plus que son corps, déclencha la tempête en lui.

Penché pour lisser une mèche humide sur son front, il l'embrassa. Ses mains entreprirent l'exploration familière, et cependant toujours nouvelle.

Une sonnerie stridente l'interrompit. Il décrocha le téléphone avec une grimace, écouta, puis dit en appliquant la main sur l'appareil :

– C'est la directrice du motel. Elle a vu l'écriteau « Ne pas déranger » sur notre porte et demande à quel moment elle pourra envoyer quelqu'un pour faire le ménage.

Jennie l'avait écouté avec un sourire langoureux.

– Dis-lui de nous laisser une heure.

– Je vais lui dire deux. Pour faire bonne mesure.

CHAPITRE 41

Pour préparer l'assaut, ils établirent un poste de commandement à l'intersection des deux voies d'accès au Sea View Motel.

Kathryn Dance n'était pas convaincue du bien-fondé de cette opération tactique, mais la décision étant prise, un certain nombre de règles s'appliquaient automatiquement ; et l'une de ces règles lui enjoignait de ne pas se mettre en avant. Elle n'était plus dans son domaine de compétence et n'avait pas grand-chose à faire, sinon jouer les observatrices.

Albert Stemple et TJ représenteraient le CBI dans les équipes d'assaut, composées majoritairement d'agents des groupes d'intervention du comté de Monterey et de plusieurs officiers de la police montée. Les huit hommes et les trois femmes se rassemblèrent derrière un fourgon banalisé qui contenait assez d'armes et de munitions pour mater une émeute de dimensions modestes.

Pell était dans la chambre louée par sa complice ; les lumières étaient éteintes, mais un agent posté à l'arrière du motel avait appliqué un micro contre le mur et capté des bruits en provenance de cette chambre. Il n'en était pas certain mais pensait qu'ils étaient en pleins ébats amoureux.

Bonne nouvelle, pensa Kathryn. Un suspect nu est plus vulnérable.

Elle demanda par téléphone à la directrice si les chambres voisines étaient occupées. Celle de gauche était vide ; les clients venaient de partir pour une partie de pêche, ce qui signifiait qu'ils ne reviendraient que beaucoup plus tard. La chambre de droite, par contre, était occupée par un couple avec enfants qui ne semblait pas bouger pour le moment.

Le premier mouvement de Kathryn fut de les appeler pour leur dire de se coucher par terre au fond de la pièce. Mais ils ne l'écouteraient pas, bien sûr. Ils se sauveraient à grand bruit, les parents poussant leurs enfants devant eux. Et Pell comprendrait parfaitement ce qui se passait. Il avait un instinct de chat.

En pensant à ces gens et aux employés de l'équipe de nettoyage, Kathryn se dit soudain, arrête tout. Laisse parler tes tripes. Tu as autorité pour le faire. Ça ne plaira pas à Overby, mais tu te débrouilleras avec lui. O'Neil et le MCSO te soutiendront.

Mais elle ne se sentait pas, dans ces circonstances, en mesure de n'écouter que son instinct. Elle n'avait pas l'habitude des gens comme Daniel Pell. Winston Kellogg, lui, les connaissait.

Il arrivait, justement. S'approchant de l'officier de l'équipe tactique, il lui serra la main et se présenta. Il avait encore changé de tenue. Mais son nouveau look n'avait pas le chic country-club : jean noir, T-shirt noir et épais blouson pare-balles.

Les mots de TJ lui revinrent en mémoire.

Il est un peu raide, mais il n'a pas peur de mettre les mains dans le cambouis...

Dans cette tenue, avec son regard attentif, il lui rappelait encore plus son mari. Bill avait passé la plus grande partie de son temps à faire des enquêtes de routine, mais il lui arrivait de s'habiller pour des opérations tactiques. Elle l'avait vu quelques fois ainsi, sûr de lui, armé d'une mitraillette ultraperfectionnée.

Elle regarda Kellogg qui glissait une cartouche dans le chargeur d'un gros pistolet automatique en acier chromé.

– En voilà, une arme de destruction massive ! observa TJ. Schweizerische Industries Gesellschaft.

– Pardon ? dit Kellogg, avec une pointe d'irritation.

– S-I-G comme dans SIG-Sauer. C'est le nouveau P220. Quarante-cinq.

– C'est un calibre quarante-cinq ?

– Eh, oui ! Apparemment, le FBI a maintenant comme devise « On ne leur laissera pas une deuxième chance ». Je ne suis pas forcément contre.

Kathryn et les autres agents du CBI avaient tous des 9 mm Glock pour limiter le plus possible les dommages collatéraux.

Kellogg passa un imperméable marqué du sigle du FBI et rejoignit Kathryn et O'Neil. Ce dernier était pour l'occasion en uniforme kaki d'assistant chef du shérif – gilet pare-balles inclus.

Kathryn leur exposa la situation dans les chambres attenantes à celle de Pell. Kellogg dit qu'au signal de l'assaut il enverrait quelqu'un dans celle qui était occupée pour faire sortir tout le monde sous protection.

Ce n'était pas grand-chose, mais toujours mieux que rien.

Rey Carraneo les appela par radio ; il faisait le guet à l'extrémité du parking, planqué derrière une benne à ordures. Il n'y avait personne dans ce parking pour le moment, mais de nombreuses voitures, et les femmes de ménage poursuivaient leur service, comme Kellogg l'avait demandé. Au tout dernier moment, quand les groupes seraient déjà en action, d'autres agents les aideraient à se mettre à couvert.

Les policiers mirent cinq minutes à enfiler leurs gilets pare-balles et à vérifier le bon fonctionnement de leurs armes. Ils se retrouvèrent dans une petite cour à côté du bureau. Ils regardaient O'Neil et Kathryn Dance, mais ce fut Kellogg qui parla le premier.

– Je veux une entrée par vagues, une équipe passe la porte, la suivante l'appuie immédiatement derrière. (Il montra le plan de la chambre tracé sur les instructions de la directrice.) Première équipe, ici, vers le lit. Deuxième équipe, les placards et la salle de bains. J'ai besoin de grenades assourdissantes.

L'un des policiers du MCSO lui en fit passer plusieurs. Il les fourra dans sa poche.

Puis il dit :

– Je conduis la première équipe. Je suis prêt.

Kathryn n'en était pas enchantée. Il y avait dans les groupes d'intervention de la police de Monterey des policiers beaucoup plus jeunes, libérés depuis peu de l'armée et pas forcément expérimentés.

– Il y a une femme avec lui, reprit l'agent du FBI, et elle aura peut-être l'air d'une otage, mais elle est tout aussi dangereuse. N'oubliez pas que c'est elle qui a mis le feu au tribunal, ce qui a causé la mort de Juan Millar.

Tous hochèrent la tête.

– On va encercler le bâtiment, puis foncer pour entrer par l'avant. Ceux qui passeront devant les fenêtres, restez *à plat ventre*. Ne vous accroupissez pas. Et aussi près du bâtiment que vous le pouvez. Pensez qu'à cet instant il regarde dehors. Je veux des gens avec des gilets pare-balles pour entraîner les employés derrière les voitures. Rappelez-vous aussi qu'on ne sait pas s'ils ne sont que deux là-dedans.

Kathryn se rappela ce qu'avait dit Rebecca Sheffield.

Structurer la solution…

Kellogg se tourna vers elle :

– Ça vous convient comme ça ?

Ce n'était pas tout à fait ce qu'il demandait. La vraie question était plus précise : « C'est bien moi qui commande ici ? »

Kellogg voulait bien lui laisser une dernière chance de tout annuler.

Elle réfléchit très vite avant de répondre :

– C'est très bien. Allez-y.

Elle voulait dire quelque chose à O'Neil, mais ne trouva pas de mots pour traduire sa pensée – en fait, elle n'était plus très sûre de ce qu'elle pensait.

Sans la regarder, il prit son Glock et rejoignit l'un des groupes d'appui avec TJ et Stemple.

– Prenons position, dit Kellogg aux policiers du groupe d'intervention.

Kathryn rejoignit Carraneo derrière la benne à ordures, coiffa ses écouteurs et brancha son micro.

Après quelques minutes, la radio se mit à grésiller et elle entendit la voix de Kellogg :

– À cinq, on y va !

Elle entendit les réponses affirmatives des chefs d'équipe.

– Allons-y. Un… deux…

Kathryn essuya la paume de sa main sur son pantalon et la referma sur la crosse de son arme.

– … trois… quatre… cinq, partez !

Les hommes et les femmes foncèrent à l'angle du bâtiment. Kathryn regardait tour à tour Kellogg et O'Neil.

S'il vous plaît, pensait-elle. Plus de morts…

Avaient-ils bien organisé l'affaire ?

Kellogg, arrivé le premier à la porte, fit un signe de la tête au policier qui portait un bélier. Celui-ci – un grand costaud – lança son engin dans la porte qui s'abattit brutalement. Kellogg lança une grenade. Deux policiers se ruèrent dans la chambre attenante tandis que d'autres poussaient les femmes de service derrière les voitures stationnées au parking. À la seconde où la grenade explosait avec un vacarme assourdissant, les groupes emmenés par Kellogg et O'Neil bondirent dans la chambre.

Puis ce fut le silence.

Ni coups de feu ni cris.

Puis Kathryn entendit la voix de Kellogg noyée dans un océan de parasites. Il disait quelque chose qui se terminait par « lui ».

– Répétez, cria Kathryn dans son micro. Répétez, Win ! Vous le tenez ?

Un nouvel orage de parasites. Puis :

– Non. Il a filé.

Il était intelligent, son Daniel. Il savait tout.

Tandis qu'ils s'éloignaient du motel, vite mais sans dépasser la limite autorisée, Jennie Marston regarda derrière eux.

Pas de voiture de la police, pas de phares, pas de sirène.

La musique des anges, se dit-elle. C'est la musique des anges qui nous protège.

Son Daniel était un génie.

Vingt minutes plus tôt, alors qu'ils commençaient à faire l'amour, il s'était soudain figé, puis assis sur son séant.

– Qu'y a-t-il, chéri ? avait-elle demandé, inquiète.

– Le service du ménage. C'est déjà arrivé qu'ils appellent avant de venir faire la chambre ?

– Je ne crois pas.

– Pourquoi aujourd'hui, alors ? Et il est tôt. Ce n'est pas normal. Quelqu'un voulait savoir si on était là. La police ! Rhabille-toi. Vite !

– Tu veux...

– Rhabille-toi !

Elle avait sauté du lit à son tour.

– Prends ce que tu pourras. N'oublie pas ton ordinateur, et ne laisse aucun objet personnel.

Il jetait déjà quelques affaires dans un sac. Il regarda au-dehors, puis sortit et s'approcha de la porte la plus proche qu'il ouvrit d'un coup de pied, jetant la panique chez les deux jeunes hommes qui se trouvaient à l'intérieur.

Elle crut d'abord qu'il allait les tuer, mais il se borna à leur ordonner de se lever et de se tourner, leur attacha les mains avec du fil de pêche et leur fourra un chiffon à vitre dans la bouche. Il prit leur portefeuille et en examina rapidement le contenu.

– J'ai vos noms et vos adresses. Restez ici et ne faites pas de bruit. Si vous dites quelque chose, je tuerai tout le monde chez vous. Compris ?

Ils hochèrent la tête. Daniel ferma la porte et la bloqua avec une chaise. Il vida la glaciaire des pêcheurs et mit leur propre sac dedans. Jennie et lui passèrent leurs combinaisons jaunes, se coiffèrent de leurs casquettes de base-ball et sortirent en portant leurs cannes et tout leur matériel.

– Ne regarde pas autour de nous. Va directement à la voiture. Mais sans courir.

Ils traversèrent le parking. Il mit quelques minutes à charger la voiture en s'efforçant de paraître décontracté. Puis ils démarrèrent. Jennie faisait son possible pour rester calme. Elle avait envie de pleurer tant elle était inquiète.

Mais excitée, aussi. Il fallait le reconnaître. Cette fuite soudaine… Elle ne s'était jamais sentie aussi vivante qu'à cet instant, au volant de la voiture, tandis que le motel reculait derrière eux. Elle pensait à son mari, à ses petits copains, à sa mère… rien de ce qu'elle avait vécu avec eux ne pouvait se comparer à ce qu'elle ressentait maintenant.

Ils avaient croisé quatre véhicules de police qui fonçaient vers le motel sans sirène.

La musique des anges…

Sa prière avait été exaucée. Ils étaient maintenant à plusieurs kilomètres du motel, et personne ne les poursuivait.

Finalement, il avait éclaté de rire et poussé un long soupir.

– Qu'est-ce que tu dis de ça, ma jolie ?

– On est les plus forts, mon amour !

Elle hululait de bonheur et secouait follement la tête comme à un concert de rock. Elle l'embrassa dans le cou en le mordillant.

Ils furent bientôt dans le parking d'un motel minable du côté de Lighthouse, la zone commerciale de Monterey. Daniel lui dit :

– Prends une chambre. On n'en a plus pour très longtemps à rester dans le coin, mais ça va peut-être me prendre jusqu'à demain. Réserve-la pour la semaine, ça éveillera moins les soupçons. Un bungalow à l'arrière. Celui-là, peut-être.

Jennie nota et revint au bout d'un moment. Il porta la glaciaire et les coffres de matériel à l'intérieur.

Pell s'allongea sur le lit, les bras repliés derrière la tête. Elle vint se pelotonner contre lui.

– Il va falloir se cacher, ici. Il y a un magasin d'alimentation dans la rue. Va chercher de quoi manger, tu veux bien, ma jolie ?

– Plus de teinture pour les cheveux ?

Il sourit.

– Ce n'est pas une mauvaise idée.

– Je pourrais être rousse ?

– Verte, si tu veux. Je t'aimerai de toute façon.

Mon Dieu, il était parfait…

Elle entendit le petit bruit de la télé qui s'allumait au moment où elle franchissait le seuil en coiffant sa casquette. Quelques jours plus tôt, elle n'aurait jamais imaginé qu'elle serait d'accord avec Daniel pour faire du mal à des gens, abandonner sa maison d'Anaheim, renoncer à jamais à ses oiseaux-mouches, à ses cardinaux, à ses hirondelles et à son cher jardin.

Tout cela semblait désormais parfaitement naturel, et merveilleux.

N'importe quoi pour toi, Daniel. N'importe quoi.

CHAPITRE 42

– Mais comment a-t-il su que vous étiez là ? demanda Overby, debout dans le bureau de Kathryn Dance, et manifestement très énervé. Responsable en tant que patron du CBI de la chasse à l'homme lancée depuis l'évasion de Pell, il lui faudrait maintenant répondre d'une mauvaise décision tactique après le fiasco du Sea View. Pour l'observatrice aguerrie qu'était Kathryn, sa façon de parler concordait avec le langage du corps : par exemple, l'emploi du « vous » là où O'Neil et Dance auraient dit « nous ».

Toujours ouvrir le parapluie...

– Il a probablement senti qu'il y avait quelque chose de changé à l'hôtel, l'attitude du personnel, peut-être, répondit Kellogg. Comme au restaurant de Moss Landing. Ce type a un instinct de chat.

Comme un écho aux réflexions de Kathryn un peu plus tôt.

– Mais je croyais que vos hommes l'avaient entendu dans la chambre, Michael ?

– C'était un porno, dit Kathryn.

Et le détective d'expliquer :

– Il regardait des films pornos sur la chaîne payante. Voilà ce qu'on a entendu.

La reconstitution des faits après enquête fut assez démoralisante, pour ne pas dire embarrassante. Il s'avéra que la directrice de l'établissement avait vu partir Pell et sa complice déguisés en pêcheurs. Les deux occupants de la chambre attenante, retrouvés ligotés et bâillonnés, se montrèrent très réticents pour répondre aux questions. Kathryn Dance leur fit finalement avouer que Pell avait pris leur adresse et les avait menacés d'assassiner leurs parents s'ils appelaient à l'aide.

Les constantes… maudites constantes.

Winston Kellogg était furieux mais ne cherchait pas à s'excuser. Il avait pris une décision fondée sur son jugement personnel, comme Kathryn à Moss Landing. Son plan aurait pu marcher, mais il avait joué de malchance et elle appréciait sa façon de réagir sans se lamenter ni chercher quelqu'un sur qui rejeter la faute ; il réfléchissait déjà à la suite.

L'assistante d'Overby les rejoignit. Elle annonça à son patron qu'on l'appelait de Sacramento sur la une et qu'Amy Grabe, du FBI, attendait sur la deux. Elle était de très mauvais poil.

Un rugissement de colère lui répondit. Tournant les talons, le patron du CBI la suivit dans son bureau.

Carraneo appela pour les informer que le ratissage du terrain par plusieurs policiers n'avait rien donné jusque-là. Une femme de ménage pensait avoir vu une conduite intérieure de couleur foncée quitter le parking avant l'assaut. Numéro d'immatriculation inconnu. Et c'était tout.

Une conduite intérieure de couleur foncée. Ils avaient eu droit à une description tout aussi inutile après l'agression contre James Reynolds. Un policier de Monterey entra avec un gros carton. Il le tendit à O'Neil.

– Scène de crime, chef.

Le détective en sortit des clichés et la liste des pièces à conviction. Les empreintes digitales attestaient sans aucun doute possible que les occupants de la chambre étaient bien Daniel Pell et sa complice. Il y avait des vêtements, des emballages de produits alimentaires, des journaux, des accessoires de toilette, quelques cosmétiques. Et aussi des épingles, un objet qui semblait être un fouet fabriqué avec un cintre et portant des taches de sang coagulé, des collants de femme retrouvés attachés au montant du lit, des préservatifs par dizaines – neufs et usagés – et un gros tube de gel lubrifiant K-Y.

– C'est caractéristique des gourous, dit Kellogg. Jim Jones, à la Guyana, satisfaisait ses désirs sexuels trois ou quatre fois par jour.

– Pourquoi ? demanda Kathryn.

– Parce qu'ils le *peuvent*. Ils peuvent faire à peu près *tout* ce qu'ils veulent.

Le téléphone de O'Neil sonna. Il écouta un instant, puis dit :

– Bien. Transférez-le à l'ordinateur de l'agent Dance. Vous avez son adresse ? Merci.

Il se tourna vers Kathryn.

– Ils ont trouvé un email dans la poche du jean de la fille.

Quelques minutes plus tard, le message apparut sur l'écran. Kathryn édita aussitôt la pièce jointe.

De : *AdministrationCentrale2235@capitolacorrectional.com*
À : *JMSUNGIRL@Euroserve.co.uk*

Jennie, ma jolie,
J'ai négocié pour venir dans le bureau et t'écrire. Il le fallait. Je tiens à te dire ceci : je me réveille chaque jour en pensant à toi, à nos projets : aller ensemble à la plage, dans le désert, et regarder chaque soir les feux d'artifice depuis ton jardin. Je pense à toi, je te trouve intelligente et belle et romantique – que demander d'autre à une fille ? On a beaucoup tourné autour du pot sans le dire mais je veux maintenant que tu le saches : je t'aime. Il n'y a pas le moindre doute dans mon esprit, tu ne ressembles à aucune des filles que j'ai déjà connues. Voilà, tu le sais maintenant. J'espère que ces mots ne t'ont pas déplu et ne t'ont pas fait peur.

À bientôt, Daniel.

Ainsi, Pell *avait* envoyé des emails de Capitola avant le dimanche, pensa Kathryn, ce qui expliquait pourquoi l'informaticien ne les avait pas retrouvés.

Elle s'appelait donc Jennie, et son nom de famille commençait par un M.

JMSUNGIRL.

– Notre service technique prend contact avec le fournisseur d'accès à Internet, annonça O'Neil. Les serveurs étrangers ne sont pas très coopératifs, mais il faut espérer qu'on aura de la chance.

Kathryn était penchée sur l'email.

– Écoutez ce qu'il dit : la plage, le désert et des feux d'artifice tous les soirs. Et tout ça près de chez elle. Voilà qui devrait nous aider.

– La voiture a été volée à Los Angeles… dit Kellogg. Cette fille doit être de Californie du Sud : la plage, le désert… Mais ces feux d'artifice quotidiens ?

– Anaheim, dit Kathryn.

Et l'autre parent présent, Michael O'Neil, ajouta :

– Disneyland !

Kathryn croisa son regard et dit :

– Tu y avais déjà pensé : les banques, le retrait de 9 200 dollars, toujours dans le comté de Los Angeles… Évidemment, c'était un peu trop vaste. Mais Anaheim ? Voilà qui est nettement plus petit. Et on connaît son prénom, maintenant. Et peut-être une initiale. Vous pourriez mettre vos hommes là-dessus, Win ?

– Bien sûr. Il y aura beaucoup moins de banques à appeler, dit-il. Prenant son téléphone, il transmit aussitôt la demande au bureau de Los Angeles.

Kathryn appela l'hôtel de Point Lobos. Elle expliqua aux trois femmes ce qui s'était passé au motel.

– Il s'est encore sauvé ? demanda Samantha.

– Hélas, oui.

Elle leur parla également de l'email et leur donna le prénom de la destinataire, qui n'éveilla chez elles aucun souvenir.

– On a aussi relevé des signes d'activités sado-masochistes, ajouta-t-elle. (Elle fit une description des objets.) Pensez-vous que c'était à l'initiative de Pell ou de la fille qui l'accompagne ? Dans ce cas, nous aurions peut-être une piste pour mieux cibler nos recherches. Une professionnelle, une dominatrice peut-être.

Samantha resta silencieuse un instant avant de répondre.

– Je… Oh, ça pourrait bien être l'idée de Daniel. C'était un peu son genre.

Gênée.

Kathryn la remercia.

– Je sais qu'il vous tarde de repartir. J'ai promis de ne pas vous retenir.

Quelques minutes plus tard, à peine, Winston Kellogg reçut un appel sur son téléphone. Ils virent son regard briller.

– On l'a trouvée ! Une cliente du nom de Jennie Marston a retiré 9 200 dollars – presque la totalité de son épargne – d'une agence de la Pacific Trust à Anaheim la semaine dernière. En liquide. On va avoir un mandat et nos agents iront, avec des policiers du comté d'Orange, perquisitionner son domicile. Ils nous diront ce qu'ils ont trouvé.

O'Neil prit son téléphone et cinq minutes plus tard l'image du permis de conduire d'une jeune femme apparaissait sur l'écran de l'ordinateur de Kathryn. Elle appela TJ pour qu'il les rejoigne.

– Oui, chef ?

Elle lui désigna l'écran d'un geste.

– Faites-en un portrait-robot. En brune, en rousse, avec les cheveux courts, les cheveux longs. Apportez-le au Sea View. Je veux être certaine que c'est bien elle. Et si c'est le cas, envoyez une copie à toutes les stations de télé et à tous les journaux de la région.

– C'est comme si c'était fait, chef.

Il pianota quelques secondes sur le clavier, sans s'asseoir, et ressortit en trombe comme s'il tentait d'arriver à son bureau avant l'image électronique.

Charles Overby apparut sur le seuil.

– L'appel que je viens de recevoir de Sacramento était…

– Une seconde, Charles.

Kathryn le mit au courant des dernières nouvelles, et il changea aussitôt d'humeur.

– Ah, une piste ! C'est bien. Il était temps... Et il y a autre chose. Sacramento vient de recevoir un appel du Bureau du shérif du comté de Napa.

– Napa ?

– Ils ont arrêté un certain Morton Nagle.

Kathryn hocha lentement la tête. Elle n'avait pas dit à Overby qu'elle avait obtenu la collaboration de l'écrivain pour approcher la Poupée qui dormait.

– J'ai eu le shérif au téléphone. Il était furax.

– Qu'a fait Nagle ? demanda Kellogg, en se tournant vers Kathryn.

– La fille des Croyton, vous vous souvenez, Kathryn ? Elle vit là-bas avec son oncle et sa tante. Il voulait lui parler, semble-t-il, pour qu'elle accepte de vous rencontrer.

– C'est exact.

– Ah. Je n'étais pas au courant. (Overby laissa passer quelques secondes de silence.) La tante a refusé qu'il la voie. Mais ce matin, il est entré chez eux par effraction pour parler directement à sa nièce.

C'était peut-être pousser un peu loin le bouchon du journalisme objectif et distancié, songea Kathryn.

– La tante lui a tiré dessus.

– *Quoi ?*

– Elle l'a manqué, mais si la police n'était pas arrivée, le shérif pense qu'elle l'aurait eu au deuxième essai. Et cette éventualité n'a pas l'air d'émouvoir quiconque, là-bas. Ils nous soupçonnent d'être derrière ce coup-là. C'est une sacrée embrouille.

– Je m'en occupe, dit Kathryn.

– Nous n'y sommes pour rien, n'est-ce pas ? C'est ce que je lui ai dit.

– Je m'en occupe.

Overby réfléchit brièvement avant de donner le numéro de téléphone du shérif, et repartit dans son bureau. Kathryn appela le shérif, se présenta, lui exposa la situation.

L'homme poussa un grognement.

– Ma foi, agent Dance, je vois bien le problème avec Pell et tout ça. Les journaux en parlent chez nous aussi, vous pouvez me croire. Mais on ne peut pas le relâcher comme ça. L'oncle et la tante de Theresa ont porté plainte. Et je dois dire qu'on veille tous de près sur cette fille, ici, après ce qui lui est arrivé. Le magistrat a fixé la caution à 100 000 dollars, et il n'y a personne dans les parages pour se porter garant.

– Puis-je parler au procureur ?

– Il est au tribunal pour un procès. Jusqu'à ce soir.

Morton Nagle resterait donc encore un peu en prison. Elle avait de la peine pour lui, et elle appréciait son changement d'attitude. Mais elle n'y pouvait rien.

– Je voudrais rencontrer la tante de cette jeune fille ou son oncle.

– Je ne vois pas à quoi ça vous servira.

– C'est important.

Un silence.

– Écoutez, agent Dance, je ne pense pas qu'ils acceptent. Je suis même sûr qu'ils vont refuser.

– Pouvez-vous me donner leur numéro de téléphone ? S'il vous plaît ?

Les questions directes sont souvent les plus efficaces.

Mais la réponse, elle aussi, fut directe.

– Non. Au revoir, maintenant, agent Dance.

CHAPITRE 43

Michael O'Neil et Kathryn Dance étaient seuls dans le bureau de cette dernière.

Elle avait appris, grâce au Bureau du shérif du comté d'Orange, que le père de Jennie Marston était mort et que sa mère avait des antécédents judiciaires portant sur des délits mineurs – usage de drogue, conflits de voisinage. On n'avait aucune information sur le lieu de résidence présent de la mère ; il y avait quelques parents sur la Côte Est, mais ils étaient sans nouvelles de Jennie depuis des années.

Elle apprit également que Jennie avait été étudiante à la fac pendant un an et qu'elle y suivait des cours sur la gestion alimentaire, puis qu'elle avait abandonné ses études, apparemment pour se marier. Elle avait travaillé une année chez un coiffeur avant d'être serveuse chez des traiteurs et des bouchers du comté d'Orange. On l'y décrivait comme une employée sans histoire qui était toujours à l'heure, faisait son travail et repartait. Elle menait une existence solitaire et les policiers ne lui avaient découvert aucune relation, aucun ami proche. Son ex-mari ne la voyait plus depuis des années, mais il avait déclaré qu'elle méritait ce qui lui arrivait.

Les archives de la police révélaient, ce qui n'avait rien de surprenant, un passé de difficultés relationnelles. Des hôpitaux avaient déposé des signalements à cinq ou six reprises pour des soupçons de maltraitance de la part de son ex-mari et de plusieurs autres partenaires. Les services sociaux avaient ouvert un dossier, mais Jennie n'avait jamais porté plainte, ni sollicité une aide ou une protection.

Une proie idéale pour quelqu'un comme Daniel Pell.

Kathryn le dit à O'Neil. Le détective acquiesça d'un hochement de tête. Il regardait, par la fenêtre du bureau, deux pins qui avaient mêlé leurs branches à hauteur d'yeux, au fil des années, en un enchevêtrement inextricable. Kathryn contemplait souvent, elle aussi, cette curiosité de la nature quand les divers éléments d'une affaire refusaient de s'ordonner en un ensemble cohérent.

– Alors, qu'en penses-tu ? demanda-t-elle.

– Tu tiens à le savoir ?

– Je le demande !

Mais Kathryn, seule, était de bonne humeur.

– Tu avais raison, dit O'Neil, agacé. Il avait tort.

– Kellogg ? Au motel ?

– On aurait dû opter pour ton plan. Établir un périmètre de surveillance à la minute où on nous a signalé ce motel et la présence de Pell et de sa complice. Ne pas perdre une demi-heure à rassembler des groupes d'intervention. C'est ce qui lui a permis de filer. Quelque chose l'a alerté.

Un instinct de chat...

Elle n'aimait pas ce débat avec quelqu'un dont elle était si proche.

– Sur le moment, donner l'assaut était la meilleure solution ; tout allait très vite.

– Non, ce n'était pas la meilleure solution ; c'est d'ailleurs ce qui t'a fait hésiter. Et même après l'avoir acceptée, tu doutais encore.

– Comment savoir, dans des situations comme celle-ci...

– Tu *sentais* que ce n'était pas la bonne tactique, et quand tu sens quelque chose, en général, tu ne te trompes pas.

– On n'a pas eu de chance, c'est tout. Si on y était allé plus vite, on l'aurait sans doute eu.

Elle regretta aussitôt sa phrase, craignant qu'il n'y voie une critique du MCSO.

– Et il y aurait eu des morts. On a eu une sacrée chance que personne ne soit blessé. Le plan de Kellogg nous menait tout droit à une fusillade. On a échappé au bain de sang.

Il croisa les bras – un geste de protection qui prenait une allure ironique avec le gilet pare-balles qu'il n'avait pas encore retiré.

– Tu as abandonné le contrôle de l'opération – de *ton* opération.

– À Winston ?

– Oui, exactement. C'est un conseiller. Moi, non. Toi non plus.

– C'est un spécialiste, Michael. Pas moi. Ni toi.

– Un spécialiste ? Désolé, il parle de la mentalité des gourous en termes de profil. Mais je ne le crois pas capable de coincer Pell. C'est toi qui vas le faire.

– Pense à ses états de service, à sa formation. C'est vraiment un expert.

– D'accord, il comprend certaines choses. Ça peut être utile. Mais il a manqué d'expertise pour attraper Pell il y a une heure. (Baissant la voix.) Regarde ce qui s'est passé. Overby a soutenu Winston. C'est lui, à l'évidence, qui l'a fait venir ici. Tu subis la pression du FBI *et* de ton patron. Mais on a déjà subi des pressions, nous deux. On aurait pu les renvoyer dans leurs buts.

– Que veux-tu dire, au juste ? Que je me soumets à lui pour une autre raison ?

Le regard qui se détourne. Un geste d'aversion. Les gens éprouvent du stress quand ils mentent, et parfois quand ils disent la vérité.

– Je dis que tu le laisses trop diriger les opérations. Et toi aussi, pour être franc.

– Parce qu'il me rappelle mon mari ? rétorqua sèchement Kathryn. C'est ça que tu voulais dire ?

– Je n'en sais rien. Il te rappelle Bill ?

– Ridicule !

– C'est toi qui en as parlé.

– Eh bien, dispense-toi de tout jugement autre que professionnel.

– C'est entendu, dit O'Neil, avec une fureur contenue. Restons-en à l'aspect professionnel. Winston était à côté de la plaque. Et tu t'es rangée à son avis, en sachant qu'il avait tort.

– En sachant ? C'était à quarante-cinq contre cinquante-cinq pour cet assaut. J'avais mon opinion. J'en ai changé. Un bon flic a le droit de se reprendre.

– En se fondant sur la *raison*. Sur une analyse *logique*.

– Et toi, *quid* de ton jugement ? Tu te trouves objectif ?

– Moi ? Je n'étais pas objectif ?

– Non. À cause de Juan.

Elle vit au regard d'O'Neil qu'il encaissait le coup. Elle avait touché un point sensible, et elle se demandait s'il ne se sentait pas responsable de la mort du jeune policier, en se disant peut-être qu'il l'avait mal formé.

Ses protégés...

Elle regrettait ses commentaires.

O'Neil et elle s'étaient déjà disputés par le passé ; on ne peut pas mener de front sans anicroches une amitié et une relation de travail. Mais ils ne s'étaient jamais affrontés aussi durement. Et pourquoi faisait-il de telles remarques, qui empiétaient sur sa vie privée ? C'était la première fois.

Les indicateurs synergologiques parlaient presque de jalousie.

Ils se turent. Le détective leva les deux mains devant lui et haussa les épaules. Un geste emblématique, qui signifiait j'ai dit ce que j'avais à dire. Il régnait dans la pièce une tension égale à celle qui unissait ces deux pins entrelacés dont les fibres se confondaient pour former une matière aussi dure que l'acier.

Ils reprirent la discussion sur la suite à donner aux opérations : obtenir du comté d'Orange des informations supplémentaires sur Jennie Marston, ratisser les environs du Sea View Motel à la recherche de témoins, revenir sur la scène de crime. Ils chargèrent Carraneo de se rendre à l'aéroport, à la gare routière et à la gare du chemin de fer avec la photo de la complice. Ils lancèrent encore quelques idées, mais l'atmosphère s'était beaucoup rafraîchie dans le bureau et, à l'arrivée de Winston Kellogg, Michael O'Neil se leva en expliquant qu'il devait passer à son bureau et informer le shérif des derniers développements de l'affaire. Il sortit en lançant un au revoir qui ne s'adressait à personne en particulier.

Une pulsation douloureuse dans sa main blessée en passant par-dessus la clôture des Bolling, Morton Nagle regarda le gardien posté devant la cellule de rétention de la prison de Napa County.

Le gros Latino-Américain soutint froidement son regard.

Nagle était apparemment coupable du pire des délits qui se puisse commettre à Vallejo Springs – on ne lui reprochait pas d'avoir pénétré par effraction dans une propriété privée pour se livrer à une agression (qui parlait de ça ?) mais, ce qui était infiniment plus grave, d'avoir dérangé l'enfant du pays.

– J'ai droit à un coup de téléphone personnel !

Pas de réponse.

Il voulait appeler sa femme et lui dire qu'il n'avait rien. Mais il voulait surtout faire passer un message à Kathryn Dance pour qu'elle sache où se trouvait Theresa. Il avait changé d'avis, renoncé à son livre et à son éthique de journaliste. Il ferait désormais tout ce qu'il pourrait pour que Daniel Pell soit arrêté et renvoyé à Capitola.

Désormais, il ne braquerait plus le projecteur sur le mal, il l'attaquerait de front et en personne. À la manière d'un requin. C'était sa rencontre avec une Theresa en chair et en os qui avait fait basculer ses convictions : cette jolie jeune fille, décidée et pleine de vie, méritait de mener l'existence normale de n'importe quelle adolescente, et le mal à l'état pur s'était dressé sur son chemin pour la priver de cet espoir. Raconter cette histoire ne suffirait pas. Morton Nagle voulait, personnellement, la tête de Pell.

Mais on semblait décidé à le maintenir dans cette cellule, interdit de toute communication, le plus longtemps possible.

– Je voudrais vraiment téléphoner.

Le gardien ne l'aurait pas regardé autrement s'il avait été surpris à vendre du crack aux gamins qui sortaient de l'école. Et il ne répondait pas.

Nagle se leva et se mit à aller et venir dans l'étroite cellule. Le gardien lui lança un regard qui disait « assieds-toi ». Nagle se rassit.

Un long, long moment après, il entendit une porte s'ouvrir. Des pas qui approchaient.

– Nagle.

Un autre gardien. Encore plus gros que le premier.

– Levez-vous.

Le gardien pressa un bouton et la porte de la cellule tourna sur ses gonds.

– Vos mains.

Ridicule. Il tendit les mains et regarda les menottes se refermer sur ses poignets avec un claquement sec.

– Par ici.

Le type le prit par le bras, ses doigts lui serrant douloureusement le biceps. Nagle sentit une odeur d'ail et de tabac froid. Il fut tenté de se dégager d'un geste vif mais se ravisa. Ils longèrent ainsi dans un tintement de chaînes un corridor obscur d'une trentaine de mètres, jusqu'à la salle d'interrogatoire A.

Le gardien ouvrit et lui fit signe d'entrer.

Nagle s'immobilisa.

Theresa Croyton, la Poupée qui dormait, était assise derrière une table et le fixait de ses yeux noirs. Le gardien le poussa en avant. Il s'assit face à elle.

– Re-bonjour, dit-il.

La jeune fille regarda ses bras, son visage et ses mains, comme si elle craignait d'y voir des traces de maltraitance. Ou l'espérait. Elle remarqua le pansement à sa main, en se rappelant peut-être qu'il s'était blessé en sautant par-dessus la clôture.

Il connaissait son âge – 17 ans –, mais elle n'avait rien de jeune, hormis le blanc délicat de son teint. Elle avait survécu au massacre, survécu à Daniel Pell, songea Nagle. Mais pas sa jeunesse. Il sentit monter en lui une bouffée de colère à l'égard du tueur.

Le gardien recula d'un pas. Mais sans s'éloigner vraiment. Nagle entendait son grand corps amortir les sons.

– Vous pouvez nous laisser, dit Theresa.

– Je dois rester ici, Miss. C'est le règlement.

Il avait un sourire mobile. Aimable pour elle, hostile pour Nagle.

Theresa hésita, puis reporta son attention sur l'écrivain.

– Je veux savoir ce que vous vous êtes venu me dire dans mon jardin. Au sujet de Daniel Pell.

– Il est toujours aux environs de Monterey, et on ne sait pas pourquoi. La police ne comprend pas.

– Et il a tenté de tuer le procureur qui l'avait envoyé en prison ?

– James Reynolds, oui.

– Il n'a rien, Reynolds ?

– Non. La femme policier dont je vous ai parlé lui a sauvé la vie.

– Qui êtes-vous, exactement ? demanda Theresa.

Des questions directes, sans une trace d'émotion.

– Votre tante ne vous a rien dit ?

– Non.

– Je lui ai parlé, il y a un mois maintenant, d'un livre que j'avais en projet. Un livre sur vous.

– Sur moi ? Mais pourquoi ? Je ne suis pas quelqu'un d'intéressant !

– Oh, ce n'est pas ce que je pense. Je voulais parler de quelqu'un qui avait subi quelque chose de terrible. De ce que cette personne était avant. De la façon dont sa vie avait changé – et de ce qu'elle aurait pu être si le crime n'avait pas eu lieu.

– Non. Ma tante ne m'en a rien dit.

– Elle sait que vous êtes ici ?

– Oui. Je le lui ai dit. C'est elle qui m'a amenée en voiture. Elle ne veut pas que je passe mon permis.

Elle regarda brièvement le gardien, puis Nagle à nouveau.

– Les policiers, ici, ne voulaient pas non plus que je vous rencontre. Mais ils ne pouvaient pas m'en empêcher.

– Pourquoi êtes-vous ici, Theresa ?

– Cette femme policier dont vous parlez…

Nagle la regarda, stupéfait.

– Vous voulez dire qu'elle peut venir vous voir ?

– Non, dit la jeune fille, en secouant vivement la tête.

Nagle ne pouvait pas lui en vouloir.

– Je comprends, mais…

– Je veux aller la voir.

L'écrivain se demanda s'il avait bien entendu.

– Vous voulez… quoi ?

– Aller la voir à Monterey. La rencontrer en personne.

– Oh, vous n'êtes pas obligée de faire ça.

– Si, je dois le faire, dit-elle d'un ton ferme.

– Pourquoi ?

– Parce que.

Ce qui, pensa Nagle, était une réponse comme une autre.

– Je vais m'y faire conduire par ma tante.

– Elle est d'accord ?

– Sinon, je prendrai le bus. Ou je ferai de l'auto-stop. Vous pouvez venir aussi.

– C'est que… Il y a un problème, dit Nagle.

La jeune fille fronça les sourcils.

– Je suis en prison, dit-il, avec un petit rire.

Elle regarda le gardien, l'air surpris.

– Vous ne lui avez rien dit ?

L'homme fit non de la tête.

– Vous pouvez sortir, j'ai réglé votre caution, dit Theresa.

– Vous ?

– Mon père avait beaucoup d'argent. (À son tour, elle laissa fuser un petit rire, mais le sien était franc et venait du cœur.) Je suis une riche héritière !

CHAPITRE 44

Des pas.

Le pistolet jaillit dans la main de Daniel Pell.

Dans la chambre d'hôtel à bon marché qui sentait le déodorant et l'insecticide, il jeta un coup d'œil au-dehors et glissa l'arme sous sa ceinture en apercevant Jennie. Puis il éteignit la télé et ouvrit la porte. Elle entra, chargée d'un grand sac. Il le lui prit pour le poser sur la table de chevet à côté du réveil qui indiquait *12:00*.

– Comment ça s'est passé, ma jolie ? Tu n'as pas vu de flics ?

– Pas un seul.

Elle ôta sa casquette, se massa le cuir chevelu. Pell l'embrassa dans les cheveux en humant l'odeur de transpiration qui se mêlait à celle, plus acide, de la teinture.

Nouveau regard par la fenêtre. Il lui fallut un certain temps pour se décider.

– Allons faire un tour, ma jolie.

– Dehors ? Je croyais que tu ne voulais pas.

– Oh, je connais un endroit. On y sera en sécurité.

Elle l'embrassa.

– Comme si tu me sortais…

– C'est ça.

Ils mirent leurs casquettes et sortirent. Jennie, qui ne souriait plus, s'arrêta devant la porte et leva les yeux vers lui.

– Ça va, mon cœur ?

Mon cœur.

– Bien sûr. J'ai eu la frousse, au motel. Mais tout va bien maintenant. Aussi bien que possible.

Ils suivirent un itinéraire compliqué de petites routes en direction de Big Sur jusqu'à une plage au sud de Carmel. Des passerelles de planches contournaient les rochers et les dunes entourées d'un mince grillage pour protéger le fragile environnement. Des phoques et des loutres de mer se laissaient porter par les rouleaux et, tout au bord du rivage, les trous d'eau dégagés par la marée révélaient des univers cristallins.

C'était l'une des plus balles plages de la Côte centrale.

Et l'une des plus dangereuses. Chaque année, trois ou quatre personnes mouraient ici, emportées dans l'eau glacée par une vague haute de sept mètres qui les prenait par surprise alors qu'elles s'aventuraient sur les rochers déchiquetés pour prendre des photos. L'hypothermie, en soi, était mortelle, mais ces malheureux n'avaient guère le temps de lutter. Ils se fracassaient en hurlant contre les rochers ou se noyaient dans les tourbillons qui les entraînaient irrésistiblement vers des labyrinthes peuplés d'algues géantes avant que le froid ne les tue.

En temps normal, il y avait foule à cet endroit. Mais le brouillard, ajouté au vent qui soufflait par intermittence, en avait fait un désert. Daniel Pell et sa jolie sortirent de leur voiture et descendirent jusqu'au rivage. Une grande vague grise explosa sur les rochers à une vingtaine de mètres.

– Que c'est beau ! Mais il fait froid… Mets ton bras autour de moi.

Il s'exécuta. Et la sentit frissonner.

– C'est incroyable. Près de chez moi, là où j'ai ma maison, les plages sont toutes plates. Du sable et de l'eau, quoi. À moins d'aller jusqu'à La Jolla. Et encore. Rien à voir avec ça. Il y a un côté mystique, ici... Oh, regarde, là-bas !

Elle était comme une petite fille. Elle avait vu les loutres. L'une d'elles, la plus grosse, tenait un rocher contre sa poitrine et le frappait avec un objet.

– Qu'est-ce qu'elle fait ?

– Elle brise un coquillage. Un ormeau ou une coquille Saint-Jacques.

– Mais elles savent faire ça ?

– Oui, quand elles ont faim, je suppose.

– Où on va ? Dans tes montagnes ? C'est aussi joli qu'ici ?

– Plus joli, je trouve. Et beaucoup plus calme. On ne tient pas à voir des touristes, n'est-ce pas ?

– Sûr !

Elle porta la main à son nez. Avait-elle senti quelque chose d'anormal ? Elle dit quelques mots qui se perdirent dans le vent obstiné.

– Pardon ?

– Oh, je disais « la musique des anges ».

– Tu dis tout le temps ça, ma jolie. Qu'est-ce que ça signifie ?

Elle sourit.

– Oui, je le fais trop souvent. C'est comme une prière, tu vois, ou un mantra. Je le dis et je le répète sans arrêt pour me sentir mieux.

– « La musique des anges », c'est ton mantra ?

Jennie se mit à rire.

– Quand j'étais petite, et qu'on a arrêté ma mère...

– Pourquoi ?

– Oh, il faudrait trop de temps pour te raconter tout ça.

Pell regarda à nouveau autour de lui. Il n'y avait pas une âme.

– C'était si dur que ça ?

– On peut le dire. Vol à la tire, menaces, harcèlement... Et agressions, aussi. Elle avait agressé mon père. Et des types qui voulaient rompre avec elle – ils étaient toute une bande. Chaque fois qu'il y avait une bagarre, la police débarquait chez nous. Ils étaient souvent appelés d'urgence et ils arrivaient avec leur sirène.

Et chaque fois, je pensais, merci mon Dieu, ils vont l'emmener pour quelque temps. Pour moi, ces flics étaient des anges qui venaient me sauver. J'ai pris l'habitude d'appeler les sirènes comme ça, la Musique des anges.

– La Musique des anges. Ça me plaît bien, dit Pell, en hochant la tête.

Il la fit brusquement pivoter pour l'embrasser sur la bouche. Puis il se renversa légèrement en arrière et scruta son visage.

Ce visage qu'il avait vu sur l'écran de la télé, au motel, une demi-heure plus tôt pendant qu'elle faisait les courses.

Du nouveau à propos de l'évasion de Daniel Pell. Sa complice a été identifiée comme Jennie Marston, 25 ans, résidant à Anaheim, Californie. Environ un mètre soixante-dix, soixante kilos. La photographie qui figure sur son permis de conduire se trouve à l'angle supérieur gauche de votre écran, et on peut la voir dessous telle qu'elle est sans doute aujourd'hui, après avoir coupé et teint ses cheveux. Si vous la voyez, ne tentez pas de l'appréhender. Composez le 911 sur la ligne dont le numéro apparaît au bas de votre écran.

Le visage ne souriait pas, comme si elle avait été mécontente que le photographe ait rendu son vilain nez plus proéminent que ses yeux, ses oreilles et ses lèvres.

Jennie avait apparemment oublié quelque chose dans la chambre du Sea View.

Il la fit à nouveau pivoter face à l'océan en colère et vint se placer derrière elle.

– La Musique des anges, murmura-t-elle.

Pell la serra très fort, un instant, et posa un baiser sur sa joue.

– Regarde, dit-il, en fixant un point sur la plage.

– Quoi ?

– Cette grosse pierre, là, dans le sable.

Il se pencha pour extraire du sable dans lequel il était en partie enfoui un rocher rond et lisse, qui devait peser dans les quatre kilos. Il était d'un gris iridescent.

– Ça ne te fait pas penser à quelque chose, ma jolie ?

– Ah, oui. Quand tu le tiens comme ça, on dirait un chat – tu ne trouves pas ? Un chat qui dort, roulé en boule. Comme ma Jasmine.

– C'était ta chatte ? demanda Pell, en levant la main qui tenait le rocher.

– Oui, quand j'étais gosse. Ma mère l'adorait. Elle ne la frappait jamais, Jasmine. Elle me frappait, moi, et elle frappait un tas de gens. Mais Jasmine, jamais. C'est drôle, non ?

– C'est exactement ce que je me disais, ma jolie. On dirait vraiment un chat.

Kathryn appela d'abord O'Neil pour le mettre au courant.

Il ne décrocha pas. Elle lui laissa donc un message. Ça ne lui ressemblait pas, de ne pas répondre, mais elle savait qu'il filtrait les appels. Même sa scène – pardon, ses critiques – à la suite de l'opération ratée au Sea View venait du souci, pour le policier qu'il était, de gérer une affaire plus efficacement.

Elle se demandait à cet instant, comme cela lui arrivait de temps en temps, ce que serait la vie avec ce flic collectionneur de livres et passionné de pêche en mer. Il y aurait du bon et du moins bon, à proportion égale, conclut-elle, comme chaque fois, en composant un numéro de téléphone.

Elle trouva Kellogg dans la salle de réunion.

– On a Theresa Croyton, dit-elle. Nagle vient de m'appeler de Napa. Et écoutez la meilleure. Elle a réglé sa caution.

– Ça, par exemple ! Napa ? C'est là que la famille s'est installée. Vous avez l'intention d'y aller pour la voir ?

– Non, c'est elle qui vient. Avec sa tante.

– *Ici* ? Alors que Pell court toujours ?

– C'est elle qui l'a voulu. Elle y tenait, en fait. Elle n'était d'accord pour me rencontrer qu'à cette condition.

– Elle est gonflée, la gamine.

– C'est ce que je pense aussi.

Kathryn appela le grand et gros Albert Stemple pour qu'il assure la protection rapprochée de Theresa et de sa tante dès leur arrivée.

Elle vit en relevant la tête Kellogg qui regardait attentivement les photos de ses enfants posées sur son bureau. Ses traits étaient calmes. Elle se demanda une fois de plus si quelque chose le touchait, ou le tracassait, dans le fait qu'elle soit mère. C'était entre eux une question ouverte, pensa-t-elle, en se demandant s'il y en avait d'autres, ou plutôt lesquelles.

Le grand, le sinueux voyage du cœur.

– Theresa ne sera pas ici tout de suite, dit-elle. Je voudrais retourner à l'hôtel auprès de nos invitées.

– Je préfère vous laisser ça. Une présence masculine est une source de distraction.

Kathryn était d'accord sur ce point. Le sexe de chacun des participants intervient sur la façon de conduire un entretien ou un interrogatoire, et elle modulait souvent sa propre attitude selon une échelle d'androgynie adaptée au sujet. Dans la mesure où Daniel Pell avait représenté une telle puissance dans la vie de ces trois femmes, la présence d'un homme risquait de peser sur cet équilibre. Kellogg s'était déjà mis en retrait pour la laisser poursuivre l'interrogatoire, mais il valait mieux qu'il ne soit pas là du tout. Elle le lui dit, ainsi que sa reconnaissance de le trouver aussi compréhensif.

Comme elle se levait pour partir, il la surprit en disant :

– Attendez, s'il vous plaît.

Elle se rassit. Il se mit à rire doucement en la regardant dans les yeux.

– Je n'ai pas été tout à fait franc avec vous, Kathryn. Et ce serait sans doute égal… mais après ce qui s'est passé hier soir…

Qu'y a-t-il ? se demanda-t-elle. Une ex qui n'est pas vraiment ex ? Ou une petite amie un peu trop présente ?

Ni l'une ni l'autre de ces hypothèses n'avaient d'importance à ce stade. Ils se connaissaient à peine et ce qui s'était passé entre eux était potentiellement significatif, mais négligeable jusque-là. Quoi qu'il en soit, il était préférable de tirer la chose au clair sans plus attendre, et de front.

– Au sujet des enfants.

Décidée à ne pas se laisser entraîner sur le registre « c'est moi que ça concerne », Kathryn se pencha en avant pour lui accorder toute son attention.

– En fait, nous avions un enfant, ma femme et moi.

Kathryn tressaillit intérieurement à l'emploi du passé.

– Une fille. Elle est morte à l'âge de 16 ans dans un accident de voiture.

– Oh, Win...

Il fit un geste vers la photo de Kathryn avec son mari.

– Sans vouloir faire de parallèle... En tout cas, j'ai été nul. Incapable de faire face à la situation. J'ai essayé d'être là pour Jill, mais sans y être vraiment, pas comme je l'aurais dû. Vous savez ce que c'est, quand on est flic. Le métier vous occupe autant que vous le voulez. Et j'ai trop suivi cette pente. On a divorcé, et il y a eu quelques années vraiment difficiles. Pour elle comme pour moi. On s'est réconciliés et aujourd'hui on est amis, en quelque sorte. Et elle s'est remariée. Mais pour les enfants, il faut que je vous dise... J'ai du mal à être naturel avec eux. C'est quelque chose que j'ai sorti de mon existence. De toutes les femmes que j'ai plus ou moins approchées, vous êtes la première qui ait des enfants. Je veux seulement vous dire que si j'ai l'air un peu crispé, ce n'est pas à cause de Wes ou de Maggie. Ils sont formidables tous les deux. C'est un problème sur lequel je travaille avec un psy. Voilà.

Il leva les deux mains devant lui, geste qui signifie en général : « J'ai dit ce que j'avais à dire. Aimez-moi ou détestez-moi, mais c'est dit... »

– J'ai de la peine pour vous, Win.

Sans hésitation, elle lui prit les mains et les pressa dans les siennes.

– Je suis contente que vous m'ayez parlé. Je sais que ce n'était pas facile. Je m'étais doutée de quelque chose, mais sans savoir quoi.

– L'œil de lynx.

Elle se mit à rire.

– J'ai entendu Wes dire à son copain, un jour, que c'était une vraie galère d'avoir une mère flic.

– Surtout quand c'est, en plus, un détecteur de mensonge ambulant !

Il sourit à son tour.

– J'ai mes propres problèmes, à cause de Bill.

Et de Wes, pensa-t-elle, mais sans le dire.

– On ne va pas précipiter les choses.

– C'est mieux.

Il lui serra le bras. Un geste bref, simple et intime, qui n'en disait ni trop ni pas assez.

– Il est temps que je retourne à cette réunion de famille.

Elle l'accompagna jusqu'à la porte de son bureau provisoire, puis alla récupérer sa voiture pour se rendre à l'hôtel Point Lobos.

Elle sentit tout de suite que l'ambiance n'était plus la même. Les signes synergologiques n'étaient plus ceux de la veille. Elle nota des postures et des expressions faciales qui indiquaient la tension, le repli et la défensive, voire carrément l'hostilité. Les entretiens et les interrogatoires impliquaient la plupart du temps un processus long, et il n'était pas rare qu'une journée fructueuse soit suivie par des heures de perte de temps totale. Kathryn, déçue, se dit qu'il faudrait peut-être des heures, en effet, ou même des jours pour ramener ces trois femmes à un état d'esprit plus positif et susceptible de déboucher sur des informations utiles.

Elle fit néanmoins une première tentative. Elle récapitula tout ce qu'on venait d'apprendre au sujet de Jennie Marston et leur demanda si elles savaient quelque chose sur elle. Elles ne savaient rien. Elle tenta ensuite de résumer leurs échanges de la veille, mais n'obtint cette fois que des réactions et des commentaires superficiels. Linda parut résumer l'opinion générale en déclarant : « Je ne vois vraiment pas grand-chose à ajouter. J'ai envie de rentrer chez moi. »

Kathryn pensait qu'elles avaient déjà fourni une aide plus que précieuse ; elles avaient permis de sauver la vie de James Reynolds et des siens, apporté des éclaircissements sur les mœurs et le mode opératoire de Pell et, sans doute plus important que tout le reste, révélé qu'il avait pour objectif ultime une sorte de retraite sur un mystérieux « sommet ». En continuant à chercher, on finirait peut-être par savoir où. Kathryn souhaitait toutefois qu'elles restent jusqu'à ce qu'elle ait interrogé Theresa Croyton, dans l'espoir que les propos de cette dernière éveilleraient chez elle un souvenir. Mais, comme elle en avait convenu avec la tante, elle ne leur parla pas de cette visite.

Elles acceptèrent tout de même, à contrecœur, d'attendre quelques heures de plus pour s'en aller.

Au départ de Kathryn, Rebecca l'accompagna dehors. Elles s'arrêtèrent sous un auvent ; il tombait une petite bruine. Kathryn regarda Rebecca en haussant un sourcil interrogateur. Elle s'attendait à ce que celle-ci lui administre un nouveau cours magistral sur la compétence de la police.

Mais le message fut tout autre.

– C'est peut-être évident, mais j'ai tout de même envie de le dire. Sam ne comprend pas à quel point Pell est dangereux, et Linda est toujours prête à le plaindre parce qu'elle ne voit en lui que le produit de son enfance malheureuse.

– Continuez.

– Ce qu'on a dit de lui hier, toute cette salade psychologique, bon, c'est vrai. Mais j'ai passé assez de temps sur le divan des psys pour savoir qu'à force de se concentrer sur le jargon et sur la théorie on finit par oublier la personne qui se cache derrière. Vous avez réussi deux fois à empêcher Pell de faire ce qu'il voulait faire et vous avez failli l'arrêter pour de bon. Est-ce qu'il connaît votre nom ?

Un hochement de tête.

– Mais… Vous croyez qu'il perdrait son temps à s'en prendre à moi ?

– Est-ce qu'il a prise sur vous ? demanda Rebecca en haussant le sourcil.

La réponse était dans la question. Non, il n'avait pas prise sur elle. Donc, elle était en danger.

Les menaces doivent être éliminées…

– Quelque chose me dit qu'il est inquiet. Vous représentez un véritable danger pour lui, et il veut s'en débarrasser. N'oubliez pas qu'il attaque les gens à travers leurs proches.

– C'est une constante, en effet.

Rebecca opina.

– Votre famille habite dans le coin, je suppose ?

– Mes parents et mes enfants.

– Les enfants sont avec votre mari ?

– Je suis veuve.

– Ah, excusez-moi.

– Mais ils ne sont pas à la maison en ce moment. Et j'ai chargé un agent de veiller sur leur sécurité.

– C'est bien, mais surveillez *vos arrières*.

– Merci. (Kathryn montra le bungalow d'un signe de tête.) Il s'est passé quelque chose hier soir ? Entre vous trois ?

Rebecca se mit à rire.

– Pour ce qui est du passé, je crains qu'on ait un peu forcé la dose. On a lavé quelques paniers de linge sale en famille. Il restait des choses à tirer au clair et on aurait dû le faire bien plus tôt. Mais je ne sais pas si tout le monde serait de cet avis.

Rebecca rentra dans le bungalow, referma la porte sur elle et la ferma à clé. Kathryn jeta un coup d'œil par une fente entre les rideaux. Elle vit Linda plongée dans sa bible, Samatha qui regardait fixement son téléphone portable, en réfléchissant sans doute au mensonge qu'elle ferait à son mari pour expliquer son absence prolongée. Rebecca s'était assise et noircissait les pages de son calepin d'une grande écriture nerveuse.

L'héritage de Daniel Pell et de sa Famille.

CHAPITRE 45

Une demi-heure après le départ de Kathryn Dance, un agent appela au bungalow pour vérifier que tout allait bien.

– Ça va, répondit Samantha, mais l'ambiance est de plus en plus tendue.

Il lui demanda de s'assurer que les portes et les fenêtres étaient bien fermées. Elle s'exécuta et reprit le téléphone pour lui dire qu'elles étaient en sécurité.

Enfermées à double tour. Elle sentit monter une bouffée de colère en pensant que Daniel Pell les avait piégées une fois de plus, coincées dans ce petit bungalow comme dans une boîte.

– Ah, je deviens folle ! dit Rebecca. Il faut que je sorte.

– Il ne faut pas, dit Linda en levant les yeux.

Sam vit que la page que celle-ci était en train de lire dans sa bible tout abîmée était couverte d'empreintes de doigts. Elle se demanda quel était le passage auquel elle revenait si souvent. Elle aurait bien voulu, elle-même, avoir quelque chose d'aussi simple et d'aussi concret pour retrouver sa tranquillité d'esprit.

Rebecca haussa les épaules et montra du doigt le parc de Point Lobos.

– Je n'irai pas loin.

– Vraiment, je trouve que tu ne devrais pas... dit Linda d'un ton cassant.

– Je serai prudente. J'aurai mes semelles en caoutchouc et je regarderai à gauche puis à droite avant de traverser.

C'était une tentative pour plaisanter, mais elle tomba à plat.

– Je trouve ça idiot, mais fais ce que tu voudras.

– Écoute, dit Rebecca. Il ne faut pas m'en vouloir pour hier soir. J'avais trop bu.

– Bien, répondit Linda d'un air distrait, en se replongeant dans sa bible.

– Tu vas te faire tremper par cette pluie, dit Sam.

– Je me mettrai sous l'un des abris. Je veux dessiner un peu.

Rebecca enfila son blouson de cuir, ouvrit la porte et, prenant son carnet à dessin et sa boîte de crayons, sortit. Sam la vit se retourner. Son visage exprimait un regret sincère pour les dures paroles prononcées la veille.

– Fermez derrière moi, dit-elle.

Sam se leva, alla fermer à double tour et mettre la chaîne de sécurité. Elle regarda Rebecca s'éloigner dans le chemin en regrettant qu'elle soit partie.

Mais pour une raison qui n'avait rien à voir avec sa sécurité.

Sam était maintenant seule avec Linda.

Plus d'excuses.

Oui ou non ? Sam était à nouveau la proie du débat intérieur qui avait commencé depuis plusieurs jours, déclenché par l'invitation de Kathryn Dance à venir à Monterey pour les aider.

Reviens, Rebecca, pensa-t-elle.

Non. Reste où tu es.

– Je trouve qu'elle n'aurait pas dû faire ça, murmura Linda.

– Veux-tu qu'on prévienne les gardes ?

– À quoi bon ? Ce n'est pas une gamine.

Une grimace.

– Comme elle te le dirait elle-même.

– Ce qui lui est arrivé avec son père… dit Sam. C'est affreux. Je n'en savais rien.

Linda continuait à lire. Puis elle leva la tête.

– Ils veulent le tuer, tu sais.

– Quoi ?

– Ils ne lui laisseront pas la moindre chance.

Sam ne réagit pas. Elle espérait toujours que Rebecca revienne, et qu'elle ne revienne pas.

– Il peut être sauvé, reprit Linda, la voix légèrement tremblante. Il n'est pas complètement mauvais. Mais ce qu'ils veulent, c'est l'abattre. Se débarrasser de lui.

Bien sûr qu'ils le veulent, songea Sam. Quant à la question de sa rédemption, elle n'avait pas de réponse possible à l'esprit.

– Cette Rebecca… Elle est toujours la même, marmonna Linda.

– Qu'est-ce que tu lis ? demanda Sam.

– Ça t'avancerait que je te dise le titre du chapitre et le numéro du verset ?

– Non.

– Donc… (Linda reprit sa lecture puis, levant à nouveau les yeux au-dessus du Livre saint, elle dit :) C'est faux. Ce qu'a dit Rebecca. On n'était pas une bande de paumés qui se racontaient des histoires.

Sam se taisait.

D'accord, pensa-t-elle. Vas-y. C'est le moment.

– Je peux dire que sur un point, au moins, elle s'est trompée.

– Lequel ?

Sam poussa un long soupir.

– Je n'ai pas toujours été une petite souris.

– Oh, ça ! Il ne faut pas le prendre à la lettre. Moi, je n'ai jamais dit le contraire.

– Je lui ai résisté, une fois. Je lui ai dit non. (Elle se mit à rire.) On pourra m'offrir un T-shirt avec l'inscription « J'ai dit non à Daniel Pell » !

Linda serra les lèvres. Sa tentative pour être drôle n'avait fait qu'alourdir le silence entre elles. Sam se leva, s'approcha de la télé et l'éteignit. Puis elle s'assit dans un fauteuil et se pencha en avant.

– Il va se passer quelque chose, dit-elle d'un ton las. Je ne sais pas quoi, mais je ne suis pas d'humeur à prendre encore des coups.

– C'est moi qui en prends, avec cette histoire. Pas toi.

– Pardon ?

Une profonde inspiration.

– À propos du jour où j'ai dit non à Daniel.

– Sam…

– Sais-tu pourquoi j'ai accepté de venir ici ?

– Pour aider à la capture d'un salaud. Pour sauver des vies. Parce que tu te sentais coupable. Pour le plaisir de voyager à travers le pays. Je n'en ai pas la moindre idée, Sam. Pourquoi ?

– Je suis venue parce que Kathryn m'a dit que tu y serais, et que j'avais envie de te voir.

– Tu as eu huit ans pour ça. Pourquoi maintenant ?

– J'ai souvent pensé à rechercher ton adresse. Je l'ai presque fait, une fois. Mais il m'aurait fallu un prétexte, une motivation.

– Tu attendais que Daniel s'évade pour te donner une motivation ? Qu'est-ce que tu racontes ? dit Linda, en posant sa bible ouverte. Samantha regardait toujours les notes au crayon dans les marges. Elles se pressaient comme des abeilles à l'entrée d'une ruche.

– Tu te rappelles la fois où tu as été hospitalisée ?

– Bien sûr, répondit Linda d'une voix douce mais ferme, en regardant Sam bien en face.

Au printemps précédant le meurtre des Croyton, Pell avait dit à Sam qu'il envisageait sérieusement de se retirer dans un lieu désert, mais qu'il voulait d'abord agrandir la Famille.

– Je veux un fils, avait-il annoncé, sur le ton impérieux d'un monarque qui tient à assurer sa succession. Un mois plus tard, Linda était enceinte.

Et le mois suivant, elle faisait une fausse couche. Faute d'une assurance, ils s'étaient retrouvés au fond du barrio dans un hôpital de troisième zone fréquenté par des ouvriers agricoles et des immigrants clandestins. Elle y avait contracté une infection qui avait entraîné une hystérectomie. Elle avait maintes fois parlé à

Sam de son désir d'avoir des enfants, en lui disant que, même si ses parents l'avaient mal élevée, elle savait exactement, elle, comment être une excellente mère.

– Pourquoi revenir là-dessus maintenant ?

Sam prit une tasse pleine de thé refroidi.

– Parce que ce n'était pas toi qui devais être enceinte. C'était moi.

– Toi ?

– C'est à moi qu'il en avait parlé en premier.

– C'est vrai ?

Les larmes jaillirent des yeux de Sam.

– Je n'ai pas pu m'y résoudre. Ça m'était impossible. Si j'avais fait ça, il m'aurait tenue sous sa coupe pour le reste de mon existence. (Autant tout dire, au point où elle en était, pensa Sam.) Alors, j'ai menti, ajouta-t-elle, en fixant la table. Je lui ai dit que tu n'allais peut-être pas rester dans la Famille. Que depuis l'arrivée de Rebecca, tu pensais t'en aller.

– Tu... quoi ?

– Je sais... (Elle s'essuya le visage.) Ne m'en veux pas. Je lui ai dit que s'il te faisait un enfant, ce serait une façon de te montrer à quel point il tenait à ce que tu restes.

Linda cligna des yeux, regarda la pièce autour d'elle, reprit la bible et la serra entre ses mains.

– Et maintenant, tu ne peux plus du tout avoir d'enfant. C'est moi qui t'en ai privée à jamais. Il fallait que je choisisse entre toi et moi, et c'est moi que j'ai choisie.

Linda regardait une vilaine toile richement encadrée.

– Pourquoi me le dis-tu maintenant ?

– La culpabilité, je suppose. La honte.

– Cet aveu, alors, c'est d'abord toi qu'il concerne, n'est-ce pas ?

– Non, c'est nous. Nous toutes...

– Nous ?

– Bon. Rebecca est une garce. (Le mot rendait un son bizarre dans sa bouche, elle ne se rappelait plus quand elle l'avait employé pour la dernière fois.) Elle parle sans réfléchir. Mais elle avait raison, Linda. De nous trois, aucune ne mène une vie normale.

Rebecca devrait avoir une galerie, être mariée à un peintre sexy et sauter d'un avion à l'autre pour courir le monde. Mais elle saute d'un vieux bonhomme à un autre vieux bonhomme – on sait pourquoi maintenant. Et toi, tu devrais avoir une vraie vie, te marier, adopter des gosses, une quantité des gosses, et les gâter comme une folle. Au lieu de passer ton temps dans des soupes populaires et de t'occuper d'enfants qui changent tous les deux mois. Et peut-être que tu pourrais passer un coup de fil à ton père et à ta mère… Non, Linda, elle n'est pas « riche », ta vie, quoi que tu en dises. Et tu es malheureuse. Tu le sais bien. Tu te caches derrière ça. (Montrant la bible.) Et moi ? (Riant.) Eh bien, moi, je me cache encore plus que toi !

Sam se leva pour venir s'asseoir à côté de Linda, qui fit mine de s'écarter.

– L'évasion, Daniel qui revient… c'est l'occasion de réparer. Regarde : nous voilà rassemblées toutes les trois dans la même pièce. On peut s'aider mutuellement.

– Et maintenant ?

Sam s'épongea les yeux.

– Maintenant ?

– Tu as des enfants, toi ? Tu ne nous as rien dit de ta vie. C'est un mystère.

Un hochement de tête.

– J'ai un fils.

– Comment s'appelle-t-il ?

– Mon fils ?

– Son nom ?

Sam hésita.

– Peter.

– C'est un bon garçon ?

– Linda…

– Je te demande si c'est un bon garçon.

– Linda, tu trouves qu'on n'était pas si mal dans la Famille. Et tu as raison. Pas grâce à Daniel, mais grâce à *nous.* On pouvait combler tous ces vides dont Rebecca a parlé. On s'aidait les unes les autres ! Puis tout s'est écroulé et on s'est retrouvées à la case départ. Mais on peut encore s'aider ! Comme de vraies sœurs. (Elle se pencha en avant pour prendre la bible.) Tu es croyante, n'est-ce pas ? Tu crois que les événements ont un sens. Eh bien, dis-toi qu'il était écrit qu'on se retrouverait. Pour avoir une chance de remettre de l'ordre dans nos vies.

– Oh, mais la mienne va très bien, dit Linda, d'un ton calme, en reprenant la bible des mains tremblantes de Sam. Tu peux toujours travailler sur la tienne, si tu veux.

Daniel Pell stationna la Camry sur une aire de repos déserte de la route 1 près de la plage de Carmel Riverstate, à côté d'un écriteau indiquant que la baignade était dangereuse à cet endroit. Il était seul.

Des effluves du parfum de Jennie flottaient dans la voiture.

Il fourra son pistolet dans la poche de son imperméable et sortit.

Ce parfum, encore.

Il y avait un peu de sang de Jennie sur le croissant de ses ongles. Il le vit, cracha sur ses doigts et l'essuya, mais ne le fit pas disparaître tout à fait.

Pell regarda autour de lui les champs, les bois de cyprès, de chênes et de pins, et les arêtes rocheuses déchiquetées de Carmelo. Des otaries, des phoques et des loutres de mer nageaient et batifolaient dans les lourdes vagues grises de l'océan. Cinq ou six pélicans évoluaient en formation au-dessus de l'eau dans un ensemble parfait, et deux mouettes se disputaient avec acharnement quelques déchets comestibles rejetés sur le rivage.

Pell s'enfonça, tête baissée, dans l'épaisseur du bois. Un chemin s'ouvrait non loin de là, mais il n'osa pas le prendre bien que le parc soit désert car il risquait d'être vu en s'approchant de Point Lobos.

La pluie avait cessé, mais le ciel restait lourd et on pouvait s'attendre à d'autres averses. L'odeur des pins et des eucalyptus imprégnait l'air chargé d'humidité. Il arriva après dix minutes de marche en vue de la dizaine de petits bâtiments qui composaient l'hôtel. Accroupi pour reprendre son souffle, il chercha du regard les policiers de garde. Il se figea, la main sur son arme, en voyant un agent qui s'avançait de quelques pas pour inspecter les abords avant de retourner se poster devant le bungalow.

Facile, se dit-il. Mais gare aux imprudences. Prends ton temps.

Il marcha encore une dizaine de minutes dans la forêt odorante pour contourner l'hôtel. Il y avait à une soixantaine de mètres, invisible depuis les bungalows – et pour l'agent de garde –, un abri pour pique-nique dans une petite clairière. Quelqu'un était assis sous l'auvent.

Le cœur de Pell battit plus fort.

Le regard de la femme était tourné vers l'océan. Elle avait un bloc de papier à la main et dessinait. Quel que soit ce dessin, Pell savait qu'il serait bon. Rebecca Sheffield avait du talent. Il se souvenait de leur première rencontre, sur la plage. Il faisait ce jour-là un temps frais et ensoleillé. Assise sur un siège bas face à son chevalet, non loin du marché aux puces et du stand qu'y tenait la Famille, elle avait levé les yeux et leurs regards s'étaient croisés.

– *Vous voulez que je fasse votre portrait ?*

– *Pourquoi pas. C'est combien ?*

– *Ce sera dans vos moyens. Asseyez-vous.*

Il regarda à nouveau tout autour de lui, ne vit personne et s'avança vers la femme qui ne s'en rendit pas compte tant elle était concentrée sur le paysage et sur les mouvements de son crayon.

Il réduisit très vite la distance qui les séparait. Une fois derrière elle, il s'arrêta.

– Salut, dit-il, à voix basse.

Elle sursauta, lâcha son bloc et se leva pour faire volte-face.

– Seigneur.

Un moment de silence.

Puis le visage de Rebecca s'éclaira d'un sourire et elle fit un pas vers lui. La bourrasque soudaine qui la frappa faillit emporter ses paroles.

– Bon Dieu, ce que tu m'as manqué !

– Viens, ma jolie, dit-il, en l'attirant contre lui.

CHAPITRE 46

Ils s'éloignèrent sous les arbres, pour qu'on ne les voie pas de l'hôtel.

– Ils ont identifié Jennie, dit Rebecca.

– Je le sais. Je l'ai appris par la télé. (Une grimace.) Elle avait laissé quelque chose dans la chambre, et ils sont remontés jusqu'à elle.

– Et ?

Il haussa les épaules.

– Elle ne posera plus de problème, dit-il, en jetant un bref coup d'œil au sang sur ses ongles.

– Mon amour, je ne sais pas ce qui se serait passé si tu n'avais pas appelé.

Après l'arrivée des trois femmes à l'hôtel de Point Lobos, Pell avait laissé un message sur la messagerie vocale de Rebecca à son domicile en lui indiquant le nom du motel où il se trouvait avec Jennie. Le coup de fil qu'il avait reçu ensuite ne venait pas de l'équipe de nettoyage du motel comme il l'avait prétendu, mais de Rebecca qui l'avertissait en quelques mots fébriles que la police allait arriver d'un instant à l'autre. Elle en avait été prévenue par Kathryn Dance, qui leur avait demandé leur aide au cas où Pell prendrait des otages. Ne voulant pas dire à Jennie qu'il était en contact avec Rebecca, il avait inventé cette histoire de femmes de ménage.

– Quelle journée ! dit Rebecca, en essuyant son visage mouillé par la pluie.

Pell la trouva assez jolie. Jennie était bonne au lit, mais sans plus. Rebecca, elle, était capable de vous embraser pour toute une nuit. Il sentit un frisson lui parcourir les entrailles.

– Comment vont mes petites chéries ? Elles tiennent le coup ?

– Elles se chamaillent et elles me rendent folle. Enfin, c'est comme si on s'était quittées hier. Ça fait tout de même huit ans ! Sauf que Linda est tombée dans la bondieuserie et que Sam n'est plus Sam. Elle a changé de nom. Et elle a des nichons, aussi.

– Et elles aident les flics, n'est-ce pas ?

– Évidemment. J'ai fait ce que j'ai pu, mais ce n'était pas évident, comme tu l'imagines.

– Et il n'y a pas eu de soupçons sur toi ?

– Non.

Pell l'embrassa à nouveau.

– C'est toi la meilleure, petite ! Si je suis ici, c'est pour toi et pour personne d'autre.

Jennie Marston n'avait été qu'un pion dans une évasion entièrement organisée par Rebecca. Pell s'était mis à y penser sérieusement après le rejet de son appel. Il s'était débrouillé pour accéder au téléphone en dehors de toute surveillance et avait appelé Rebecca. Elle avait envisagé pendant quelque temps de le faire évader par la force. Mais il fallait qu'une occasion se présente. Puis, récemment, elle lui avait annoncé qu'elle avait une idée.

Arès avoir lu des articles sur le meurtre de Robert Herron – dans lequel Pell n'était strictement pour rien –, elle avait décidé de faire de lui le suspect numéro un afin qu'on le transfère dans un lieu moins bien sécurisé que la prison pour le mettre en accusation et organiser un procès. Elle avait retrouvé des outils à lui, du temps où ils habitaient à Sea Side, et les avait déposés dans le garage de sa tante à Bakersfield.

Pell, à Capitola, avait compulsé le courrier de ses fans pour trouver quelqu'un qui puisse les aider. Son choix s'était porté sur Jennie Marston, une jeune habitante de la Californie du Sud qui présentait tous les symptômes d'une affection bien connue de lui : l'amour des mauvais garçons poussé jusqu'à l'idolâtrie. Elle semblait idéalement vulnérable et désespérée. Comme Pell n'avait qu'un accès limité aux ordinateurs, Rebecca s'était créé une adresse pour se faire passer pour lui afin de gagner le cœur de Jennie et de mettre le projet d'évasion au point. Ils avaient choisi Jennie, entre autres raisons, parce qu'elle habitait à une heure de chez Rebecca, qui avait pu ainsi se renseigner sur elle et sur les détails de son existence pour mieux la convaincre qu'il y avait entre Pell et elle une véritable communion spirituelle.

Nous sommes toi et moi tellement semblables, mon chou. Comme deux faces d'une même pièce.

L'amour des cardinaux et des oiseaux-mouches, la préférence pour la couleur verte et la cuisine mexicaine… Il suffit de pas grand-chose, en ce monde, pour faire d'une Jennie Marston son âme sœur.

Rebecca avait ainsi, en se faisant passer pour Pell, convaincu Jennie qu'il était innocent du meurtre des Croyton et qu'il fallait l'aider à s'évader. Rebecca avait eu l'idée des bombes incendiaires après avoir visité la cellule de rétention de Salinas et s'être renseignée sur les heures de livraison de l'entreprise de portage à domicile You Mail It. Elle avait, par email, donné ses instructions à Jennie : voler le pied-de-biche, maquiller le faux portefeuille et les déposer à Salinas. Puis elle lui avait expliqué comment fabriquer des bombes incendiaires et où acheter la combinaison et le sac ignifugés. Rebecca s'était assurée auprès de Jennie que tout était prêt et avait posté sur le site « Manslaughter » le message indiquant que le plan pouvait entrer en application.

– C'est Sam qui a répondu, n'est-ce pas, quand j'ai appelé tout à l'heure ? demanda Pell.

C'était lui, en effet, qui avait appelé une demi-heure auparavant en se faisant passer pour un policier chargé de veiller sur leur sécurité. Il était convenu avec Rebecca que, quelle que soit la personne qui répondrait – si ce n'était pas elle –, il lui demanderait de vérifier la fermeture des portes et des fenêtres. Et Rebecca comprendrait qu'elle devait sortir, se rendre à l'abri dans la petite clairière, et l'attendre.

– Elle ne s'est doutée de rien. C'est toujours une petite souris, la pauvre.

– Je veux filer d'ici le plus vite possible, ma jolie. Vous en avez encore pour longtemps ?

– Non.

– J'ai l'adresse de Kathryn Dance, dit Pell.

– J'ai une autre info pour toi. Ses enfants n'y sont pas. Elle n'a pas dit où elle les avait laissés, mais j'ai trouvé un Stuart Dance dans l'annuaire. Je pense qu'ils sont chez lui – c'est sans doute son père, ou l'un de ses frères. Autre chose : il y a un flic qui les garde. Et pas de mari.

– Elle est veuve, c'est ça ?

– Comment le sais-tu ?

– Je le sais. Quel âge ont les gosses ?

– Je n'en sais rien. Qu'est-ce que ça peut faire ?

– Rien. Simple curiosité.

Rebecca s'écarta un peu pour le regarder.

– Je te trouve plutôt bien pour un extraterrestre surgi de nulle part. Très bien, même.

Elle l'entoura de ses bras. Le contact de son corps, dont le parfum se mêlait aux riches effluves des pins et de la végétation marine, fit encore monter l'excitation de Pell. Il glissa une main sur ses reins, en proie à un désir brutal. Puis il l'embrassa avec voracité en lui plantant sa langue dans sa bouche.

– Daniel… pas maintenant. Il faut que j'y retourne.

Mais Pell l'entendit à peine. L'entraînant plus avant dans le bois, il appuya ses mains sur ses épaules pour la forcer à se baisser. Elle leva un doigt. Puis elle posa son bloc de papier sur le sol humide, et s'agenouilla dessus.

– Elles vont se demander pourquoi j'ai les genoux mouillés, dit-elle, en tirant sur la fermeture Éclair du pantalon.

Elle était comme ça, Rebecca, se dit-il. Il fallait toujours qu'elle pense.

Michael O'Neil finit par appeler.

Elle reconnut sa voix avec plaisir, malgré le ton strictement professionnel, et elle sentit qu'il ne souhaitait pas revenir sur leur prise de bec. Elle comprit, aussi, qu'il était encore furieux. C'était curieux de sa part. Et embêtant pour elle, mais il y avait mieux à faire qu'à s'interroger sur leurs griefs respectifs, étant donné ce qu'il avait à lui apprendre.

– Je viens d'avoir un coup de fil de la police du comté, dit-il. Des promeneurs ont trouvé sur une plage du côté de Big Sur un sac à main et divers objets personnels. C'étaient ceux de Jennie Marston. Pas de corps, jusqu'ici, mais il y avait une quantité de sang sur le sable. Du sang également sur les cheveux et des lambeaux de cuir chevelu découverts sur un rocher par l'unité de scènes de crime. Et les empreintes digitales de Pell sur ce même rocher. Les gardes-côtes ont deux vedettes qui patrouillent. Le sac ne contenait rien d'intéressant pour nous. La carte d'identité et une carte bancaire. Si c'est le compte sur lequel elle gardait ses 9 200 dollars, Pell les a déjà.

Il l'a tuée…

Kathryn Dance ferma les yeux. Pell avait vu la photo diffusée par la télévision et savait donc qu'ils l'avaient identifiée. Elle représentait un risque pour lui.

Un deuxième suspect accroît automatiquement les chances de détection et d'arrestation…

– Je suis désolé, dit O'Neil.

Il devinait ce qu'elle pensait – qu'elle n'aurait jamais imaginé que la diffusion de son image serait la cause de cette mort.

J'ai cru que ce n'était qu'un moyen de hâter l'arrestation de ce monstre, se dit-elle.

– Il n'y avait pas d'autre choix possible, reprit le détective. Nous l'avons fait parce qu'il le fallait.

Elle nota l'emploi du « nous ».

– Ça s'est passé quand ?

– Les collègues de la brigade des scènes de crime estiment qu'il y a une heure. On enquête aux alentours, mais il n'y a pas de témoins.

– Merci, Michael.

Elle se tut, attendant qu'il dise quelque chose, quelque chose au sujet de leur dispute, quelque chose au sujet de Kellogg. N'importe quoi, quelques mots pour lui permettre d'aborder le sujet. Mais il ajouta simplement :

– Je prépare une messe pour Juan. Je te communiquerai les détails.

– Merci.

– Au revoir.

Clic.

Elle appela Kellogg et Overby pour les mettre au courant. Son patron se demanda si c'était bon ou mauvais. Une femme venait d'être assassinée sur son territoire, mais elle faisait partie des coupables. Finalement, semblait dire le ton de sa voix, la presse et l'opinion y verraient un point marqué par les bons sur les méchants.

– Vous ne croyez pas, Kathryn ?

Kathryn n'eut pas à répondre, car on l'appelait de l'entrée du CBI pour lui dire que Theresa Croyton, la Poupée qui dormait, venait d'arriver.

La jeune fille n'était pas telle que Kathryn Dance se l'était représentée.

Grande et mince sous son sweater baggy, Theresa Croyton Bolling avait des cheveux châtains qui lui tombaient librement jusqu'au milieu du dos. Son oreille gauche s'ornait de quatre perles de métal, l'autre de cinq, et elle portait des bagues en argent à presque tous les doigts. Le visage, sans le moindre maquillage, était fin et joli, et le teint pâle.

Morton Nagle fit entrer dans le bureau la jeune fille et sa tante, une femme à la silhouette épaisse et aux cheveux blancs. Mary

Bolling affichait une mine sombre et méfiante, et cet endroit était manifestement le dernier où elle aurait voulu se trouver. On échangea des poignées de main. La jeune fille était aimable et amicale, avec un rien d'inquiétude ; la tante, crispée.

Nagle voulait rester, bien sûr – il cherchait à s'entretenir avec la Poupée qui dormait depuis l'évasion de Pell. Mais ils s'étaient apparemment mis d'accord pour qu'il se tienne en retrait. Il annonça qu'il serait à son domicile si on avait besoin de lui.

Kathryn le gratifia d'un « Merci » sincère.

– Au revoir, monsieur Nagle, dit Theresa.

Il adressa un signe de tête amical aux deux femmes – l'adolescente et celle qui avait tenté de l'abattre (à son air, elle rêvait certainement d'une deuxième occasion). Il ne poussa pas l'un de ses petits rires, remonta son pantalon et sortit.

– Merci d'être venue. On vous appelle Theresa ?

– Tare, plutôt.

Kathryn se tourna vers la tante.

– Vous ne voyez pas d'inconvénient à ce que je reçoive votre nièce en tête à tête ?

– C'est d'accord.

La tante hésitant à répondre, sa nièce l'avait fait pour elle. Avec une pointe d'énervement. Comme les bons musiciens, les jeunes gens savent produire avec leur voix une infinité de nuances.

Kathryn avait réservé une chambre dans un motel proche du QG du CBI. Elle avait donné l'un des noms d'emprunt qu'elle utilisait parfois avec des témoins.

TJ accompagna la tante jusqu'au bureau d'Albert Stemple, qui devait la conduire au motel et attendre avec elle.

Quand elles furent seules, Kathryn se leva, fit le tour de son bureau et ferma la porte. Elle ignorait si la jeune fille avait des souvenirs enfouis qu'il faudrait enregistrer parce qu'ils contiendraient des éléments utiles pour la traque de Daniel Pell. Mais elle allait s'efforcer de le savoir. Ce serait difficile. Malgré sa forte personnalité et le courage dont témoignait sa présence en ce lieu, Theresa ferait ce que font tous les adolescents du monde en de telles circonstances : elle dresserait inconsciemment des barrières pour s'épargner la souffrance du souvenir.

Kathryn n'obtiendrait rien d'elle tant que ces barrières ne seraient pas levées. Elle ne pratiquait pas l'hypnose classique pour ses entretiens et ses interrogatoires, mais n'en savait pas moins que les sujets détendus et qui n'étaient pas concentrés sur des stimuli extérieurs pouvaient se souvenir d'événements qui, dans d'autres conditions, ne leur seraient pas revenus à la mémoire. Elle invita Theresa à s'asseoir sur le confortable canapé et éteignit le plafonnier pour ne laisser que la lumière teintée de jaune d'une lampe de bureau.

– Ça va ?

– Oui, ça va. (Elle gardait tout de même les doigts entrelacés et souriait à Kathryn sans desserrer les lèvres. Stress, nota celle-ci.)

– Ce type, M. Nagle, m'a dit que vous vouliez m'interroger sur ce qui s'est passé la nuit où mon frère, ma sœur et mes parents ont été assassinés.

– C'est exact. Je sais que vous dormiez, mais…

– Pardon ?

– Je sais que vous dormiez quand ces meurtres ont eu lieu.

– Qui vous a dit ça ?

– Eh bien, d'après les journaux… la police.

– Non. J'étais réveillée.

Kathryn cligna des paupières, surprise.

– Vraiment ?

L'étonnement semblait encore plus grand chez la jeune fille.

– Mais oui ! J'ai cru que c'était pour *ça* que vous vouliez me voir.

CHAPITRE 47

– Continuez, Tare.

Kathryn Dance avait le cœur qui cognait dans sa poitrine. Allait-elle voir s'ouvrir une nouvelle piste qui la mènerait à Daniel Pell ?

La jeune fille tira sur le lobe de son oreille, celui qui s'ornait de cinq perles métalliques, et la pointe de sa chaussure décolla légèrement du sol, indiquant qu'elle crispait les orteils.

Stress…

– Je m'étais endormie un moment, oui. Je me sentais bien. Puis je me suis réveillée. J'avais fait un rêve. Je ne me rappelle plus lequel, mais il me semble qu'il m'avait fait peur. J'ai été réveillée par un bruit, une sorte de gémissement. Vous voyez ce que je veux dire ?

– Oui.

– Ou un cri… Seulement…

Sa voix faiblit. Elle s'était remise à tirer sur son oreille.

– Vous ne savez pas si ce bruit venait de *vous* ? Il aurait pu venir de quelqu'un d'autre ?

Theresa fit un effort pour déglutir. Elle venait de penser que ce bruit était peut-être la plainte d'un membre de sa famille en train de mourir.

– Exactement.

– Vous vous souvenez de l'heure qu'il était ?

Kathryn se souvenait, elle, que les légistes avaient situé les quatre décès entre six heures et demie et huit heures.

Mais Theresa n'avait pas de certitude. Seulement des suppositions.

– Vous êtes restée couchée ?

– Oui.

– Avez-vous entendu autre chose, après ?

– Oui, des voix. J'entendais mal, je dormais encore à moitié. Mais je suis certaine que des gens parlaient.

– Qui ?

– Je ne sais pas. C'étaient des voix d'hommes. Mais pas celle de mon père, ni de mon frère. C'est sûr.

– Tare, l'avez-vous dit à quelqu'un, à l'époque ?

– Oui. (Hochant la tête.) Mais ça n'a intéressé personne.

Même pas Reynolds ? Comment avait-il pu laisser passer ça ?

– Bien. Avez-vous entendu ce qui se disait ?

– Oui, une ou deux choses. D'abord, j'ai entendu quelqu'un qui parlait d'argent. 400 dollars. Je m'en souviens très bien.

Pell avait été arrêté avec, sur lui, une somme bien supérieure à celle-ci. Peut-être que Theresa l'avait entendu alors qu'il faisait avec Newberg l'inventaire du portefeuille de Croyton ? À moins qu'elle ait retenu 400 au lieu de 4 000 ?

– Quoi encore ?

– À ce moment, quelqu'un – un homme encore, mais pas le même – a parlé du Canada. Et quelqu'un d'autre a posé une question. Au sujet du Québec.

– Quelle question ?

– Il voulait seulement savoir ce qu'était le Québec.

Qui pouvait être assez ignorant pour poser une telle question ? Kathryn pensa à Newberg. Ses trois ex-compagnes l'avaient décrit comme un génie de l'informatique à l'esprit assez abîmé par ailleurs par l'usage des drogues.

Une connexion canadienne, donc ? Était-ce dans ce pays que Pell comptait se réfugier ? On pouvait plus facilement passer la frontière que vers le sud. Et ce n'étaient pas les sommets montagneux qui manquaient...

Kathryn sourit et se pencha en avant sur son siège.

– Continuez, Tare. On avance.

– Ensuite, reprit la jeune fille, quelqu'un a parlé de voitures d'occasion. C'était un autre homme. Il avait une voix très grave. Et il parlait à toute allure.

Les trafiquants de véhicules d'occasion étaient souvent, aussi, des usuriers. À moins qu'ils n'aient parlé de se procurer une voiture pour s'enfuir. Et ce n'était pas Pell, ni Newberg. Il y avait donc un troisième homme ?

– Votre père faisait-il des affaires au Canada ?

– Je n'en sais rien. Il voyageait souvent. Mais je ne me souviens pas de l'avoir entendu parler du Canada... Je n'ai jamais compris pourquoi les policiers ne m'avaient pas interrogée plus longuement là-dessus. Du moment que Pell était en prison, ça n'avait plus d'importance. Mais maintenant qu'il s'est évadé... Depuis que M. Nagle m'a dit que vous aviez besoin qu'on vous aide à arrêter cet assassin, j'ai beaucoup repensé à ce que j'avais entendu, en essayant d'y voir plus clair. Peut-être que vous pourrez y comprendre quelque chose...

– Je l'espère. Autre chose ?

– Non. C'est après, je pense, que je me suis rendormie. Et ensuite... (Sa voix s'étrangla et elle fit un nouvel effort pour déglutir.) J'ai vu cette femme en uniforme. Elle était de la police. Elle m'a aidée à me rhabiller, et... C'est tout.

Kathryn réfléchissait : 400 dollars, un trafic de voitures, une province du Canada francophone.

Et un troisième homme.

Pell avait-il, maintenant, l'intention de s'enfuir par le nord ? Elle pouvait en tout cas alerter les services de la Sécurité intérieure et de l'Immigration pour qu'ils renforcent la surveillance à la frontière.

Elle fit une nouvelle tentative, en revenant avec Theresa sur les événements de la terrible nuit.

Mais ses efforts furent vains. La jeune fille ne savait rien de plus.

400 dollars… le Canada… le Québec ?… des voitures d'occasion… Y avait-il dans tout ça la clé du mystère Daniel Pell ?

Puis une idée lui vint qui, bizarrement, était liée à sa propre famille : elle-même, Wes et Maggie. Elle se repassa le film du massacre à travers les faits qu'elle connaissait. Impossible… Mais la théorie qui se formait à son esprit se fit plus vraisemblable, bien que sa conclusion lui déplaise.

Elle demanda, à contrecœur :

– Tare, vous pensez que tout s'est passé aux environs de sept heures du soir ?

– Oui, à peu près.

– Où la famille prenait-elle ses repas ?

– Où ? Dans l'atelier, la plupart du temps. On ne mangeait pas dans la salle à manger. Elle était réservée pour les grandes occasions.

– Vous regardiez la télé en mangeant ?

– Oui. Souvent. Ma sœur, mon frère et moi en tout cas.

– Et l'atelier était proche de votre chambre ?

– Ç'est ça, oui. Au pied de l'escalier. Comment le saviez-vous ?

– Vous avez déjà vu l'émission *Jeopardy* ?

– Oui, dit Theresa, en fronçant les sourcils.

– Eh bien, je me demande si ces voix que vous avez entendues n'étaient pas celles de l'émission. Par exemple, un candidat aurait choisi la catégorie géographie pour 400 dollars et on lui aurait demandé de répondre à la question : « Qu'est-ce que le Québec ? » La réponse étant « la province francophone du Canada ».

Theresa se tut un instant. Elle regardait fixement devant elle. Puis elle dit d'un ton ferme, en secouant la tête :

– Non, ce n'était pas ça. J'en suis sûre.

– Et cette voix qui parlait de voitures d'occasion, ce n'était pas un message publicitaire ? Quelqu'un parlant vite et d'une voix grave, comme dans les pubs ?

La jeune fille était rouge de contrariété.

– Non !

– Mais peut-être… ? insista Dance, le plus gentiment possible.

Theresa ferma les yeux.

– Non, dit-elle, mais ce n'était plus qu'un murmure. Peut-être. Je ne sais plus…

Voilà pourquoi Reynolds n'avait pas pris en compte le témoignage de l'enfant. Il avait compris lui aussi qu'elle parlait d'un jeu télévisé. Le mystérieux troisième homme était le candidat, l'animateur Alex Tribee ou un acteur dans un spot publicitaire.

Les épaules de Theresa s'affaissèrent. Le mouvement était à peine perceptible, mais Kathryn y vit un signe clair de défaite et de regret. La jeune fille avait un instant plus tôt la certitude de se rappeler un fait qui allait peut-être permettre d'arrêter l'assassin de toute sa famille. Mais elle comprenait maintenant que sa courageuse expédition à Monterey contre l'avis de sa tante n'avait servi à rien. Elle était plus que déconfite.

– Je suis désolée… dit-elle, des larmes plein les yeux.

Kathryn Dance sourit.

– Tare, ne vous inquiétez pas. Ce n'est rien.

Elle lui tendit un mouchoir.

– Rien ? C'est affreux, oui ! J'aurais tellement voulu vous aider…

– Oh, Tare, dit Kathryn, sans cesser de sourire. Nous n'en sommes qu'au début, croyez-moi.

Dans ses séminaires, Kathryn Dance racontait souvent l'histoire du citadin qui s'arrête dans un village pour demander son chemin à un paysan. L'étranger regarde le chien assis aux pieds du paysan et demande : « Il ne mord pas, votre chien ? » Le paysan répond non, et comme l'étranger se penche pour caresser l'animal, celui-ci lui mord sauvagement la main. L'homme fait un bond en arrière et dit, furieux : « Vous m'avez dit que votre chien ne mordait pas ! » Et le paysan répond : « Le mien ne mord pas. Celui-là, je ne sais pas à qui il est. »

L'art de l'interrogatoire ne consiste pas seulement à analyser les réponses du sujet, son langage du corps et son comportement ; il faut aussi savoir poser les bonnes questions.

Les faits concernant le massacre des Croyton et tout ce qui s'était passé ensuite avaient été soigneusement consignés et étudiés par les policiers et les journalistes. Kathryn Dance décida donc de se renseigner sur des moments au sujet desquels personne n'avait encore posé de questions : ceux qui avaient précédé les meurtres.

– Tare, je veux savoir ce qui s'est passé avant.

– Avant ?

– Mais oui. Commençons par le début de la journée.

Theresa fronça les sourcils.

– Oh, je ne me souviens pas de grand-chose. Je veux dire que… ce qui s'est passé en début de soirée a effacé tout le reste de ma mémoire.

– Essayez, tout de même. Rappelez-vous. C'était en mai. Vous alliez à l'école, n'est-ce pas ?

– Oui.

– On était quel jour de la semaine ?

– Euh… Vendredi.

– Ça vous est vite revenu.

– Oui, parce que le vendredi, mon père nous sortait. Ce jour-là, on était allés voir le défilé de carnaval sur les quais de Santa Cruz. Mais la sortie a tourné au désastre parce que j'ai été malade en voiture. (Theresa, concentrée sur ses souvenirs, se frottait les yeux.) J'y étais allée avec Brenda et Steve – ma sœur et mon frère –, et notre mère était restée parce qu'elle avait une vente de charité ou un autre truc du genre à préparer pour le lendemain.

– Puis vous avez changé de programme ?

– Oui. On était déjà en route, genre, mais… (Baissant les yeux.) J'ai vomi. Dans la voiture. On a fait demi-tour et on est rentrés à la maison.

– Qu'aviez-vous ? Un rhume ?

– Une grippe intestinale, répondit Theresa, en se touchant le ventre.

– Ah, j'ai horreur de ça.

– Oui, c'est vraiment nul !

– Et vous êtes tous rentrés chez vous vers quelle heure ?

– Vers cinq heures et demie, peut-être.

– Et vous êtes allée tout droit au lit.

– Oui, c'est ça.

Elle regarda par la fenêtre un arbre aux branches noueuses.

– Puis vous vous êtes réveillée au bruit de la télé.

Elle tortillait maintenant une mèche entre ses doigts. Elle rit, fit une grimace.

– Le Québec !

Kathryn Dance fit une pause. Elle comprenait qu'elle avait maintenant une décision à prendre, et non des moindres.

Car Theresa, à l'évidence, dissimulait. Mais quoi ?

En parlant de choses et d'autres et, ensuite, lorsqu'elles avaient évoqué ce qu'elle avait entendu en provenance de la télévision, elle avait eu une attitude détendue et ouverte, tout en laissant paraître un stress bien compréhensible – comme toute personne, même innocente, confrontée à un policier dans le cadre d'une enquête criminelle.

Mais dès qu'elles avaient commencé à parler de l'expédition au carnaval de Santa Cruz, Kathryn avait remarqué des hésitations, Theresa cachant en partie son visage ou ses oreilles – gestes de dénégation – et regardant au-dehors par la fenêtre – aversion. Tout en cherchant à avoir l'air calme et détachée, elle trahissait son stress en tapant du pied. Pour Kathryn Dance, ces manifestations de stress étaient le résultat d'un effort de dissimulation.

Tout ce que Theresa disait devait s'accorder aux faits que Kathryn pouvait vérifier. Mais dissimuler des faits ne va pas sans dérobades, omissions, voire mensonges purs et simples. Theresa ne disait pas tout.

– Theresa, il s'est passé quelque chose d'anormal pendant le trajet en voiture, n'est-ce pas ?

– Anormal ? Non. Vraiment. Je vous assure.

Trois indices : deux expressions caractéristiques de dénégation, et une question en réponse à une question. La jeune fille avait rougi et elle tapait à nouveau du pied – c'étaient autant de réactions au stress.

– Allons. Dites-le-moi. Vous n'avez aucune raison d'avoir peur. Dites-le-moi.

– Qu'est-ce que vous voulez savoir ? Mes parents, mon frère, ma sœur ont été assassinés, figurez-vous. Il y a de quoi secouer n'importe qui, non ?

Kathryn hocha la tête pour exprimer sa compassion.

– Je parlais de ce qui s'est passé avant. Vous avez quitté Carmel, vous roulez en direction de Santa Cruz. Vous ne vous sentez pas bien. Vous rentrez chez vous. Qu'est-ce qu'il vous est arrivé pendant ce trajet en voiture ?

– Je n'en sais rien. Je ne m'en souviens pas. Il y a longtemps de ça.

Une telle phrase, chez une personne au stade du déni, signifie : je m'en souviens parfaitement mais je ne veux plus y penser. C'est un souvenir trop douloureux.

– La voiture roule, et…

– Je… commença Tare.

Puis elle se tut.

Elle était paralysée. Se prenant la tête dans les mains, elle se mit à pleurer. Un torrent de larmes accompagné par des sanglots d'une violence à perdre le souffle.

– Tare…

Kathryn se leva pour lui tendre une poignée de mouchoirs. Elle pleurait maintenant à grosses larmes mais plutôt calmement, chaque sanglot la secouant comme un hoquet.

– Ça va aller, dit Kathryn, en lui prenant affectueusement le bras. Ce n'est pas grave. Quoi qu'il se soit passé, ce n'est pas grave. Ne vous en faites pas. Ça va aller.

– Je…

C'était un vrai blocage. Kathryn vit qu'elle essayait de prendre une décision. Que serait-elle ? À ce stade, il y avait deux hypothèses : ou bien elle lâchait tout, ou bien elle s'enfermait dans le mutisme. Et dans ce cas, l'entretien était terminé.

Finalement, elle dit :

– Ah, j'aurais voulu en parler à quelqu'un ! Je n'ai pas pu, c'est tout. Ni aux psys, ni à mes amis, ni à ma tante…

Un nouveau torrent de larmes. Le torse cassé en deux, les mains sur les genoux, puis sur les joues. Les signes étaient clairs : Theresa Croyton venait de passer au stade émotionnel de l'acceptation. Le terrible fardeau qu'elle avait porté jusque-là était sur le point de lui échapper. Elle avouait.

– Tout est de ma faute. Ils sont tous morts par ma faute !

Elle pressait sa tête contre le dossier du canapé. Son visage était cramoisi, les tendons de son cou saillaient, le col de son sweater était mouillé de larmes.

– Brenda et Steve et Maman et Papa… tous, à cause de moi !

– Parce que vous étiez malade ?

– Non ! Parce que j'avais fait *semblant* d'être malade !

– Expliquez-moi.

– Parce que je ne voulais pas aller sur les quais. Je détestais ça ! Et je n'ai rien trouvé d'autre que de jouer les malades. J'ai pensé aux mannequins qui se mettaient deux doigts dans la gorge pour vomir parce qu'elles voulaient rester minces. J'ai fait ça dans la voiture pendant qu'on ne me regardait pas. J'ai vomi sur le siège arrière et j'ai dit que j'avais la grippe. C'était un mensonge grossier, mais ils ont tous eu peur et Papa a fait demi-tour pour me ramener à la maison.

C'était donc ça. La malheureuse se croyait coupable de la mort de toute sa famille et vivait depuis huit ans avec cet affreux secret.

Une vérité avait été exhumée. Mais il en restait au moins une autre. Et Kathryn Dance voulait la mettre au jour, aussi.

– Dites-moi, Tare, pourquoi vous ne vouliez pas aller sur les quais ?

– Je ne voulais pas, c'est tout. Ça ne m'amusait pas.

Avouer un mensonge ne conduit pas automatiquement à en avouer un autre. Theresa était retombée dans le déni.

– Pourquoi ? Vous pouvez me le dire, Tare.

– Je n'en sais rien. Je ne trouvais pas ça amusant.

– Pourquoi ?

– Eh bien, Papa était toujours très occupé, alors il nous donnait de l'argent en disant qu'il avait des gens à voir et des coups de fil à passer, et qu'il reviendrait nous chercher plus tard. C'était assommant.

Elle s'était remise à taper du pied et pressait les perles de métal à son oreille droite de façon répétitive, mais le geste était clairement compulsif : d'abord celle du haut, puis celle du bas, puis les trois du milieu. Le stress allait croissant.

Mais il n'y avait pas que ces signes pour indiquer la dissimulation, et Kathryn Dance le savait bien. Les enfants – y compris les lycéens de 17 ans – sont souvent difficiles à étudier d'un point de vue purement synergologique. Ceux qui les interrogent ont souvent tendance à baser leurs analyses sur le contenu de leur discours en évaluant leurs vérités ou leurs mensonges d'après *ce* qu'ils disent et non sur la *façon* dont ils le disent.

Ce que Theresa disait à Kathryn ne tenait pas debout. Kathryn connaissait les enfants, et l'endroit en question. Wes et Maggie, par exemple, adoraient les quais de Santa Cruz, et auraient sauté sur une occasion d'y passer quelques heures sans surveillance avec de l'argent en poche. Il y avait une multitude de choses à faire pour des enfants de leur âge.

Et Kathryn avait relevé une autre contradiction : pourquoi Theresa n'avait-elle pas dit, tout simplement, qu'elle voulait rester chez elle avec sa mère, et laissé son frère et sa sœur partir avec leur père ? La façon dont elle s'était conduite donnait l'impression qu'elle avait voulu les empêcher, eux aussi, d'aller à Santa Cruz.

Kathryn réfléchit un instant en silence.

A + B...

– Vous disiez, Tare, que votre père travaillait et donnait des coups de fil pendant que votre frère, votre sœur et vous faisiez des tours de manège ?

Elle gardait les yeux baissés.

– Oui, sans doute.

– Où allait-il pour téléphoner ?

– Je n'en sais rien. Il avait un portable. C'était plutôt rare à l'époque, mais il en avait déjà un.

– Est-ce qu'il lui arrivait de rencontrer d'autres personnes, dans ces occasions ?

– Je n'en sais rien. Peut-être.

– Tare, qui étaient ces personnes ? Celles qu'il voyait là-bas ?

Elle haussa les épaules.

– Est-ce que c'étaient des femmes ?

– Non.

– Vous en êtes sûre ?

Theresa ne répondit pas. Son regard se posait partout sauf sur Kathryn. Puis elle dit :

– Peut-être. Certaines, oui.

– Et vous pensez que c'étaient peut-être des… amies très proches ?

Un hochement de tête. Et des larmes, à nouveau. Les mâchoires serrées.

– Et…

– Et quoi, Tare ?

– Il disait que lorsqu'on rentrerait à la maison, il faudrait dire à Maman qu'il avait passé l'après-midi avec nous. Parce qu'elle serait furieuse si elle apprenait qu'il travaillait au lieu de s'amuser.

Elle avait rougi une fois de plus en disant cela.

Kathryn se rappelait que Reynolds avait traité Croyton de coureur de jupons.

La jeune fille laissa échapper un petit rire entre ses lèvres tremblantes.

– Je l'ai vu. Un jour, on était censées rester sur le quai, Brenda et moi, mais on était allées chercher des glaces de l'autre côté de Beach Street. Et je l'ai vu. Une femme est entrée dans sa voiture et il l'a embrassée. Et ce n'était pas la seule. Je l'ai vu un autre jour avec une autre femme. Il est entré dans son appartement près de la plage. *Voilà* pourquoi je ne voulais pas qu'il aille là-bas ! Je voulais qu'il rentre à la maison et qu'il reste avec Maman et avec nous. Je ne voulais pas qu'il aille avec d'autres personnes. (S'essuyant le visage.) Alors j'ai menti, dit-elle simplement. J'ai fait semblant d'être malade.

Ainsi, Croyton retrouvait ses maîtresses à Santa Cruz, et emmenait ses propres enfants avec lui pour échapper aux soupçons de sa femme. Puis il les laissait seuls pendant qu'il faisait… ses affaires.

– Et toute ma famille a été assassinée. Par ma faute !

– Non, non Tare, dit Kathryn, penchée vers la jeune fille. Ce n'est absolument pas de votre faute. Nous sommes persuadés que Daniel Pell *avait l'intention* de tuer votre père. Ce n'est pas arrivé par hasard. S'il ne vous avait pas trouvés ce jour-là, il serait revenu un soir où votre père était chez lui.

Elle avait écouté en silence.

– Vous croyez ?

Kathryn n'en était pas du tout certaine. Mais il fallait à tout prix délivrer cette gamine de la culpabilité qui pesait sur elle.

– Oui, c'est ce que je pense.

Theresa se calma peu à peu.

– C'est idiot. (Elle semblait gênée.) C'est tellement idiot, tout ça. J'aurais voulu vous aider à l'attraper. Et je n'ai rien fait, j'ai pleuré comme un bébé, et c'est tout.

– Oh, non. On avance, dit Kathryn, préoccupée par l'idée un peu étrange qui venait de lui traverser l'esprit.

– Vraiment ?

– Oui… En fait, je viens de penser à d'autres questions que je voudrais te poser. J'espère que tu sauras y répondre.

Son estomac, à cet instant, se manifesta par un discret petit bruit, que Theresa entendit néanmoins. Elles éclatèrent de rire en même temps, et Kathryn dit :

– À condition de trouver du café et quelques biscuits dans un très proche avenir.

Theresa s'épongea les yeux.

– Ça m'irait tout à fait.

Kathryn appela Rey Carraneo pour l'envoyer en mission de ravitaillement au Starbucks le plus proche. Puis elle appela TJ et lui demanda de ne pas quitter le bureau ; elle prévoyait un changement de programme.

A + B + X…

CHAPITRE 48

Garé au bord de la route menant à Point Lobos, mais hors de vue des policiers de garde, Daniel Pell ne quittait pas des yeux une trouée dans la haie de cyprès.

Et soudain il la vit. Rebecca, avec son sac à dos, se hâtait entre les fourrés. Sitôt dans la voiture, elle l'embrassa à pleine bouche.

Puis elle se laissa retomber contre le dossier du siège.

– Sale temps, dit-elle en souriant, et elle l'embrassa à nouveau.

– Personne ne t'a vue ?

Un rire.

– Je suis passée par la fenêtre. Elles croient que je me suis couchée de bonne heure.

Il démarra et ils rejoignirent l'autoroute.

C'était la dernière nuit de Daniel Pell sur la péninsule de Monterey – et, d'une certaine façon, sa dernière nuit sur terre. Plus tard, ils voleraient une autre voiture – un SUV ou un camion – et partiraient vers le nord, sur les routes de plus en plus sinueuses et de moins en moins carrossables de cette partie de la Californie, jusqu'à la propriété de Pell. Là, il serait le roi de la montagne, le roi de la Famille. Il n'aurait plus de comptes à rendre à quiconque, personne ne se mettrait en travers de son chemin, personne ne se dresserait devant lui. Il aurait pour seule compagnie une dizaine ou une vingtaine de jeunes gens subjugués par le Joueur de flûte.

Le paradis...

Mais il devait d'abord s'acquitter d'une mission. Pour assurer son avenir.

Pell tendit à Rebecca le plan de Monterey County. Elle déplia un bout de papier sur lequel elle lut une adresse, et examina le plan.

– Ce n'est pas trop loin. Ça ne devrait pas nous prendre plus d'un quart d'heure.

Edie Dance jeta un coup d'œil par la fenêtre et vit la voiture de police stationnée devant la maison.

Cette présence la rassurait, avec un tueur en cavale dans les parages, et elle était reconnaissante à Katie de veiller ainsi sur eux.

Cependant, ce n'était pas Daniel Pell qui occupait ses pensées, mais Juan Millar.

Edie était fatiguée, elle trouvait que l'âge se faisait sentir sur ses vieux os, et elle se félicitait de sa décision de ne plus faire d'heures supplémentaires – les infirmières qui le souhaitaient avaient toujours la possibilité de travailler au-delà de leur temps de service réglementaire. La mort et les impôts étaient les seules choses certaines dans la vie, avec le besoin de recevoir des soins médicaux, et Edie Dance pourrait poursuivre sa carrière aussi longtemps qu'elle le voudrait, où elle le voudrait. Elle ne comprenait pas la préférence de son mari pour la vie marine plutôt que pour la vie humaine. Les êtres humains étaient fascinants et on ne se lassait pas de les aider, de les rassurer, de soulager leur souffrance.

Tuez-moi...

Stuart n'allait pas tarder à rentrer avec les gosses. Elle adorait ses petits-enfants, bien sûr, et elle se plaisait en leur compagnie. Edie se trouvait chanceuse d'avoir Katie aussi près de chez elle ; elle avait de nombreux amis dont les enfants vivaient à des centaines, voire des milliers de kilomètres.

Oui, elle était contente que Wes et Mag habitent là, mais elle le serait encore plus quand on aurait arrêté ce sale type et qu'on l'aurait renvoyé dans sa prison. Elle n'avait cessé de se tracasser depuis que Katie était devenue agent du CBI – alors que Stu semblait plutôt s'en réjouir, ce qui ne faisait que l'énerver davantage. Edie Dance ne conseillerait jamais à une femme de renoncer à sa carrière – elle qui avait travaillé toute sa vie – mais mon Dieu, de là à se balader avec un pistolet pour arrêter des assassins et des trafiquants de drogue…

Elle se gardait bien de le dire, mais elle rêvait secrètement que sa fille rencontre un autre homme, se remarie et laisse tomber la police. Katie s'était fort bien débrouillée en tant que conseillère ès jurys. Pourquoi ne pas revenir à ce métier ? Et elle avait créé avec Martine Christensen ce site formidable, qui rapportait d'ailleurs un peu d'argent. Si elles s'y consacraient toutes les deux à plein temps, elles pourraient en faire une véritable réussite commerciale.

Edie avait tendrement aimé son gendre. Bill Swenson était un type gentil, drôle, et un excellent père. Et l'accident qui lui avait coûté la vie avait été une véritable tragédie. Mais c'était plusieurs années auparavant. Il était temps, pour sa fille, d'aller de l'avant.

Quel dommage que Michael O'Neil soit déjà pris ! Katie et lui allaient si bien ensemble… (Edie ne comprenait toujours pas ce qu'il faisait avec Anne, cette *prima donna* qui habillait ses enfants comme des arbres de Noël et se souciait plus de sa galerie que de son foyer.) Et il y avait cet agent du FBI qui était venu à la soirée d'anniversaire de Stu. Winston Kellogg. Il n'avait pas l'air mal, lui non plus. Il lui rappelait Bill. Et enfin, ce Brian Gunderson, avec lequel Katie était sortie récemment.

Edie avait toujours fait confiance au jugement de sa fille pour choisir ses partenaires. Le problème était du même ordre que celui de Stu au golf avec son swing : l'accompagnement. Et Edie en connaissait la cause. Katie lui avait parlé de Wes et de sa difficulté à accepter une présence masculine auprès de sa mère. Infirmière chevronnée, notamment en pédiatrie, Edie savait combien il est difficile d'exercer une influence sur les enfants, et à quel point ils peuvent être manipulateurs, parfois inconsciemment. Il fallait que sa fille aborde ce sujet avec lui. Mais elle ne s'y décidait pas. Elle préférait faire l'autruche…

Et ce n'était pas à Edie de parler à ce gamin. Le statut de grand-parent vous qualifie automatiquement pour profiter de la compagnie de vos petits-enfants à condition d'abdiquer tout droit d'intervention parentale. Edie avait dit sa façon de penser à Katie, qui s'était déclarée d'accord mais n'en avait pas moins rompu avec Brian, et…

Elle tendit l'oreille.

Un bruit dehors, derrière la maison.

Elle jeta un coup d'œil par la fenêtre pour voir si Stu était arrivé. Mais non, il n'y avait que la Primus sous l'auvent. Elle s'approcha d'une autre fenêtre, ouverte sur la façade, et vit que le policier était toujours là.

Puis elle entendit à nouveau ce bruit… Comme des cailloux qu'on entrechoque.

Edie et Stu habitaient au bord de l'océan, sur la langue de terre qui s'étire du centre de Monterey County à Carmel Beach. Derrière leur maison, des jardins bordés par des murets de pierre s'accrochaient à la pente. Quand on prenait le sentier qui les séparait de leurs plus proches voisins, il n'était pas rare de provoquer de petites chutes de gravier. C'était sans doute l'origine de ce bruit.

Elle ouvrit la porte donnant sur l'arrière et sortit. Elle ne vit personne et n'entendit rien. Ce n'était probablement qu'un chat ou un chien. En principe, on ne devait pas les laisser libres ; le règlement municipal, à Carmel, était très strict là-dessus. Mais la ville comptait aussi de nombreux amis des bêtes (l'actrice Doris Day y possédait un très bel hôtel, où les toutous étaient les bienvenus), et il y avait quelques chiens et quelques chats qui traînaient dans le coin.

Au moment où elle refermait la porte, elle entendit la voiture de Stuart qui entrait dans l'allée et oublia ce bruit. Elle s'approcha du réfrigérateur pour offrir un goûter aux enfants.

L'entretien avec la Poupée qui dormait s'était conclu de façon inattendue.

De retour dans son bureau, Kathryn Dance prit des nouvelles de la jeune fille et de sa tante, installées en toute sécurité dans leur hôtel sous la protection d'un monolithe de 130 kilos armé de deux gros pistolets : l'agent Albert Stemple.

– La fille est gentille, dit-il. Je l'aime bien. La tante, je vous la laisse.

Kathryn lut les notes qu'elle avait prises pendant l'entretien. Puis elle les relut. Puis elle appela TJ.

– Ici votre génie des bois, toujours à votre service !

– Apportez-moi tout ce qu'on a sur Pell.

– Le dossier complet ?

– Tout !

Kathryn se leva, et elle relisait les notes de James Reynolds punaisées sur son mur quand TJ arriva, hors d'haleine, trois ou quatre minutes plus tard. Elle avait peut-être pris au téléphone un ton plus pressant qu'elle n'en avait l'intention.

Elle prit les dossiers qu'il apportait avec un chariot et les étala sur le bureau, qui en fut entièrement recouvert sur plusieurs centimètres d'épaisseur. Ils avaient accumulé en peu de temps une impressionnante quantité de documents. Elle se mit à feuilleter.

– Alors, la fille ? Elle vous a aidée ?

– Oui, répondit Kathryn, l'esprit ailleurs. Elle scrutait une feuille.

TJ fit une autre remarque, mais elle ne l'écoutait pas. Elle parcourait des rapports, des pages de notes manuscrites, consultait la chronologie établie par Reynolds et les procès-verbaux de ses auditions.

Elle dit finalement :

– J'ai une question concernant les ordinateurs. C'est quelque chose que vous connaissez bien. Mettez-vous là-dessus.

Elle traça un cercle autour de quelques mots sur la feuille.

Il regarda.

– Qu'est-ce que c'est ?

– C'est louche.

– Ce n'est pas un terme d'informatique que je connais. Mais je m'en occupe, chef. Vous savez que nous ne dormons jamais !

– On a un problème.

Kathryn Dance s'adressait à Charles Overby, Winston Kellogg et TJ. Ils étaient dans le bureau d'Overby, qui jouait avec une balle de golf en bronze montée sur un piédestal de bois, l'ensemble évoquant le levier de changement de vitesses d'une voiture de sport. Elle regrettait que Michael O'Neil ne soit pas avec eux.

Elle lâcha sa bombe :

– Rebecca Sheffield marche avec Pell.

– Quoi ? fit Overby.

– Mieux, je pense qu'elle a organisé son évasion.

Son patron secoua la tête, hautement perturbé par la révélation et se demandant déjà, à l'évidence, s'il n'avait pas commis quelque faute pour qu'on en arrive là.

Mais Winston Kellogg était tout ouïe.

– Intéressant. Continuez.

– Theresa Croyton m'a dit deux ou trois choses qui m'ont mis la puce à l'oreille. J'ai donc réexaminé toutes les pièces dont nous disposons. Vous vous rappelez cet email qu'on a découvert au Sea View ? On a pensé que Pell l'avait adressé à Jennie depuis sa prison. Mais regardez. (Leur montrant la copie.) L'adresse de l'email indique Capitola Correctional, mais suivi de la mention « .com ». Si c'était vraiment une adresse de l'administration pénitentiaire, cette mention serait « .gov ».

– C'est vrai, merde, dit Kellogg, avec une grimace. Ça m'a complètement échappé.

– Je viens de faire vérifier l'adresse par TJ.

– La compagnie a un fournisseur de services à Seattle, expliqua le jeune policier. On peut créer sa boîte à lettres du moment que le nom n'est pas déjà pris. C'est un compte anonyme. Mais nous allons avoir un mandat pour accéder aux archives du prestataire.

– Anonyme ? Mais alors, pourquoi pensez-vous que ça venait de Rebecca ? demanda Overby.

– Lisez l'email. Cette phrase : « Que demander d'autre à une fille ? » n'est pas de celles qu'on entend tous les jours. Elle m'a frappée parce qu'on la trouve dans une vieille chanson de Gershwin.

– Et alors ?

– Rebecca l'a prononcée, mot pour mot, la première fois qu'on s'est rencontrées.

– Tout de même... insista Overby.

Mais Kathryn n'était pas décidée à se laisser interrompre.

– Voyons les faits, maintenant. Jennie a volé la Thunderbird le vendredi dans le parking d'un restaurant de L.A. et a pris une chambre au Sea View le samedi. Les relevés de compte de son téléphone et de sa carte de crédit montrent qu'elle était à Orange County pendant toute la semaine dernière. Mais la femme qui est venue se renseigner au bureau de You Mail It à côté du tribunal s'y est présentée le mercredi. Nous avons obtenu un mandat par fax pour examiner les relevés d'opérations des cartes de crédit de Rebecca. Elle a pris un avion de San Diego à Monterey le mardi, pour revenir le jeudi. Elle a loué une voiture ici.

– Bon, d'accord, dit Overby.

– Je pense que ce n'était pas à Jennie mais à Rebecca que Pell écrivait depuis Capitola. Il lui avait sans doute indiqué le nom et l'adresse postale de Jennie. À partir de là, Rebecca a pris le relais. Ils avaient choisi Jennie, entre autres parce qu'elle habitait près de chez Rebecca, en tout cas assez près pour qu'ils la surveillent.

– Donc, elle sait où se trouve Pell et pour quelle raison, enchaîna Kellogg.

– Arrêtons-la, dit Overby. Et vous n'aurez plus qu'à exercer vos talents sur elle, Kathryn.

– Je veux qu'on la mette en garde à vue, mais j'ai besoin d'un certain nombre d'informations avant de l'interroger. Il faut que je parle à Nagle.

– L'écrivain ?

Elle fit oui de la tête. Puis, se tournant vers Kellogg :

– Vous pouvez amener Rebecca ?

– Bien sûr, si vous me donnez une escorte.

Overby annonça qu'il allait appeler le MCSO pour qu'on lui envoie un agent qui retrouverait Kellogg à l'extérieur de l'hôtel Point Lobos. Le policier de service souleva un point auquel Kathryn n'avait pas songé : ils n'avaient pas de raison de penser que Rebecca était armée, mais comme elle était venue de San Diego en voiture elle n'était pas passée par le contrôle de sécurité de l'aéroport et pouvait avoir une arme sur elle.

– Allons voir Nagle, dit Kathryn à TJ.

Kathryn Dance et TJ étaient déjà en route quand le téléphone de Kathryn se mit à sonner.

– Allô ?

C'était Winston Kellogg, et il y avait dans sa voix une tension inhabituelle.

– Kathryn, elle a filé.

– Rebecca ?

– Oui.

– Les deux autres n'ont rien ?

– Non. Linda nous a dit que Rebecca ne se sentait pas bien et qu'elle était allée se coucher. Elle ne voulait pas qu'on la dérange. On a trouvé la fenêtre de sa chambre ouverte, mais sa voiture est toujours au parking du CNI.

– C'est donc Pell qui est venu la chercher ?

– Je suppose.

– Il y a combien de temps ?

– Elle est allée se coucher il y a environ une heure. Elles ne savent pas à quel moment elle est partie.

Si Rebecca avait voulu s'en prendre aux autres femmes, elle l'aurait fait elle-même ou aurait ouvert sa fenêtre à Pell. Kathryn se dit qu'elles ne couraient aucun risque pour le moment, d'autant qu'elles étaient sous protection policière.

– D'où m'appelez-vous ? demanda-t-elle à Kellogg.

– Je suis en train de revenir au CBI. Je pense que Pell et Rebecca ont pris de l'avance. Je demande qu'on rétablisse des barrages routiers.

Kathryn composa ensuite le numéro de Nagle.

– Allô ? Qui m'appelle ? répondit l'écrivain.

– Kathryn Dance. Rebecca Sheffield est avec Pell.

– Il l'a kidnappée ?

– Non. Ils sont complices. C'est elle qui l'a aidé à s'évader.

– Non !

– Ils ont peut-être quitté la ville, mais il se peut aussi que vous soyez en danger.

– Moi ?

– Fermez les portes à clé. N'ouvrez à personne. Nous arrivons. Je serai chez vous dans cinq minutes.

Il leur en fallut presque dix, malgré la conduite agressive de TJ ; les routes, en ce début de week-end, étaient encombrées de touristes. Ils s'arrêtèrent devant la maison et coururent vers la porte d'entrée. Dance frappa. L'écrivain ouvrit un instant plus tard. Il la regarda, puis regarda TJ derrière elle, et la rue. Ils entrèrent.

Nagle referma la porte. Ses épaules s'affaissèrent.

– Ne m'en veuillez pas, dit-il d'une voix étranglée. Il m'a promis que si je disais quoi que ce soit au téléphone, il tuerait ma femme et mes enfants. Pardon.

Daniel Pell, debout derrière la porte, appliqua le canon de son pistolet sur la nuque de Kathryn.

CHAPITRE 49

– C'est mon amie. Le chat de ma souris. Elle a un drôle de nom : *Kathryn Dance*…

– Quand vous avez appelé, poursuivit Nagle, votre numéro s'est inscrit sur l'écran de mon téléphone. Il a voulu savoir qui c'était. Et m'a forcé à dire que tout allait bien. Je ne voulais pas… Mais mes enfants…

– Ça ne fait rien, dit-elle.

– Chut, monsieur l'écrivain et madame la spécialiste de l'interrogatoire. Chut…

Dance vit sur sa gauche, dans la chambre, la femme et les enfants Nagle à plat ventre par terre, les mains sur la tête. Rebecca était assise sur le lit à côté d'eux, un couteau à la main. Elle regarda Kathryn sans manifester la moindre émotion.

S'ils étaient encore en vie, songea Kathryn, c'était uniquement parce que Pell pouvait obtenir de Nagle tout ce qu'il voulait en menaçant de les tuer.

Les constantes…

– Viens ici, mon chou, j'ai besoin d'un coup de main.

Rebecca se laissa glisser du lit pour les rejoindre.

– Prends les armes et les téléphones.

Pell maintint le canon de son pistolet contre l'oreille de Kathryn pendant que Rebecca la désarmait. Puis il lui dit de se passer elle-même les menottes.

Elle s'exécuta.

– Plus serré que ça ! dit-il, en forçant sur les bracelets. Kathryn fit une grimace de douleur.

Ils firent de même avec TJ et les poussèrent brutalement sur le canapé.

– Doucement, murmura TJ.

Pell regarda Kathryn.

– Écoutez-moi, maintenant. Vous m'écoutez ?

– Oui.

– Vous attendez encore du monde ?

– Je n'ai prévenu personne.

– Ce n'est pas ce que je vous demande. En tant que spécialiste des interrogatoires, vous devriez le savoir.

– À ma connaissance, non. Je suis venue voir Morton parce que j'avais deux ou trois choses à lui demander.

Pell posa les téléphones sur la table basse.

– Si quelqu'un vous appelle, vous répondrez que tout va bien, et que vous serez de retour au bureau d'ici une heure. Mais c'est tout. Compris ? Sinon, je prends l'un de ces charmants bambins et…

– Compris.

– Et maintenant, plus personne ne parle. On a…

– C'est pas malin, ça, dit TJ.

Non, non, pensa Kathryn. Laissez-le vous dominer ! Il ne faut pas défier Daniel Pell.

Pell fit un pas et, d'un geste nonchalant, lui mit son arme sur la gorge.

– Qu'est-ce que je t'ai dit ?

Le jeune flic perdit sa désinvolture.

– De me taire.

– Mais tu parles. Pourquoi ? C'est vraiment idiot.

Il va le tuer, pensa Kathryn. Mon Dieu, non !

– Pell, écoutez…

– Vous aussi, vous parlez ? dit le tueur, en pointant l'arme sur elle.

– Désolé, murmura TJ.

– Encore ! (S'adressant à Kathryn.) J'ai quelques questions pour vous et pour votre petit camarade. Mais pas tout de suite. Restez tranquille, et profitez du spectacle de ce bonheur familial. (À Nagle.) Continue.

Nagle se remit à la tâche que l'arrivée de Kathryn et TJ avait interrompue. Elle comprit qu'il brûlait ses notes et le matériel accumulé au cours de ses recherches.

Pell regarda un moment les flammes dans la cheminée, et dit d'un ton détaché :

– Si tu oublies quelque chose et que je le trouve, je coupe les doigts de ta femme. Et ensuite, je m'occuperai de ta progéniture. Et cesse de pleurnicher comme ça, ce n'est pas convenable. Un peu de dignité !

Dix interminables minutes passèrent tandis que Nagle jetait ses notes, par liasses, dans le feu.

Kathryn avait compris qu'une fois qu'il aurait fini et que Pell leur aurait fait dire, à elle et à TJ, ce qu'il voulait savoir, ils mourraient.

La femme de Nagle pleurait.

– Laissez-nous tranquilles, je vous en prie, je vous en prie… N'importe quoi, je ferai n'importe quoi. Je vous en prie…

Kathryn regarda vers la chambre, où elle était étendue à côté de Sonia et d'Eric. La fillette pleurait.

– On se calme, madame-la-femme-de-l'écrivain.

Kathryn jeta un coup d'œil à sa montre, en partie cachée par les menottes. Elle se demanda ce que ses propres enfants faisaient à cet instant. Mais cette pensée était trop douloureuse et elle s'efforça de la chasser pour se concentrer sur ce qui se passait dans la pièce.

Que faire ?

Négocier avec lui ? Mais pour négocier, il faut avoir quelque chose que l'autre veut.

Résister ? Pour résister, il faut être armé.

– Pourquoi faites-vous ça ? gémit Nagle, tandis que ses dernières notes s'enflammaient.

– Chut !

Pell s'approcha avec un pique-feu et remua les papiers pour qu'ils brûlent jusqu'au dernier. Puis il leur présenta ses doigts épais :

– Ça me rappelle quelque chose. On a dû relever cinquante fois mes empreintes au cours de mon existence. Quand c'est un nouveau qui fait ça, je le vois : ils ont toujours la main qui tremble. Bon… (Se tournant vers Kathryn.) Je comprends, après ce que vous avez dit à notre écrivain tout à l'heure au téléphone, que vous avez deviné pour Rebecca. C'est justement de ça que je veux vous parler. Que savez-vous de nous ? Et qui d'autre est au courant ? Il faut qu'on s'organise, et qu'on sache ce qu'on va faire ensuite. Et faites bien attention, agent Dance : il n'y a pas que vous qui sachiez repérer un menteur à quinze mètres. J'ai ce don, moi aussi. Vous et moi, on se ressemble.

Qu'elle mente ou pas n'avait aucune importance. Ils étaient tous morts.

– Ah, j'oubliais ! Rebecca m'a trouvé une autre adresse. Celle d'un certain Stuart Dance.

Kathryn reçut cette nouvelle comme une gifle en pleine figure. Elle eut envie de vomir et fit un effort pour se maîtriser.

Des constantes, à nouveau. Dominer quelqu'un à travers ceux qu'il aime.

– Espèce de salopard, gronda TJ.

– Mais si vous me dites la vérité, il n'arrivera rien à votre papa, à votre maman et à ces chers petits. Je ne m'étais pas trompé à notre dernier tête-à-tête, n'est-ce pas, en disant que vous étiez sûrement mère de famille ? Et une pauvre veuve, en plus ! C'est Rebecca qui me l'a dit. Désolé pour vous. Je parie que les jeunes sont avec leurs grands-parents à l'heure qu'il est ?

À cet instant, Kathryn Dance prit une décision.

C'était un coup de poker, et en d'autres circonstances il aurait été trop hasardeux, sinon tout à fait déraisonnable. Mais en l'occurrence, même si les conséquences avaient de fortes chances d'être tragiques, il fallait le tenter puisqu'il n'y avait pas d'autre issue.

Aucune arme… sinon des mots et son intuition. $A + B + X$…

Il fallait faire avec.

Elle changea légèrement de position pour faire face à Pell.

– Vous ne vous demandez pas pourquoi nous sommes ici ?

– C'est une question, ça. Je ne veux pas une question. Je veux une réponse.

Surtout, surtout, lui laisser la conduite des opérations.

– S'il vous plaît, laissez-moi continuer. Je suis en train de répondre à votre question. Laissez-moi, s'il vous plaît.

Il la regarda en fronçant les sourcils.

– Réfléchissez une seconde : pourquoi sommes-nous venus ici aussi vite ?

Normalement, elle appelait le sujet par son prénom. Mais il risquait de l'interpréter comme une tentative pour le dominer, et Daniel Pell avait besoin de savoir qu'il avait le dessus.

Elle vit ses traits se crisper en un rictus impatient.

– Accouchez !

– Elle cherche à gagner du temps, dit Rebecca. Allons-y, Dan.

– Parce que je voulais prévenir Morton… commença Kathryn.

– Finissons-en et tirons-nous d'ici, dit Rebecca à mi-voix. Bon Dieu, on perd…

– Tais-toi, ma jolie.

Pell braquait sur Kathryn le regard de ses yeux au bleu intense, comme il l'avait fait à Salinas au cours de l'interrogatoire. C'était en des temps très reculés : le lundi précédent.

– Bon, vous vouliez lui dire de faire attention à moi. Et alors ?

– Non. Je voulais lui dire de faire attention à Rebecca.

– Qu'est-ce que vous racontez ?

Kathryn soutint le regard de Pell.

– Je voulais lui dire qu'elle allait se servir de vous pour le tuer. Exactement comme elle s'est servie de vous chez William Croyton il y a huit ans.

CHAPITRE 50

Kathryn vit une brève lueur s'allumer dans les yeux étranges de Daniel Pell.

Elle avait touché un point sensible tout près du dieu de la domination.

Elle s'est servie de vous…

– N'importe quoi ! lança Rebecca.

– Ce serait probable, répondit Pell.

Kathryn nota que la dénégation était au conditionnel.

Elle se pencha légèrement en avant. On croit plus facilement que les gens disent la vérité quand ils sont près de vous.

– Elle vous a piégé, Daniel. Et vous voulez savoir pourquoi ? Pour tuer la femme de William Croyton.

Il secouait la tête, mais ne perdait pas un mot de ce qu'elle disait.

– Rebecca était la maîtresse de Croyton. Et comme sa femme ne voulait pas lui accorder le divorce, elle a décidé de vous utiliser, Jimmy Newberg et vous, pour s'en débarrasser.

Rebecca éclata d'un rire mauvais.

– Vous vous souvenez de la Poupée qui dormait, Daniel ? La jeune Theresa Croyton ?

Elle l'appelait maintenant par son prénom. Elle avait établi un lien entre eux deux – en suggérant qu'ils avaient un ennemi commun.

Il ne répondit pas. Son regard se posa une fraction de seconde sur Rebecca puis revint sur Kathryn, qui poursuivit :

– J'ai vu Theresa, tout à l'heure.

Rebecca sursauta.

– Vous… quoi ?

– Nous avons eu une longue discussion. J'ai appris beaucoup de choses.

– C'est faux, Daniel ! dit Rebecca. Elle bluffe pour sauver sa peau.

– Est-ce que *Jeopardy* passait à la télé, dans l'atelier, le soir où vous vous êtes introduit chez les Croyton avec Newberg ? demanda Kathryn. C'est ce que m'a dit Rebecca. Qui d'autre s'en souvient ?

Qu'est-ce que le Québec ?

Le tueur cligna des yeux. Kathryn vit qu'elle avait capté son attention, toute son attention.

– Theresa m'a dit que son père avait des maîtresses. Il laissait ses enfants seuls sur le quai de Santa Cruz pendant qu'il allait les retrouver. Un soir, il est tombé sur Rebecca qui faisait son numéro d'artiste et il l'a draguée. Ils ont commencé à se voir. Elle voulait qu'il divorce, mais il ne le voulait pas ou ne le pouvait pas à cause de sa femme. Alors Rebecca a décidé de la supprimer.

– Mais c'est ridicule ! s'écria Rebecca. Elle ne sait rien !

Mais Kathryn voyait que son indignation était feinte. Elle avait rougi et ses mains et ses pieds montraient des signes de stress subtils mais manifestes. Kathryn était maintenant certaine de tenir quelque chose d'important.

Elle reprit sans quitter Pell des yeux :

– Le quai… C'est là, sans doute, que Rebecca a entendu parler de vous, n'est-ce pas, Daniel ? C'est là que la Famille allait vendre au marché aux puces et voler dans les boutiques. Il y avait un tas d'histoires qui couraient sur vous. On vous appelait les Gitans. Et je parie, en fait, que Rebecca vous a connu comme ça. Elle avait besoin d'un pigeon, d'un exécuteur. Linda m'a dit que vous vous étiez connus sur le quai. Vous pensiez l'avoir séduite. Mais non, c'était le contraire.

– Taisez-vous ! dit Rebecca. Elle ment, Dan…

– *Toi*, tais-toi ! répondit Pell, sèchement.

– Quand est-elle entrée dans votre bande ? Peu de temps avant le massacre des Croyton. Quelques mois ? reprit Kathryn, décidée à poursuivre. Rebecca a su vous embobiner pour s'introduire dans la Famille. Vous n'avez pas remarqué que ça s'était fait très vite ? Vous ne vous êtes pas demandé pourquoi ? Elle ne ressemblait pas aux autres. Linda, Samantha et Jimmy étaient des gamins. Ils vous obéissaient au doigt et à l'œil. Rebecca, c'était autre chose. Elle était indépendante, agressive.

Kathryn se rappelait la remarque de Winston Kellogg.

Les femmes peuvent être aussi efficaces et impitoyables que des hommes. Et souvent plus…

– Une fois dans la Famille, elle a compris tout de suite qu'elle pourrait se servir aussi de Jimmy Newberg. Elle lui a dit que Croyton avait chez lui un objet de grand prix et a proposé que vous alliez tous les deux le voler. Exact ?

Kathryn comprit qu'elle avait vu juste. Elle poursuivit.

– Mais Rebecca avait d'autres projets avec Jimmy. Ils étaient convenus qu'une fois chez les Croyton il tuerait la femme, puis il *vous* tuerait. Vous mort, Rebecca et lui seraient les patrons. Elle comptait, évidemment, dénoncer Jimmy après les meurtres – peut-être, même, le tuer de ses propres mains. William Croyton se soumettrait à une période de deuil convenable, puis il l'épouserait.

– Dan, chéri. Ce n'est…

Tendant le bras, Pell saisit Rebecca par ses cheveux courts et l'attira brutalement contre lui.

– Plus un mot ! Laisse-la parler !

Rebecca se recroquevilla sur elle-même en gémissant et se laissa glisser par terre.

Profitant de cette diversion, Kathryn avait croisé le regard de TJ, qui lui avait répondu d'un lent hochement de tête.

Elle reprit :

– Rebecca croyait que la femme de Croyton serait seule chez elle. Mais ils étaient tous là, Theresa ayant déclaré qu'elle était malade. J'ignore ce qui s'est passé ce soir-là – vous seul, Daniel, pourriez le dire –, mais ils sont tous morts. Et quand vous avez appelé la Famille pour dire ce qui était arrivé, Rebecca a fait la seule chose qu'elle pouvait faire pour se sauver elle-même : elle vous a dénoncé. C'est elle qui a donné le coup de fil qui vous a fait arrêter.

– C'est trop fort, ça ! s'exclama Rebecca. Moi qui viens de le sortir de prison !

Kathryn se contenta de rire froidement, sans quitter Pell des yeux.

– C'est vrai, Daniel. Elle avait maintenant besoin de vous puisqu'il fallait tuer Morton. Il l'a appelée il y a quelques mois pour lui parler de son livre *La Poupée qui dormait* à propos des Croyton. Il lui a expliqué qu'il voulait parler de leur vie *avant* les meurtres, et de la vie de Theresa depuis. Elle savait qu'il était au courant des frasques de William Croyton. Elle a compris que, tôt ou tard, quelqu'un allait réussir à assembler les pièces du puzzle et découvrir qu'elle avait tout manigancé pour éliminer la femme de Croyton.

– Elle a donc échafaudé un plan pour vous faire évader de Capitola… Il y a une chose que j'ignore, ajouta-t-elle, c'est ce qu'elle vous a dit, à vous, pour vous persuader qu'il fallait tuer Croyton. (Elle lança un regard furieux à Rebecca, comme si elle était choquée par ce que cette femme avait fait à son ami Daniel Pell.) Alors, quels mensonges lui avez-vous racontés ?

– Ce que tu m'as dit, cria Pell, en se tournant vers Rebecca, c'était vrai ou non ?

Mais avant que Rebecca ait pu répondre, il saisit Nagle par le cou. L'écrivain, terrifié, se recroquevilla sur lui-même.

– Et toi, qu'est-ce que tu voulais écrire sur moi dans ton livre ?

– Je ne voulais pas écrire sur *vous.* C'était un livre sur Theresa et les Croyton, et sur les filles de la Famille. C'est tout. C'était sur les *victimes*, pas sur vous.

Pell le fit tomber d'une poussée.

– Non, non, tu voulais parler de ma terre !

– Votre terre ?

– Oui !

– Je ne sais pas de quoi *vous* voulez parler !

– Ma terre, ma montagne. Tu as découvert où elle était, tu voulais en parler dans ton livre !

Kathryn comprenait enfin. La montagne sacrée de Pell. Rebecca lui avait fait croire que la seule façon de garder le secret était de tuer Morton Nagle et de détruire ses notes.

– Je n'en sais absolument rien, je le jure !

– Savez-vous ce qui vous attendait, Daniel, quand vous auriez tué Nagle et toute sa famille ? Rebecca vous aurait tué vous aussi. Et elle aurait prétendu que vous l'aviez kidnappée à l'hôtel. Depuis le début, Daniel, vous pensiez être aux commandes, dit encore Kathryn avec un rire amer, mais non. Svengali, c'était elle. Le Joueur de flûte, c'était elle !

Pell la regarda une seconde en clignant des paupières, puis se jeta sur Rebecca en renversant la table qui les séparait.

La femme eut un mouvement de recul face au pistolet braqué sur elle et bondit en avant à son tour, en donnant d'une main de furieux coups de couteau dans le bras de Pell tandis que de l'autre elle agrippait le pistolet. Un coup partit, la balle arracha un fragment de brique rose à la maçonnerie de cheminée.

Kathryn et TJ s'étaient levés. Le jeune policier lança un violent coup de pied dans les côtes de Rebecca et saisit la main de Pell qui tenait toujours le pistolet. Les deux hommes roulèrent sur le sol en luttant pour s'emparer de l'arme.

– Appelez le 911 ! cria Kathryn à Nagle, qui partit à croupetons vers le téléphone.

Elle regarda les armes restées sur la table en récitant intérieurement : *vérifier qu'il n'y a personne derrière la cible, viser, presser trois fois la détente, compter les cartouches, à douze éjecter le chargeur, recharger, vérifier qu'il n'y a personne…*

Les hurlements de la femme de Nagle, les gémissements des enfants…

– Kathryn ! cria TJ, à bout de souffle.

Elle vit que Pell luttait pour pointer l'arme dans sa direction.

Un deuxième coup partit.

Elle s'était jetée au sol. La balle la frôla.

TJ était jeune et vigoureux, mais il avait toujours les poignets menottés et Pell luttait avec l'énergie du désespoir. De sa main libre, il martelait à coups de poing le crâne et la nuque de son adversaire. Il parvint à se dégager sans lâcher son arme, le jeune policier plongeant sous une table pour se mettre à couvert.

Kathryn se jeta à son tour sur les armes, comprenant que si elle ne s'en emparait pas à temps TJ était mort…

Il y eut une violente détonation.

Puis une autre.

Kathryn tomba à genoux et regarda derrière elle.

Morton Nagle avait ramassé l'un de leurs pistolets et il tirait sur Pell. Visiblement étranger à l'usage des armes, il secouait la sienne dans sa précipitation et les balles passaient loin de leur cible. Mais il tenait bon et continuait à tirer.

– Espèce de salaud !

Accroupi, les mains levées dans une vaine tentative pour se protéger, Pell hésita un instant et tira une balle dans le ventre de Rebecca avant de se ruer vers la porte qu'il ouvrit à la volée.

Kathryn prit son pistolet à Nagle, puis celui de TJ qui se trouvait sur la table et le lui mit entre les mains.

Les deux policiers atteignirent la porte à la seconde où une balle percutait le chambranle en faisant voler des éclats de bois. Ils reculèrent vivement et s'accroupirent. Kathryn trouva les clés des menottes au fond de sa poche et libéra ses poignets. TJ fit de même.

Ils jetèrent prudemment un coup d'œil à la rue déserte. Et entendirent quelques secondes plus tard le bruit d'une voiture qui démarrait en trombe.

– Aidez Rebecca, il faut qu'elle reste en vie ! lança Kathryn à Nagle.

Courant à sa voiture, elle décrocha le micro de la radio sur le tableau de bord. Ses mains tremblaient et il lui échappa. Elle prit une profonde inspiration, le tremblement cessa et elle appela le Bureau du shérif de Monterey.

CHAPITRE 51

Un homme en colère est un homme qui ne se contrôle pas.

Mais en quittant Monterey, le pied au plancher de sa voiture volée, Daniel Pell se repassait le film des événements, entendait la voix de Kathryn Dance, revoyait le visage de Rebecca, et ne parvenait pas à calmer sa fureur.

Et il y avait un autre film, celui des huit dernières années.

Jimmy Newberg, le cinglé d'informatique, le camé, lui avait dit qu'il avait des tuyaux confidentiels concernant Willliam Croyton. Il les tenait d'un programmeur renvoyé par celui-ci six mois auparavant. L'homme avait découvert le code du système d'alarme de sa résidence et avait une clé de la porte arrière (mais Pell savait désormais qui lui avait remis cette clé : Rebecca, bien sûr). D'après Jimmy toujours, le flamboyant homme d'affaires gardait chez lui d'énormes sommes d'argent liquide.

Pell n'aurait jamais attaqué une banque ou un bureau de change – c'était trop gros pour lui. Mais il avait besoin d'argent pour agrandir la Famille et s'installer sur sa montagne. Et il y avait là une occasion de s'enrichir une fois pour toutes. Il n'y aurait personne ce soir-là, avait dit Jimmy. C'était donc sans risque. Ils repartiraient avec 100 000 dollars, Croyton préviendrait pour la forme la police et sa compagnie d'assurance, et passerait à autre chose.

C'était bien ce que Kathryn Dance avait imaginé.

Les deux hommes s'étaient introduits dans la propriété par l'arrière et avaient traversé le magnifique parc paysagé. Pell avait vu de la lumière à l'intérieur, mais Jimmy lui avait dit qu'il s'agissait d'un éclairage automatique en liaison avec le système de sécurité. Ils s'étaient glissés dans la maison par l'entrée de service.

Mais quelque chose clochait. L'alarme s'était déclenchée. Pell s'était retourné vers Jimmy pour lui dire qu'il y avait sans doute quelqu'un dans la maison, et le jeune homme s'était précipité dans la cuisine.

Pell se rappelait l'avoir vu marcher sur la femme qui leur tournait le dos, occupée à préparer le repas, et s'être dit, effaré, mais qu'est-ce qu'il fait ?

Il la tuait, tout simplement.

Pied au plancher dans sa voiture lancée sur l'autoroute, Pell revoyait la scène. Jimmy tirait de sa poche un couteau à découper enveloppé dans une serviette en papier – un couteau ramassé dans la maison de la Famille, et dont le manche portait ses empreintes – et, plaquant une main sur la bouche de la femme, la poignardait de l'autre. Elle s'écroulait aussitôt à ses pieds.

Furieux, Pell murmurait : « Qu'est-ce que tu fais, bon sang ? »

Newberg se retournait et hésitait, mais son visage disait déjà ce qui allait suivre. D'un bond de côté, Pell réussissait à éviter la lame. S'emparant d'une lourde poêle à frire, il l'abattait sur la tête de Newberg. Newberg tombait à son tour et Pell l'achevait avec un couteau ramassé sur le comptoir.

Un instant plus tard William Croyton surgissait dans la cuisine, alerté par le bruit. Ses deux enfants étaient derrière lui et se mettaient à hurler en voyant le corps ensanglanté de leur mère. Pell sortait son pistolet et les forçait tous à entrer dans l'office. Il faisait dire à Croyton où se trouvait son argent – dans un tiroir du bureau du rez-de-chaussée.

Daniel Pell avait devant lui trois personnes apeurées qu'il regardait comme des insectes ou des mauvaises herbes dans un jardin. Il n'avait pas prévu de tuer quiconque ce soir-là, mais s'il voulait rester maître de son existence, il n'avait pas le choix. En deux minutes, ils étaient tous morts. Il s'était servi du couteau pour que les voisins n'entendent pas de coups de feu.

Pell s'était efforçé ensuite d'effacer toutes ses empreintes, avait récupéré le couteau de Jimmy et ses papiers d'identité, puis s'était précipité dans le bureau pour s'apercevoir qu'il y avait bien de l'argent dans un tiroir, mais seulement un millier de dollars. Une visite rapide de la chambre de maîtres du rez-de-chaussée ne lui rapporta qu'un peu d'argent et quelques bijoux fantaisie. Il ne monta pas dans les chambres de l'étage, où était couchée la petite fille. (Il se félicitait aujourd'hui qu'elle se soit trouvée là. S'il l'avait tuée, il n'aurait jamais découvert la trahison de Rebecca.)

Eh oui, tandis que *Jeopardy* passait à la télévision, il était retourné en courant dans la cuisine, où il avait fait les poches de l'homme d'affaires et pris la bague sertie de diamants au doigt de sa femme.

Puis il avait rejoint sa voiture. Et il n'avait pas parcouru un kilomètre que la police l'arrêtait.

Rebecca...

Il se rappela la première fois qu'il l'avait vue, la rencontre « de hasard » qu'elle avait apparemment organisée sur le quai de Santa Cruz.

Il se rappela combien il aimait cet endroit avec ses manèges, ses attractions. Il était fasciné par les parcs de loisirs et le spectacle de ces gens qui abandonnaient tout contrôle pour se laisser emporter, dominer, manipuler – au risque de se blesser en se risquant sur un grand huit ou en sautant en parachute, et en se transformant en véritables souris de laboratoire dans les méandres d'un labyrinthe... Tournez manèges...

Il revit Rebecca lui faisant signe d'approcher, huit ans auparavant...

– Eh, ça vous plairait que je fasse votre portrait ?

– Pourquoi pas. C'est combien ?

– *Ce sera dans vos moyens. Asseyez-vous.*

Après avoir, en cinq minutes, tracé les principaux traits de son visage, elle avait levé son bâton de fusain et l'avait regardé dans les yeux pour lui demander, d'un air crâneur, s'il connaissait un endroit tranquille où aller. Ils avaient marché jusqu'à la camionnette, suivis par le regard sévère de Linda Whitfield. Pell l'avait à peine remarquée.

Et cinq minutes plus tard, alors qu'il l'embrassait avec fureur, ses mains courant sur tout son corps, elle l'avait arrêté.

– Attends…

Quoi ? s'était-il demandé. La chaude-pisse ? Le sida ?

– Je… je préfère t'avouer quelque chose, avait-elle dit, le souffle court, en baissant les yeux.

– Vas-y.

– Peut-être que ça ne va pas te plaire, et dans ce cas, très bien, on n'en parle plus et tu auras gagné un portrait gratuit. On vient à peine de se rencontrer, mais j'ai l'impression qu'il se passe un truc entre nous, et je dois te dire…

– Vas-y !

– Pour ce qui est du sexe, je n'aime pas trop… à moins qu'on me fasse mal. Je veux dire *vraiment* mal. Il y a beaucoup d'hommes qui n'aiment pas ça. Et je pourrais comprendre…

Pour toute réponse, il l'avait retournée sur son petit ventre bien tendu.

Et avait retiré sa ceinture.

Il éclata d'un rire amer. C'était du cinéma, il le comprenait maintenant. En dix minutes sur le quai et cinq minutes dans la camionnette elle avait deviné ses fantasmes et s'en était fait une arme.

Svengali et Trilby…

Il roula encore quelques minutes. Les élancements douloureux dans son bras droit blessé par le coup de couteau de Rebecca étaient de plus en plus violents. Il s'arrêta, remonta sa manche de chemise pour l'examiner. Rien de terrible – le sang coulait déjà moins fort. Mais ça faisait mal, bon sang !

La trahison faisait encore plus mal, pensa-t-il.

Il était maintenant à la lisière d'un quartier tranquille de la ville et ne tarderait pas à pénétrer dans des zones plus habitées, où il y aurait partout des policiers lancés à sa recherche.

Il fit demi-tour et prit de petites rues jusqu'au moment où il vit une luxueuse Nissan Infiniti arrêtée devant lui à un feu rouge. Une seule personne à l'intérieur. Pas d'autres voitures aux alentours. Il ralentit mais attendit pour freiner d'être à quelques dizaines de centimètres du luxueux véhicule. Le choc fut assez violent, mais le bruit assourdi par les pare-chocs. L'Infiniti avança d'un mètre. Le conducteur lança un regard furieux dans son rétroviseur et sortit.

Pell sortit à son tour, en secouant la tête. Il s'approcha pour examiner les dégâts. Le conducteur de l'Infiniti était assez âgé, de type sud-américain.

– Je l'ai achetée il y a un mois ! dit-il. (Puis il vit le bras de Pell.) Vous êtes blessé ?

Son regard descendit de la tache de sang vers la main, et il vit le pistolet.

Mais il était déjà trop tard.

CHAPITRE 52

Chez Nagle, pendant que TJ téléphonait pour signaler la fuite de Pell, Kathryn avait voulu avant toute chose appeler l'agent qui gardait ses parents et ses enfants pour qu'il les conduise, sous protection, au quartier général du CBI. Elle ne pensait pas que Pell, à ce stade, prendrait le temps de mettre ses menaces à exécution, mais ne voulait pas non plus prendre de risque.

Elle demanda à l'écrivain et à sa femme si Pell avait parlé de l'endroit où il avait l'intention de s'enfuir, et en particulier d'une montagne. Nagle n'avait pas menti : il n'avait jamais entendu parler de cette retraite dans la nature. Ni lui, ni sa femme, ni ses enfants ne purent fournir une information supplémentaire. Rebecca, sérieusement blessée, était inconsciente. O'Neil l'avait fait partir en ambulance, avec un agent comme escorte. Dès qu'elle serait en mesure de parler, celui-ci le préviendrait.

Kathryn se joignit à Kellogg et O'Neil qui discutaient non loin de là. S'il y avait la moindre inimitié entre les deux hommes, elle n'apparaissait pas dans leurs attitudes ni dans leur gestuelle. Ils coordonnaient efficacement et rapidement la mise en place de barrages routiers et élaboraient une stratégie pour relancer la chasse à l'homme.

O'Neil reçut un appel téléphonique. Il fronça les sourcils.

– D'accord, certainement. Appelez Watsonville... (Il raccrocha.) On a une piste. Un vol de voiture avec homicide à Marina. Le type correspond au signalement de Pell. Il saigne au bras. Il a piqué une Infiniti noire. Il était armé. Le témoin a déclaré avoir entendu un coup de feu. Puis il a vu Pell qui refermait la malle arrière de la voiture.

Il avait prononcé cette dernière phrase sur un ton funèbre.

Kathryn ferma les yeux. Un mort, encore.

– Il ne peut plus rester sur la Péninsule, dit O'Neil. S'il a volé la voiture à Marina, c'est qu'il remonte vers le nord. Il va probablement prendre la route 101.

Avant d'entrer dans sa voiture, il ajouta :

– Je vais installer un poste de commandement à Gilroy. Et un autre à Watsonville, pour le cas où il resterait sur la 1.

Elle le regarda s'éloigner.

– Allons-y, nous aussi, dit Kellogg en se dirigeant vers sa voiture.

Comme elle lui emboîtait le pas, Kathryn entendit sonner son téléphone. C'était James Reynolds. Elle lui dit ce qui venait de se passer. L'ancien procureur lui annonça qu'il avait étudié les dossiers du procès Croyton et avait trouvé quelque chose qui pourrait être intéressant. Si Kathryn avait quelques minutes pour passer le voir ?

Et comment !

Sam et Linda, serrées l'une contre l'autre, regardaient la télévision qui rendait compte d'une nouvelle tentative de meurtre de Daniel Pell, cette fois sur l'écrivain Morton Nagle. Rebecca, désignée comme complice de Pell, avait été sérieusement blessée. Et Pell s'était enfui une fois de plus. Il circulait dans une voiture volée et se dirigeait probablement vers le nord. On craignait que le propriétaire de la voiture ne compte également parmi les victimes.

– Oh, mon Dieu, murmura Linda.

– Rebecca était avec lui depuis le début, dit Sam sans quitter l'écran des yeux. (Ses traits figés disaient la violence du choc qu'elle venait d'encaisser.) Mais qui a tiré sur elle ? La police ? Daniel ?

Linda ferma les yeux un instant. Sam ne sut pas si c'était pour prier ou à cause de la fatigue accumulée depuis quelques jours. Chacun porte sa croix, pensa-t-elle, mais elle s'abstint de le dire à son amie dévote.

Puis une autre journaliste dressa en quelques minutes le portrait de la femme qui avait été blessée, Rebecca Sheffield, fondatrice à San Diego d'Initiatives au féminin, qui avait fait partie de la Famille de Daniel Pell huit ans plus tôt. Rebecca Sheffield, ajouta la journaliste, était née en Californie du Sud. Elle avait perdu son père à l'âge de 6 ans et avait été élevée par sa mère, qui ne s'était pas remariée.

– 6 ans ? s'interrogea Linda, à mi-voix.

Sam cligna des paupières.

– Elle nous a menti. Toute cette histoire avec son père n'a jamais eu lieu. On s'est bien fait avoir, dis donc !

– Je n'en peux plus. Je m'en vais.

– Non, Linda, attends !

– Je ne veux plus parler de rien, Sam. J'en ai plein le dos.

– Laisse-moi te dire une chose, une seule.

– Tu en as déjà beaucoup dit.

– Je ne crois pas que tu écoutais vraiment.

– Et je n'écouterai pas plus si tu le répètes.

Linda s'était levée et se dirigeait vers la chambre.

Sam bondit en entendant la sonnerie du téléphone. C'était Kathryn Dance.

– On vient d'entendre…

– Écoutez-moi, Sam. Je ne pense pas qu'il va vers le nord. Je crois qu'il est en route pour votre hôtel.

– Quoi ?

– Je viens d'avoir James Reynolds au téléphone. Il a trouvé une référence à Alison dans ses anciens dossiers. Pendant que Reynolds l'interrogeait sur les détails de l'affaire Croyton, Pell s'est soudain montré agressif. Reynolds lui parlait du meurtre de Charles Pickering à Redding, et il a fait allusion à Alison, sa petite amie de l'époque. Pell s'est mis violemment en colère et l'a agressé verbalement, en tout cas a tenté de le faire, exactement comme il l'a fait plus tard avec moi, parce qu'il avait touché un point ultrasensible. James pensait qu'il avait tué Pickering parce que celui-ci connaissait l'existence de son refuge de montagne. Et c'est pour la même raison qu'il cherchait à retrouver Alison. Elle était au courant, elle aussi.

– Mais pourquoi s'en prendrait-il à *nous* ?

– Parce qu'il vous a parlé d'Alison, à vous aussi. Vous n'avez peut-être pas fait le rapprochement avec sa montagne sacrée, et peut-être, même, que vous ne vous en souvenez même pas. Mais cet endroit a une telle importance pour lui – c'est son royaume – qu'il veut éliminer tous ceux qui en connaissent l'existence. Y compris vous deux.

– Linda, viens ici !

Linda apparut sur le seuil de la chambre, l'air exaspérée.

– J'ai appelé par radio les policiers qui montent la garde dehors, continua Kathryn. Ils vont vous conduire au quartier général du CBI. Je suis en route pour l'hôtel avec l'agent Kellogg. Nous allons nous poster dans votre bungalow et attendre Pell.

Sam se tourna vers Linda.

– Kathryn pense qu'il va peut-être venir ici, dit-elle. Elle avait peine à respirer.

– Non !

Les rideaux étaient tirés, mais les deux femmes regardèrent instinctivement les fenêtres. Puis Linda se tourna vers la chambre de Rebecca. Avait-elle pensé à refermer la fenêtre après s'être aperçue que Rebecca n'était plus là ? Oui, Sam se souvenait de l'avoir vue faire.

On frappa à la porte.

– Mesdames ? C'est l'agent Larkin.

Sam regarda Linda. Elles se figèrent. Puis Linda s'approcha lentement de la porte pour regarder par le judas. Elle hocha la tête et ouvrit. L'agent du MCSO entra.

– On nous a demandé de vous ramener au CBI. Laissez tout ici et suivez-moi.

L'autre policier, resté dehors, surveillait les abords.

– C'est l'agent Larkin, Kathryn, annonça Samantha au téléphone. On s'en va tout de suite.

Elles raccrochèrent.

Samantha prit son sac.

– Allons-y.

Sa voix tremblait.

L'agent, la main sur son pistolet, leur fit signe d'avancer.

À cet instant, une balle l'atteignit à la tête. Il y eut un autre coup de feu, et l'autre policier s'écroula avec un cri en portant la main à sa poitrine. Il reçut une troisième balle. Le premier policier, qui tentait de ramper vers sa voiture, mourut sur le seuil du bungalow.

– Non, non ! répétait Linda, dont la voix n'était plus qu'un souffle.

Un bruit de pas courant sur le bitume. Daniel Pell fonçait vers le bungalow.

Sam était paralysée.

Puis elle bondit, fit claquer la porte, parvint à enclencher la chaîne de sécurité et fit un pas de côté à la seconde où une nouvelle balle traversait le bois. Elle tendit la main vers le téléphone.

Daniel Pell donna deux vigoureux coups de pied. Le second fit sauter la serrure, mais la chaîne résista. La porte s'entrouvrit de quelques centimètres.

– La chambre de Rebecca ! cria Sam. Se précipitant sur Linda, elle la tira par le bras mais Linda restait plantée devant la porte.

Sam pensa qu'elle était pétrifiée par la peur.

Mais son visage n'exprimait aucune crainte.

Elle s'écarta de Sam.

– Daniel ! appela-t-elle.

– Qu'est-ce que tu fais ? hurla Sam. Viens !

Pell donna un nouveau coup de pied dans la porte, mais la chaîne tenait toujours. Rassemblant ses forces, Sam parvint à tirer Linda d'un ou deux pas vers la chambre de Rebecca, mais Linda se dégagea.

– Daniel ! répéta-t-elle. Je t'en prie, écoute-moi ! Il n'est pas trop tard. Tu peux encore te livrer. On trouvera un avocat. Je te promets que…

Pell lui tira dessus.

Il leva son arme, visa par l'entrebâillement de la porte et lui tira une balle dans le ventre aussi froidement qu'il aurait écrasé une mouche. Il voulut tirer à nouveau, mais Sam avait réussi à l'entraîner dans la chambre. Il donna un nouveau coup de pied dans la porte qui céda et alla s'écraser contre le mur, faisant voler en éclats une photographie encadrée du bord de mer.

Sam ferma la porte de la chambre de Rebecca et dit d'une voix pressante :

– Il faut sortir tout de suite ! On ne peut pas rester ici.

Pell tenta d'ouvrir en tournant la poignée, mais Sam avait verrouillé la porte. Il s'acharna dessus à coups de pied. Mais cette porte s'ouvrait vers l'extérieur et elle ne céda pas.

Persuadée qu'il allait d'un instant à l'autre se ruer dans la chambre et lui tirer dans le dos, Sam aida Linda à enjamber l'appui de la fenêtre, la poussa dehors, tomba derrière elle dans la terre humide et odorante. Linda gémissait de douleur et s'agrippait à elle.

Sam la soutint d'une main qui lui faisait mal au bras tant elle la serrait, et elles s'éloignèrent, mi-marchant, mi-courant, vers le parc naturel de Point Lobos.

– Il m'a tiré dessus, se plaignait Linda, abasourdie. Ça fait mal. Attends… Où on va, comme ça ?

Sam ne prit pas la peine de répondre. Elle n'avait qu'une idée en tête : s'éloigner le plus possible du bungalow. Quant à leur destination, elle n'en savait rien. Elle savait seulement qu'il y avait devant elles des arbres, des amoncellements de rochers déchiquetés et, tout au bout du monde, l'océan aux vagues rugissantes.

CHAPITRE 53

– Non, dit Kathryn Dance d'une voix étranglée. Non…

Winston Kellogg arrêta la voiture d'un coup de frein brutal devant les deux policiers étalés sur le bitume devant le bungalow.

– Allez les examiner, dit-il, en prenant son téléphone pour demander du renfort.

Le pistolet tenu d'une main moite, Kathryn s'agenouilla devant le premier policier, vit qu'il était mort dans une grande flaque de sang, légèrement plus foncé que le bitume. L'autre policier aussi. Elle leva les yeux et articula, aucun son ne sortant de sa bouche.

– Ils sont partis…

Kellogg referma son téléphone et la rejoignit.

Bien que n'ayant pas été entraînés ensemble pour les opérations tactiques, ils agissaient comme des partenaires chevronnés, attentifs à ne pas offrir une cible, surveillant attentivement les fenêtres et l'entrée béante du bungalow.

– Je vais entrer, dit Kellogg.

Elle répondit d'un hochement de tête.

– Couvrez-moi. Gardez un œil sur les ouvertures. Surveillez bien. Surveillez-les toutes. S'il avance avec son arme pointée, c'est elle qu'on verra d'abord. Pensez métal. Et s'il y a des corps à l'intérieur, ignorez-les tant qu'on ne sera pas certains qu'il n'est pas là. (Posant une main sur son avant-bras.) C'est important. D'accord ? Ignorez-les même s'ils ne sont que blessés et réclament de l'aide. On ne pourra plus rien pour personne si on est blessés. Ou morts.

– Entendu.

– Prête ?

Non, absolument pas. Mais elle hocha la tête. La main de Kellogg lui pressa l'épaule. Puis il inspira plusieurs fois à pleins poumons et franchit le seuil d'un bond, son pistolet pointé allant de gauche à droite pour couvrir la totalité de l'espace intérieur.

Kathryn était sur ses talons, attentive à viser les portes, à lever le canon de son arme quand il passait devant.

Surveiller, surveiller, surveiller…

Elle se retournait de temps en temps pour regarder au-delà de l'entrée, en pensant que Pell avait pu contourner le bungalow et surgir derrière eux.

Puis Kellogg annonça :

– Personne.

Et à l'intérieur, Dieu merci, aucun corps. Mais Kellogg montra du doigt des taches de sang, toutes fraîches, sur l'appui de la fenêtre par laquelle Rebecca était sortie. Kathryn en remarqua également sur la moquette.

Elle regarda dehors, en vit d'autres ainsi que des empreintes de pas dans la terre. Elle en fit part à Kellogg et ajouta :

– On peut en déduire qu'elles se sont sauvées et que Pell les poursuit.

– Je vais y aller, répondit l'agent du FBI. Vous ne voulez pas rester ici pour attendre les renforts ?

– Non, dit-elle, sans même réfléchir. C'est *moi* qui ai eu l'idée de les réunir ici. Je ne vais pas les laisser mourir. Je le leur dois.

Il hésita.

– Très bien.

Ils foncèrent vers la porte du fond. Elle prit une profonde inspiration, l'ouvrit à la volée et partit en courant, suivie de Kellogg, s'attendant à chaque instant à entendre le bruit sec d'un coup de feu et à encaisser le choc paralysant d'une balle.

Il m'a fait mal.

Mon Daniel m'a fait mal.

Pourquoi ?

Dans le cœur de Linda, la douleur était presque aussi violente que dans sa hanche. Elle était prête à lui pardonner.

Tout de même, il a *tiré* sur moi.

Elle avait envie de se coucher par terre.

Laissez Jésus les prendre sous son aile. Lui seul les sauvera. Elle murmura ces mots à l'adresse de Sam, mais peut-être pas. C'était peut-être un effet de son imagination.

Samantha ne répondit pas. Elle continua à courir, en soutenant Linda à l'agonie, sur les sentiers tortueux du parc magnifique et sinistre.

Paul, Harry, Lisa… les noms des enfants dont elle s'occupait tournaient dans ses pensées.

Mais non, c'était l'année dernière… Ils n'étaient plus là. Elle en avait d'autres, maintenant.

Comment s'appelaient-ils ?

Pourquoi n'ai-je pas des enfants à moi ?

Parce que Dieu le Père avait d'autres projets pour moi, voilà pourquoi.

Parce que Samantha m'a trahie.

Des pensées folles, qui roulaient dans sa tête comme les vagues de l'océan tout proche, que les rochers semblaient chevaucher.

– J'ai mal !

– Ne t'arrête pas, disait Sam à voix basse. Kathryn et l'agent du FBI ne vont pas tarder à arriver.

– Il m'a tiré dessus. Daniel m'a tiré dessus !

Sa vision se brouillait. Elle allait s'évanouir. Que fera la Souris, alors ? Elle me prendra sur son dos, avec mes 80 kilos ?

Non, elle me trahira comme elle l'a déjà fait.

Samantha, mon Judas…

À travers le fracas des vagues déchaînées, le sifflement du vent dans les pins et les cyprès, Linda croyait entendre Daniel Pell derrière elles. C'était tantôt le craquement d'une branche brisée, tantôt un bruissement de feuilles. Elle se hâtait. Puis elle se prit le pied dans une racine de chêne-vert et tomba, tandis que la douleur de la blessure explosait dans tout son corps. Elle poussa un hurlement.

– Chut !

– J'ai mal !

Elle entendit la voix de Sam, tremblante de peur.

– Allons, relève-toi, Linda. S'il te plaît !

– Je ne peux pas.

Des pas, à nouveau. Plus près, maintenant.

Puis Linda se dit que c'étaient peut-être des policiers. Kathryn, et ce charmant agent du FBI.

Elle se retourna, la douleur lui arrachant une grimace.

Mais non, ce n'était pas la police. Elle vit, à moins de trente mètres, Daniel Pell. Il les avait repérées. Il ralentit, reprit son souffle, et se remit à courir.

Linda se tourna vers Samantha.

Mais Samantha n'était plus là.

Elle l'avait trahie à nouveau, exactement comme elle l'avait fait huit ans auparavant.

Comme elle l'avait abandonnée à ces horribles nuits dans la chambre de Daniel Pell.

Abandonnée alors, abandonnée toujours.

CHAPITRE 54

– Linda, ma jolie !

Il s'approchait lentement.

Elle grimaça de douleur.

– Daniel, écoute-moi. Il n'est pas trop tard. Dieu te pardonnera. Rends-toi.

Il éclata de rire, comme à une bonne plaisanterie.

– Dieu… répéta-t-il. Dieu me pardonnera… Rebecca m'a dit que tu étais devenue dévote.

– Tu vas me tuer.

– Où est passée Sam ?

– Je t'en prie ! Rien ne t'y oblige. Tu peux changer !

– Changer ? Mais, Linda, personne ne change. Jamais, jamais, jamais. Regarde, tu es la même que le jour où je t'ai trouvée, toute molle et larmoyante, sous un arbre du Golden Gate Garden.

Linda eut l'impression de perdre pied. Elle ne voyait plus que du sable noir strié d'éclairs… La morsure de la douleur fut si violente qu'elle faillit perdre connaissance. Quand elle remonta à la surface, il se penchait sur elle avec un couteau.

– Désolé, ma grande. Il le faut.

Un silence, puis des excuses aussi absurdes que sincères.

– Mais je vais faire vite. Je sais m'y prendre. Tu ne sentiras pas grand-chose.

– Notre Père...

D'une main, il poussa sa tête sur le côté pour exposer le cou. Elle tenta de résister, mais en vain. Le brouillard était presque dissipé maintenant, et quand il approcha la lame de sa gorge le soleil y jeta un reflet rouge.

– ... qui êtes aux cieux, donnez-nous...

Un arbre tomba.

À moins qu'une avalanche de pierres se soit abattue sur le sentier.

Ou qu'un vol de mouettes se soit jeté sur lui en glapissant de fureur.

Daniel Pell poussa un grognement en tombant sur la roche sous le poids de son agresseur.

Samantha McCoy se dégagea d'un bond et, solidement campée sur ses deux pieds, se mit à le frapper avec une grosse branche, de toutes ses forces, sur la tête et sur les bras. Pell regardait, sidéré, s'acharner sur lui sa petite Souris, celle qui faisait tout ce qu'il lui ordonnait et ne disait jamais non.

Sauf une fois...

Le bras armé du couteau se détendit, mais elle fut plus rapide que lui. Il voulut reprendre le pistolet qui était tombé à leurs pieds, mais la branche noueuse le frappa durement sur la tête, encore et encore, rebondissant sur son crâne, lui déchirant une oreille. Il laissa échapper un gémissement de douleur. Parvint à se redresser. Lança un violent coup de poing qui l'atteignit au genou et la fit tomber.

Daniel plongea sur le pistolet, le saisit. Il se remit debout en reculant et pointa le canon de l'arme sur elle. Mais Samantha levait déjà sa branche à deux mains. La branche s'abattit sur l'épaule du tueur. Il recula encore d'un pas.

Tenir bon...

Ce mot revenait soudain à l'esprit de Linda. Daniel Pell l'employait quand il était fier d'un membre de la Famille. « Tu tiens bon, ma jolie… »

Samantha se jeta à nouveau sur lui avec sa branche.

Mais il avait repris son équilibre. Il parvint à l'attraper de la main gauche. Ils se regardèrent un instant, à un mètre l'un de l'autre, reliés par cette branche comme par un câble électrifié. Un sourire triste se peignit sur les traits de Daniel Pell qui leva son pistolet.

– Non ! glapit Linda.

Samantha sourit elle aussi. Et elle poussa de toutes ses forces, puis lâcha la branche. Pell recula – dans le vide. Il était au bord d'une falaise rocheuse, six ou sept mètres au-dessus d'un autre sentier.

Il poussa un cri en tombant sur la roche.

Linda ne sut pas s'il en avait réchappé. Pas tout de suite. Mais elle opta pour cette hypothèse. Samantha se pencha pour regarder avec une grimace, tendit la main à Linda pour l'aider à se relever.

– Il faut qu'on s'en aille. Vite ! Et elle l'entraîna vers la forêt.

Épuisée, tout près de s'écrouler elle-même, Samantha McCoy luttait pour empêcher Linda de tomber.

Linda était livide, mais ne saignait pas trop. La blessure était horriblement douloureuse mais elle pouvait encore marcher.

Un murmure.

– Quoi ?

– J'ai cru que tu m'avais laissée.

– Pas question. Mais il avait une arme. Il fallait ruser.

– Il va nous tuer, dit Linda, qui semblait encore sonnée.

– Non. Tais-toi, maintenant. Il faut qu'on se cache.

– Je n'en peux plus !

– Sur la plage, près de l'eau, il y a des grottes. On va en trouver une pour s'abriter. En attendant les policiers. Kathryn est en route. Ils viendront nous chercher.

– Non, je ne pourrai jamais. C'est à des kilomètres !

– Ce n'est pas si loin que ça. On peut y arriver.

Elles firent encore une cinquantaine de pas, puis Sam sentit que Linda chancelait.

– Non, non… Ne m'en veux pas.

Sam trouva encore assez de force pour lui faire faire vingt pas de plus. Puis Linda s'écroula. Au pire endroit possible, dans un endroit découvert visible de toutes parts. Elle s'attendit à voir Pell surgir. Cette fois, elles ne lui échapperaient pas.

Elle aperçut un creux dans les rochers, pas trop loin. Elles pouvaient peut-être s'y cacher.

Un murmure ininterrompu s'échappait des lèvres de Linda.

– Quoi ? demanda Sam.

Elle se pencha. Linda parlait à Jésus, pas à elle.

– Viens, on ne peut pas rester là.

– Non, non, va-t'en, toi ! Je t'en prie. Il ne faut pas t'en vouloir à toi-même pour ce qui s'est passé il y a si longtemps… Tu viens de me sauver la vie. On est quitte. Je te pardonne pour Sea Side. Je…

– Ce n'est pas le moment, Linda ! dit Sam, sèchement.

La blessée tenta de se relever, puis retomba.

– Je ne peux pas.

– Il le faut !

– Jésus prendra soin de moi. Va-t'en.

– Viens !

Fermant les yeux, Linda recommença à prier.

– Tu vas crever ici ! Debout !

Linda respira un grand coup, hocha la tête et parvint à se relever, soutenue par Sam. Elles repartirent sur le sentier, en titubant entre les fourrés et en se prenant les pieds dans les racines qui saillaient, vers la petite combe que Sam avait aperçue.

Un promontoire rocheux se dressait à une trentaine de mètres au-dessus de l'océan. Le bruit des vagues qui s'y écrasaient était continu, et ce n'était pas une pulsation mais le grondement puissant et continu d'un moteur d'avion à réaction. Assourdissant, aussi.

Le soleil couchant les inondait d'une lumière orange et aveuglante. Sam clignait des yeux pour voir la combe qui se rapprochait. Elles pourraient s'y étendre et ramener des feuilles et des broussailles sur elles.

– Tu te débrouilles bien. Encore quelques pas, et on y est !

Enfin, une vingtaine.

Plus que dix.

Et elles atteignirent enfin leur sanctuaire. Il était plus profond que Sam le pensait et leur offrait un parfait refuge.

Elle aida Linda à y descendre.

Mais dans le craquement des branches piétinées, une silhouette venait droit sur elles.

– Non ! cria Sam. Lâchant Linda qui tomba aussitôt, elle ramassa une pierre pour s'en faire une arme dérisoire.

Puis, à bout de souffle, elle éclata d'un rire hystérique.

Kathryn Dance, accroupie, demanda à voix basse :

– Où est-il ?

Le cœur battant, Sam répondit sur le même ton :

– Je ne sais pas. (Puis elle le répéta plus fort.) On l'a vu à environ cinquante mètres par là-bas. Il est blessé. Mais je l'ai vu marcher.

– Il est armé ?

– Il a un pistolet. Et un couteau.

Kathryn regarda autour d'elles, gênée par le soleil. Puis elle s'aperçut que Linda n'allait pas bien du tout.

– Faites-la descendre par là, dit-elle, en montrant la combe. Et appuyez sur la blessure.

Elles s'y mirent à deux pour guider Linda vers le fond.

– S'il vous plaît, restez avec nous, dit Sam.

– Ne vous inquiétez pas. Je ne bouge pas d'ici.

CHAPITRE 55

Winston Kellogg était quelque part, au sud.

En s'éloignant de l'hôtel Point Lobos, ils avaient perdu les traces de sang. Il y avait une fourche. Kathryn avait pris à droite, Kellogg à gauche.

Elle avait avancé sans faire de bruit entre les fourrés, sans quitter le sentier, et avait vu quelque chose bouger au bord de la falaise. Reconnaissant les deux femmes, elle s'était rapidement approchée.

Elle appelait maintenant l'agent du FBI sur son portable.

– Win, j'ai trouvé Samantha et Linda.

– Où êtes-vous ?

– À cent mètres de l'endroit où on s'est séparés, en allant vers l'ouest. On est presque arrivées à la falaise. Il y a pas très loin de nous un rocher rond haut de sept ou huit mètres.

– Elles savent où est passé Pell ?

– Il était près d'ici. Plus bas, à trente mètres sur notre gauche. Et il est toujours armé. Pistolet et couteau.

Elle se tendit, en regardant plus bas.

– Où êtes-vous, Win ? Sur la plage ?

– Non, je suis sur un sentier, avec la plage à une trentaine de mètres en contrebas.

– Il est là-bas ! Vous voyez cette petite île, à une trentaine de mètres environ ? Il y a des phoques dessus. Et des mouettes.

– Je vois.

– La plage est en face.

– Je ne la vois pas d'ici. Mais je vais dans cette direction.

– Non, Win. Vous n'êtes pas couvert. Il faut attendre du renfort.

– On n'a pas le temps. Il nous a déjà échappé trop souvent !

La « flingueur attitude »...

Elle était très inquiète. Elle se rendait compte, soudain, qu'elle ne voulait pas qu'il arrive quoi que ce soit à Winston Kellogg.

... *Après*...

– Écoutez, Win... Faites attention. Je ne le vois plus. Il était au bord de l'eau, mais il se planque dans les rochers, maintenant. De là, il doit avoir une parfaite position de tir. D'où qu'on s'approche, on ne peut pas lui échapper.

Elle se redressa, une main en visière pour scruter les rochers. Où est-il ?

Une balle s'écrasa tout près d'elle, et elle entendit la détonation du pistolet.

Samantha poussa un cri tandis que Kathryn plongeait en s'écorchant les paumes pour se mettre à couvert, furieuse d'avoir offert une cible au tueur.

– Kathryn ! appela Kellogg dans la radio. C'est vous qui tirez ?

– Non, c'était Pell.

– Vous n'avez rien ?

– Non, on n'a rien.

– C'est parti d'où ?

– Je n'ai rien vu. Il était certainement dans les rochers, le long de la plage.

– Ne bougez plus. Il a votre position, maintenant.

Elle se tourna vers Samantha.

– Il connaît bien le parc ?

– La Famille est souvent venue ici.

– Win, Pell connaît bien Point Lobos. Vous risquez de tomber dans un piège. Pourquoi ne pas attendre ?

– Une seconde… (La voix de Kellogg était à peine audible.) Il me semble que je vois quelque chose. Je vous rappelle.

– Attendez… Win ! Vous êtes là ?

Elle changea de position en rampant sur quelques mètres pour que Pell ne sache plus où elle se trouvait. Puis elle jeta un bref coup d'œil entre deux rochers mais ne vit rien. Un instant plus tard, elle aperçut Winston Kellogg qui se dirigeait vers la plage. Il semblait minuscule et terriblement vulnérable parmi ces arbres tordus par le vent et ces énormes rochers, face à l'immensité de l'océan.

Non, pas ça… le supplia-t-elle pour qu'il s'arrête, qu'il attende.

Mais il continua à avancer, bien sûr, et la prière muette de Kathryn n'eut pas plus d'effet que s'il lui avait adressé la même.

Daniel Pell savait que d'autres policiers allaient arriver.

Mais il était confiant. Il connaissait parfaitement cet endroit. Il y avait tant de fois dévalisé des touristes… Certains étaient assez stupides pour l'y aider, en laissant leur portefeuille et autres objets de valeur dans leur voiture, persuadés que personne ne songerait jamais à voler le bien de son semblable en ce lieu empreint de spiritualité.

Et il y avait souvent campé avec la Famille en rentrant de Big Sur, pour ne pas faire d'une seule traite la route jusqu'à Seaside. Il connaissait toutes les voies d'accès à l'autoroute ou aux résidences privées qui se cachaient dans les plis du paysage. Il prévoyait de voler une autre voiture pour filer vers l'est en empruntant les petites routes de Central Valley pour traverser Hollister et mettre ensuite le cap au nord.

Vers la montagne.

Mais il lui fallait d'abord se débarrasser de ses poursuivants. Ils n'étaient que deux ou trois, pensait-il. Il ne les avait pas vus clairement. Ils avaient dû s'arrêter au bungalow, découvrir les corps des policiers et décider de se lancer à sa recherche. Et un seul semblait le suivre de près.

Il ferma les yeux quelques secondes pour lutter contre la douleur, pressa la plaie à son bras qui s'était rouverte après sa chute sur les rochers. Il avait aussi des élancements de douleur à l'oreille que Samantha avait frappée.

La Souris...

Il appuya sa tête et son épaule contre la roche froide et humide. La douleur parut s'apaiser un peu.

Il se demanda si Kathryn Dance était parmi ses poursuivants. Dans ce cas, ce n'était sans doute pas par hasard qu'elle était venue au bungalow, mais parce qu'elle le soupçonnait à juste titre d'avoir volé l'Infiniti pour venir à Point Lobos.

De toute façon, elle allait bientôt cesser d'être une menace pour lui.

Eh, oui, c'est un métier risqué d'être flic... Ils sont souvent seuls ces gamins, n'est-ce pas ? Ils seraient peut-être contents si des copains à moi venaient s'amuser un peu avec eux...

Mais comment faire face, dans l'immédiat, à la situation ?

Le flic qui le suivait de près se rapprochait de seconde en seconde. Il n'y avait que deux façons d'atteindre l'endroit où se trouvait Pell dans cette crique au ras de l'eau : soit en escaladant la paroi rocheuse haute d'une petite dizaine de mètres sur laquelle il avait une vue directe, soit en suivant le sentier pour offrir, à l'arrivée, une cible idéale.

Pell savait que seul un policier des groupes d'intervention se risquerait sur cette paroi rocheuse, et que celui qui le poursuivait, quel qu'il soit, n'était pas équipé pour l'escalade. Il fallait donc qu'il passe par la plage. Le tueur se cala dans un creux et attendit, le canon de son arme posé sur un rocher.

Il ne tirerait pas pour tuer. Il le blesserait. Au genou, peut-être. Et l'autre, ensuite, ferait le clown. Puis Pell l'aveuglerait à coups de lame. Il laisserait la radio à proximité du flic agonisant qui hurlerait et appellerait à l'aide. Profitant de cette diversion, Pell pourrait sortir du parc.

Quelqu'un approchait en s'efforçant de ne pas faire de bruit. Mais Pell était un fauve et il en avait l'ouïe, malgré sa blessure. Il était littéralement enroulé autour de son arme.

L'émotion qui s'était emparée de lui tout à l'heure avait disparu. Rebecca et Jennie et même la détestable Kathryn étaient loin, très loin de ses pensées.

Daniel Pell contrôlait parfaitement la situation.

Kathryn, de l'endroit où elle se trouvait maintenant, cachée par les pins et les épais fourrés, jeta un bref coup d'œil en contrebas.

Winston Kellogg était sur la plage, près des rochers entre lesquels Pell s'était caché un peu plus tôt pour tirer sur elle. Il se déplaçait lentement, en regardant autour de lui, son arme tenue à deux mains. Il levait de temps à autre les yeux vers une paroi rocheuse comme s'il hésitait à l'escalader. Mais c'était une paroi abrupte et Kellogg, avec ses chaussures de ville, risquait de glisser sur la roche humide. En outre, il serait une cible facile quand il redescendrait de l'autre côté.

Il examina à nouveau le chemin devant lui et parut remarquer des traces dans le sable à l'endroit où il avait aperçu Pell. Il s'accroupit pour s'en approcher, s'arrêta devant un affleurement rocheux.

– Qu'est-ce qu'il se passe ? demanda Samantha.

Kathryn secoua la tête en silence.

Elle regarda Linda. La malheureuse, à demi consciente, était encore plus pâle. Elle avait perdu beaucoup de sang. Elle avait besoin de soins urgents et énergiques.

Kathryn appela le QG du MCSO et demanda quel type de renforts on leur envoyait.

– Le groupe d'intervention rapide d'ici cinq minutes, puis des vedettes.

Elle soupira. Pourquoi la cavalerie était-elle si longue à arriver ? Elle indiqua sa position approximative et un itinéraire pour l'équipe médicale afin que celle-ci ne soit pas prise dans la fusillade. Elle jeta un nouveau coup d'œil vers la plage et vit Kellogg en train de contourner le rocher que le soleil, au ras de l'horizon, colorait en rouge et faisait étinceler.

L'agent du FBI avançait tout droit vers l'endroit où elle avait vu disparaître Pell un instant plus tôt.

Quelques minutes passèrent.

Où est-il ? Qu'est-ce…

Une explosion déchira l'air.

Mais qu'est-ce que c'est ?

Puis une série de coups de feu derrière le promontoire rocheux, un silence, et de nouveaux tirs.

– Qu'est-ce que c'était ? demanda Samantha.

– Je n'en sais rien, répondit Kathryn en prenant la radio. Win ? Win ! Vous êtes là ?

Mais elle n'entendit que le bruit des vagues et les cris de mouettes affolées qui fuyaient à tire-d'aile.

CHAPITRE 56

Kathryn Dance courait sur la plage. Les Aldo, ses chaussures préférées, n'y survivraient pas.

Elle s'en moquait.

Derrière elle, l'équipe médicale emmenait Linda vers l'ambulance qui attendait à l'hôtel Point Lobos. Samantha l'accompagnait. Elle fit un signe de tête aux deux policiers du MCSO arrivés les premiers sur les lieux, qui tendaient du ruban jaune d'un rocher à l'autre alors que personne ne viendrait polluer la scène de crime sinon les vagues de la marée montante. Elle se courba pour passer dessous et tourna à l'angle du promontoire, vers la scène de mort.

Puis elle s'immobilisa. Et se remit en marche vers Winston Kellogg pour le serrer dans ses bras. Il semblait secoué et avait peine à détacher son regard du corps de Daniel Pell étendu devant eux.

Pell reposait sur le dos, ses genoux maculés de sable dressés, les bras allongés le long du corps. Non loin de là, le pistolet qui lui avait échappé des mains. Ses yeux mi-clos, sur lesquels la mort avait jeté un voile, n'étaient plus du même bleu intense.

Kathryn se rendit compte que sa main n'avait pas quitté le dos de Kellogg. Elle la retira et fit un pas de côté.

– Que s'est-il passé ? demanda-t-elle.

– J'ai failli me trouver nez à nez avec lui. Il se cachait là, dit Kellogg en montrant une anfractuosité dans le rocher. Mais je l'ai vu à temps. Je me suis mis à couvert. J'avais encore l'une des grenades assourdissantes que j'avais utilisées à l'hôtel. Je l'ai lancée vers lui et ça l'a surpris. Il s'est mis à tirer. Mais par chance, j'avais le soleil derrière moi. Lui, au contraire, était gêné pour y voir. J'ai riposté, et… (Il haussa les épaules.)

– Vous n'avez rien ?

– Rien du tout. Quelques écorchures à cause des rochers. Je ne suis pas vraiment un alpiniste.

Le téléphone de Kathryn sonna. Elle répondit, en jetant un coup d'œil à l'écran. C'était TJ.

– Linda s'en sortira. Elle a perdu pas mal de sang, mais la balle n'a pas touché d'organe vital. Et Samantha n'est que légèrement blessée.

– Samantha ? (Kathryn ne s'était pas aperçue qu'elle était blessée.) Qu'a-t-elle ?

– Quelques plaies et des hématomes. Elle a disputé un petit match de boxe avec le défunt – avant qu'il décède, bien sûr. Ça la fait souffrir, mais elle pète le feu.

Elle s'était battue avec Pell ?

La Souris…

Les policiers de la brigade des scènes de crime de Monterey arrivèrent et se mirent au travail sur le site. Elle nota que Michael O'Neil n'était pas là.

L'un des policiers s'approcha de Kellogg et montra le corps d'un signe de tête.

– Félicitations, dites donc !

L'agent du FBI sourit distraitement.

Le sourire, comme le savent les synergologues, est le plus évasif de tous les signaux qu'un visage peut produire. Un froncement de sourcil, un regard perplexe ou un regard amoureux ne signifient qu'une chose. Un sourire peut dire aussi bien la haine que l'indifférence, l'amusement ou l'amour.

Kathryn Dance ne savait pas exactement ce que signifiait ce sourire-là. Mais elle remarqua qu'une fraction de seconde après, alors que Kellogg regardait le corps de l'homme qu'il venait de tuer, il avait complètement disparu comme s'il n'avait jamais existé.

Kathryn Dance et Samantha McCoy s'arrêtèrent à l'hôpital de Monterey Bay pour voir Linda Whitfield, qui avait repris connaissance et allait plutôt bien. Elle passerait la nuit à l'hôpital, mais les médecins estimaient qu'elle pourrait rentrer chez elle dès le lendemain.

Rey Carraneo ramena Samantha à l'hôtel Point Lobos dans sa voiture. Elle décida d'y dormir plutôt que de repartir tout de suite chez elle. Kathryn lui proposa de se joindre à eux pour le dîner, mais Samantha répondit qu'elle avait besoin de « décompresser ».

Comment lui en vouloir ?

Après l'hôpital, Kathryn se rendit au CBI, où elle trouva Theresa Croyton et sa tante qui semblaient l'attendre, à côté de leur voiture, pour lui dire au revoir. Un sourire illumina le visage de la jeune fille quand elle la vit. Elles se saluèrent chaleureusement.

– Nous sommes au courant, dit la tante, tout sourire. Il est mort ?

Comme si elle avait besoin d'une confirmation.

– Oui.

Kathryn leur fit le récit de ce qui s'était passé à Point Lobos. La tante semblait impatiente, mais Theresa voulait tout savoir dans les détails. Kathryn ne leur en épargna aucun.

– Nous ne te remercierons jamais assez, dit-elle, en regardant la jeune fille. Tu as sauvé des vies.

On ne revint pas sur ce qui s'était passé le soir où les siens avaient été assassinés après qu'elle eut feint d'être malade. Pourquoi ? Parce que, comme le savait Kathryn, quand on a besoin de parler de certaines choses, il suffit d'une personne pour s'en délivrer et il n'est pas nécessaire de les partager avec la terre entière.

– Vous reprenez la route dès ce soir ?

– Oui, dit Theresa en jetant un bref regard à sa tante. Mais on va faire une halte.

Pourquoi ? se demanda Kathryn. Un repas dans un restaurant de poisson, un tour dans les boutiques chic de Los Gatos ?

– Je veux revoir ma maison.

Celle où ses parents, son frère et sa sœur étaient morts.

– On passera d'abord chez M. Nagle. Il connaît les gens qui y habitent maintenant et ils sont d'accord pour me recevoir.

– C'est lui qui vous l'a proposé ?

Kathryn était prête à soutenir Theresa si elle la sentait réticente, et certaine que, dans ce cas, Nagle ferait aussitôt marche arrière.

– Non, c'est moi qui en ai eu l'idée. Une envie, comme ça… Et vous savez, il va venir à Napa m'interviewer. Pour son livre *La Poupée qui dormait.* C'est le titre. C'est super, non, un livre qu'on écrit juste sur vous ?

Mary Bolling se taisait, mais le langage du corps – imperceptible haussement d'épaules, mâchoire légèrement serrée – indiqua à Kathryn qu'elle n'approuvait pas ce détour et qu'il y avait eu une dispute à ce sujet.

Quand des événements significatifs surviennent dans la vie des individus – comme la réunion de la Famille à Point Lobos ou la venue de Theresa ici pour aider à la capture de l'assassin de ses parents –, on s'attend souvent à voir, chez eux, des changements fondamentaux. Mais cela se produit rarement, et Kathryn se dit qu'il n'en était rien en l'occurrence. Elle avait devant elle des personnes qui n'avaient pas changé depuis longtemps : une femme âgée au caractère protecteur et aux manières rudes, mais qui assumait sans rechigner sa difficile tâche de parent de substitution, et une adolescente typique, qui avait montré du caractère. Elles avaient eu un différend sur la façon d'employer le reste de la journée, et cette fois la jeune fille l'avait emporté, en obligeant certainement la femme âgée à faire des concessions.

Mais le seul fait que ce différend ait eu lieu et qu'il ait été réglé constituait peut-être un pas en avant. C'était ainsi, se dit Kathryn, que les gens changeaient : par étapes successives.

Elle embrassa Theresa, serra la main de la tante et leur souhaita bon voyage.

Cinq minutes plus tard elle était de retour dans l'Aile des petites mains du CBI, où Maryellen Kresbach l'attendait avec du café et des biscuits.

En entrant dans son bureau, elle envoya dinguer les Aldo et prit une nouvelle paire de chaussures dans le placard : des sandales Joan & David. Puis elle s'étira, s'assit en buvant le café fort et chercha sur son bureau le paquet entamé de M&Ms qu'elle y avait laissé quelques jours plus tôt. Elle les mangea rapidement, s'étira à nouveau et s'offrit quelques minutes de bonheur en contemplant les photos de ses enfants.

Et de son mari.

Comme elle aurait aimé s'étendre auprès de lui ce soir et parler de l'affaire Daniel Pell !

Ah, Bill…

Le téléphone sonnait.

Elle regarda l'écran, parcourue par une petite bouffée de soulagement.

– Salut, dit-elle à Michael O'Neil.

– Salut. Je viens d'avoir les nouvelles. Tu n'as rien ? Il paraît qu'il y a eu des coups de feu d'échangés ?

– Pell a perdu une balle à côté de moi. C'est tout.

– Comment va Linda ?

Kathryn lui décrivit l'état de la patiente.

– Et Rebecca ?

– Elle est dans un service de soins intensifs. Mais ses jours ne sont pas en danger. Quant à sa liberté, elle n'est pas près de la retrouver.

Il lui raconta, à son tour, l'histoire rocambolesque de l'Infiniti – le moyen de diversion favori de Pell. Il avait forcé l'infortuné propriétaire de la voiture à signaler lui-même son assassinat et le vol de son véhicule. Puis l'homme avait dû rentrer chez lui, mettre la voiture dans son garage et attendre dans le noir jusqu'à ce que la télé lui apprenne que Pell était mort.

O'Neil ajouta qu'il lui envoyait les experts de scènes de crime qui avaient examiné la chambre du Motel Butterfly Inn que Pell et Jennie avaient occupée après s'être enfuis du Sea View.

Elle était contente de l'avoir eu au téléphone. Mais quelque chose clochait. Il gardait un ton strictement professionnel. Il n'était pas en colère, mais ne manifestait pas une joie délirante à la retrouver. Elle pensait que ses précédentes remarques à propos de Winston Kellogg étaient du passé et elle n'attendait pas de lui qu'il s'excuse, mais elle espérait que le temps, entre eux, se remettrait au beau.

– Et toi, ça va ? demanda-t-elle.

Avec certaines personnes, il faut savoir amorcer la pompe.

– Très bien, dit-il.

Ces foutus mots passe-partout qui pouvaient signifier n'importe quoi, de « C'est merveilleux » à « Je vous déteste ».

Elle lui proposa de venir sur le Pont pour la soirée.

– Impossible, désolé. Nous sommes pris, Anne et moi.

Ah. *Pris.*

Encore un de ces mots.

– Il faut que je te quitte, maintenant. Je voulais simplement te tenir au courant, pour le type de l'Infiniti.

– Bien sûr. À bientôt.

Clic...

Elle fit une grimace au vide et se replongea dans un dossier.

Dix minutes après, la tête de Winston Kellogg apparut dans l'entrebâillement de la porte. Elle lui désigna le fauteuil et il s'y laissa choir. Il ne s'était pas changé : ses vêtements étaient encore pleins de boue et de sable. Apercevant près de la porte les chaussures décolorées par le sel que Kathryn y avait abandonnées, il montra les siennes en riant.

– Vous n'avez sûrement rien qui m'aille dans votre placard.

– Désolée, dit-elle, avec le plus grand sérieux. Il n'y a que des tailles trente-huit.

– Dommage. Ce modèle vert citron ne m'aurait pas déplu.

Ils parlèrent des rapports qu'il leur fallait maintenant rédiger, dont celui sur la fusillade, qui était une obligation réglementaire.

Elle lui demanda combien de temps il comptait rester dans la région, en se disant au moment où elle posait la question que selon qu'il décidait ou non de poursuivre leur relation il lui faudrait de toute façon rester cinq ou six jours ; il fallait, avant de remettre un rapport, interroger les témoins et prendre le temps de la rédaction.

... *Après*...

Comme Kathryn un peu plus tôt, Kellogg s'étira longuement. Elle détecta sur son visage un signe de tension presque imperceptible : il était soucieux. Normal, bien sûr, après ce qu'il venait de vivre. Kathryn n'avait jamais tiré sur un suspect, et jamais abattu quiconque évidemment. Elle avait participé à la traque et à la capture de criminels dangereux, et certains avaient été tués en cours d'action. D'autres avaient subi la peine capitale. Mais ce n'était pas la même chose que viser quelqu'un et l'expédier dans l'autre monde.

Ce que Kellogg venait de faire deux fois à peu de temps d'intervalle.

– Alors, quels sont vos projets maintenant ? demanda-t-elle.

– Je dois animer un séminaire à Washington sur le fondamentalisme religieux – dont l'esprit et la pratique sont assez proches de ceux des sectes. Puis je prendrai quelques vacances. Si le monde de la réalité me le permet, bien sûr.

Fermant les yeux, il s'enfonça un peu plus dans son fauteuil.

Avec son pantalon maculé, sa tignasse en bataille et sa barbe de vingt-quatre heures, il était vraiment attirant, songea Kathryn.

Il rouvrit les yeux et se mit à rire.

– Excusez-moi. Ça ne se fait pas, de s'endormir dans le bureau de ses collègues.

Sa gaieté était sincère, et ce qui semblait le tracasser un moment auparavant avait disparu.

Comme il s'apprêtait à quitter la pièce, il se retourna :

– À propos, j'ai de la paperasse à expédier ce soir, mais on pourrait dîner ensemble demain, si l'invitation tient toujours ? On avait dit *après*, n'est-ce pas ?

Elle hésita. C'était une stratégie bien connue des sujets intelligents soumis à interrogatoire : anticiper sur la prochaine question pour avoir une réponse toute prête.

Mais bien qu'elle ait déjà pensé à cette question, elle fut prise de court.

Quelle était la réponse ? se demanda-t-elle.

– Demain ? répéta-t-il, soudain timide – ce qui ne manquait pas de sel de la part d'un type qui venait de supprimer l'un des pires criminels de toute l'histoire de Monterey.

– Ma foi, pourquoi pas demain ? dit-elle.

CHAPITRE 57

– C'est fini, dit à voix basse Kathryn à sa mère.

– Je sais. Michael nous a donné les nouvelles, au CBI.

Elles étaient à Carmel chez ses parents. Toute la famille venait d'y rentrer après avoir passé quelques heures confinée au CBI pour sa sécurité.

– La petite bande est au courant ?

Kathryn parlait des enfants.

– Je leur en ai parlé, mais à ma façon. En lâchant des phrases du genre : « Ah, Maman va rentrer à une heure impossible ce soir », ou « À propos, cette fichue affaire est réglée, ils ont attrapé leur sale bonhomme, mais je n'en sais pas plus ». Ce genre de trucs. Mag n'y a pas fait très attention – elle travaille un nouveau morceau de piano pour son stage. Wes s'est précipité sur la télé, mais j'ai demandé à Stu de l'emmener dehors pour une partie de ping-pong. Il semble avoir oublié tout ça. Je dis bien « semble ».

Kathryn avait fixé une fois pour toutes la ligne avec ses parents : minimiser les informations concernant la violence et la mort, en particulier quand elles avaient à voir avec son métier, tant qu'il ne serait pas passé un certain temps depuis la mort de leur père.

– Je verrai ça avec lui. Merci.

Elle ouvrit une canette de bière, la répartit à égalité entre deux verres, et en tendit un à sa mère.

Edie but une première gorgée et demanda en fronçant les sourcils :

– Il était quelle heure quand vous avez rattrapé Pell à Point Lobos ?

Kathryn le lui indiqua, à quelques minutes près.

– Pourquoi ?

– Je suis certaine d'avoir entendu du bruit derrière la maison vers quatre heures, quatre heures et demie, dit sa mère en jetant un coup d'œil à la pendule. Je ne me suis pas inquiétée sur le moment, puis je me suis demandé si Pell n'aurait pas découvert notre adresse. Et s'il ne cherchait pas à se venger ou Dieu sait quoi. Du coup, je n'étais pas très rassurée. Même avec ce flic devant la maison.

Pell n'aurait pas hésité à leur faire du mal – et même, il en avait sans doute l'intention –, mais l'heure ne cadrait pas. Il était déjà chez Morton Nagle à ce moment ou en route pour s'y rendre.

– Ce n'était certainement pas lui.

– Alors c'était un chat, probablement. Ou le chien des Perkin. Il faudrait tout de même qu'ils prennent l'habitude de le garder chez eux ! Je leur en toucherai un mot.

Kathryn savait que si Edie le disait, elle le ferait.

Elle appela les enfants et les fit monter dans la Pathfinder familiale, pendant que les chiens attendaient. Elle embrassa son père et sa mère et ils convinrent de se retrouver pour l'anniversaire « public » de Stuart qui se fêterait le dimanche au Club nautique. Comme Kathryn était le chauffeur désigné pour ce soir-là, ils pourraient boire autant de champagne et de pinot noir qu'il leur plairait. Elle songea à inviter Winston Kellogg, puis se dit que ça pouvait attendre. Elle verrait demain comment s'annonçait l'« après ».

Elle se demanda ce qu'ils allaient manger pour dîner. Elle n'avait vraiment pas envie de faire la cuisine.

– Ça vous dirait d'aller à Bayside manger des pancakes, mes grands ?

Maggie poussa un long hululement d'enthousiasme. Et engagea un débat avec elle-même pour savoir quel sirop elle préférait. Wes était content, mais plus réservé.

Quand ils furent attablés au restaurant, Kathryn rappela à son fils que c'était son tour, cette semaine, de choisir leur sortie du dimanche après-midi avant la soirée d'anniversaire. Alors, quels sont tes projets ?

– Je ne sais pas encore, répondit Wes, en se plongeant pour un long moment dans la lecture de la carte.

Maggie voulait passer une commande de nourriture « à emporter » pour les chiens. Kathryn lui fit observer que ce repas de pancakes n'était pas destiné à célébrer leurs retrouvailles avec Patsy et Dylan ; c'était simplement pour lui éviter la corvée de cuisine.

Au moment où les grandes assiettes fumantes arrivaient, Wes demanda :

– Tu es au courant de la fête nautique avec tous les bateaux ?

– Les bateaux ?

– C'est Grand-Pa qui m'en a parlé. Il va y avoir une parade nautique dans la baie et un concert. À Cannery Row.

Kathryn se souvenait vaguement d'un festival John Steinbeck.

– Ça a lieu dimanche ? C'est ce que tu aimerais faire ?

– C'est demain soir, dit Wes. Ça va être bien. On pourrait y aller ?

Kathryn sourit intérieurement. Il ne pouvait pas savoir qu'elle devait dîner avec Winston Kellogg. À moins que… ? Elle avait une certaine intuition avec ses enfants. Se pouvait-il que ça marche aussi dans l'autre sens ?

Elle arrosa les pancakes de sirop et s'accorda une noisette de beurre.

Puis elle essaya de gagner du temps.

– Demain ? Laisse-moi réfléchir…

Son premier mouvement, en voyant la tête que faisait Wes, fut d'appeler Kellogg pour repousser le rendez-vous.

C'est parfois plus facile, tout simplement…

Elle arrêta Maggie qui noyait ses pancakes sous des flots de sirop de myrtille, puis, se tournant vers Wes, dit tout à trac :

– Ah c'est vrai, mon chou, je ne peux pas demain soir, je suis prise.

– Ah.

– Mais je suis sûre que Grand-Pa sera d'accord pour y aller avec toi.

– Qu'est-ce que tu vas faire ? Tu vas retrouver Connie ? Ou Martine ? Ça les intéressera peut-être. On pourrait y aller tous ensemble ? Elles amèneraient les jumeaux.

– C'est ça, les jumeaux ! s'écria Maggie.

Kathryn poursuivait son débat intérieur. Elle entendait encore les paroles de sa psy : *Kathryn, vous ne pouvez pas prendre tout ce qu'il vous dit à la lettre. Les parents ont tendance à croire que leurs enfants formulent des objections valables sur leurs beaux-parents potentiels ou même sur les simples flirts de leur père et de leur mère. Il ne faut pas le croire. Ce qui inquiète Wes en l'occurrence, c'est qu'il voit dans cette relation une trahison de la mémoire de son père. C'est sans rapport avec le partenaire lui-même.*

Elle prit sa décision.

– Non, je suis invitée à dîner par le collègue avec lequel j'ai travaillé ces derniers temps.

– L'agent Kellogg ?

– C'est ça. Il repart bientôt pour Washington, et je tenais à le remercier de tout ce qu'il a fait pour nous.

Elle se sentit un peu moche d'avoir suggéré ainsi que Kellogg habitant très loin, il ne représentait pas une menace à long terme. (Et elle se dit aussitôt que Wes, avec sa sensibilité à vif, allait tout de suite en conclure qu'elle s'apprêtait déjà à les enlever à leur famille et à leurs amis de la Péninsule pour les emmener vivre dans la capitale.)

– Bien, dit-il, en coupant ses pancakes et en portant machinalement une bouchée à ses lèvres.

Son appétit était un véritable baromètre pour Kathryn.

– Dis-moi, mon fils. Qu'est-ce que tu as ?

– Rien.

– Grand-Pa sera trop content d'assister à cette parade avec vous.

– Sûr.

Puis une autre question lui échappa.

– Tu n'aimes pas Winston ?

– Il est très bien.

– Tu peux me le dire. (Son propre appétit l'abandonnait.)

– Je ne sais pas... Il n'est pas comme Michael.

– Non. En effet. Mais il n'y a pas beaucoup de gens comme Michael. (Ce cher Michael, qui ne répond plus à mes coups de téléphone en ce moment.) Ça ne doit pas m'empêcher de dîner avec lui, n'est-ce pas ?

– Sans doute.

Ils mangèrent en silence pendant quelques minutes. Puis Wes dit brusquement :

– Maggie ne l'aime pas non plus.

– Je n'ai pas dit ça ! Ne dis pas des choses que je n'ai pas dites !

– *Oui*, tu l'as dit ! Tu as dit qu'il avait de la brioche.

– Pas vrai ! (Mais sa rougeur soudaine démentait ses paroles.)

Kathryn sourit, posa sa fourchette.

– Écoutez-moi bien, vous deux. Que je dîne avec quelqu'un ou pas, ou même que j'aille au cinéma avec telle ou telle personne, ça ne changera rien pour nous. Notre maison, nos chiens, notre vie. Rien. C'est promis. D'accord ?

– D'accord, dit Wes.

Il était un peu crispé, mais ne semblait pas complètement sceptique.

Mais Maggie, maintenant, était inquiète.

– Tu vas te remarier, un jour ?

– Maggie, qui parle de ça ?

– C'est juste que je me demandais...

– Je ne peux même pas m'imaginer remariée !

– Tu ne dis pas non, laissa tomber Wes, à mi-voix.

Kathryn éclata de rire. C'était la parfaite réaction du policier face à un suspect qui se dérobe.

– Eh bien, c'est ma réponse. Je ne peux même pas l'imaginer.

– Je veux être ton témoin, dit Maggie.

– Demoiselle d'honneur, rectifia Kathryn.

– Non, on a vu ça en éducation civique. C'est plus la même loi.

– Ce *n'est* plus, corrigea à nouveau Kathryn. Mais ne laissons pas refroidir nos pancakes. Et il faut trouver quelque chose à faire dimanche. Réfléchissez.

– Je vais réfléchir, dit Wes.

Il semblait rassuré.

Kathryn acheva son assiette dans une certaine euphorie après cette victoire : elle avait été franche avec son fils et l'avait fait acquiescer à sa sortie avec Kellogg. Ce n'était qu'un petit pas de franchi, mais il contribua grandement à chasser l'horreur des événements de la journée.

Du coup, elle céda à la demande de Maggie en commandant un pancake sans sirop et deux saucisses pour chaque chien. La petite fille leur offrit leur repas à l'arrière du 4x4. Dylan, le berger allemand, engloutit le sien en trois bouchées tandis que la distinguée Patsy savourait longuement ses saucisses avant d'emporter le pancake dans un endroit inaccessible, entre les sièges arrière, pour l'y déposer en prévision d'un jour moins faste.

Rentrée chez elle, Kathryn consacra quelques heures à un certain nombre de corvées domestiques et répondit aux messages enregistrés sur son répondeur, dont celui de Morton Nagle qui la remerciait à nouveau de ce qu'elle avait fait pour lui et pour les siens.

Winston Kellogg n'avait pas appelé, et c'était très bien (le rendez-vous était donc maintenu).

Michael O'Neil n'avait pas appelé non plus, ce qui était moins bien.

Rebecca Sheffield était toujours dans son unité de soins intensifs, mais son état s'était stabilisé. Elle resterait encore cinq ou six jours dans cet hôpital, sous surveillance policière, avant d'être à nouveau opérée.

Kathryn discuta longuement avec Martine Chistensen à propos de leur site American Tunes. Puis elle décida de préparer du pop-corn. Ensuite elle trouva un enregistrement de Wallace et Gromit, se mit à chanter l'air à l'unisson et sauva *in extremis* le sachet de pop-corn de la crémation dans le four à micro-ondes – contrairement à ce qui s'était passé la semaine précédente.

Elle était en train d'en verser le contenu dans un plat quand le téléphone sonna à nouveau.

– M'man, je meurs de faim ! dit Wes.

Le ton de sa voix l'enchanta. Il avait retrouvé sa bonne humeur.

– C'est TJ, annonça-t-elle, en ouvrant son portable.

– Dis-lui bonjour de ma part, dit Wes, en engouffrant une poignée de pop-corn.

– Wes vous salue.

– Moi de même. Et dites-lui que j'ai atteint le niveau huit sur Zarg.

– C'est un bon score ?

– Je n'en ai aucune idée.

Kathryn fit passer le message, et Wes ouvrit de grands yeux.

– Le niveau huit ? Pas possible !

– Il est épaté. Quoi de nouveau, TJ ?

– Qui se tape tout le boulot ?

– Quel boulot ?

– Les pièces à conviction, les rapports, les emails, tout ça ?

Il voulait parler du compte rendu final. Celui-ci s'annonçait volumineux pour cette affaire, avec toute une variété de crimes et de délits, et toute la paperasse à rédiger entre diverses institutions. Kathryn Dance ayant dirigé les opérations, le CBI était la juridiction primaire.

– Moi. Enfin, je devrais dire nous.

– Je préfère la première réponse, chef. À propos, vous vous rappelez « Nimue » ?

Le nom mystérieux...

– Oui. Et alors ?

– Je viens de trouver une autre référence. Vous voulez que je poursuive la recherche ?

– Il vaut mieux, je pense. Il ne faut jamais laisser le *t* sans sa barre, comme on dit.

– Ça peut attendre à demain ? Ce n'est peut-être pas un jour à faire des folies, mais il se pourrait que Lucrecia soit la femme de mes rêves.

– Vous sortez avec une fille qui s'appelle Lucrecia ? Vous avez intérêt à faire gaffe… Apportez-moi tout ce boulot. Et le truc sur « Nimue ». Je commencerai.

– Chef, vous êtes la meilleure. Vous venez de gagner une invitation à mon mariage.

Vendredi

CHAPITRE 58

Kathryn Dance, en tailleur noir et chemisier bordeaux – ce qui n'était pas la tenue la plus chaude, tout bien considéré –, était assise à la terrasse du restaurant Bay View près du quai des Pêcheurs de Monterey.

L'endroit offrait, conformément à son nom, une très belle vue sur une image de carte postale de la côte qui s'étirait jusqu'à Santa Cruz, mais la ville était encore invisible pour le moment. Le brouillard qui recouvrait le quai comme la fumée d'un feu après la pluie créait une atmosphère de tristesse légère, caractéristique des matinées du mois de juin sur la Péninsule. La température était de dix-huit degrés.

Elle avait passé la soirée de la veille dans une certaine euphorie. On avait mis fin à l'épopée sanglante de Daniel Pell, Linda allait se rétablir, Nagle et les siens étaient sains et saufs. Et Winston Kellogg et elle avaient un début de projet pour l'« après ».

Aujourd'hui, pourtant, c'était différent. Un nuage de tristesse avait aussi envahi ses pensées, sans rapport avec le temps qu'il faisait, et elle ne parvenait pas à le chasser. Tout lui apparaissait sous un jour plus sombre et il y avait plus d'une raison à cela, la moindre n'étant pas les funérailles des policiers tués au tribunal et à Point Lobos, à commencer par celles de Juan Millar.

Elle but son café. Puis elle cligna des yeux, surprise par l'arrivée d'un oiseau-mouche qui surgit de nulle part pour plonger son bec dans la mangeoire suspendue au-dessus d'un massif de gardénias. Un autre oiseau atterrit en piqué et chassa le premier. C'étaient de ravissantes créatures, de véritables joyaux ailés, capables d'être aussi méchants que des chiens errants.

Une voix lança derrière elle :

– Bonjour !

Winston Kellogg passa un bras autour de ses épaules pour l'embrasser sur la joue. Ni trop près ni trop loin de la bouche. Elle sourit.

Il s'assit.

Elle fit un signe à la serveuse, qui remplit sa tasse et en apporta une autre pour Kellogg.

– J'ai fait une recherche sur les environs, dit-il. On pourrait aller du côté de Big Sur ce soir. Dans un restaurant qui s'appelle Le Ventura.

– Je suis pour. Il y a des années que je n'y suis plus allée. Et ce restaurant est magnifique. Mais il y a de la route à faire.

Une route qui les ferait passer à côté de Point Lobos. Les coups de feu, le sang, Daniel Pell étendu sur le dos, ses yeux bleus éteints tournés vers le ciel bleu foncé, tout lui revint en un éclair.

– C'est gentil de vous être levé d'aussi bonne heure, dit-elle.

– Un petit déjeuner et un dîner avec vous… Tout le plaisir est pour moi.

Elle lui sourit à nouveau.

– Dernière nouvelle : je crois que TJ a enfin trouvé une explication pour « Nimue ».

Kellogg hocha la tête.

– Ce que Pell cherchait à Capitola.

– J'ai d'abord pensé qu'il s'agissait d'un pseudonyme, puis que c'était en rapport avec un jeu sur Internet, « Nimue » avec un X, qui est très populaire.

Kellogg écoutait avec attention.

– J'aurais dû consulter des spécialistes, continua Kathryn. Quoi qu'il en soit, je restais sur l'idée que Pell et Jimmy Newberg étaient allés chez les Croyton pour voler quelque chose, par exemple un logiciel de grande valeur. Je me rappelais que Croyton avait légué les résultats de ses recherches à l'Université de Monterey Bay et je me disais que les archives contenaient sans doute quelque chose dont il voulait s'emparer. Eh bien non. Il s'avère que ce nom, « Nimue », n'avait rien à voir.

– De quoi s'agit-il, alors ?

– On ne le sait pas avec certitude. C'est pourquoi j'ai besoin de votre aide. TJ a découvert un fichier dans l'ordinateur de Jennie Morston. Ce fichier a pour nom… (prenant un papier dans son sac et lisant) « Nimue – secte suicidaire à L.A. ».

– Que contient-il ?

– C'est le problème, justement. TJ a tenté de l'ouvrir, mais ce fichier est protégé par un mot de passe. Il va falloir l'envoyer au QG du CBI à Sacramento pour qu'on nous le déverrouille… et ça peut prendre trois semaines. On n'y trouvera peut-être rien d'intéressant, mais je voudrais tout de même en avoir le cœur net. Je me disais qu'il y aurait peut-être quelqu'un chez vous capable de nous répondre plus vite.

Kellogg lui dit qu'il connaissait un as de l'informatique parmi ses collègues du FBI à San José, au cœur de Silicon Valley.

– Si quelqu'un est capable de le déverrouiller, c'est lui. Je le lui envoie dès aujourd'hui.

Elle le remercia et lui tendit le Dell enfermé dans un sachet en plastique portant l'étiquette réglementaire d'identification des pièces à conviction. Il signa le formulaire et posa l'objet à côté de lui.

Kathryn appela la serveuse. Elle ne pouvait avaler que quelques toasts ce matin, mais Kellogg se commanda un petit déjeuner complet.

– Parlez-moi de Big Sur, demanda-t-il. Il paraît que c'est joli ?

– D'une beauté à vous couper le souffle, dit-elle. Et c'est l'endroit le plus romantique que vous verrez jamais.

Kathryn Dance était à son bureau quand il vint la chercher à cinq heures de l'après-midi. Il portait une tenue décontractée, et ils étaient presque assortis : blousons bruns, jeans et chemises légères. Celle de Kellogg était bleue, celle de Kathryn, noire. Le Ventana était un hôtel haut de gamme, réputé pour son restaurant et sa cave à vins. Mais on était en Californie et on pouvait se dispenser de porter un complet-cravate en dehors de San Francisco, L.A. ou Sacramento.

Et pour les enterrements, bien sûr, ne put s'empêcher de penser Kathryn.

– Débarrassons-nous d'abord des questions de travail, dit Kellogg, en ouvrant son attaché-case et en lui tendant, dans son sac en plastique, l'ordinateur portable découvert au Motel Butterfly.

– Ah, vous l'avez ? Le mystère Nimue va s'éclaircir ?

– Hélas, non, dit-il, avec une mimique déconfite.

– Rien ?

– Soit le fichier a été intentionnellement écrit en charabia, soit il était doté d'une fonction d'autodestruction, m'ont dit mes amis spécialistes.

– Qu'entendaient-ils par là ?

– C'est une sorte de piège, une bombe virtuelle qui explose à la première tentative d'intrusion et détruit tout. C'est ce qui s'est passé quand TJ a tenté d'ouvrir ce fichier. Il s'est transformé en bouillie.

– En bouillie ?

– Tous les caractères y sont, mais dans le désordre.

– Il n'y a pas moyen de recomposer le texte ?

– Aucun. Et croyez-moi, ces spécialistes sont actuellement les meilleurs dans leur domaine.

– Ce n'est pas si important, après tout, dit Kathryn. C'était simplement une question restée sans réponse.

Il sourit.

– Je suis comme vous. Je déteste ça… On y va, maintenant ?

– Laissez-moi une seconde, dit-elle, en se levant pour sortir.

Albert Stemple était dans le couloir. TJ aussi.

Elle les regarda, poussa un soupir et hocha la tête.

Le monumental policier au crâne rasé entra dans le bureau, TJ sur ses talons.

Les deux hommes dégainèrent leur pistolet – Kathryn n'eut pas le cœur d'en faire autant. En quelques secondes, Kellogg était désarmé, menottes aux poignets.

– Qu'est-ce qu'il se passe, bon Dieu ? cria-t-il, furieux.

Kathryn lui répondit, étonnée elle-même par le calme de sa voix :

– Winston Kellogg, je vous arrête pour le meurtre de Daniel Pell.

CHAPITRE 59

Ils étaient dans la salle 3, l'une des cellules d'interrogatoire du QG du CBI à Monterey et celle que Kathryn Dance préférait. Elle était un peu plus grande, et le miroir sans tain un peu plus brillant. Il y avait en outre une petite fenêtre et, quand le store était levé, on voyait un arbre dehors. Il lui arrivait, au cours d'un interrogatoire, de s'en servir pour faire parler son interlocuteur ou détourner son attention. Ce jour-là, le store était baissé.

Kathryn Dance et Winston Kellogg étaient seuls. La caméra tournait derrière la vitre étincelante. TJ se tenait là également, ainsi que Charles Overby, invisibles tous les deux bien qu'on sache que ce miroir impliquait la présence d'observateurs.

Winston Kellogg n'avait pas voulu d'avocat et s'était déclaré prêt à parler. Ce qu'il faisait, sur un ton de voix étonnamment calme (comme Daniel Pell lors de son interrogatoire, pensa Kathryn, troublée par cette pensée).

– Kathryn, prenons un peu de recul, si c'est possible. Vous voulez bien ? Je ne sais pas comment vous voyez ce qui est en train de se passer, mais ce n'est pas la bonne façon de s'y prendre. Vous pouvez me croire.

Il y avait sous ces mots de l'arrogance et son corollaire, la tromperie. Ils lui faisaient mal, aussi. Elle s'efforça d'écarter cette souffrance pour répondre simplement :

– Commençons, et chaussa ses lunettes à monture noire, celles qui lui faisaient un regard d'oiseau de proie.

– Vous êtes peut-être mal renseignée. Si vous me disiez ce que *vous* pensez du problème, afin qu'on voie ce qu'il se passe réellement ?

Comme s'il s'adressait à un enfant.

Elle regarda Winston Kellogg encore plus attentivement. Ceci est un interrogatoire comme un autre, sans plus, se dit-elle. Mais ce n'était pas vrai, évidemment. Elle avait devant elle un homme qui lui avait menti personnellement, et vers lequel elle s'était sentie attirée. Quelqu'un, aussi, qui s'était servi d'elle, comme Daniel Pell s'était servi… de tout le monde.

Elle fit un nouvel effort pour refouler son émotion, quoi qu'il lui en coûte, et pour se concentrer sur la tâche qui l'attendait. Elle ferait craquer cet homme. Rien ne l'arrêterait.

Comme elle le connaissait bien désormais, l'analyse lui venait tout naturellement à l'esprit.

Premièrement, à quelle catégorie appartenait-il dans le contexte du crime ? À celle des suspects d'un homicide.

Deuxièmement, à quel type de personnalité ? Extraverti, capable de réflexion et de jugement. Avec lui, elle pouvait être aussi dure qu'il le faudrait.

Troisièmement, quelle sorte de menteur était-il ? Grand machiavélique. Intelligent, doué de mémoire, rompu aux techniques de tromperie et susceptible d'user de toutes ces qualités pour forger des mensonges à son avantage. Il renoncerait à ces mensonges s'il était démasqué et ferait appel à d'autres armes pour échapper à la condamnation – la menace ou l'attaque. Il ferait tout pour l'humilier, la rabaisser, la décourager, et tirer parti des émotions qu'elle laisserait paraître, pour lui tendre un miroir obscur de la mission dont elle s'acquittait en l'interrogeant.

Il va essayer de me soutirer des informations pour s'en servir contre moi plus tard.

Il fallait être très prudent avec les grands machiavéliques.

La prochaine étape de l'analyse synergologique consisterait à déterminer dans quelle sorte d'état de stress il se trouvait quand il mentait – colère, déni, dépression ou marchandage – et à passer ses affirmations au crible une fois qu'elle le saurait.

Mais c'était là, justement, qu'il y avait un problème. Kathryn Dance était l'une des meilleures synergologues du pays, et pourtant elle n'avait pas décelé les mensonges que Winston Kellogg avait proférés devant elle, et pour elle. Il ne mentait pas carrément mais pratiquait plutôt l'omission et la dérobade – la rétention d'information est le type de tromperie le plus difficile à repérer. Plus remarquable encore, Kellogg, se dit-elle, appartenait à un type d'individus rare, capables de résister à l'analyse synergologique et au détecteur de mensonges. Des individus hors catégorie, comme les tueurs en série et les malades mentaux.

Et aussi les fanatiques.

C'était ainsi qu'elle voyait désormais Winston Kellogg. Non pas comme un gourou, mais comme un fanatique, tout aussi dangereux. Un homme persuadé d'avoir raison.

Mais il fallait qu'elle le fasse craquer. Il fallait qu'elle parvienne à la vérité, et elle devait pour cela détecter les signes de stress qui lui indiqueraient les points sensibles sur lesquels faire porter ses efforts.

Elle attaqua, donc. Vite et fort.

Elle sortit un magnétophone de son sac, le posa sur la table qui les séparait et appuya sur le bouton « PLAY ».

Une sonnerie de téléphone.

– Rick Adams. Centre de ressources techniques.

– Kellogg, FBI. Los Angeles (MVCC – 396).

– On se connaît, agent Kellogg. Que puis-je faire pour vous ?

– Je suis dans le coin et j'ai un problème avec mon ordinateur. Il y a un fichier protégé et le type qui me l'a transmis a oublié le mot de passe. C'est sur Window XP.

– Je vois. C'est super facile à ouvrir. Je peux vous faire ça.

– Il vaudrait mieux ne pas vous adresser à l'un de vos gars pour ce petit travail. C'est personnel, et les patrons sont très remontés contre ça en ce moment.

– Il y a une petite boîte à Cupertino à laquelle on sous-traite de temps en temps. Mais ils ne sont pas bon marché.

– Est-ce qu'ils sont rapides ?

– Oh, pour ça, oui.

– Formidable. Donnez-moi leur numéro.

Kathryn arrêta le magnétophone.

– Intéressant, dit Kellogg, la tête penchée de côté. Quelqu'un, apparemment, a imité ma voix.

Il gardait tout son calme.

Il est fort, pensa-t-elle. Le petit silence entre son premier mot et la suite indiquait cependant qu'il réfléchissait intensément pour donner une réponse aussi crédible que possible.

– On aura d'ici quelques heures l'analyse de l'empreinte vocale, dit-elle.

– Oh, on peut toujours truquer ces analyses. Des articles très sérieux ont été publiés là-dessus dans des revues universitaires... Mais je me demande qui cherche à me discréditer. La liste de mes ennemis est longue, vous savez.

– Winston, Pell n'a jamais rien écrit au sujet de Nimue ou d'une secte suicidaire. C'est moi qui ai créé ce fichier hier soir.

Il ne put que la fixer sans rien dire.

– Nimue n'était qu'un leurre, Winston, reprit-elle. Il n'y avait rien dans l'ordinateur de Jennie avant que je l'y mette. TJ a trouvé une référence à Nimue, mais c'était dans un article de journal sur une certaine Alison Sharpe. Avec un titre du genre : « J'ai vécu un mois avec Daniel Pell ». Ils se sont connus à San Francisco il y a une douzaine d'années, alors qu'elle vivait avec un groupe semblable à la Famille, qui avait pris le nom de Nimue. Le gourou baptisait tous ses adeptes avec des noms tirés de la légende du roi Arthur. Pell et Alison ont voyagé en auto-stop à travers toute la Californie, mais elle l'a laissé tomber après son arrestation pour le meurtre de Redding. Pell ignorait sans doute son nom de famille et il l'a cherchée sous les deux noms qu'il connaissait : Alison et Nimue. Et il l'a sans doute tuée parce qu'elle savait où se trouvait sa fameuse montagne.

– Vous avez donc fabriqué ce fichier et vous m'avez ensuite demandé de vous aider à le déverrouiller. Pourquoi cette comédie, Kathryn ?

– Je vais vous dire pourquoi. Le langage du corps, voyez-vous, n'existe pas que chez les vivants. On peut apprendre beaucoup de choses aussi de la position d'un cadavre. Hier soir, TJ m'a apporté tous les dossiers de l'affaire en vue du rapport final. J'ai examiné les clichés de la scène de crime de Point Lobos. Quelque chose clochait. Pell n'était pas caché derrière les rochers. Il était à découvert, étendu sur le dos. Il avait les jambes repliées, avec des taches d'eau et de sable sur les genoux. Les *deux* genoux. C'était bizarre. Les gens s'accroupissent quand ils se battent au pistolet, ou bien ils gardent un pied sur le sol. J'avais déjà vu cette position chez un homme tué au cours d'un affrontement entre gangs et qu'on avait forcé à s'agenouiller pour demander pardon avant de l'abattre. Pourquoi Pell se serait-il découvert et mis à genoux, avant de tirer sur vous ?

– Je ne vois pas où vous voulez en venir.

Ce calme, toujours. Cette absence totale d'émotion.

– En outre, le rapport du médecin légiste indiquait que, d'après l'angle de pénétration de la balle dans son corps, vous aviez tiré en position debout. S'il s'était agi d'un vrai duel au pistolet, vous auriez été accroupi vous-même pour tirer... Et je me suis rappelé la séquence sonore des coups de feu et de l'explosion de la grenade assourdissante. Celle-ci a éclaté, puis j'ai entendu les tirs avec un temps entre les deux. Alors je pense que vous avez vu où il était, que vous avez lancé la grenade et que vous vous êtes jeté sur lui pour le désarmer. Puis vous l'avez fait s'agenouiller et vous avez jeté vos menottes par terre pour qu'il se les passe lui-même. À la seconde où il tendait la main pour les prendre, vous l'avez abattu.

– Ridicule.

Elle continua, sans se laisser troubler.

– Et la grenade assourdissante ? Vous étiez censé remettre toutes les munitions en place après l'assaut au Motel Sea View. Pourquoi l'avez-vous gardée ? Parce que vous attendiez une occasion de le tuer. (Levant la main.) Mais que ma théorie soit juste ou non, sa mort posait un certain nombre de questions. J'ai donc cherché des réponses. Comme je voulais en savoir plus sur vous, je me suis fait communiquer un dossier par un ami de mon mari qui travaille au QG de la Neuvième Rue. J'y ai découvert des choses intéressantes. Vous avez été impliqué dans la mort de plusieurs individus soupçonnés d'être les gourous de diverses sectes lors de tentatives d'arrestation. Et deux autres gourous ont été déclarés décédés par suicide dans des circonstances douteuses alors que vous étiez détaché en tant que conseiller auprès des policiers locaux. C'est à L.A. que l'un de ces suicides a eu lieu dans les circonstances les plus troublantes. Une femme armée d'un colt s'est jetée d'une fenêtre du sixième étage deux jours après votre arrivée auprès de la police de Los Angeles. Il n'y a pas eu de rapport et une enquête a bien eu lieu, mais seulement pour fraude fiscale. Ce n'était pas une raison pour se défenestrer. Il fallait donc que je vous teste, Winston. Alors j'ai inventé ce fichier.

Le faux email suggérait qu'une certaine Nimue faisait partie d'une secte suicidaire et détenait des informations montrant que la mort de cette femme était suspecte. J'ai demandé un mandat de perquisition pour avoir accès à vos relevés d'appels téléphoniques et je vous ai confié l'ordinateur de Jennie. Si vous m'aviez dit que vous aviez lu le fichier qu'il contenait, on n'en parlerait plus et nous serions tous deux en route pour Big Sur à l'heure qu'il est. Mais non, vous avez appelé l'informaticien, vous avez pris connaissance du contenu de ce fichier. Il n'y avait pas de fonction autodestructrice. Le fichier n'était pas détruit. Mais vous l'avez détruit vous-même. Il le *fallait*, bien sûr. Vous ne vouliez pas qu'on sache que depuis six ans vous passiez votre temps à courir à travers le pays pour assassiner des gens comme Daniel Pell.

Kellogg éclata de rire. Mais le ton était légèrement différent, ce qui constituait un signe pour Kathryn Dance. C'était, certes, un sujet hors catégorie, mais il était sensible au stress. Elle avait touché un point sensible.

– Je vous en prie, Kathryn… Pourquoi, au nom du ciel, ferais-je des choses pareilles ?

– Pour votre fille.

Elle avait prononcé ces mots sans la moindre trace de sympathie pour lui. Et le fait qu'il ne réponde pas mais se borne à soutenir son regard, comme s'il était en proie à une grande souffrance, était une indication – même ténue – qu'elle approchait de la vérité.

– On ne me trompe pas si facilement, Winston. Même quand on est très, très fort comme vous. La seule variation de comportement par rapport à votre profil psychologique de base, je l'ai observée au sujet des enfants et de la famille. Mais je n'y ai pas réfléchi sur le moment. J'ai pensé que c'était à cause de notre relation, que vous n'étiez pas à l'aise avec les enfants, et que vous vous demandiez si vous voudriez en avoir dans votre vie. Puis, je crois, vous avez senti que j'étais curieuse, ou soupçonneuse, et vous m'avez avoué que vous aviez menti, que vous aviez eu une fille. Vous m'avez parlé de sa mort. C'était évidemment une manœuvre classique consistant à avouer un mensonge pour mieux en cacher un autre. Et quel était celui-ci ? Votre fille est bien morte dans un accident de voiture, mais ce n'était pas tout à fait celui que vous avez décrit. Vous avez, semble-t-il, détruit le rapport de police à Seattle – personne n'a pu mettre la main dessus –, mais TJ et moi avons tout de même découvert ce qui s'était réellement passé. À l'âge de 16 ans, votre fille a fugué parce que votre femme et vous étiez en train de divorcer. Elle est tombée, à Seattle, sur un groupe assez comparable à la Famille de Daniel Pell. Elle y est restée environ six mois. Puis elle s'est suicidée avec trois autres personnes après que le gourou de ce groupe les eut chassées sous prétexte qu'elles n'avaient pas respecté les règles. Elles se sont jetées en voiture du haut d'une falaise à Puget Sound.

Il y a quelque chose de terrifiant à l'idée d'être chassé de sa propre famille…

Vous avez alors rejoint la branche spécialisée du FBI et avez décidé de consacrer votre vie à l'élimination de ce genre de personnages. Mais la loi vous imposait parfois des limites. Alors vous preniez les choses en main. Avant de venir sur la Péninsule, vous étiez à Chicago. J'ai appelé un ami qui travaille dans la police, là-bas. Vous les assistiez en tant que spécialiste des sectes. On lit dans leur rapport que le suspect vous a tiré dessus et que vous avez été « dans l'obligation de neutraliser la menace ». Mais je ne crois pas qu'il ait tiré. Je crois que vous l'avez tué et que vous vous êtes blessé vous-même pour accréditer cette thèse. (Elle pointa le doigt sur son cou, à l'endroit du pansement.) C'était donc un meurtre, comme celui de Pell.

Elle sentit monter sa colère. Vite et fort, comme un éclat de lumière à la seconde où les nuages s'écartent du soleil. Contrôle-toi, se dit-elle. Prends modèle sur Daniel Pell.

– Les parents de cet homme ont porté plainte. Ils ont déclaré qu'on l'avait piégé pour le tuer. Il avait, certes, de nombreux antécédents judiciaires. Tout comme Pell. Mais il n'avait jamais touché une arme à feu. Il ne voulait pas risquer une condamnation pour agression à main armée.

– Il était armé puisqu'il m'a tiré dessus.

Kathryn vit bouger le pied de Kellogg, très discrètement. Signe de stress. Ainsi, il n'était pas tout à fait « immunisé » face à ses questions.

Et il mentait.

– On en saura plus après étude du dossier. Et on enquête également auprès des autres juridictions, Winston. Vous vous êtes porté à l'aide de nombreuses polices locales à travers le pays chaque fois qu'elles avaient à traiter d'une affaire en liaison avec une secte.

Charles Overby avait laissé entendre que l'appel à un spécialiste des sectes au sein du FBI était son initiative. Mais la veille, prise de soupçons, Kathryn lui avait demandé de lui expliquer exactement comment l'agent du FBI s'était retrouvé sur cette affaire. Et Overby avait fini par reconnaître que Kellogg avait demandé lui-même à Amy Grabe, sa supérieure hiérarchique, l'autorisation de se rendre sur la Péninsule pour participer à la traque du tueur.

– Je me suis replongée dans le dossier Pell, reprit Kathryn. Je me suis souvenue que Michael O'Neil avait été très mécontent de votre volonté de donner l'assaut au Sea View plutôt que de monter une souricière en vue d'une arrestation en douceur. Et je me suis demandé pourquoi vous aviez voulu être le premier à entrer dans la chambre. C'est tout simplement que vous vouliez être certain d'abattre Pell. Hier, sur la plage de Point Lobos, vous l'avez fait mettre à genoux, et vous l'avez exécuté.

– Et tout ce que vous avez comme preuve, c'est la position du cadavre ? Franchement, Kathryn...

– Et la brigade des scènes de crime a trouvé la balle que vous avez tirée sur moi.

Il ne répondit pas.

– Oh, je comprends que vous ne cherchiez pas à me tuer. Vous vouliez seulement que je reste où j'étais, avec Samantha et Linda, et que je ne vous empêche pas d'exécuter Pell.

– Je n'avais pas l'intention de tirer, mais le coup est parti. J'aurais dû le dire tout de suite, mais vous comprenez bien que ça me gênait. Un professionnel comme moi !

Mensonge...

Sous le regard de Kathryn, ses épaules s'affaissaient légèrement. Elle savait qu'il n'y aurait pas d'aveux – ce n'était même pas ce qu'elle cherchait –, mais il était passé à un autre état de stress. Kellogg n'était pas, semblait-il, une machine dénuée de toute émotion. Elle avait frappé fort, et ça faisait mal. Pour elle, cela valait des aveux.

– Je ne parle pas de mon passé et de ce qui est arrivé à ma fille. J'aurais peut-être pu le faire avec vous, mais vous ne parlez pas facilement de votre mari, comme je l'ai remarqué. (Un silence) Regardez autour de nous, Kathryn. Voyez le monde comme il est. Nous sommes tellement fragmentés, éparpillés. La famille est en perdition, et pourtant nous recherchons avidement le réconfort d'une famille. Nous sommes en manque... Et que se passe-t-il alors ? On voit surgir des individus comme Daniel Pell qui exploitent les plus vulnérables, les plus en manque d'entre nous. Les filles de cette Famille, Samantha et Linda, étaient de braves filles qui n'avaient pas fait de mal, pas vraiment. Et elles sont tombées sous la coupe d'un tueur. Comment a-t-il réussi à les séduire ? C'est très simple : il a fait miroiter à leurs yeux ce qui leur manquait : une famille. D'un moment à l'autre, Jennie Marston ou une autre de ses créatures allait se mettre à tuer. Ou à kidnapper des enfants. À les violer. Ce n'était qu'une question de temps. Même en prison, Pell avait fait des adeptes. Combien ont fait la même chose que lui, une fois libérés ?... Il faut arrêter ces gens-là. Je n'ai pas pitié d'eux, et j'obtiens des résultats. Mais je ne franchis jamais la ligne rouge.

– *Votre* ligne rouge, Winston. Et vous n'êtes pas censé agir selon vos propres règles. Il y a des lois, et on doit les respecter. C'est ainsi que le système fonctionne. Daniel Pell n'a jamais pensé, lui non plus, qu'il faisait quelque chose de mal.

Il lui sourit en haussant les épaules, une attitude classique qu'elle interpréta comme « Tu as ton avis, j'ai le mien, et n'espère pas m'en faire changer ».

C'était évidemment de la communication non verbale. Mais pour Kathryn Dance, c'était aussi clair que « Je suis coupable ».

Puis le sourire disparut en une fraction de seconde sur le visage de Winston Kellogg, comme il avait disparu la veille sur la plage.

– Et nous deux, Kathryn ? Ça, c'était vrai. Quoi que vous pensiez de moi aujourd'hui, c'était vrai.

Elle se revit avec lui dans le couloir du CBI, le jour où il avait fait à propos de la famille des commentaires mélancoliques qui trahissaient le vide de sa propre existence : la solitude, le métier comme dérivatif à un mariage raté, la mort horrible de sa fille... Kathryn ne doutait pas que, même s'il l'avait trompée au sujet de sa mission, ce solitaire avait essayé en toute sincérité d'établir une relation avec elle.

Et en tant que synergologue, force lui était de constater que cette remarque – « C'était vrai » – était absolument sincère.

Mais elle était, aussi, superflue dans le cadre de l'interrogatoire et ne valait pas qu'on se donne la peine d'y répondre.

Un V à peine esquissé se forma entre ses sourcils, et le sourire forcé reparut.

– Vraiment, Kathryn. Ce n'est pas une bonne idée. Si vous vous lancez là-dedans, ce sera un cauchemar. Pour le CBI… et pour vous personnellement.

– Moi ?

Kellogg fit une moue.

– Je crois me rappeler qu'on a posé certaines questions à propos de votre façon de conduire vos interrogatoires au tribunal de Salinas. Il se pourrait que certaines de vos paroles, ou de vos attitudes, aient aidé Pell à s'évader. Je ne connais pas les détails. Ce n'était peut-être rien. Mais j'ai bel et bien entendu dire qu'Amy Grabe avait reçu une ou deux notes à ce sujet.

Overby et sa façon de se couvrir vis-à-vis du FBI… Cette idée, et la façon dont Kellogg se permettait d'y revenir, la faisait bouillir intérieurement, mais elle n'en laissa rien paraître. Son haussement d'épaules fut encore plus dédaigneux que les siens.

– Si un tel problème se posait, nous n'aurions qu'à nous en tenir aux faits.

– Sans doute. J'espère seulement que votre carrière n'en serait pas affectée – enfin, pas trop gravement.

Elle ôta ses lunettes pour s'avancer un peu plus dans la zone proxémique.

– Winston, quelque chose m'intrigue. Je voudrais savoir ce que Daniel Pell vous a dit avant que vous l'abattiez ? Il avait lâché son arme et il était à genoux. Et il savait, n'est-ce pas ? Il n'était pas idiot. Il savait qu'il allait mourir. A-t-il dit quelque chose ?

À sa réaction, elle vit qu'il aurait eu de quoi répondre… s'il n'était pas resté silencieux.

Sa tentative était vouée à l'échec, bien sûr, et elle comprit qu'elle marquait la fin de l'interrogatoire. Mais peu lui importait. Elle avait les réponses à ses questions, elle avait la vérité – quelque chose qui s'en approchait, du moins. Ce qui, compte tenu du caractère approximatif de la science de la synergologie et de l'interrogatoire, est généralement suffisant.

CHAPITRE 60

Kathryn Dance et TJ étaient dans le bureau de Charles Overby. Le patron du CBI, derrière sa table, hochait la tête en regardant une photo de son fils et lui en train d'attraper un saumon. Ou bien, elle l'aurait parié, de consulter la pendulette posée devant lui. Il était huit heures trente du soir. C'était le deuxième jour consécutif qu'il travaillait aussi tard. Un record.

– J'ai lu tout l'interrogatoire. Vous vous êtes bien débrouillée. Absolument. Mais il est malin. Il n'a rien reconnu. On peut difficilement parler d'aveux.

– C'est un grand machiavélique doublé d'un antisocial, Charles. Il n'est pas du genre à avouer. Je me suis bornée à le tester et à le provoquer pour voir quelles seraient ses défenses et comment il allait structurer ses dénégations. Il a détruit des fichiers informatiques parce qu'il a craint qu'ils ne l'impliquent dans un suicide douteux à L.A. ? Il a usé de munitions qu'il détenait illégalement ? Son pistolet a tiré accidentellement dans ma direction ? Un jury ne pourra que rire de ses arguments et le déclarer coupable. De son point de vue, cet interrogatoire a été catastrophique.

– Vraiment ? Il m'a paru, à moi, assez sûr de lui.

– En effet. Et il saura se défendre devant le tribunal *s'il* y arrive. Mais techniquement, son dossier ne lui laisse aucun espoir.

– Il était en train d'arrêter un tueur armé. Et vous dites qu'il avait pour mobile le fait que sa fille est morte à cause d'une espèce de secte ? Ce n'est pas très convaincant.

– Je ne m'occupe jamais trop des mobiles. Quand un homme tue sa femme, le jury n'attache pas d'importance au fait de savoir si c'est parce qu'elle a laissé brûler son steak ou parce qu'il voulait toucher la prime d'assurance. Un meurtre est un meurtre. Le tableau sera beaucoup moins plaisant quand on établira des liens entre Kellogg et un certain nombre d'autres morts.

Kathryn lui parla de ces affaires : celle de l'arrestation qui avait tourné au drame la semaine précédente à Chicago, et d'autres, à Forth Worth et à New York. Les deux suicides, aussi ; et une affaire particulièrement troublante en Floride, où Kellogg était allé en début d'année prêter main-forte aux policiers de Dale County qui instruisaient une plainte pour kidnapping : à Miami, un homme avait formé une communauté à la sortie de la ville. Ce Latino-Américain avait clairement autour de lui des gens qui lui étaient très attachés, certains même avec fanatisme. Kellogg l'avait abattu alors qu'il tendait la main vers une arme – jamais retrouvée par la suite – au cours d'une descente de police. Mais on avait découvert après coup que la communauté gérait une soupe populaire, animait un groupe d'étude de la Bible d'excellente réputation et collectait des fonds pour une garderie bénévole destinée aux enfants du quartier dont les parents travaillaient. Et la plainte pour kidnapping déposée par son ex-épouse était sans fondement.

La presse locale s'interrogeait encore sur les circonstances de cette mort.

– C'est intéressant. Mais je me demande ce que nous pourrons faire admettre au tribunal, dans tout ça, dit Overby. Que disent le rapport des médecins légistes et l'expertise balistique sur la plage ?

Kathryn eut le cœur serré en pensant que Michael O'Neil n'était pas là pour la soutenir en répondant sur les aspects techniques de l'affaire. (Pourquoi ne rappelait-il pas ?)

– On a retrouvé la balle que Pell a tirée sur Kathryn, dit TJ. Elle provenait bien de son arme.

– Un tir accidentel... grommela Overby. Détendez-vous, Kathryn. Et comprenez-moi : il faut bien que quelqu'un se fasse l'avocat du diable.

– Les cartouches du pistolet de Pell qu'on a trouvées sur la plage étaient plus près de la position de Kellogg que de la sienne, Charles. Kellogg a probablement tiré lui-même avec le pistolet de Pell pour faire croire qu'il le tuait en état de légitime défense. Et le laboratoire a trouvé du sable dans les menottes de Kellogg. Ce qui signifie que Kellogg...

– Suggère, corrigea Overby.

– Ce qui *suggère* que Kellogg a désarmé Pell, l'a traîné à découvert, a jeté les menottes par terre et l'a abattu au moment où il se baissait pour les ramasser. Écoutez, Charles, enchaîna Kathryn. Je ne dis pas que c'est du tout cuit, mais Sandoval peut l'emporter. Je témoignerai que Pell était sans défense et ne menaçait personne au moment où on l'a abattu. La position du corps l'indique clairement.

Overby parcourut son bureau du regard et s'arrêta sur un autre cliché de pêche en famille.

– Et la raison ?

Il n'écoutait pas, un instant plus tôt ? Probablement non.

– Eh bien, sa fille. Il tue tous ceux qui de près ou de loin...

Le patron du CBI leva les yeux. Son regard était à la fois perçant et interrogateur.

– Non, je ne parle pas du mobile de Kellogg pour tuer Pell. Je vous demande pour quelle raison *vous* voulez engager cette affaire.

Ma parole, il est en boucle aujourd'hui !

Mais elle aussi était en boucle.

– Parce que Winston Kellogg a assassiné quelqu'un dans notre juridiction.

Le téléphone. Overby laissa passer quatre sonneries avant de décrocher.

– C'est une bonne raison, chuchota TJ pendant qu'il répondait. Ça vaut largement un steak trop cuit.

Le patron du CBI raccrocha, sans quitter le saumon des yeux.

– Nous avons de la visite, dit-il, en resserrant son nœud de cravate. Nos collègues du FBI viennent d'arriver.

– Charles, Kathryn…

Amy Grabe prit la tasse de café que lui tendait l'assistante d'Overby et s'assit. Elle salua TJ d'un hochement de tête.

Kathryn opta pour une chaise à côté de l'agent spécial du FBI à San Francisco – leur supérieure à tous. Amy Grabe alliait un physique séduisant au calme réfrigérant de quelqu'un à qui on ne la fait pas. Kathryn avait délibérément évité de s'asseoir face à elle sur le canapé plus confortable mais plus bas. Dans certaines situations, il suffit de se trouver quelques centimètres plus bas que quelqu'un pour être à son désavantage. Elle fit le point sur la situation pour Amy Grabe, et lui donna les dernières informations concernant Winston Kellogg.

Amy Grabe était déjà au courant, du moins en partie. Elle écouta en fronçant les sourcils, parfaitement immobile à l'inverse d'Overby qui ne cessait de s'agiter. Sa main droite était posée sur la manche gauche de son élégant tailleur cognac.

Kathryn plaida sa cause.

– Il tue des gens dans le cadre de son service, Amy. Il nous a menti. Il avait déjà insisté pour qu'on donne l'assaut alors que ce n'était pas nécessaire. On aurait pu faire une dizaine de victimes. Dont des morts.

Le stylo d'Overby rebondissait sur sa table comme une baguette de tambour. Kathryn traduisit : d'accord, c'est un moment délicat.

Sous l'arc parfait des sourcils, le regard d'Amy Grabe fit le tour des personnes présentes en s'arrêtant une fraction de seconde sur chacune comme pour la photographier, et elle dit :

– Tout cela est très compliqué et très difficile. Je le comprends. Mais quoi qu'il arrive, sachez que j'ai reçu un coup de fil. Ils voudraient qu'on le relâche.

– « Ils… » La hiérarchie de la Neuvième Rue ?

Elle hocha la tête.

– Oui, et au-dessus. Kellogg est une star. Il a fait arrêter une quantité de gens. A permis à beaucoup d'autres d'échapper à des sectes. Sachez aussi, si ça peut vous rassurer, que j'en ai parlé avec les patrons et qu'ils vont diligenter une enquête interne. Pour examiner les conditions de ces arrestations et savoir s'il y a eu des abus de sa part.

– Il avait le plus gros flingue que… commença TJ.

Un regard furieux de son chef l'arrêta net au milieu de sa phrase.

– Vous avez bien compris de quoi il s'agit ? demanda Kathryn, incrédule. Il s'agit de décès inexpliqués, ou faussement expliqués, de morts maquillées en suicides, Amy ! Ah, je vous en prie. C'est de la vengeance pure et simple. Seigneur, même Pell était au-dessus de ça ! Et qui sait ce que Kellogg a pu faire d'autre !

– Kathryn, dit Overby, pour l'arrêter.

– Kellogg est pour nous un agent fédéral qui enquête sur des crimes dont les auteurs sont particulièrement dangereux, et intelligents, répondit posément l'agent spécial du FBI. Un certain nombre d'entre eux ont été tués pour s'être opposés à leur arrestation. Ces choses-là arrivent souvent.

– Pell *n'a pas* résisté. Je peux en témoigner – en tant qu'expert. Il a été assassiné.

Overby tapotait avec son stylo sur son buvard immaculé. Il était dans un état de stress maximal.

– Kellogg a arrêté – oui, il les a arrêtés – de nombreux individus hautement dangereux. Certains, quelques-uns seulement, ont été tués.

– Très bien, Amy, on peut continuer comme ça et en discuter pendant des heures. En ce qui me concerne je ne veux qu'une chose : présenter un dossier d'accusation pour homicide à Sandy Sandoval, que ça fasse plaisir à Washington ou non.

– Le fédéralisme en marche, observa TJ, à mi-voix.

Tap, tap…

Tandis que le stylo accélérait le rythme de ses percussions, Overby s'éclaircit la voix mais ne dit rien.

– Ce n'est tout de même pas l'affaire du siècle, reprit Amy Grabe.

Elle avait apparemment pris connaissance des faits pendant le trajet en voiture – ou en hélicoptère – jusqu'à la Péninsule.

– On n'a pas besoin de ça. Mais Sandy peut tout de même la gagner.

Amy Grabe posa sa tasse de café. Tournant son visage aux traits placides vers Overby, elle fixa sur lui un regard qui n'avait rien d'aimable.

– Charles, ils vous demandent de ne pas poursuivre.

Kathryn n'était pas décidée à les laisser étouffer l'affaire. Et bon, d'accord, il y avait parmi ses foutues raisons le fait que ce type l'avait sortie, qu'il avait pris une place dans son cœur, et l'avait finalement trahie.

... *Après*...

– La situation est délicate... dit enfin Overby, dont le regard restait aimanté par les photographies qui ornaient son bureau. Savez-vous ce que disait Oliver Wendell Holmes[1] ? Il disait que les affaires difficiles faisaient de mauvaises lois. Ou peut-être que les affaires les plus *dures* faisaient de mauvaises lois. Je ne sais plus...

Qu'est-ce qu'il raconte ? se demanda Kathryn.

Amy Grabe dit d'une voix douce :

– Kathryn. Daniel Pell était quelqu'un de dangereux. Il a tué des membres des forces de l'ordre, il a tué des gens que vous connaissiez et il a tué des gens qui ne lui avaient rien fait. Vous avez fait un excellent travail dans des conditions impossibles. Vous avez neutralisé un personnage réellement malveillant. Et Kellogg y a contribué. C'est un succès pour tout le monde.

– Absolument, enchaîna Overby, en cessant net de tambouriner avec son stylo. Savez-vous à quoi ça me fait penser, Amy ? À l'exécution de l'assassin de Kennedy par Jack Ruby. Vous vous rappelez ? Je ne crois pas que ce que Ruby a fait en descendant Oswald ait posé le moindre problème à qui que ce soit.

1. Oliver Wendell Holmes (1809-1894), médecin légiste, essayiste, poète, humoriste et romancier américain.

Kathryn serra les mâchoires à s'en faire mal aux dents. Tout comme il avait « rassuré » sa supérieure sur son innocence quand on l'accusait d'avoir facilité l'évasion de Pell, son patron s'apprêtait à la vendre une nouvelle fois. En refusant de confier l'affaire à Sandy Sandoval, il ne se contentait pas d'ouvrir le parapluie, il devenait coupable au même titre que Kellogg. Kathryn se rejeta en arrière sur sa chaise. Ses épaules s'affaissèrent. Elle vit du coin de l'œil la grimace de TJ.

– Exactement, dit Amy Grabe. Donc…

Overby leva la main.

– Mais il s'est passé un drôle de truc dans cette affaire.

– Quelle affaire ? demanda l'agent du FBI.

– L'affaire Ruby. Le Texas l'a *arrêté* pour meurtre. Et devinez quoi ? Jack Ruby a été déclaré coupable et condamné à la prison. (Haussement d'épaules.) Je dois donc vous informer, Amy, que je vais soumettre cette affaire Kellogg au procureur de Monterey County. Je recommanderai une inculpation pour assassinat avec préméditation. Il y aura l'homicide involontaire parmi les accusations moins graves. Et l'agression avec circonstances aggravantes sur un agent du CBI. Kellogg a bien *tiré* sur Kathryn Dance, après tout.

L'intéressée sentit son cœur cogner dans sa poitrine. Avait-elle bien entendu ? TJ la regardait en haussant les sourcils.

Mais Overby la regardait aussi. Il dit :

– Et je pense qu'on pourra y ajouter le détournement de procédure et la tromperie envers un agent enquêteur. Qu'en pensez-vous, Kathryn ?

Elle n'avait pas pensé à ces dernières charges.

– Excellent, dit-elle. Elle vit TJ qui levait discrètement les pouces.

Amy Grabe se gratta la joue d'un petit ongle brillant passé au vernis rose.

– Vous croyez vraiment que c'est une bonne idée, Charles ?

– Oh, oui je le crois. Absolument.

Samedi

CHAPITRE 61

Une jeune femme pleurait à gros sanglots, étendue sur son lit dans un hôtel minable des faubourgs de Del Monte. Les yeux au plafond, elle entendait la rumeur de la circulation sur la route 1 toute proche.

Elle aurait voulu cesser de pleurer.

Mais c'était plus fort qu'elle.

Parce qu'il était mort.

Son Daniel n'était plus.

Jennie Marston porta la main à son crâne, qui la démangeait furieusement sous le bandage. Elle se repassait indéfiniment le film des derniers instants qu'ils avaient vécus ensemble. Elle le revoyait sur cette plage au sud de Carmel, tenant à la main cette grosse pierre qui avait la forme de Jasmine, la chatte que sa mère aimait tant et qui était la seule à qui elle ne faisait jamais de mal.

Elle revoyait Daniel tournant et retournant la pierre entre ses mains.

– C'est exactement ce que j'étais en train de me dire, ma jolie.

On dirait un chat. (Puis il la serrait plus fort contre lui et murmurait.) J'ai regardé les informations à la télé.

– Ah, là-bas, au motel ?

– Oui. La police t'a identifiée, ma jolie.

– Moi ?

– Ils ont ton nom. Ils savent qui tu es.

– Vraiment ?

– Oui.

– Oh, non… Daniel, mon cœur, je suis désolée…

Elle se mettait à trembler.

– Tu avais laissé quelque chose dans la chambre, n'est-ce pas ?

Eh, oui. Elle s'en souvenait. L'email. Dans la poche de son jean. Elle lui disait alors, d'une petite voix :

– C'était la première fois que tu m'écrivais que tu m'aimais. Je n'ai pas pu le jeter… Tu me l'avais demandé, pourtant, mais je n'ai pas pu. Je suis désolée. Je…

– Ça ne fait rien, ma jolie. Mais il faut qu'on parle, maintenant.

– Oui, bien sûr, mon cœur, disait-elle, résignée au pire.

Elle caressait la bosse de son nez avec le sentiment que toutes les invocations silencieuses à la musique des anges n'y changeraient rien : il allait la quitter. La chasser loin de lui.

Mais les choses n'étaient pas si simples. Une fille de l'ancienne Famille, Rebecca, semblait travailler avec lui. Ils allaient donc reformer une Famille et ils iraient vivre tous ensemble sur la montagne.

– Tu n'étais pas prévue pour en faire partie, ma jolie, mais depuis que je te connais mieux j'ai changé d'avis. J'ai compris que je ne pourrais pas vivre sans toi. Je vais en parler à Rebecca. Il faudra un peu de temps. Elle est… difficile. Mais elle fera ce que je dis. Vous deviendrez amies.

– Je ne sais pas…

– Toi et moi, ma jolie, on formera une équipe. Il n'y a jamais eu entre elle et moi ce qu'il y a entre nous. C'était autre chose.

S'il voulait dire qu'entre eux c'était purement sexuel, pas de problème pour Jennie. Elle n'était pas jalouse de ça. Elle était jalouse par avance d'une fille avec qui il rirait et s'amuserait, d'une autre qui serait elle aussi sa jolie.

– Mais en attendant, il faut qu'on soit prudents, continuait-il. La police te connaît et elle n'aura pas de mal à te trouver. Il faut donc que tu disparaisses.

– Que je disparaisse ?

– Pendant quelque temps. Un mois ou deux. Ah, ça ne me plaît pas non plus ! Tu vas me manquer...

Et elle voyait bien que c'était vrai.

– Ne t'en fais pas. Tout va bien se passer. Et je ne te laisserai pas tomber.

– Vraiment ?

– On va leur faire croire que je t'ai tuée. Comme ça, ils arrêteront de te chercher. Il va falloir que je te blesse un peu. On mettra du sang sur cette pierre et sur ton sac. Ils penseront que je t'ai fracassé le crâne avec cette pierre et que je t'ai jetée dans l'océan. Ça va te faire un peu mal.

– Si ça doit nous permettre de nous retrouver... dit Jennie. (Tout en pensant, pas mes cheveux, pas cette fois encore ! De quoi j'aurai l'air, après ?)

– Je préférerais me blesser moi-même, ma jolie. Mais on n'a pas le choix.

– Ça ne fait rien.

– Approche. Assieds-toi là. Prends ma jambe et serre-la fort. Ça fait moins mal, comme ça.

La douleur avait été terrible. Mais elle s'était mordu les lèvres en serrant de toutes ses forces la jambe de Daniel, et elle avait réussi à ne pas crier tandis que la lame s'enfonçait dans sa chair et que le sang coulait à flots.

Le sac plein de sang, la statue ensanglantée de Jasmine...

Il lui avait donné l'adresse d'un endroit où l'attendre à San Francisco, un hôtel de passage. Il l'appellerait quand tout danger serait passé.

Ils avaient ensuite rejoint en voiture la Ford Focus bleue qu'il avait volée et il lui avait donné les clés. Ils s'étaient dit au revoir et elle avait pris une chambre dans cet hôtel miteux. Et à peine avait-elle refermé la porte derrière elle et allumé la télé pour se coucher, avec cette plaie à la tête qui lui faisait affreusement mal, qu'elle apprenait aux informations la mort de Daniel, abattu par la police à Point Lobos.

Elle avait hurlé dans les oreillers, martelé le matelas de ses mains osseuses. Puis elle avait sombré dans un mauvais sommeil entrecoupé de crises de sanglots. Puis elle s'était réveillée et elle restait étendue depuis, son regard absent allant d'un angle à l'autre du plafond. Mécaniquement. Indéfiniment.

Ça lui rappelait les heures interminables passées dans la chambre, au temps de son mariage. La tête en arrière, pour attendre que le saignement de nez s'arrête, que cesse la douleur.

Et la chambre de Tim.

Et des dizaines d'autres.

Étendue sur le dos, attendant, attendant, attendant…

Jennie savait qu'elle devait se lever, repartir ; continuer à se déplacer. La police la recherchait – elle avait vu son permis de conduire à la télé, sa photo avec cet air maussade et ce gros nez. Horrifiée, elle avait senti le rouge lui monter aux joues devant cette image.

Alors, bouge tes fesses, maintenant…

Au cours des dernières heures, couchée sur ce mauvais matelas dont les ressorts saillaient à travers la housse trop mince, elle avait senti se lever en elle quelque chose d'étrange.

Un brusque changement, comme la première gelée d'automne. Elle se demandait quel était ce sentiment. Puis elle comprit.

La rage.

Une émotion rare chez Jennie Marston. Oh, elle n'avait pas sa pareille pour se sentir mal, pour avoir peur, pour s'enfuir, attendre que la souffrance cesse.

Ou que la souffrance commence.

Mais cette fois elle était furieuse. Elle avait les mains tremblantes et le souffle court. Puis soudain, bien que furieuse, elle se sentit parfaitement calme. Comme lorsqu'on fait du caramel. On cuit longuement le sucre, jusqu'à ce qu'il bouille à gros bouillons avec des bulles menaçantes (que l'une d'elles éclate et les projections brûlantes vous collent à la peau). Puis on le verse sur la plaque de marbre et il se transforme aussitôt en une matière dure et cassante.

Voilà ce que Jennie sentait en elle maintenant. Une colère froide, et dure…

Les dents serrées, le cœur battant, elle entra dans la salle de bains et prit une douche. Puis elle s'assit à la table branlante pour se maquiller. Elle y passa une demi-heure.

Elle s'examina dans le miroir. Ce qu'elle y vit lui plut.

La musique des anges…

Elle se revit avec Daniel le mardi à côté de la Ford Focus, l'entourant de ses bras et le serrant contre elle.

– Tu vas tellement me manquer, mon cœur, avait-elle dit.

Et lui, baissant la voix :

– Écoute, ma jolie. Je dois m'occuper de quelque chose pour être certain que nous serons en sécurité sur notre montagne. Mais tu as quelque chose à faire, toi aussi.

– Quoi, Daniel ?

– Tu te rappelles le soir, sur la plage, où je t'ai demandé de m'aider ? Tu te rappelles, la femme dans le coffre de la voiture ?

– Oui… (Hochant la tête.) Tu voudrais encore que je t'aide à faire quelque chose comme ça ?

Ses yeux au bleu intense ne quittaient pas ceux de Jennie.

– Je ne veux pas que tu m'*aides*. Je veux que tu le fasses toi-même.

– Moi ?

Penché sur elle, plus près, les yeux dans ses yeux.

– Oui. Si tu ne le fais pas, nous ne serons plus jamais tranquilles, nous ne pourrons jamais vivre ensemble.

Elle avait lentement hoché la tête. Il lui avait remis le pistolet qu'il avait pris au policier de garde devant la maison de James Reynolds, et lui avait montré comment s'en servir. Jennie avait été surprise de trouver cela aussi facile.

Avec des gestes précis et décidés, dictés par la colère froide qui l'habitait désormais, elle s'approcha du lit et secoua au-dessus le sac de supermarché qui lui tenait lieu de sac à main pour le vider de son contenu : le pistolet, la moitié de l'argent qu'il lui restait, quelques effets personnels et le papier que Daniel lui avait remis en même temps. Elle le déplia et y lut les noms de Kathryn, de Stuart et Edie Dance ainsi que plusieurs adresses.

Elle entendit la voix de son amant au moment où il avait glissé l'arme dans le sachet et lui avait tendu celui-ci :

– Sois patiente, ma jolie. Prends ton temps. Et surtout… tu te souviens de ce que je t'ai dit, le plus important de tout ?

– Il faut rester maître de soi et de la situation.

Il avait souri.

– Tu mérites un vingt sur vingt, ma jolie.

Et il lui avait donné ce qui devait être son dernier baiser.

CHAPITRE 62

En quittant le quartier général, Kathryn Dance se rendit à l'hôtel Point Lobos, pour faire transférer la note de la carte de crédit de Winston Kellogg sur celle du CBI.

Charles Overby, évidemment, n'était pas content de la dépense. Mais il y avait un sérieux risque de conflit d'intérêt à faire régler par un accusé les frais engagés par l'institution qui l'avait arrêté. Overby avait donc accepté de payer la note d'hôtel. Il avait montré de la superbe pour soutenir la mise en accusation de Kellogg, mais sa vraie nature avait depuis repris le dessus et il avait poussé les hauts cris en détaillant la note en question. (« cabernet Jordan ? Qui a bu du Jordan ? Et deux bouteilles ! »)

Kathryn ne lui avait pas dit qu'elle avait donné son accord pour que Samantha reste quelques jours de plus.

Elle écoutait en conduisant *Green Grow the Rushes O*, un air de la musique celtique du groupe Altan. La mélodie était assez triste et envoûtante, ce qui convenait parfaitement aux circonstances puisqu'elle était en route pour le site où plusieurs personnes étaient mortes.

Elle pensait au voyage en Californie du Sud qu'elle allait faire la semaine suivante avec les enfants et les chiens. Elle se proposait d'enregistrer un groupe de musiciens mexicains près d'Ojaï. C'étaient des fans du site, qui avaient envoyé à Martine un échantillon de leur production. Kathryn tenait à faire des enregistrements en situation. Leurs rythmes étaient fascinants. Elle attendait ce voyage avec impatience.

Avec le retour du mauvais temps, la circulation était rare. De tout le trajet, elle ne vit qu'une voiture derrière elle. Une conduite intérieure bleue qui la suivait à quelques centaines de mètres de distance.

Kathryn quitta la route pour se diriger vers l'hôtel. Elle jeta un coup d'œil à son téléphone. Toujours pas de message de Michael O'Neil, constata-t-elle avec déplaisir. Elle aurait pu l'appeler en prenant pour prétexte une affaire quelconque, et il l'aurait rappelée aussitôt. Mais elle ne pouvait pas faire ça. Et quand on était ami avec un homme marié, d'ailleurs, il valait mieux maintenir une certaine distance.

Elle s'engagea dans l'allée de l'hôtel, arrêta sa voiture et écouta la fin du chant élégiaque avant d'en sortir. Cette musique lui rappelait les funérailles de son mari.

Il était logique que Bill, qui avait deux enfants, une femme et sa maison à Pacific Grove, soit enterré près d'ici. Sa forte femme de mère aurait préféré San Francisco, qu'il avait fui à l'âge de 18 ans et où il n'était plus revenu que pour des week-ends, et encore, assez rarement. Le débat avec Mme Swenson avait été vif.

Kathryn l'avait emporté malgré les larmes de sa belle-mère et le sentiment de culpabilité qu'elles lui inspiraient, et elle avait payé cette victoire de mille et une façons au cours des années suivantes. De la colline sur laquelle reposait Bill, on voyait une quantité d'arbres, l'océan Pacifique et le neuvième trou du golf de Pebble Beach, si bien que des milliers de joueurs de golf étaient prêts à payer très cher pour un emplacement dans ce cimetière. Elle se rappelait que Bill et elle, bien que n'y connaissant rien ni l'un ni l'autre, avaient prévu de prendre un jour des leçons à Pebble Beach.

– Pour notre retraite, peut-être, avait-il dit.

– Retraite ? Qu'est-ce que ça veut dire ?

Elle entra dans l'hôtel Point Lobos et se rendit à la réception pour les formalités administratives.

– On nous a déjà appelés plusieurs fois, lui dit l'employé de la réception. Des journalistes demandent à prendre des photos du bungalow. Et une agence veut organiser des visites sur le site pour montrer l'endroit où Pell a été tué. C'est moche !

Oui, c'était moche. Morton Nagle serait de cet avis. Peut-être épinglerait-il dans une note de son livre *La Poupée qui dormait* ce tour-opérateur plein de délicatesse.

En revenant vers sa voiture Kathryn remarqua, à quelque distance, une jeune femme qui semblait contempler les rouleaux de brume en fuite au-dessus de l'océan. Le vent soulevait les pans de son manteau. Tandis que Kathryn poursuivait son chemin, la jeune femme se retourna et lui emboîta le pas.

Kathryn remarqua aussi la voiture bleue stationnée non loin de là. Cette voiture lui disait quelque chose. Était-ce la conductrice qui marchait derrière elle ? Elle vit en s'approchant qu'il s'agissait d'une Ford Focus, et se souvint que le véhicule volé à Moss Landing n'avait pas été retrouvé. Une Ford Focus bleue… À cet instant, la jeune femme accéléra brusquement le pas et lança d'une voix rauque en criant pour se faire entendre malgré le vent :

– Vous êtes Kathryn Dance ?

Surprise, Kathryn fit volte-face.

– Oui. Je vous connais ?

La jeune femme n'était plus qu'à quelques pas.

Elle ôta ses lunettes de soleil et Kathryn eut à nouveau une impression de déjà-vu.

– On ne s'est jamais rencontrées. Mais vous me connaissez plus ou moins. Je suis l'amie de Daniel Pell.

– Vous êtes… commença Kathryn, le souffle coupé.

– Jennie Marston.

Kathryn avait déjà la main sur la crosse de son pistolet.

Mais avant qu'elle ait dégainé, Jennie dit :

– Je veux me rendre.

En disant ces mots, elle tendait les deux mains comme pour les offrir aux menottes.

Un geste que Kathryn Dance n'avait encore jamais vu après des années dans la police.

– Je devais vous tuer.

Cette déclaration n'avait rien de très inquiétant pour Kathryn, sachant que Daniel Pell était mort, que Jennie avait les poignets menottés et qu'elle n'avait trouvé aucune arme sur elle ni dans sa voiture.

– Il m'a donné un pistolet, mais je l'ai laissé au motel. Vraiment, je ne vous aurais jamais fait de mal.

Et à vrai dire, elle n'en paraissait pas capable.

– Il disait qu'aucun policier ne l'avait jamais percé à jour comme vous. Il avait peur de vous…

Il faut éliminer toutes les menaces…

– C'est lui qui vous a fait passer pour morte ?

– Il m'a blessée, répondit Jennie, en montrant le pansement à l'arrière de sa tête. C'est fou ce que ça saigne, le cuir chevelu… (Un soupir.) Puis il m'a donné votre adresse et celle de vos parents. Je devais vous tuer. Il savait que vous ne le laisseriez jamais se sauver.

– Vous étiez d'accord ?

– Je n'ai dit ni oui ni non. (Secouant la tête.) C'était difficile de lui refuser quelque chose… Il a pensé que j'allais le faire. Il voulait que je vous tue avant de le rejoindre pour aller vivre quelque part dans les bois avec Rebecca. On aurait tout recommencé comme avant, avec une nouvelle Famille.

– Vous saviez qui était Rebecca et ce qu'elle avait fait ?

– Il me l'a dit. (Baissant la voix.) C'est vrai que c'est elle qui m'a écrit des emails en se faisant passer pour lui ?

– Oui.

Jennie serra les lèvres.

– Ça ne ressemblait pas à sa façon de parler, dit-elle. Je me suis doutée que quelqu'un les écrivait à sa place. Mais je n'ai pas voulu poser la question. On n'a pas toujours envie de connaître la vérité.

Amen, pensa Kathryn Dance.

– Pourquoi êtes-vous ici ? Vous m'avez suivie ?

– Oui. Je voulais vous parler. Je me suis dit que si j'allais me livrer à la police, on me mettrait directement en prison. Mais je voulais vous demander ceci : vous étiez là quand on l'a tué ? Est-ce qu'il a dit quelque chose ?

– Non. Je suis désolée.

– Oh, c'était juste une question...

Elle serra encore plus fort les lèvres, signe de remords pour le synergologue. Puis, levant les yeux vers Kathryn :

– Je ne voulais pas vous faire peur.

– J'ai eu de pires frayeurs ces derniers temps, lui dit Kathryn. Mais pourquoi ne vous êtes-vous pas enfuie ? Peut-être que d'ici quelques semaines, voyant que la mer n'avait pas rejeté votre corps, on se serait posé des questions. Mais vous pouviez partir au Mexique ou au Canada avant qu'on lance des recherches.

– Disons qu'il m'a fallu du temps pour briser le charme. Je croyais qu'avec Daniel ce serait différent. J'ai d'abord appris à le connaître – c'était pas seulement le truc sexuel, quoi – et on a construit une vraie relation. C'est ce que j'ai cru, en tout cas. Puis je me suis aperçue que tout ça, c'était du toc. Rebecca lui avait probablement tout dit sur moi, tout ce qu'il fallait savoir pour m'appâter. Comme mon mari et tous les autres types. Je me faisais draguer dans les bars ou dans les restaurants où j'étais serveuse. Daniel faisait ça, mais il était bien plus malin que moi. J'ai toujours pensé qu'il me fallait un homme. Je me voyais comme une lampe de poche et eux, c'était la pile. Si je n'en avais pas un dans ma vie, je restais éteinte. Mais tout d'un coup dans cette chambre d'hôtel, après la mort de Daniel, j'ai senti que je n'étais plus la même. La colère m'a prise. C'était physique. Ça ne m'était jamais arrivé jusqu'à présent. Et j'ai compris que je devais faire quelque chose. Mais il ne s'agissait pas de me lamenter sur Daniel. Ni de partir à la recherche d'un autre homme. C'est ce que j'aurais fait... avant. Non, je voulais faire quelque chose pour *moi*. Et qu'est-ce que je pouvais trouver de mieux que de me livrer à la police ? (Un rire.)

Ça semble idiot à dire, mais c'est *moi* et personne d'autre qui l'ai décidé.

– Je pense que c'était la bonne décision.

– On verra bien. En attendant, c'est comme ça et c'est tout.

C'était tout, en effet, songea Kathryn.

Elle conduisit Jennie à la Focus. Pendant le trajet jusqu'à Salinas, elle dressa mentalement la liste des charges : incendie volontaire, meurtre, association de malfaiteurs, complicité… et autres délits de moindre gravité.

Mais Jennie se livrait de son plein gré et semblait sincèrement repentante. Kathryn l'interrogerait plus tard, si elle était d'accord, et si elle se révélait aussi sincère qu'elle en avait l'air, elle était prête à l'aider avec l'assistance de Sandy Sandoval.

Elle l'accompagna jusqu'à sa cellule après les formalités réglementaires.

– Y a-t-il quelqu'un à qui vous voudriez téléphoner ? demanda Kathryn.

Jennie fit mine de répondre, mais se borna à rire doucement.

– Non. Je crois qu'il vaut mieux, vous savez, repartir de zéro. Tout va bien.

– Je vais vous trouver un avocat, et nous pourrons peut-être prendre encore un peu de temps pour discuter.

– C'est d'accord.

Kathryn la suivit des yeux tandis qu'on l'emmenait dans le corridor par lequel son amant s'était enfui une semaine auparavant.

CHAPITRE 63

Il faisait peut-être un temps superbe, ce samedi-là, à deux ou trois cents mètres d'altitude, mais les abords de l'hôpital de Monterey Bay et l'hôpital lui-même flottaient dans un épais brouillard gris.

Un brouillard qui sentait bon le pin et l'eucalyptus, et aussi une fleur – Kathryn Dance crut reconnaître le gardénia, mais elle n'en fut pas certaine. Elle aimait les plantes mais – comme pour les repas – préférait celles qu'elle connaissait et pouvait acheter prêtes à l'emploi plutôt que celles qu'on cueillait sans discernement avec le risque de détruire des espèces rares.

Elle regarda Linda Whitfield sortir dans un fauteuil roulant poussé par son frère. Roger était un homme mince et calme d'allure austère auquel on ne pouvait pas donner d'âge – tout au plus estimer qu'il se situait quelque part entre 30 et 35 ans. Il était exactement tel que Kathryn s'y attendait, avec son jean repassé, sa chemise à manches longues au col empesé et sa cravate à rayures retenue par une pince ornée d'une croix. Il la salua d'une vigoureuse poignée de main, sans l'ombre d'un sourire.

– Je vais chercher la camionnette. Si vous voulez bien m'excuser, ce ne sera pas long.

– Vous vous sentez d'attaque pour faire la route ? demanda Kathryn à Linda, tandis qu'il s'éloignait.

– On verra bien. On connaît des gens à Mendocino, qui fréquentaient notre église avant de déménager. Roger les a prévenus par téléphone. On va peut-être s'y arrêter pour la nuit.

Linda avait les yeux dans le vague et laissait échapper un petit rire après chaque phrase. Kathryn en déduisit que le médicament contre la douleur qu'on lui avait administré était vraiment très, très efficace.

– Je vous conseillerais d'y faire une étape, en effet. Allez-y doucement. Laissez-vous dorloter.

– Dorloter ! (Le mot parut l'amuser.) Comment va Rebecca ? Je n'ai pas demandé de ses nouvelles.

– Elle est encore en soins intensifs, dit Kathryn, avec un signe de tête en direction de l'hôpital. Elle ne devait pas être très loin de vous.

– Elle va s'en sortir ?

– C'est ce que disent les médecins.

– Je vais prier pour elle.

Un nouveau petit rire, qui rappela à Kathryn les gloussements de Morton Nagle.

Elle s'accroupit à côté du fauteuil roulant.

– Je ne vous remercierai jamais assez pour ce que vous avez fait. Je sais que ça a été dur. Et je regrette que vous ayez été blessée. Mais nous n'aurions pas pu l'arrêter sans vous.

– Dieu est à l'œuvre et la vie va. Tout est pour le mieux.

Kathryn ne suivait pas ; ça ressemblait à du Charles Overby dans ses meilleurs jours.

Linda la regarda en clignant des yeux.

– Où Daniel sera-t-il enterré ?

– On a appelé sa tante à Bakersfield, mais elle ne sait même plus comment elle s'appelle. Richard, son frère ne veut pas en entendre parler. On l'inhumera donc ici après l'autopsie. À Monterey, les indigents sont incinérés. Il y a un cimetière public.

– Il est consacré ?

– Je ne sais pas… Je suppose qu'il l'est.

– Sinon, pourriez-vous lui trouver un endroit décent où reposer en paix ? Je paierai.

Pour l'homme qui avait tenté de la tuer ?

– Je vais me renseigner.

– Merci.

À ce moment, une Honda Acura bleu foncé surgit en zigzaguant un peu et s'arrêta près d'elles sur un violent coup de frein. Son arrivée avait été si brutale que Kathryn était déjà accroupie, la main sur son arme, quand elle reconnut Samantha McCoy au volant. Celle-ci ouvrit la portière et s'approcha des deux femmes.

– Comment vas-tu ? demanda-t-elle à Linda.

– Je suis sous médicaments. Mais je pense que je vais souffrir demain, et sans doute pendant un mois.

– Tu t'en allais sans dire au revoir ?

– Je… qu'est-ce qui te fait croire ça ? J'allais t'appeler.

Le mensonge sautait aux yeux de Kathryn, et probablement à ceux de Samantha.

– Tu as bonne mine, dit Samantha.

Un nouveau gloussement lui répondit.

Silence. Un lourd silence. Le brouillard autour d'elles étouffait tous les bruits. Samantha, les mains sur les hanches, regardait Linda.

– On vient de passer quelques jours bizarres, tu ne trouves pas ?

Le rire de Linda, cette fois, se fit prudent.

– Linda, je vais t'appeler. On pourrait se voir, toutes les deux.

– Pourquoi ? Tu veux me psychanalyser ? M'arracher aux griffes de la religion ?

Les mots étaient chargés d'amertume.

– Je veux te voir, c'est tout. Je ne demande rien de plus.

Après une réflexion qui lui demandait visiblement un véritable effort mental, Linda répondit :

– Sam, on était différentes il y a huit ou neuf ans. On l'est encore plus aujourd'hui. On n'a rien en commun.

– Rien ? Ce n'est pas vrai. On a vécu l'enfer ensemble.

– Oui. Et Dieu nous est venu en aide puis nous a renvoyées chacune de son côté dans des directions différentes.

Samantha s'accroupit contre le fauteuil roulant pour prendre le bras de Linda, sans se soucier de sa blessure. Elle était entièrement dans sa zone proxémique.

– Écoute-moi. Tu écoutes ?

– Quoi ?

Le ton était agacé.

– C'est l'histoire d'un homme.

– Un homme ?

– Écoute. L'homme est chez lui et il y a une inondation. La rivière sort de son lit, l'eau envahit le rez-de-chaussée. Il monte au premier étage et voit arriver un bateau qui vient pour le secourir, mais il dit : « Non, laissez-moi. Dieu me sauvera. » L'eau continue à monter, il se réfugie au premier étage et un deuxième bateau arrive. Il dit : « Laissez-moi, Dieu me sauvera » et le bateau repart. Puis il est obligé de monter sur le toit. Un hélicoptère arrive, il répète : « Laissez-moi, Dieu me sauvera » et l'hélicoptère repart.

– Qu'est-ce que tu racontes ? l'interrompit Linda, qui écoutait à travers un brouillard médicamenteux.

Samantha poursuivit sans se laisser troubler.

– L'eau monte encore, le courant emporte l'homme et il se noie. En arrivant au ciel, il voit Dieu et lui demande : « Dieu, pourquoi ne m'as-tu pas sauvé ? » et Dieu lui répond : « C'est curieux, je ne comprends pas pourquoi ça n'a pas marché alors que je t'ai envoyé deux bateaux et un hélicoptère ! »

Linda battit des paupières. Kathryn, qui riait doucement, pensa qu'elle se retenait pour ne pas sourire.

– Allons, Linda... Chacune de nous est l'hélicoptère de l'autre. Reconnais-le.

Linda ne répondit pas.

Sam lui glissa une carte dans la main.

– Voici mon numéro de téléphone.

Linda resta un long moment silencieuse en regardant fixement la carte. Puis elle dit :

– Sarah Starkey ? C'est ton nom ?

Samantha sourit.

– Je ne peux plus en changer à ce stade. Mais je vais parler à mon mari. Je vais tout lui dire. Tout. Il est en route avec notre fils. On va rester quelques jours dans la région. Je l'espère, du moins. Mais quand je lui aurai dit ce que j'ai à lui dire, il se peut qu'il reprenne la voiture et rentre directement à la maison.

Linda ne répondit pas. Elle jouait machinalement avec la carte en regardant approcher une vieille camionnette déglinguée. La camionnette s'arrêta et Roger Whitfield en descendit.

Samantha se présenta au frère de Linda en donnant son vrai prénom, et non « Sarah ».

L'homme la salua d'un haussement de sourcils et d'une cérémonieuse poignée de main. Puis Kathryn et lui aidèrent Linda à se hisser dans la camionnette et Kathryn referma la portière.

Samantha monta sur le marchepied.

– N'oublie pas, Linda. Les hélicoptères !

– Au revoir, Sam, répondit la convalescente. Je prierai pour toi.

Sans un mot ni un geste de plus, le frère et la sœur partirent. Samantha et Kathryn suivirent des yeux les deux points rouges des feux arrière de la camionnette qui s'éloignait et disparaissait dans le brouillard.

– Quand votre mari doit-il arriver ? demanda Kathryn.

– Il a quitté San José depuis une heure. Il ne devrait pas tarder.

– Vous voulez garder le bungalow pour une nuit supplémentaire ?

– Volontiers. Merci. (Montrant la camionnette.) Vous croyez qu'elle va m'appeler ?

Quels que soient son talent d'enquêtrice et sa connaissance du langage du corps, Kathryn Dance ne pouvait pas répondre à cette question.

– Elle n'a pas jeté votre carte, n'est-ce pas ? fut tout ce qu'elle trouva à dire.

– Pas encore, répondit Samantha avec un petit sourire, avant de tourner les talons pour retourner à sa voiture.

Le ciel nocturne était dégagé, le brouillard s'en était allé.

Kathryn Dance était sur le Pont, seule, mais Patsy et Dylan allaient et venaient dans le jardin. Elle avait achevé ses préparatifs pour la grande soirée d'anniversaire de son père qui avait lieu le lendemain, et buvait une bière allemande en écoutant *A Prairie Home Companion,* de Garrison Keillor dont elle était depuis des années une auditrice fidèle. À la fin de l'émission elle éteignit la radio et entendit l'écho plus lointain du piano sur lequel Maggie faisait des gammes, et les accords de basse que la chaîne de Wes diffusait en sourdine.

Elle resta pensive un moment, puis, sur une impulsion, prit son téléphone, trouva un numéro dans le répertoire et appela.

– Salut Kathryn ! répondit Brian Gunderson, avant qu'elle ait dit un mot.

Le système d'identification de l'appelant sur l'écran du portable était, songea-t-elle, une petite révolution qui changeait la manière de réagir de l'appelé : Brian avait eu trois secondes pour réfléchir à ce qu'il allait lui dire.

– Salut, Brian. Je suis désolée d'avoir autant tardé à te répondre. Je sais que tu as appelé plusieurs fois.

En entendant son rire, elle revit les moments qu'ils avaient passés ensemble, les dîners, les balades au bord de l'eau. Il avait un rire sympathique. Et il embrassait bien.

– Il faut reconnaître que tu as une excuse. Il suffisait de regarder les infos à la télé. C'est qui, cet Overby ?

– Mon patron.

– Ah, le cinglé dont tu m'as parlé ?

– Eh, oui.

Elle se demanda si elle n'en avait pas trop dit.

– J'ai vu un extrait de sa conférence de presse et il parlait de toi. Il disait que tu l'avais assisté pour la capture de Pell.

Elle éclata de rire. Si TJ l'avait entendu aussi, elle ne tarderait pas à recevoir un message adressé à l'assistante Dance.

– Que deviens-tu ? demanda-t-elle.

– Ça va. Je viens de passer quelques jours à San Francisco pour soutirer de l'argent à des gens qui l'avaient soutiré à d'autres gens. Et leur soutirer aussi des honoraires. Tout le monde était content.

Il avait aussi au retour, ajouta-t-il, crevé un pneu sur la 101. Les membres d'un quartet vocal amateur qui venaient de donner un concert s'étaient arrêtés et avaient détourné la circulation pour changer la roue.

– Tout ça en chantant ?

– Non, malheureusement. Mais j'ai promis d'aller les écouter à Burlingame pour leur prochain concert.

Devait-elle y entendre une invitation ?

– Comment vont les enfants ? demanda Brian.

– Très bien, comme des enfants.

Elle se demanda si elle devait l'inviter à prendre un verre, ou carrément à dîner. À dîner plutôt, ils n'en étaient plus aux prémices.

– En tout cas, merci d'avoir rappelé, dit Brian.

– C'était normal…

– Inutile de t'excuser, je veux dire.

Inutile ?

– Si je t'appelle, en fait, c'est parce que je dois aller à La Jolla ce week-end avec quelqu'un.

« Quelqu'un. » Quel joli choix de mot…

– Formidable ! Tu vas faire de la plongée ? Tu m'avais dit que ça te tentait, je me rappelle.

Il y avait à La Jolla un site protégé très apprécié des plongeurs. Brian et elle avaient parlé de s'y rendre ensemble.

– Ah, oui… Il en est question. Mais je t'avais appelée, simplement, pour savoir si je pourrais récupérer le bouquin sur les pistes de randonnée autour de San Diego que je t'ai passé.

– C'est vrai. Je suis désolée.

– Pas de problème. Je l'ai racheté depuis. Tu peux le garder. Tu auras sûrement l'occasion d'y aller un de ces jours.

Elle laissa échapper un petit rire – à la Morton Nagle.

– Sûrement, oui.

– Tout va bien, à part ça ?

– Très bien, oui, très bien.

– Je t'appellerai en rentrant.

Synergologue et spécialiste de l'interrogatoire, Kathryn Dance savait que les gens mentent souvent en sachant – voire en espérant – que leur interlocuteur saura qu'ils mentent. Souvent dans un contexte analogue à celui-ci.

– C'est entendu, Brian.

En refermant son téléphone, elle se dit que c'étaient certainement les derniers mots qu'ils échangeraient de leur vie.

Elle alla dans sa chambre, poussa de côté la mer de chaussures pour prendre sa guitare – une Martin 08-18 de 44 ans d'âge, aux flancs et au fond en acajou, dont le bois avait pris en vieillissant une teinte caramel.

De retour sur le Pont, elle s'assit et, les doigts un peu raidis par le froid – et le manque de pratique –, commença à jouer. D'abord quelques gammes et quelques arpèges, puis *Tomorrow Is a Long Time* de Bob Dylan.

Elle laissa ses pensées vagabonder de Brian Gunderson au siège avant de la Taurus du CBI et à Winston Kellogg.

Le goût de menthe et le parfum de l'after-shave…

Tout en jouant, elle vit qu'il y avait du mouvement dans la maison. Son fils faisait un aller-retour au réfrigérateur pour rapporter des biscuits et un verre de lait dans sa chambre. Le tout en moins de trente secondes.

Elle se dit qu'elle avait récemment jugé l'attitude de son fils comme une aberration, un défaut de conduite à corriger.

Les parents ont tendance à croire que leurs enfants formulent des objections valables sur leurs beaux-parents potentiels ou même sur les simples flirts de leur père ou de leur mère. Il ne faut pas le croire…

Mais elle n'en était plus si sûre. Ils soulèvent peut-être, à l'occasion, des objections valables. Et on devrait peut-être les écouter, aussi attentivement et avec un esprit aussi ouvert que lorsqu'on conduit un interrogatoire au cours d'une enquête criminelle. Peut-être avait-elle pris au pied de la lettre ce qu'il lui disait. Wes était un enfant, bien sûr, pas un partenaire. Mais il avait le droit de se faire entendre. Et me voilà, moi, l'experte en synergologie, en train d'établir des profils psychologiques et d'épier les écarts comme autant de signes que quelque chose cloche.

Me suis-je écartée de mon propre profil avec Winston Kellogg ?

C'était peut-être ce qu'indiquait la réaction de Wes.

Intéressant sujet de réflexion.

Elle en était à la moitié d'une chanson de Paul Simon dont elle fredonnait la mélodie faute de se rappeler toutes les paroles, quand elle entendit grincer le portail qui permettait d'accéder au Pont.

La guitare se tut et Michael O'Neil apparut en haut des marches. Il portait le sweater gris et marron qu'elle avait acheté pour lui l'année précédente lors d'un séjour au ski dans le Colorado.

– Bonsoir, dit-il. Je ne dérange pas ?

– Jamais.

– Anne a un vernissage dans une heure, mais je me suis dit que je pourrais passer ici avant – le temps d'un petit bonjour.

– Quelle bonne idée !

Il alla se servir une bière dans le réfrigérateur et, sur un signe de tête de Kathryn, en prit une autre pour elle. Puis il s'assit. Les capsules claquèrent. Ils burent chacun une longue gorgée.

Elle attaqua la transcription pour guitare d'un vieux chant celtique de Turlough O'Carolan, le harpiste irlandais aveugle itinérant.

O'Neil écoutait sans rien dire, en buvant et en scandant la mesure de la tête. Son regard, remarqua-t-elle, était tourné vers l'océan que les grands pins cachaient à leur vue. Elle se rappela qu'un jour, après avoir vu le film dans lequel Spencer Tracy jouait le pêcheur, Wes avait baptisé O'Neil « Le vieil homme de la mer ». Ils en avaient ri tous les deux.

Quand elle cessa de jouer, il dit :

– Il y a un problème au sujet de Juan. Tu es au courant ?

– Juan Millar. Non. De quoi s'agit-il ?

– On a reçu le rapport d'autopsie. Le bureau du Coroner a trouvé des causes secondaires. Ils parlent de décès suspect. On a ouvert un dossier au MCSO.

– Que s'est-il passé ?

– Il n'est pas mort d'une infection ou des suites du choc, comme ça se produit pour les grands brûlés, mais d'une interaction entre la morphine et la diphenhydramine – qui est un antihistaminique. Le goutte-à-goutte qui lui administrait la morphine était anormalement ouvert et aucun des médecins n'avait prescrit d'antihistaminique. Le mélange est trop dangereux.

– C'était donc intentionnel ?

– Ça en a tout l'air. Il n'a pas pu le faire lui-même. On a probablement affaire à un meurtre.

Kathryn entendait encore les mots chuchotés par sa mère.

Tuez-moi…

Elle se demanda qui pouvait être derrière cette mort.

– Après tout ce que sa famille a enduré… dit-elle, en secouant la tête. Tu me diras ce qu'on peut faire pour eux.

Ils restèrent un moment silencieux. Kathryn sentit une odeur de feu de bois, mêlée à celle de l'after-shave. Ce mélange lui plut. Elle se remit à jouer – la transcription pour cordes pincées de *Freight Train* signée par Elizabeth Cotten, une mélodie obsédante entre toutes. Il lui faudrait des jours pour s'en débarrasser.

Quand elle eut fini, O'Neil dit :

– J'ai appris ce qui s'était passé avec Kellogg. Je n'aurais jamais cru ça.

Les nouvelles allaient vite.

– Eh oui…

– TJ m'a tout raconté en détail.

Il fit un signe à Dylan et Patsy, qui bondirent vers lui, et offrit à chacun un biscuit salé qu'il puisa dans un pot à côté d'une bouteille de tequila bon marché. Les deux chiens gobèrent les biscuits et repartirent comme des flèches.

– L'affaire ne s'annonce pas facile. Washington va faire pression pour qu'on laisse tomber, je suppose.

– Oh, oui ! De haut en bas de la hiérarchie.

– Si tu veux, je peux passer quelques coups de fil.

– À Chicago, à L.A. ou à Miami ?

O'Neil cligna de l'œil et se mit à rire.

– Tu y as déjà pensé, n'est-ce pas ? Qu'est-ce qui sera le mieux ?

– Je vais commencer par L.A., où on a des soupçons. C'est dans cet État, donc dans la juridiction du CBI, et Kellogg ne peut pas prétendre que le gourou est mort pendant une tentative d'arrestation. En outre, c'est le dossier de cette affaire qu'il a détruit. Pourquoi l'aurait-il fait s'il n'avait rien eu à se reprocher ?

Elle avait décidé que si Kellogg échappait aux poursuites pour la mort de Daniel Pell, elle n'insisterait pas. Elle enquêterait sur d'autres affaires le concernant.

Et apparemment, elle ne serait pas seule.

– Bien, dit O'Neil. Voyons-nous demain matin pour examiner les pièces.

Elle acquiesça d'un hochement de tête.

Le détective acheva sa bière et en prit une deuxième.

– Je ne pense pas qu'Overby soit très enthousiaste pour nous payer un déplacement à L.A.

– Eh bien, il a donné son accord, que tu le croies ou non !

– Vraiment ?

– À condition qu'on prenne un billet groupé.

– Et qu'on voyage debout ? ajouta O'Neil.

Ils rirent de bon cœur.

– Tu veux entendre quelque chose de particulier ? demanda Kathryn, en frappant l'antique Martin, qui résonna comme un tambour à la peau bien tendue.

– Non, dit-il, en se renversant en arrière et en s'étirant sans crainte d'exhiber ses chaussures au cuir éraflé. Ce qu'il te plaira.

Kathryn Dance resta pensive un instant avant de commencer à jouer.

Dans la même collection

Jodi Compton
La 37e Heure

Patricia Cornwell
Jack l'Éventreur
Signe suspect
Sans raison
Tolérance zéro
Registre des morts
Scarpetta
Trompe-l'œil

Jeffery Deaver
Le Rectificateur
La Carte du Pendu
Clair de lune

Jilliane Hoffman
Justice imminente
Ultime Témoin

Alexander McCall Smith
Le Club des philosophes amateurs
Amis, amants, chocolat
Une question d'attitude

Ruth Rendell
Rottweiler
La 13e Marche
Deux Doigts de mensonge
Et l'eau devint sang
Tu accoucheras dans la douleur

Jô Soares
Meurtres à l'Académie

Du même auteur

Priez pour mourir
Plon, 1994

Dix-Huit Heures pour mourir
Calmann-Lévy, 1996
Le Livre de Poche, 1998

Le Désosseur
Calmann-Lévy, 1998
Le Livre de Poche, 1999

Tir à l'aveugle
Calmann-Lévy, 2000
Le Livre de Poche, 2002

Épitaphe pour une star du porno
Le Livre de Poche, 2002

La Place du mort
Calmann-Lévy, 2002
Le Livre de Poche, 2004

Meurtre.com
Calmann-Lévy, 2003
Le Livre de Poche, 2005

New York City Blues
L'Archipel, 2004
Archipoche, 2007

Le Singe de pierre
Calmann-Lévy, 2004
Le Livre de Poche, 2006

L'Homme qui disparaît
Calmann-Lévy, 2006
Le Livre de Poche, 2007

Le Rectificateur
Éditions des Deux Terres, 2006
Le Livre de Poche, 2007

Spirales infernales
Éditions des Deux Terres, 2007

Sangs innocents
L'Archipel, 2007

Les Trottoirs de Manhattan
Calmann-Lévy, 2007

La Carte du Pendu
Éditions des Deux Terres, 2007
Le Livre de Poche, 2008

Clair de lune
Éditions des Deux Terres, 2008
Le Livre de Poche, 2009

RÉALISATION : NORD COMPO
IMPRESSION : CPI BRODARD ET TAUPIN À LA FLÈCHE
DÉPÔT LÉGAL : NOVEMBRE 2009. N° D'IMPRESSION : 55029
Imprimé en France